英烈传

续英烈传

〔清〕郭勋 撰

〔清〕秦淮墨客 撰

中国古典小说丛书

江西美术出版社
全国百佳出版单位

图书在版编目（CIP）数据

英烈传/（清）郭勋撰.续英烈传/（清）秦淮墨客撰.--南昌:江西美术出版社,2018.10

ISBN 978-7-5480-6201-1

Ⅰ.①英…②续…Ⅱ.①郭…②秦…Ⅲ.①章回小说—中国—明代Ⅳ.①I242.4

中国版本图书馆CIP数据核字（2018）第140583号

出 品 人：周建森
企　　划：江西美术出版社北京分社
（北京江美长风文化传播有限公司）
责任编辑：楚天顺　李小勇　康紫苏
责任印制：谭勋

英烈传　　续英烈传

YINGLIEZHUAN　XU YINGLIEZHUAN

（清）郭勋　撰　（清）秦淮墨客　撰

出版发行：江西美术出版社
社　　址：南昌市子安路 66 号　江美大厦
网　　址：http：//www.jxfinearts.com
电子信箱：jxms@jxfinearts.com
电　　话：010-82293750　0791-86566124
邮　　编：330025
经　　销：全国新华书店
印　　刷：北京长宁印刷有限公司
版　　次：2018 年 10 月第 1 版
印　　次：2018 年 10 月第 1 次印刷
开　　本：690mm × 960mm　1/16
印　　张：33.5
I S B N：978-7-5480-6201-1
定　　价：78.00 元

“中国古典小说丛书”出版说明

所谓“古典小说”云者，其义有二焉：一曰，但凡古代之小说，皆可谓之“古典小说”；一曰，但凡技法未受泰西影响之小说，亦可谓之“古典小说”。然此特就今人之观念言之耳。

揆诸坟典，“小说”一词，出自《庄子·外物篇》，其言曰：“饰小说以干县令，其于大达亦远矣。”由此观之，庄子所谓“小说”，不过琐屑之言，以其无关道术，故以小说名之耳。

炎汉成、哀之世，刘向、刘歆父子典校秘书，检讨百家学说，取桓谭《新论》“小说家合丛残小语，近取譬论，以作短书，治身治家，有可观之辞”之意，把《伊尹说》《鬻子说》诸书，归为“小说家”之书，而《汉书·艺文志》(以下简称《汉志》)继之。夷考其说，“小说家者流，盖出于稗官，街谈巷语，道听途说者之所造也”(语出《汉志》)，此亦非后世之小说也。

唐修《隋书》，其《经籍志》立论本诸《汉志》，以小说为“街谈巷语之说”(《隋书·经籍志》语)。当此之时，小说之名虽同，而其类目稍广，举凡《燕丹子》《世说》《迩说》之属，皆可入诸小说名下。

后晋修《唐书》，其《经籍志》立论与《隋志》无异，以《博物志》隶小说，此为“神异志怪之书”入小说之始。

天水一朝，欧阳文忠公撰《新唐书·艺文志》(以下简称《新唐志》)，以《列异传》《甄异传》《续齐谐记》《感应传》《旌异记》等“史部·杂传类”之书移于“小说类”。至是，小说之部类日棼。

及元脱脱修《宋史》，《艺文志·小说类》承《新唐志》之旧而增广之。

明胡应麟以小说繁夥，派别滋多，于是综核大凡，分小说为六类：一曰“志怪”，一曰“传奇”，一曰“杂录”，一曰“丛谈”，一曰“辩订”，一曰“箴规”。至此，小说一类已蔚为大观，脱《汉志》“街谈巷语”之成规。

清修“四库”，《总目提要》（以下简称《提要》）别小说为三派，“其一叙述杂事……其一记录异闻……其一缀辑琐语”，而又损益之。考诸《提要》，则损益可知：一曰，进“丛谈”“辩订”“箴规”为“杂家”；一曰，隶《山海经》《穆天子传》诸书于小说。小说范围，至是乃稍整洁矣。其分目虽殊，而论述则袭诸旧志。

曩者宋元明清之史志，难觅“平话”“演义”之书，此特士夫习气，鄙其为末流所使然也。史家成见，一至于斯。今人刻书，自当脱古人窠臼。

说部诸书，以文体分，有“白话”“文言”之别；以体裁分，有“话本”“传奇”“演义”之别；以内容分，有“佳话”“世情”“侠义”“家将”“神魔”之别。细玩其文，既有劝世之良言，亦有“诲淫诲盗”之糟粕，而抉择去取，转成读说部书之第一要务。以此之故，编者特于说部诸书择其精者，辑之而为“中国古典小说丛书”，凡百余种。

然说部之书浩如烟海，其精者又何限于区区百十之数？此次出版，难免遗珠之憾。然能俾读者因之而省择取之劳，进而得窥说部精要，示人以津梁，则尚不违出版“中国古典小说丛书”之初心。

说部之书，多出自书坊，脱误错乱，在所难免，故于“取其精华，去其糟粕”外，尚需广施校雠，始得成其为可读之书。以此之故，编者多方搜罗以定底本，精排其版以美其观，躬自校雠以正讹误，然后付诸枣梨，装订成书，以飨读者。

限于编者学力有限，书中疏漏之处，在所难免，尚祈广大方家、读者诸君不吝批评斧正。凡能指出书中一二谬误者，皆为吾师，吾人不胜感激之至。

戊戌仲夏上浣，邵鹏军序于丰台晓月里

总　目

英烈传

目　录

第一回

元顺帝荒淫失政

龙兴虎奋居淮甸，际会风云除伪乱。
手提宝剑定山河，长骑铁马清民患。
杀气遮笼濠泗城，帝星正照凤阳县。
四海英雄逐义起，万国诸侯连策献。
百战功劳建大勋，千场汗马征凶叛。
血污两浙缚奸吴，尺满三江擒贼汉。
扫动妖氛天下宁，施张清气乾坤变。
功业皆从翰苑编，贤臣都入辞臣赞。

却说从古到今，万千馀年，变更不一。三皇五帝而后，汉除秦暴，赤手开基。方得十代，有王莽自称假皇帝，敢行篡逆。幸有光武中兴。迨及灵、献之朝，又有三分鼎足之事。五代之间，朝君暮仇。甫至唐高祖混一天下，历世二百八十馀年，却有朱、李、石、刘、郭，国号梁、唐、晋、汉、周。皇天厌乱，于洛阳夹马营中生出宋太祖来，姓赵名匡胤。那时赤光满室，异香袭人，人叫他做“香孩儿”。大来削平僭国，建都大梁。传至徽、钦二宗，俱被金人所虏。徽宗第九子封为康王。金兵汹涌，直逼至扬子江边。一望长江天堑，无楫无舟。忽有二人，牵马一匹，说道："此马可以渡江。"康王见势急，就说："你二人倘果渡得我时，重重赏你。"那二人竟将康王推上马鞍，那马竟往水中，若履平地。康王低着头，闭着眼，但听得耳边风响，倏忽之间，便过长江。那二人说："陛下此去，尚延宋祚有二百五十余年，但休忘我二人。"便请下马。康王开眼一看，人与马俱是泥做的。正在惊疑，远远望见一带旌旗，俱是来迎王驾的，便即位于应天府。这是叫做泥马渡康王故事。

话分两头，却说鞑靼国王曾孙，名唤忽必烈，他的母亲梦见火光照腹而生，居于乌桓之地，后来伐乃蛮，蹙西夏，并了赤乌的部落，僭称王号。在斡难河边，破了白登，过了狐岭，直至居庸关。金人因而逃遁。忽必烈遂渡江淮，逼宋主于临安。宋祚以亡，他遂登了宝位，国号大元。传至十世，叫做顺帝。以脱脱为左丞相，撒敦为右丞相。一日早朝已毕，帝曰："朕自登基以来，五载于兹，因见朝事纷纷，昼夜不安，未得一乐。卿等可能致朕一乐乎？"撒敦奏曰："当今天下，莫非王土；率土之滨，莫非王臣。主上位居九五之尊，为万乘之主，身衣锦绣，口饫珍馐，耳听管弦之声，目睹燕齐之色。神仙游客，沉湎酣歌，惟陛下所为。有何不乐，徒自昼夜劳神？"正是：

春花秋月休辜负，绿鬓朱颜不再来。

顺帝大喜曰："卿言最当！"左丞相脱脱进言曰："乞陛下传旨，速诛撒敦，以杜淫乱！"帝曰："撒敦何罪？"脱脱曰："昔费仲迷纣王，无忌惑平王。今撒敦诱君败国，罪在不赦。望陛下听臣讲个'乐'字：昔周文王有灵台之乐，与民同乐，后来便有天下之二。商纣有鹿台之乐，恣酒荒淫，竟遭牧野之诛。陛下若能任贤修德，和气洽于两间，乐莫大焉。倘效近世之乐，必致人心怨离，国祚难保。愿陛下察此！"

顺帝听了大喜曰："宰相之言极是！"令内侍取金十锭、蜀锦十匹赐之。脱脱辞谢："臣受天禄，当尽心以报国，非图恩利也。"顺帝曰："昔日唐太宗赐臣，亦无不受。卿何辞焉？"脱脱再拜而受。撒敦惶恐下殿，自思："颇耐这厮与俺作对，须要驱除得他，方遂吾意。"正出朝门，恰遇知心好友，现做太尉，叫做哈麻，领着一班女乐：都穿着绝样簇锦团花百寿衣，都带着七星摇拽堕马桩角髻，都履着绒扣锦帮三寸凤头鞋。如芝如兰，一阵异品的清香；如柳如花，一样动人的袅娜。叮叮咚咚，悠悠扬扬，约有五百馀人，进宫里来。两下作揖才罢，哈麻便问："仁兄原何颜色不善？却是为何？"撒敦将前情备细讲说一遍。哈麻劝说道："且请息怒。后来乘个机会，如此如此。"撒敦说："若得如教，自当铭刻。"撒敦别过，愤愤回家，不题。

且说哈麻带了女乐，转过宫墙，撞见守宫内使，问道："爷爷娘娘，今在哪里？"内使回说："正在百花台上筵宴哩！"哈麻竟到台前，俯伏说："臣受厚恩，无可孝顺。今演习一班女乐，进上服御。伏乞鉴臣犬马之报，留宫听用。"顺帝纳之。哈麻谢恩退出。且说顺帝凡朝散回宫，女乐则盛妆华饰，细乐娇歌，迎接入内，每日如此，不在话下。

一日，顺帝退朝，皇后伯牙吴氏设宴于长乐宫中。随命女乐吹的吹，弹的弹，歌的歌，舞的舞，彩袖殷勤，交杯换盏，作尽温柔旖旎之态，饮至更深方散。是夜顺帝宿于正宫，忽梦见满宫皆是蝼蚁毒蜂，令左右扫除不去，只见正南上一人，身着红衣，左肩架日，右肩架月，手执扫帚，将蝼蚁毒蜂尽皆扫净。帝急问曰："尔何人也？"其人不语，即拔剑砍来。帝急避出宫外，红衣人将宫门紧闭，帝速呼左右擒捉，忽然惊醒，乃是南柯一梦。顺帝冷汗遍体，便问内侍："是甚么时候？"近臣奏曰："三更三点。"皇后听得，近前问曰："陛下所梦何事？"顺帝将梦中细事说明，皇后曰："梦由心生，焉知凶吉？陛下来日可宣台臣，便知端的。”言未毕，只听得一声响亮，恰似春雷。正是：

天门雷动阳春转，地裂山崩倒太华。

顺帝惊问："何处响亮？”内侍忙去看视，回来奏道："是清德殿塌了一角，地陷一穴。”顺帝听罢，心中暗思："朕方得异梦，今地又陷一穴，大是不祥。”五鼓急出早朝，众臣朝毕，乃宣台官林志冲上殿："朕夜来得一奇梦，卿可细详主何吉凶？”志冲曰："请陛下试说，待臣圆之。”帝即言梦中事体。志冲听罢，奏曰："此梦甚是不祥！满宫蝼蚁毒蜂者，乃兵马蜂屯蚁聚也；在禁宫不能扫者，乃朝中无将也；穿红人扫尽者，此人若不姓朱，必姓赤也；一肩架日月者，乃掌乾坤之人也。昔日秦始皇梦青衣子、赤衣子夺日之验，与此相符。望吾皇修德省身，大赦天下，以弭灾患。”帝闻言不悦，又曰："昨夜清德殿塌了一角，地陷一穴，主何吉凶？”志冲曰："天地不和，阴阳不顺，故致天倾地陷之应。待臣试看便知吉凶。”帝即同志冲及群臣往看，只见地穴约长一丈，阔约五尺，穴内黑气冲天。志冲奏曰："陛下可令一人往下探之，看有何物？”脱脱曰："须在狱中取一死囚探之方可。”上即令有司官取出一杀人囚犯，姓田名丰。上曰："你有杀人之罪，若探穴内无事，便赦汝死。”田丰应旨，手持短刀，坐于筐中，铃索吊下。约深十馀丈，俱是黑气。默坐良久，见一石碣，高有尺许。田丰取入筐内，再看四顾无物，乃摇动索铃，使众人拽起。顺帝看时，只见石碣上面现有刊成二十四字：

天苍苍，地茫茫；干戈振，未角芳。
元重改，日月旁；混一统，东南方。

顺帝看罢，问脱脱曰："除非改元，莫不是重建年号，天下方保无事么？"脱脱奏曰："自古帝王皆有改元之理。如遇不祥，便当改之。此乃上天垂兆，使陛下日新之道也。"帝曰："卿等且散，明日再议。"言毕，一阵风过，地穴自闭。帝见大惧，群臣失色。遂将石碣藏过，赦放田丰，驾退还宫。翌日设朝，颁诏改元统为至正元年。

如此不觉五年，有太尉哈麻，及秃鲁帖木儿等，引进西番僧，与帝行房中运气之术，名唤演揲儿法；又进僧伽璘真，善授秘法。顺帝习之，诏以番僧为司徒，伽璘真为大元国师，各取良家女子三四人，谓之供养。璘真尝向顺帝奏曰："陛下尊居九五，富有四海，不过保有现在而已。人生几何，当授此术。"于是顺帝日从其事，广取女子入宫。以宫女一十六人学天魔舞，头垂辫发，戴象牙冠，身披缨络，大红销金长裙，云肩鹤袖，镶嵌短袄，绶带鞋袜，各执巴剌般器，内一人执铃杵奏乐。又宫女十一人，练垂髻，勒手帕，长服，或用唐巾，或用汉衫。所奏乐器皆用龙笛凤管，小鼓筝篥，琵琶鸾笙，桐琴响板。以内宦长安迭不花领之，宣扬佛号一遍，则按舞奏乐一回。受持秘密戒者，方许入内，余人不得擅进。如顺帝诸弟八郎，与哈麻，秃鲁帖木儿，老的沙等十人，号为倚纳，皆有宠任。在顺帝前相与亵狎，甚至男女裸体。其群僧出入禁中，丑声外闻。皇太子深嫉之，力不能去。

帝又于内苑造龙舟，自制样式，首尾共长二百二尺，阔二丈。帘棚、穿廊、暖阁、后五殿楼子、龙身并殿宇，俱五彩金妆，前有两爪。上用水手一百二十名，紫衫金带，头戴漆纱巾，于舟两旁各执一篙。自后宫至前宫，山下海内，往来游戏。舟行则龙头、眼、爪皆动。又制宫漏，约高六七尺，为木柜，运水上下。柜上设西方三圣殿，柜腰设玉女捧时刻筹，时至即浮水面上。左右列二金甲神人，一持钟，一持铃，夜则神人按更而击，极其巧妙，皆前朝未有也。又于内苑中起一楼，名曰碧月楼。朝夕与宠妃宴饮于上，纵欲奢淫，不修德政。天怒人怨，干戈四起，盗贼蜂生。天垂异象，妖怪屡生：燕京有鸡化为狗，羊变做牛；江南铜铁自鸣；汴城河水忽成五彩，花草如画，三日方解；陇西地震百日；会州公廨墙崩，获弩五百馀张，长者丈馀，短者九尺，人莫能挽；彗星火焰蓬勃，堕地成石，形如狗头；温州乐清江中龙见，有火如球；山东地震，天雨白毛。各处地方申奏似雪片的飞来，都被奸臣隐瞒不奏，顺帝那里晓得？只在深宫昏迷酒色，并不知外边灾异若何。

第二回

开浚河毁拆民庄

膻秽中原已百秋，蒸黎随处若虔刘。
山青水绿非前代，草白沙黄都废丘。
天上云沈谁见日，人间愁重那抬头。
几时否极重还泰，醉在西江十二楼。

却说屡年之间，顺帝晏安失德，各处灾异多端，人心怨恨，盗贼蜂生，都被丞相撒敦、太尉哈麻并这些番僧等众遮瞒不奏，顺帝那里晓得，终日只在宫中戏耍，不题。却说颍州地方，有个白鹿庄：

树木森阴，河流清浅。春初花早，万红千紫斗芳菲；秋暮枫寒，哀雁悲蛩争嘹亮。到夏来修竹吾庐，妆点出一个不染尘埃的仙境；到冬来古梅绕屋，安排起几处远离人世的蓬莱。对面忽起山冈，尽道像黄陵古渡，因声声叫冈做黄陵；幽村聚集珍奇，每常有白鹿成群，便个个唤庄为白鹿。

不知那里来个官儿，摇摇摆摆走到林间，说道：“真个是天上人间，尘中仙府。”便叫跟随的人，吩咐说：“你可查此处是谁人家的，叫他送了我老爷，做个吃酒行乐的所在。”跟随的得令，便到庄内说："你是何人家？做甚勾当？晓得我们贾老爷在此，茶也不送一盏出来？"却见一人身长丈二，眼若铜铃，出来应接道："不要说是假老爷，就是真老爷待怎么？思量甚么茶吃？快走！快走！"手持长枪，竟赶出来。那些跟随的扯了这官儿奔出林中，那人也就回去了。那官儿自言自语说道："我贾鲁声名，那处不晓得？叵耐这厮如此！略施小计，须结果了这个地方。"不则一日，竟到京师。次日朝见，拜毕，帝问："贤卿一路劳苦！且说你一向出朝，孤家甚觉寂寞。"又问："一路风景民情何如？"贾鲁便奏说："一路黄河淤塞，漕运不通。因此上民谣都说道：'石人一只眼，不挑黄河天下反。'依臣愚见，须挑开沿河一带，庶应民谣，且通漕运。"顺帝应道："我前日在宫中，要开些小池沼，那言官上本说道，民谣汹汹，说'石人一只眼，挑动黄河天下反。'不宜兴工劳役。据你今日说，倒是不挑的不好了。"贾鲁一向口舌利便，又奏说："陛下若依了言官，不挑黄河，听他淤塞了，这些粮米将从那路而来？南北不通，粮米不济，不反何待？"顺帝说："极有理，极有理！只是当从何处开浚？"贾鲁说："臣一路来，正从徐、颍、蕲、黄进发，处处该开。至如颍州白鹿庄、黄陵冈，俱被民居占塞，上下四十里，更为阏淤，作急该开。"顺帝即刻传旨："起发河南、河北丁壮七十万人，开浚黄河原路，刻定一月之内完工，阻挠者斩。"起驾回宫，不题。

却说颍州白鹿庄，前日持枪来赶的，向说是汉高祖三十六代孙，姓刘名福通。一身膂力异常，且又晓得妖术。家中有面镜子，人来聚会焚香，便照他是为官、为吏、庶民、军士的模样出来。倘与他心意不顺，便照出诸般禽兽形象出来。又结识一个朋友，叫作韩山童，假称世要大乱，弥勒佛下生，设下了一个白莲会，凡在部下系红巾为号，鼓动这些愚民，如神如鬼敬他。有些小事，便去照镜子，问下落。一日两人正在庄前供祠，众人说："如此佛力，那怕不做皇帝？"只听得锣声连连的响，呼的呼，喝的喝，两人远远认得，却是本州知州。坐在马上，带领弓兵三百馀人，竟投庄里来。知州坐下说："今奉圣旨先从白鹿庄与对面黄陵冈开浚黄河，拆去民居。"内有里老禀道："久闻说'挑动黄河要反'等语。"知州说："这是圣旨，谁敢有违？且旨上说：阻挠者斩。今日便借你的头斩讫号令示众。"口说得罢，那刽子手竟推这里长到庄前，一刀砍下，献了首级。知州便吩咐："将头盛在桶内，沿河四十里号令前去。"这些弓兵便把刘福通住屋霎时间拆去，妇女鸡犬赶得星飞雪花一般。

福通低着头，只是捶胸叫苦。思量道："青天白日，竟起这个霹雳，安排得我无家得窜，无地得依，奈何？奈何？"大叫道："反了罢！反了罢！左右是左右了！肯随我共成大事的，同享富贵。如不肯随我的，听你们日夜开河，受官司的苦楚去！"登时聚集有五六百人，便向前把知州一刀，执头在手，叫道："胡元混乱中国。今日开河，拆去民居。你们既肯从我，便当进城开狱，放了无罪犯人，收了库中财宝，包你们有个好处。"又往手中把那镜子在水中一照，说："如心中尚有狐疑的，可从河中掘下，自见分晓。"只见左边一夥，也约有五六百人，竟向河中用力齐掘。不曾掘得一尺，只见掘出一个石头人来，身长一丈，须眉口鼻都是完全的，当中凿着一只眼。福通大呼曰："众位可晓得么？一向谣言石人一只眼，挑动黄河天下反，今刚刚在此处掘得石人，这皇帝可不应在此处！你们心上何如？"这些人便合口说道："敢不从命！"福通便带了众人，竟投州里来。城中掌军官朵儿只班，因杀了知州，便刻时饬备。一声锣响，即冲出一标人来，两下厮杀。福通虽然力大，手下的兵终是未曾习熟，被官军赶杀十馀里。韩山童马略落后，却被官军赶上一刀。福通便率杜遵道、郁文盛、罗文素等勒马回杀，救得后面的人，竟到亳州立寨。因立山童的儿子韩林为王，国号大宋，建元龙凤。以山童妻杨氏为太皇后，杜遵道、郁文盛为左右丞相，福通与罗文素为平章知枢密院事，招集无籍十万馀人，攻破罗山、确阳、真阳、叶县等处，直侵汴梁，不题。

且说官军依旧进城，坚闭城门。朵儿只班便星夜申奏京师，备陈事情，一边又具揭帖，到中书省丞相处。脱脱见揭，便吩咐赍本官："明早随我进奏。"次早，脱脱奏说："近来僭号称王者甚多。昨日接得各府州县报说，贼兵反了共一十四处。"顺帝大惊，问："那十四处？""有颍州刘福通，台州方国珍，闽中陈有定，孟津毛贵，蕲州徐寿辉，徐州芝麻李，童州崔德，池州赵普胜，道州周伯颜，汝南李武，泰州张士诚，四川明玉珍，山东田丰，沔州倪文俊。"顺帝闻奏大惊，说："如之奈何？"脱脱奏："请大兵先讨平徐寿辉、刘福通、张士诚、芝麻李四寇，庶无后患。"帝便说："着罕察帖木儿讨徐寿辉，李思齐讨刘福通，蛮子海牙讨张士诚，张良弼讨芝麻李。先除大寇，后剿小贼。"敕旨既下，脱脱叩头下殿，那四将各点兵五万，择日辞朝，竟离了燕京，各自寻路攻取。毕竟胜负何如？

第三回

专朝政群奸肆乱

万马驱驰遍九州，征裘汗血几时休。
思深长忆关山别，声断偏随芦荻秋。
路引旌旗风远近，梦随生死话离愁。
何日一澄夷与夏，英雄名镇大刀头。

却说诸官得旨，分讨各处贼兵。谁想皆不能取胜，都带些残兵败甲回来。顺帝见了，日夜忧烦。一日设朝，对文武群臣商议说：“即今盗贼蜂生，各处征讨的官兵，没一个奏凯。卿等何策，为朕分忧剿除？古人云：家贫思贤妻，国乱思良相。倘或失误，有何面目见祖宗于地下？”只见脱脱叩头奏说：“今者群奸扰乱，震恐朝廷，黎庶不安，灾异时见。臣等不能为国除患，心实耻之。臣愿竭驽骀之力，肃清江淮，以报皇恩。”顺帝闻奏，降座语脱脱曰：“丞相若能为朕扫除贼寇，奏凯还日，朕当裂土以酬心膂。但中书省是政事根本，不可一日离左右。贤卿若去，朕将谁依？”脱脱又叩头说：“以死报国，乃臣子之事，岂敢忘恩？但为臣此去，全望陛下亲贤远佞，以调天和，以安黎庶。”顺帝便敕脱脱为总兵大元帅，以龚伯遂为先锋，哈喇答为副将，也先帖木儿为行台御史，节制兵马。大小官军俱听脱脱指挥，便宜行事。

脱脱拜辞，即日领兵望南进发，竟到孟津。贼将毛贵率本部五千人纳降。脱脱便驱兵渡黄河，从虎牢关至汴梁正北安营。伪宋韩林的探子报知，便集多官商议。只见杜遵道说："水来土压，兵至将迎。殿下勿忧，臣当领众迎敌。"宋主即令杜遵道、罗文素、郁文盛三将，急统五万人马，与元军相对。遵道勒马横枪，高叫道："送死的出来！"脱脱大怒曰："反国贼子，敢此大言！"就纵马横刀，直取遵道。二将交马，战上五十馀合。遵道力怯，拨马便回。脱脱赶上，一刀斩于马下。元兵阵上，催兵奋杀，贼兵溃乱。生擒一千四百馀人，斩首一万七千馀级。罗文素等领兵入城，坚闭不出。龚伯遂请曰："乘此势攻城，可料必破。"脱脱笑说："我兵千里而来，劳力过多，还当息养，不宜仓卒。倘贼兵计穷，冒死血战，不可支矣！"众将唯唯。时韩林见杀了杜遵道，心甚惊恐，决策于福通。福通曰："脱脱智勇足备，锋不可当。不若且避安丰，再图恢复。"韩林依计，乘夜弃城而走。次早元兵到城搦战，只见城门大开，城中老幼俱顶香迎接，备言贼兵惧威，引兵逃去等情。脱脱大喜，入城抚民一宿。明日，倍道径抵徐州西门外十里安营，打下战书与芝麻李，说："明日交战！脱脱到酉刻时候，密唤诸将受计，如此如此，各各依令去讫。

且说芝麻李对众说："元兵远来疲困，今晚必无准备，我当前行劫寨。尔众随后即来，两势夹攻，必能全获。"二更时分，果然引兵出城。兵衔枚马勒辔，直抵元营，悄然无备。芝麻李自喜，领兵拼力杀入。细看更无一人，心下大惊，速令退兵。忽见炮响一声，四面伏兵尽起，把芝麻李团团围住，兵卒也不十分来斗，只是没个隙路可逃。贼兵自相残害，约折去大半。及至天明，只见一将传令说："你们可松一条路，放他逃回。"芝麻李听着，又惊又喜，心下转道："我且杀开回路进城，再作计议亦可。"只见元兵果然松开一条路，让芝麻李回城。将到城门，急叫城上："我被元兵混杀一夜，至今方得脱回。快开门！快开门！如迟恐又赶来也。"正叫之时，举头一望，看见兄弟李通的头号令在城。敌楼边立着一员大将，紫袍金甲，大喝道："你这贼子！我元丞相已取复此城了。你还不认得？"芝麻李惊得魂飞九霄云外，抱头鼠窜，径走沔阳去了。

天色大明，各将论功有差。因问："元帅缘何晓得来劫寨，先吩咐布列；又缘何径离中军，独去取城？"脱脱笑说："此是乘虚捣将之法。昔日裴令公元宵夜大张华灯，设宴待客，匹马擒吴元济，正是此样机关，反看便是。他今日以我兵远来，料来疲困，必带雄兵劫寨，城中不过老弱守门耳。我令尔等四下伏住，等他来时，便围住混杀一夜。此时我领精兵，乘虚攻取城门，自然唾手可得。"众将又问："围住之时，元帅吩咐不必过杀，为何？"脱脱曰："黑夜谁知彼此？我兵只密围数层，虚声叫喊，令他自相残杀。这又是以逸待劳。"众将齐声称说："元帅神算！"脱脱抚息人民，因遣牙将一面奏捷不题。

且说右丞相撒敦，与太尉哈麻，闻得脱脱得胜，上表申闻，计较说："脱脱向来威振中外，使我们不得便宜行事。今又成大功，皇帝必加殊眷。我辈却是怎生？"哈麻说："这有何难？趁此捷表未上之时，令台官劾他，说：'出师三月，略无寸功。倾国家之财，以为己赀，半朝廷之官，以为己用。乞加废斥，以儆官邪。'这个计策何如？"撒敦说道："此计大妙！"遂将进表官幽入密房，除了他的性命。因而上个表章，说得脱脱十分不好。顺帝说："既如此，可敕月阔察儿为元帅，以枢密雪雪代他为将。先令姚枢持诏，赴徐州传示。"

不则一日，来到徐州。脱脱拜受了诏书，便对众将说："朝廷恩旨，释我兵权，即当与诸将分别。诸将可各率所部，听新元帅节制。"只见哈喇答向前说："元帅此行，我辈必死他人之手，不如今日先死丞相之前，以酬相许夙志。"言罢，拔剑自刎而死。众将抚恸如雷，将哈喇答以礼殡葬。脱脱单马，竟赴淮安安置。未及半月，台臣又劾脱脱贬谪太轻，该徙云南。脱脱叹曰："我不死，朝中也不肯放过我。不如一死，以遏众奸。"遂服鸩而死。

却说刘福通、芝麻李闻说脱脱身故，各统兵攻复前据城池。元军阵上，那个杀得他过。数日间，刘福通与芝麻李自相杀拼，一箭射死了芝麻李，复了徐州。贼将毛贵，仍归部下。正是：昏君信佞忠良死，群鬼贪残社稷墟。后来毕竟如何？

第四回

真命主应瑞濠梁

凤阳城里帝星明，照彻中原万里程。
边边烟息胡尘远，处处云开瑞霭生。
三台喜得薇垣拱，万派欣从东海清。
自是乾坤多气色，直须萧管乐升平。

却说丞相脱脱，受了多少谗言，以身殉国。那时四海纷争，八方扰攘。刘福通并了芝麻李一部人马，又收了毛贵一党贼众，纵横汹涌，官兵莫当。这也慢题。

且说淮西濠州，就是而今叫做凤阳府，好一座城池。离城有一个地方，名唤做钟离东乡、钟离西乡，这就是当初钟离得道成仙的去处。那里有个皇觉寺，原先是唐高祖创造的：

中间大雄宝殿，光晃晃金装成三世菩提，两边插翅回廊，影摇摇彩画出蓬莱仙境。当门塑一个韦驮尊天，秀秀媚媚，却似活移来一个金孩儿，见了他那个不欢天喜地；两侧装四个金刚力士，古古怪怪，又像才坐定一班铁甲汉，猛抬头人人自胆破心惊。钟声半彻云霄，舞动起多少回鸾翔凤；佛号忽来天碧，醒觉了万千愚汉蒙夫。挨的挨，挤的挤，都到罗汉堂前，明数出前生今世；争了争，嚷了嚷，齐向观音阁上，暗投诚意想心思。也有的肩盒抬攒，逐男趁女，污俗了一片清净佛场，知宾的也难管青红皂白；也有的打斋设供，祈神祷佛，澄彻了一点如来道念，大众们那里晓水火雷风。

正是要知前世因，今生受者是；要知来世因，今生作者是。我也揭起不提。

且说那寺中住持的长老，唤做高彬，法名昙云。这个长老真是宿世种得了智果，今世又悟了大乘。一日冬景凄凉，彤云密布，洒下一天好雪。昙云长老吩咐大众说："今日是腊月二十四日。经里面说，天下的灶君同天下的土地，今夜上天奏知人间善恶。我今早入定时节，见本寺伽蓝叫我也走一遭。我如今放了晚参，我自进房，你们或有事故，不可来惊动我。"嘱付已毕，竟到房中打坐了。只觉顶门中一道毫光，直透重霄。本寺伽蓝早已在天门边拱候着长老。二人交下手，竟至九天门下。却好玉皇登座，三官玄圣并一切神祇，都一一讲礼毕，长老也随众神施礼了，立在一边。只听得玉皇说："方今世间混乱，黎庶遭殃。这些魑魅将如何驱遣？"忽然走出一位大臣，口称说："臣是明年戊辰年值年太岁。臣看来连年战伐，只因下界未生圣主。明岁辰年，应该真龙出世，混一乾坤，肃清世界。且今月今日，是天下土地、灶君申奏人间善恶，乞陛下细察，几世修行阴德的，付他圣胎，以便生降。特此奏闻。"玉皇说道："朕也在此思量，但原先历代皇帝降世，都是星宿。即如盘古分开天地以来，那伏羲是虹之精，神农是荧惑星，颛顼是瑶光星，神尧是赤龙之瑞，大舜是乌燕之祥，大禹是水德星，成汤是高媒星，文王是巨门星，汉的高帝是尾星，唐的高祖是金星，宋的太祖是三天门下修文史。如今果要统一天下，定须星宿中下去走一遭。你们那个肯去？宜直奏来。"问而又问，这些星宿都不做一声。玉皇恼道："而今下界如此昏蒙，你们难道忍得不管？我如今问了四五次，也只不做声，却是为何？虽然是坠入尘中，也须即还天上，何故十分推阻？”正说间，只见左边的金童，替那右边的玉女，两下一笑，把那日月掌扇混做一处，却像个‘明’字一般。玉皇便道：“你二人何故如此笑？我如今就着你二人脱生下世，一个做皇帝，一个做皇后，二人不许阻推。明年九月间，着送生太君便送下去罢。”那金童、玉女那里肯应？玉皇又说：“你恐怕下去吃苦么？我便再拨些星宿辅弼你二人。你二人下去，便如方才扇子一般，号了大明罢。不得违误！”只见本寺伽蓝轻轻的对长老说：“我寺中也觉有些彩色。”说犹未了，那些诸方的土地，及各家灶君，一一过堂，递了人间善恶的细单。玉皇便说：“今据戊辰太岁奏章说，明岁该生圣主，以定天下。我已嘱付金童、玉女下生人世，但非世德的人家，那能容此圣胎？你们可从世间万中选千，千中选百，百中选十，送到我案前，再行定夺。”吩咐才了，那天下各省、各府、各县的城隍，同那天下各省、各府、各县、各里的土地，都出到九天门外，议来议去。不多时，有天下都城隍，手中持着十个摺子，奏称：“陛下吩咐拣选仁厚人家，万千中选成十个，特送案前。”玉皇登时叫取那衡善平施的秤来，当殿明秤，十家内更是谁人最重？只见一代一代较过，止有一家修了三十六世，仁德无比。玉皇即将摺子拆开，口中传说：“可宣金陵郡滁州城隍进来听旨。”那城隍就案前俯伏了。玉皇嘱付道：“汝可依旨行事去。”便递这摺子与他。城隍叩头领讫，玉皇排驾回宫。

长老也出了天门，与伽蓝拱手而别，回光到自己身上。却听得殿上正打三更五点，长老开眼，见佛前琉璃内灯光，急下禅床，拜了菩萨，说：“而今天下得一统了，但贫僧方才不曾看得那摺子姓张姓李，谁是真龙，这是当面错过了，也不必题。但方才本寺伽蓝说连我寺中有些彩色，不知是何主意？待我再打坐去细细问他，便知端的。”长老从新入定，去见伽蓝问说：“方才摺子内所开谁氏之子？想明神定知他的下落。”伽蓝对说：“此去尚有半年之期，恐天机不可预泄。”

长老唯唯，只见左边顺风耳跪下报称："滁州城隍有使者到门，奉迎议事，立等神车。"伽蓝便起身，别了长老，出门不题。

时光荏苒，不觉又是戊辰中秋之夕。忽报山门下十分大火，长老急急出望，四下寂然，并无火焰。长老道："甚是古怪！"便独自从回廊下过伽蓝殿，到山门前来。只见伽蓝说："真命天子来也！师父当救之。"长老迅步而往，惟见一男人同一妇女，睡在山门下。长老因叫行者推醒，问他来历。那人说："我姓朱，名世珍，祖居金陵朱家巷人。因元兵下江南，便徙居江北长虹县。后又徙滁州。也略略蓄些赀财，昨因失火，家业一空。有三子：朱镇、朱镗、朱钊，又皆失散。今欲与妻陈氏同上盱眙，投女婿李贞，织席生理。至此天晚，且妻子怀妊，不便行动，打搅禅门，望师父方便。"长老看朱公相貌不常，所妊的莫不是真主？因曰："怀娠人行路不便，不如就此邻近赁一间房子，与公居止何如？"朱公道："好。"次日，长老到东乡刘大秀家，赁一间房子，与朱公住了。因此又与些赀本过活。三个失散的儿子，也仍旧完聚了。但未知所生男女何如？正是：今夜月明人尽望，不知瑞气落谁家。

第五回

牧牛童成群聚会

草昧英雄起，讴歌历数归。
风尘三尺剑，社稷一戎衣。
翼亮真文德，丕承戢武威。
圣图天广大，宗祀日光辉。
陵寝盘空曲，熊罴守翠微。
再窥松柏路，还见五陵飞。

却说昙云长老赁下房子，与朱公夫妇安顿，又借些赀本与他生意。不止一日，却是九月时候，不暖不寒，风清日朗，真好天色。长老心中转道："去冬腊月廿四晚入定之时，分明听得是九月间真主诞生。前月伽蓝分明嘱付，好生救护天子。这几时不曾往朱公处探望，不知曾生得是男是女？我且出山门走一遭。"将到伽蓝殿边，忽见一人走来。长老把眼看了看，这人生得：

一双碧眼，两道修眉。一双碧眼光炯炯，上逼层霄；两道修眉虚飘飘，下过脐底。颧骨棱棱，真个是烟霞色相；丰神烨烨，偶然来地上神仙。行如风送残云，立似泰山不动。

却对长老说："我有丸药儿，可送去与前日那租房子住的朱公家下，生产时用。"长老明知他是仙人，便将手接了，说："晓得。"只见清风一阵，那人就不见了。长老竟把丸药送与朱公，说："早晚婆婆生产可用。"朱公接药说道："难得到此，素斋了去。"朱公便进内说："打点素斋，供养长老。"长老自在门首。不多时，只听得一村人是老是少，都说天上的日头何故比往日异样光彩？长老同众人抬头齐看，但闻天上八音齐振，诸鸟飞绕。五色云中，恍如十来个天娥彩女，抱着个孩儿，连白光一条，自东南方从空飞下，到朱公家里来。众人正要进内，只见朱公门首，两条黄龙绕住，里面大火冲天，烟尘陡乱。众人没一个抬得头，开得眼，各自回家而去。长老也慌张起来。却好朱公出来说："蒙师父送药来，我家婆婆便将去咽下，不觉异香遍体。方才幸得生下一个孩儿，甚是光彩，且满屋都觉香馥侵人。"长老说："此时正是未牌，这命极贵，须到佛前寄名。"朱公许诺，长老回寺去了，不题。

却说朱公自去河中取水沐浴，忽见红罗浮来，遂取做衣，与孩子穿之，故所居地方名曰红罗巷，古迹至今犹存，不题。

且说生下的孩子即是太祖。三日内不住啼哭，举家不安。朱公只得走到寺中伽蓝殿内，祈神保佑。长老对朱公说："此事也非等闲，谅非药饵可愈。公可急回安顿。"长老正送朱公出门，只见路上走过一个道人，头顶铁冠，大叫道："你们有希奇的病，不论大小可治。"长老便同朱公问说："有个孩子，生下方才三日，只是啼哭。你可医得么？"那道人说："我已晓得他哭了，故远远特来见他。我若见他，包你他便不哭。"朱公听说，便辞了长老，即同道人至家。抱出新生孩子，来见道人。那道人把手一摇，口里嘱咐道："莫叫，莫叫，何不当初莫笑。前路非遥，日月并行便到。那时还你个呵呵笑。"拱手而别，出门去了。朱公抱了孩子进去，正要出来款待道人，四下里找寻不见。次后朱家的孩子再也不哭，真是奇异。

一日两，两日三，早已是满月儿、百禄儿、拿周儿。朱公将孩子送到皇觉寺中佛前忏悔，保佑易长易大。因取个佛名叫做朱元龙，字曰廷瑞。三岁、五岁，也时常到寺中戏耍。不觉长成十一岁了。朱公夫妇家中忍饥受饿，难以度日，将三个大儿子俱雇与人家佣工去了，只有小儿子元龙在家。

一日邻舍汪婆走来，向朱公道："何不将元龙雇与刘大秀家牧牛？强似在家忍饿。"朱公思想到："也罢。"遂烦汪婆，汪婆与刘大秀说明。太祖道："我这个人，岂肯与他人牧牛？"父母再三哄劝。母亲同汪婆送至刘家。

且说太祖在刘家，一日一日渐渐熟了。每日与众孩子顽耍，将土垒成高台，内有两三个大的，要做皇帝顽耍，坐在上面，太祖下拜，只见大孩子骨碌碌跌的头青脸肿。又一个孩子说："等我上去坐着，你们来拜。"太祖同众孩子又拜，这个孩子将身扑地，更跌的狠些。众人吓得皆不敢上台。太祖说："等我上去。"众孩子朝上来拜，太祖端然正坐，一些不动。众孩子只得听他使令，每日顽耍。不题。

一日皇觉寺做道场，太祖扯下些纸幡做旗，令众孩子手执五方站立，又将所牧之牛，分成五对，排下阵图。吆喝一声，那牛跟定众孩子旗幡串走，总不错乱。忽一日太祖心生一计，将小牛杀了一只，同众孩子洗剥干净，将一坛子盛了，架在山坡，寻些柴草煨烂，与众孩子食之。先将牛尾割下，插在石缝内，恐怕刘大秀找牛，只说牛钻入石缝内去了。到晚归家，刘大秀果然查看，少了一只。太祖回道："因有一小牛钻入石中去了，故少了一只。"大秀不信，便说："同你看去。"二人来至石边，太祖默嘱山神土地，快来保护。果见一牛尾乱动。大秀将手一扯，微闻似觉牛叫之声。大秀只得信了。后又瞒大秀宰了一只，也如前法。大秀又来看视，心中甚异。忽闻见太祖身上膻气，暗地把众孩子一拷，方知是太祖杀牛吃了。大秀无可奈何，随将太祖打发回家。

光阴似箭，不觉已是元顺帝至正甲申六月，太祖时已十七岁。谁想天灾流行，疫疠大作。一月之间，朱公夫妇并长子朱镇，俱不幸辞世。家贫，也备不得齐整棺木，只得草率将就，同两个哥哥抬到九龙岗下，正将掘土埋葬，倏忽之间，大风暴起，走石飞沙，轰雷闪电，霪雨倾盆。太祖同那两个哥哥开了眼闭不得，闭了眼开不得，但听得空中说："玉皇昨夜宣旨，唤本府城隍，当境土地，押令我们四大龙神，将朱皇帝的父母埋葬在神龙穴内，土封三尺，我们须要即刻完工，不得违旨。"太祖弟兄三人，只得在树林丛蔚中躲雨。未及一刻，天清日出，三人走出林中，来到原放棺木地方，俱不见了。但见土石壅盖，巍然一座大坟。三人拜泣回家。长嫂孟氏同侄儿朱文正，仍到长虹县地方过活。二兄、三兄亦各自赘出。

太祖独自无依，邻舍汪婆对太祖说："如今年荒米贵，无处栖身。你父母向日曾将你寄拜寺内，不如权且为僧如何？"太祖听说，答应道："也是，也是！"自是托身皇觉寺内。不意昙云长老未及两月，也一夕白日升天去了。寺里众僧，只因朱元龙，长老最是爱重他，就十分没礼。一日将山门关上，不与太祖寺内睡觉。太祖仰天叹息，只见得银河耿耿，玉露清清，遂口吟一绝：

天为罗帐地为毡，日月星辰伴我眠。
夜间不敢长伸脚，恐踏山河社稷穿。

吟罢，惊动了伽蓝。伽蓝心中转说："这也是玉皇金童，目下应该如此困苦。前者初生时大哭不绝，玉皇唤我转召铁冠道人安慰他。但今受此迍邅，倘或道念不坚，圣躬有些啾唧，也是我们保护不周。不若权叫梦神打动他的睡魔，托与一梦，以安他的志气。"此时太祖不觉身体困倦，席地和衣而寝。眼中但见西北天上群鸟争飞，忽然仙鹤一只，从东南飞来，喙开众鸟。顷间仙鹤也就不见了。只有西北角起一个朱红色的高台，周回栏槛，上边立着两个像金刚一般，口中念念有词。再上有带幞头抹额的两行立着。中间三尊大神，竟似三清上帝，美貌长髯，看着太祖。却有几个紫衣羽士，送到绛红袍一领。太祖将身来穿，只见云生五彩。紫衣者说："此文理真人之衣。"旁边又一道士，把剑一口，跪送将来，口中称说："好异相，好异相！"因拱手而别。太祖醒来，却是南柯一梦，细思量甚是奇怪。次早起来，却有新当家的长老嘱付说："此去麻湖，约有三十馀里。湖边野树成林，任人探取。尔辈可各轮派取柴，以供寺用。如违，逐出山门，别处去吃饭。"轮到太祖，正是大风大雨，彼此不相照顾，却又上得路迟，走到湖边，早已野林中渔灯相照，四下更无人声，止有虫鸣草韵。太祖只得走下湖中砍取。那知淤泥深的深，浅的浅，不觉将身陷入大泽中。自分必遭淹溺，忽听得湖内有人云："皇帝被陷了！我们快去保护，庶免罪戾。"太祖只见身边许多蓬头、赤发、圆睛、獠牙、绿脸的人，近前来说："待小鬼们扶你上岸，岸上柴我们众鬼也替皇帝砍了，将柴也送至寺内。"太祖把身子一跳，却已不在泽中，也不是麻湖，竟是皇觉寺山门首了。太祖挑着一担柴进香积厨来，前殿上鼓已三敲，众僧却已睡熟。未知当家长老埋怨何如？

第六回

伽蓝殿暗卜行藏

柳满春江花满川，清歌妙舞绕樽前。
不谈陈迹愁芳草，且听新声欢客筵。
旺气映将山海立，帝星照惹地天旋。
濠州八面威风振，紫阁黄扉勒简编。

且说太祖陷入湖中，诸般的鬼怪，也有来挽脚的，也有来扶手的，也有将肩帮衬着太祖的，也有直在水底下将背脊垫着太祖的，也有在岸上替太祖砍柴的，也有在路上替太祖挑担的。不多时已送到寺边门首，说：“我们自去，皇帝请进内方便。”那时觉有三更左右，太祖进内就睡，不题。

却说这些秃子说：“向来昙云师父在时，只说他后来发迹，不意今朝至此不回，多分淹没湖中了。”说说笑笑，各自归房。次日天明，当家长老叫行者起早烧汤做饭。那行者蓦来蓦去，都是柴堆塞的，那里寻个进厨房的路头？口中不说，心中想道：“昨日临睡时，空空一个灶房，这柴那得许多？便是朱行者一个去湖中樵柴，怎么便有这山堆海积的柴草？”只得叫动大众，挑的挑，抬的抬，出洁了半日，方才清得条走路。

太祖起来，自家也看得呆了。心中想说：“若是如此看来，莫不是我果有天子之分？但今日没有一个可与计议的。我不如走到伽蓝殿中，问个终身的吉凶，料想明神也有分晓。”将身竟到伽蓝殿来，却有筊经在侧，太祖一一诉出心事，问说：“如我云游在外，另有好处，别创个庵院，不受这些腌臜闲气，可还我三个阴筊；如我不戴禅冠，另做生意，将就做得个财主，可还我三个阳筊；如我趁此天下扰乱，去投奔他人，受得一官半职，可还我三个圣筊。”将筊望空掷下，那筊不仰不覆，三次都立着在地。太祖便打动做皇帝的念头，密密向神诉说：“今我三样祷告，明神一件也不依。莫不是许我做皇帝么？如我果有此分，明神可再还我三个立筊。”望空再掷，只见又是三个立筊。太祖又祷告说：“这福分非同小可，且又无一人帮扶，赤手空拳，如何图得大事？倘或做到不伶不俐，到不如一个愚夫愚妇。再告明神，示以万全，如或果成大事，当再是三个立筊。”那知掷去，又是三个立筊。太祖便深深拜倒在地，许说：“我若此去一如神鉴，我当重新庙宇，再整金身。”拜告未已，只见这些秃子走来，埋怨说：“你把这柴乱堆乱塞，倒要我们替你清楚，你独自在此耍子。”太祖也只做不听得，竟到房中，收拾了随身衣服，出了寺门，别了邻舍汪妈妈，竟投盱眙县，寻姊夫李贞。

路上不只一日，来到盱眙，见了姊姊。姊姊说道：“此处屡经荒旱，家业艰难，那能留得你住？不若竟往滁州，去投娘舅郭光卿，寻个生计，庶可久长。”太祖应诺，姊姊因安排些酒果相待。不意外边走进一个孩儿来：

燕额虎头，蛾眉凤眼。丰仪秀爽，面如涂粉，口若珠；骨格清莹，耳若垂珠，鼻若柱。光朗朗一个声音，恍惚鹤鸣天表；瑞溶溶全身体度，俨然凤舞高冈。不长不短，竟是观音面前的善财；半瘦半肥，真是张仙抱来的龙种。

后人想像他的神色，口占四句道：

灵分归妹产岐阳，英武文明已夙章。
自羡宁馨人世少，应知日兔是星房。

太祖便问："此是谁家的小官？"姊姊说道："此便是外甥李文忠。"便叫："文忠，你可拜了舅舅。"太祖十分欢喜。问他年纪，说道："今年十岁。"席中谈笑，甚是相投。当晚酒散。次日，太祖取路上了滁州，见了娘舅郭光卿，叙起寒温。太祖将父母兄弟的苦楚诉说一遍。那郭光卿说："你今来此，正好相伴我儿子读书。"次日竟进馆中。太祖性甚聪明，郭氏五子，因遂恶之，假以别事，哄至空房，欲绝太祖饭食。郭氏因有育女马氏，私将面饼饲之。一日忽被郭氏窥视，遂纳怀中，马氏胸前因有饼烙腐痕，此事不在话下。

光阴迅速，太祖却已十八岁了。郭光卿收拾几车梅子，同太祖上金陵贩卖，进至和州，时值夏初天气，路上炎热。光卿说："你可将车先行，我歇息片时便来。"太祖推车赶路，不题。

却说光卿两年前曾与一个光棍争执到官，那光棍理亏输了，便出入衙门，做了一个听差的公人，今却同一夥公差，在途中撞着。那光棍睁开两眼叫道："仇人相见，分外眼清。郭光卿今日那里走？且吃我一拳！"光卿喝道："你这厮还不学好，犹敢如此无礼？"那汉子劈面打来，光卿把手一格。那汉子见光卿把手格开，又赶过一拳。光卿也不来抵敌，把身子一闪。那汉子想是虚张的气力，眼中对日头昏花，一交就跌倒，却好跌在一块尖角的大石头上。来得凶，跌得重，一个头撞得粉碎，呜呼哀哉，伏惟尚飨。那些夥计叫道："你何故打杀了公差？且送到官司，再作道理！"光卿逞出平生武艺，打开一条路，连夜奔逃去了。

太祖将车向前等待多时，不见光卿，转来寻觅。路上人汹汹，只说前面有一个人被人打死了，那凶身逃走了。太祖心下思量："大分是母舅做出这事。"话未说完，来至三叉路口，正在沉吟，忽见一阵风过，半云半雾来了五个异人。太祖吃惊，内一人道："那推车的，不必狐疑，跟随我去，包获大利。"太祖大着胆便问道："你五位何处人氏？"那人说："吾非人也。奉敕一路散灾，此病非乌梅不可救。乃是五显神也。"说罢前行。太祖只得将梅子自上金陵贩卖。只见那柳阴之下，又立着有四五个人，或是舞刀的，或是弄枪的，或是耍棍的。演了一回，又坐息一回。太祖见他们个个都是好手段，便将车子推在一边，把眼睛注定来看。那些人又各演试了一回，从中一个人叫："好口渴也！那得茶吃一口也好。"却有一个便指着车子说："你可望梅止渴么？"太祖便从车中取百十个梅子，送与四五个吃，说道："途中少尽寸情。"那些人那里肯受？太祖说："四海之内皆兄弟也，便取了罢。"再三送去，他们勉强收了。就将梅子匀匀的分做五处，各人逊受一处。便问太祖行径，太祖一一直说。这也是天结的缘，该在此处相逢。太祖也问他们姓名，只见一个最年纪小的，便指着说："这一个是我们邓大哥，单名唤邓愈。从来舞得好长枪，人因称他有四句口号说：

丈八龙蛇绕法身，追风赶月邓天真。
有朝遇主成鸿烈，月燕腾空危宿精。"

又指一个道："这是我们汤大哥，单名叫做汤和。自幼儿惯舞两把阔斧，也有四句口号称赞他说：

抖擞精神谁敢当，双轮月斧煞光芒。
功名姓字标彝鼎，昴宿鸡神汤大郎。"

侧身扯过一个说："这个是我们郭六哥，单名郭英。七八岁儿看见五台山和尚在此抄化，那和尚使一条花棍，如风如电一般，郭六哥便从他学这棍法。而今力量甚大，用熟一条铁棍，那里敢近他？人也有四句口号儿称赞：

通天猿臂水参星，想是汾阳复耀灵。
一棍平成天地烈，喜看到处勒勋名。"

一夥儿正说得好，忽起一阵怪风。那风拔树扬沙，对面不识去路。这四五个人都扯了太祖，说："我们且到家里，一避恶风，待等过了，你推车上路，何如？"太祖说："邂逅之间，岂敢打搅？"这四五个人说："不必过谦。"只见那后生将太祖的梅车已是推去了，叫说："你们同到我家来。"正是：燕赵悲歌士，相逢剧孟家。不知太祖此去何如，请看下回便知。

第七回

贩乌梅风留龙驾

列宿乘风载酒来，水边曲榭石边台。
英雄志合三生座，鱼水情投数举杯。
竹影聚窗疑凤下，飘风吼树俨龙回。
知君各抱凌霄志，此地天教会俊才。

却说那后生，趁着大风，先把太祖的梅车如飞似水推着，口里叫道："你们都到我家，权避一回，再作区处。"这些众人也把太祖扯了就走，不上半里，就到那后生家里。后生便将车子推进，叫道："阿哥，我邀得义兄弟们到家避风，又有一个客人也到此，你可出来相见！"只见里面走出一个人来，那后生说："这是家兄。"太祖因与众人一一分宾主坐了。那后生说道："方才大风，路上不曾通得姓名完备。"因指着郭英肩上一个，说："也姓郭，便是郭六哥同宗，双名郭子兴。专使一把点铁钢叉，一向在神策营十八万禁军中做个教师，因见世道不宁，回家保护。这些人也有几句赞他说：

山叉独立逞英姿，俨似神虺吐舌时。
万马争先谁抵敌，翌星化下火蛇儿。

我小可姓吴名桢，家兄名良，原是庐州合肥人。家兄也能使两条铁鞭，约有三十馀斤，人见他运得千般闪烁，因也有几句口号曰：

双鞭挺竖如羊角，转电乘风人莫觉。
想从天降鬼金羊，生向人间摇海岳。”

太祖便问：“长兄方才在柳荫下也逞威风，幸得注目。看这两把长剑，每把约有八尺馀长。长兄舞得如花轮儿一般，空中只见剑不见身。这方法从那里学来？真是奇怪罕有，毕竟也有人赞叹。愿闻，愿闻。”吴桢说：“小可年冲力少，那能如得这几位义兄？所以人也没有题咏。”只见邓愈对太祖说：“这个义弟的剑法，向者从云中看见两条白龙相斗，别人都躲过了，不敢看他。他偏看得十分清洁，自后便把剑来舞动。几次有侠客在此较量，再没有一个胜得他的。人人都说此是鬼神所授，便也有几句诗赞他：

剑术非从人世有，恍若双龙双触首。
天生名世翼真君，井星木犴符阳九。
舞动光芒跃跃飞，上清霄汉扫邪辉。
转斗回星凭肘腋，八方随处壮神威。”

太祖应声说：“列位的武艺高强，这些吟咏的，都一一名称其实。但而今混乱世界，只恐怕埋没了列位英雄。”四五个都说：“正是如此。前者望气的说，金陵有天子气。我辈正在此打探，约同去投纳。至今未有下落。只见昨日有一个道人，戴着个铁冠，在此叫来叫去，说明日真命天子从此经过，你们好汉须要识得，不要当面错过。我们兄弟所以今日清晨在此候了。直至如今，更不见有人来往。”正说时，只见吴良、吴祯托出一盘嗄饭来，扯开桌子，说：“且请酌三杯。”太祖便起身告辞。吴良兄弟说：“那有此理？今日相逢，也是前生缘分。

况外面恶风甚紧，略请少停，待风寂好行。”这些义兄弟也说：“借花献佛，尊客还请坐。”太祖只得坐了。

酒至数巡，风越大了，天色渐渐将晚。吴祯开口说：“尊客今日不如在此荒宿一宵，明早风息，方才可行。”太祖说：“在此搅扰，已觉难当，况说借宿？”众人一齐说：“即今日色又将西落，此处直过五六十里，方有人家。我们众兄弟都各将一壶一格来，以伸寸敬。便明早去罢。”太祖见他们十分殷勤，且想：“此去若无人家，何处歇脚？”便说：“既然承教，岂敢过辞？但是十分打搅。”说话之间，这些兄弟们不多时俱各整顿七八品菜肴来，罗列四五桌，攒头聚面，都来恭敬着太祖。太祖一一酬饮了十数杯，不觉微醺。便说：“酒力不堪，少容憩息片时，再起来奉扰。”吴祯便举烛，照着太祖，转弯摸角，到一个清净的书房，说：“请少息，顷间便来再请。”便反手关了房门去了。太祖抬头一看，真是清香爽朗，竟成别一洞天。和衣睡倒，不题。

却说汤和开口对弟兄说：“列位，看这梅子客人生得何如？”众人都说：“此人相貌异常，后来必有好处。”汤和点头说：“昨日的道人也来得希奇，莫不应在此人身上？”正说间，只见外面多人簇拥进来，说：“吴家后面书房火起了。”众人流水跑到后面看，不见响动，只见一片红光，罩着书房，多人也都散了。汤和说：“此事不必疑矣！我们六弟兄，不如乘此夜间，请他出来，拜从他，为后日张本，何如？”六个人一齐走到书房，太祖也却好醒来。六人纳头便拜，太祖措手不及，流水扶将起来。他六个把心事细说了一遍，太祖说：“我也有志于此。”因说起投母舅郭光卿事情。是夜连太祖七个，都在书房中歇了。

次早天清日爽，太祖作谢了众人起身。他们六个说：“我们都送一程！”路途上说说笑笑，众兄弟轮流把梅车推赶。将近下午，已到金陵。金陵地方遍行瘟疫，乌梅汤服之即愈，因此梅子大贵。不多时尽行发完，已获大利。太祖对六个人说：“我欲往武当进香。送君千里，终须一别。列位且各回家，待我转来，再作区处。”众人说：“我们也都往武当走走。”

是日登船渡江，不数日，同到武当。烧了香，同到店中，与六弟兄买酒。正吃间，忽有人来说：“滁州陈也先在此戏台上比试。”太祖说：“我们也去看看。”只见陈也先身长八尺，状貌堂堂，在戏台上说：“我年年在此演武，天下的英雄不敢有比试的。倘赢得我的，输银一千两。”太祖大怒，便踊身跳上台来，说：“我便与你比比何如？”两人交手，各使了几路有名的拳法。也先欺着太祖身材小巧，趁着太祖将身一低，便一跳将两脚立在太祖肩膀上，喝采道：“这个唤做‘金鸡独立’形。”众人也喝采。太祖趁势却把肩膀一竦，把两手扭紧了也先的脚，在台上旋了百十遭，喝声道：“咤！”把也先从台上空中丢下来，叫说：“这个唤做‘大鹏搅海’势。”众人喊笑如雷。也先怀羞，连呼步兵数百人，一齐涌过动手。太祖跳下台，往东便走，也先随后飞也赶来。只见邓愈、汤和在左边，郭子兴、吴良在右边，两边迎着喊杀。吴祯、郭英又保着太祖先走。也先并数百步兵力怯而逃，四人也不追赶。天晚走进一个玄帝庙，后殿歇息。一更左右，只听得前边草殿鼓乐喧天。太祖同众探望，却正是陈也先饮酒散闷。太祖大怒，四下放起火来，焚了这草刹，也先逃去了，不题。

太祖正睡间，只见一个青衣童子同两个金甲将军说：“请陛下上殿说话。”太祖看时，却正是北极玄天上帝。上下宾主而坐。玄帝说：“早来承君赐香，多感多谢。”太祖也不做声。玄帝又说：“此去以后，正是皇帝发迹之年。小神自当效力保护。但今日为陈也先，皇帝烧毁了小神修行草殿，今后不便安身，奈何，奈何？”太祖对说：“他日我得一统山河，四海升平，即当造一座金殿，供奉神圣。”茶罢而别，醒来却是一梦。次日太祖与众人离了武当，径回金陵。只见途中一人口里问说：“足下莫非武当山台上比试的豪杰么？”太祖便应说：“不敢！”那人即同三个人拦路就拜。太祖慌忙扶起，问他来见原由。正是：不惜流膏助仙鼎，愿将桢干捧明君。

第八回

郭光卿起义滁阳

宝剑金鳌敢自韬，同来结义着征袍。
只缘明主称龙见，难避时人识凤毛。
冠服进贤声振日，箭横大羽气临涛。
只今歌管欢无极，谩吐新词醉浊醪。

却说太祖同众人路取金陵而回，却有一个人领着三个，闻说是武当山比试的朱公子，拦路便拜。太祖连忙扶起，看那人一表身材，年纪止约有十五六岁，便问："尊姓大名？"那人对说："小可姓花名云，从小儿学得一条标枪，也要图些事业。因见足下台上本事，且一毫没有矜夸之色，后来必大有为。因同这三个结义兄弟华云龙、顾时、赵继祖来投，伏乞不拒。"太祖不胜之喜，领四个见了邓、汤等众，共到滁州。

只见娘舅郭光卿已在家中，甚比常时不同。太祖便问说："娘舅何以遽然显赫？"光卿对说："自那日坏了公人，不敢回家，径到淮中安丰，投顺了红巾刘福通。他见我形表异常，因与兵一万，掠淮西一带郡县。谁知兵到濠州，守将孙德崖闻风投降，我因进城招募豪杰。

如今却好回来，看看家眷。不知贤甥身边为何也有这多人归附？”太祖也一一把事情说了一遍，因劝娘舅：“何不去了红巾，自立王号？”光卿依了太祖，自称做滁阳王，令部下去了红巾，以太祖为神策上将军，便把所育的女儿，原姓马氏，配与太祖。太祖因感马氏怀饼前情，遂亦允诺。又立一个招贤馆，把太祖招集天下英雄。

却说刘福通闻了这个消息，便着人来问：“何以去了红巾，称了王号？”太祖对来人说：“方今天下，豪杰四起，各据一方，不必相问。若日后你们有厄，我当与你解围，以报起兵之谊。”那人回复，不题。

太祖在馆，日夕招纳四方英隽。却已是至正十三年，忽一日，两个人走进馆来，拜说：“小可是定远人，姓丁名德兴。这个濠州人，姓赵名德胜。闻明公声名，愿归麾下。”太祖看那丁德兴：

面如黑枣，眼若金铃。穿一领皂罗袍，立在旁，却是光黑漆的庭柱；仗一条生铁棍，靠在后，浑如久不扫的烟囱。真个是黑夜叉来人间布令，铁哥哥到世上追魂。

太祖因唤他做“黑丁”。那个赵德胜膂力异常，魁梧出众。马上使一条花槊，运动如飞，百发百中，材勇当先。太祖也命他为前锋。

丁德兴又对太祖说：“我们定远有一个唤做李善长，此人足智多谋，潜心博古。当初他的母亲怀着他时，梦见一个绯袍的神说道：‘不久该真龙出世，我特把洞明左辅星君为汝之子，长来做第一位文臣，辅佐他。’后来生下此子，聪明颖异。人因有几句口号称赞他：

头角生来异，聪明分外奇。
一清兰蕙色，无量运筹知。
博学称文府，宏裁裕武规。
洞明来辅世，真是帝王师。

又有兄弟二人，一个唤做冯国用，一个唤做冯国胜。他两人一母所生。那母亲怀国用时，梦见孛星坠入怀中，因而坐产。后来怀那国胜，晚来忽入园中闲步，却见一个文獐，颈上挂一条柳圈儿，在他母亲的面前走来走去，将至日暮，竟便撞入在他母亲衣内，再不见了。便不觉肚痛，生出国胜来，身上毫毛都似文獐的颜色，从幼只喜欢柳树，人就说他必是柳土獐下降。他弟兄武艺高强，人也有称赞他的诗句：

好个大兄冯国用，水孛星祥应世重。
小兄国胜柳獐精，更是奇豪兄弟兵。
德门积荫还几许，天产麒麟双与汝。
伯氏吹埙仲氏篪，忽朝天上声名驰。
双星耿耿拱北极，方是男儿得志时。

明公若好贤礼士，德兴当去招他。”太祖下阶说：“我一向闻李公的名，正愁无门可去通个信息。你当去走一遭。若冯家兄弟同来更好。”德兴出馆而去，不一日请他们三个到馆中，见了太祖。太祖下阶迎接。说话之间，句句奇拔。冯家兄弟，亦各英伟。因说：“果然名下无虚！”遂拜善长为参谋，冯家兄弟俱托腹心之任。

正说话间，只见外甥李文忠、侄儿朱文正，领着三个人进来。太祖历历说了别来的事务，便指道：“这三位是谁？”文忠等说：“我们路上正走，不意撞着他父子二人。父亲唤做耿再成，令郎唤做耿炳文。俱膂力超人。路中商量无人引进，故我们因带他来。这位姓孙名炎，字伯容，金陵句容人。一足虽跛，无书不读，善于诗歌，向有文学之名，今亦愿在府中做个幕宾。”太祖大笑道：“今日之会，叔侄甥舅，文学干戈，都为毕集，亦是大快事。”席间便问李善长说：“我欲立一员大将，统摄军机，未知何人可用？”李善长云：“昔汉高祖问萧何说：‘谁人可将？’萧何对说：‘周勃敦厚少智，灌婴爱欲不明，樊哙勇而无材，王陵气小不大。凡为大将者，仁、智、信、勇、严，缺一不可。国君好贤，贤才必至。’高祖因聘募天下豪杰，不上两月，韩信弃楚投汉。遂设坛拜他为天下掌兵都元帅，后来抚有汉祚。今欲求大将，庶几一人可当此任。”太祖问说：“是谁？”善长说：“濠州城外永丰县有一人，姓徐名达，字国显。祖贯凤阳人。精通韬略，名振乡关。母亲生他之夕，合乡老少观见北斗右弼星先从他屋上坠下，豁喇喇如霹雳一声，满空中如火灼，焰焰不息。不移时，便生他下来。如今约有二十馀岁。他们徐寿辉、刘福通、张士诚，时常遣人来请。他说：‘彼辈非可辅之人。’坚意守己，待时而出。常说：‘帝星出在本郡，我岂远适他人？’若得此人，大事可成。”太祖说：“烦公就与我招他，何如？”李善长说：“昔汤聘伊尹，文王访姜尚，汉得张良，光武求子陵，蜀主三顾诸葛，苻坚任王猛，此乃下贤之效，还是明公自去迎他才是。”太祖次日因去对滁阳王说道：“麾下虽有数万甲兵，惜无大将。今李善长荐举徐达，特请命，欲与李善长亲去请他。”滁阳王依允。太祖即同善长策马去请。未知来否？正是：欲图一统山河业，先觅麒麟阁上人。

第九回

访徐达礼贤下士

上客相过鹊乱喧，萍踪初合契无言。
神龙一代名偏重，附凤千年道自尊。
熏琴漫弄楼中调，瑶剑应寒滁上魂。
从此台星多妙算，直堪杯酒定乾坤。

却说太祖同李善长，辞了滁阳王，前至永丰乡。太祖遂屯了军，传令不许扰动居民。两人竟自下马，步入村中，探到徐达门首。忽听得门内将剑弹了几下，作歌曰：

万丈英豪气，怀抱凌云志。
田野埋祥麟，盐车困良骥。
何年龙虎逢，甚日风云际。
文种枉奇才，卞和屈真器。
挥戈定太平，仗剑施忠义。
蛟龙滞浅池，虎豹居闲地。
伤哉时不通，未遇真明帝。

善长便向太祖说："此歌就是徐达声音。"太祖喜曰："未见其面，先听其声。只这歌中的意思，便知是个贤才。"普长扣门，良久，只见徐达自来开门。太祖看了，果然仪表非常。又温良，又轩朗，又谨密，又伟奇。三人共入草堂，讲礼分宾坐了。茶罢一巡，徐达问说："二公何人？恁事下顾？"善长叙出原因，徐达俯谢说："既蒙光召，焉敢不往？但未卜欲某何用？"太祖曰："群雄竞起，四海流离。特请公共救生灵。"徐达便说："欲救生灵，还须扫净群雄，统一天下。但今元势尚盛，诸雄割据，亦都富强。以濠州一郡之兵，欲成六合一统之业，不亦难乎？"太祖说："昔周得太公而纣灭，汉得韩信而楚亡。得贤公辈，仗剑诛奸，且俟有德者，以系民望，何虑其难？"徐达笑曰："从来定天下者在德不在强，明公能以仁德为心，不嗜杀为本，天下不足平也。"便安慰了家属，与太祖、李善长三人并马，竟至礼宾馆中。太祖细问战攻之术，徐达说："临阵发谋，宜随机转变，岂有定着！但上胜以仁，中胜以智，下胜以勇。仁智勇三事，为将者缺一不可。"太祖又问："为国者，有小而致大，有大而反亡者，何故？"徐达说："合天理，应人心，爱众恤物，敬老尊贤，自人乐而从之，虽小而可致大。倘奢淫暴虐，或柔而无断，或刚而少仁，或愚昧不明，或好杀不改，未有不亡者也。"太祖大喜，自后惟李善长徐达同眠共寝。次日引见滁阳王，王授以镇抚之职。

数日后，滁阳王以太祖为元帅，徐达为副将，赵德胜统前军，邓愈统后军，耿再成统左军，冯国用统右军，李善长为参谋，耿炳文为前部先锋，冯胜为五军统制，李文忠为谋计使，率兵七万，攻打滁泗二州。刻日起兵，至泗州界上安营，议取泗州之计。大夫孙炎上前说："泗州张天佑是不才故人，其人刚直忠厚，与我甚契。愿往泗州说他来降。"太祖分付："大夫用心做事。"孙炎辞了出帐，径入泗州城来见天佑。两人叙礼毕，天佑问说："仁兄何来？"孙炎说："某因放志飘流，近投滁阳王帐下。他馆中有个朱明公，才德英明，文武兼备，龙行虎步，必有大为。今提兵取泗州。炎知足下守此，特来相告。倘肯归附，足见达权。”天佑说：“我是慕他是一世之英，有人君之度。但我受元爵禄，背之不忠。”孙炎说：“今元顺帝以胡元而居中国，淫欲不仁，退贤任佞。君弃暗投明，有何不可？”天佑思量了一会，说：“遵命，遵命。”即列仪仗鼓乐，出城迎降。孙炎先到营中，具说前事，便引天佑到帐中相见。太祖说：“将军来归，真是达权知机之士。”遂授中军校尉。太祖引兵入城，抚恤了百姓，即留天佑守城。

次日起兵向滁州，以花云为先锋。那先锋怎生打扮？但见：

头顶一个晃朗朗金盔，身穿一领密鳞鳞银铠，腰边系一条蛮狮锦带，心前扣一个盘龙金环。弓弰斜挂鱼囊，革铮铮弦鸣五色；箭羽横装象袋，钢铄铄镞聚三棱。坐下千里马，白若飞霜；衬着九云袠，花如映日。手中绾七八条标枪，运将来那管你心窝手腕；袋里藏六七升铁弹，抛将去决中着脑后胸前。喝一声似霹雳卷风沙，舞几回都锋芒飞剑戟。

正是：花貌却如观自在，追魂胜过大阎罗。单骑在前，恰遇着贼兵数千在路。那时花云盼着后军未到，便抖擞精神，保了太祖，横冲直撞，如入无人之地。惊得那数千贼兵，没一个敢争先抵挡。后人看到此处，赞叹不休。有诗为证：

滁州界上显鸿功，谁似东丘花令公。
土貉翠灵天佑顺，万人头上逞英雄。

贼兵溃散，花云因于滁州北门外屯兵。元将平章陈也先横刀直杀过来，后军左哨统制将军郭英却好迎敌，战了五十余合，不分胜负。元阵上又闪出他儿子陈兆先与姚节高来助阵，早有汤和、邓愈、冯胜、赵德胜一齐冲杀。只听得东南角上一支兵呐喊如雷，红旗招灼，绣带飞翻。为首一将，坐在马上，竟有五尺馀高，生得面如铁片，须似钢针。坐骑赶日黑枣骝，肩担偃月宣花斧，从元兵阵后冲杀出来。此是何人来助？后人有诗为证：

室火猪星忒膂力，倏忽搏风生羽翼。
霹空闪出辅明君，自是鸿勋开九域。
杀气横将云汉回，腥膻胆落几成灰。
柳拂旌旗刀映日，迄今麟阁像崔嵬。

元兵三面受敌，陈也先大败，不敢入城，竟弃了滁州，向北路而走。太祖鸣金收军，驻扎城外。只见那员大将，身长九尺，步到营前下拜。太祖急将手扶起，问说："将军何人？"那将说："小可姓胡名大海，字通甫，泗州虹县人。因芝麻李乱，自集义兵，护持乡里。闻元帅德名，故来助阵纳降。"太祖便授他军前统制。

是日元将张玉献出城投降。太祖入城抚民，将兵次于滁州，仍分兵取铁佛冈寨，攻三江河口，破了张家堡，收了全椒并大柳诸寨，因分兵围六合。裨将赵德胜为流矢中了左股，血染征袍，昏晕数次。太祖亲为敷药调治。随令耿再成同守瓦果垒。元兵急来攻打，太祖日逐设计备敌。探知事势稍缓，欲暂回滁州。早有哨马来报，说："元人又集大兵，来攻滁州。"耿再成对太祖说："他兵聚集而来，其势甚大。如此如此，何如？"太祖说："甚好！依计而行。"众将得令，各自打点行事。耿再成率了本部人马，自来应敌。未知胜负何如？正是：大将营中旗一竖，敌人惟有胆俱寒。

第十回

定滁和神武威扬

铁马连城起战楼，征云杀气拥貔貅。
肇生圣主开淮甸，分念英雄萃泗州。
夜半鹃啼锋锷惨，深秋雁唳大刀头。
乾坤鼎沸从今靖，山自清兮水自流。

却说诸将各自得令，四下安顿去讫。将军耿再成率了部伍，结束上马，来到阵前一望，只见那元兵浩浩荡荡，如云如雾的打来。头一员将，挂着先锋旗号，不通名姓，直杀过来。耿再成见他汹涌，便也不答话，两马相交，战上二十馀合，不分胜负。再成便沿河勒马而走，那个先锋乘机率了元兵赶来。再成看元兵紧赶便紧走，慢赶就慢走。约将二十里地面，只见那柳树上插着红旗一面，趁风长摇。再成勒转马头，大喝一声，说："元兵阵上来送死也！"喝声未已，火炮一声响亮，左边冲出一标白衣白甲白旗白号，当先一员大将汤和，左边邓愈，右边冯胜的人马出来；右边冲出那皂衣皂甲皂旗皂号，当先一员大将胡大海，左边赵德胜，右边赵继祖的人马出来，把元兵截做三段。那先锋看势头不好，急叫回军，那军那里回得及？正惊之间，只见后面城中又有赤衣赤甲赤旗赤号，当先一员大将徐达，左有耿炳文，右有姚忠，鼓噪而出。杀得那元军血染成河，尸横遍野。那再成挺出夙昔威风，驾着那追云的黑马，向前把先锋一刀，取了首级。有诗为证：

杀气横空下大荒，海天雄思两茫茫。
血痕染就芙蓉水，骸骨堆成薜荔墙。
树列旌旗千里目，江开剑戟九回肠。
应知日鼠虚星现，处处旗开战胜场。

元兵大败，滁州因得安驻军粮。太祖一面差人报知滁阳王，会守滁州，不题。

却说铁冠道人已知太祖驻兵滁州，一日竟入帐前，说："道人善相，将军要相么？"太祖因记前者柳阴中邓愈六人说过的"道人戴个铁冠"等话，便迎他入帐，问道："道人高姓道号？"道人说："我姓张字景和，江西方外之士。将军若听，我替你说，你若不听，我说也无用。"太祖说："君子问凶不问吉，正要师父直讲。"道人说："声音洪量，贵不可言。但四围滞气，如云行月出之状。所喜者，准头黄明，贯于天庭，直待神采焕发，如风扫阴翳，便是受命之日。然期也不远，应在千日之内。但边头驿马有惊气，南行遇敌，切须戒惧。"太祖说："师父肯在此军中，时时看看气色，以知休咎，何如？"道人说："我虽云游天下，却也时常可来。你既有盛情，我便在此也得。"自后道人常在军中聚会。

且说滁阳王得了捷报，便留都督孙德崖驻扎濠州，即日自率兵到滁州。因命设宴，与太祖称贺，且与众官计功行赏毕，次日设计攻取和州。却命张天佑、耿再成、赵继祖、姚忠四将，领兵三千为游击先锋前进。四将得令，望和州进发，直抵北门搦战。城中元将也先帖木儿，急领兵三万迎敌，直取再成。再成舞刀，斗上五十余合，终是元兵势大，两翼冲杀，朱兵奔溃。姚忠接刃复战，恨后队不继，被元兵所杀。日暮，幸天佑等兵至，又大杀一场，元兵方才败走。再成等收兵，至于黄泥镇，损了大将姚忠，折去兵一千余众。两人忧闷，说："必须元帅兵来，方好取胜。"

且说滁阳王闻再成等败绩，因命太祖率徐达、李善长，及骁勇数千人，来到黄泥镇。二人见了太祖，备细说诉了一番，伏地请死。太祖大怒，说："元兵既盛，只当坚守，取兵救应。何乃轻敌，以此败误？"喝令斩首示众。李善长说："罪固当诛。但今用人之际，望且姑容这番，待他将功赎罪。"二将叩谢出帐。太祖甚是忧恼。徐达向太祖身边说："如此如此，不怕和州不得。此事还须耿再成走一遭。"太祖即召再成同继祖上帐，徐达便各与缄帖一纸，再三叮咛，说："用心做事！"再成等领计而行。徐达复唤邓愈、汤和、郭英、胡大海，领兵二万，去大道深林中埋伏，如此行事。分遣已定，又对太祖说："末将自当领兵一万，当先索战。元帅宜与众将将二万兵殿后。"

次日，两军对阵。元阵中也先帖木儿出马，说："若不急退，当以姚忠为例。"徐达说："大兵压境，尔还不识贤愚，尚自夸诩？"二人举刀对杀。元阵上张国升、秃坚帖木儿，混兵直杀过来。徐达觑空，转马便走，元兵随后赶来。未及廿里，只见元兵探马飞报，说："我们被赵继祖劫了寨，火烧了营帐。"那也先倒戈急走，只见两边伏兵并起，汤和、邓愈、郭英、胡大海，夹击而来，后面太祖领了大军，又直来攻杀。也先不敢回营，竟领兵奔至和州城边。却见城上都是赤色旗帜，敌楼上徐达大叫说："也先帖木儿，我已取此城，少报前仇。你还来怎么？"此是徐达先着耿再成假作元兵，待也先帖木儿出战，乘夜赚开了城门，取了和州。正是：计就月中擒玉兔，谋成日里捉金乌。

那也先望南逃命而走，太祖的兵正在追赶，只见当先闪出一彪兵来，勒马横枪，问说："来将何人？"也先帖木儿说："吾乃元兵，被朱兵十分追急。若将军救我，当有重报。"那将军大喊一声，将身一纵，在马上活捉了也先帖木儿，绑缚直到太祖军前，下马便拜，道："小可濠州怀远人，姓常名遇春。向闻将军仁义，特来相投。擒元将为进见之礼。"太祖举眼一看，真个是：

豹头猨眼，燕额虎须。挺一把六十斤大刀，舞得如风似电，驾一匹捕日乌骓马，杀来直撞横冲。惹动了杀人心，万马千军浑如切菜；奋起那英雄志，铜墙铁壁若摧枯。黑着一片铁扇脸，咤一声，那愁霸陵桥不断；竖起两只铜铃眼，瞅几瞅，忧甚虎牢关难过。飞而食肉，世罕有封侯万里威仪；义而有谋，天生成乾坤一样品格。赞难穷，有诗为证：

悬崖削壁倚天空，随处将军身可通。
气爽明霞千嶂紫，威追斜日复天中。
池寒夜吐蛟龙气，林响时疑虎豹丛。
忠武挺生天有意，至今人羡亢金龙。

太祖说道："得足下弃暗投明，三生之幸也。"喝令斩了也先帖木儿，屯兵城外，单车入城，抚恤合城百姓，欣天喜地。正是：滁和有福仁先到，神武多谋世莫知。是日军中筵宴，恰报滁阳王传令，加太祖神策将军之职。

第十一回

兴隆会吴祯保驾

雄心侠骨羡巍峨，随处英名难折磨。
奸生会上浮醽醁，剑跃筵前有太阿。
留恋一觞威自在，徘徊对舞气如何。
从今还想单刀会，绝胜云长驾小艖。

却说滁阳王立太祖为神策将军，太祖便为各帅之主，掌文的有李善长、孙炎等，掌武的有徐达、胡大海、常遇春、花云、邓俞、汤和、李文忠等，共约三十馀人。却又有定远人茅成、台山人仇成，来投麾下。太祖总兵和阳，与张天佑等，议筑和阳城郭，以为守备之计。分限丈数，刻日工完，分兵拒守。因集众将商议，授常遇春总兵之职。遇春叩头谢说："小将初至，未有寸功，不敢受爵。乞命为先锋前部开路，庶几可以自效。"太祖正欲首允，忽帐下一人叫说："我来数月，尚不得为先锋，他有何能？敢来压众！"太祖急看，却是胡大海。遇春怒说："主帅有命，乃敢僭越？你欺我无能，敢来比试否？"两人各欲相逞。太祖说："君等皆我手足，今欲相争，便似我手足交击，有何利益？"因命胡大海为左先锋，常遇春为右先锋，待后得头功为正先锋。两人各拜谢去。一边令人到滁州报捷，不题。此时正是新秋节候，和阳亦喜无事。后人因有新秋诗一绝：

金风飒飒动新凉，边塞征人怯路长。
深院夜分人不寐，独看梧影转危墙。

一日忽报濠州守备孙德崖领兵到来。太祖惊疑，与徐达说："濠州不得擅离，他来何意？多是欲分据和阳耳。不然必是濠城失守，故来归附。且容入城，再当议之。"顷刻间，德崖进城，太祖与众将迎接。叙礼毕，因问："何事到来？"德崖说："因无粮草，特来就食。"太祖便问："如此，今令何人守之？"德崖说："空城无用，守他何益？"太祖暗念："濠州是吾等本土，如若失守，取之甚难。德崖此行，是通穴鼠了。"因他同起义兵，且自忍耐。却好滁阳王驾到，太祖将取和州原由备说一遍。王看见旁边立着孙德崖，大惊，问说："你何不守濠州，却在此处？"德崖跪说："为乏粮，到此就食。"王大怒，说："濠州是吾根土，没得轻舍。"喝令推出斩首。太祖与李善长说："德崖之罪虽当斩首，还望念故乡旧帅，饶他这次，仍令去守濠州，以赎前愆。"滁阳王即刻与兵一万，前去镇守，吩咐："有失，决不饶恕！"德崖领兵去讫。

却说滁阳王未及半月，偶因惊疑感疾。太祖日视汤药，十分狼狈。因召太祖及李善长、徐达等至榻前，说："某生民间，因见元纲解坠，群盗蜂生，吾奋臂一呼，得尔等贤能共保濠梁，希成大业，救民涂炭。不意遇此笃疾。我死不足惜，所恨群雄未除，天下未定耳。朱将军仁文英武，厚德宽洪，尔等可共谋翊运，以定天下。"太祖顿首说："愚昧不堪承大王之志，然敢不竭尽股肱，以报厚恩？"少顷目瞑。

和州境上见星飞，濠郡江边掩义旗。

冈上空垂千树柳，年年春半子规啼。

太祖命军中都易服举哀，哀声动地，葬于和阳城白马冈上。众人因议立太祖为王，太祖说：“我等受滁阳王大恩，今尚有子在，可共立为王，亦见你我不背之心。”众人都道：“是。”遂立王子为和阳王，改和州为和阳郡，受符节统摄。王即日封太祖为开基侯、兵马大元帅，徐达为副，众官加爵有差。

却说孙德崖对儿子孙和说：“滁阳既殁，兵权该统于我。今朱君辈外挟公义，立他的儿子，阴窃他的威权，甚可恼恨。我当率兵以正其罪。”孙和说：“朱公如此，亦为有名。况他们一班，智勇足备，若与争长，恐难得胜。不如在营中设起筵宴，名曰兴隆会，假贺新王，请他赴会，席上须逼他引兵来归。倘若见拒，就席中拿住。朱君一擒，权必归父王矣。”德崖大喜，即修书遣人入和州来请。

太祖正与诸将议事，却报德崖有书来到。即拆开，口念道：“都统孙德崖端肃书奉硕德朱公台下，兹者恭遇新王嗣位，继统得人，下情不胜忻忭。特于营中设宴，名曰兴隆，欲与公共庆雍熙，翌日扫营敬候。再拜。”

太祖与李善长说：“此必德崖欲统众军，以我辈立其子，故设酒以挟我耳。不去则彼益疑，若去须不堕其计方好。”徐达说：“主帅极料得着。此会犹范增鸿门设宴之意，须文武兼济的辅从，方保无虞。”道未罢，帐前常遇春、胡大海俱愿随往。太祖俱不许。吴祯说：“不才单刀随主帅走一遭。”太祖曰：“公便可去。”胡大海忿忿不平。太祖说：“刀砧各用，鼎鏊不同。吾择所宜而使之。”

次日太祖单骑独前，吴祯一身随后，径至德崖营前。德崖见太祖并无甲士相随，心中大喜，说道：“中吾计了！”密令吴通等：“你须如此如此！”便即出营迎朱公。就席把盏，酒至数巡，德崖因说：“滁阳已薨，兵权无统。以义论之，应属不才掌管。故借此酒相烦。”太祖说："先王有子继统，兵权还该彼掌握。今都统既欲掌时，某回城启知和阳王，即当请任此事。"德崖大喜。孙和思量："朱君才智过人，此言必诈。"把眼觑着吴通。吴通持杯、剑在手，说道："小将有杯、剑二件，系周穆时西域献来，名'昆吾割玉剑''夜光常满杯'。此剑切玉如泥。这杯为白玉之精，向天比明，水注便满，香美且甘，称曰灵人之器。小将愿持杯为寿，舞剑佐欢。"说罢便将杯献在太祖面前，拔剑起舞，渐渐逼近太祖。吴祯看他势头不好，掣开腰剑，大叫道："我剑也不弱！"便飞舞过来，一剑砍去，把吴通砍做两段。旁边吕天寿见杀了吴通，也拔剑砍来，那吴祯将身一跳，跳上二三尺高，把那剑从空而下，吕天寿的头早已滚下来。吴祯杀了二人，即一手提了剑，一手抠了德崖腰带，叫说：德崖你何故如此无礼，设计害我主帅，即须亲送主帅出营，万事全休。不然，以吴吕二人为例！"德崖惊得魂飞云表，神散天边。便说："将军休怒，即刻送主帅策骑先行。"吴祯约太祖去远，才放了德崖的手，说："暂且放你回去！"即追马保着太祖而行。后人有诗赞叹：

兴隆会上凛如霜，此处吴祯忒恁强。
剑光寒逼奸雄胆，杯计春生酬劝觞。
寨空匹马嘶归路，岸远单戈引夕阳。
从此山河知有定，雄名应与海天长。

第十二回

孙德崖计败身亡

天津桥下阳春水，毕竟东流向溟海。
人生聚会良苦难，天作机关又谁待？
三星五星翊圣真，神谋鬼谋功崔嵬；
试排佳宴聆新说，忘却谯楼鼓数催。

却说德崖自知计败，便率精锐数千，四下里从小路追赶。早有李善长传令胡大海前来接应，恰好撞着德崖，便大叫道："德崖！那里走？"德崖措手不及，被大海砍做肉酱，造次中逃走了孙和。大海、吴祯保了太祖入和阳，众等迎接入帐，都说主帅受了惊恐。太祖因说："若非吴祯，几乎不保！"备说了会上事情，众将皆称吴祯真是虎将。太祖赐吴祯白金三百两，大海白金一百两。大海不受，但曰："主帅向曾有说，得首功者为正先锋。今日诛了德崖，望主帅不食前言。"太祖沉吟不语，徐达说："君虽诛了德崖，尚未为克敌之大，若常将军今日去，亦能成功。"众人都说："徐元帅说的极是！"大海方受了赏。

话分两头，却说巢湖水军头领俞廷玉，有三个儿子，长名通海，次名通源，第三的名通渊。他三个俱勇力异常，在水中伏得八九个昼夜。未生他们时，他父亲似梦非梦，看见一个老儿：

银髯鹤发，炯眼童颜。身穿着绛色五爪龙袍，脚踹着彩绣无忧珠履。戴一顶道扇诸葛巾，绾一个拂尘龙须帚。虚飘飘忽到庭前，瑞霭霭香盈院内。

指向廷玉说："我是滁州城隍，奉玉帝圣旨，将轸水蚓、壁水㺄、箕水豹三个水星，五年之内，接连降生你家，辅佐真龙出世。"便从袖内取出三个弹子大一般圆，放在掌中，红光烛天的物件，递与廷玉的妈妈，叫将水一碗，就吞下去，拱手而别。那妈妈果然不出五年，连生他三个儿子。大的通海，惯耍一个流星锤。索长三丈，转转折折，当着他粉身碎骨。人便有四句口号：

一个金锤忒煞精，飞来飞去耀星明。
忽朝水底轰雷振，搅得蛟龙梦不成。

那次子通源，使一条铁锏，铮铮有声。小时忽下江中洗澡，陡然云雨四合，水中只见癞头鼋开了大口竟来吞他。他手中更无别物，却打一个没头坛，直至水底，摸着四五尺长一块条石，他便担在肩背上，一步步踏上水来。那癞头鼋正横开四爪，抢到面前，通源哈咤一声，将那石竟砍过去。谁知那鼋的头颈，仰得壁直，凑着石上顽锋，竟做两段，满江中都是血水。岸上人不知通源在水中与鼋交战，只见满江通红，惊得没做理会。歇了半个时辰，通源慢慢将鼋从水中拖到沙边，便把身跳上了岸，拿条索子，缚了鼋脚，叫岸上人拽鼋上去。那岸上张三、李四、王二、沈六等十来个，那里拽得动？通源说："你们好自在货儿，只好吃安耽饭，这些儿便拽不起！"从新自来，把那鼋如拾芥一般，提上岸去。那些闲汉说："俞二官人活的都砍了，我们死的都牵不动，却也可笑。”便也有个吴歌儿歌他：

江中忽起一条鼋，闪烁风云雷雨翻。却遇通源水底石，魂在天边血在源。鼋也鼋，冤也冤，我们十来个扛勿动，被他一人一手便来牵。真个是璧水貐星来出世，天旋地转气轩轩。

还有那第三个通渊，越发了得。每手用一把折叠韭边刀，那刀用开来，二丈之内，令人伫身不得。曾到江边金龙四大王庙中赛神，那庙前路台上原铸有铁炉一事，有等闲不过的说：“这等东西，又无关纽，又无把柄，有人捧得动，输与银子十两。”那通渊时止一十四岁，心里想道：“这些儿担不动，恰终日舞灯草过日子。”走到庙中虔诚完了神愿，正好出来台上烧纸，只见十五六个好汉来抬那炉，都也抬不动。通渊竟要来拿，看了他们行径，又恐怕掇不动时，反被耻笑。仔细思量，必竟有斤两数目铸在上面。近前看得分明，又走过去想道：“只是一千斤，该托也托得起。”便走到后殿，先把别样试试看。抬头一望，却有两个大石狮子，在后边甬道上石栏干边。悄悄的脱下道袍，趁人不见，把左边狮子一托，便托在左手里，颠上几颠，说道：“约有千斤还多些。”轻轻的便安在地下，再往右边狮子，也托一托看。正托在右手上估斤估两，未及放手，只见一个人大叫道：“前殿二三十人弄不得一个香炉，这俞三官十四五岁，一个儿把石狮子颠来颠去。你们好不羞杀！”道犹未了，这些闲汉都赶来看。通渊只不做声，把那狮子连忙放在地下，穿上道袍，望山门外走去。这些人说：“我们有眼不识泰山。俞三官，你何故不做个把势我们看看。”那些人拦了又阻，阻了又拦，恰好父亲俞廷玉走到，说：“三儿，你何故被这些人阻拦？”通渊说：“我自在后殿把石狮子托托耍子，不知他们何竟拦阻？”那些人便向他父亲备说了原故。廷玉便开口说：“既如此，你便掇掇，把他们看看何妨？”通渊被父亲劝不过，只得走向殿前，把只手托了铁香炉，便下路台。那些人喝采，如雷似震。通渊恰又托上路台，如此三遍，轻轻的放在台下便走。却说管庙的长老埋怨众人说："俞三官又去了，这炉又不放在台上，如之奈何？"那些人说："不打紧，我们几十人，包抬齐整还你！"呐喊一声，齐将手来抬，谁知是糊泥，这炉越抬越陷下去了。几十人说："求求张良，拜拜韩信，还须到俞宅烦劳小官人走一遭。"这些众人说说笑笑，走到俞宅，见了俞妈妈，说了原故。妈妈笑道："这个小官倒会耍人，劳你们远远的走来接他。方才他到后园舞刀去了。你们可到后面见他，他决然肯去。"众人来到后园恳求，通渊只是个笑，也不应他们，大步到庙，仍将手托起香炉，放端正了。惊动得合州县人，那个不敬重他？人也编个歌儿喝采他说：

俞家又生个小熊罴呀，忒也希奇呀，忒也希奇。手托千斤，奇打希，希打奇。甚差池呀，忒也希奇呀，忒也希奇。显灵说是个箕水豹呀，忒也希奇呀，忒也希奇。佛前狮子，希打奇，奇打希，任施为呀，忒也希奇呀，忒也希奇。

他父亲做个头领，并三个儿子，率副将廖永安、廖永忠、张德兴、桑世杰、华高、赵庸、赵馘等，初投个师巫彭祖。后来彭祖被元兵所杀，庐州左君弼，便以书招降廷玉等一班水军。廷玉等谅君弼不是远大之器，不肯投纳。君弼因统兵来攻，廷玉等累战不利，受困在湖中。因集众将，图个保全之计。俞通海说："今江淮豪杰甚多，不如择有德者附他，庶或来救，不为奸邪所害。"廖永忠便说："徐寿辉、张士诚、刘福通、陈友定、方国珍、明玉珍、周伯颜、田丰、李武、霍武，皆是比肩分据的。"赵庸说："此辈俱贪欲嗜杀、鼠窃狗偷之徒，怎得成事？我说一人，你们肯从么？"不知此人是谁，正是：

知君多意气，仗剑且相投。

第十三回

牛渚渡元兵大败

谁言水火煞无情，也去当场翼圣明。
援危初振巢湖旅，德意还看宁海行。
水涨巍桥舟忽过，火腾烈焰艘须倾。
知应天上真龙出，是处纵横神鬼惊。

却说俞廷玉问诸将谁处可投，廖永忠数出多人，俱是贪财好色的，那里是英雄出世之主。赵庸说："我闻和阳朱公，仁德无双，英才盖世，且将勇兵强。若是投他，他必来救应，方解此危。诸公以为何如？"众人齐声道好，因作书遣人求救，不题。

且说太祖一日与诸将会议，说："此处虽得暂驻，然居群雄肘腋，非用武之场。必择胜地，方可攻守。"冯国用说："我看金陵乃龙盘虎踞，真圣王之都。愿先取金陵，以固根本。"太祖对说："我意亦欲如此。但济大江，必需舟楫，且钱粮不济，奈何？"正商议间，忽报巢湖俞廷玉等，遣人来见。太祖拆书看：

巢湖首将俞廷玉，并男通海、通源、通渊，裨将廖永忠、永安、张德兴、桑世杰、华高、赵庸、赵馘等，书呈朱主帅台下：玉等向集湖滨，久闻仁德，冀居麾下。不意左君弼累以书招，恨玉不从，率兵围困。廷玉等敢奉尺书，上干天威。倘振一旅以全万人，所有战舰千余，水兵万数，资储器械，毕献辕门，以凭挥令，誓当捐躯报答，伏惟台亮。

太祖得书，与诸将会议。李善长说："向闻他们为水军骁骑，今危急来归，若以兵去援，必效死力。且藉之以取金陵，此天所以资主帅也。"太祖因召使者到帐下，问他姓名，说："姓韩名成。"太祖说："即日发兵，汝可为向导。"留李善长、李文忠等守和阳，总军务，率徐达、胡大海、赵德胜等，领兵四万，直抵桐城，进巢湖口。君弼因太祖兵到，逃去。俞廷玉迎太祖入寨，备陈归顺无由，蒙提师远救，恩实再生。太祖慰恤倍至，驻兵三日。主将连众人收到和阳。

忽报：左君弼勾引池州贼赵普胜，一支兵截住桐城闸，一支兵截住黄墩闸。又引元将蛮子海牙领兵十万，扎住江口，势不可当。太祖大惊，因上水寨，登敌楼观看。果见兵寨数里，旌旗蔽天，金鼓雷振。太祖顾徐达曰："此君弼调虎离山之计，引我入湖，顿兵围绕，奈何，奈何？"胡大海说："主帅勿忧。主帅可领众将压阵，臣愿当先，只此斧可破贼兵之围。"太祖说："不然。贼兵势重，你我纵可冲阵而出，部下兵卒何辜？还宜再计良策。"徐达说："必须一人密从水中上和阳，调取救兵，内外夹攻，方能出去。"只见韩成说："裨将愿往！"太祖即修书付与，吩咐："速来，毋得误事！"

韩成出了水寨，抄巢湖口入江，从牛渚渡河，在水中行三日夜方得上岸，直抵和阳，见了和阳王，递了太祖上的书。李善长说："即须发兵去救！"传谕邓愈为正元帅，汤和为副帅，郭英为参谋，常遇春为先锋，耿炳文为掠阵使，吴良、吴祯、花云、华云龙、耿再成、陆仲亨，皆随军听用，率兵五万前进。其馀将佐与朱文刚、朱文逊、朱文英，率兵保守和阳。

众将领兵至江口，恰与蛮子海牙对阵。邓愈列阵向前。蛮子海牙急令番将二十员迎敌，尚未及前，先锋常遇春挺枪奋击。元兵阵上就如摧枯拉朽，那个敢当？邓愈等催兵并杀，蛮子海牙大败，遂过了牛渚渡。各部将士都去收拾元兵所弃马匹、器械、粮草、辎重，止有汤和使帐下兵卒只砍沿岸一带芦苇、茭草，用绳索一一缚成捆束，共约有千馀担。常遇春问说：“要他何用？”汤和对说：“夜间亦可备明。”那时拘集船只，共将一千有馀。邓愈便令分为五队，邓愈居中，汤和居左，郭英居右，耿炳文压后，常遇春当先，齐往巢湖进发。

探子哨知信息，报与赵普胜。普胜遂与左君弼说：“你可领兵当俞廷玉辈内冲，我当领兵拒常遇春等外患。”君弼自整齐船只，截住桐城闸，不题。晋胜领了大船五百只，排开阵势。遇春便挺枪来杀，两下交兵。正是：浪叠千层龙喷海，风生万壑虎吟山。

却恨那普胜的战船高大，又从上流乱把石炮打来，苗叶枪替那箭，如雨点的飞来飞去。朱兵船小，又无遮蔽，不能前进。常先锋正在烦恼，只见汤和领着十数只半中样大船，船上皆把牛皮张定，那些箭石虽然来得猛密，粘着软皮，都下水去了。每船上用水手五十人，齐把那芦苇茭草点着，恰遇西北风，吹得十分紧急，汤和便叫众军放火。那赵晋胜的船都是篾簟竹篷引火之物，朱兵火箭火炮，飞星放去，便烧起来。风又大，火又紧，聒聒喇喇，把那船二百馀只，不过两个时辰，焚毁殆尽。这边众将乘火奋击，贼兵大乱。那普胜只得驾小船向西北上逃去。常遇春恰从上流赶来，大喝一声，把他的兄弟赵全胜一刀砍落水内。普胜拼命的摇船，径投蕲州徐寿辉去了。邓愈叫鸣金收军，共获战船七百馀只，刀杖器械不计其数。邓愈说：“今日之捷，是汤鼎臣居首。”

汤和拱手说：“此是朱主帅天威，众将虎力，与和何与？”常遇春说：“我早来见汤公命军求草，只说备明，岂知有此大用！公何不早言之？”汤和说道：“机谋少泄，恐反不成。”众将都称善。邓愈说：“兵贵神速，乘此长驱，俾左君弼无备，一鼓可擒也。”便都即刻解舟顺流而下。

此时太祖被困日久，苦无出围之计，只见哨子来报："汤和等连破海牙、普胜等寨，已将至桐城闸了。"太祖大喜，即同众登敌楼上观望，果然西北上大队人马杀来。太祖吩咐说："我们便可里面冲杀出去。"当下徐达、赵德胜、胡大海，共领兵五万，大小船约二千四百馀只，列成队伍，竟冲出来。幸喜得左君弼船大，不利进退，赵德胜便以小船对战，操纵如飞。廖永安又绕出其后，两下夹击，君弼大败。永安直追至雍家城下，奈贼党萧罗率众舍命而来，箭石如飞蝗雪片，那永安鼻中中了冷箭，便叫云："大小三军，更宜努力！"将身跳出船头，死力督战，便活捉了萧罗过船，敌人不战而逃。

却说邓愈所统大兵未得入江，太祖船只尚拥溪内，彼此都无策可施。恰好大雨连落十日，看那水势滔天，廖永安喜说："乘势越山可渡。"中间有一条大涧，断开山岭，山脊上有浔阳桥，这些小船，尽皆过涧。太祖所坐战舰正忧难过，意欲弃舟另坐别船。永安呐喊一声说："圣天子百神护佑，桥神自有效灵。"只见那船倏忽间乌云绕转如飞，从洞里穿过，一毫不差些须，遂入大江，与汤和等相会。太祖备说了被困的事，且慰劳诸将远征，吩咐筵宴称庆，就与新来诸将相叙。

第十四回

常遇春采石擒王

凭凌秋色石崔嵬，独上雄呼猛似雷。
水阔鱼龙应变化，江空星月任徘徊。
任将杀气随潮滚，还喜赓歌倾玉罍。
自兹江海朝宗后，何处桑田复草莱。

却说太祖出得湖口，与水陆众将聚毕，自此大将、步将、骑将、先锋将、水将，都已云集，便留步军一万，战船五百，与俞通海、廖永安二将，在牛渚渡扎营操演，其馀将士尽随至和阳。正是：鞭敲金镫响，齐唱凯歌声。

不一日来至和阳，因欲提兵过江，取金陵，为建都之计。和阳王依议，乃留朱文正、朱文逊、朱文刚、朱文英、赵继祖、顾时、金朝兴、吴复等，统兵一万，保守和阳。其馀人马，俱随太祖即日引舟东下，向江口进发。恰喜江风大顺，征帆饱拽，顷刻到牛渚渡。俞、廖二将迎接，说："蛮子海牙扎兵南岸采石矶，阻截要路，势甚猖獗，如之奈何？"徐达说："兵贵神速，乘此顺风明月驰行，猝然而至，彼必措手不及。"遂分兵船为三路：太祖居中队，领战船七百只，郭英为先锋；徐达居左队，也领战船七百只，胡大海为先锋；李善长居右队，也领战船七百只，常遇春为先锋。掩旗息鼓。那时月明风顺，水溜江深，这船如飞也驰骤。比至五更，竟到采石矶。元兵哨马报知蛮子海牙，他便挈兵而待。那矶上刀枪麻列，旗帜云屯，水上战船如织，两军相去不及三丈，便摆开阵势。郭英领长枪手奋勇争先，将及上矶，谁想上面矢石，星飞雨洒将来，士卒多伤，不能前进。太祖传令胡大海、常遇春说：“二公先锋定在今日。有先登采石矶者，即为正先锋。”大海大喜，意在必克，率众向前。谁想岸上炮弩较先更急，大海力不能支。遇春乘快船后至，便领防牌神枪手，奋力冲至矶下。元兵见朱兵近岸，炮箭如飞蝗的来。防牌也不得遮，神枪也无可用，众兵亦欲退后。遇春大喝道：“取不得采石矶，誓不旋师！”便舍舟提牌，挺枪先登。那矶在水面上，约高二丈有馀。矶上元将老星卜喇正用长矛戳下，遇春便用右手拿定防牌，护了矢石，把左手便捏住矛杆，就势大叫一声，从空直跳而上，就撇了防牌，将枪刺了老星卜喇。三队军士看见遇春登岸，各催兵鼓噪而登。元兵披靡奔走，死者不可胜数。蛮子海牙收些残兵，退驻西南方山。太祖就于采石矶安营，众将各各献功。太祖便说：“常将军奋勇争先，万将莫敌，攻克采石矶，特拜为正先锋。”遇春叩谢，惟大海有不平之色。太祖又说：“此举非独崇奖遇春，正以激励诸将。”大海气方平妥。是夕屯兵矶上，正值新秋，月色如昼。众将各归本帐，徐达、李善长、冯国用、孙炎在麾下共玩明月。太祖对众官说：“清风明月，真好良宵，恨无佳句以酬之。吾欲勉强一律，诸公勿哂。”众等说：“愿闻佳句。”太祖遂微吟一首，李善长执笔书之：

素月澄澄斗转移，银河一派彻东西。
风随鼓角争先应，鸟避旌旗不敢啼。
志若明蟾清绝翳，心同碧海静无私。

雄师夜宿同英武，气概森森采石矶。

太祖诗毕，徐达躬身说：“小将不才，愿和一律。”

气吐虹霓志不移，长驱甲士扫东西。
金戈渡水月还正，铁马升关鸡不啼。
常忆君恩图委质，只全公道不容私。
安民共剪群雄乱，管取乾坤稳似矶。

冯国用说：“小将亦有一律。”

节同辰极岂差移，水渐东流月渐西。
细柳功成劳主敬，逍遥名震止儿啼。
银河有水难施渡，玉鉴无尘不染私。
壮士勤王怀宝剑，肯随慵懒伴渔矶。

李善长说：“谫陋微才，亦图继响。”

水月澄清山不移，任教万物转东西。
春来槐柳黄莺语，秋夜梧桐杜宇啼。
金星荣华应有定，玉堂编纂信无私。
今宵幸际明良会，月下赓歌采石矶。

孙炎亦说：“樗蒲之资，亦敢效颦。”

怀抱忠贞岂变移，平生志贯斗牛西。
笔挥花月妖狐泣，剑击山溪虎豹啼。
报国赤心应有节，悬空旭日自无私。
清风一扫烟尘净，万里山河稳若矶。

太祖评说："徐元帅气魄雄壮，真是将才。冯将军英武尚气，可见忠良。孙大夫见尽节效忠之忱。皆不如李公清肃谨厚，有调和鼎鼐之气。"李善长说："主帅包罗一统，含容万物，即此诗可知。俯视诸诗，不啻天渊。"是夕尽欢而散。

次早，拔寨直抵太平城下。郡将吴升闻知，便开西门纳降。太祖说："久闻汝是江左名贤，今日相谐，犹恨晚也。"即擢为总管。升俯伏谢说："主帅如果恤民抚士，何征不服？"太祖遂命善长揭榜通衢，严禁将士剽掠，城中肃清，便进城抚恤士民。

恰有平章李习，率众来见。习本汉人，博通经术，看得元纲不振，特来投见。太祖说："太平谁是贤才？"李习对说："有一人姓郭名景祥。又一人姓陶名安，字立敬。少年敏悟，才孚众望。邻近有个土地庙，前通大河，后接深巷，神明极灵。那庙祝先一夜梦见土地对他说：'明旦河中有一件异样的事，其中有一人，是紫炁星下降，不久便当辅佐真主安邦立国，你可十分恭敬，便留他在庙中攻书，不可有误。'次日庙祝绝早起来，呆呆的等到日中，也无人来，也无异样的事。庙祝对众僧说：'大分是个春梦。'正说间，只望见对岸十数个小孩儿，止约有十来岁，在那大树下趁着晴明，猜三角五，翻筋斗，叠灰堆耍子。不知那处忽然从河中溜过一株紫皮大树来，那树叉叉桠桠，一些枝叶也不曾去。这十数个孩子便把一条竹竿到河边搭住那树，那树在水中，如解人意，竟贴岸边来。这些孩子都把身坐在上面，有一个略大些的，把那竹竿从水中撑来撑去，正如船中坐定，说说笑笑，拢了又开，开了又拢，那记有十数次？只见一个孩子在树上立起身来，说：'偏你会撑，我也会撑撑耍子。'那大些孩子说：'使得，使得，我正撑得没力气呢，让你耍耍！'那孩子接过竹竿在手便撑。方撑得到河当中，倏忽间四边黑云陡合，大雨倾盆。那孩子慌了，流水的拼命要撑拢来。冤家的竹竿陷在泥中，再拔不起。顷间那树头动尾摆起来，竟如活龙在水中游去游来，吟啸有声不止。那雨越落得大，把十数个孩子都荡在水中，没了性命。只有一个，穿着一领紫色道袍，绾住了树枝，任他颠颠倒倒，只不放手，竟随风浪过庙岸边来，大叫救人！这些僧人立在山门屋下望见，便往雨丛中赶去，扯得他上岸。转眼之间，那树也不见了。庙祝暗思道：‘昨日神明嘱付，是这位了。’便问说：‘你是那村小官？姓甚名谁？因何到此顽耍？’那人便对说：‘我姓陶名安，是对河陶家村里住。’自后庙祝便留他在庙读书，近来果是知今达古，那徐寿辉、张士诚等，皆慕他的名，遣人来请，他也不屈节。”太祖说：“我也素闻他名字，你可同孙炎去请他来。”

第十五回

陈也先投降行刺

天生真主下凡间，自是当机一着先。
狐鼠任从怀鬼算，蛟龙究竟获天全。
旄头纵朗曾何济，紫极生辉正独悬。
江水茫茫魂渺渺，欣看骏绩勒燕然。

却说李习荐了陶安，太祖便叫同孙炎去请。二人叫探子探得陶安在村中开馆，便径到馆中来访。三人叙礼毕，备说太祖礼贤下士的虚怀。陶安便正衣巾，同二人来帐中参见。太祖见陶安儒雅，甚是欢喜。陶安见太祖龙姿凤采，也自羡得所主，便说：“方今豪杰并争，屠城攻邑，然只志在子女玉帛，曾无救民之心。明公率众渡江，神威不杀，此应天顺人之师。天下不足平也。”太祖因问：“欲取金陵，何如？”陶安说：“金陵古帝王之都，虎踞龙蟠，限以长江天堑。据此形胜，以临四方，何向不克？此天所以助明公也。”遂拜陶安为参军都事。

次日太祖与诸将计议起兵，进取金陵，忽报元将陈也先领兵十万，分水陆来犯太平，报滁州之仇。太祖命徐达等防御。徐达出帐，分付常遇春、汤和二将，先领一支兵，往南门攻他水军。自家便与邓愈、胡大海等将，率兵五万，出城北门挡他陆路。两军对圆，徐达正欲亲战，只见胡大海挺斧径奔阵前，与也先对战，未分胜败。忽听元兵阵上大叫："待吾斩此贼，与父亲报仇！"大海看时，恰是孙德崖儿子，前日逃走的孙和。大海便放出平生气力，独来战他两将。只见陈也先二子陈兆先、陈明先，及韩国忠、陶荣四人，又来夹战。我阵中早有华云龙、郭英、邓愈、花云向前敌住。恰有常遇春、汤和已攻破了水寨，领着部兵，绕出其后。贼兵见势头不好，矢石交集。汤和被矢中了右臂，恰杀气益励。贼兵各弃甲而走。胡大海赶上，把孙和一斧砍倒。陈明先措手不及，被郭英刺死于马下，踏做肉泥。华云龙飞剑斩了陶荣。死者不计其数。陈也先单骑望西逃走，被遇春截住去路，也先便下马拜降。止有陈兆先与韩国忠引残兵奔回方山寨，不题。

徐达命鸣金收军入城，众将恰拥也先来见太祖。也先连连叩首说："愿饶草命。"太祖便授也先千户之职。冯国用密言曰："裨将看此人蛇头鼠耳，乃无义之相。不可留于肘腋之间，还当斩首，以除奸患。"太祖然其言，又思斩降诛服，于义所非，次日乃宰牛马，与也先歃血。也先誓云："若背再生之恩，当受千刀之惨。"太祖仍令统其所部。自此也先虽有异图，然冯国用时时防备，竟不能为害。

一日太祖遣徐达为元帅，华云龙为副将，郭英为先锋，领兵三万，攻取溧阳等处。那也先见众将俱各分遣，便乘机带了利剑，暮夜潜入帐中，看那守帐军士又皆酣睡。太祖正在胡床翻来覆去，再也睡不着。忽觉耳中说："可快起来！可快起来！"虚空似被人扶起一般。心中正起鹘突，只听得帐门外"呀"的一声响，太祖便跳将起来，闪在一边。也先便仗剑砍中床干，知太祖已不在床，遂缘帐乱刺。太祖恰欲跳将出来，又恨无寸铁在手。正急间，恰听帐外人马驰骤，正是冯胜、冯国用，夜哨巡来。太祖大呼："有刺客在帐！"二将急入擒获。也先这贼，早已从帐后潜逃在外，径投他儿子兆先去了。国用等遍帐寻觅不得，便说：“此必是陈也先，主帅可传令召他入帐议事。”众军回说：“已不见了。”国用说：“裨将向谓此贼是无义之徒，今敢如此，誓当杀此，以报主帅。”

至晓，太祖正欲暂尔歇息，待徐达等众兵回时，方图南进。忽江岸巡卒来报：蛮子海牙领兵十万，连营采石矶，挡住江口；陈兆先领兵五万，挡住方山路。朱兵南北不通，粮草断截。太祖大惊，说：“我将士渡江，其父母妻孥皆在淮西。今元兵阻路，是绝我咽喉之地，当用何计破之？”李善长说：“他二人连兵来寇，若攻其一处，彼必互相救应，便难取胜。可传令着汤和、李文忠、胡大海、廖永安、冯国用等，领兵二万去攻方山，裨将与众将保主帅领兵攻采石矶。”太祖允议，遂分兵与汤和等去讫。太祖说：“采石虽离不远，先须设奇兵以胜之。”常遇春便向太祖耳边密密的说了几句话，太祖点头说：“好，好，好！”便传令唤耿炳文、陆仲亨、廖永忠、俞通海入帐听令。四将受令，各自依计而行。只见常遇春率精锐三万，径抵采石矶，哨见元兵尽地而来，蛮子海牙横戟，早先出马。遇春骤马对海牙说：“你不记昔日牛渚、采石之败乎？还来怎么？”海牙也不打话，舞戟直取遇春。二将战未数合，遇春把身横困在马上便走。海牙只道戟刺伤了遇春，负痛而逃，便望南催兵只顾赶来。约近十里地面，遇春把号带一挥，忽树林中炮响连天，金鼓大振。海牙急令后兵速退，道未罢，只见耿炳文、陆仲亨在左边杀来，俞通海、廖永忠在右边杀来。常遇春复转马来，直捣中间。太祖又引大兵团团布住，似铜墙铁壁一般。海牙前后受敌，势力难支，逃到东，东无去路；回到北，北是迷途。正是：

金盔晃晃，背在肩头，好似道人的药葫芦；铜甲零零，挂着几片，一如打渔的破线网。丈八长矛，止剩得半条没头的画棍，只好打草惊蛇；满筒铁箭，惟留得一个滑溜的竹管，止堪盛酱盛盐。雕弓半折，将来弹不动棉花；护镜亏残，拿去照不成脸嘴。

只得突围，走至江滨，浮舟逃走。遇春、邓愈合兵追赶，更喜顺风，便令将薪草灌了松油，致炮于其中，乘风放火。烈烈的趁着风，飕飕的吹着火，把那海牙的水师舟筏，一时烧尽。廖永忠、王铭等生擒吴长官辈头目十一人，溺死者不计其数。海牙正乘着小船脱走，忽见上流大船三十来只，也无旗号，向东而来。海牙只道是本军，大叫："救应！救应！"只见船上一个将军，锦袍金甲，拈了弓，搭上箭，一箭射来，那海牙应弦而倒。将那残兵杀死殆尽。自此之后，元人再不敢有扼江之战。后人看此，有一篇古风唱来，道他：

凉风嘘碧海，薄雾喷长天，莽苍江色何茫然。岷峨之流，奔腾急走几千里，嵯峨战舰凌江烟。江烟乍开杀气起，离魂愁魄彻波底。剑上斑斑血溅衣，旌旗拂拂霞浮水。夹岸鼓金声不停，恍惚水底蛟龙惊。膻奴错认援兵集，谁测阎罗江上迎。左手开弓右挟矢，飞来胸前才一指。蓦然倒地渺无知，任是英雄今已矣。挺戈纵杀日为昏，直欲旋乾且转坤。试究根苗谁者子，星日乌精沐氏孙。沐家孙子真奇杰，北净胡尘南靖粤。但愿山河带砺券书新，永俾金瓯无少缺。

太祖便令鸣金收军。诸将多自献功，只见那将也收船拢来，合兵一处，太祖看来恰是谁？

第十六回

定金陵黎庶安康

江东城上起霜风，义胆雄张转戟中。
湖海几年筹石画，明廷此日纪鸿功。
笳吹夜月军门静，剑倚天秋碧障空。
麟阁丹青知不负，捷音应奏紫微宫。

却说常遇春大破了蛮子海牙，那海牙正坐小船向北而走，只见战船三十馀只，忽从东下，把海牙一箭射死，便同常遇春收兵江口，即向太祖前拜倒说："朱文英适领兵哨江，凑遇海牙船到，把箭射死了，特来献首级。"太祖大喜，升常遇春行军大总管之职，回兵太平，吩咐与众将筵宴。筵上唤过朱文英来，说："你本是凤阳定远人，沐光之子，沐正之孙。因尔父与我交厚，不幸早亡，母亲亦随丧，就将你寄养于我。彼时尔方十岁，不觉已是九年。今尔英勇善武，与国建功。吾不忍没你之姓，可仍复姓沐。异日立大功，成大用，可与尔祖父有光。"因赐名沐英。英再拜叩首谢了，不题。

却说汤和等引兵进攻方山寨，扎寨才定，只见那刺贼也先，挺了枪飞也杀出来。我阵上廖永安见了他，怒从心上起，便骂说："你这不忠不义的贼！主帅待你不薄，你恰忍行此刺害之事。湛湛青天，昭昭神爽，你今日必遭千刀万剐，还有何面目来战？”两马搅做一块，一上一下，一来一往，战上三十馀合。永安起个念头说：“我若再在此与他战，他阵上必然有帮手杀出来，我怎的独捉他？不如放个破绽，那厮决奋力来赶，我恰好了当他。”便往北路而走。那也先纵马赶来，不上三里之地，永安大叫一声，说：“你来得好！”把那马一带，挺着长枪，突地转来。后人有诗一篇，称说永安好计：

执戟回看势转雄，高牙大纛拥罴熊。
祇因反噬亏臣谊，为奋英豪誓国忠。
宝锷光摇三尺电，丹心气映九霄虹。
都道胄星文雉显，只怜早世反穹窿。

那也先却把身一扭，避那枪头，谁知身子一侧，侧下马来。凑巧脚镫缠住了一只脚，被马横扭倒扯。永安一枪，正中红心。手下的兵卒向前乱砍，直受了那千刀之报。

陈兆先因率众而降，汤和领了兆先，来到太祖帐前，说：“望主帅天地好生，不记伊父昔日之罪，以安归降之心。”太祖便说：“天下有福的，虽百计害之不得。况古人云：‘罪人不孥。’今兆先既诚心款伏，吾岂念旧恶哉？即可令他入见。”兆先进帐，叩头说：“臣系叛臣也先之子，愿受诛戮。”太祖又说：“大丈夫存心至公，何思报复？尔果同心协力，以救生民，他日功成，富贵与共。”即授千军长左军掠阵头目。便命冯国用选精锐五百，听其挥使。五百人多疑惧不安。太祖熟看军情，是日即唤兆先同五百人上宿护卫，旧军尽退在外，独留国用伴卧榻前。太祖解甲，熟睡达旦。五百人人人安心，都道是天地父母之量。

次日徐达等攻取溧阳等县，全军而回。太祖便议取金陵之计。

（金陵乃汉时江东贼吴孙权时号建业，晋末号为建康，唐宋名为金陵，元世祖改为集庆府，至明朝朱太祖高皇帝统一天下，复改为应天府。）那金陵地方，元朝叫文臣达鲁花赤福寿，同武将平原指挥曹良臣把守。二人闻知兵至，曹良臣对福寿说："和阳兵来，势如破竹。公为文臣，可坚壁固守。我当率兵死战，以保此城。我闻兵法云：'军行百里，不战自疲。'彼今来远，今夜可掩其不备，先去劫寨，必获大胜。"福寿说："此计大妙！"只待晚来依计而行。

却说太祖兵至城下，在北门外安营。那元将却不出兵。太祖谓徐达曰："彼必度吾疲惫，今夜决来劫营，须宜预备。"徐达对说："主帅所见与达暗合，可令各将俱在远处埋伏，只留一个空营，敌人一至，放炮为号。"吩咐已定，那曹良臣果然更深分领二万兵出凤台门，衔枚疾走，直至营前。只听得营鼓频敲，那些军士俱拦路熟睡。良臣大喜，即领兵并力杀入营中，谁知：地上插旗惟伏兔，营中点鼓是羸羊。惟是一个空寨。良臣知中了计，急令退兵。忽听帐外一声炮响，四下伏兵并起，把良臣二万人困在垓心。徐达便令旗牌官执了令旗，四下大叫："劫营元将不必冲阵，今和阳朱主帅率精兵二十馀万，围得似铁壁铜墙，若冲阵时，徒伤士卒。我朱主帅圣仁神武，宽厚聪明，若降的自有重用。尔等众士，各宜自思。"良臣正在犹豫，那些头目便说："蛮子海牙有舟师二十万，三战皆亡；陈也先有雄兵十五万，一战而毙。料今日势必不赢，望元帅开一生路，乘机就机，以活二万之命。"良臣便令小卒对说："和阳兵，且待到天明，当得投降。"太祖与徐达说："彼欲迟迟，恐是诈语。"徐达说："我军紧困，虽诈何为？"顷之，东方渐白。徐达单马向军前说道："元将可速投降，免受伤杀。"良臣问说："公是何人？"徐达说："我是主帅帐前副元帅徐达。"良臣说："我也闻朱主帅名誉，人皆以圣主称之。若得一见，果如所誉，便当率众投降。"太祖闻说，即至阵前，免胄示之。良臣见太祖龙眉凤眼，禹背汤肩，便丢了手中长矛，率众拜降。说：

"久慕仁德，多缘迷谬，归顺无阶。今幸宽宥，当效死力，以谢不杀之恩。"太祖便将部下士卒，散与各将调遣，乘胜引兵围困金陵城。

福寿见良臣被困，因率兵登城死守。徐达等四面围拢，城上矢石如雨的下来，那里近得前。一连围了半个多月，不能遽取。常遇春率精锐架起云梯，向凤台门急攻。冯国用又领兵协助，城内便不能支。遇春挺枪先登，三军乘势而入。福寿恰向北拜了四拜，哭说："吾为国家重臣，不能固守。城存与存，城亡与亡。"言讫，遂拔剑自刎而死。太祖进城，便谕官吏父老曰："元失其政，所在纷扰，兵戈并起，生民涂炭。吾率众为民除乱，汝等宜各安职业，毋怀疑惧。"当日吏民大悦，更相庆慰。就改为应天府。共得兵士五十万。因立天兴建康翊天元帅府。怜福寿死得忠义，以礼殡葬，敕封凤台门城隍。至今香火不绝。仍优恤其妻子。即遣使迎和阳王迁都金陵。

不一日，王到金陵，太祖率诸将朝见，王大悦。封太祖为吴国公，得专征伐。置江南行中书省，把主帅总事。以李善长为参议官。郭景祥、陶安为郎中，分房掌事。置左、右、前、后中翼元帅府，进李善长左丞相，徐达总督军马行军大元帅，常遇春前军元帅，李文忠后军元帅，邓愈左军元帅，汤和右军元帅，胡大海提点总管使。张彪、华云龙、唐胜宗、陆仲亨、陈兆先、王玉、陈本等，各副元帅。太祖既掌征伐，日命请将统兵，以征不服。一日问曹良臣说："金陵人物之地，公等守此，当为我举贤。"良臣说："自今乾坤鼎沸，盗贼如麻，凡豪杰艺勇，皆挺身以就群雄；贤达之士，又韬光以观世变。此处恰不闻得，只知有一人，小将曾闻得他，不知国公心下何如？".

第十七回

古佛寺周颠指示

山中石壁壁中天，个里关头玄又玄。

传来秘教由黄石，点破真机有老颠。

热心一片援迷女，报主多情陋白猿。

宝筏玄津从世出，何须更觅渡头船。

却说太祖新受王命，拜为吴国公，便问曹良臣说："金陵有恁贤才，我当具礼请他。"良臣说："恰是未闻有人，止有一人，姓宋名濂，又不是金陵人，恰是金华人。一向闻得他是帝王之佐，国公何不去请他来，一议天下大事？"太祖说："我耳中也闻得有此人，但不知何人可去请他？"只见帐下孙炎对说："卑职愿往。"太祖嘱付孙炎去请，不题。

却说处州有个青田县，那县城外南边，有一座高山，俗名红罗山，妙不可言。怎见得他妙处？但见：

层岗叠巘，峻石危峰。陡绝的是峭壁悬崖，逶迤的是岩流涧脉。蓊翳树色，一湾未了一湾迎；潺骤泉声，几处欲残几派起。青黄赤白黑，点缀出嫩叶枯枝；角徵羽宫商，唱和那惊湍细滴。时看云雾锁山腰，端为那插天的高峻；

常觉风雷起巘足，须知是绝地的深幽。雨过翠微，数不尽青螺万点；日摇赪萼，错认做金帐频移。

只因这山岩穴多端，便藏那妖精不一。闻说那个山中常有毒气千万条出来，或装做妇人去骗男子，或装做男子去骗妇人。人人都说道有个白猿作怪，甚是没奈何他。恰有元朝的太保刘秉忠，他的孙子名基，表字伯温，中了元朝进士，做高邮县丞。将及半年，猛思如今英雄四起，这个官那里是结果的事业？便弃了官职回乡。每日手把《春秋》，到此山只拣那幽僻去处，铺花茵，扫竹径，对山而坐，观玩不辍。

将近年余，忽一日，崖边豁地响一声，如若重门洞开，正好一人侧身而进。那伯温看了半晌，便将书丢下，大步跨入空谷中。却有人大喝说："里面毒气难当，你们不可乱走。"伯温乘着高兴，只顾走进洞中。黑暗暗的，也有几处竟是一坑水，也有几处竟如螺蛳缠。伯温走了一会，正在心焦，转弯抹角，却透出一点天光来。伯温大喜，说："毕竟有个下落。"又走数百步，只见日色当空，天光清朗，有石室如方丈大一个所在。石室上看有七个大字，道："此石为刘基所破。"伯温心知此是天意，令我收此宝藏。却将大石一捶便裂，只见毫光万道，一个石函中有抄写的兵书四卷。伯温便仰天拜谢，将书怀在袖中，竟走。

猛听一壁厢豁喇一声，古藤上跳出一只白猿。望了伯温，张开了口，扯开了脚，竟扑将来。伯温便喝道："畜生！天赐宝贝，原说与我刘基。你待怎么？"那猿便敛形，拜伏在地说："自汉张子房得黄石公秘传，后来辟谷嵩山，半路之中，将书收藏在内，便命六丁六甲拘本山通灵神物管守。丁甲大神在云头上一望，看见小猿颇有些灵气，便拘我到留侯面前。（留侯，张子房封爵名号。）那留侯却把手来打一个圆圈，我在此便只好到山下山上走走动动，再不得出外一耍。今日天意将此书付与先生，辅主救民，要我在此无用，望先生方便，破开圆圈，把小猿宽松些也好。”伯温便对说：“天书我虽收得，其中方法竟不曾看他。待我回家细看，倘其中有破开圆圈方法，我方好放得你。目下我如何会得？”那白猿只是苦苦哀求，说：“先生，你此时不放我去，何时再得进来？我前者被留侯拘束时，曾问他说：‘何年放我？’他便说：‘留着，留着，遇刘方放着。’今日遇着‘刘’，便须遇着‘放’。先生只是可怜见，宽松小猿，待我游行洒落，遍看锦绣江山。”伯温看他哀求不过，便要从袖中扯出天书来看。谁想袖儿小，书儿大，只扯得一本出来。将手翻开，恰是落末一本。凑巧簿面上写着拘收白猿，管守天书事情。看到后面，果有打破圈箍放猿的神法。伯温心中也要试验一番，却又不曾戒饬得他的野心。看了又念，念了又看，不一歇便把宽他的法指画就完。那白猿朝了伯温拜了几拜，竟从山后就跳。伯温也不顾他，扯开脚复原路而回。转个头来，那石壁依然合了。伯温路上且惊且疑。方到家中，只听得人说：“山上有白光一条，光中灿灿的，恰如白猿一个，奔到淮西那路去了。”不题。

伯温虽得此书，其中指趣尚未深晓，因历游名山佛寺，访求异人提醒。闻说建昌人有个周颠，年十四岁得了颠疾，便乞食于南昌。及到长成，举措诡怪，人莫能识。每常见人便大叫：“告天平！告天平！”人也解不出。今在淮西濠州山寺。伯温心下转道：“一向观望天象，帝星恰照彼处。今日此行，正好探听。”遂收拾了琴剑书箱，安顿了家中老少，次日起身。

不一日来到濠州，打听周颠下落，人都说在西山古佛寺藏身。伯温便往寺中，见那周颠，身倚胡床，口中念念的，看着一本齷齷齪齪，没头没脑的书。伯温近前就拜，说：“请教，请教。”那周颠那里来睬？伯温随诉道：“小可不辞跋涉而来，全望先生指教。”周颠见他志诚，便把那看的书递与伯温，说：“你拿去读。十日内背得出，便可教你。不然且去，不必来见。”伯温接过书，厚二寸许，与前石匣中所得的大同小异。是日就在寺中读了一夜，明早俱觉溜口儿背得。周颠便说："尔，天才也！"因一一讲论，未及半月，尽数通彻。伯温欲辞而行，周颠说："此术是帝王之佐，直今乱离，勿可蹉过。且回西湖，自有分晓。"

伯温别了周颠，进到濠州城，束装起程。只见店小二见了伯温，狠浊浊的自言自语，一些也不对付着伯温。伯温焦躁说："你这小二官好没分晓，我在此打搅了一番，自然算房钱、饭钱、酒钱还你，你何须唧唧哝哝，不瞅不睬？"那小二道："客官，不是小人不来支值，但只为我主人孔文秀，有个女儿，年方一十五岁，近来为个妖怪所迷，每夜狂言乱语。今日接个医人来，他说犯了危疾，只在早晚。因此怀虑，冲撞了公相。"伯温便问说："什么妖精，如此作怪？我也略晓得些法术，快对你主人说，我当为你灭除。"店小二不胜之喜，连忙进去与主人报知。顷间孔文秀出来，见了伯温，备诉了怪精事情，因说："公相果若救得小可，便当以小女为赠。"伯温说："除灾祛患，君子本心，何以言谢？"便叫文秀领了，到女儿房中，看他光景何如，以便相救。文秀把手携了伯温，径到女儿床前，揭开了帐子。伯温轻轻叫道："可取个灯来，待我仔细观看，便知下落。"正是：伊谁错认梨花梦，唤起闲愁断送春。你道却是如何？

第十八回

刘伯温法遣猿还

岩壑千重路转偏，春荫漠漠带炊烟。
困投野店还呼酒，笑问名山数举鞭。
笼鸟对人喧曙色，桃花临水弄新妍。
多情为访天台客，月在中天酒在船。

话说文秀的女儿被妖怪迷住，日夜昏沉，恰听得伯温说有除妖之术，不胜之喜，便领了伯温到女儿房中，观看怎么模样。那文秀说：“我女儿日间亦是清醒，但到得晚间，便是十分迷闷。公相日间看，恐尚未分明。还到晚间，方见明白。”伯温说：“不妨。”揭开帐来，但见：

春山云半鬟，秋月雨偏催。闷到无言，若恹恹，恍似经霜败叶；愁来吐气，昏迷迷，浑如烟锁垂条。若明若暗的衷肠，对人难吐；如醉如痴的弱态，只自寻思。花销千点泪，回云断雨总成愁；香散一天春，怕夜羞明都幻梦。扶不起海裳娇睡，衬不上芍药红残。

那伯温看了一会，竟出房来，对文秀说：“今夜可将你女儿移在别处去睡。至夜来，我往令爱房中，自有区处。”文秀得了言语，急急安排静室，移女儿到别处去睡。将及一更左右，伯温恰到房里，睡在床中，把剑一口紧紧放在身边。房门上早已贴了灵符，念了法咒，吩咐众人都各安心去睡，不必在此惊动搅扰。房中止点一盏琉璃灯，也不大明大暗。约莫二更，只听帘栊响处，妖怪方才入门，那符上豁喇一声，真似霹雳空中传号令，太华顶上折冈峰。这妖恰已倒在地上。伯温近前一看，就是前者红罗山上用法解放的白猿。伯温便问：“你如何直来到此？”那白猿叩头谢了前日释放之恩，便说：“近因城外锺离东乡皇觉寺内有个真命天子，因此各处神祇都去护卫。我那日便敢大胆在云中翻筋斗过来，不意撞着恩主。”伯温便吩咐说：“我前日为好，把你宽松些，谁知你到在此昏迷妇女，还该刃我此剑。姑念你保守天书分上，放汝转去。以后只许你在山林泉石之间采取些松榛果实，决不许扰害人家。”白猿拜领而去。伯温次早将此事说与文秀，文秀便说将女儿为赠，伯温固辞。欲径到皇觉寺来寻访真主，恰又想，天时未至，因此取路向青田而行。

道过西湖，凑与原相契结的宇文谅、鲁道源、宋濂、赵天泽遇着，便载酒同游西湖。举头忽见西北角上云色异常，映耀山水。道源等分韵题诗为庆，独伯温纵饮不顾。指了云气，对着众人说：“此真天子出世，王气应在金陵。不出十年，我当为辅。兄等宜识之。”众人唯唯。向晚分袂而别。自此暑往寒来，春消秋息，伯温在家中只是耕田凿井，与老母妻儿隐居在丘壑之内。不觉光阴已是十年之期，那些张士诚、方国珍、徐寿辉、刘福通，时常用金帛来聘他。伯温想此辈俱非帝王之器，皆力辞不赴。

话分两头，恰说大夫孙炎，领了太祖的军令，来到金华探访宋濂。那宋濂：

清洁自高，居止不定。也有时挈同侪寻山问水，也有时偕知己看竹栽花，也有时冒雪夜行如剡溪访戴，也有时乘风长往如步兵入山。心上经纶，倏忽间潜天潜地；手中指点，霎时里惊鬼惊神。胸中书富五车，笔下文堪千古。

人都称他“斗文宋先生”。恰为何称他做个“斗文”？只因他父亲当初极好风水，用了许多心思，选择一块地面，葬他乃祖。那术人说道：“这形势分明是金牛开口，葬后必生聪慧文章之杰，卓越百世。”开葬之夜，恰见一道毫光，正冲到那北斗口内。再掘下三尺，一件东西像麒麟，白泽光景，直奔出来。也不撞人，也不声响，一直径往宋公住的屋子里藏躲。内中有好事的，便跟了他走入屋子里来寻，那里得有？不及一年，生下这宋濂。时四边邻舍，但闻得他家似龙吟虎啸，震响了一夜。后来长成到四五岁，便能日诵万言。偶一日，门前有个和尚走过，说道：“贫僧善相。”他的父亲便领宋濂出来，问说：“师父，此子何如？”那和尚道：“此是斗木獬生身，手心中必有纹理。”众人方去认看，果见他手心中纹理宛然成“斗文”二字。因他大来文声大震，所以都称他为“斗文宋先生”，因作长歌，为之称赞：

短剑在匣中，秋水连光芒。芒色佳且好，岂为人所防。
所贵金玉姿，含辉有章光。谅哉宋公子，璠瑜映明堂。
薰风动九夏，鸣音来锵锵。至宝吐洪亮，不特华泽芳。
沉思不能寐，揽裳看斗光。

那大夫孙炎到了宋濂家边，谁想紧闭着门，门上大书说：“倘有知己来寻，当去台州安平乡相会。”孙炎便转过马头，向台州安平乡进发。不一日，来到安平乡。林莽中远远望见三个人携手而行，俱戴一顶四角斜镶东坡巾，都着一领大袖沉香绵布六幅摺子道衣，腰间各系一条熟经皂丝绦，脚下都套一双白布袜，踹着的是棕结三耳麻鞋。后面又有个山童，绾一个双丫髻，随常打扮，恰挑着一担琴剑衣包。自自在在的对面直来。孙炎望见举动，不是个村夫俗子行藏，心中想道：“三人之中，或是宋濂在内，也未可知。”便把马拴在柳荫之下，叫从军跟了走来。自家便把巾帻整一整，走向前施礼，道：“来者莫不是宋濂先生朋友么？”那三人也齐齐行了个礼。其中一个问说：“尊公要问那宋濂为何？”孙炎看三个虽是衣冠中人，还不知心事怎么，便说：“小生久慕宋先生大名，特来拜谒请教。不意昨到金华，他府上门首大书说：‘可到台州安平乡来寻。’故复来此。远望三位丰采迥异，此处又是安平乡，故造次动问。”那人便道：“小生就是宋濂。但从来未识尊面，不知高姓大名。今此田野之中，又不是迎待之意。奈何？奈何？”只见那二人说：“尊驾远来，我们虽要出外访友，然此去敝斋不远，便且转去奉陪，再作区处。”孙炎就同三个分宾主前后而走，那二人也吩咐山童先去打扫等候。但见：

东风芳草径泥香，佳景追游到夕阳。
兴引紫丝牵步障，春怜新柳拂行觞。
夺将花色同人面，望去山光对女墙。
歌吹自喧人意爽，安平相遘且徜徉。

未及半刻，已到书斋。四人推逊，进阶讲礼。正是：有缘千里能相会，一口不开亦解愁。

第十九回

应征聘任人虚己

客来寒夜话头频，路远神孚曲米春。
点检松风汤老嫩，安排旌节礼殷勤。
酒七碗来交四人，直将鼎鼐和时珍。
而今麟阁为图画，都是同心倒角巾。

话说孙炎随三人走到村居，分席而坐。宋濂开口问道：“行旌从何而来？高姓大名？不知来寻在下，有何见教？”孙炎便说：“在下姓孙名炎，今在和阳朱某吴国公帐前。我国公为因元将曹良臣以金陵来降，且荐先生为一代文章之杰，故着在下奉迎。且多多致意，说凡有同道之朋，不妨为国举荐，以除祸乱。”宋濂便起身对说：“不肖村野庸才，何劳天使屈降？有失远候，得罪，得罪。”孙炎因问二位朋友名姓，宋濂说：“这位姓章名溢，处州龙泉人。这位姓叶名琛，处州丽水人。因道合相亲，今同避乱，在此居住。”茶罢数巡，孙炎又道起吴国公礼贤下士，虚己任人，特来征聘的事情，且欲三位同往的意思。宋濂因说：“我有契士姓刘名基，处州青田人。他常说，淮泗之间有帝王气。今日我三人正欲到彼处相邀，同到金陵，以为行止。谁意天作之合，足下领国公令旨远来，又说不妨广求俊乂。既然如此，且相烦与我同去迎他，何如？”孙炎听得刘基名字，不觉顿足大声叫道：“伯温大名，我国公朝夕念念在口。今先生既与相好，便宜同去迎他。”当日晚筵散罢。

次日，宋濂仍旧收拾了自己琴书，打点起身。因与孙炎说：“此去尚有二三日路程，在下当与先生同到伯温处迎了同来。章叶二兄，可在此慢慢收拾，待三五日后，亦可起身，同在杭州西湖上净慈寺前旧宿酒店相会。”嘱付已毕，孙炎叫从人备了两匹马，叫人挑了宋先生行李，一半往青田进路，一半留此村中，自备薪水，等待章、叶二先生收拾行李并家眷，择日起身。一路小心服侍，不许违误。如违，以军法治罪。章、叶二人在家整备行李等项，不题。

却说孙炎同宋濂来请刘基，一路光景，但见：

> 簇簇青山，湾湾流水。林间几席，半邀云汉半邀风；杯水帆樯，上入溪滩下入海。点缀的是水面金光，恰像龙鳞片片；黯淡的是山头翠色，宛如螺黛重重。月上不觉夕阳昏，归来哑哑乌鸦，为报征车且安止；星散正看朝色好，出谷嘤嘤黄鸟，频催行客起登程。马上说同心，止不住颠头播脑；途中契道义，顿忘却水远山长。

正是：

> 青山不断带江流，一片春云过雨收。
> 迷却桃花千万树，君来何异武陵游。

孙炎因问宋濂说：“章、叶二公何以与足下相善？”及年岁履历。宋濂对说：“章兄生时，其父梦见一个雄狐，顶着一个月光在头上，长足阔步，从门内走来。渠父便将手拽他出来，那狐公然不睬，一直竟走到卧榻前，伏了不动。渠父大叫而醒，恰好撞着他夫人生出这儿子来。他父亲以为不祥，将儿接过手来，一直往门外去，竟把他丢在水中。谁想这叶兄的父亲，先五日前路中撞见带铁冠的道人，对他说：‘叶公，叶公，此去龙泉地方，五日之内，有个心月狐星精托化在姓章的家内。他父亲得了奇梦，要溺死他，你可前去救他性命。将及廿年，你的儿子当与他同时辅佐真主。宜急急前去，做了这个阴德。’这叶兄令尊是个极行方便的善人，又问那道人说：‘救这孩子虽在五日之间，还遇什么光景，是我们救援的时候？’那道人思量了半晌，说：‘你倒是个细心人，我也不枉了托你。此去第五日的夜间，如溪中水溢，便是他父亲溺儿之时，你们便可救应。’大笑一声，道人不知那里去了。这叶公依言而往，至第五日的夜间，果然黑暗中有一个人抱出一个孩儿，往水中一丢，只见溪水中平空的如怒涛惊湍一般，径涌溢起来。那孩儿顺流流到船边。叶公慌忙捞起，谁想果是一个男子。候得天明，走到岸边探问：‘此处有姓章的人家么？’只见有人说：‘前面竹林中便是。’叶公抱了孩儿，径投章处，备说原由，那章公、章婆方肯收留。以溪水涌溢保全，因取名唤做章溢。后来长成，便从事叶公。章兄下笔，恰有一种清新不染的神骨，文学之士都有诗美他：

水从天上来，树有桃花开。
试看万物各依种，那见蕙草生蒿莱。
章家竹外傍溪北，不用远寻黄河水。
年年春涨溪拍天，忽夜溪头涌狂澜。
恐儿误死旋涡内，不生爷手生客船。
心月狐宿狐若死，九尾文光应是谁。
天心岂为人心去，翰苑辉煌匡圣主。

那个章公款待了叶公数日，叶公作别而行。到家尚有二、三十里之程，只听得老老小小都说，从来不曾闻有此等异事。叶公因人说得高兴，恰也挨身入在人丛中去听。只说‘如何便变做了个孩儿？’叶公便问说：‘老兄们，什么异事，在此谈笑？’中间有好事的便说：‘你还不晓么？前日我们此处周围约五十里人家，将近日暮时，只听得地下轰轰的响，倏忽间西北角上冲出一条红间绿的虹来。那虹闪闪烁烁，半天里游来游去，不住的来往，如此约有一个时辰。正人人来看时，只见云中忽有一人叫说：计都星化作虹霓，且向丽水叶家村去投胎哩。隐曜时那虹头竟到丽水叶家村，竟生下一个小官人来，头角甚是异样。故我们在此喝采。’叶公口里不说，心下思量说：‘我荆妻倒怀孕该生，莫不应此么？’便别了众人，三脚两步，竟奔到家里来。果然叶家婆婆从那时生下孩儿。叶公不胜之喜，思量孔子删述六经，有赤虹化为黄玉，上有刻文，便成至圣。李特之妻罗氏梦大虹绕身，生下次子，后为巴蜀的王侯。弘实为霓龙之精，后来为眉州节度使。种种虹化，俱是祥瑞。及至长大，因教叶兄肆力于文章。今叶兄的文字，果然有万丈云霄气概，人也有一个调儿赞他：

> 老稚声频，街坊簇拥，争看平地双虹幘。天边往往来来，软陡腾翻。长空那假鞍和辔。青红如线锁天腰，精芒似燕从中坠，下地钟向，叶家人瑞。奇姿峻骨多才技，真个笔洒花飞，墨酣云润，驰骋珊瑚臂。人间都道计都星，圣明文章作鼓吹。

他两人真是一代文宗，在下私心慕之，故与结纳，已有五七年了。”

正说话间，军校报道，已到青田县界。宋濂同孙炎吩咐军校都驻在村外，二人只带了几个小心的人，投村里来。宋濂指与孙炎道：“正东上，草色苍翠，竹径迷离。流水一湾，绕出几檐屋角；青山数面，刚遮半亩墙头。篱边茶菊多情，映漾出百般清韵；庄后牛羊几个，牵引那一段幽衷。那便是伯温家下了。”两个悄悄的走到篱边，但闻得一阵香风，里而便鼓琴作歌：

壮士宏兮贯射白云，材略全兮可秉钧衡。世事乱兮群雄四起，时岁歉兮百姓饥贫。帝星耀兮瑞临建业，王气起兮定在金陵。龙蛇混兮无人辨，贤愚淆兮谁知音。

歌声方绝，便叫说："俄有异风拂席，主有才人相访。待我开门去看来。"两人便把门扣响，刘基正好来迎。见了宋濂，叙了十年前西湖望气之事，久不相见，不知甚风吹得来？宋濂便指孙炎，说了姓名，因说出吴国公延请的情节。他就问吴国公的德性何如，孙炎一一回报。又问道："我刘基向闻江淮狂夫，姓孙名某，不知便是行台么？"孙炎俯躬道："正是在下。"三人秉烛而谈，自从晌午直说到半夜，始去就寝。

第二十回

栋梁材同佐贤良

新提千骑向东方，剑客黄金尽解装。
桃叶初明珠勒马，梨花半壮绿沉枪。
拍天涛拥军声合，驾海云扶阵色扬。
莫叹书生无燕额，斗来金印出明光。

那刘基与宋濂、孙炎说了半夜，次早起来，刘基到母亲面前诉说前事。母亲便说："我也闻朱公是个英杰，我儿此去也好。"刘基便整顿衣装，对孙炎说："即日起行。"孙炎吩咐军校将车马完备，离青田县迤逦向东北进发。话不絮烦，早到杭州西湖湖南净慈禅寺，章溢、叶琛挈领家眷并行李，已等候多时。军校们也合做一处同往。正是：一使不辞鞍马苦，四贤同作栋梁材。

在路五六日，已至金陵。次早来到太祖帐前谒见，太祖遂易了衣服，率李善长多官出迎，请入帐中，分宾而坐。太祖从容问及四人目下的治道急务，酒筵谈论，直至天晓。因授刘基太史令，宋濂资善大夫，章溢、叶琛俱国子监博士。四人叩头而退。太祖对诸将说："今常州府及宜兴、广德、宁国、镇江等处，正是金陵股肱，若不即取，诚为手足之患。”遂着大元帅徐达挂印征讨。郭英为前部先锋，廖永安为左副将，俞通海为右副将，张德胜统前军，丁德兴统后军，冯国用统左军，赵德胜统右军，领兵五万，征取各郡。徐达等受命出朝，择日起程。临行之日，太祖出郊，戒众将说：“尔等当体上天不忍之心，严戢将士，城下之日，毋得焚掠杀戮。有犯令者，处以军法。”达等顿首受命，率兵前进。一路上但见：

军威凛似严霜，兵器炳于皎日。五方旗按着金、木、水、火、土，相克相生；八卦带分在东、南、西、北、中，随方随色。一字儿排来队伍，整整齐齐，那个敢挨挨挤挤；桠杈儿扎住团营，朗朗疏疏，谁人敢嚷嚷喧喧。弓上了弦，刀出了鞘，分明活阎罗列着法场；鼓鸣则进，金鸣则退，那辨八臂神传来军令。黄旗一展三军动，画鼓轻敲万队行。

大兵过了扬子江，至镇江府地面。徐达下令安营，为攻城之计。

却说把守镇江府城，乃是张士诚所募骁将邓清并副将赵忠二人。他闻金陵兵至，便议迎敌事务。那赵忠说：“我闻和阳兵势最大，所至无敌，且朱公厚德宽仁，真命世之英，非吴王（即是士诚）可比。况镇江为金陵右臂，彼所力争，今我兵微弱，战守两难。奈何，奈何？我的主意，不如开城投降。一来可救百姓的伤残，二来顺天命之所归，三来我们还有个出头的日子。”邓清听了，大喝道：“你受吴王大恩，不思图报，敌兵一至，便要投降，乃是狗彘之行。”赵忠又说：“我岂不知食人之食，当忠人之事？但张士诚贪饕不仁，决难成事，何如趁此机会，弃暗投明！”邓清愈怒，即抽刀向前，说：“先斩此贼，方破敌兵。”赵忠也持刀相迎，两个战到数合，邓清力弱，便向后堂脱走。赵忠见左右俱有不平之色，恐事生不测，急忙也跑出衙门，恰遇着养子王鼎，备言前事。王鼎说：“事既如此，若不速避，祸必及身。”他二人因到家载母挈妻，策马向东而走。邓清闻知，即聚军民一千馀人赶来。适遇徐达兵到，赵忠径望军中投拜，说：“镇江副将赵忠，因劝邓清纳降，彼执迷不悟，反来赶杀。乞元帅救我家属入营，我便当转杀此贼，以为进见之功。”徐达心中私喜，便与赵忠附耳说了两三句话，说：“如此如此。”赵忠得令自去。徐达即催兵前进，与邓清迎敌。我阵上赵德胜跃马横冲，径取邓清。邓清见德胜威猛，不战而走。众兵掩击，直逼至城下。邓清正要进城，只见赵忠在城上大呼：“逆贼邓清何往？”清知事势紧急，进退无门，遂下马乞降。原来徐达吩咐赵忠：“趁两军相敌之时，你可赚入城门，先夺了城池，以截邓清归路。”所以赵忠先在城上。徐达入城，抚恤了士卒，安慰了百姓，捷报太祖。

太祖加徐达为枢密院同签之职，率数万人取打常州。太祖对徐达说：“我闻张士诚系泰州白驹场人，原是盐场中经纪牙侩，因夹带私盐，官府拿究。癸巳年六月间，聚众起兵，便陷入泰兴，据了高邮州。今称吴王，国号大周，改元天祐。前者又遣士德将五万兵渡海攻陷平江、松江一带，与常州、湖州诸路。地广兵强，实是劲敌。况渠奸诈百出，交必有变，邻必有猜。尔今率三军攻毗陵（常州古名），倘有说客，勿令擅言，便阻了诡诈之弊，营垒可坐困也。”

徐达等衔命而出，即合兵七万，号称十万，径望常州进发。数日间，来到常州南门外安营。先锋郭英便率兵三千出战。那把守常州的，正是吴将统军都督吕珍。原来吕珍有谋智、有胆力，善使一条画戟，年纪约有三十五六，正直公平，抚民恤士。每常只是长声的叹息，人问他，便说：“此身已受了他的爵禄，虽死亦是臣子分内事。但恨当时不择明主，将身误托耳。常常闻得朱公声名，便道好个仁义之主，天下大分归统于他了。然也是天数，怎奈何他？只是今日吾当完吾事体。”探子报说：“朱兵攻取常州。”他便纵马挺戟来战，与郭英战到三十馀合，彼此心中俱暗暗喝采。只见营内右哨中张德胜持了一管枪，又用力冲将出来。三将搅做一团。吕珍见两拳敌不得四手，便将马跑出圈子外边，叫说：“将军，天色已晚，晚来乘着错误，伤人性命，不见高强。你我俱各记兵多少，来日拼个胜负，方是好汉。”郭英便也鸣金收军。次日，吕珍全身结束，出到城边。早有郭英、张德胜二将迎住。自早又杀到未时，不见胜败。朱阵上便麾动大军，赶杀过去。吕珍急走入城，坚闭不出。一面修表，唤过儿子吕功，前往苏州求取接应兵马，不题。

且说吕功抄路往湖州旧馆县，由皂林地方，转到苏州。次日张士诚临朝，文武百官依班行礼毕，吕功出奏常州被困一事，士诚大怒，说："彼真不知分量！我姑苏铁甲百万，勇将二千。彼取金陵，我不与争便了。反来夺我镇江，今又困我常州，是何道理？”即召大元帅李伯升领兵十万来援。又吩咐说："若得胜时，便可长驱收复镇江，破取金陵，以擒朱某。”伯升得令，叩首将出，只见王弟张士德在阶中大喝一声，道："何劳元帅动兵，乞将兵三万与臣，去救常州，决当斩取徐达首级，入建康掳和阳王，归报我主。万祈允臣之奏。”士诚闻奏大喜，说："得弟一行，何惧敌兵哉！”便拜士德为元帅，张虎为先锋，张鹤飞为参谋，率兵五万，前往常州救应。又遣吕约乘势领兵二万，攻打宜兴，以分徐达之势。夜不收打探事情的实，报与徐达得知。

第二十一回

王参军生擒士德

手麾湖海卷旌旄，一世功名百世高。
吁嗟天际倾虚宿，争羡名家有凤毛。
楚山日映寒鸦散，吴水春晴战马膏。
九泉莫讶灵先陨，敌手还从太白挑。

却说吴王张士诚，他有兄弟二人，一个唤做士信，一个唤做士德。那士信足智多谋，熟于兵法，人号为小张良，使有一条铁鞭，神惊鬼怕。那士德勇猛过人，雄冠千军，人号为小张飞，用得一条长枪，追风逐电。因辅士诚夺了苏州，奄有嘉、湖、杭及松、常、镇三郡地方。又有五个养子，叫做张龙、张虎、张彪、张豹、张虬，在手下练习军士，人因号做姑苏五俊。那士诚因吕珍叫儿子吕功求救，便吩咐说："王弟既然肯往，当拜为先锋，带了张虎、张鹤飞及三万人马前去。"又召吕约乘势领兵攻宜兴，以分徐达兵势。

徐达得了信，便对耿再成说："宜兴地界，乃常州股肱。士诚以我所必争，故特分兵来攻，以弱我势。君用（再成字）你可领兵竭力拒守，一失尺寸，则全军败亡，千万小心在意。"君用得令，临行对徐达说："自成不才从公于起义之日，得元帅辈视如骨肉，自谓肝胆，惟天可知。今日拜别，决当万死以报国家。倘有不虞，亦尽臣子马革裹尸之志。惟元帅谅此忠贞。"徐达听了，对说："此行将军自宜努力。生死原各听之于天，你我一心，自是可表。谅不久即能完聚。"二人洒泪而别。

君用率了兵，即日奔赴宜兴，与吴兵对垒安营，日相持抗。原来君用极善抚士卒，如有甘苦，与众同受。至于号令之际，又极严明，一毫不许苟且。适有后军一队，是新收义兵，就令原来头目郑佥院统领。那郑佥院只好酒吃，是日轮当夜巡，郑佥院为中酒，带来这些众军，虽支持了半夜，恰到四更时分，铃柝也不鸣，更鼓也错乱。君用梦里惊醒起来，却见营中巡逻的俱东倒西歪，熟睡不醒。君用查是郑佥院，便驰使唤渠入帐，说："军中设夜巡，是以百人之劳，致千人之逸。你今玩事如此，设或有敌兵乘夜劫寨，或有刺客乘夜肆奸，军国大事去矣。且记你这颗首级在颈上。"发军政司重责四十棍，穿了耳箭，以警众军。郑佥院明知自家不是，然痛楚难熬，且对人前似无光彩。次日夜间，仍领了新归一队义兵，径到吕约处投降，备说受苦一事，且将营中事体一一诉知。

再成正在帐中，忽听得探子报说此事，不觉愤怒起来。便不戴头盔，不穿重铠，飞马去赶捉他。只见吕约阵中密扎扎的木栅绕住，再成却乘势砍破了木栅，冲入营中，无不以一当百，杀的吕约军中没一个敢来抵挡。吕约恰待要走，早有夜巡铁甲士一千走到，并力助战，被贼一枪正破伤了再成额角。再成犹然死杀不休，东冲西突，杀透重围。正到本营，只见头上血流如注。再成晓得甚是沉重，便血晕晕中聊草写了札子，封好，报太祖，又写一封书，寄徐达元帅。卒于行寝，正是：赤心未遂身先死，常使英雄泪满襟。太祖接报，痛悼不已，便令渠子耿炳文袭职，统领兵卒镇守宜兴，不题。

且说士德领兵望常州进发，不数日来到常州东界古槐滩下寨。

徐达闻知，对众将说："我闻士德勇而无谋，与之相战，未必全胜。"即传令郭英、张德胜二人，如此如此。再唤赵德胜、王玉二人到帐听令。二人到帐前，徐达吩咐，各带所统人马，并付字纸一封，前出本营二十里外，拆封看字，便知分晓。徐达自领兵十万东路迎敌。恰遇士德军到，两阵对圆。前锋廖永安跃马出战，士德势力不支，落荒便走。永安独马追赶了十里地面，所恨兵卒都在后边。士德恰见永安势孤，因勒马转来，环环的把永安围在里面，便叫放箭，那箭如雨的飞来。永安把这枪如飞轮的一般，在马上遮隔了一会，慌忙中，不意一箭径射透了后腿。永安奋出平生本事，冲突而出。士德掩杀过来。徐达见士德兵卒渐近，亦不恋战，便望后阵而走。那士德紧紧来追，径过紫云山崖，转过山坡，恰不见了徐达。众人都道："将军休赶，恐有伏兵在后！"士德回说："彼势已穷，尚何有伏？"放心赶去。正赶之间，只见赵德胜当先截战，未及四五合，却又弃甲而走。士德大叫："快留下首级了去！"德胜也不回话，把马连打几下，如飞的逃去一般。早已是甘露地方，一声炮响，王玉所部的兵卒，都在草中齐喝一声说："倒了！倒了！"原来徐达昨日付与王玉字一纸，上写："伏甘露，掘深坑，擒士德。如违者斩。"因此王玉连夜传令众士，掘成大坑，约五十余亩，二丈余深，上将竹簟虚铺，盖了浮土。那士德只认徐达与德胜真轮，谁想赶到此间，连人和马，都跌下坑里去了。真个是：

汩汩的惟听水响，混混里只见泥泞。满身锦绣，都被腌臜，那认青、黄、赤、白；全副躯骸，尽遭龌龊，难辨口、鼻、须、眉。起初时扑地一声，也不知马跌了人，也不知人跌了马；到后来浑沦一滚，那里管人离却马，那里管马离却人。护心宝镜，浑如黄豆团带在胸中；耀日金盔，却如墨嵌，葫挂从脑后。水瀤了箭羽弓衣，显不出劲弓利镞；泥糊了金鞍玉勒，摇不响锡鸾和铃。

正是：昔日湖波淹七将，今朝泥水陷张王。

两侧边却把挠钩扎住，活捉了士德上岸，捆缚在因车中，送到帐前。那张虎与吕约，死战得脱，引了残兵，屯住在牛塘口。

却说张士诚恐兄弟士德未能取胜，随后遣堂弟张九六率兵卒二万来援。那九六身长八尺，腰大十围，惯舞两把双刀，骁勇无比。兵马将到常州，就闻得士德被擒的信息，即刻督兵到常州东门十里外安营。次早出阵，大叫道："好好还我御弟，方为上策。不然贪得无厌，命都难保！"朱阵上冯国用奋先迎敌，战才数合，被九六一刀正砍着马脚，国用连忙下马弃敌而走。九六横兵杀入，早有诸将挡住。徐达即令鸣金收军。沉思了半晌，恰对冯国用、王玉说："九六骁勇难当。二公可各引兵，即去牛塘谷边两旁林子中埋伏，待白鸽飞起为号，便宜发动，并力夹攻。今日他挥兵杀来，我们便鸣金收军，他必信我们气怯。不如乘此退三十里屯扎，彼必连夜追赶。我当且战且走，诱至谷中，好便宜行事。"是时日尚未西，二人引兵，各自分理去讫。顷刻，徐达传令众军："即刻拔寨，退三十里屯扎。要有心忙意乱光景，倘或迟疑，枭首示众。"令下，诸部士卒俱各狐奔鼠窜退去。只见探子探得移营，竟去报与九六知道。九六大喜，道："我谅徐达怎的敢来对敌？今彼移营，不去追赶，更待何时？"即叫备马过来，领兵催杀。

第二十二回

徐元帅被困牛塘

几载谈天碣石宫，苍茫拥节向吴中。
金陵共识难危策，铜柱还标战伐功。
幽谷春深飞彩鹞，百蛮天尽跃花骢。
征旗满眼何时息，车染朱殷草染红。

却说徐达引兵退三十里屯扎，那张九六果然引兵赶来。徐达且战且走，将到牛塘谷边，是时恰有申牌时分，徐达见九六赶得渐近，使回身说："张公，张公！得放手时须放手，你何故逼迫得紧？"那九六睁开双眼，飞马的抢上来，徐达又飞马也走。九六大喝道："徐达，你何不下马投降？"徐达也应声说："你且看是甚么所在，要我投降？"正说之间，恰把手伸入怀中，把一条白带扯出来一抖，恰是一双白鸽，带了铃儿，旺旺的直飞上半天。那张九六恰把头向天上去看，只听一声炮响，左边冯国用，右边王玉，两岸里杀将出来，把九六军马截做两处。徐达见伏兵齐出，便回转马来，并力来战。九六身被数枪，尚不跌倒，负痛而走。才得半里，被王玉拈弓搭箭，叫声道："着了！"正中九六左目，翻身堕下马来。众军就活捉了，缚在马上，同入帐中。众将一一依次献功。便令把张士德、张九六二人各处监固，不许疏纵，仍令移兵屯扎旧处，即遣人赴捷金陵。太祖得了捷报，说："士德是士诚谋主，九六是士诚牙将，今皆被擒，士诚事可知矣。"乃诏徐达等促兵攻城，复谕廖永忠、常遇春攻取池州，不题。

却说张虎、吕约收了残兵，走入牛塘谷，计点人马，折了二万。张虎放声大哭，说："自我国兴师以来，未有如此之败。急须遣人求救，待得兵来，再作区处。"星夜写表驰奏。士诚见表，顿足切齿，说："孤与朱家，真不共戴天之仇！卿等有能为孤报仇者，决当裂土分王，同享富贵。"只见士信上前说道："向者二人，皆恃勇无谋，故致丧败。臣愿竭驽骀之力，擒徐达，取金陵，以雪二人之冤。"士诚便令其子张虬为先锋，士信为元帅，吕升祖为副将，赵得时为五军都提点，统兵十万，来救常州。临行，士诚命设酒郊外祖饯士信，且谓之曰："孤与卿等兄弟三人，于白驹场起义，以至今日，威镇江南，无人敢敌。今彼纠集党类，据有金陵，侵我镇江，困我常州，杀我之弟，此仇痛入骨髓。卿当用力剿除，以报此恨！"士信叩头受命。当日兵出苏州，倍道而行，不一日来到牛塘地方。张虎引兵来接，备称朱兵骁勇多智。士信说："不足为虑。"引兵屯住谷口，士信骑在马上，把谷口前后左右仔细一望，只见：

两边山势巍峨，一片平阳旷荡。峻绝处，便老猿长臂，无可攀援；衍野间，纵万马齐奔，未知底极。乱石巉岩，忽露一条石窦，往常见雾锁云迷；怪峰森列，倏开小洞迤逦，此内惟猿啼虎啸。深长七九里，这边唤不应那边；宽绰千百步，此岸看不见彼岸。缪缪风送草声，险恶山峦，这境界未许神仙来炼性；潺潺涧流泉响，横行水脉，那地面庶几鬼魅可潜形。止有丽日中天，堪见一时光彩；倘或雨云坠地，恍如长夜昏迷。

士信看了一看，便对张虎、张虬说："只此一处，便可生擒徐达了。"就分五万兵与他两人，依计而行。士信自领兵至常州地界，与徐达对阵。徐达便令郭英、张德胜领兵十万，困住常州，自与赵德胜、俞通海、赵忠、邓清，领兵十万，与士信迎敌。那士信纵马横枪，直取徐达。徐达也举刀相交。战了十数合，未分胜败。他阵上吕升祖、赵得时前来冲杀，我阵上赵德胜、俞通海恰好接应。杀得士信阵中大溃而走，徐达率众争先，诸军也奋力追杀。追到牛塘谷，方到谷中，被那士信发动伏兵，挡住了东谷口，张虬抗住了西谷口，两壁厢悬崖上矢石如雨而来。徐达便令三军："勿得惊乱，是吾欺敌，中彼诡计了。你们且暂屯守，另图计策。"正在沉吟，只见后军报来："邓清乘势劫了粮草，往投士信去了。"徐达听了大惊，说："粮草乃兵马生死所关，邓清这贼，直是这般狠恶，誓当擒获，以报此仇。"计点粮草，尚可支持半月。徐达对众将说："半月之内救兵必到，尔辈皆宜放心。"因下令掘下深濠，中间填起土冈，约高十丈。一来防士信引大湖水浸灌之患，二来据此高冈，亦可探望四山行径，以图出路，不题。

却说郭英、张德胜探知徐达被困一事，便议说："我辈若撤兵往救，吕珍乘势，必蹑其后。况围或未解，反遭其毒。我等还须紧困常州，以抗张虬、吕珍夹攻之患；星夜着人往金陵求救，方保无虞。不然，徐元帅粮草一绝，三军命休矣。"因遣张天佑持表疾忙趋金陵求救。太祖得报大惊，凑遇常遇春、廖永忠等取了池州，留赵忠镇守，引全军来到。太祖喜见眉睫，说："常将军来援，徐元帅无虞矣！"即令遇春为元帅，吴良为先锋，领兵五万，行南路去救西谷口，汤和为元帅，胡大海为先锋，领兵五万，行北路去救东谷口，即日起程进发。两日光景，便到常州，与郭英、张德胜兵相合。遇春备问消息，郭英便说："徐元帅受困已十九日了。前日张虬领兵来救常州，我与他相持了数日，彼乃密约城中吕珍夜来劫寨，内外夹攻，力不能支，因退兵在此。"遇春说："既如此，须先救牛塘谷，后攻常州。"便令兵直抵西谷口安营。即令郭英、张德胜领兵先抄谷后埋伏，只待我军交战时，便往张虬寨中，用火烧劫辎重粮草。

却说张虬见常州困解，仍令吕珍守城，复回兵与张虎守住谷口。闻知遇春来救，张虎说："弟可谨守谷口，吾与邓清率兵迎敌。"张虬说："此来必有勇将。吾兄可与邓清守谷口，只我引兵去救，若都去，恐挫了锐气。"张虎只得依议。张虬便领兵出营，正与遇春相对。两个斗了四五十合，不见胜败。却被郭英、张德胜发动伏兵，断绝了他后头粮草。张虎恰待来战，被郭英一枪刺死。屯守的兵，四下奔溃。那张虬正与遇春相持，只听后军报道："被朱兵焚了辎重，杀了张虎。"心下慌张，殆欲脱逃而走，谁想遇春手到鞭落，重伤了肩背，负痛死命的奔回。吴兵杀死的不计其数。徐达在谷中闻得外面锣鸣鼓振，杀气横天，晓得救兵已至，又引兵杀出来。徐达见了遇春，深谢脱难之恩。遇春对说："以元帅之德器，天必保佑令终，断不落于贼人之手。况主公天命有在，你我朝廷股肱乎！"是时，汤和也杀败了士信的兵，转回于东谷口相会。只见胡大海、吴良、吴祯、耿炳文、俞通海、赵德胜、丁德兴、赵庸、张德胜等将，俱各引兵来集。内中不见了郭英，徐达百般忧烦起来。

第二十三回

胡大海活捉吴将

河桥细柳蔚晶晶，偏动征人梦里情。
壮士含丹因许国，狂夫送死枉谈兵。
依微睥睨来旌色，隐跃长庚启剑精。
柳自青青魂自远，只今惟有鹧鸪鸣。

且说诸将各领兵到谷口会齐，内中只不见了郭英。徐达烦忧道：“郭先锋不见，多没于乱军之中了。但一来是主公爱将，二来又为不才解围。吾辈不能救取，有何面目归见主上？”因唤过本部士卒细问，都云不知下落，便教四下访觅。正忧闷间，只见探子报说：“郭先锋活捉一个人在马上，远远望见，从东边来了。”徐达听罢，便同众将出营去望。俄顷时，见郭英捉了邓清到帐前下马，与众将施礼。徐达好生欢喜，问说：“将军从何处活捉邓清来？我辈不见了将军，甚是着忙。今不惟得将军，且得这贼子，忧愤俱释，诚生平大快事。”

原来郭英枪刺了张虎，那邓清见势头不好，竟脱身而逃。郭英便单骑追至旧馆桥，生擒了才回，故乱军中不知下落。徐达便指邓清骂道：“昔者兵败投降，吾不忍杀你，使为将帅。今反夺了我的粮草，致我重困半月。如此不仁不义之贼，更有何说？”叫刽子手，取张士德一同斩讫，报来。左右得令，不移时，报说：“二犯斩讫。”

徐达次日分兵围困常州，吕珍自思兵士疲惫已极，孤城必定难守，不若领兵东走湖州，再图恢复，胜败还未可知。徐达看吕珍在城久无动静，谅他必走。即令胡大海、常遇春，附耳说了两句话，二将得令而去。因命兵士们，只从南北西三面攻打，东边一门势力独宽纵些。那吕珍到晚向城上观看，但见东门士卒偃甲而睡，便率兵往东冲出。正及冲开，忽闻火炮振天，左有常遇春，右有胡大海，各领伏兵，截住去路。两兵夹击，斩首三千余级。吕珍只得匹马仍复进城，坚拒不出。徐达仍令四围紧困，不题。

且说张士信、张虬、吕升祖、赵得时，收拾残兵，屯住旧馆桥太湖边，遣使求救。吴王张士诚得报大惊，便思：“既然难与争长，不若且以书给之，骗他退兵，再作防御。”遂遣人将书到金陵求和。其书曰：

向者窃伏淮东，甘分草野。以元政日弛，民心思乱，乘时举兵，遂有泰州、高邮等地，东连海堧，今春据姑苏。若无名号，何以服众？南面称孤，势所使然。乃二贤以神武之资，起兵淮右，跨有江东。金陵乃帝王之都，用武之国，可为建大业之贺。向获詹、李二将，礼遇未遣，继蒙通好，理暗未明。久稽行李，先遣儒士杨宪问好，士诚留之不遣。故云今逼我毗陵，咎实自贻，夫复何说！然省己知过，愿与请和，以解围困。当岁输粮三十万石，黄金五百两，白金三百斤，以为犒军之费。各守封疆，不胜感仰。

太祖得书，便命移檄报之曰：

春三月取镇江，抵奔牛垒城，彼时来降，继复叛去，咸尔之谋。约我逋逃之人；拘我通好之使，予之兴师，亦岂得已？既许给军粮，中更爽约，原其所自，咎将谁归？今若果能再坚前盟，分给粮五十万石，归我使者，则常州之师可罢，而争端绝矣。

士诚正与诸将商议，忽元帅李伯升奏说："此贪兵也。兵贪者败。且今两次败绩，皆因我将逞勇少谋，实非彼之能为。况贪得无厌，如依其议，彼将终何底止？乞殿下假臣以兵，必能成功。"士诚大喜，说："元帅之言最当。"即日拜伯升为元帅，汤雄为先锋，领五万人马去救应。伯升受旨，次日率兵往常州进发，前至旧馆，与士信等相见，备细问了前事。伯升笑说："来日当与大王擒之。"即同士信等起兵至古槐滩安营。

徐达对众将说："李伯升乃吴国名将，未可轻敌。"因令汤和、胡大海、郭英、张德胜四将，仍困常州；令常遇春、俞通海领兵一万，抄径路到牛塘谷口埋伏；令赵德胜、廖永忠领兵一万，去劫他的老营；令邓愈、华高领兵一万，冲左右哨。分遣已定，其余众将俱随大部向东迎敌。列阵才完，那士信帐中汤雄持槊出战，丁德兴拍马来应。斗到二十余合，德兴力怯而走，伯升、士信各驱兵赶来，邓愈、华高便分兵直冲他左右两哨，吴兵溃乱。徐达因统大部人马，直追至古槐滩。伯升急急回营，早被赵德胜、廖永忠杀入老营，就将火四散放起，烈焰冲天，吴兵鸦飞鹊乱的逃走。伯升与士信死战得脱，幸遇张虬，兵合做一处同行。方过牛塘，当先两员大将，正是常遇春、俞通海，发伏兵到那里等候厮杀，吴兵死的如山堆一般，那记得数？遇春急赶着汤雄来战。又遇华云龙领一支兵攻广德州得胜而回，路经旧馆桥，见遇春与汤雄鏖战，便大叫道："常将军，待小将来捉此贼。"汤雄就把枪去刺云龙，云龙奋剑砍来，把枪杆砍做两段。汤雄一惊，将身坠下马来，被云龙舒开快手，活捉在马上。贼兵奔溃。后面徐达又率兵追击，杀得尸横原野，血染河流，委弃的粮草辎重，盔甲器械，上万万数。张士信、李伯升仅以身免，率得几百残兵，逃向苏州去讫。

那吕珍探知援兵已散，思量独力难支，便开门冲阵逃走。郭英驰兵拦住，珍奋力接战。恰有遇春追兵又来，两力夹攻。珍且战且走，竟抄小路，望杭州路回苏州，不题。常州城池方得底定。大约两兵相持，共将五个月，吕珍以一身当之。虽是士诚之臣，其功德著在毗陵者不浅。徐达等乃率兵入常州，一面便出榜安抚百姓，大开仓廒，给与士民，以苏重困。便令汤和率本部兵镇守城池，徐达与常遇春分兵往宜兴一带地方安辑，并剿捕未降群寇。

恰说耿炳文承太祖钧旨，去攻长兴。那长兴守将，却是士诚骁将赵打虎。单使一条铁棍，约五十来斤，在马上使得天花乱坠，百步之内，人没有敢近得他。闻得炳文领兵来攻，他便点选铁甲军三千人马，出来迎战。恰好炳文也披挂上马，但见他：

> 浑身缟练，遍体素丝。戴一顶五云捧日的银盔，水磨得如电光闪烁；着一件双狮戏球的银铠，素净的如月色清明。手抡画戟，浑如白练飞空；腰系雕弓，俨似素蟾初吐。坐着追风骤日的白龙驹，四脚奔腾，晃晃长天雪洒；佩着吹毛饮血的纯钢剑，七星照耀，飕飕背地生风。只因他父丧三年，因此上一身皓白。韬戈不动，人只道太白星临；奋猛当场，方晓得无常显世。

两边射定了阵脚，此时恰好辰分，这场厮杀，实是惊人。

第二十四回

赵打虎险受灾殃

吴门萧瑟雁行秋，王粲从军事远游。
侠客临期赠匕首，故人把袂问刀头。
龙沙旌闪风尘断，鹿塞笳鸣烟水愁。
搔首乾坤俱涕泪，古来国士自封侯。

那赵打虎见了耿将军出阵来战，便叫道 :“对阵耿将军！你也识得我的才技，我也晓得你是英雄。今日各为其主而来，不必提起。但或是混杀一番，也不见真正手段。你我都吩咐，不许放冷箭，只是两人刀对刀，枪对枪，那时方见高低，就死也甘心的。”耿炳文道 :“这个正好。”两马相交，斗了一百余合，自从辰时直杀到未刻，天色将昏。那赵打虎便道 :“耿将军，明日再战才是。”耿炳文回道 :“顺从你说。”两人各回本阵去了。

且说赵打虎来到阵中，对众将说 :“我的刀枪并矛戟的手法，都是天下第一手。谁想耿家儿子都一一相合，倘得他做个接手，也是天生一对。只可惜他落在别国，到在此处做了敌头。奈何，奈何！”闷闷不悦。这也不题。

却说耿炳文自回帐中，沉想那打虎人，传他吴国第一好汉，我看来真个高强，不知谁人教导他得此手法。明日将何策胜得他？”正在没个理会，只见军中整顿出晚厨，炳文也连啜了几杯闷酒。却有一阵冷风，把炳文吹得十分股栗，灯烛都吹灭了。恍惚之间，忽有一个人来叫道：“炳文，炳文！我是你君用父亲，前日因你受了主公钧旨，来此攻打长兴，我便随在你剑匣中。今日打虎这厮，好生手段。明日他必仍来搦战，便可对他说：‘昨日马战，今日应当步战。’他的气力也不弱于你，待到日中，你可与他较拳，此时方可赢得。倘他逃走，你也不须追赶他。”炳文见了父亲，不觉大哭起来，却被夜巡的锣声惊醒，恰是南柯一梦。在胡床上翻来覆去，不得睡着。只听得鸡声嘹亮，东方渐明。

炳文坐起身来，吩咐军中一鼓造饭，二鼓披挂，三鼓摆列。不移时，赵打虎果到阵前搦战。炳文一如梦中父亲教导的话，对打虎说：“今日步战何如？”打虎听得，大喜道：“我的步法，那个不称赞的？这孩子反要步战，眼见这机关落在我彀中了。“便应道：“甚好，甚好。”两人各下了马，整顿了衣服，一东一西，一来一往，又竟斗了六十余合。日且将中，那打虎便叫道：“我与你弄拳好么？”原来这打虎当初是五台山披剃的长老，学了少林拳法，走遍天下十三省，五湖四海，在处闻名。因见天下多事，便蓄了头发，投归张士诚，图做些大事业。他见马战、步战俱赢不得炳文，必然是尽拿出平生本事，方可捉他。谁知炳文梦中先已提破，便应道：“这也使得。”两人便丢下器械，正要当场，只见打虎说：“将军，且慢着，待我换了鞋子好舞。”炳文口中不语，心下思量：靴儿甚是给卓，怎么反着鞋儿？鞋中必有缘故，我只紧紧提防他便了。”两个各自做了一个门户，交肩打背，也约较了三十余围。那打虎把手一张，只见炳文便把身来一闪，那打虎便使一个飞脚过来。炳文心里原是提防，恰抢过，把那足一拽，打虎势来得凶，一脚便立不住，仆地便倒。炳文就拖了他脚，奋起平生本事，把他墩来墩去，不下三五十墩。叫声：“叱！”把打虎丢了八九丈高，虚空中坠下来，跌得打虎眼弹口开，半晌的动不得。阵中兵卒一齐呐喊，扛抬了回阵去。炳文飞跳上马，横戈直撞，杀入阵来。那打虎负痛，在车子上，只教奔走到湖州去罢。阵下也有几个能事的，且战且走，保了打虎前去，不题。炳文鸣金收军进城。看到此处，雄心顿生，不觉把酒，赞叹他一回：

南山有桥北山梓，翩翩交戟驰帝里。
天风忽堕老乔倾，杰气英英萃厥子。
长兴鼓振奋熊罴，马战未已步战随。
梨花乱落天边雪，芙蓉挥洒星日移。
吴儿恶薄少林法，再请双拳两相搏。
本图夔足舞高冈，谁道商阳沉海若。
垂空掷上还下来，半入青云半入垓。
天上木狼奎灿烂，赵家打虎苦徘徊。
奎木狼星武庄子，骏业鸿功堪济美。
千年万载应不死，耿耿瑶光照青史。

炳文收军进城，便安慰了士民。恰有水军守将李福、答失蛮等，都领义兵及本部五百余人，至阶前纳降。炳文也一一调拨安置讫。正待宽下战甲，谁想那打虎脚上的鞋子，原拽他时，投入衣中，今却抖将出来。炳文拿了一看，那面上恰是两块钢铁包成。炳文对众校道：“早是有心提防着他，不然那飞脚起来，岂不伤了性命？所以这贼人要换靴子。可恨，可恨！”一面叫写文书申捷，不题。

且说吴良同郭天禄得令来取江阴，那张士诚闻知兵到，便据秦望山以拒我兵，恰被总管王忽雷奋先力战。适值风雨大作，我师便直上秦望山，杀得吴兵四处奔散。次日便从山上放起火炮，直打入江阴城中。因为火箭各处射将进去，那城中四散烈焰的烧将起来。西门城上因近山边，人难蹲立，我兵便布起云梯，径杀进城，开了西门。张士诚慌忙逃走去了。遂以耿炳文守长兴，吴良守江阴。

捷讯报到金陵，太祖不胜之喜，便对李善长、刘基、宋濂诸人说："常州既得，失了士诚左翼，江阴、长兴又为我有，塞住士诚一半后路。"正在府中商议乘势攻取事情，忽有内使到阶前，跪说："我王有命，奉请国公赴宴，顷间便着二位王弟躬迎。先此奉达。"太祖回声说："晓得了，就来。"那内使出府门去讫。只见李善长、刘基、宋濂诸人过来，说："和阳王今日请国公赴宴，却是为何？国公可知道否？"太祖心中因他们来问，便说道："诸公以为此行何如？"李善长说："素闻和阳王有忌国公之心。今早闻说置毒酒中，奉迎车驾。正欲报知，不意适来以国事相商。乞国公察之。"太祖听说，便云："多谢指教，我自有处。"府门上早报说："二位王爷到来，奉迎国公行驾。"太祖请进来相见，叙礼毕，便携手偕行。吩咐值日将官，只在府中俟候，不必迎送，更无难色。两位王弟心中暗喜，说："此行堕吾计了，怕老朱一个到宫，难道逃脱了不成？"一路上把虚言叙说了数句。将至半途，太祖忽从马上仰天颠头，自语了一会，若有所见的光景，便勒住马骂二王说："尔等既怀恶意，吾何往哉？"二王假意连声问道："却是为何？"太祖说："适见天神说：你辈今日之宴，以毒酒饮我，必不可去。吾决不行矣。"二王惊得遍身流汗，下马恭立，道："岂敢，岂敢！"遂逡巡而去。他两人自去回覆和阳王，说如此如此。三个木呆了一歇，说："天神可见常护卫他的。"自此之后再不敢萌动半星儿歹意。这也不题。

且说太祖取路而回，却见一个潭中水甚清漪可爱。太祖便下了马，将手到潭洗濯，偶见有花蛇五条，游来游去，只向太祖手边停着。这也却是为何？

第二十五回

张德胜宁国大战

杀气横空下赤霄，风尘卷地翠华遥。
龙呈潭水留巾帻，灵跃中天上斗杓。
剑血岁添崖傍草，旗风时拥海边潮。
喜看宁国城边杰，仍佩皇家紫绶貂。

却说太祖正在潭中洗手，只见五条花蛇儿攒聚到手边来，太祖暗祝说："若天命在予，还当一心依附于我。"便除下头上巾帻，将五条蛇儿盛在巾内。恰喜他蜿蜿蜒蜒，聚做一处不动。太祖正仔细观看，那些值日将官，并李善长、刘基、宋濂一行人骑着马向前来迎。太祖连忙将巾帻仍戴在头上，路中备细说了前事。倏忽间已到府门，太祖偕众上堂，解去衣冠，另换了便服。忽空中雷雨大作，霹雳交加。望那巾帻中烨烨有光，顷间，白龙五条从内飞腾而去。诸将的心益加畏服。以后如遇交战，巾里跃跃有声，这也不题。

未及半晌，仍见天清月朗，便同李善长、刘基、宋濂等晚膳。杯箸方列，太祖便举箸向刘基说："先生能诗，可为我作斑竹箸诗一首。"刘基应声吟道：

一对湘江玉细攒，湘君曾洒泪斑斑。

太祖颦蹙说："未免措大风味。"基续韵云：

汉家四百年天下，尽在张良一借间。

太祖大笑。酒至数巡，却下阶净手，看见阶前菊花，太祖又说："我也乘兴做黄菊诗一首。"遂吟与众人听道：

百花发时我不发，我若发时都吓杀。
要与西风战一场，满身披上黄金甲。

诸人敬服，称赞说："真是帝王气概！"后来天兵俘士诚，殪友谅，克元帝，大约都在八九月间，亦是此诗为之谶兆。当夜尽欢而罢。次早商议出兵攻讨之事，不题。

话分两头，却说元顺帝一日视朝，文武百官朝见礼毕，顺帝对群臣说："目今大江南北，盗贼蜂起；江淮之地，十去其五。河南、河北，或复或失，不得安宁。欲待命将出征，争奈钱粮缺少。满朝卿等，将何如处置？"只见有御史大夫伍十八上前奏说："今京师周围虽设二十四营，军士疲弱，实可寒心。急宜选择精勇，以卫京师。若安民，莫先足食。还宜降发帑钱，措置农具。命总兵官于河南河北克复州郡，且耕且战，方合古者寓兵于农之意。又当委选廉能之人，副府州县官之职，庶几军民得所，天下事尚可图复。"言方毕，武德将军万户平章事朱亮祖出班奏说："此法极善。但可行于治平的时节，方今事属急迫，还望速开府库，以济饥荒，方止得饥民思乱之事。"顺帝说："若救济饥民，开发府库，使内帑告竭，何以为国？"亮祖复奏说："今郡县贪官酷吏，刻剥民脂，况以赋税日增，天灾四至，民生因为饥饿所苦。民贫则为盗贼，干戈焉得不起？望陛下听臣之言，不然恐倾亡立至矣。”顺帝听了，颜色有些不喜。右丞相撒敦便迎旨奏曰：“方今民顽，不肯纳税。倘或再发内帑，军国之需，何以供之？此乃误国之言。”顺帝因贬朱亮祖做宁国守御，排驾回宫。

亮祖出朝，收拾行李、家属出京，取路向宁国府进发。不一日来到该管地方，吏民人等迎接了。不免有许多新官到任，参上司、拜宾客、公堂宴庆的行仪。亮祖一一的打发完事，便问民间疾苦，千方百计抚恤军民。时值深秋光景，忽一日乘兴独步后园，见空阶明月，四径清风，徘徊于蓠菊之下，作歌曰：

秋风急兮寒露滴，秋日圆兮寒蝉泣。
思乡梦与角声长，去国心同砧韵促。
气贯虹霓恨逐波，时乎奸党奈如何？
空将满腹英雄志，弹剑当空付与歌。

歌罢，纵步走过竹林边，只见一个人也对了明月，在那里口吟道：

银烛辉辉四海圆，几人得志几人闲。
未思范老违天禄，欲效韩侯握将权。
节义有谁怀抱日，忠良若个手擎天？
茫茫大海沉鱼鳖，何处堪容曾仲连。

朱亮祖听罢大惊，思量决非以下人品，便向前问说：“壮士何人？”那人望见便拜，回覆道：“小人是此处馆夫，姓康名茂才，字寿卿，蕲水县人。不知大人在此，有失回避。”亮祖就对他说：“你既有此奇才，何为甘心下贱？明日当以公礼见我，我当重用。”茂才别了亮祖，自思：“我仕元做到江西参政，累建奇功，升为参知政事，见世务不好，因而归隐。那徐寿辉闻我贤名，数使人来迎我，我看他不足有为，潜匿到此。近闻金陵朱公是命世之英，只是未有机会投纳。幸闻徐达早晚来攻取宁国，我因托做馆夫，献城投降。你区区一个守御，如何重用得我？”便连夜逃脱而去。

且说亮祖次日早起，叫人去召馆夫，只见驿司报说：“此人昨日夜间，不知何意，偷了一匹马，连夜逃走，尚未拿获哩！”亮祖沉思，茂才是个有才无德的人，便对驿司说：“你可令人慢慢的访问了，来回覆。”正说话间，探子报到：“金陵朱公命常遇春领兵来攻宁国，兵马已将到城下了。”亮祖便率兵一万，勒马横枪，出到阵前。我阵上常遇春恰好迎敌，两个战了五十余合，亮祖佯败退走。遇春却骤马赶来，被亮祖一枪刺着左腿。遇眷负痛还营。赵德胜因提刀接战，力量不加，返骑而走。倒被亮祖获去士卒七千余人。明日亮祖复出城来战，骁将郭英持枪直统过来，也战有六十多合，郭英也觉难敌。恰待转身，那亮祖惹得火性冲天，便勒马直追上来。早有张德胜、赵德胜、耿炳文、杨璟四员虎将并力斗住。郭英便抄兵转来，五个人领了精骑，把亮祖铁桶的围将拢来。那亮祖身敌五将，横来倒去，竟不在他心上。又战了有两个时辰，恰好唐胜宗、陆仲亨领了伏兵，截他后路，见他们五个未即得胜，放马跑入重围喊杀。七个人似流星赶月一般，密攒攒不放些儿宽松。亮祖纵马杀回本阵，方透重围，冤家的马一脚踏空，便蹶倒在地。亮祖正跳出马外，却望城内早有一将，砍倒了几个把门的军校，纵马杀将出来，引入我军都登城上摆列。心中正慌，谁知一支箭飕地过来，恰中了左臂腕肘之上，诸将奋力赶来，把亮祖活捉了上马。余军大败。常遇春领兵入城，一面抚恤军民，一面请过开城投降的壮士，优礼相见，那知就是康茂才。

亮祖看见了茂才，便骂道：“你这卖国之贼，身为馆夫，也受君上升斗之给，怎么潜开了城门投献？”大喝一声，把绑缚的绳索条条挣断，便要夺刀来杀茂才。却幸得绊脚索尚不曾脱，众将慌忙带住。郭英连捶了三铁锏，亮祖方才不得近前。常遇春喝令左右，拥过亮祖到阶，大怒骂道："匹夫无知，敢以枪来刺我。幸有护甲，不致重伤。今日被拿，更有何说？"亮祖对说："二国交锋，岂避生死？今事既如此，便杀我足矣，又何必与你言？"遇春听了，益加气恼，叫左右快推出去斩首。亮祖回身说："大丈夫要杀就杀，何必发怒？况既到你阶前，恁你凌辱，虽怒何为？"大步的向外面走去。遇春见他勇壮，心中一时转念，说："有如此不怕死的好男子，真也罕见。"便对诸将说："不知亮祖可肯降否？"

第二十六回

释亮祖望风归顺

昨日城楼鼓角频，今朝意气转相亲。
清樽细菊堪销夜，七首胡霜且共论。
九月衣裳同在客，千江烽火远愁人。
凭君莫洒忧时泪，帝座中天色正新。

那常遇春看了朱亮祖慷慨就死，便转念道：“有如此好汉！”因对众将说：“昔日张翼德释严颜，后来有收蜀之功。我欲释彼，以取江西，如何？”众将曰：“元帅既然惜才，有何不可？”遇春急命且宽亮祖转来，就下帐解了缚索，问说：“朱公肯为我用否？”亮祖回说：“生则尽力，死则死耳！”遇春急唤取上等衣冠来，与亮祖穿戴了，就说：“将军智勇无双，英雄盖世，请上坐指教，以开茅塞。”饮酒间，却把江南、江北攻取州郡的事情访问。亮祖初次也谦让了一会，后见遇春虚心，便说：“江南江北，十分地面，群雄已分据八九。若欲攻打，还由马驮沙清山县而入。今马驮沙一带俱属某管辖，料用一纸文书可定之。”本日极欢而罢。次早亮祖打发各处文书，写出“主公德化，一一招降”去讫。却有徐达领兵与遇春相会，遇春便领亮祖相见，商议攻取各处城池，就把取宁国、收亮祖事情申报金陵，不题。

且说张士诚见朱兵克取镇江、常州、广德、江阴、宜兴、长兴等处，心中甚是惊恐。欲与亲战，又恐不利，统集众官计较。恰有丞相李伯升奏说："自古倡霸业者，国先灭亡。今朱某占据金陵，天下群雄，皆怀不平。殿下可以书交结田丰、方国珍、陈有定、徐寿辉、刘福通，约同起兵讨伐。成功之日，分土为王，群雄必来合应。再一面修表到元朝纳款，许以岁纳金帑若干，元必纳受。那时即显暴金陵僭窃之罪，要他兴兵来攻，然后我国乘他虚惫，一鼓而取之。失去州郡，可复得矣！"士诚大喜，因修书遣使，各处构兵去讫。

且说顺帝一日坐朝，恰有来报说："朱亮祖失了宁国，亦投附了金陵，且勾引马驮沙、池州、潜山等处一带，亦皆投顺。"正在烦恼，忽报张士诚遣使奉表到来，即命宣入，拆开看曰：

> 浙西张士诚死罪上言：臣窜伏东南，岂敢狂图，实谋全命。恒思前事，疾首痛心。臣今一洗旧污，愿承新命。敬具明珠一斛、象牙二只修献。再启：东南盗贼蜂屯，若金陵朱某，尤为罪首。据名都，夺上郡，诱纳逃亡，事难缕悉。伏愿大张神武，命将征凶。臣愿先驱以清肘腋。不胜战栗之至。

顺帝看罢，与众官参议，只见淮王帖木儿说："此乃士诚挟诈之计。臣闻士诚为金陵所困，不过欲陛下代彼报仇耳。我兵一动，彼必乘势去取金陵。不如将计就计，许以发兵，便征他军粮一百万石。一来不费军资，二来且示朝廷不被其诈，方一举两全。"顺帝又说："不起士诚疑心么？"贴木儿再奏："今士诚已僭称吴王，陛下可赐以龙袍、玉带、玉印敕为吴王，使他威镇群雄，他必倾心不疑，乐输粮米矣。"帝允奏，即命指挥毛守郎赍诏及什物，同吴使到苏州，册立士诚为吴王。

毛守郎衔命出京，不一日来到鄂郡（又名武昌，即三江夏口），当先一彪人马，十分雄猛，为首的高叫说："来者何人？"毛守郎说了前情。那人说："我是江州蕲王徐寿辉大元帅陈友谅，吾王正欲即皇帝位，龙袍等件，可将与我。"毛守郎不应。友谅纵马向前，把守郎一刀斩讫。正是：奸臣用计才舒手，天使无心却没头。众军士见杀了守郎，就将什物送与友谅。友谅回到江州，入城见了徐寿辉，具言得龙袍带印之事。寿辉大喜，便聚群臣共议称号改元，明日为始，称曰天完国治平元年。以赵普胜为太师，封陈友谅为汉国公，倪文俊为蕲黄公，以刘彦宏为丞相。诏到所属州郡，话不絮烦。

却说冬尽春来，正是元至正十八年，戊戌之岁，春当正月，和阳王病不视朝，未及十日，以病薨于金陵。太祖哀恸，便率群臣发丧成服，择日葬于聚宝山中。李善长、刘基、徐达，表请太祖早正大位，以为生民之主。太祖笑说："诸公专意尊我，足见盛心。但今止得一隅之地，尚未知天心何归，岂可妄自尊大？倘或不谨，以致名辱事败，反遗后羞。惟愿齐心协力，共成大事，访有德者立之未迟。"十分坚拒不肯。众人因也不敢强。

次日，刘基启说："金华、处州、婺州一带，皆金陵肘腋之患，即望主公留心。"太祖便着徐达南取婺州，刘基说："徐元帅现镇守宁国、常州等，若令前去，恐奸雄乘机窃发，还得主公亲征为是。"太祖传令，以常遇春为左元帅，李文忠为右元帅，刘基为参谋，胡大海为先锋，郭英统前军，冯胜统中军，华云龙统后军，耿炳文统左军，领兵十万，择日起行。留李善长、邓愈等权守金陵，录军国重事。不一日，到金华城南十里安营。刘基说："此城是浙东大藩，通瓯引越，真为重地。然最是坚固，须计取之。常元帅可领兵三千，北门外搦战。胡先锋领兵一万，攻西门。待他兵出，当乘机取之，可必得也。"二将得令讫。

恰说守将乃元总管胡深，字仲渊，处州龙泉人，颖拔绝伦，倜傥好施。彼若周人的急，便倾囊倒橐，也是情愿。闻知兵至，与副将刘震、蒋英、李福等议说："金陵兵极强盛，三公可坚壁而守，待我迎敌，看他动静，方以计退之。"即率兵五千出战。两将通了名姓，战到三十余合，胡深一枪捅来，正中遇春坐马的胸膛，那马便倒。遇春就跳下马步战，也有三十余合。忽听得哨子报来，胡大海已乘机取城，刘震等俱各投降了。胡深闻言大惊，勒马领兵向南而走。遇春追杀，元军大溃。收兵回城，具言步战一事，太祖甚加慰劳，因说："向闻胡深智勇，军师何策得他来归？"刘基说："且再处，且再处。"

次日令胡大海与降将刘震、蒋英、李福等领兵一万，镇守金华，便引兵南抵诸暨地界。元将董蒙不战而降。南行七十里，向东径通衢州。又东七十里，就是钱塘江。江东杭州，即张士诚之地。太祖来看，此是四通五达之地，下令胡大海儿子胡德济坚筑城隍，以为诸处州郡保障。便率兵南至樊岭，只见那岭四围斗绝，险不可登。乃是处州。元将石抹宜孙，与参将林彬祖、陈仲真、陈安，将军胡深、张明鉴，列营七座，如星联棋布，阻塞要路。遇春同副将缪美率精锐争先而行，谁想矢石雨点的来，不能进取。刘基说："此未可以力争。"令遇春领兵向南砦搦战，引出胡深说话。

不多时，胡深果出来相敌。刘基向前说："胡将军，良鸟相木而栖，贤臣择主而佐。我主公文明仁德，真天授之英，何不改图，以保富贵？"胡深曰："公系儒生，焉知军务？且勿劳作说客。"刘基便说："我固儒生，公亦善战。然排兵列阵，恐尚未能深晓。我布一阵，公能打得么？"胡深对说："使得，使得。"刘基便附常遇春耳边说了几句话，遇春恰把令箭转来转去，倏忽间，阵势已定，就请胡深打阵。胡深走上云梯，细细看了一会，却走将下来。不知说些甚么，且听下回分解。

第二十七回

取樊岭招贤纳士

沧海遥连雉堞明，登临计定枉罗营。
千山见日天犹夜，万国浮空水自平。
不问千军坚绝顶，但图方略拓金城。
归来正值传飞捷，露布催书倚马缨。

那胡深走下梯来，暗想他居中竖一面黄旗，四方各按着生克摆列旗帜，便出阵说："此是蜃化蛟虬太乙混沌阵，不许放箭，我自来打。"令军士鼓噪而进。胡深骤马直冲中央，要夺那黄的旗号。谁想这日是水克土的支干，刘基先叫遇春当中登时掘下深坑，约有五十余步，浮盖泥土在上。胡深势来得紧，竟跌入坑中，被挠钩手活缚了，送与刘基。刘基即忙喝退军士，亲解了缚索，便拜倒地下，说："望乞恕罪！"胡深木呆了一时，也不做声。即唤军士推过步车来，刘基携了胡深的手上车，同到太祖帐前。太祖便令叶琛以宾礼邀入。常遇春也驰马追杀了余兵回来。

顷间，胡深谒见太祖，太祖慌忙把手扶起，说："今日相逢，三生之幸。当富贵共之。"胡深应道："愿展末才，少酬大德。"太祖即令设宴款待。酒至数巡，刘基说："不必久延，今晚便劳胡将军，可取樊岭。"就附胡深说了几句话。胡深慨然前往。即令郭英、康茂才、沐英、朱亮祖、郭子兴、耿炳文六将，各领兵一千随往。时约三更，胡深却向岭下高叫："岭上守卒，我是胡元帅。早吃他用计捉去，幸得走脱。你们休投矢石。"元兵听得是元帅声音，果然寂寂的不响。胡深领了兵，径上岭来，杀散守岭士卒。朱亮祖、沐英、郭英等六路分兵驰到六营，仍用火炮攻打。登时六寨火起，宜孙等并力来战，那能抵当？宜孙领了部兵望建宁走了。林彬祖见势头不好，也投温州去讫。六将据在岭北，待至天明，大军齐到，便过岭直抵处州城边。城中守将乃是李祐之、贺德仁二人，料来难守，开门纳降。太祖入城，吩咐军校不许惊动士民。

次日，下令着耿炳文镇守，即率兵南攻婺州。不数日来到地界，太祖看了地势，命在梅花岭安营，传令着邓愈、王弼、康茂才、孙虎，率兵取岭。守岭元将叫做帖木儿不花，闻知，因下岭搦战。自早到晚，不见胜败。邓愈把令旗一招，恰见茂才先去攻岭北，王弼去攻岭南，三道并进，遂拔了老寨。不花早被众军拿住，送到帐前斩讫。太祖安营岭上，恰有胡大海领乌江儒士王宗显来见。太祖问取婺州方略，宗显说："城内吴世猷与显旧相识，待我进城打探事情虚实，何如？"太祖说："极妙！极妙！"宗显装起行李，只说来探望亲戚，入得城来，径到吴家安下。因知城中守将各自生心，次日即别了吴世猷，径到帐中，备说细底。太祖喜说："若得婺城，当命汝为知府。"

次日，令金朝兴统领锐卒骂战，再令茅成驻节皋亭山去接应，得令前往。那前锋是李眉长，出兵迎敌。战未数合，那眉长转身不快，恰被金朝兴擒住。胡大海率将缪美，趁势追杀。谁想石抹宜孙闻知大兵来，便率兵从狮子头岭径路来救。太祖就着胡大海、胡保舍分兵梅花岭边，截住救兵。却令郭英引兵一万，扣城索战。守将是僧住、同帖木烈思、都事宁安庆、李相。那僧住同诸将计议说："彼兵乘胜而来，暂且坚守，待其少倦，方分兵三路应之。可先在瓮城中掘了陷坑，我领兵出北门与战，佯败入城，他必追赶，待至城门，以炮火齐击，必然跌入坑内。将军辈宜各领兵三千，出东西二门截杀，定可取胜。”分布已定。

歇了数日，早有郭英纵兵赶来，看见城门大开，争先而入，都落在坑内。四壁木石弓弩，如雨般下来。郭英急退，又有两个大将截住去路。郭英冲阵而走，二将追杀了许多地面，方收兵回去。郭英收了残兵，来见太祖。太祖惊说："行兵多年，尚然不识虚实，损威折士，罪过不小。"刘基向前说："乞主公宽宥，待渠将功赎罪。"便密付一纸，递与郭英说："乘今夜再取婺州。"郭英接过封札在手，却存想道："白日里尚不能成功，黑夜如何施展？"然不敢不去。此时乃是正月尽边，天气正黑。郭英只得领了兵，奔到婺州城边，只带一个火种，便拆开军师封字来看，说："可竟到东南角登城。"便领兵马，依令而行。走至其处，却见城角损坏不完。郭英便分兵五千，与部将于光，令他南门外接应，只亲率兵二千，从缺处悬石而上。那士卒因地方偏僻，全不提防，都酣酣的大睡。英便轻步捷至南门，守将徐定，仓卒无备，遂降。却唤徐定开门，引于光五千兵杀进城来，径到府前。李相因与帖木烈思不和，大开府治，以纳我兵。僧住急与宁安庆、帖木烈思等率兵夺门而走，恰有胡大海、朱亮祖、金朝兴引兵截住。僧住身被数枪，且战且走，回看三百残兵，更不剩一个。便谓宁安庆等说："受王爵禄，不能分忧，要此身何为？"遂拔剑自刎。安庆、烈思随下马拜降。

太祖领兵入城，抚谕了军民，以王宗显为知府。宁越既定，命诸将取浙东各郡。且对诸将说："克城以武，安民须用仁。吾师入建康，兵卒不犯。今新取婺州，民苟少苏，度各郡望风而归。吾闻诸将若不妄杀，喜不自胜。盖师行如烈火，火烈而民必避。倘为将者以不杀为心，非惟利国家，己亦必蒙厚福。尔等从吾言，则事不难就，大功可成。”诸将拜受钧旨。便召宁安庆、李相、徐定问说：“婺州是浙之名郡，必有贤才，尔等可为召来。”徐定说：“此地有个文士，姓王名祎，系金华义乌人。其祖父名唤延泽。一日，见一个小猴儿，烈焰焰生一身火毛，背上负一种五色灵芝，径奔入他庭子里来。他祖父也不惊动他。只见那猴子把那种灵芝，去泥地上掘开个坑儿，做好籽，种在地上，便将前爪从泥上画了六个大字，恰将身在灵芝边跳来跳去，一会儿竟从地里钻将下去，也不见了。他祖父急走前来看，恰是‘背火猴来降生’六个大字，甚是明朗。傍晚光阴，媳妇生下这个王祎来。自幼儿生的奇异，人皆以为芝秀之兆，有诗赠他：

芝秀含英爽，虚亭散夕曛。
嘴精天上合，猿啸下方闻。
灵著千秋业，情耽一壑云。
何人为招隐，闲寂想征君。

他见了元朝政事日非，便隐于青岩山。近因饥馑，徙居婺州。又一个武士，唤名薛显，原是沛县人。勇略出群，曾做易州参将。他也见世事不好，弃职归山。然而家贫，因以枪刀弓矢教人，今流寓在此。倘主公欲见，当为主公请来。”太祖说：“招贤下士，吾之本愿。你可急急去招来。”遣徐定出帐前去。宁安庆因进婺州户口文册，共二万七千户，计十二万二千五百余口。明日，徐定请了王祎、薛显二人早至帐下，太祖令文武官将迎入帐中。太祖见二人超脱，因细问治平攻取之策，心中大喜。授王祎奏议大夫，薛显帐前指挥使。自是太祖在婺州，半月时光，各处州郡都望风归顺。乃遣胡深镇婺州，耿炳文镇处州，其子耿天璧守衢州，王恺守诸暨，胡大海守金华，其子胡德济守新城。分拨已定，遂率大队人马向金陵而回。但见：

旌旗全卷竿头，剑戟深藏匣底。片片云霞邀旺气，村的、俏的、老的、小的，争看有道圣人；村村苍翠揖清车，来的、去的、远的、近的，喜见太平天子。日照光明，几处名香迎马首；风回张起，一天星宿卫宸区。不多日子，便到了金陵。

第二十八回

诛寿辉友谅称王

阴风吹火火欲燃，老枭夜啸白昼眠。
山头月出狐狸去，竹径归来天未曙。
黑松密处秋萤雨，烟野闻声辨乡语。
有声无首知谁是，寒风莫射刀伤处。
开门悬櫜稀行旅，半是生人半是鬼。
犹道能言似昨时，白日牵人说兵事。
高幡影卧西陵渡，召鬼不至毗卢怒。
大江流水枉隔侬，凭将咒力攀浓雾。
中流灯火密如云，饥魂未食阴风鸣。
髑髅避月樱残絮，幡底飒然人发竖。
谁言堕地永为厉，圣明功德不可议。

那太祖领了大队人马，自婺州回至金陵，原守文武官僚出城迎接庆贺，不题。且说江州徐寿辉，有手下陈友谅，夺得龙袍、玉带什物，献于寿辉，择日改了国号，即了天子之位。常虑安庆府为江州左胁之地，不可不取。屡屡遣兵命将，皆不得利。寿辉甚是恼怒。一日早朝已毕，恰遣陈友谅为大元帅，统领十万兵马，驻小孤山；都督倪文俊，统领精锐五万，来攻安庆。那安庆府城元将，姓余名阙字廷心，世家威武。父亲在庐州做官，遂住居在庐州。元统元年，举进士及第，除授湖广平章，真个是文武全材，元朝第一员臣子。把那徐寿辉部下攻打的军马七战七北。闻知陈友谅领兵来攻，便纵步提戈，当先出马，与那先锋赵普胜战到八十余合，不分胜败，天晚回兵。将及二更，恰有祝英又领兵二十万来接应。陈友谅便叫赵普胜攻东门，倪文俊攻南门，祝英攻北门，自统大兵攻西门。四面如蚁的，重重裹来。余阙见西门势头更急，心知寡不敌众，便督死士三千出城，与友谅对战。从古说得好：一人拼命，万将莫当。那余阙到友谅阵中，奋起生平气力，这些随来的精勇，个个拼死杀来。真个是摧枯破朽，直撞横冲，杀得友谅远走二十里之地。正好厮赶，恰听得倪文俊攻破了南门。余阙大惊，把头回看，但见城内火焰张天，便勒马回兵来救。那友谅也随骑追来，赵普胜、祝英又杀入城。随行兵将，俱各逃散。余阙独马单枪，与贼横杀，身中了十余枪，路至清水塘边，以刀自刎，死于塘内。其妻蒋氏，及妾耶律氏，抱了儿子德臣，女儿安安，外甥福重，皆在官署中投水而死。那余阙死时，年才五十有六。著有《五经余氏注疏》，至今学士遵为指南。葬在南门外。后来太祖一统登基，特悯其忠，立庙于忠烈坊，岁时致祭，这也不赘。

且说陈友谅既取了安庆，留旗将丁普郎镇守，自领兵回到江州，朝见徐寿辉，备说安庆已取，留兵镇守一节。寿辉大喜，正将赏功，只见倪文俊出班大喊如雷，说："攻取安庆，全是臣之功，不系友谅之力！"寿辉变色，问说："怎见是卿之功？"文俊奏说："友谅攻打西门，被余阙领敢死之士三千，出城大战，友谅奔走二十里外，臣率士卒奋勇先登。众所共知，怎说得是友谅的功绩？"寿辉大怒，对友谅说："你为元帅，不能对敌败走，且欲冒滥军功，欲学晋时王浑乎？"友谅说："初时四面攻打，余阙只是固守城池，我们兵马谁敢先登！后来余阙因臣攻西门势急，只得引兵出战。臣假作佯输，哄他来追，文俊方得领兵入城。设奇指示，皆臣之力。”寿辉便叱说：“休得再来胡说！本当治以军法，姑念旧功，免死。”即刻令左右拘夺印绶，不许与共军国事，惟令朝参。友谅此时真个是：“地裂无从遮丑面，鬼门难进免羞惭。”闲住在家，甚为恼恨。

原有张定边、陈英杰两人，俱有万夫不当之勇，向来与友谅彼此依附，往来极密的。一日友谅接两人到家，说：“寿辉昔者蕲黄起兵，今日据有荆襄之地面，坐享富贵，皆我出万死一生之力。今一旦削我兵权，安置私第，真是无义之徒！”定边对说：“事有何难？今宅中家兵有五百余人，明早可令暗藏利器，候于朝外，只唤二人带剑随行。元帅佯言上殿奏事，寿辉必无所备。元帅便可挺剑行事，我二人就乘机杀了倪文俊，号令满朝文武，事可顷刻而成。”友谅大喜，说：“若得成事，富贵同之。”两人别去，不题。

友谅便令家兵准备器械。次日早间，友谅便把家兵五百，暗暗的四散列于朝门外，只引力士二人跟随。依班行礼毕，便挺身上殿说：“昔日蕲黄起义，直到如今，无限大功皆我一身死力成事。今朝何故忘我的功劳，夺了我的兵权？”寿辉大怒，喝令左右擒那友谅。友谅便把剑砍了寿辉，倪文俊急夺武士铁槌还击友谅，早被张定边在后一剑杀死，遂同陈英杰按剑高叫，说：“徐寿辉不仁不义，不足为吾立之主。陈元帅英武盖世，才德兼全，我等宜共立为帝，享有大宝。倘有不服者，当以文俊为例。”群臣那个敢再吱声？张定边即令扛去了寿辉、文俊尸首，率群臣下殿呼拜万岁。友谅说：“今日非我忽为此不仁之事，但寿辉负我恩德，吾故仗义行诛。今张元帅扶我为主，卿等俱宜协力同心，辅成大事。所有富贵，我当照功行赏。”群臣听命。当日友谅立妻杨氏为皇后，长子陈理为太子。以杨从政为大丞相，张定边为江国公，兼兵马大元帅，陈英杰为武国公，赵普胜为勇德侯。各兼平章政事。胡美、祝英、康泰三人守洪都。建都江州，国号汉。颁诏所属州郡，退朝回宫，不题。

却说陈友谅原是沔阳人，渔家之子。大来做个县吏，嫌出身不大，因弃去了职业，学些棍棒。会徐寿辉起兵，便慨然从之。后为倪文俊所辱，至是领兵为元帅，与文俊争功，便杀了寿辉，害了文俊，自立为汉帝。此时正是至正十九年十二月初旬的事务。次日设朝，勇德侯赵普胜出班奏说："今有池州地界，实为我国藩篱，近被金陵窃据，我国未可安枕卧也。"友谅准奏，即令普胜为元帅，率兵五万，攻打池州，择日起兵。友谅对普胜说："金陵人多智勇，猝难取胜。可扬言攻取安庆，使其无备，庶可一鼓而擒。"普胜领命，因率兵从南路来寇池州。不一日，到城下安营。朱兵镇守池州向是张德胜、赵忠二人，闻得汉兵猝至，便议道："此明是袭我之无备耳。"赵忠说："元帅可设备坚守，我当领兵对敌。"次早率兵一千出战，赵忠奋勇先驰，部卒都死力争赴。贼众大败。赵忠乘势追逐，约有五十余里，不意马仆，被贼兵捉去。阵上刘友仁急来救时，又被贼兵万弩俱发，当心一箭，死于阵中。那普胜便引兵周围困了池州，攻打甚急。张德胜在城上，把那飞弩石炮掷将下来，贼兵虽是中伤，然众寡莫御。正没理处，只见西北角上，一标人马飞尘赶来，摆开阵势。德胜把眼细看，恰是俞通海取了黄桥、通州一路，得胜回兵来援。那通海水陆并驰，士卒勇敢，普胜只得弃舟而遁。通海也因升了签书枢密院事，便与张德胜稍叙一些心事，即日就向金陵而回。

且说普胜途中闻知俞通海撤兵回来，即引兵来攻打。张德胜出兵对敌，普胜败走，德胜飞跑来追，不防普胜标箭正中左腿。德胜负痛奔回，四下里被普胜紧紧围住。却有养子张兴祖对德胜商议说："如此重围，急须金陵求援，方可解脱。不然粮草一日不支，是为釜中鱼矣。"德胜说："是这般铁桶，谁能出去？"兴祖说："今夜二更，父亲可选精锐三百，儿当舍命前往。"德胜依计，草一奏章，至夜付与兴祖，领兵冲出而去，果然杀透重围。普胜见他所部军卒甚是勇猛，也不敢十分来追。此行却是如何？

第二十九回

太平城花云死节

鹿塞戈铤血未干，汉吴烽火报长安。
拟擒逆众先开幕，谁道英雄已泪弹。
明月慢随青羽动，悲风转与皂雕寒。
一灵莫讶功难遂，多少材官倚剑看。

那张兴祖领了三百铁骑，连夜杀透重围，离了池州地面，那里有晓起夜眠？都忘却饥飧渴饮。在路方行一日两夜，已至潜山地界。正遇常遇春领兵而行，兴祖便具诉围困的事情。遇春说："我已知之，特来相救。"因对兴祖说："吾闻汝有智勇，汝须如此先行。"兴祖受计去讫。便令郭英、俞通海、朱亮祖、康茂才前去四下埋伏。次日兴祖过了九华山，径奔池州，与普胜对阵逆战。普胜便来迎敌，未及数合，兴祖勒马就走。普胜料无伏兵，乘势赶来。约及五十余里，日已将西，恰到九华山谷，兴祖便把马转入谷中。普胜心中想道："这黄头孺儿，恰不是送死么？到了谷中，怕他走到那里去？"纵马正赶得紧，只听得一声炮响，两崖上木石、箭弩、火炮，如飞蝗云集的下来。普胜急待回转，那一彪兵马，旌旗掩日，尘土蔽天，恰是常遇春旗号。只得挺枪来战，未及数合，遇春把旗幡招动，左有郭英，右有俞通海、廖永忠，前边有朱亮祖、赵庸，后边有康茂才、张兴祖，四面夹攻，贼兵大败，斩首二万余级，活捉的也有五千余人。

普胜单身只马，躲在茂林中，次早收集残兵，止有一千余人。低头叹气说："今日折兵败将，有何面目去见汉王？况汉王立心猜忌，若是回去，彼必不容。不如且走汉阳，使人求救，再作计议。"便使人诣陈友谅殿前，备奏前事。友谅大怒，正欲唤取殿前刑官，械送普胜回朝取决，那张定边轻声向前奏言："普胜奸诈多端，膂力出众。今驻兵求援，是欲观陛下何意耳。若以怒激他，必引兵投降别处，是又生一敌也。"友谅允奏，因遣人到普胜帐前说："元帅之功，吾已素知。若池州地面，有所必欲，即日率兵亲征。元帅可引兵来会。"普胜得报大喜，便率兵驰会江州。友谅见了普胜，大喝道："败兵挫锐，罪将谁归？左右，快推出斩讫来报。"普胜悔恨无及。友谅既杀了普胜，因对众人说："池州之仇，决当亲征报复！"因令太子陈理守国，以张定边为先锋，陈英杰为副将，张强为参谋，选锐兵三十万，战船五千只，刻日离江州，水陆并行，向池州进发。

不一日，来至采石矶。太平府守将却是花云，并都督朱文逊，佥事许瑗。更深夜静，不提防汉兵直抵矶下，鼓噪向前，惊慌无措。花云、朱文逊急急引兵迎敌，力战不利，便奔回太平。友谅便乘胜追至城下，四面紧困。花云与王鼎、朱文逊分门拒守。是月十九日，贼将陈英杰舟师直泊城南，士卒缘舟攀尾而上，那王鼎百计力拒，可恨汉兵强盛难支，且战且骂，中枪而死。友谅兵奔杀入城。花云闻西南城陷，急同朱文逊来救，却遇张定边、陈英杰、张强三将，一齐攻逼。云等力不能支，都被钩索缚住。云妻郜氏闻夫被擒，便抱了三岁儿子花炜，拜辞了家庙，对家人说："吾夫忠义，必死贼手。吾岂可一身独存？花氏止此一儿，汝等宜善视之，勿令绝嗣。"言毕投水而死。侍女孙氏大哭，径抱了花炜，逃难去了，不题。

且说友谅进城，直登堂上，定边拥两将来到阶前。友谅吩咐先将朱文逊斩讫。朝了花云说："你还欲生乎，欲死乎？"花云对了天叫说："城陷身亡，古之常事。你这弑君之贼，谁贪你的富贵，还要多言！且贼今缚我，若我主知之，必砍贼为肉脍！"言罢大喊一声，把身一跳，那些麻索尽皆挣断，夺了阶下人手中的刀，便向前来，又杀了五六人。张定边等一齐奋力拿住。友谅便令缚在厅墙之上，着众军乱箭射来。花云至死骂不绝口，是年方得二十九岁。

友谅传令安营。夜至三更，在帐中寝睡不安，只见阴风透骨，冷气侵人。恍惚中忽听得两个人自远而近，渐渐前来，高声说："友谅，友谅！你这逆贼，快快偿我命来！"友谅近前一看，恰就是朱文逊与花云，各带血伤，缠住友谅不放。友谅大惊，狠力挣脱，却欲回避，早被花云一箭，正中着左边眼睛，贯脑而倒。大叫一声醒来，乃是一梦。友谅自知不祥。次早对了诸将说知，心中正是闷闷不乐。忽报张士诚统兵十五万，来取金陵，现在攻打常州。张定边近前奏说："此乃上天假殿下取金陵之便也。两虎相斗，必有一伤。殿下但默观动静，若士诚克了常州，乘势而进，则金陵必当东南之患，我兵乘虚捣境径入，金陵唾手可得矣。今即遣一使，前往吴国通和，然后会同发兵，必成大事。"友谅大喜，遂唤中军参谋王若水领了健卒数人，前往苏州进发。行有三百余里，忽见当先一队人马，为首一将高叫："来者何人？"若水对曰："我乃汉王驾下参谋王若水，使吴通和，望乞借道。"那将军大怒，近前大喝一声，竟把若水捉住。若水连声叫道："将军饶命，将军饶命！"那将军说："我与汤和元帅镇守常州，因不曾与那友谅逆贼交锋，怎么你们悄地犯我太平，把我花、朱二将军乱箭射死，今又来与那士诚通好，合兵来攻我们。我华云龙将军天下闻名，谁人不晓？你却要我假道？且同你去见主公，再作区处。"原来汤和因士诚困打常州，特着华云龙引五百人冲阵，往金陵求援，恰遇着王若水，便捉了解送金陵，不题。

且说探子打听来情，报与太祖，悉知了底里，就集众将商议，说："我兵虽有三十万，胡大海等镇守湖广，分去了五万；耿炳文等镇守江阴，分去了五万；常遇春等救援池州，又分去了五万；今在帐下，不过十万有余。彼汉兵三十万，吴兵十五万，合谋来战，如何拒敌？"俞廷玉说："友谅兵善水战，深入我境，金陵必危。不如且降，再图后计。"赵德胜说："不可，不可。主公德被八荒，名高天下，岂可称臣逆贼？今钟山险峻，夜观天象，旺气正盛。不若权奔钟山，且为固守，再从别议。"薛显上前说："此亦不可。金陵根本重地，若弃而为贼有，岂可轻易复得？是与宋时帝昺航海无异也。今城中尚有强兵十万余人，协心出战，未必不胜，岂可议降议迁？"众论纷纷，莫知所定。只有刘基俯首不言。太祖问说："先生何独默默？"刘基说："主公可先斩议降与奔钟山的，然后贼可破耳！天道后举者胜，宜伏兵示隙以击之。取威制敌，以成王业，正在此际。"太祖叹说："先生真不在卧龙之下。"即日取金印，拜为军师。刘基力辞，太祖说："方今苍生无主，贼子猖狂，金陵危在旦夕，正赖先生出奇调度，何乃固推？"刘基方肯受命。

恰好华云龙入见，备说张士诚分兵三路攻打：吕珍引兵五万困江阴，李伯升引兵五万困长兴，张士诚引兵五万困常州。特奉汤守帅之令，来求救兵。太祖说："我已遣徐元帅提兵往救，想此时也到了。"云龙又备说途中遇着王若水事务。太祖大怒，令武士推若水出帐斩之，便召指挥康茂才入帐听令。不一会，茂才向前领旨，太祖对茂才说："陈友谅将寇金陵，吾意欲其速到，向闻汝与友谅称为旧好，可修书一封，遣人诈降，约为内应，令彼分兵三道而来。倘得胜时，当列尔功为第一。"茂才便说："养子康玉向曾服事友谅，令彼赍书前往，彼必不疑。"太祖大喜，茂才领命而出。

第三十回

康茂才夜换桥梁

帐中杯酒且相欢，指顾山川阵里看。
飞檄大江伸王气，谈兵幕府羡儒冠。
天回睥睨征帆出，潮起鱼龙金甲寒。
共羡帷中多庙算，彩云随日满长安。

那康茂才领了太祖军令，即到本帐修起一封书来，付与康玉，叫他小心前去，不题。却说李善长见太祖如此传令，便问说："太祖方以寇来为忧，今反诱渠早至，却是为何？"太祖说："大凡御敌，促则变小，久则患深。倘二贼合并来攻，吾决难支。今如此计诱他，友谅必贪得，连夜前来。我先有以破之，士诚闻风胆落矣！"善长极口称妙。

再说康玉赍了书，径到友谅营前，见了守营士卒，备细说有密事奏上汉王。守卒报知友谅，友谅认得是康玉，便惊问说："你今随尔主在金陵，欲报何事？"康玉不说，假为左右顾盼之状。友谅知他意思，即令诸人退出帐外，只留张定边、陈英杰二人在旁。康玉见人已退，遂在怀中取书，递与友谅。友谅拆开，读曰：

负罪康茂才顿首，奏启汉王殿下；尝思昔日之恩，难忘顷刻。今闻师取金陵，虽金陵有兵三十万，然诸将分兵各处镇守，已去十分之八。城中所存仅万，半属老羸，人人震恐。今朱公子令臣据守东北门江东大桥，乞殿下乘此虚空，即晚亲来攻取，当献门以报先年恩德。倘迟多日，恐常遇春、胡大海等兵还，势难即得。特此奏闻，千万台照。

友谅见书大喜，便问："江东桥是木是石？"康玉说："是木的。"友谅说："你可即回报与主人，吾今半夜领兵到桥边，以呼老康为号。万勿有误！事成之日，富贵同之。"因赏康玉金银各一大锭，康玉叩首而归。张定边说："此书莫不有诈么？"友谅说："茂才与我道义至交，必无有诈。今夜止留陈英杰守营，卿等当随孤领兵三十五万，潜取金陵。"吩咐已定，只待晚来行事。

且说康玉回见太祖，具言前事。太祖拍手说："已入吾掌中矣！"李善长奏说："此事尚未万全，若友谅引三十万精锐，径过江东桥来攻清德门，亦是危事。据臣愚昧，不若即刻将桥砌换铁石，使友谅到此，顿起疑心，不敢前进。又于桥西设一空寨，他望见营寨，必定来劫。及至寨中，一无所有，令彼惊疑奔溃。然后四围用火攻击，可得全胜。"太祖大喜，即令李善长如法布置，仍听军师刘基调遣。

刘基便登将台，把五方旗号按方运动，发了三声号，擂了三通鼓，诸将都到台下听令。刘基传下军旨，说："今夜厮杀，不比等闲。助主公混一中原，廓清妖秽，踏平山海，俱是今日打这脚桩！尔等显亲扬名，封妻荫子，带砺山河，也俱在今日！施拓手段，稍不小心，有违军令，决当斩首不饶。"诸将一一跪说："愿领钧旨！"便令冯胜、冯国用、丁德兴、赵德胜四将，领兵二千，埋伏江东桥，据虎口城诸处险隘，只等待友谅阵中惊乱，便用神枪、硬弩、火炮等物一齐击杀，任他奔走，不得阻拦，都只在后追赶。再令华高、曹良臣、茅成、孙兴祖、顾时、陆仲亨、王志、郑遇春、薛显、周德兴、吴复、金朝兴十二员将佐，领兵二万，在正东深处埋伏，西对龙江。汉兵若败，他必沿江北走，便可率兵从东攻杀。又令邓愈领兵三万，待友谅兵来，便去劫他老营，截他归路。又令李文忠领兵二万，即刻抄龙江，竟入大洋，将汉兵所有船只尽行拘掠，止留破船三百只于江岸边，待他败兵奔渡。太祖听令，便在台下请说："此举宜令片甲不存，军师何以留船与渡？"刘基说："兵法：陷之死地，必有生路。昔者项羽渡河，破釜沉舟，以破章邯；韩信背水列阵，以破赵军，俱是此法。倘汉兵二十万逃奔采石，无舟可渡，彼必还兵死战，胜败又不可知。惟留此破船，待他争先逃渡，若至江心，我军奋力追赶，破船十无一存，始为全算。"分拨已定，诸将各自听令行事，不题。

却说陈友谅亲督元帅张定边，及精锐二十万，待到酉牌时候，都向东南进发。偃旗息鼓，倍道而行，将及半夜，方到江东桥。友谅便问："桥是何如？"只听前哨报说："是铁石造成的。"友谅惊说："康玉分明说是木头的，何故反是铁石？可再探到前面还有木桥否？"那哨子上前探看良久，回报说："此桥长二十步，尽是铁石甃砌，以前去探，更无木桥。"友谅心疑，便自领兵前行数百馀步，只见营鼓频敲。友谅喜曰："此必茂才扎下营寨。"即令张志雄领兵前往，密呼"老康"以为内应。谁想志雄前至寨口，隔栅遥望，营中并无一个士卒，止是悬羊驾犬，击鼓如雷。领兵急回阻住，备说前事，不可前往，必有伏兵在彼，勿堕奸计。友谅大惊，说："吾被茂才诱矣。"下令急回兵北走，众军心惊胆碎，奔溃争先。

看官看到此想说："若是友谅果有智量，且按兵不动，列阵先迎，虽有伏兵，见如此强盛，也决不敢轻犯。"谁知智不及此，只是鼠窜狼奔，那里挡得住？此时正值暑热，太祖穿着紫衣戎甲，张着黄罗大盖，与军师登城，坐敌楼中细望。众将见友谅兵马奔溃，渴欲出战。军师且下令说："红日虽升，大雨立至。诸将且宜饱食，当乘雨而击之。"说话未完，果然风雨蔽天而来。太祖便击鼓为号，只听得火炮震天，伏兵并起。冯胜、冯国用、赵德胜、丁德兴四将，把那火器追击，驱兵杀来。友谅军中，惟要各逃性命，人上踏人的逃走。张定边见事危急，高叫说："三军休恐！当并力杀出。"这些军士那里听令？四将因他高叫，心中转说："军令亦要如此。"也分兵两翌而攻，容贼兵夺路而走，只是随后边追杀。友谅急奔走本营，那本营已被邓愈杀入，四围放火，黑焰迷天，十万之师，都皆逃散。友谅领了残兵，只得沿大江岸边奔走。正行之际，当先一军截住，为首大将，正是康茂才，高叫："友谅可速来，老康等候多时了！"友谅听了大怒而骂，便叫："众将中若能擒此贼，富贵同之。"张定边拍马来迎，赵德胜便横枪抵住，从中大叫，麾军奋击，定边力不能支，勒马转走。茂才乘胜追来，活缚将士共二万馀人。张志雄、梁铉、俞国兴遂解甲投降。

友谅引兵溃围北走，约有二十馀里，忽见旌旗盖天，四下金鼓齐鸣，当先排着华高、曹良臣、茅成、孙兴祖等十二员大将，从东驱兵掩杀过来。友谅不敢恋战，便与张定边刺斜杀出。恰遇李文忠、俞通渊等拘掠友谅战船方回，路至慈湖，又是一番鏖战，擒他副将张世方、陈玉等五人。此时友谅军人已死大半，约剩七万有零，沿岸奔走，自分到江边另作区处。那想从江一望，楼船战舰十无一全，访问舟人，说李文忠带了精锐，焚掠殆尽。友谅仰天捶胸，忿叫说："早不听杨从政之言，竟至于此。"腰间拔开宝剑，将要自刎。那张定边忙来抱定，劝说："古来圣人，俱遭颠沛。臣愿殿下忍一时之小忿，图后日之大功，未为晚也。"友谅只得上马再行，料得来路已远，再无伏兵，庶可从容而行。那想采石矶边扎驻大营，正是常遇春、沐英、郭子兴、廖永忠、朱亮祖、俞通海、张德胜，倍道从僻路在此阻截，杀得友谅单骑而奔。恰又遇着周显兵到，大杀一阵，活捉了贼将僧家奴等一十五人，止有张德胜深入贼队，面中流矢而死。友谅慌忙同张定边逃走，幸得陈英杰领残兵亦至采石，合做一处。止见破船二三百只，泊在江岸。

第三十一回

不惹庵太祖留句

闻说金陵多智奇，善能谈笑解重围。
采石矶头愁蔽日，钟山顶上瑞呈辉。
塞鸿哳呖还江右，列宿低徊拥紫微。
汉阳到处春光好，惹得龙车旧日辉。

却说友谅同张定边逃窜，幸得陈英杰领了残兵，亦到采石矶边，合做一处。只有破船二三百只，泊在岸边。友谅且忧且喜，说：“还有一线之路。”那些军士争先而渡。不移时，常遇春等将一齐赶杀将到，硬弩强弓、喷筒鸟嘴，飞也打将过来。比到江心，这些破船一半沉没。常遇春鸣金收军，共计斩首一十四万三千馀级，生擒二万八千七百馀人，所获辎重、粮草、盔甲、金鼓、兵器、牛羊、马匹，不可胜数。复取了太平城，引兵回到金陵。恰好徐达同华云龙率兵去救常州，与士诚连战得胜。士诚见势头不利，便退兵攻打江阴。徐达便随救江阴，正在交兵，忽报友谅大败亏输。士诚心胆俱破，连夜奔遁，回姑苏去了。徐达等也班师回到金陵。太祖不胜之喜，相与设宴庆贺，诸将各论功升赏有差。

此时已是暮秋天气，营中无事。太祖吩咐李善长及翰林院，都各做起文书，分驰各处镇守将吏，俱宜趁间修造兵器、甲胄，练习部下士卒。至于牧民司府，俱要小心循抚百姓。秋收之后，及时种麦、种豆、栽桑、插竹，尽力田亩，毋扰害民生，以养天和；至于远近税粮，俱因兵戈扰攘，一概蠲免；所有罪过人犯，非是十分难赦的，俱各放释还家，并不许连累妻孥，羁縻日月。文书一到，大家小户，那个不以手加额，祝赞早平天下？这也不必赘题。

忽一日，太祖心下转道："太平府地方近为伪汉友谅所陷，只今百姓未知生理若何。"便带了十来个知心将佐，潜出府中，私行打探，却到一个庵院寄宿。把眼一看，匾额上写着"不惹庵"。迅步走将进去，只见一个老僧问说："客官何来？尊居那里？"太祖也不来应，那老僧又问说："尊官何以不说去处姓名？莫不是做些什么歹事么？"太祖看见桌间有笔砚在上，便题诗一首：

> 杀尽江南百万兵，腰间宝剑血犹腥。
> 山僧不识英雄汉，只顾哓哓问姓名。

写完就走。恰有一个颠狂的疯子，一步步也走进来，替那小沙弥们一齐争饭吃。太祖近前一看，却就是周颠。太祖因问说："你这多时在何处，不来见我？"他见了太祖，佯痴佯舞，口叫："告天平。"一会，便塌塌的只是拜。在庵中石砌的甬道上，把手画一个箍圈，对了太祖说："你打破一桶。"太祖一向心知他的灵异，便叫随行的一二人扯了他，竟出庵来，把马匹与他坐了，径回金陵而去。那周颠日日也在帐中闲耍，太祖也不十分理论。只见一日间，他突突的说："主公你见张三丰与冷谦么？"太祖也不答应，他也不再烦。谁想满城中画鼓齐敲，红灯高挂，早报道元至正二十一年岁次辛丑元旦之日。太祖三更时分，拜了天地、神明、宗庙、社稷，与文武百官宴赏，却有刘基上一通表章道：

伏惟 殿下仁著万方，德施四海，如雨露之咸沾，似风雷而并震。窃念伪汉陈友谅，盗国弑君，乃纠伪吴张士诚，残害良善。如兹恶逆，不共戴天。望统熊虎之师，扫清妖孽之寇。先侵左患，后劫右殃。况观天时，有全胜之机。惟赖宸衷，奋神威之用。冒渎威严，不胜惶恐。谨奉表以闻。

太祖看了表章，对刘基说："所言正合吾意。"因命徐达掌中军，为大元帅，常遇春左副元帅，邓愈右副元帅，郭英为前部先锋，沐英五军都提点使，赵德胜统前军，廖永忠统后军，冯国用统左军，冯胜统右军。其馀将帅俞通海、丁德兴、华高、曹良臣、茅成、孙兴祖、唐胜宗、陆仲亨、周德兴、华云龙、顾时、朱亮祖、陈德、费聚、王志、郑遇春、康茂才、赵庸、杨璟、张兴祖、薛显、俞通源、俞通渊、吴复、金朝兴、仇成、张龙、王弼、叶升等，皆随驾亲征调用。止留丞相李善长、军师刘基、学士宋濂等，率领后军，镇守金陵。择日大军进发，刘基等率群臣饯送，便对太祖说："此行径逆大江而上，从安庆水道越小孤山，直抵江州，以袭友谅之不备。彼若迎战，即当发陆兵围之；彼若败走，弃江西而奔，主公不必追袭，惟尽收江西州郡，然后取之未迟。"太祖说："军师论定最是，孤不敢忘。"宋濂因占"渔家傲"做一阙以饯，词曰：

红日光辉万物秀，春风披拂乾坤垢。英雄豪气凌云透，雄抖擞，长驱虎士除残寇。 圣明诛乱将民救，万万仁心天地厚。旌旗指处群雄朽，须进酒，玉阶遥献南山寿。

太祖大喜，即命李善长草记其事，刻时起兵。刘基等送至江岸而别，自去不题。

太祖不日兵至采石矶，令军士登舟逆流而上，太祖见江水澄清，洪涛巨浪，风帆如箭，乃作《江流赋》以遣怀，命叶琛笔记。赋曰：

长江荡荡，绿水悠悠。举目遥观，共长天而斗色；低头近觑，同融日以争光。岸边绿苇滴溜溜，风摆旌旗；堤下青蒲孤耸耸，露依剑刃。白蘋州上，有一攒一簇白沙鸥；红蓼滩前，有一往一来红甲雁。中间富贵，飘飘荷叶弄青线；内里繁华，展展莲花倾玉盏。霁雪中，响沸沸化龙金鲤；晴波内，骨喇喇通圣玄龟。遥纳千流，总三台之职；远尊大海，位太宰之权。东南形胜，为吴越之藩篱；西北胸襟，雄楚淮之保障。晋残东渡，能随五马化为龙；汉末南争，善使三雄决二虎。到春来，暖融融鸥浴鱼翻；到夏来，碧森森芰生荷放。秋叶逐红随浪走，冬冰映白趁波流。东去西来万里长，滔滔不尽古今忙。流水水流流入海，浪翻翻浪浪翻江。碧荷荷碧碧烟罩，紫花花紫紫云盘。白鸥鸥白白鸥波，红蓼蓼红红蓼滩。采莲莲采采莲去，行棹棹行行棹远。烟树生烟烟绕树，渡船来渡渡人船。汩汩无边浴寒日，茫茫四际倒青山。几番铁骑腾长浪，数次金戈照急澜。嗟哉跨江，欲会猎曹瞒；厄乎浮水，争投鞭孙坚。炎炎纵火称公瑾，浩浩驱兵赞谢玄。英雄挥泪伤时往，豪杰持戈惜目前。王浚乘威焚铁锁，祖生慷慨叩船舷。

赋犹未已，俄报兵至安庆。太祖因留郭英、邓愈分兵一万，攻取安庆。自率大兵径过鄱阳湖口，前至小孤山。却有一员大将：

身长八尺，阔面长须。一双隐豹的瞳人，两道卧蚕的眉字。不激不随，又似化成王，又似阎罗王；能强能弱，既如佩着韦，又如佩着弦。提起青龙偃月刀，晃晃烺烺，扫尽寰中妖孽；跨着赤兔追风马，腾腾烈烈，拓平海内山川。真是人世奇男，原说天边灵宿。

这个将军你道是谁？就是陈友谅授他做前将军平章指挥使，姓傅双名友德的便是。当初祖上住在宿州，后来移居颍川，今又徙砀山，傅善人的儿子。他祖上自来好善，施行阴德。一日间门首忽有一个道人，浑身遍体都是金箔般装成的光彩，哄动了一街两岸的人都来看他。傅善人也走出来看看，便问道："师父何来？尊名大号？"一一求教。那道人说："我贫道两脚踏地，只手擎天，大千世界，那个不是吾庐。今方从山西平阳地方过来，俗姓姓张。人都称我为张金箔。"这善人又问说："怎么称师父为金箔，其中必有缘故。"那道人又笑了一声，便道："你定要打破砂锅问到底？"便脱下了衲裰，叫唤众人说："你们午间如若未有饭米的，日来未有柴烧的，家中或有老父、老母、幼女、雏男没有财物结果的，或有官私横事没有使费的，都走到我身边来，揭取些金箔用用也得。"仔细叫唤了一遍。

第三十二回

张金箔法显街坊

一时灵宿诞生齐，都向金瓯名字题。
飞剑江西开雨露，挥鞭海外卷虹霓。
喜看良将归真主，笑却奸雄过武溪。
江汉至今春自在，谁解当年费鼓鼙。

那张金箔叫唤："人间若没有钱钞使用，无可奈何的，便到我身边来揭取些金箔去用用也得。"只见那些人，一个也不动手来取。那道人又唤道："还有东来西去，一时没了盘费的，贫穷落难、一时病死没有殡殓的，都可来取些用用。"又叫道："如有希奇古怪、百计难医的病症，也可取些去吃吃，包得你们都好。"如此叫喊了三、四遍，那些人都来在他脸上的、或身上的、或腿上的，都来揭取金箔下来。也有重三分的，也有重半分的，也有重一钱的。揭了起去，也不见有一些疤痕，仍旧见有金箔生将出来，平平的一块好法体。这些人把金箔放在火中一煎，恰是十成的宝金，真正好去买卖东西，做正果实用。那善人便向前道："师父，你的功德真是无量。但不知缘何有厚有薄，不同的分量？"那张金箔又道："这是我因物平分，称他的行事，给付与他的。孔子也曾说：‘周急不继富，’怎么可概予他？”傅善人便说：“请师父素斋了去。”那道人说：“我也要到你家中一看耍子。”这些街上人来取金的，成十得万，一会儿也都把些去了。那道人穿了衲裰，便同善人走入家里来。袖中取出一个小鸟儿，鸦鸦的叫，对善人说：“这是毕月乌精，我见你家良善，今日远远地特送与你，晚来自有分晓。公可收取在卧房床帐之内。”善人接了上手，好好的走进卧房，把鸟儿放在帐子内。正好走得出来，见这些取金箔的人，拈香顶烛，一齐拥将进来，说：“我们二三十年不好的病，吃这金子下去，没有一个不好。”还有那揭去买柴籴米的，结果爹娘儿女的，了结官司的，殡送的，都进来把张椅子掇在厅前中心，众人正好礼拜。一阵风过，那道人也不见了。众人说：“从来不曾见这样神异。”各各四散，不题。

且说傅善人见众人各自回去，走进房中，对了婆婆说了神异，便也同去看帐中鸟儿。那鸟儿驯驯伏伏，也不飞，也不叫，停在帐竿柱上，一眼儿只看着他夫妻两个。他二人看了一会，说说笑笑道：“不知这师父将他送与我们何意？”善人对说：“且到夜来再处。”转过身到外边，吩咐司香的烧佛前午香。只见丫鬟翠儿说：“外面钱太医，因院君将产，着人送保生丹在此。”善人说：“可多多致谢他。”丫鬟便出去回复，不在话下。

看看红日西沉，银蟾东起，不觉又是黄昏时候。那院君说身子甚是不挣撜，却要上床来睡，谁想这鸟儿不住的叫了两声，在帐内飞来飞去，忽地跌在席上，骨碌碌的在席边滚做一团。那院君急把手来捉他，一道清光，径从口中直灌进去，吃了一惊，那鸟便不知何处去了。将近半夜，生下傅友德来，甚是奇伟。将及天明，那张金箔直到傅善人堂中，叫了恭喜，便说：“不出三十年，令郎自当辅佐真主，建立奇功。”别了自去。那友德长成，果然灵异非常，有诗赞曰：

上客云霄意气全，知天福荫在心田。
何须买卜君平宅，已有征符金箔仙。
毕月乌从玄冥合，丰神迥异世间贤。
峥嵘既具如龙剑，咫尺风云自有缘。

那友德见元纲不整，便从山东李善之起兵，剽掠西蜀。后来李善之事败，便下武昌，从了友谅。前日友谅为我兵败于龙江，因使友德把守小孤山。他明知友谅所为不正，特来投降。太祖见了他，心中暗喜，便问说："既为汉将，何以复来？"友德拜说："良禽相木而栖，贤臣择君而事。昔陈平弃楚，叔宝投唐，皆有缘故。闻殿下神明英武，圣德宽宏，愿竭驽骀，万望不拒。"太祖便授帐前都指挥，即日领兵，直抵九江五里外安营，不题。

且说友谅自龙江败回，懊悔自家远出的不是，因是只守原据地方，只道自不来惹人，人也不来惹他，只与诸嫔妃，每日在宫内饮酒欢歌的快乐。一闻天兵突到，以为从天而下，惊得魂不附体，急召张定边议敌。那定边说："金陵将士，足智多谋。前者三十万兵入龙江，被他一鼓而败。今孤城弱卒，怎能抵当？倘先困吾城，进退无路了。以今之计，不如暂幸武昌，以图后举。"友谅依计，即刻传旨，令眷属收拾细软宝贝，轻装快辇，率近臣今夜开北门，径走武昌权避。次日太祖列阵，叫探子去下战书，探子回报："城门大开，城中父老皆出城迎伏道左，说：'汉王昨夜挈官潜遁去了。'"太祖大喜，便率将佐数员及文官几人，入城安抚百姓，收获友谅玉研华盖、日月旗扇等件。其馀军卒，并不许骚扰地方。

次日，留黄胜、章溢镇守，即统大部进至饶州。守将李梦庚，开门十里外迎接。因把兵马直趋南昌府，守将王交住，也出郊投降。太祖分拨叶琛、赵继祖守南昌府，陶安、陈本守饶州。陶安向前说："自从主公车驾往返，皆得朝夕依附。今承命守饶州，遂未能日侍主公颜色。奈何，奈何？”太祖说：“如此重地，非公不可抚理。”因作诗一首以赠陶安：

> 匡庐石穴甚幽深，水怪无端盈彭蠡。
> 鳄鱼因韩去远岸，陶安鄱阳即治理。

陶安拜谢，自去料理府事。只见袁州欧普祥、龙泉彭时中、吉安曾方中等，俱献表纳款。又有康茂才，前承军令，引兵直下蕲黄、兴国、沔阳、黄梅、瑞州等处。谁想各郡闻知大驾亲征，没一处不闻风来降。是日茂才领全兵而回，尽有江西之地，也进帐复命。

太祖正在欢喜，却有探子报来说：“南昌府原任汉将祝宗、康太二人，同谋杀了知府叶琛、守将赵继祖，复据了城池，甚是毒害无理。”太祖闻报大怒，便遣徐达率邓愈、赵德胜，领兵一万，即刻攻复。临行吩咐：“不五日间，大部人马也到。尔等宜尽心征捕，无得走了逆贼。”那徐达星夜兼程而往，不一日来到南昌，四下里把兵围住，就布起云梯，顷刻间军卒奋勇上城，把祝宗、康太二人捉住，落了囚车。次日太祖恰好也统兵来到，徐达等出城迎接了，便械送囚犯到太祖面前。太祖吩咐军中设祭，遥望叶、赵二灵所葬之处，将祝宗、康太斩首致献讫。因对诸将说：“南昌为楚重镇，又是西南藩服，今得其地，是陈氏断右臂，而士诚亦为齿寒。”即遣朱文正、邓愈等镇守南昌，自回金陵，不题。

且说原先太祖下了处州，有苗将贺仁德、李佑之投降。太祖因命耿炳文暂离长兴，来此镇守。后来长兴一带地方被士诚搅扰，便着孙炎知府事，以元帅朱文刚、王道童等协力抚治，耿炳文仍去守长兴。那贺仁德、李佑之二人，每怀异心，只恐镇守金华胡大海来援，因是未敢动手。乃密交金华苗将刘震、蒋英、李福，约定彼此各杀守臣，共据此地，以图富贵。刘震等允计，便招集苗蛮数百，只乘空隙儿下手。适值二月初九，李佑之、贺仁德阴探元帅朱文刚与知府孙炎、王道童在衙设宴，暗率苗兵千馀围定，一声锣响，杀将进来。文刚即提剑上马接战，大骂道："国家何负于汝，汝乃反耶？若不急降，砍汝万段。"李佑之运枪来战，文刚连断其槊。他见势难抵敌，便把手招动苗兵，乱来攒住。文刚转剑杀出，不提防贺仁德从后心一枪，坠马而死。王道童亦遇害。仁德便把孙炎夫妻二人幽拘在暗室中，逼他投伏。孙炎自思不久救兵便到，就哄他说："若不杀我，即成汝谋。"李佑之看他终是不屈的心事，因对贺仁德说："到晚再处，何如？"

第三十三回

胡大海被刺殒命

倚剑长戈落晓霜，只今留得姓名扬。
水流江汉忠魂在，莲长蒲塘义骨香。
有死莫愁英杰少，能生堪羡水云娘。
死生天纵忠贞性，总是高岗仪凤翔。

且说李佑之见孙炎终有不屈的光景，恐留着他反贻后患，约莫黄昏时候，将酒一斗，雁一只，送与孙炎，说："以此与公永决。"孙炎拔剑割雁肉来吃，且举卮酌酒，仰天叹了数声，说："大丈夫为鼠辈所擒，不及一见主公，在此引诀。然我死义耳，万古之下，芳名自存。恨这贼奴，天兵到来，凌迟碎剐。但笑肉臭，狗都不要吃他。"苗兵大怒，嗔目而视。孙炎饮酒自若，便持剑在手，喝令士卒向前罗跪，吩咐说："我且死，这身上紫绮裘，乃主公所赐，不得毁乱我衣裳。"左盼妻子王氏，且已先缢而亡，遂自刎死。贺仁德、李佑之因据有其城。

千户朱绚，潜夜驰赴金华，报知胡大海。大海大怒，急命刘震、蒋英、李福等，点兵前去，拿获逆贼。那刘震向前说："此贼全仗标枪，元帅往战，须备弩箭才好。”大海便入帐中，独背自备弩箭。蒋英从背后把剑直刺透大海前心，一时身死。次子关住、郎中王恺、总管张诚，俱遇害。恰有大海长子胡德济，在诸暨闻变，便奔到李文忠帐前，诉说前事。文忠即刻点兵攻复，路至兰溪，苗贼弃城而走。德济奋马力追，誓不共天，以报父仇。恰好追到一个去处，上临斗星，下临深溪。刘震、蒋英、李福三贼见无去路，也冒死杀来。德济眼到手落，一刀削去，把李福腰斩做两段。刘震正待持枪来刺，那刀头一转，把枪头砍将下来。德济大叫：“贼奴休走！”刘震人和马跌下深溪，被我兵乱刀杀死。蒋英自知无用，连忙跳下马来投降。德济说：“杀我父亲，正是你这贼子！不杀你待何时？”也一刀砍下头来，转马回报文忠，不题。

却说千户朱绚见刘震等三贼刺死了胡大海，便独马奔出金华，仍潜身到处州地面，纠集向来所与将士，约有五六百人，来攻处州。那贺仁德、李佑之齐马杀出，被朱绚背城而战，径据了城门，不放二贼回城。那二贼只得奔走刘山。朱绚吩咐将士百人守住四门，前领众军追杀。贺仁德且战且走，恰喜为马所蹶，被众士活捉了过来。李佑之见捉了仁德，心下自慌，枪法都乱，急急落荒而逃。朱绚拈弓搭箭，一箭正中佑之咽喉而死。收军回城，把仁德斩首号令，差使报捷金陵。太祖闻报，深羡胡德济为父报仇，朱绚独身恢复，实是难得，各令赍金百两，银五千两，嘉赏功勋，升受有差。因命耿天璧镇守处州，且对军师刘基说：“自随我征战以来，攻城守隘，死于国事者，皆忠义之臣，不可不封奖以励众士。”即唤工作局设庙于金陵城，塑耿再成、胡大海、廖永安、张德胜、桑世杰、花云、朱文逊、朱文刚、孙炎、叶琛、赵继祖等像，论功追封，岁时祭祀，不题。

却说花云的婢女孙氏，见主婆郜氏身死，便抱了三岁幼儿花炜逃难。谁想被友谅部下百户王元所俘。元见孙氏美色，强纳为妾。孙度不从，必与此儿同被杀害，因不得已许之。后来友谅侵龙江，差王元往江州运粮，因挈孙氏与妻李氏同往。花儿昼夜啼哭，妻李氏甚恶之，欲置之死。孙氏跪泣说："万望夫人怜悯勿杀，妾当丢在草野中，把人抱去，也是夫人天地之心。"李氏听了，吩咐说："抱了去，可就来。"孙氏出门，抱至江边，拜告了天地，说："花云是个忠义好汉，死节而亡。天如怜念忠魂，俾其有后，顷刻之间，当有舟师救渡。倘或该绝，妾身当抱此儿共赴江水，葬于鱼鳖腹中。"言未了，只见芦苇中簌簌的响，有一个人似渔翁打扮，出来备问其故。渔翁嗟叹不已，便说："我当为你哺育此儿。"因引孙氏到家中。孙氏细细看了所在，识认了东西四至，便身中取出金镮一只，银钏一只，与渔翁，说："此物权为收养之资，后日相逢，当出镮钏配合为记。"再四叮咛，洒泪而别，仍归王元家中，服事正室李氏。

至次年辛丑，太祖举兵伐汉，友谅见势大难敌，竟弃江州，奔到武昌。王元也随军前去，亦留妻与妾孙氏在家。孙氏闻太祖驻扎江州，因往渔家索此儿，以献太祖。不意渔翁无子，且爱他聪秀，决不肯还。孙氏只得仍归，号哭了七日七夜，因正妻李氏怒骂而止。后复往渔翁家索之，凑巧渔翁往江上捕鱼，其妻亦送饭，反锁此儿在屋子里。孙氏撬开房门，竟负此儿而逃。奔至城中，谁想太祖大驾已去江州。孙氏进退无路，又恐渔翁来寻，只得向夜到江渚边深草内歇了一夜。次早，出江口买舟过江，又遇陈友谅南昌兵败，争船而渡，造次中孙氏并花儿俱被推落水中。孙氏落水，紧抱花儿不放，出没波浪中。忽见水上有大木如围一条，溜将过来。孙氏大喜，遂挈儿扳木而坐，漂来漂去，倏入一个莲渚间，内外上下，俱有荷叶遮蔽。孙氏偕儿躲闪不出，因摘莲子充饥。凡在浅渚坐木上已经八日，得不死。孙氏默祈天神保护。时已夜半，忽闻岸上有人说话，孙氏高声求救。只见月明中，一老翁驾了小船，行入渚中，细问来历，因引孙氏并儿上船，且说："既是忠臣之裔，我当送至金陵，船中你勿惊怕。"孙氏与儿并坐船内，耳边但闻得如疾风暴雨，眼里只见这船或游上顶，或涉江滩。顷刻之时，老者曰："天色方明，金陵已到，我当送你进城。"

进得城中，正遇着李善长路间判断公事，吏人将此事报知，说："有太平城花云侍儿，抱小儿来见。"善长急便唤到面前，那老者俱说了一遍。善长叹说奇异，就引孙氏等来见太祖。太祖把花炜坐于膝间，谓众官说："我不意花将军尚有此儿，真是将种。"因唤老者入问名姓，并赐以金帛，那老儿放开喉咙，口念了四句道：

我是雷公之弟，神能通彻天地。
怒追不孝不仁，喜救有仁有义。

一阵风过，竟不知何在。太祖说："花将军殉身报国，孙氏困苦救儿，忠义一门，理宜神明荫庇。"诏封孙氏为贤德夫人，花炜袭父都指挥之职，待年至十六，相材任用。选给官房一所与住，月支米禄优养。

光阴无几，又是元至正二十三年，岁次癸卯三月天气，那陈友谅逃至武昌，建筑宫阙、都城、朝市、宗庙。时当初一，友谅视朝，诸文武百官山呼拜舞礼毕，因宣江国公张定边向前，问说："金陵恃强，侵我江西，此仇不可不复，寡人也日夜在心。前者下诏，命卿等招军买马，不知到今共得几何？"定边对说："主公虽失江西，而江北、两淮、蕲黄等处地方，粮储不少。即今诸路年谷不登，人民饥馑，闻殿下招兵，俱来就食。群雄、小寇来投伏者，计有六十万馀人。"友谅又说："军兵虽足，这些盔甲、器械、舟船、艨艟，恐未能悉备停当。"定边说："臣同陈英杰百计经营，幸已周备了。"友谅又问说："粮草得济事么？"定边把手指计算了一番，说道："以臣计，料也有二百三十馀万，尽可支持。"友谅大喜，说："既如此，便可发兵，收复江西，并下金陵，以报前仇。"言未毕，只见丞相杨从政出班启事，说："若论此仇，不可不复。奈金陵君臣，智勇足备，不可轻敌。以臣愚昧，细思吴王张士诚，他与朱家久是不共之仇，且兼三吴粮多将众，今主公既欲收复地方，攻打金陵，臣有一计在此。"

第三十四回

张虬飞锤取二将

藻井雕甍驻彩霞，安丰一失便无家。
凄凉夜月楼前舞，零落春风仗外花。
残曙不留吴汉草，夕阳空映殿庭鸦。
可怜河水滔滔逝，谁识人间有岁华。

却有丞相杨从政说道："今主公欲收复江西，攻取白下，莫若修一封书，遣一个能言之士，往吴国连和，说以利害，使彼愤怒发兵，与朱家作对。主公再令二人，一往浙东说方国珍，一往闽、广说陈友定，一同发兵攻打金陵，则朱兵必当东南之敌。主公然后统了大军，前驱而进，那时取金陵在反掌之间矣。"友谅听了大喜，说："此计最妙。"遂遣邱士亨往苏州，孙景庄往温州，刘汶往福建，刻日起程。正是春和景色，却有《蝶恋花》一阕：

欲减罗衣寒未去，不卷朱帘人在深深处。红杏枝头花几许，啼痕还恨清明雨。　昼日深沉香一缕，宿酒醒时恼破春情绪。江水潺潺清可喜，紫燕黄莺来往语。

且说邱士亨不日间已至姑苏，竟到朝门外伺候。却有近臣启知，因引他入见。士诚问了些闲话，便拆开书看，念道：

寓武昌汉王陈友谅，书奉大吴王殿下：伏为元纲解纽，天下纷纭，必有英才，后成功业。兹有金陵朱某，窃形胜之地，聚无籍之徒，侵吴四郡，夺我江西。心诚恨之，时图恢复。伏乞念旧之好，共成其势，两力夹攻，必可瓦解。两分其地，各复其仇，利莫大焉。特令人会约，乞赐明旨。依期进兵，万勿渝信。友谅顿首再拜。

士诚得书大喜，因对士亨说："孤受朱家之耻，日夜饮恨，力不能前。若得尔主同力来攻，孤之至愿。"因重赏士亨，约期起兵，令之回国，不题。

次日，士诚便同元帅李伯升、御弟张士信、副帅吕珍，商议乘汉兵夹攻，即当亲征，以复故土。只见丞相李伯清启说："汉王从江下攻金陵，舟师甚便。我若先投其锋，彼必与我相迎，那时汉兵乘虚而入，是于汉有益，于吴有损。以臣遇计，可先领兵从牛渚渡江，攻采石、太平、龙江等处，只约汉兵攻池州西路，则金陵之师必悉力以拒二敌，此时殿下统大兵，乘虚直捣金陵，势必成擒矣。"又说："宋主韩林，近处安丰，亦我之肘腋，以兵攻之，彼必不胜，决请救于金陵。是我得安丰，且分金陵之势也。"士诚听计，说："极妙，极妙！"遂宣吕珍、张虬、李定、李宁四将，领兵十万，攻取安丰。自领大部人马，竟向金陵进发。说："卿等宜戮力同心，攻复旧壤，平定宋地，并取金陵，遂有淮东，俱当割地封王，以酬功赏。"四人领命，竟取路望安丰来。

宋主韩林闻说吴兵骤至，急宣刘福通计议。福通说："主上勿忧。"便引罗文素、郁文盛、王显忠、韩咬儿，率兵二万迎敌。吴兵阵上，早有张虬领兵一万，到城下搦战。这边罗文素等四将力战张虬，张虬力不少怯，战上四十馀合。却笑罗文素、郁文盛二将，并马转过东来，那张虬一锤飞去，连中二人面孔，都翻空下马，被乱枪刺杀。韩咬儿见势不好，持鞭赶来，张虬也转过一锤，脑盖打得粉碎。王显忠急要逃回，张虬纵马奔到，大喝道："休走！"轻舒猿臂，把显忠活捉了在马上。刘福通因弃阵逃回，吴兵拥杀过来，十亡八九。韩林传令坚闭城门，再处。便同福通商议说："吾闻金陵朱公，兵强将勇，仁义存心，若往彼处求救，必不见拒。"便修表遣太尉汪全从水关浮出，抄河路十五里，方得上岸，星夜奔赴金陵。果然好个王都气概，曾有《古轮台》一篇，称赞好处：

色鲜妍，韶华难拟又难言。江翻玉浪如匹练，素蟾舒展，见虎踞龙蟠。翠微开，螺髻双悬。有多少五陵才俊，裘马翩翩，耐不住在花柳前。瑞霭中天，真好个宸京畿甸：西枕衡华，东临淮泗，长江天堑。处处酒旗翻，清怀远，夕阳烟里笑歌填。正值太祖升帐，早有近臣上前启说："北宋韩林有使臣到此。"

太祖召见了，便拆书来看，道：

北宋王韩林顿首再拜上金陵吴国公朱殿下麾前：切念公子，威镇海内，德溥四方。林本欲助手足之形，佐张皇之势，奈因奸党阻梗。今有汉贼窥伺江西，吴寇攻扰安丰，望驱一旅之师，以苏倒悬之急。林虽无用，亦当图报。势在旦夕，悬拜垂仁不宣。

太祖看书既毕，令汪全馆驿筵宴，便对众将说："今吴困安丰，韩林求救，此事如何？"军师刘基说："此正士诚假途灭虢之计，欲图我金陵耳！安丰是淮西藩蔽，若有疏失，则淮西不安。彼得淮西，必来取江南，汉兵又从江西夹攻，则我有分势之祸矣。"太祖听得，细思了一会，便问："似此奈何？"刘基说："凡有病，须医未发之先。主公可同常遇春领兵先救安丰，便遣人往江西调徐达兵来，随后策应，庶几淮西、江南两保无虞。"太祖又说："我离金陵，吴兵必来后袭；徐达离江西，汉兵必来攻扰，是内外交患了。”刘基说：“臣与李善长、汤和、耿炳文、吴良、吴祯，领兵十万，镇住金陵、常州、长兴、江阴一带地面，便足拒绝吴师。江西有邓愈、朱文正领五万兵，亦可拒友谅。主公此去，若定淮西，然后或破汉，或破吴，但灭得一国，大事可成矣。”太祖称善，便令汪全先回，教宋王坚守城池，自领三军，即日来救。汪全拜谢先去。

次日，令常遇春、李文忠领兵十万征进，留世子朱标署理朝政，刘军师同李丞相协掌军国重事；再传檄与汤和、邓愈知道，须严整军马，谨备东吴及北汉之寇。分遣已定，克日领兵望安丰进发。

不一日，进泗州界上，传令安营。忽汪全驰至，泣拜说：“臣未到安丰，中途闻知吕珍、张虬攻破城池，把臣主并刘福通尽皆杀害，据有安丰了。”太祖闻说大怒，下令诸将努力攻取，擒拿二贼，与宋王报仇。又对汪全说：“尔主既灭，你亦无所归，不若留我麾下，复为旧职。”汪全拜谢受职。即日，兵至安丰正南七里安营。

且说吕珍、张虬得了安丰，不胜之喜，终日饮酒为乐。忽报我兵来救，二人大惊，吕珍说：“金陵兵未可轻敌，今夜可令部将尹义先将金帛辎重送赴泰州，明日我辈方领兵对敌，胜了不必说起，若是不胜，便弃城仍奔泰州，以图后举。”张虬说：“极妙！”本夜收拾起细软货物，付尹义押赴泰州去讫。次日，分兵五万，张虬镇后，吕珍当先。旗门开处，早有常遇春横枪在马上杀来。吕珍与遇春战有许久，吕珍力怯便走，遇春追赶约有十数里，猛听一声炮响，却是张虬领伏兵五万突出，把遇春三千兵困在垓心。遇春大怒，奋勇喊杀如雷。恰好太祖大队人马也到，遇春望见我军旗号，催兵在内冲杀，三入阵中，三拔其帜。吴兵大败，吕珍、张虬领兵径奔泰州去了。

太祖鸣金收军，入城抚民方罢，忽有哨子报说：“左君弼领兵来取安丰。”太祖对诸将说：“吾方欲乘此取庐州，可奈这贼又来攻扰，是自取其祸了。”即令众将披挂上马迎杀。只见左哨上郭英挺枪直取君弼，战未数合，后阵上常遇春、傅友德、李文忠、廖永忠、朱亮祖、冯胜、冯国用、康茂才、薛显，一齐拥杀过来。君弼舍命急走，忽撞一彪军马，又杀将来，正是徐达，伐江西得胜，领兵而回，当先阻住。君弼无心恋战，领残兵奔入庐州城，坚闭不出。我军四面围打。徐达收军，参见了太祖，备说主公威德，江西已定，今蒙军令，特来庐州策应等情。太祖因与徐达计议攻取城池，不题。

第三十五回

朱文正南昌固守

威风飒飒满旌杆，绿草参差剑戟团。
一片丹衷安地角，六韬兵甲破天奸。
云笼鼓鼙青霄霭，月照长江碧水寒。
千古英雄谁不羡，芳声遗入简编看。

太祖与徐达合兵一处，日夜计取庐州，不题。且说伪汉陈友谅，一日设朝，张定边出班奏说："近闻金陵朱某领兵十万，去救安丰，杀败了张虬、吕珍。不意左君弼来助，亦遭困败，追至庐州，坚闭不出。徐达亦往庐州接应，日夜攻打。即今金陵与江西两地皆虚，主公正好乘隙，以图报复。"友谅说："朱家既空国远战，卿等可领兵直捣其境，先取了江西，后克了江南，金陵便可图了。"因令丞相杨从政权军国重事，皇后杨氏权朝，自与太子陈理、张定边、陈英杰等，率水陆军兵共六十万，战船五千只，刻日自武昌进发，竟过鄱阳湖登岸，至南昌府，离城十里安营。

却说南昌正是太祖侄子朱文正同左军元帅邓愈、赵德胜把守。闻知友谅兵到，便商议说："此是知我主公远在淮东，故乘虚入境，来取江西耳。但城中兵少，恐难克敌，如此奈何？”德胜对文正说：“将军且勿忧。如今只留一千兵守城，待小将同张子明、夏茂诚率兵一千，出城迎敌。”朱文正说：“虽然如此，贼兵势重，未可轻视。”德胜说：“不妨。”便领兵出阵来战。汉兵阵上早有张定边儿子张子昂纵马相对，却被德胜一枪刺死马下。那阵中有金指挥急来抵敌，又被德胜飞箭射倒，斩了首级。德胜便把子昂的头悬在枪竿上面，高叫说：“再来战者，当以为例！”定边看见儿子的头，放声大哭，便举刀上马，奔出阵上，与德胜战到三十馀合，不分胜败。陈友谅见定边势力不加，便催兵混杀过来。德胜阵上张子明等四将，一齐挡住。那德胜奋勇争先，以一当百，杀的汉兵大败而奔。德胜也不追赶，收兵入城。

朱文正说：“今日元帅虎威，足破贼兵之胆。但势终难敌，彼必复来困城，还宜修表，令人急往庐州求救，庶保无失。”即遣百户刘和赍表前去。谁想刘和出城未及数里，竟被贼兵拿住。他便将表章扯得粉碎，把口一顿的嚼做糊泥一般，只字也看不出，就跳入江中而死。友谅心知此是求援，便夜间把南昌四面围住，高叫：“城中将士，可速来投降，共图富贵。”邓愈等厉声大骂道：“弑君之贼，还不知天命！贼巢不守，反来图谋江西，是自取败亡了。”因令众将分派各门拒守，昼夜提防。那友谅用云梯百计攻击，邓营将士却用炮石等项飞打过去，无不中伤。

时已月馀，文正等计算说：“刘和去久不回，大都途中为贼兵所害。还须令人再行方好。”只见张子明向前说：“待末将驾着小船，乘夜越关而出，必然无害。”文正便修表，把子明赍发，依计向夜而行。

谁想友谅围住南昌，又分遣知院蒋必胜、饶鼎臣等，将兵一万，攻打吉安。却有明道与参政粹中、亲军指挥万中，两情不睦。那明道因潜通必胜，约期来攻，以城中火起为号。万中迎战，被杀。粹中见势便走，又被仇家黄如润所执，便与知府朱华、同知刘济、赵天麟一齐械送至友谅帐前。友谅杀了，号令于南昌城下。文正等截然不理。

是日攻城益急，指挥赵显统锐卒开门奋战，杀了汉平章刘进昭、枢密使赵祥。又有谢成首冒矢石，竟活捉他骁将三人，贼兵方退。惟是赵德胜夜里巡至东门，被贼一箭，正中腰眼，深入六寸。德胜负痛拔出，血冒如注。因摩腹叹曰："吾自壮从军，屡伤矢石，其害无过于此。大丈夫死便死，但恨不能从主上扫清中原，勋垂竹帛耳。"言讫遂卒。文正等同三军大恸失声，即具棺椁殡殓，益加小心坚守。

却说张子明潜夜驾小船，越水关，晓夜兼行了九日，方抵牛渚渡登岸。又经四个日头，得到庐州，即见太祖，上表求救。太祖说："这贼乘虚取我江西，大为可恶。"因问："兵势若何？"子明说："彼兵虽多，然斗死者亦不少。此时江水日涸，贼之巨舰，皆不利用。况师久乏粮，大兵一至，可必破矣。"太祖因嘱咐子明先回，说："但坚守一月，吾当取之。"子明辞了出帐，还至湖口，恰被友谅巡兵捉住，送到友谅帐前。子明细说了一遍，略无惧色。友谅便说："你招得文正来降，必有重用。"子明暗想道："若不假计，必致误了军国大事。不如顺口儿应承，且到城下，再做区处。"便应道："这个尽使得。"友谅大喜，就封为亲军万户侯之职。子明拜谢，便说："待我去招他来降。"走至城边，大叫说："前蒙元帅令小官到庐州上表，主公吩咐道：'元帅谨守城池，目下便统大兵自来。'不期回至湖口，为汉兵所获。友谅要我招元帅来降，我特佯许，脱身来见元帅，告知此情。我今必然死于贼人之手，望元帅尽忠报国，与主公平定天下。"言讫下马撞阶而死。友谅大怒，说："吾被这厮所诱了！"令左右枭子明首级，悬于南昌城外，不题。

却说太祖闻南昌被围，因还金陵，集诸将议说："我今欲救江西，犹恐吕珍、张虬、左君弼袭我之后。又闻张士诚起兵二十万，侵犯常州四郡，汤和等与战又不见胜。似此二路兵来，如何设法应敌？"众将都说："江西离此尚远，今苏湖一带地方，民众肥饶，宜先攻打。待士诚平复，尽力去攻友谅，庶金陵无肘腋之患。"惟刘基说道："士诚自守弹丸，今虽侵犯东南，有李丞相、汤鼎臣、耿炳文等连兵拒守，包得不妨。若吕珍、张虬、左君弼等乘虚袭后，可留一将，领兵五万，驻于淮西，则三贼亦不足恐。惟友谅居上流，且名号不正，宜先除灭。陈氏一除，士诚特囊中物矣。"太祖存省了一会，便说："陈友谅剽轻而志骄，便好生事。张士诚狡懦而器小，便无远图。若先攻士诚，友谅必空国袭我金陵了。攻取自有先后，军师所见极妙。"因令常遇春、李文忠，发兵十万，再起淮西水军十万，同救江西，攻取友谅。刻日从牛渚渡入大江，逆流而西。

此时正是至正二十三年癸卯秋七月中旬景色，太祖乘黄龙舟中行，船中却有王祎、宋濂、常遇春、李文忠等在侧。太祖叹说："秋江入目，忽起壮怀。卿等可作一词，以记秋江之景。王祎援笔而就，太祖叹赏说："一篇俱好，至如中间：芦花飘白絮，枫叶落红英。霜凋嫩芰，又青又赤点清波；露滴残荷，半白半黄浮水面。渔舟横荡，商韵彻青霄；画舫轻摇，网珠罗碧水。又若万点寒云，归鸦飞落暮池塘；一团练雪，野鹭低栖平渚上。岸畔黄花金兽眼，树头红叶火龙鳞。真写出秋江景色！极佳，极佳！"宋濂亦赋诗一首道：清水秋天晚，孤鸿落照斜。一航风棹稳，迅速到天涯。太祖大悦，说："浙东才士，二人不相颉颃。学问之博，王祎不如宋濂，才思之宏，宋濂不如王祎，各成其妙。"两人俱赐帛五匹。

却报前路人马已抵鄱阳湖口，早有探马报与陈友谅得知。友谅便宣张定边及帐内多官计议迎敌。张定边沉思半晌，便上前奏说："臣已有计在此。"不知如何。

第三十六回

韩成将义死鄱阳

风漾鄱阳落照斜，旌旗无色士无家。
忠魂气贯天虹烂，烈士名高秋水赊。
两地干戈何日静，一营鼓角暮云遮。
天将完节钟牛宿，伐鼓鸣球大道嘉。

那张定边因友谅会集多官共议迎敌，上前奏道："可先驱船据住水口，彼若败时，则南昌不攻自破。不然，彼得进湖，与邓愈等里应外合，必难取胜。"陈友谅说："此见极是。"急传令取南昌兵及战船，入鄱阳湖，向东来迎敌。两家对阵在康郎山下。朱营阵上，徐达当先奋杀，把那先锋的大船拥住，杀得船上一个也不留，共计一千五百零七颗首级，鸣金而回。太祖说："此是徐将军首功。但我细思，金陵虽有李善长众人保守，还须将军镇摄。"因命徐达回守，不题。

次早常遇春把船相连，列成大阵搦战。汉将张定边率兵来敌，遇春看得眼清，弯弓一箭，正中定边左臂。又有俞通海将火器一齐进发，烧毁了汉船二十余只，军声大振。定边便叫移船，把寨退保鞋山。遇春急把旗招动，将船扼守上流，把定湖口。那俞通海、廖永忠、朱亮祖等，又把小样战船飞也来接应。定边不战而走，汉卒又死了上千。

到了明日，友谅把那战船洋洋荡荡一齐摆开，说："今日决个雌雄！"太祖阵上，也拨将分头迎战。自辰至酉，贼众那里抵挡得住？却见朱亮祖跳到一只小船来，因带了七八只一样儿飞舸，载了芦荻，置了火药，趁着上风，把火聒聒噪噪的直放下来。那些贼船烟焰障天，湖水都沸。友谅的兄弟友贵，与平章陈新开，及军卒万余人，尽皆溺死，贼兵大败。友谅见势力不支，将船急退，那廖永忠奋力把船赶来。见船上一个穿黄袍的，军士们尽说正是友谅。永忠悬空一跳，竟跳过那船上去，只一枪刺落水中，仔细看时，却不是友谅，却是友谅的兄弟友直。原来友谅兄弟三人，遇着厮杀，便都一样打扮，混来混去，使我们军中厮认不定，倘有疏虞，以便逃脱。此真是老奸巨猾处，然也是他的天命未尽，故得如此。

太祖鸣金收军，在江边水陆驻扎，众将依次献功。太祖说："今日之战，虽是得胜，未为万全。尚赖诸卿协力设谋，获此老贼，以绝江西脑后之患。若有奇计者，望各敷陈。"俞通海说："我们兄弟，今夜当领兵暗劫贼营，把他大小士卒，不得安静。来日索战，却好取胜，此亦以逸驭劳之法。"只见廖永忠也要同去。太祖便令点兵五百，战船十只，嘱付俞通海等小心前去。约定二更左侧，将船悄悄的径到友谅寨边。那些贼兵屡日劳碌，都各鼾鼾的熟睡。朱兵发声大喊，一齐杀入。贼兵都在梦中，惊得慌慌张张，那辨彼此？朱兵东冲西突，直进直退，那贼人只道千军万马杀入寨来，草木皆兵。混杀了一夜，天色将明，转船而走。陈友仁纵船赶来，空中却有三十只船，把俞通海等十支船尽皆放过，拦阻去路。为首一将，白袍银甲，手执铁棍，正是郭英，向前接应。陈友仁见了郭英大怒，直把船逼将过来。却被郭英隔船打将过去，把友仁一个躯骸，连船打的粉碎。贼兵大败逃回。郭英便同俞通海合兵一处，来到帐中，备说了一番。太祖说：

“昔日甘宁以百骑劫曹营，今日将军以十船斗汉寨，郭将军又除他手足，其功大矣！”

且说友谅被混杀了一夜，折了二千兵马，心中纳闷，没个理会处。却有参谋张和燮启说：“臣有一计，可将五千战船，用铁索挛为一百号，蓬窗橹舵，尽用牛马的皮缝为垂帐，以避炮箭。外边即于康郎山中砍取大树，做了排栅，周围列在水中，非特昼不能攻，亦且夜不能劫。”友谅听了大喜，即令张和燮督理制造。不数日间，俱已编挛停当。友谅看了赞道：“真个是铁壁银山之寨，朱兵除非从天而来。”因着张和燮把守水寨，自同陈英杰领了三十号船出江来战。太祖见了友谅，劝说：“陈公，陈公！胜负已分，何不退兵回去？”友谅对说：“胜败兵家之常，今日此战，誓必捉你。”那陈英杰便统船冲来，只见常遇春早已迎敌。金鼓大振，鏖战了三个多时辰，遇春将船连杀入去。

却恨太祖坐的船略觉矮小，西风正来的紧，友谅的船从上而下，把太祖船压在下流。众将奋力攻打，炮石一齐发作，俱被马牛皮帐遮隔了，不能透入。顷刻间太祖的船被风一刮，竟搁在浅沙滩上。众将船只，又皆刮散，一时不能聚合。那陈英杰见船搁住马家渡口，便把旗来一招，这些军船团团围绕，似蚁聚一般。太祖船上止有杨璟、张温、丁普郎、胡美、王彬、韩成、吴复、金朝兴等八将，及士卒三百馀人。左右冲击，那里杀得出？陈英杰高叫说：“朱公若不投降，更待何时？”太祖对众叹息说：“自起义以来，未尝挫折。今日如此，岂非天数？”杨璟等劝解说：“昔汉高有濉水之难，光武有滹沱之厄，主公且请宽心。”太祖说：“孤舟被围，势不能动。虽有神鬼，亦奚能为？”

正说之间，却见韩成向前说：“臣闻杀身成仁，舍生取义，是臣子理之当然。昔者纪信诳楚而活高祖于荥阳。臣愿代死，以报厚恩。敢请主公袍服冠履，与臣更换，待臣设言，以退贼兵，主公便可乘机与众将逃脱。”太祖含泪说：“吾岂忍卿之死以全吾生？”正踌躇间，那陈英杰把船渐放近来围逼，连叫：“投降，免致杀害。”太祖只得一边脱下衣冠，与韩成更换，因问：“有何嘱咐？"韩成说：“一身为国，岂复念家？”太祖洒泪将韩成送出船来。韩成在船头上高叫说：“陈元帅，我与尔昔无所伤，何相逼之甚？今我既被围困，奈何以我一人之命，竟把合船士卒死于无辜？你若放我将校得生，吾当投水自殉。”只听得陈英杰说：“你是吾主对头，自难容情。馀军岂有杀害之理？”韩成又说：“休要失信。”英杰只要太祖投水，便说：“大丈夫岂敢食言？”韩成说：“既如此，便死也罢。”就将身跳入湖中。后人却有古风一篇追赠：

征雪惨惨从天合，杀气凌空声晻嗒。
貔貅百万吼如雷，巨舰艨艟环几匝。
须臾水泊尸作丛，岸上鹃啼血泪红。
古来多少英雄死，谁似韩成代主忠。
人道天命既有主，韩公不死谁焉取？
不知无死不成忠，主圣臣忠垂万古。
此时生死勘最真，舍却一身活万身。
圣人不死人人识，韩公非是痴迷人。
而今湖水涨鄱阳，铁马金戈谁富强。
惟有忠魂千古在，不逐寒流去渺茫。

原来韩成是虹县人，生出来甚是壮异，头上有两个肉角，竖起如指。有一道人在韩家门首抄化，对了他邻舍说：“他家生有孩儿，恰是金牛星下降，生也生得奇，死也死得奇。”正说间，他父亲恰好抱韩成出来，众人因把老僧的说话说与他父亲知道。他父亲便问那僧说：“师父何处来？请问法名大号。”那僧说：“小僧贱名谦牧，一向在小有山修行。好位令郎！生死都是奇异的。”那父亲说：“他头上生此肉角，甚是不像样，恰是怎么好？”那谦牧对说：“你嫌憎他么？”将手在顶上一摩，那肉角竟折倒在头上。谦牧也就迅步去了。后来这角随年纪长大，盘盘的生在头上，再也不竖起来。及至韩成从太祖，建了许多功业，替死鄱阳，方知生死果是奇异，那谦牧说话有灵有准。

第三十七回

丁普郎假投友谅

血战鄱阳云雾迷，艨艟飘泊几东西。
白羽光摇惊宿鸟，素旌影动闪长霓。
棹短棹长湖里路，乍鸣乍咽帐中鼙。
落日渔翁垂钓罢，只听湖畔子规啼。

却说韩成替太祖投入湖中，那陈英杰对众将说："尔主既死，何不归顺汉王，以图富贵？"杨璟说："我们村野匹夫，久为战争所苦，每每不欲从军，乞将军高鉴。"两边正把言语相持，忽听得上流呐喊连天，百馀只战船冲将下来，剑戟排空，却是常遇春、朱亮祖闻得太祖被围，急来救应。陈英杰奋力来攻，那亮祖跳上汉船，横杀了十馀人，陈英杰认说太祖既殁，想他成不得大事，因而转船自去。遇春、亮祖救得太祖船出，都来拜伏请罪。太祖说："这是命数该如此，但若得早来半个时辰，免得忠臣枉死耳。"便具说韩成的事。乃命诸军移船罂子口及左蠡子边，横截湖西口子，且将书与友谅，道：

方今之势，干戈四起，以安疆土，是为上策。两国纷争，民不聊生，策之下也。曩者公犯池州，吾不以为嫌，且还所俘士卒，欲与公为从约之举，各安一方，以俟天命也。公复不谅，与我为仇。我是以有江州之役，遂复蕲黄沔之地，因举龙兴等十郡。今犹不悔，复起兵端，二困于淇都，两败于康山。杀其弟侄，残其兵将，损数万之命，无尺寸之功。此逆天悖人之极也。以公平日之强，宜当亲决一战，何徐徐随后，若听吾之指挥，毋乃非丈夫乎？公早决之。

友谅得书不报。太祖因韩成替死一节，也只是心中不忍，时时长吁短叹。只见帐外报说："周颠在外面，大步的跨进来了。"太祖便说："你这颠子，近从那里来？"他也不做一声，太祖又问曰："我今在此征友谅，此事何如？"周颠大叫说："好！"太祖说："他如今已称为皇帝，恐我难以收功。"周颠仰天看了一会，把手摇着说："上面没他的，上面没他的！"便把拄的拐儿高举，向前做一个奋勇必胜的形状。太祖就留他在帐中宿歇。

当晚，俞通海对众商议道："湖水有深有浅，不便回还，不若移船入江，据敌上流，彼舟一入，必然擒住。"方欲依计而行，那陈英杰复来搦战。太祖大怒叫曰："谁与我擒此助虐之贼，以报马家渡口之仇？"恰有杨璟、丁普郎向前迎杀。陈英杰望见了太祖，方知昨日为韩成所诱。两边混杀多时，只见俞通海、廖永忠、赵庸、朱亮祖、郭英、沐英六将，各驾着船，内载芦草火器，杀将上来，且战且进。谁想那贼连着巨舰，拥蔽而行，船上枪戟如麻，以拒我师。看六将杀了进去一个多时辰，再不见形影，太祖捶胸顿足，叫说："可惜了六员虎将，陷于汉贼阵中。"正没个区处，忽然间，看那友谅后船，腾空焰焰的烧将起来，但见："江水澄清翻作赤，湖波荡漾变成红。"不多时，那六员虎将驾着六船，势如游龙，绕出在贼船之后，杀奔而出。朱军阵上看见，勇气百倍，督战益力。摇旗呐喊，震动天地。风又急，火又猛，杀得贼兵大败。友谅见势头不做美，急令众船投西走脱。方得数里，早有张兴祖红袍金甲，手执画戟，拦住去路，大喝道："友谅弑贼，走那里去？"一戟直刺入脑上，倒船而死。兴祖便跳过船来，割下首级。仔细一认，却是友谅次子陈达，不是正身，鸣金而还。

太祖依者俞通海，屯兵江中，水陆结寨，安妥了，诸将各自次第献功讫。太祖对着众将说："适闻六将深入贼中，久无声息，我不胜凄怆，幸得以成大事。今日之功，六将居雄。"因命酒相庆，席上复作书，着人传与友谅。中间大都劝以何苦自相吞并，伤残弟侄，勿作欺人之寇，及要友谅却去帝号，以待真主等意。友谅复不答。

太祖发了书去，便与众将计议攻取之术。恰好军师自金陵来见太祖，太祖便问军师与张士诚交战胜负的事体，刘基对说："李善长并汤和、耿炳文、吴祯、吴良等连兵，累败了张士诚三阵。他如今退兵在太湖里安营。此乃鼠窃之贼，不足计虑。夜观天象，西北上杀气甚是不祥，当应一国之主。想来陈友谅合当覆亡。然中天紫微垣亦有微灾，因不放心，特来相探。"太祖把船搁住沙上，韩成替死的事，细细说了前后，就问："目今陈友谅有五百号战船，每一号计船五十只，兼领雄兵六十馀万，联栅结寨，实是难破。奈何，奈何？"

刘基听了结寨的光景，便笑道："孙子有云：'陆地安营，其兵怕风；水地安营，其兵怕火。上冈者恐受其围，下冈者恐被其陷。'今水上联船结寨，正取祸之道，岂是良策？有计在此，令六十万雄兵片甲不回。"太祖听罢大喜，便问："计将安出？"刘基说："此须选那金木两犯的日时，以火相攻，必然决胜。"太祖又说："两三次俱把火攻，但贼寨深大，四面尽有排栅、铁索穿缚，外面的火，焉能透到里头？"刘基又说："主公有友谅部下来投降的将校否？"太祖说："尽有，尽有。"刘基说："便令唤来。"不移时，却有许多都来听令。刘基因对他们道："公等来降，皆是弃假求真，识时务的好汉。今主公欲破贼兵水寨，要用公等里应外合。此事甚不轻易，必须赤心报国者，方能成就这功劳。若不愿行的，亦听各人心事，不敢相强。"说罢，却有丁普郎三十人，挺身向前说："向受主公厚恩，愿以死报。"刘基定睛一看，便对丁普郎道："丁公，丁公，我细推你今世，原是娄金狗星宿降生，来日是壬戌日，戌为金狗，是你归根复命的日辰。且你记得令堂生你，皇觉寺伽蓝托梦的话么？”那普郎连声应道：“晓得，晓得。自当赤心前去。”

原来普郎生的日子也是个壬戌日，三日之前，他母亲梦见一个神明，将个盒子托着一个金狗儿，嘱付道：“此是天上娄星，该下生辅助真主，特借你的身孕产他。”他母亲便问说：“尊神在何处显异？”那神道：“我是皇觉寺伽蓝，去此有一千馀里路程。”便口中念出八句诗，说：“此是你儿子一生光景，你可记着。”念道：

湖影荡星槎，忠魂秋夜赊。水寒添楚色，火阵舞昏鸦。
此夜娄星降，他年功绩夸。天衢应不远，壬戌死生家。

那伽蓝拂袖而去。过了两日，即是壬戌，果然生下他来。后来长成，他母亲因念与普郎记识。普郎时常对帐中知己兄弟说起，是以刘基也晓得这事，因提醒他。便嘱付说：“你们今夜可去诈降友谅，明夜只看外边火起，即从内放火为应。”众将听计，说：“举火不难，只怕友谅不信，有误军国大事。”刘基便附普郎的耳朵说了两声，各人便整理随身要用物件，到晚驾一只战船，径抵康郎山下。

正值友谅与张定边、陈英杰帐中饮酒，哨子报有丁普郎等来见，友谅唤至帐下，说：“尔等既降朱家，今夜来此有何议论？”普郎对说：“前者孤城安庆，力不能敌，一时无奈，所以诈降。今晚得便，故率众逃回。望主公容纳。”友谅说：“你必为朱家细作，假意来降。左右们，可尽行捉下，斩讫回报。”只见三十五人齐声叫道：“我等特来献功，主公反生疑忌。”友谅便问：“你等来献何功？”普郎说道：“我等听他定计，叫常遇春来日领二万雄兵，抄路往康郎山袭取水寨，所以冒险来报，指望封赏，反要杀害，此冤那个得知？”友谅听了，大惊道：“不说不知，几乎杀了好人。”因唤三十五个都入帐中，赐与酒食。

第三十八回

遣四将埋伏禁江

湖光潋滟接天浮，堠火相看不自犹。
计展乾坤秋色黯，兵藏生克水声啾。
昔年曾借寒曹魄，今日重看灭汉仇。
莫说飕飕徒噫气，至今红蓼尚悲秋。

丁普郎等三十五人说起常遇春要劫水寨一节，友谅惊得木呆，说道："早是你们来报消息，我可预备接应。"便赐与多人酒食。只见张定边、陈英杰在侧边道："不可收用。"那友谅回覆："他是手下旧臣，何必多疑？"因与商议："倘遇春来夺水寨，何计御敌？"张定边说："主公且莫惊忧，待臣领兵三万，将康郎山小径截住了遇春来路。主公若破得朱兵，便引大队人马，随后夹攻，定然得胜。"友谅听罢，便令张定边点兵三万，驾着战船三百只，辞去把截，不题。

次日，太祖升帐，思量刘基所议水战火攻，亦是兵家之常，但未知今日制变之法何如？吩咐军中整顿，特请军师行事。只听得辕门之下，画鼓齐鸣，擂了大鼓一通，四下里巡风角哨的，都去通知诸将官，在本帐整齐披挂结束。却有一刻时光，四角上军中鼓乐喧天，太祖大帐前九紧九慢又发了一通花鼓。只见诸将官如云如雨、似蚁似蜂，俱各手执了刀枪，腰挎了宝剑，东西南北，一一的依次排立在行营门外，只待军师升坛布令。又有半刻时光，传说太祖帐内，把云板轻敲了五声，帐外便接应号子三声，画角三声，粗乐、细乐各吹打了两套。早有里班的军卒，把那五军的旗牌、唱名的点单，并要用的什物，俱一一的摆列在坛上朱红桌子高处。恰好军师高足大步的出来，与太祖分宾行礼讫。太祖便说："今日特请军师登坛，遣兵调将，破敌除残。末将敬率偏裨，听令于法坛之下。"

军师与太祖拱一拱手，竟步步登上坛来。便有五军提点使，同那五军参谋使，先进帐中，向军师行了个礼，分立在坛下两边。只听得鼓儿冬冬的响，提点使将五色旗号各各麾动，那些将官一一的走到坛前，按方而立。提点使又将五色旗幡总来一展，那些将官又一一的鱼贯而行，序立在坛边，向军师总行了礼。那提点使却将一色素带，飘飘飖飖在坛中展了一回，那些将官便一一左右分班，不先不后，序立在两行。走过五军参谋使来，禀道："众将已齐，请军师法旨。"军师随吩咐说："主公一统之业，全在今朝。众将官俱宜悉心尽力，无落吾事。有功者赏，违令者诛。"那些将官俱说："敬得令！"

军师便将红旗一面在手，唤过俞通海为南队先锋，俞通渊为副，带领华高、曹良臣、茅成、王弼、孙兴祖、唐胜宗、陆仲亨七将，率兵一万，驾船二百只，都是红旗红甲，头戴冲天彪炽赤色金盔，手执铁焰火燃八龙吐烈枪，按着南方丙丁火，往南路进发。待夜分风起时，各将木栅锯开，攻打汉贼西边水寨。这是火克金。

又将青旗一面在手，唤过康茂才为东队先锋，俞通源为副，带领周德兴、李新、顾时、陈德、费聚、王志、叶升七将，率兵一万，驾船二百只，都是青旗青甲，头戴太乙蛟飞翠点金盔，手执点钢七叶方天戟，按着东方甲乙木，往东路进发。待夜分风起时，只看木栅砍开去处，竟冲入水寨中军，砍倒汉贼将旗，从中相帮放火。这是木克土。

又将黑旗一面在手，唤过廖永忠为北队先锋，郭子兴为副，带领郑遇春、赵庸、杨璟、胡美、薛显、蔡迁、陆聚七将，率兵一万，驾船二百只，都是黑旗黑甲，头戴玄都豹翼黑色金盔，手执水纹钢链九龙取水枪，按着北方壬癸水，往北路进发。待夜分风起时，各将木栅砍开，攻打汉贼南边水寨。这是水克火。

又将白旗一面在手，唤过傅友德为西队先锋，丁德兴为副，带领韩正、黄彬、梅思祖、吴复、金朝兴、仇成、张龙七将，率兵一万，驾船二百只，都是白旗白甲，头戴太白龙蟠珠衔金盔，手执蛟龙腾出海熟铁点钢叉，按着西方庚辛金，往西路进发。待夜分风起时，各将木栅砍开，攻打汉贼东边水寨。这是金克木。

又将黄旗一面在手，唤过冯国用为中队先锋，华云龙为副，带领陈恒、张赫、谢成、胡海、张温、曹兴、张翠七将，率兵一万，驾船二百只，都是黄旗黄甲，头戴地平雉翅五色彩金盔，手执十二节四方铜点龙吞锏，按着中央戊己土，往中路进发。待夜分风起时，各将木栅砍开，攻打汉贼北边水寨。这是土克水。

再调常遇春、郭英、朱亮祖、沐英四将，各领战船三百只，水兵一万，左右参差，埋伏禁江小口两旁，若友谅逃出火阵，必走禁江小口，四将宜奋力截杀，擒获友谅，务成大功。又调李文忠同冯胜，领兵十万，驾船随着太祖，把住鄱阳湖口，不许友谅的兵一个逃脱。复唤周武、朱受、张钰、庄龄四将，即刻领兵一千，小路驰到湖口西北角上，架筑木台一座。高二十四丈，按着二十四气；大十二围，按十二个月；四边柱脚，上下一百单八，按三十六天罡、七十二地煞。层台之上，整备香烛、素净祭品。分遣已定，诸将各各领计，出帐施行。

军师下得坛，便同太祖驾着赤龙舟，沿岸而走。忽然周颠说也要附舟前去，太祖吩咐水手，可扶颠子上船。止恨烈日中天，一些风也不生，大船那里行得动？周颠在船上大叫道：“只管行，只管有风。倘是没胆气行，风也便不来。”太祖便令众军着力牵挽。行未二三里，那风果然迅猛的来。倏忽之间便至湖口，却望见江豚在白浪中鼓舞，周颠做出一个不忍看的模样来。太祖取笑问说："为着甚的？"那颠子便对说："主损士卒。"太祖听了大怒，即令众人扶出在船上，推他下水去。将有一个时辰，他复同这些士卒到船里来。太祖因问："何不汩死了他？"这些众人说："把他投在水中十来次，他仍旧好好的起来，怎么汩得他死？"周颠却把衣裳正一正，把头也摩一摩，倒像远去的形状。恰到太祖面前，伸直了项颈，说："你杀了我罢！"太祖说："我也不杀你，姑饶你去。"颠子便在船中一跳，跳在水里去了，不题。

此时却已日坠西山，月生东颠，太祖便同军师登岸。那四将已把木台依法筑成，太祖上台看了一回，但见浮云一点也不生，河汉澄清，新秋荐爽。日间的风，又是寂了。却问军师："怎的得个风来？"刘基回说："但请放心，自当借来助阵。"就一边唤四将，作速摆列行仪，军师整肃衣冠，登台礼请。但见：

> 手开天门，脚踹地户。仗一口七星剑，恍恍精摇碧落；喷一口九龙水，淋淋气肃空寞。念动灵符，早有天风、姤水风、井山风、蛊雷风、恒地风、升火风、鼎风、地观泽风大过，应"八卦"逐位请来；捻成宝诀，就是猎叶风、落梅花、祛尘风、拔扈风、君子风、小人风、郑公风、少女风，按时事无方不到。忽暗暗阴霾四起，喝令巽二哥动地摇山；陡尘尘黄雾奔腾，顿叫大八姨飏沙走石。月朗星稀，做不出绕枝三匝，斗斜云卷，抟得上九万鹏程。惊舞了天鸡，葛玄公把手也指不住；飞动些黄雀，汉文帝有台也避不来。真个是：解落三秋叶，能开二月花。过江千尺浪，入竹万竿斜。

这个大风，从来也不曾有。便吹得那人人股栗，个个心寒。陈友谅水寨中摇摇曳曳，那里有一息儿定？此时却是二更有余，三更将近时分，诸将、军士恰待怎的？

第三十九回

陈友谅鄱阳大战

荡漾清波客思哀，石尤处处打船回。
一时秋色鏖兵尽，万古悲风岁祀开。
烽火无情聊对酒，忠贞有志壮湖隈。
而今草色春光满，羌笛胡笳莫漫催。

却说大风陡地的发将起来，刮得那友谅寨中刺骨透的寒冷。那些军士也不提防，况是虎吼龙吟的声响，朱军水上往来，砍关截栅，他帐中一些也不知觉。俞通海等五支人马，四面团团的围绕，三军奋力而前，劈开寨栅，却放起火铳、火炮，只是从里攻击。不移时，四面聒聒噪噪，烈烈腾腾的延烧起来。丁普郎等见外而火光，知是大兵已到，遂于柴场内也放火烧将出来。内外火势冲天。早又有康茂才等七将，竟冲杀中心，砍倒了将旗，四下里放流星火箭，只是喊杀。陈友谅在帐中方才惊醒，急唤太子陈理并陈英杰细问，谁想火势已在面前，对面不知出路。陈英杰说："势不可救，主公可速奔康郎山，投张定边陆营权避。"陈友谅依议急出，登山涉水而逃，耳边但闻喊斗之声，震撼山谷。此时丁普郎三十五人肆行冲击，忽被一阵黑风烟贯将来，把众人一卷，都被烧死。止剩普郎舍身杀出，又避逃兵，互相残杀，把普郎身上刺了十馀枪，头虽落地，手犹执利刃。次日，朱军收拾烧残器皿，见普郎直立不仆，报与太祖。太祖隆礼埋葬康郎山上，不题。

且说友谅君臣父子三人，走至张定边寨中，备言火烧一节，定边说："此皆是诈降之计，然亦是主公合有此厄。如今他必乘势来追，决不可在此屯扎。不若竟抄禁江小口，奔回武昌，再作计议。"友谅传令即行。回看康郎山，火势正猛，顿足大哭说："可惜五十馀万雄兵，俱丧于此。"比及平明，渐近禁江小口。张定边向前笑道："刘伯温之计，尚未为奇，倘此处伏兵一支，吾辈宁有生路？此正主公洪福，天命有归。"道未罢，忽听炮响连天，两岸伏兵并起，左有郭英、朱亮祖，右有常遇春、沐英，四将截住去路。陈友谅慌忙无措，急令张定边催兵迎敌。

且说太祖正与军师刘基同坐黄龙船上，细看将卒搏战，那刘基忽然跳起，大呼一声，双手把太祖抱了，别跳在一只船内。太祖一时间见他模样，也不知何故。只听刘基连声叫说："难星过了。"太祖回头一看，适才坐的龙船，被火炮打的粉碎。

我阵上挥兵勇杀，自早晨直至酉牌，转战益力，军声呼啸，湖水尽赤，汉兵大败。友谅看事势穷促，即与长子陈理同陈英杰、张定边，另抢了一只船，径往北边奔走。谁想狂风当面刮来，把友谅这只船，盘盘旋旋，倒象缚住的，那里行得动？黑风影里，友谅却见徐寿辉、倪交俊、花云、朱文逊、王鼎等，立在面前讨命。友谅昏昏迷迷，也竟不晓是南是北，恰有常遇春又来追着。友谅的船且战且走，未及数里，那郭英、朱亮祖又截住了来杀。两船将近，只见张定边拈弓搭箭，正射着郭英左臂。那郭英熬着疼痛，拔出了箭头，也不顾血染素袍，便也一箭，正中着陈友谅的左眼，透出后颅，登时而死。

朱亮祖看见射死了友谅，便俘了次子善儿及平章姚天祥、陈荣、萧寿、吴才等，共军士十万有馀。常遇春独夺有战船五千七百馀只。那湖中浮尸蠢动，约有四五十里。所获辎重、衣甲、器械，山堆也一般。

太祖鸣金收军，驻在江岸，众将各献功有差。惟有郭英，不说起射死友谅的事。朱亮祖见他不说，因对太祖细说郭英一箭射杀友谅，此功极大。太祖大喜，称赞说："郭英一箭，胜百万甲兵。有此大功，又不自逞，人所难及。"先令人取黄金百两，略酬今日不施逞的大德。当日聚会水陆诸将，筵宴庆赏。大小三军，俱各在本帐宰杀马牛，分给酒食犒赏。

次日，太祖旋师，再入鄱阳湖里来。只见康郎山边尸首交横，血肉狼藉，不觉泪下潸潸，对众将士说："我当初从滁阳王起义，今日如此大战，幸得诸将成功，却不见了滁阳王；二来丁普郎等三十五人，并军士三百名，为我立功，一旦身死，忠臣义士，实可怜悯；三来友谅领雄兵六十万与我交锋，为主者思量大位为天子，为臣者思量富贵作公侯，今者一旦主死臣亡，三军覆没，尸骨山堆海积，血水汪洋，令我不忍目视。"刘基等启说："昔在殷者为顽民，在周者为顺民，彼不顺主公，是自取其死，非人所能害之。"太祖说："这也说得是。但如陈兆先，是逆贼也先之子，克盖前愆，更可伤心。"因命康郎山下建立忠臣庙，春秋二祭。追赠三十六人的官爵，以韩成为首：

韩成高阳侯；丁普郎济阳郡侯；陈兆先颍天侯；宋贵京兆郡侯；王胜代原郡侯；李信陇西郡侯；姜润定远侯；王咬柱太原郡侯；王凤显罗山县侯；李志高陇西侯；程国胜安定郡侯；常惟德怀远侯；王德合淝县侯，张志雄清河侯；文贵汝南郡侯；俞泉下邳郡侯；刘义彭城郡侯；陈弼颍川郡侯；后明梁山县子；朱鼎合淝县子；王清盱眙县子；陈冲巢县子；王喜先定远县子；汪泽庐江县子；丁官含山县子；逯德山汝阳县子；罗世荣随县子；史德胜安定县子；徐公辅东海县子；裴轸永定县子；郑兴表随县男；常德胜寿春县男；华昌虹县男；王仁丰城县男；王理五河郡男；曹信含山县男。

随死军士三百人，各依姓名，赠为武毅将军，正百户，子孙世袭。

说话间，船已出蠡湖口。上岸，太祖令余兵俱随常遇春屯扎湖口，止同刘基领兵三万，向南昌而行。早有朱文正、邓愈等将，出城迎接。太祖备称汉兵攻困三月不克，俱是尔等防御之密。即命取黄金三百两，白金一千两，彩缎一百疋，给赐众将。文正因启拒战死事之臣，共一十三人，乞赐褒崇，以慰九泉。太祖便问："赵德胜为我股肱之将，何以遇害？"邓愈便一一把前事说了一遍。太祖说："可惜忠良俱被战死。"吩咐邓愈，照依康郎山，于南昌府城中建庙致祀。恰有宋濂在旁，又说："前日叶琛死王事于豫章，亦宜列位并祭为是。"太祖说："我正有此意，你们中书省可议追赠的官爵来。"因定豫章忠臣庙，共祀十四人，以赵德胜为首：

赵德胜梁国公；李继先陇西侯；刘济彭城郡侯；许圭高阳郡侯；赵国昭天水侯；朱潜吉安郡侯；牛海龙山西侯；张子明忠节侯；张德寒山千户；徐明合肥县男；夏茂成总管使；叶思成深直侯；赵天麟天水伯；叶琛南阳郡侯。

太祖定了追赠的官爵，便对宋濂等说："你们还可做一篇祭文，令祝史于致祭时，朗诵一遍，且同绢帛焚化与他。"宋濂承命，草成祭文，付与祀官，不题。

且说当晚太祖在帐中晚厨才罢，却见明月如洗，夜色清和，正是孟冬望日。徘徊月下，忽有金甲二神，随着两个青衣童子，走入帐来，说："臣系武当山北极真君座下符使。大圣有命，致意大明皇帝。顷刻大圣即当进帐说话，万勿严拒。"太祖听了，便吩咐大开重门，奉延真君圣驾。早有香风飘渺而来，抬头一看，真君已在面前。太祖急急迎进，分宾而坐。未及开口，只见真君就说："自从前者皇帝来武当赐香以后，未及再晤。今伪汉友谅已亡，其子不久归附。潇湘之上，荆楚而南，不数年间亦当尽入版图。小神今特奉迎。若草庵见毁一节，成功之后，万惟留心。”太祖接应道：“今者友谅虽殂，其子陈理又立。本宜乘胜而往，但彼国士卒伤亡已多，一时穷迫，恐无完卵，于心惨然。进退正在犹豫，望神圣指教。”真君对说：“这也是劫数应该，何必过虑？”风过处，拱手而别，却是睡中一梦。太祖次早起来。

第四十回

朱太祖误入庐山

物在人亡无见期，闲庭系马不胜悲。
窗前绿竹生空地，门外青山似旧时。
怅望青天鸣坠叶，巑岏枯柳宿寒鸱。
忆君泪落东流水，岁岁花开知为谁？

却说太祖梦中，分明见武当山玄天上帝自来接驾，不题。次早起来，聚集诸将，商议兴兵伐北之事，恰令军师刘基仍回金陵，与李善长等画策，攻取东吴。刘基方要起身，太祖恰也送出帐外。此时正是晌午时节，只见红日当中，有一道黑光，从中相荡。太祖仔细看了一会，对刘基说："莫非闽、广之地有小灾么？"刘基说："此不主小灾，还主东南方有折损一员大将之惨。主公可遣使谕东南守御将帅，谨慎防御，以严天戒。"遂辞了太祖，竟向金陵不题。太祖便作书，往谕东南守将胡深、方靖、胡德济、耿天壁等，各须谨慎军情。四下遣使去讫，因对朱文正说："汝可谨守南昌，吾当先下湖广，次定浙西，然后还建康。"文正等应命。即日，太祖领兵离南昌，至湖边，遇春接入水寨，吩咐检点军士，共有一十六万。太祖下令诸将，各统本部军卒，悉上武昌。待凯旋之日，一总封赏。言罢，大兵顺流而下，竟过潇湘。太祖乘兴作诗曰：

马渡沙头苜蓿香，片云片雨过潇湘。
东风吹醒英雄梦，不是咸阳是洛阳。

不一日，竟抵武昌那岳州府。原来此城三面皆水，惟北边是陆路。太祖便令正北安营，即令廖永安、康茂才，于江中联舟为长寨，绝他出入救援之路。

却说张定边在鄱阳大败，便夜里把小船装载友谅尸骸，并长子陈理，奔回武昌，发丧成服。因立陈理即了皇帝的位，建元德寿。恰有探子报知，那陈理听了大惊，即与张定边计议。张定边说：“臣荷先王之恩，自当死报。”乃率兵二万，屯于高冠山。那山极其峻伟，我师仰面而攻，甚难措办。彼此相持，将有半月。太祖愤怒，亦无可奈何。因对众将说：“来朝敢有奋勇先登者，吾当隆以上赏。”只见阵中傅友德当先直上，面上中了一箭，镞出脑后，胁下复中一箭。友德呼噪愈力，颜色不变。郭子兴看友德猛力争登，因相与夹攻，被贼一刀伤了左手，犹然洒血驰击，斩获甚多，贼兵遂四散而走。我们军士便据了此山。俯瞰城中，毫忽都见。太祖遂率兵环攻保安门。鸣金收军，太祖亲为友德敷调疮药，赞叹说：“便是关张骁勇，亦只如此。”

恰说陈英杰见朱兵攻门甚急，便启奏陈理说：“昔关羽以单刀斩颜良于百万军中，张飞以一骑当曹兵百万于霸陵之左。臣虽不才，愿以死报主公，冲入敌营，斩那朱某首级回来。”陈理说：“他那里有雄兵二十万，勇将千员，不可轻去。”英杰回说：“彼处方才安营，各将决然都在本帐整顿队伍。骤然冲入，必可成功。”陈理说：“纵使成功，恐亦难出敌人之手。”英杰仰天叹息说：“若杀得朱君，志愿毕矣，虽死何惜！”便纵马持刀，直入辕门。

太祖方才坐定在胡床上，只见英杰径到帐中。太祖大惊，止有郭英在帐，便叫："郭卿为我杀贼！"那英杰径对太祖刺将过来。郭英奋呼直入，手起一枪，把英杰登时槊死，将剑枭了首级。太祖即解所御赤帜袍，赐与郭英，说："真是唐之尉迟敬德！"郭英便说："即今可将这贼首级，招陈理来降。"太祖听计。郭英带了首级，走至辕门，看着众军，说："因何不守营门，把贼人肆志冲入？犹幸有我在，以救主公。你们各当斩首示众！"这些军士齐齐跪倒，道："果是不小心。奈贼人一时杀死了七八人，凶勇得紧，不能阻当。且营帐未定，都各自去整理，因此疏虞，望将军审究。"郭英吩咐："姑恕你们的死，发令军政司，各打六十，以惩后来。"道罢，匹马单枪，径直向武昌北门而走。

陈理同张定边正在城楼上遥望，只见一将，提着首级，飞马而来。二人大喜，只说是英杰手到功成。忽然转道："陈将军去时却是紫袍金甲，今缘何是白袍银铠？"便同众人仔细认识，方晓得是郭英。渐渐的来至城下，大叫："尔等犬羊之徒，焉敢冲入虎狼而戏蛟龙乎？吾今掷还陈英杰首级，汝等若知时势，可速投降，不失富贵。"便将英杰首级从马上一丢，直丢进城来。又说："我郭将军且回去，你们可清夜细思量。"把马勒转去。太祖说道："郭英此去，陈理等必然寒心，然尚在犹豫未决。"便唤编修罗复仁再到城下，极口备陈利害。

陈理回到殿中，对众人说："欲降则失了先君的业，欲不降则兵粮俱乏，如之奈何？"却闪过杨从政来说："昔日秦王子婴归汉，汉且全之。今闻朱公仁德，倘是去降，非惟保身，亦可免及九族黎民之厄。"陈理回看张定边，那定边道："社稷已危，有负前王之托，惟死而已。"遂拔剑自刎。陈理放声大哭，说："定边、英杰，是先王托他辅助寡人骁将，今皆身死，孤将何支？杨丞相可草表投降。"一面吩咐将张定边尸骸及陈英杰首级，俱以礼葬于城外。即进宫中见母亲杨氏，具言纳降一事。杨氏说："吾不能为孟昶之母。"一头撞柱而死。

陈理次日率群臣换了缟素，拜辞家庙及友谅的灵，开北门，径到太祖帐中。太祖看见，甚是不忍，令人解其缚。陈理向前俯伏请罪。蒙主上宽释了，便步随车驾入城。凡府库储积，俱令陈理恣意自取。不杀戮一人。所积仓粮，下令给散远近百姓，以舒饥困。百姓太悦。太祖升殿，陈理复叩头阶下。太祖说："待我还到金陵，授你官职。"陈理拜谢。太祖即令陈理发檄与湖、广未附州县，不数日，尽行纳款。因立湖广行中书省，以杨璟为参知政事，且籍户口、田地、赋税，并记友谅原留宫殿什物器皿，太祖一一细看。后籍上却写友谅镂金床一张，太祖笑说："此与孟昶七宝溺器何异？如此奢侈，焉得不亡！"即命毁去。此时却是至正二十四年岁次甲辰二月光景。太祖留军镇守，仍领兵望金陵而回，复入江西，到南昌。朱文正、邓愈等迎接，称贺平定武昌一事，不题。

且说太祖偶出营前散步，但见四面山水，清幽可爱，正是：

依依柳绿，灼灼桃红。奇花异草，翠柏青松。

正观之时，忽听莺声鸟语，心中不舍，只是信步行去，耳畔微闻钟声。太祖定睛一望，方见一所古寺，周围水绕，寺前又有座石桥。太祖缓缓行到桥上，但见雪浪腾空，波涛汹涌。太祖心中惊惧，站立不住，只得走过桥去。已到寺前，山门口上悬一匾，写着四字："古雷音寺"。太祖笑说道："此处也叫做雷音寺。"话说未完，一阵怪风响过，跳出一只吊睛白额锦毛花斑虎，真好厉害。太祖猛然一见，早已跌在山崖石边，口内说道："吾命休矣！"只见寺中忙走出一个老僧来，形容古怪，须眉皓然，手执竹杖，口内大喝："孽畜，休得无理！"那虎俯伏崖边不动。老僧走近前来，用手扶起，便说道："不知陛下驾临，有失迎候。被这恶畜惊了圣躬，实老僧之罪也。"太祖起来，整肃衣冠，看见老僧举止异常，乃开口道："偶然闲步，得瞻慈容，更劳驱逐恶畜，诚万幸也。”老僧又道：“陛下连日运筹帷幄，因便到此，请方丈一茶，少尽山僧微意。”太祖欲待不去，看见景致清幽，心中羡慕；欲待竟去，犹恐久坐耽迟，碍于长行。正在沉吟，和尚又道：“陛下不必迟疑，请献过茶，即送驾返，决不相羁。”太祖遂举步走进山门。松柏森森，云连屋宇。又走到一重门首，恰似王母瑶池，真非人世，不觉已到大殿槛外。太祖抬头一看，正是：

黄金殿宇，白玉楼台。一带平坡，尽是玛瑙砌就；两边阶级，犹如宝石嵌成。碧槛外，万朵金莲腾瑞色；宝殿上，千颗舍利放光明。白玉瓶内，插九曲珊瑚树；矮铜鼎中，焚八宝紫真氲。一对青金榻，两扇白玉屏。珍珠亭，焰焰宝光连白日；琉璃塔，腾腾瑞气接青云。三尊古佛，指破有为有相；十八阿罗，渗透无灭无生。香风细细菩提树，花雨纷纷紫竹林。

老僧引太祖进殿，与众僧见礼。俱道：“陛下享人间富贵，一朝帝王，今到蔽寺，山荒径僻，多有亵尊之罪。”太祖道：“今来宝刹，乃见人间未见之珍，天上罕有之物，令人目炫神摇，不知身在何世。”众僧云：“请陛下一观。此处虽系山径荒凉，也是难得到的。”太祖微笑，抬头四下观看，真是一尘不染，万虑俱消。只见十数众僧人，身披袈裟，手敲钟鼓，诵经礼忏。太祖看毕，将头点了点，道：“诚心如此！”老僧引着太祖行至方丈，老僧躬身奉请太祖上坐，老僧下席相陪。少顷，小沙弥捧上茶来。须臾茶罢，又摆素斋。老僧说道：“山中无物为敬，多有亵渎。”太祖连称：“不敢，后当报答高情。”食毕，老僧随向袖中取出一个缘簿来，面上写着“万善同归”四字，双手递与太祖，又口中说道：“愿主上早发慈悲之心。”太祖接过缘簿，揭开一看，俱列历代帝王名讳：第一位是汉文帝，喜施马蹄金一万；第二位却是梁武帝，愿施雪花银一万；第三位便是唐玄宗，乐施宝和珍六斛；第四位是傅大士，施财一万；第五位却是吕蒙正，乐助白金二万；第六位宋仁宗，乐输银三万；第七位晁元相，喜助黄金二百两；第八位则天后，发心乐施七千金。老僧在旁便说："如今正起黄金宝殿，尚少一位不得完成。"太祖心中想道："行兵军需，尚且不足，那有许多金银布施？"没奈何，提笔写道："朱元璋助银五千两。"老僧接过缘簿，深深一揖，再三致谢，送缘簿回房。太祖自思道："那簿上如何有前朝的人，想是历代留下来的，亦未可知。"又说道：和尚不是好惹的，见面就要化缘。我本无心到此，被他将茶果诓住，写上许多银子。若我日后登了帝位，当杜此贪僧，灭尽佛教。"猛想起道："我在此游了一会，何不留题，也是来此一场。"遂题于碧玉门上：

手握乾坤杀伐机，威名远镇楚江西。
青锋起处氛妖净，铁马鸣时夜月移。
有志扫除平乱世，无心参悟学菩提。
阴阴古木空留意，三啸长歌过虎溪。

太祖题毕，老僧出来看见诗句，变色说道："我这里是清净极乐之乡，无生无灭之地。今主上杀伐太重，昨火烧汉兵六十万，江东大战，又伤军卒二十多万。虽然天意，亦当体念幻躯。贫贱虽殊，痛痒则一。尧舜率天下以仁，而民从之；桀纣率天下以暴，而民不从。此仁与不仁之辨，愿陛下行仁。适才以缘示之，陛下即动嗔念，今吟诗又动杀机。陛下即有天下，易得之，易失之。"遂叫沙弥洗去字迹。太祖自觉有碍，即便辞回。老僧道："此地山路险峻，虎狼且多，吾当远送。"二人同行，来到桥上，只见那虎仍然俯伏崖边。太祖看了惊惧，老僧曰："陛下勿怕，此乃家兽耳。"话未说完，老僧又曰："请看，军兵乘舟来寻主上了。"太祖举眼忙看，老僧将手往下一推，扑通一声，跌下河去。太祖大叫道："天！天！"急忙睁眼看时，已在自家营前。众将一见，甚是欢喜，向前问道："陛下到何处去来？吾等水陆寻了三日，今幸得见天颜。”太祖说：“我才去了半日，如何便是三天？”太祖遂把闲游事体，细细说了一遍，众将称异。当晚即在营内治酒贺喜，饮到更深方散，各归寝处。前人有诗云：庐山高万丈，原为不接天。一朝云雾起，天与地相连。此段即是太祖误入庐山也，不题。

却说次日，太祖出城取路而回。不一日，便到金陵。李善长、刘基、李文忠率文武迎于城外。即上表劝登帝位，不允。次日复同百官劝进，因择三月朔日，即吴王位，升奉天殿，群臣相参称贺。次日，太祖告庙，建百司官属，并次平汉功绩，论功行赏。封陈理为归德侯。又顾李文忠问说：“卿等与吴兵交战，胜负何如？”文忠说：“臣与汤和合兵，大败士诚，追到湖州旧馆而回。士诚却从杭州过钱塘江，侵婺州等处。后闻殿下大破陈友谅，进克武昌，士诚大惧，连夜领兵仍还苏州。”吴王大笑，说：“此真穴中鼠矣，这且慢议。但我近日闻陈友定为元把守汀州，甚是跋扈，迫胁元福建省平章燕只不花，此事你们知否？”

第四十一回

熊天瑞受降复叛

古庙深山草木荒，凄风落日黯行藏。
足知天上罗睺显，谁解人间烈士芒？
石火电光原是梦，月阴泡影总无常。
世人欲识因缘事，火自明兮鹤自翔。

太祖说："陈有定为元把守汀州，闻近来甚是贪残，迫胁元臣，骚扰郡县。我欲遣兵剿灭这厮，你们多官意下如何？"众官都说："殿下不忍生民涂炭，此举极好。"因命朱亮祖率师五千，前伐有定，攻取蒲城、建阳、崇安等县。亮祖刻日领兵望汀州进发，不题。

却有江西守将朱文正等，檄文来报说："伪汉陈友谅旧将熊天瑞，向守赣州、南雄、南安、韶州等郡，复负临江之固，不肯来降，望乞兴兵攻讨。"太祖看罢，大怒说："熊天瑞既已请降，受了厚赏，今复背初言，据我地方，理宜讨罪，以安百姓。"便令常遇春总兵，陆仲亨为副，领师一万，协同南昌邓愈，合兵南下赣州。遇春等得令前去。

话分两头，却说陈有定前者见陈友谅攻陷汀州，便起义兵，替元朝出力，复了汀州地面。那元顺帝便敕他镇守汀州，十分隆礼他。他一朝威权在手，因迫胁福建平章燕只不花，把他管的军卒，俱纠集在自己部下。近地州县所有仓库，俱搬运到自己家里来。至于一应官僚，悉要听他驱使，稍不如意，辄行诛戮。威镇闽中（幅建地面，俱有八闽），正是十分强梁。却闻得金陵兴师攻讨，便与手下骁将王遂、彭时兴、汪大成、叶凤计议说："金陵将帅，是难惹他的。我们如何迎敌？"那彭时兴思量了一会，说道："此去城东二十五里地面，有座鹤鸣山。这山四面陡绝，两头止有一条出路，又是奇石巉岩，路口只可以一人一马来往。谷里相传有一个火神庙，甚是利害。若有人在山中略有响处，惊动了火神，就是青天白日之下，他放出火骡、火马、火龙、火凰、火犬、火牛，不惧你多少人，俱登时烈火奔腾，活烧熟来吃了。那地方上人，若还要在谷中或砍伐些柴草、或牧养些牛马，俱要本日投诚，先献了三牲福礼，又于春秋二祀，将童男童女祭献，一年之间，方才免祸。如今金陵兵来，必从这山外大道经过，我们可先遣精锐，每山口埋伏。恰于牢中，取出该死的罪犯五六十人，假拽将军旗号，径在山外大道搦战。若战得他过，便可将功折罪，若战他不过，就可望谷中而走，引他进来，那时只消供火神一餐之饱。更不然，两边伏兵困住他在里面，多则半月，少则十日，命必休矣。此计如何？"那陈有定听了，拍手大叫道："大奇大妙！依计而行。"

正说话间，恰报朱亮祖大军已将到鹤鸣山左近。有定便吩咐叶凤领兵一千，埋伏山东口子；汪大成领兵一千，埋伏山西口子。只待炮响，两边伏兵齐攻紧把，不许放朱兵一个出来。王遂、彭时兴领游兵三千，不时在山中前后提防接应。自己领兵五千，镇守汀州。发出该死罪犯百名，打起先锋旗号，在山外大路截战。若是势力不加，便往山谷中逃匿，引诱朱兵追赶。众人得令去讫。

那朱亮祖一路上率了五千人马，果是：

旗开八字，马列双行。一对对整整齐齐，一个个精精猛猛。阃内用严，阃外用宽，真是利用张弛；望星而止，望星而行，恰好庶几夙夜。晓得的，说是东征西讨，丝毫不犯的王师；不晓得的，只道人喜神欢，春秋祭赛的佛会。

却有古诗形容得他：

朝进东门营，暮上河阳桥。落日照大旗，马鸣风萧萧。
平沙列万幕，部伍各相招。中天悬明月，令严夜寂寥。
悲笳数声动，壮士惨不骄。借问大将谁，便是霍嫖姚。

前军报道："却是汀州鹤鸣山下，前边金鼓齐鸣，想是有敌人截战。"亮祖把弓刀整了一整，当先迎敌。只见这些贼人也不打话，竟杀过来。亮祖手起刀落，连杀了三十余人。心下思量："这一伙人，刀也不会拿一拿，分明是夥毛贼。我不如活捉几个，问他下落。"杀近前来，把一个竟活捉了，带在马后。这些贼看了，都拍马而走，竟望鹤鸣山谷里进去。

亮祖也纵马赶来，方才全军进得谷里，只听一声炮响，两下伏兵俱起。东有叶凤，西有汪大成，密密层层，将两头山口把定。亮祖便传令，且下了马，另思计议。便带过那活捉的人问道："这是甚么去处？有何去路？你若说个明白，便放了你。"那人备细把火神庙吃人利害的事，并我们一班俱是死罪犯人，假拽旗号，引人谷中的缘由，告诉了一番。亮祖说道："既然如此，你们众兵俱不可声响，且各队埋锅造饭。众军都可饱食了，便着三百精兵，随我步行，前后探望些出门入户的路头，一边整齐洁净祭品，待我到庙中祝告，也看这神道是甚么光景，何以如此行凶。"吩咐才罢，只见那犯人指道："山顶上红焰焰的火骡、火马等物，不是怪精来了么？将军可自打点应付他。"

亮祖便叫三军一齐都跳上马，不要心惊，就如上阵，也迎他一回，再做计较。方说得完，看他殿中烈烈红红，赤赤炽炽，杀奔一阵火焰、牛、马、龙、蛇等件出来，中间拥着一个绯袍金冠、红发赤脸的妖神，骑着一条火龙，竟向我军阵上赶来。亮祖定着睛光，将自己号箭拈弓搭箭，把那冲锋的火马，一箭正中着马的左膛，那马仆地便倒。这个妖神吩咐队下小鬼，把那箭拔了来，看是什么人如此无礼。小鬼得令，把箭拔来，细看了“朱亮祖”三字，那神便说：“我道是谁，快回殿中去罢。”原来上阵的箭，恐怕人来争功，那箭上都刻着某人的名字，这个火神所以晓得是亮祖。顷刻之间，山色仍变清霁。

亮祖也下了征鞍，对众军说：“这箭虽是退了这阵火神，但不知还是祸还是福，我们还须上山到殿中探望一番。祭品倘或齐整，即可随用。众军还须各带利器，以备不测。”众人听了，俱说耳朵里也不曾闻，眼睛里也不曾见，都要跟随了元帅上山，到庙上探望。亮祖当先大步的走，行有一里多路，却是山腰光景，造有一个亭子，匾额上写着“天上罗睺”四字。自此直上，俱是大块的火石砌成，约有一丈多阔路道。两边都是松柏的皮，却又似榴树的叶。指着这树问那捉来的人，他说：“这树向来传说是无烟木，火中烧着，只有焰，恰无烟，因此人唤他做无烟木。”亮祖又走了百十步，早有一阵的风来，都是硫黄焰硝气味，却带着腥秽之气难当。那人便说：“这风都叫做‘火风’。这腥臭，便是时常有人不晓得的，来冲撞了神明，便烧杀他吃了。那山涧中白骨如麻，都是神道所享用的。”

亮祖也不回复他，只是放开了脚走。又约有半里地面，却又是三间大一个亭楔，四角把砖子封砌，匾额上题着“蚩尤”二字，只一条路上去。那封砌的砖上大写道：“来往人各宜自保，勿得上山，恐触神怒。”那人便立住了脚，对亮祖说：“元帅，到此是了。我们每常地方祭献，也只摆列在此亭子内。若是上面，不可去了。”亮祖说：“岂有此理！上面现有通衢大路，怎么我们便上去不得？”那人说：“元帅，那亭子上现写着不可上去了，小人怎敢抵挡？”亮祖也只是走，那些随行的军校，也都随从了来。又约有半里路途，只见万木周遮，一亭巍立。亭的前后左右，俱生有四块万仞插天的石壁，止有一条小路，从旁可走。远远地却听的木鱼响声。亮祖心中自喜，便在亭子中立了，对那罪人说："你道没有人上山，原何有木鱼声嗒嗒的响？"那人也不敢答应。亮祖再将身走上路来，恰好一个道人，戴着个铁冠儿，身上穿一顶黄色道袍，手中拄一条万年藤的拐杖，背上背四五个药葫芦，一步步走将下来。见了亮祖，拱一拱手，说："将军，你要上山，可往这条路去。"亮祖正要问他说话，他把手一指，转眼间却不见了他。

第四十二回

罗睺星魂返天堂

登山欲识罗睺主，谁解罗睺本自身。
不死不生都是幻，谁空谁色总何因。
豁开石窦窥无我，劈破重崖觉有神。
堪笑奸豪不识势，自提傀儡度秋春。

却说朱亮祖山上见了铁冠道人，正要问他火神光景，那道人把手一指，转眼间却不见了道人。转过山弯，已是罗睺神庙。朱亮祖走到殿上，这些军从却把祭品摆列端正。亮祖便虔诚拜了四拜，口中祷告一会，又拜了四拜。军士们将纸马焚化毕。亮祖在殿中细看多时，更不见有一些凶险，惟有这些军士，只在背后说了又笑，笑了又说，不住的聒絮。亮祖因而问道："为何如此说笑？"军士们那一个敢开声？却有活捉的犯人对着说："他们军士看见庙中塑的神灵，像元帅面貌，一些儿也不异样。不要说这些丰仪光彩，就是这鬓髯也倒像看了元帅塑的，所以如此笑说。"亮祖也不回言，只思量怎么打开敌人，出得这个山的口子。

不觉的那双脚迅步走到后殿边，一个黑丛丛树林里。亮祖抬头一看，却是石壁巉岩，中间恰好一条石径。亮祖再去张一张，只听的里面说道："快请进来，快请进来！"亮祖因而放胆跨足，走进石径里去。转转折折，上面都是顽石生成，止有一个洞口，倒影天光，便不十分昏暗。如此转有二三十折，恰见一块石床，四而更无别物。床上睡着一个神明，与那殿上塑的神道一毫没有二相。亮祖口中不语，心下思量说："要知此神在此山中显灵作怪，今趁他睡着，不如刺死了他，也除地方一害。"怒从心上起，恶向胆边生，把手掣开腰间宝剑，正要向前下手，只听豁喇喇响了一声，山石中裂开一条毫光，石壁上写道：

朱亮祖，朱亮祖，今世今生就是我。
暂借尔体翼皇明，须知我灵成正果。
天上罗睺耀耀明，舒之不竭三昧火。
六十余年蜕化神，己未花黄封道左。
此靖胡尘西靖戎，尔尔我我随之可。

——铁冠道人谨题

亮祖看了一番，心中想道："有这等事？怪不得从来军士说殿上神明像我，可见我这身子，就是罗睺神蜕化的。方才路上遇着的道人，戴着铁冠，想就是题诗点化我来。不免向我前身，也拜他几拜。"才拜得完，那一片白光、石壁也不见了。亮祖转身，仍取原路而出。这些军士着了一惊，禀道："元帅不知往那里进去了，众军人正没寻处，元帅却仍在这里。"亮祖说："我也不知不觉，走进一个所在去。你们寻有多少时节？"众军说道："将有一个时辰。但下山路远，求元帅早起身回去。"亮祖应道："说的是。"便将身走出前殿，辞了神祇，竟下山来。只听山下东西谷口边，呐喊摇旗，不住的虚张声势。亮祖在山腰望了半晌，没个理会。顷见红日沉西，亮祖也慢慢步入帐中。这些军士进了晚厨，各向队中去讫。

亮祖独对烛光，检阅兵书，看那冲开山谷的计策。忽见招招摇摇一阵风过，日间到山上祭的神道，金盔绯甲，已到面前。亮祖急起身迎接，分宾而坐。那神便道："将军此身，今日谅已知道了。六十年后，仍当还归此地。但今日被友定困住，将军何以解围？"亮祖说道："此行为王事而来，不意悟彻我本来面目。今日之困，更望神王显大法力，与我主上扫除残雪，廓拓封疆。"那神明道："这个不难。此东西山口，我一向怪他湫隘昏迷，有害生民来往。但我这点灵光，又托付在将军阳世用事，因此不得上玉皇座前，奏令六丁、六甲神将开豁这条门路。今将军既在此，又被围困，今夜可即付我灵光，上天奏闻。奏回之时，仍还与将军幻体。明日三更，我当率领丁甲、山鬼、神将，东西两路，用火喷开，将军即可分兵，乘火攻杀出去。"亮祖说："这个极好。但我近到山中，闻神祇用火射人，春秋必须童男、童女祭献，此事恐伤上帝好生之心。"那神明对说："此是将军本性上事，将军蜕生时，该除多少凶顽，多一个也多不得，少一个也少不得。只因带来这分火性，自然勇猛难消。既然如此说，今夜转奏天庭，把将军烈火按住，竟做个水旱有祷必灵的神道何如？"亮祖大喜，说："如此便好。"分手而别。亮祖便上胡床，恰如死的一般，睡熟在床上。直至五更，天色将曙，那神道从天庭奏事而回，旋入帐中，嘱咐亮祖说："我一一依昨晚所说，奏请玉皇，都依允了。灵光仍付将军，将军可醒来，吩咐三军，晚来攻出重围。相逢有日，前途保重！"亮祖醒来，梳洗了，仍领军士上山焚香拜谢。到得日暮，作急下山，吩咐今夜三更攻打，不题。

却说陈友定在汀州府中，那王遂等四将把拐诱我军入山、口子上铁墙围住消息，报与友定得知，友定十分欢喜，大开筵宴庆赏。且打发许多酒食，送到王遂等四人帐中，说："功成之日，另行升赏，今日且各请小宴。"这四将也会齐在山前一个幽雅所在，呼卢浮白的快活。亮祖却吩咐三军上山，砍取柴竹，缚成火把五六百个，待夜间以山上神光为号，神火一动，军中便点着火把，协力乘火杀出口子。众军得令，各去整理齐备。恰有二更左侧，帐中军士果然望见山上殿中火光烛天，那些火马、火骡、火鼠、火鸡、火龙、火牛等件，一些也不见，只有东西两路而已，都是执着斧、锤、锯、凿的牛头马面，每边约有一、二百个，竟奔下来。我军一齐点起火把，神兵在前，我兵在后，东西山口悄悄地直杀出来。谁想神兵斧到石落，把口子上的军士都压死在石头下面。杀到大路，那神明把手与亮祖一拱，说："此处便有幽明之隔，不得同事。趁此静夜无备，将军可逾山而上，径到城中，攻取城池。那友定恶贯未盈，尚得逃脱，不必穷追了。"这火神自回山去讫。

亮祖听言，因令三军直登前岭。谁想这城依山而筑，东南角上果是以山作城。军士衔枚疾走，下得岭来，已在城中，正是友定府墙。三军便团团围住，亮祖当中杀入。那友定在梦中走将起来，只得在茅厕墙上跳出逃走，径向建宁而去。亮祖待至天明，安辑了远近百姓，便将檄文前往浦城、建阳、崇安等处招谕。不止一日，三处俱有耆老、里甲，带了文书投递纳降。亮祖自领全军，竟回金陵奏覆。

且说陈友定从厕中跳墙而逃，恐大路上或有军马追赶，也向东南角上登山逾岭，径寻鹤鸣山一路行动。手下只带有一二百精壮。走过山口，但见东西两路二千个士卒，都不是刀剑所伤，尽是石头压死的。至如王遂、彭时兴、叶凤、汪大成四将，竟像石栏圈一个，把四将头颈箍死在内。友定摇者头，伸着舌，说："这朱亮祖甚是作怪，怎能运动这些石片下来攻打，希奇，希奇！"回看山口，又是堂堂大路，与前日光景一些也不同。叹息了一回，寻思元朝建宁守将阮德柔甚是相好，不如且去投他，做些事业，报复前仇，也还未迟。一路之间，提起"朱亮祖"三字，便胆战心寒，说："纵有神工鬼力，那有这等奇异？"说话之间，已到建宁地面。友定走进德柔府中，将石压军士、失去浦城等项事情，与德柔细说一遍，那德柔也惊得口呆，半日做不得声。且看后来若何。

第四十三回

损大将日现黑子

江山牢落路烟迷，剑气纵横夜欲低。
岭下卷旗鸥顾影，湖边移寨鸟惊啼。
碧梧秋老梢头泪，宫树春深草底凄。
为应日中摩黑子，狻猊百战夕阳西。

且说元将阮德柔把守建宁，却有陈友定从汀州逃脱来见。那德柔听了朱亮祖劈开石壁、杀伤军士希奇的事，便说："仁兄此来，我当为你报仇。此地离处州界限不远，我如今点兵四万，屯住锦江，复领一支兵绕出处州山背，便当一鼓攻破城池。"友定接应道："绝好，绝好！"就整顿军马起行，不题。

却说处州镇守大将，姓胡名深，字仲渊，此人沉毅有守，智勇双全，且又评论时文，高出流辈。大小三军，没一个不畏之如神，亲之如父，真是个浙东一方保障。探子报知信息，他便上了弓弦，出了刀鞘，统领铁甲军三千，上马出城迎敌。正遇友定兵出，两边射住了阵脚。那友定看了胡深不多人马，便纵马直杀过来。胡深就把大刀抵住，你东我西，你来我往，战上五十余合。胡深阵上兵十分精猛，各自寻个对手相杀，杀得友定阵中旗倒盔歪，十停之中，留有五停。友定大是输魂丧胆。天色已晚，两家收兵，明日再战。友定自回本寨去讫。

胡深领兵入得城来，恰好儿子胡祯迎着，说："今日之战，虽荷主上洪福得胜，但父亲何以不着孩儿出阵，决要自战，此意何如？"胡深说道："你不晓得，那友定因输与朱亮祖了，又失了若干地方，此行仗倚阮德柔，希图报复，其势必劲，其谋必深。你们少年人，那识行兵神妙？但我今日虽然得胜，此贼明日必定另有诡计，接应我师。我前日接主公密札，吩咐说：'日中有黑子，主东南主将不利。'我连日坐卧不安，心神若失，不意此贼搅扰界限，倘有疏失，我当万死，以报主公。尔为我子，更宜戮力为国家尽忠，为父亲争气。"言毕，不觉泪下。胡祯慌忙答应道："父亲放心，料然必胜。"军中把酒已罢。

次日黎明时候，胡深传令军中造饭，结束齐整，三千铁甲军，没一个被半点伤痕。正要上马，只见走过儿子胡祯来说："父亲今日可令末将当先搦战，稍稍替你气力。父亲可督中军压阵。"胡深笑道："孩儿不须挂心，我今日若不出阵，那友定便说我气力不加，反吃贼人笑侮。你但可领屯兵镇守城池。"吩咐才罢，便跳上马，把身子一扭，那马飞也似当先去了。

刚刚排列阵势完成，早有陈友定前来，大叫道："胡将军，可出来相对，决个胜负！"胡深听了，便说："陈元帅你为何迷而不悟？你阵上甲兵四万，到晚点数，不上二万有零。我兵三千，公然全军而返。昨日之战，已见分明，元帅何不顺天来归？我主公仁圣英明，群臣乐为之用，不久四海自当混一。昔日窦融归汉，至今称为哲人，元帅请自三思，何苦伤残士卒？"友定听了一会，也不回报，驱兵径向阵中杀入。

胡深大怒，领动三千铁甲，直入重围，把那贼人寨栅登时砍倒，杀到垓心。那二万余人，又去了十分之四。友定大惧，勒马向建宁路上逃走。胡深纵马赶来。约有二十余里，看看较近，那友定心下转说："前者被朱亮祖出奇夺去了建阳、崇安、汀州等地，无可容身，幸有阮德柔，肯分兵与我报仇。今又剩得残兵万余，虽然回去，何面目见江东父老？谅他后面又无接应兵马，不如拼死与他再战！"这也是胡深命合当休，上应天象。那友定大喊一声，转马来杀。胡深也道："你正该就死。"两马正将凑头对敌，谁想胡深坐的马被那旗幡一动，日光径射过来，只道是什么东西，把双脚一跳，凑巧前脚踏上一把长草，那草披披离离带着后蹄一绊，绊倒在地。胡深虽便跳下马来，恰被贼兵挠钩搭住不放，众军便活缚了过去。三千铁甲兵直冲过来救应，那友定奋力杀奔前来，无可下手，三千铁甲军士只得含泪逃回，报胡祯得知。

那友定见军士四散，便纵马先回建宁城中，见了阮德柔，说："捉得大将胡深到来。"德柔大喜，就请友定暂回本馆，解甲安息，待众军解到胡深，方请公堂筵宴庆赏。友定回至本馆，未及半刻，众军把胡深解到。友定便下阶解去了缚，说："且请上堂讲话。"胡深只得上堂，便开口说："既然被擒，愿得一死。倘如释放，便当与公同事圣明，不枉了君明臣良大理。"说了又说，劝了又劝，友定心中甚是尊爱。馆门上元将阮德柔处屡次打发人来，请赴筵宴，因友定听了胡深言语，不见发付，只是沉吟，便不敢上堂相禀。谁想德柔这贼，坐在自己堂中，正要十分施逞快活，怎奈二三十个替差来接的人，都不去回复，忍耐不住，便放开脚步，走到馆前门首，大喝道："陈将军，把这胡深一刀两断便了！何必待他说张说李，终不然放了他不成？"友定慌忙下堂迎接，那德柔已到堂前，令众军把胡深斩讫报来，连友定也没个理会。顷间，军士献了首级。德柔自同友定到府中筵宴。

话分两头，那胡深儿子胡祯，在城上自早盼望至晚，杳无消息，自要领兵出阵接应，又恐孤城失守。正在狐疑，不觉心飞肉跳起来。

胡祯心上不安，却有一种口里说不出的光景。隔不多一会，铁甲军士到来，诉说马绊被捉事情，胡祯放声大哭，哀动三军，晕倒了半日方醒。次日，即申发文书，知会四面支应，一面备将事务上表，奏闻太祖，申请急调将官把守，不在话下。

却说朱亮祖承命攻取汀州等处，得胜而回，不一日来到金陵。次日入朝朝见，行礼毕，出班将前事一一面奏。太祖不胜欢喜，便令御马监将自己所乘骏马，并库中取金彩缎八表里，赐与亮祖。亮祖拜谢出朝。只见殿中走过一个使臣，将表章托在手内，口里报道：“处州州府镇守胡深子胡祯遣来奏闻的表章。”太祖听了“胡深子胡祯”五字，吃了一惊，便问说：“胡元帅好么？”那使臣不敢接应，只是两眼汪汪，泪下如雨。太祖慌忙把表章就读看，方知胡深被害，便对宋濂说：“胡将军文武全才，吾方倚重，不意竟为友定这贼所害。”因追赠缙云伯，遣使到处州致祭，就荫长子胡祯处州卫，用为将军指挥佥事之职。

正在调遣间，恰好徐达领兵也回见太祖。太祖见了，问说吕珍消息。徐达回奏说：“吕珍闻主公取了湖广，因遁迹苏州。左君弼来攻牛渚渡，幸托主公洪庇，被臣连败六阵，追至庐州。左君弼复弃庐州，北走陈州，臣即俘其老母、妻子，解送军前。”太祖令将君弼家属，择深大官舍寄寓，支领官俸，优恤隆眷。即对徐达说：“前者军师刘基在豫章别我时，曾言日中有黑子相荡，主损东南方大将之象。今胡深与陈友定相持，马蹶被缚，不屈而死，大可痛怜。我今思量，向年廖永安领兵往救常州，被吕珍所获，后来我兵活捉张九六，他要将永安来换。彼时不知主何意思，不换与他，至今守义不屈，被其羁禁。你可吩咐中书写诰文与他，遥授光禄大夫程国江淮行省平章事楚国公，以表孤家不忘远臣至意。”徐达领命而出。

第四十四回

常遇春收伏荆襄

冻云垂垂雪欲堕，忽然温诏移江右。
憔悴寒衣春顿生，相语皇仁天地厚。
屠苏酒透一星春，因窥仇敌识君臣。
恭良原是天然性，为笑愚痴昧本真。
悔彼从头多反覆，更有吴儿多踯躅。
二十余万乌合兵，何以周亲建大纛。
数行铁骑捣中坚，里外声呼声振天。
东御伪周南靖楚，几人勋烈勒凌烟。
李岐阳璟常忠武，武顺邓王历可数。
只怜罗睺亦星精，永嘉功绩谁究取。
青史编编久更新，疆场血战苦和辛。
应知爱屋怜乌者，宁置鸿功付鬼怜。
携壶醉客听新声，化日春深天地清。
那思今日歌吹地，多少英雄干得成。

话说太祖因胡深不屈身死，转展念及廖永安陷于张士诚，守义有年，遥授官爵，唤中书写诰与他家内，以励忠贞。早有细作报与士诚得知，且说太祖加称吴王封号等事。士诚因自称为帝，改国号为大周，改年号为天祐，立长子张龙为皇太子；以次子张豹、张彪、张虬总理军国重事；以大元帅李伯升领兵十万把守湖州；以潘原明领兵五万把守杭州，阻塞钱塘江口；以万户平章尹义驻守太湖。封弟张士信为姑苏王，李伯清为右丞相。一面还请命于元朝。而今他也晓得元朝遮护他不得，且做事还有妨碍，尽把监制他的元臣，一一逼胁身死，放情自纵。每常只有提防朱家兵马征伐浙右意思，这也慢题。

且说常遇春同邓愈领兵进攻赣州，贼将熊天瑞从东门外十里列阵迎敌，相持日久，胜负未决。太祖乃遣左司郎中江广洋前往参谋，因谕遇春等说："天瑞困守孤城，犹之笼禽阱兽，谅难逃脱。但恐破城之日，杀伤过多。尔等须以保全生民为心，一则可为国家使用，二则可为未附者劝，三则不妄诛杀，子孙昌盛。汉时邓禹可以为法。前者友谅既败，生降诸军或逃归者，至今军为我用，民为我使。后克武昌，严禁军士入城，故得全一郡之命。苟得郡而无民，虽有何益？"广洋来到军中，传与上命。当时暮冬天气，西江近赣诸地，颇苦严寒，闻有天使来谕保全民命的话头，便觉阳和春色，一时照临，都如挟纩一般。遇春见天瑞拒守益坚，因命军中深掘沟池，广立栅寨，周匝围绕，以防四面救援，绝城中往来信息。

日复一日，已是元至正二十五年，岁在乙巳，正月元旦。常遇春等领诸军在赣州，东向金陵，称臣祝寿，呼声动地。那天瑞在城上遥望了一会，对那些军士说："朱家真好臣子！真好礼体！似此光景，颇有一统规模。但未识朱公德量何如？前闻有使到军中传谕，不许妄杀，未知果否？"自言自语，下城调遣军士把守。此时春气已动，我军倍加精壮。又将半月，天瑞自揣力不能支，只得写了降书，开门送至遇春寨内。遇春细看了来情，并问来人心事，已知天瑞困迫，因对来人说："前者我王驾到江西，你将军已是投降，收了我王许多赏赉。不意复生歹心，劳我师旅。今日本当不受纳降，但我何苦为你将军一人之头，带累许多无辜之众。你如今可回去报知说，叫他再自清夜细思，不可造次做事。倘或目下势迫而降，后来仍如今日叛逆，天兵所到，决不容情。”那人得令回城，备讲了这一番话。

次日，天瑞亲到军门，负荆纳款。遇春因传令诸军，不许搅扰村居百姓，各守队伍，倘有一军走入民居者，刖足示众。号令已毕，止率从者十人进城，点检户籍，释放了无罪良民，将存有仓储，尽行给散远近人民，以济骚扰之苦。一面中奏金陵，一面传檄南安、南雄、韶州等郡，曲谕主上德意。诸处望风而降。因令原守韶州同佥张秉彝仍守韶州；指挥王屿守南雄；自己统领三军，不一日回至金陵。太祖临御戟门颁赏犒劳有差，因对遇春说："闻将军破敌不杀，足称仁者之师。即曹彬之下江南，何以加此？天赐将军，以隆我国家也。余深有赖焉。又思安陆及襄阳一带地方，正是江西肩背，不可不取，还烦将军一行。”遇春拜谢赏赉，且衔新命，即日出城，往荆楚进发，不题。

且说伪周张士诚、元帅李伯升，见我兵往江西一带征取，湖州谅来无事，悄地率众二十万，星夜兼程而进，竟把诸全新城围住。主将胡德济坚守，即遣使往李文忠处求救。文忠闻报，便率兵来援。未到新城十里，土名龙潭地方，文忠因传令前军，据险安营搦战。德济知文忠已到，遣人间道对文忠说："众寡不敌，姑宜少待大兵，一齐攻杀，方保无虞。”文忠与来使说："以众论，则我非彼敌；以谋论，则彼非我敌。昔谢玄以八千人破苻坚八十万雄兵。若未与战，便遽退避，则彼势益炽，纵有大军到来，难为攻矣。莫若与之一战，死中求生，正在今日。”遂下令说："彼众而骄，我寡而锐，可一战而擒。擒彼之后，轻重车马，任汝等所取。尔辈当戮力齐心厮杀。”

明日，两军相对，文忠仰天大叫道："朝廷大事，在此一举。敢自爱此身以后三军哉！”即横槊上鞍，领了数十铁骑，乘高而下，直捣伯升阵后，冲开中军，一把刀登时砍倒二十余人。因督众乘势四下赶杀，贼兵大溃，自相蹂躏。胡德济在城，闻知文忠力战，因率城中将士鼓噪而出，声震山谷，旌旗蔽天，莫不以一当百，斩首数万级，血流成河，溪水尽赤。伯升却要望东而逃，又遇左翼指挥朱亮祖，恰向前杀来，把老营四下放火腾烧，活捉了同佥韩谦、元帅周遇、萧山等六百余人，散卒军士七千余众，马一千八百余匹。弃去的辎重铠甲器械，山堆阜积，众军搬运了五六日，尚不能了。李伯升领了残兵万余，保了伪周五太子，星夜从苏州而去。文忠仍领兵镇守旧地。

话分两头，却说太祖命元帅常遇春往取安陆、襄阳，复调江西行省左丞邓愈为湖广平章政事，领兵接应。因使人谕知邓愈说："凡得州郡，汝宜驻兵抚辑降附。近闻元将王保保，集兵汝宁，他的行径，就如筑堤壅水，惟恐泄漏。尔之荆南，倘能爱恤军民，则人心之归，犹水之就下，是穿其堤防，使所聚之水都尽漏泄也。用力少而成功多，正在今日。尔宜敬之。"邓愈奉命，来至遇春营前，那遇春正与安陆守将任亮血战。看那任亮，甚是骁勇，两将斗到五十余合，未见胜败。邓愈大叫道："常将军，待末将为公活擒此贼！"声未绝，手中展开锦索，向天一撒，把那任亮活捉到马上去了。一个辔头急勒，勒往自家寨中跑回，就唤三军把任亮陷在囚车，解送金陵，听旨发落。遇春见邓愈捉了任亮，便纵马入城，抚谕了百姓，着令沔阳卫指挥吴复住城把守。次日，发兵前至襄阳。只见城门大开，百姓们都扶老携幼，一路上跪了迎接，备说镇守元将，闻风逃遁。遇春吩咐后兵传言，请平章邓愈进城安辑民人，出榜晓谕。自己统领兵马，追击元将五十余里，因俘士卒五千余众，获马七百余匹，粮一千余石。正要转身回军，恰有元佥院张德山、罗明跪在马前，将谷城一带地方，与元思州宣抚并湖广行省左丞田仁厚等，将所守镇远、吉州军民二府，婺州、功水、常宁等十县，龙泉、瑞溪、沿河等三十四州，尽行降附。遇春即令军中取过马匹，与三人骑了，同至襄阳城中。早有平章邓愈在府中整备筵宴，邀入相聚。一面将得胜纳降事务，备做表章，申奏金陵。内兼请改宣抚司为司南镇西等处宣慰使司，仍以仁厚为宣慰使。

第四十五回

击登闻断明冤枉

宝刀映漾大场中，健儿对舞将军雄。
翻身上马力逸虎，弯弓殪兕走罴熊。
归来天上云霓赫，赓歌臣主欢无斁。
崇文宣武圣明时，犹异奸僧萌恶孽。
东邻有妇貌如花，忘却无家欲有家。
豆蔻孤首强作合，葡萄一醉口波查。
墙上桃花应有主，在彼颠狂还自矢。
一贞注定子和夫，九重渎听身甘死。
昭揭纲常如日星，燕子衔泥垒旧亭。
寄语菩提宗教者，六根清净本来经。

却说常、邓二将军统领攻取荆襄之地，恰有张德山、罗明、田仁厚三人，望风而来，归有许多地面。因一面申文保留仁厚为宣慰使，又备说元将任亮，虽在擒获，然壮毅可用。太祖俱允奏。以田仁厚镇抚荆南，仍授宣慰之职。释任亮为指挥佥事。敕令邓愈为湖广行省平章，镇守襄阳。常遇春暂领兵回金陵，听遣征讨。

是时江西、湖广皆平，太祖因会集多官计议，说道："张士诚主谋，惟是弟张士德，及部将史椿。后来士诚被擒，史椿被谗而死，今只委托张士信做事。我看士信惟贪酒色，用的是王敬夫、叶德新、蔡彦夫，这三个都是谄佞小人。我时常自忖，诸事无不经心，尚且被人瞒我。这张九四终年不出门理事，岂有不被人瞒过的事情？又闻得外面市谣说：‘张三做事业，只凭王蔡叶，一朝西风起，乾别。’如此光景，倘不及时翦除，小民何忍当其凌虐？”因吩咐将士：“明日亲行检阅，若战胜者，受上赏；其有被伤而不退怯者，亦是勇敢之士，受中赏。”诸将帅领命退朝，整点各部军马去讫。

次日五更，太祖出宫排驾，竟到演武场中坐下。即谓起居注詹司，从旁登记今日比试胜负于簿子上，以便赏罚。大小三军，个个抖擞精神，逐队、逐伍、逐哨、逐营，刀对刀，枪对枪，射的射，舞的舞。马军对马军，步卒对步卒，十八般武艺，从大至小，件件比试过了。又命火药局装起火铳、火炮、火箭、鸟嘴、喷筒等项，都一一试过。自黎明至天晚，太祖照簿上所记胜负，各行赏罚有差。排驾回宫，昏暗中远远望见一人，倚墙而立，太祖指问巡御兵马指挥说：“那人为谁？”指挥即刻捕获到驾前，讯问籍贯姓氏。那人回说：“小民攸州人氏，姓彭双名友信。县官以臣文学，赍发来此，今早方到。闻吾王检阅将士，不敢奏闻。适见驾回，遍走民家回避，以面生不熟，无人许臣进门。因此倚墙而待。”主上听他语言清亮，且举动从容，抬头看见天边霓色灿然，因说：“我方才登驾，以云霓为题，得古诗二句。你既有文学，可能和么？”友信奏说：“愿闻温旨。”太祖便道：

谁把青红线两条，和云和雨系天腰。

友信接应答曰：

玉皇知有銮舆出，万里长空架彩桥。

太祖大喜，随命明早入朝进见。次早钟声方歇，太祖密着内臣出朝，探视友信来否。却见友信整冠肃裳，已到多时。太祖视朝礼毕，对侍臣说："此有学有行之士，我欲除为翰林编修，何如？"廷臣齐声应道："极当，极当！"

友信拜谢才毕，只听朝门外鼓声咚咚的响。原来太祖欲通天下民情及世间冤枉，倘无人替他申理，便听自身到朝槌击此鼓，名曰"登闻鼓"，如有大小官军阻遏来人者，处斩。此分明是当初治水的禹王鼓韶求谏的美意。太祖听了，便宣击鼓的进来。不移时，恰是一个极美、极洁的妇人，年纪止有二十余岁，飘飘冉冉，走向殿前，叩了几个头，跪着诉说："小妇人周氏，是扬子江边渔户。父亲将我嫁与李郎，贴近金山寺，亦以捕渔为业。嫁方两年，生下一个孩儿。时常间有邻家江妈送我些胭脂、花粉，小妇人亦时常把些东西回答，因此往来甚是稠密。一日间，李郎在外生理，往来长江不回，小妇人因邀江妈妈到家相伴同睡。谁想江妈妈暗将僧鞋一双，藏在床下。次日，他竟回家，恰好李郎走到，往看床边，见有僧鞋，疑是妇人与和尚通奸。任我立誓分辨，只是不听，逐我回到娘家。彼时拜别之际，也曾占诗一首，剖白衷情。诗曰：

去燕有归期，去妇有别离。妾有堂堂夫，妾有呱呱儿。
撇了夫与子，出门将何之？有声空呜咽，有泪徒涟洏。
百病皆有药，此病竟难医。丈夫心反复，曾不记当时。
山盟与海誓，瞬息无更移。吁嗟一女妇，方寸有天知。

李郎也只做不闻，只得长别。自此将及半年，有个新还俗的僧人，叫做惠明，原是金山寺和尚，托媒来说，要娶妇人。父亲做主，便嫁了他。前晚酒中说出当年江妈妈时常送些花粉、胭脂，及藏僧鞋的事务，原来都是这和尚的奸谋，因把妇人夫妻拆散。尝诉本县知县，谁想他又央人情，不准呈词。这段冤屈全仗爷爷审理。”太祖听了大怒，说：“即唤殿前校尉，星驰拿捉奸僧、江妈妈及本地知县，与金山合寺僧众，到殿下鞫问。”不一日，人犯齐到，一一都如妇人所言。登时命将惠明凌迟处死；那偷寒送暖的江妈妈，坐主谋暴首；同房十二个僧人，坐知情罪绞；知县遏绝民情，收监究问；其余寺僧，俱发边远充军；这妇人仍着原夫李郎领回，永为夫妇。发断去讫。

暑往寒来，不觉又是孟冬天气。太祖对徐达、常遇春说：“今日军将操练已精，幸得资粮颇足，公等宜帅马步舟师，一齐进取淮东，首取淮安，便攻泰州一带，庶几剪去士诚东北股肱之地。股肱一失，心腹自亡。”二将领命辞朝，择日率兵二十万，向淮东一路进发。

且说士诚知我军攻取风声，便召满朝文武商议。恰有次子张虬，向前奏说：“臣意金陵兵本欲先取淮安，后攻泰州。我处不如遣舟师进薄淮安，次于范蔡港口，以疑彼师，使他进退两难，彼此分势，日久师老，不战自退矣。”士诚听了，称说：“极是，极是！”即令张虬带领舟师，依计而行。一面又令人驰赴泰州，令守将史彦忠小心御敌，不题。

太祖在金陵，探子报知士诚如此行兵信息，因作书谕徐达曰：“贼兵驻扎范蔡，不敢溯上流，分明是欲分我兵势耳，非真有决机乘胜之谋也。宜遣廖永忠等率舟师围之，大军切勿轻动。待他徘徊江上，听其自老，乘其怠慢，攻之必克矣。泰州既克，则江北瓦解，不卜可知。”徐达接谕，即率兵驰赴，由海安至泰州界上安营。泰州史彦忠早已知风，便对众人商议说：“金陵兵势极大，若与对敌，必不得利。以我见识，城中粮饷甚多，只宜固守，一面使人往姑苏求取救兵接应，方可迎敌。”众人合口都说：“元帅高见。”史彦忠即修表，遣人至苏州求救，因分遣将士固守城池。我军直抵城下，每日令人高叫搦战，彦忠只是坚闭不出。徐达因传令在正南上七里外安营。众将都来议围城攻击之策。徐达说：“吾知此城极其坚固，更且兵多粮广，若攻之，必不能克，徒伤士卒之命。莫若乘机另生计较。”因令众将每日遣小卒在城下百般毁骂，激他出来迎敌。那彦忠这厮，绝然不睬，一连相持了半月。徐达见诸军全然无事，传令冯胜帅所部军马一万，进攻高邮去了。过有七八日，又令孙兴祖领兵一万，把守海安去讫。因对常遇春、汤和、沐英、朱亮祖、郭英等说：“细看彦忠，乃东吴善守之将。趁此严冬，人将过岁，吾有方略在此。只是事机宜密，诸公不宜漏泄秘计。”便附众人的耳边，说了几句话，道：“何如？何如？”诸将说：“甚妙，甚妙！”翌日，徐达传令：“诸军在此，以客为家。今彦忠既不出战，亦宜听之。军中自宜趁此年华，除夜元旦，各图欢庆。”下令已毕，因令帐中设一个大宴会，会集诸将，高歌畅饮，扮戏娱情，一连的热闹了七八日。

第四十六回

幸濠州共沐恩光

问君兴废事何如，成败犹如一局棋。
转眼请看青发少，回头不觉白眉垂。
秋声鹤唳愁应慄，春老莺啼苦自知。
离乱也思归去好，一蓑烟雨酒堪炊。

那徐达见史彦忠坚守不战，因设计策，令军中也不搦战，趁着青阳令节，解甲休兵，大吹大打，一连如此七八个日头。早有细作看了这般光景，就报与彦忠知道。彦忠大笑，说："如此村鄙，岂堪大将？今彼既然自骄自肆，上下各无斗志，不如乘机破之，何必定要外兵来援，方才迎敌？"彦忠又恐未必的实，即唤过儿子史义说："我欲令汝往探虚实，汝可将书一封，假以投降献城为名，细观动静。事成之日，重重奏请升赏。"史义得令，赍了降书，径到徐达营前，着令士卒报入。那些士卒也不禁止，史义直入营中。但闻得笙歌聒耳，嬉戏的妆生妆旦，抹粉涂朱，在堂中设演杂剧。那个徐达元帅，与这些众将，沉酣狼藉，略无纪度。史义在旁细看了一会，也没有人来查说姓张姓李。又是半晌，走到桌子边，摸出书来投递。徐达朦胧醉眼，问说："你是何人？"史义说："小人是史彦忠帐下送书来的。"徐达因慢慢的拆开，念说：

> 泰州守将万户侯史彦忠，端肃书奉大德总戎徐公麾下：伏念彦忠久思圣泽，愿沃仁风。昨闻师临敝邑，即欲衔命投降。奈吴有监使，未得隙便。今监使已回，谨献户归降。乞保余生，为一卒幸也。特此先容，余当面禀。

徐达看书大喜，便以酒予史义吃，问说："主帅几时来降？"史义权对说："明日即来。"徐达即传令军中说："泰州已降，正可设宴庆贺。明日可增筵席十桌，至如带来军士，且到临时宰杀牛马犒赏。"史义即时出得营来，又听得帐里鼓吹声歌，不住的交作，喜不自胜，即刻回到泰州，备说无备的模样。彦忠大喜说："今夜不杀徐达，永不为大丈夫！"

是日正是元至正二十六年丙午正月之人日（初七为人日），约莫一更左右，彦忠率兵二万，出泰州南城，悄悄的驰至徐达营前。但闻营中更鼓频敲，便引兵直向营侧，只见士卒满地的熟睡不醒。彦忠因吩咐将卒说："尔等不必杀死士卒，径杀徐达，方为大功。"帐中灯烛微明，遥见徐达隐几而卧。彦忠遂令三军奋力杀入。谁想方踏进营，即都落在坑中，坑深四丈，下面都是两头尖的铁钉，狼牙虎爪，陷入即死。仔细一看，都是草人。彦忠大惊，倒戈退步而走，忽听得一声炮响，伏兵尽起。东南北三面，密密丛丛的军校杀将拢来，止有西面兵马少些。彦忠便令军士投西而走。徐达传令，即将火炮、火铳、火箭、长枪手，一齐追来。满前皆是大沟，阔有二丈零，深有三丈零。伪周兵马堕死者，不计其数，止约剩有百馀士卒。彦忠只得踏着浮尸而走。

此时天色已明，彦忠悔恨为朱兵所诱，且行且怨。只见当先一军阻住，为首大将，却是汤和，高叫说："不如早降，免得身死！"彦忠大怒，纵马来战，汤和便举刀相迎。未及数合，彦忠勒马而逃，汤和因乘势追杀。将到泰州城边，惟见城上摇摇曳曳，曜日遮云，都是金陵常元帅旗号。吊桥边旗竿上，早将史义首级悬在高头。彦忠自度力不能胜，拔剑自刎而死。徐达带领数十人进城，安抚人民，其馀军士，不得乱离部伍。次日，发兵一万，前往高邮，助冯胜攻取。那高邮守将俞中，被冯胜日夜督战，正在危急，俄闻泰州又破，且益雄兵万馀，齐来攻打，因此也奉表出降，不题。

且说太祖一向说："濠州是吾家乡里，今被士诚窃据，是吾虽有国而实无家。"前者命韩政率顾时领兵攻取，谁想守将李济治兵拒敌。复着龚希鲁去说萧把都，亦且观望未决。因发兵一万，攻他水廉洞月城，又连兵攻打西门。那李济拒守愈坚。杀伤相当，难以下手。徐达既取泰州，太祖因驰书与韩政、顾时，命以云梯、炮石，四面合齐举事，誓在必克。李济力不能支，遂出城纳款。太祖得了捷报，大喜说："吾今有国有家矣！"即日起驾，幸濠州，拜谒陵墓。礼毕，便与诸父老排筵欢笑，因令修城浚池，着顾时驻扎。驾留五日，仍转金陵而去。濠州既降，淮东遂失左臂，于是淮安伪周守将梅思祖，徐州、宿州守将陆聚，皆望风来归。

却说孙兴祖前领徐达将令，把守海安。那兴祖方屯扎得十馀日，士诚的兵果然来寇海口。兴祖便率兵奋力攻杀，活捉将士四百馀人，杀死约三千馀众。士诚的兵遂连夜逃遁而去。孙兴祖因进攻通州。那通州守将吴魁，严兵相柜。兴祖向东城外五里安营，便排开阵势，单刀纵马杀来。他阵中米尔忠、张大元、虎布武、李通，一齐接应。兴祖统兵大呼，声震天地，河水若立，把四将一齐杀死，斩首数百级。吴魁连忙奔入城中，紧闭了不敢出战。兴祖也暂领兵而回。

却说徐达见淮安等处投降，便统兵渡江过了常州，从长兴大路进发，径到太湖，贴着湖州岸上安营。早有伪周守将尹义，练着战船一千馀只，在东岸截住去路。哨子报知，徐达思量太湖是东吴咽喉之地，正宜固守。即遣郭英驰入长兴，取船二千只，同耿炳文调水军在湖边驻扎。次日，自己领兵径泛太湖。郭英得令，遂向长兴进发。明日黎明，已同耿炳文到军前来会。徐达见了炳文，便道："自从将军镇守长兴，御备多方，贼人远遁，毫不敢犯，真非他人所及。"炳文回说："尽职效劳，是臣子分内之事。末将愧无才能，但心中可尽，不敢不为耳。"徐达因问郭英说："昨劳先锋料理船只，可曾完备么？"郭英道："已有船三千只，整备湖口了。"徐达便别了耿郭二位，领兵直至太湖，望东南而行。但见绿水潺潺，清波渺渺，南接洞庭，东连沧海，西注钱塘，北通扬子。五湖之景，此为第一。徐达回顾湖景，因对众将说："湖光浩荡，长天一色，吾恨无才，不足以写其妙，聊作春湖歌一首，念与诸公请教：

紫气参差烟雾绕，清波荡漾连蓬岛。
湖中落日映金盘，水上生风飞翠鸟。
芦舞银花白蒂轻，荷生翠点青钱小。
洪涛滚滚连天涯，雪浪滔滔周海表。
睍睆黄莺诉景和，呢喃燕子啼春老。
鱼龙吹浪水云腥，川浸朝宗烟月晓。
岸边游士唤闲舟，船上渔翁拖短桡。
南越凭依作障篱，东吴倚藉为屏保。
千团星月玉珠帘，万里烟霞瑞霭好。
胜景繁华第一奇，轻帆破浪奸邪扫。

歌毕，众将俱称嘉美。

满湖中但见旌旗障日，金鼓喧天。远望东岸，一派号旗林林的布立得齐整。岸下战艘蜂屯，正是伪周虎将尹义屯扎的水寨。他兵望见我师将至，便摆开船只，头顶着尾，尾傍着头，一字儿摆开，飘飘荡荡，恰好有十里之路。每船上止见头上立着二人，艄上立着一人，中间舱内亦只立着五六人，也不叫喊摇旗、鸣金击鼓，俱是一把长枪在手，直冲前来。常遇春与众将看了，大笑说："这都是个打鱼的把势，说什么舟师？"惟是主将徐达望见如此形势，急传令三军："且宜慎动，切勿轻敌。我看来他们必有巧计。"吩咐未完，谁想前军看见如此光景，便纵船杀人。约有兵船五百馀号，后船略不相接。只见小船上号炮一声，那些头尾相接的船，飞也似围将拢来。

第四十七回

薛将军烧周擒将

梦里输赢总未真，劝君何事枉劳神。
每教好事成难事，恰羡神人常胜人。
耿耿帝星天友定，茫茫尘事世谁均。
算来都是黄河水，尽向东头溟海倾。

此说我们水军，前船杀进约有五百馀只，那后船不继。谁想伪周的小船上一声号炮，那些一字儿摆来的兵船，便都飞也似绕将拢来。起初每船上止不过有六、七个人在上，不知而今平白里倒有七十余人，角一声哨，重重叠叠，如蜂如蝗的，围我们军船在内，前后分做两段。只是虚声呐喊，却也不近前厮杀。

且说常遇春、王铭、俞通源、薛显四员虎将，分头杀出。但是我军将到，他们军士便都跳在水中去了；我船略开，他们仍旧跳上船来。遇春传令说："他军既然如此，不过欲老我师耳。但是我军粮草不继，如此三日，则枵腹，何以当劲兵？我们的船且毕集在一处，再做计较。"说还未已，只见船上都说："不好了，不好了！船底想被他们凿破，滚起水来了。"诸军都去舱中补塞。未及半晌，那些水军纷纷的在水上如履平地而来，把在外的船只，提起铁锤，只是乱打。顷刻间，我军溺死的已是一千馀众。常遇春等看了，无计可施。遥看三面俱隔芦荡，约有二十馀里。芦荡之外，乃是无边水面。要望外面后军，他又尽将巨舰在十里之外，重重遮隔，声息无闻。遇春仰天而叹说："不意此身沉没在此！"

薛显说："常元帅，你且慢着心焦。这场事务，须从万死一生中寻个计策。我们且把船都一齐荡开，不可攒做一处。倘若他四下以火相攻，比那凿穿船底尤是利害。我有一策，就唤众军收捞已坏的船只，尽将舱板打开，只留船底，将铁链缚成，铺浮水面。每片约长十丈，阔二十五丈。板多则负重，每板上立四十人，各执火铳、火炮、火箭等物，趁他巨舰挨挤水面之时，今夜以火攻向前去。其馀不坏船只，紧随火器厮杀，必能杀开重围。"俞通源听了摇头说："不可，不可！我军驾着船板而行，仰视艨艟巨舰，有二三丈之高，一时难得上去。且风又不便，二者毫无扞蔽，则重伤必多，此计未妥。我仔细思量，尹义守此，不过十万之师，他如今驾着大船，当湖心截住前后，则诸军必定罄尽的都在水上把守。岸上陆兵见我们前后不应，必不准备。不如今夜将船竟抵彼岸，直劫他岸兵。这个就叫做'不入虎穴，焉得虎子。'兵法上亦是一策。"

常遇春听了，便说："二位议论都好，我如今都用。但只与二位都是相反的。薛将军说将船底连拢去向后边放火，俞将军虑及以下攻上，且无扞蔽，重伤必多。我如今尽将好船带领火器，到他拦阻的船边，放火攻杀，便有遮隔，也无俯仰之苦。俞将军说将船直抵彼岸，乘其无备，劫他岸兵，我们又苦无船可渡。薛将军将船底连拢渡去，此正如破釜沉舟，置之死地而复生的计策，使他两下救应不及。二位以为何如？"众人都说："极妙！"便令众将将打坏的船不可装载的，尽行拆散，把铁链如法链成片段。如今反将底面向天，以防钉脚触伤士卒。及到岸边，仍旧翻转，将面子向天，防他水兵被火，逃脱上岸，一时触伤脚底，难以向前。又令在船诸军，整理火器等件。俞通源、薛显领兵攻打水寨，自同王铭引兵攻劫岸兵。只待夜间，分头行事。军中急忙料理，不觉红日西沉。但见湖中清风徐来，水光接天，众籁无声，一碧万顷。可惜只为王事勤劳，因无心盼睐具区景色。

恰说主帅徐达，在军中听得一声炮响，看见尹义阵上的船飞也围绕，把我兵截做两段。倏忽之间，大船云集而来，似铜墙铁壁，拦阻在湖心内。自知陷他奸计，急令我军慢施橹棹，且集诸将细议攻打。令传得下，诸将会齐到船。都说："起初之际，更不见有一只大船，止是几处芦荡边有些捕鱼的小艇，我们因此也都放心，谁知落他圈套。"正说话间，那些被溺死的军士，飘飘荡荡，竟如雪片的漂到船边，心中甚是不忍。欲要打探，更无去路，又不见里面一些响动。俞通海、俞通渊因有兄弟通源截住在内，不觉放声的哭将起来。众军汹汹，也没有个理会。徐达此时待将转回湖口，又思前军无人接应；待将杀向前去，那船上只是把喷筒、鸟嘴、火炮、火铳，不住的打过来，长枪狼筅，密密的布列船上，不把你近得。徐达只是口中不住的叹气，看看傍晚，无计可施。但只吩咐各船上，夜间小心巡哨，静听里面，恐有声闻，以便救应。众将得令。但听得伪周船上鸣锣击鼓，画角长鸣，四下里分头巡更角哨。已是初更左右，惟见月色朦胧，星火暗淡。我们外边船上，侧耳听声，更不见有一毫动静。将近二更，只见水面上刮起波纹，早有软浪打到船头。徐达独坐舱中，闻得斗风，愈加烦恼。

且说里面被围水帅俞通源、薛显传令，凡是好船，都撑转船头，仍寻原路而行。恰好赶着顺风，倏忽间都顶尹义大船的舵上。只待常遇春等船板渡军到岸，以放炮为号，一边放火杀出，一边上岸杀人。且喜他的船上，都料如此布列，万无失着，俱各放心安睡。起初敲更鼓的，与那提铃喝号的，虽是严明，挨至三更，都各鼾鼾的熟睡。我们在船板上渡水的军，虽遇斗风，幸无蓬扇，止得一片光板，奋力撑持，已到彼岸。遇春便令将船板尽行翻转，塞满岸边，即衔枚疾走。不及一里，已是尹义陆寨，更没有一人巡视。遇春就唤从寨边四下放起号炮，火光烛天，直杀进寨里去。此时止有伪周副将石清在寨把守，梦里惊觉，不知此兵从何而来，盔甲都穿不及。遇春带领虎将王铭横冲直撞，喊杀连天，没有一个敢来抵应。便把石清擒住，不题。

那俞通源、薛显，因风顺，船到得早，便令齐将火炮、火铳、火箭及芦苇惹火之物，轻轻着水军抓上各船艄上，设法准备。正及措置得好，只听信炮一声的响，便同时发作起来。火又猛，风又大。尹义听得喊声从后面响，便披衣跳出舱来。那知火光彻天，一时连拢的船，一只也放不开，只得向小船中逃去。徐达看见敌船上火起，不住的喊杀，也杀将进来。不上一个时辰，将那三千敌船，烧毁悉尽，没有一个军士逃脱得。真好一场厮杀，但见：

万道红光，满天烟瘴。远望似片片云霞，罩着湖中绿水；近觑象条条锦绣，映将水面清波。三江夏口，那数妙计周郎；骊山顶头，不羡英雄褒姒。起初间烈焰焰一丛不散，便浮梁御器厂闪烁惊人；到后来虚飘飘万点移开，便深秋萤火虫焰光满目。沸水腾川，不让昔咸阳三月；炊人爨骨，谁说道鬼火神灯。真是丙丁烘得千千里，蚩火烧得万万魂。

尹义落得小船逃走，回看一眼，伤心顿足，道：“真可怜，真可怜！只说要围他，谁知反被其害！”正在跌足不暇，又被沐英、朱亮祖将小船杀近前来。约到岸边，满岸口都是船板，钉头向天，恰要提步而走，早有朱亮祖追上，一锤打落水里，活捉了过来。天已黎明，水陆三军一齐会集，徐达便令鸣金收军。

第四十八回

杀巡哨假击锣梆

白日雄未倾，袍马朱殷好。
蝇母识残腥，野火烧龙皓。
湖水远莫浇，烟瘴毒人倒。
望之远若迎，少焉忽如扫。
阴风噫大块，蚩尤煮长潦。
怪沐一何繁，水与火相噪。
机械狎鬼神，去来遮瞭眊。
何地无恢奇，焉能尽相告。

且说常遇春一支前行的船只，都被尹义贼船围住，幸得水陆分攻，前后接应，将及天明，一齐会集。徐达传令，鸣金收军。因与常遇春、俞通源、薛显、王铭等相见，真如再生兄弟，梦里得逢，不胜之喜。便唤军前把尹义、石清枭首，随集众船，直趋湖州的昆山崖边屯扎。与伪周的兵水陆鏖战，共计五阵，伪周兵马大败，遂率三军直抵湖州城下。丞相张士信闻得警急，因率境内精兵十万，径往旧馆地方，以击我师之背。常遇春探知此信，即便对徐达说："贼兵此计，是欲使我前后受敌，既来困我的兵，又来分我的势，不可不虑。不如待末将同朱亮祖、王铭，拣选健士三千，由径路从大全港而入，结营东阡，复抗敌人之背。因令力士负土填壅港口，绝其归路，何如？”徐达说：“所见极是，听将军依此而行。”

遇春得令，随即领兵前往东阡屯驻。士信阵上，早有先锋徐义出马迎敌。遇春一边摆开阵势，一边召诸军向前说：“今日士信有兵十万，我兵止三千，尔等切须戮力协心，功成当有上赏，我决不敢食言。”便令军中将酒过来，遇春把酒在手，对众将说：“敢有面不带矢，身不被伤者，有如此酒！”便持刀跃马，当先而出。见了徐义，也不打话，把刀乱砍将来，就如切瓜剐菜。那三千人因而纵马相杀，杀得士信阵上，人人胆战，个个心寒，只躲跑得快，躲得过的为高。徐义引得残兵数百，向树林中伏了半夜，方才逃脱得去。遇春一领绿色征袍，及那一匹追风白马，都染得浑身血迹。东阡前后地面五里，东倒西歪，都是死尸堆积。

天晚而回，士信连晚申奏士诚说：“金陵兵势汹涌，望御驾亲征。”士诚从来听信士信的说话，即刻带领五太子、吕珍、朱暹等，再益兵五万，驾了赤龙船，列阵于乌龙镇上，相去我师不远三里。遇春召过副将王铭说：“我闻五太子虽是短小，其实精悍，力敌万人，人都说他平地能跃起三丈。吕珍气力，亦是超距上人。今又益兵五万前来。我兵三千，明日何以抵敌？我今细思，士诚星火驾此大舟而来，其兵必疲，不如今夜乘其困疲，尔速领水军驾小船百只，各带火器，傍近大船，四散放火攻杀。他见势头不好，必然登岸而逃。我于南、北、东三面，但从树林中插旗挂灯，令十数人虚声呐喊。他见西路无人，必然望西奔走。我同朱将军领二千精锐，左右参差，发伏击之。纵或不能成擒，彼必因而丧胆矣。”

王铭领命，将近更初，先驾者一只小船前往。恰好士诚水寨中有五六个一队的，在岸上巡哨过来。王铭向前，把一个敲锣的一把扭住，说：“你且莫叫，若叫一声，便杀了你。你本身姓甚名谁？拨在那边巡哨？”那人便说：“我姓王，排行第七，因叫做王七星。派在前寨巡风。”一连六个，王铭一一问了仔细，便都向前一刀，就把号衣剥下，恰捡面貌相似的六人，照依巡哨的打扮。登时叫从军把那六人的尸首，丢在远地。

正好收拾得了，只见一夥儿六个，又慢慢的提铃击柝，走将过来。王铭叫道：“阿哥，我王七星早在镇上抢有熟牛肉一包，我们夥计丘大元又抢有老酒一大坛，今日辛辛苦苦，到晚上却要受享了，去到船艄上睡睡，不意又拨令巡哨。阿哥们，可怜见，替我略在此巡哨一回，待我兄弟们走到船吃些儿就来，也不枉了同夥同事。”其中有两个便说：“这个有何不可，但我们也要喝杯酒儿，嚼块肉儿，方肯替代替代。”王铭便接应说：“这酒这肉，又不是真金白银买来的，左右是首饰货。（偷来的。俗云，首曰头，与偷音近。）便将来结交兄长们，有何不可？就请下船。”走至半路光景，中间一个说：“我们两处巡哨人都走了来，倘有失误，明早吃军政司棍子。王七哥，你可先同他们夥中四位吃了些，再来换我们，公私两尽，何如？”王铭应道：“好，好，好。”一头走，一头问他们张三、李四的名号。倏忽间，将近船边，王铭先跳上船，把后脚将岸一蹬，那船忽地里离岸有二三丈。王铭便把篙子在手，撑将拢来，说道：“兄长逐位儿下来，船小不堪重载。”舱中早有一个知心的，把刀在手。王铭先把手接着一个下船，便将身故意一推，推那人跌进舱里。那人叫一声阿呀，就不见响。王铭因而再把手接一个下船。接连四个，都如此做作。谁知那人叫得一声，都被舱中摩诃了（摩诃是杀了之说）。

王铭即时收拾四人尸首，把他号衣也与我军四个穿着，又到岸上来，叫两个吃酒。那两人亦被我军如前头方法，结果了性命。王铭把耳听着，已是二更一点。即唤从军招呼众船到来行事。正说之间，又有南边巡哨的六个走来。王铭把嘴一拱，只见我军两个扭结他两个厮打，说：“怎么今日早晨没有饭分与我吃？”那两个说：“何曾认得你？”扭来扭去，四个扭做一团，一滚直就滚落河磡边去。我军便掣开刀来一刀，口里叫说：“你便诈死，我明日与你哨长处讲理！”扒上磡来，那四个人，都被王铭一般把来如此了。

三处巡哨的，此时却已都是我军。敲锣击柝，走来走去。不上半会，望见我船如蚁的过来。王铭便在岸上叫一声，说：“张千户，偏你护驾来迟，爷爷发恼，方才被我们遮过也。如今你这百只小船，不可在外，可分投里面去支值，省得误事，招惹军政司计较。”那小船上便接应说：“岸上招呼的莫不是羽林卫左哨王七哥么？”王铭应道：“我正是，正是！”那人叫声：“多谢回护，明日店中相谢！”便领了小船儿，只望大船边撑进去。那船上人只道果是护驾的官军，且又王七星在岸上打话，那里来防着他？分头往来傍贴。再停半会，将近三更左侧，王铭在岸上越发敲得响朗，便对船上说道：“船上官长，你们趁我们精神时节，众位略略睡睡儿，若到四更左右，我招呼你们苏醒，那时待我们也偷些懒儿何如？”船上人说：“这等甚好，你们却要小心。”王铭说：“这个敢替你取笑耍子哩！”那船上因此也都去熟睡了。

王铭便叫众人说：“此时不动手，更待何时？”那小船上人便即四下放起火来。王铭看那火势已猛，四下都难救了，便唤众人驾的小船，一一放开，在岸上大喊道：“船中有火，可起来，可起来！”方叫得完，那些船上的人梦中惊跳起来，士诚龙舟上，已是烈火腾空。自家带来的火具，见火一齐发作。五太子见势头不好，便从烟尘里抢得士诚出来，便登岸而走。吕珍、朱暹紧身随着。众官多军，约莫烧死了大半。逃得性命的，昏昏花花，也不晓得东西南北。王铭假意向前跪说：“爷爷还向西路而去，庶于姑苏路便。”又指南边、东边、北边三处说：“他们三路兵，且赶来了。”众人也说：“陛下，还是从西路去才是！”士诚说：“这巡军极说得有理，明日可到军前请赏。”王铭一路走，一路喝，且说道：“小人是左哨王七星，望爷爷抬举。”未及半里，望着一个水缺，假意一跌，直跌到河边来，叫疼叫痛。看那士诚并残军已去的远，才跳上来。一望那水寨，正聒聒噪噪，火势极其猛烈。恰好我船一只摇来，王铭跳上船头，自回营而去。那五太子保着士诚，只向西路而行，说道："远望朱兵，都从南、北、东面追赶，偏独不晓我们从此逃脱，是天赐一条便路，以宽我王之忧。"

第四十九回

张士诚被围西脱

立马征云拥塞回，萧条四望没鸿来。
忽惊赤帝侵为祟，还叹泥涂气作灰。
苏台不映薇垣色，夹介宁堪佩剑才。
转眼霸图谁在也，披发狂歌徒自哀。

那士诚从水上逃脱，因王铭假说，果然望西而走。且看见我们东、南、北三方旗摇火烧，越发不敢向别路去。只见：

途路闻高高低低，也分不出是泥是石；黑暗地挨挨错错，又那辨得谁君谁臣。一心要走苏州，恰恨水远山遥，不曾会得缩地法；转念还思水寨，猛可天昏地黑，谁人解有反风能。船底便是波涛，救不得上边烈焰。说怎么水火既济，本性原无尔我。突地的竟成仇敌，那里是四海一家。乌龙镇上驻不得赤龙舟，搅得翻江震海；大全港中做不得周全事，空教拔地摇山。

真个是：

日幕帆重征，海阔渺无度。

炎炎势作雄，虎吼从空去。
千里始此行，一夕即驻步。
回睇虎丘岑，昏朦障烟雾。

此时天色已是黎明，正说于今好放心前去，谁想那丛林中，远远望见士诚带领残兵而来，一声炮响，撞出一彪人马来。当先一员大将，正是朱亮祖在前迎敌。士诚看了，慌做一堆，说："如此残兵，何能对垒？"五太子走过前来说："臣受厚恩，当以死报。我当一面与朱军迎敌，当命吕珍、朱暹竟从荒野之内，保驾而走，庶或万全。"众人都道："有理，有理！"五太子自领兵数万，路上摆开，叫道："谁人敢来阻驾？可晓得五太子么？"朱亮祖便持刀冲出阵来，说："五太子，你好不识天时！若同你主人投降，还有后半生受用。不然恐到后来悔之无及！"五太子听了大怒，直抡刀乱砍。亮祖也因而抵着，来来往往，约有二十余合。那五太子虽然勇悍，然夜来被火惊呆了，且一心只要保护着士诚，那里有心恋战？亮祖明知伪周阵上只有他与吕珍，略略较可，我如今不放他宽转，便听士诚落荒而去，料常遇春在前，必然捉住。因此只是的诱他相杀。古来说得好：一身做不得两件事，一时费不得两条心。那五太子没心没想，刀法渐渐的乱来。亮祖心里转道："杀死了他，也不为难，倒不如活捉了这贼。走向前面，把士诚看了寒心，恰有许多妙处！"便纵马向前而去。五太子只道亮祖竟去追赶士诚，也纵马赶来。亮祖轻轻放下大刀，带转马头，喝道："哪里走！"这一声真个似地塌天倾，山崩雷震，惊得五太子一个寒噤，便向前劈手的活捉过来。唤军士把铁索团团的捆缚。那太子身原矮小，团拢来，竟像一个大牛粪堆。落了囚车，向前慢慢的行。只听后面叫一声："朱将军，你捉的是何人？"亮祖转身来看，恰是王铭，打发水军船往河里自回，他率精锐一百人，径从陆路帮捉士诚等众。亮祖说："你正来得好。

前面望见烟尘陡乱，必然是常将军发动伏兵，挡住士诚不放。我如今与你分为左右二翼，前去救应，杀得个干净，心上也爽利些。”将及二里，果见吕珍、朱暹同遇春三个搅做一团，在一个狭隘路口，不放士诚过去。

看官看到此处，既有遇春与二人抵敌，又有亮祖、王铭杀来，不要说一个士诚，便十个士诚，去那里走？谁想士诚的性命还未该绝，忽地里起一阵狂风，飞沙走石的卷来。恰好遇春、朱暹两个的马一齐滚下田坂里去。那坂低有一丈馀深，泥泞坑坎，一时难得起来。吕珍便领残兵，保了士诚，飞也过这个路口去了。那些军士也都趁势逃脱而行。那两个在坂中光拳的厮打，亮祖即同王铭另寻一条下磡的小路，走向前来。轻舒猿臂，把朱暹捉住，陷在囚车上。因急与常遇春另换上随身衣服，整顿上马。遥望士诚的残军，已离有十余里，追之料来不及，因率兵往湖州与徐达相会。那张士信闻知士诚兵败，也舍了旧馆地面，领残兵而回。

却说湖州正是伪周虎将李伯升领着十万雄兵镇守。闻知朱兵攻打，他便引兵迎敌。阵上常遇春当先出马，叫道：“李将军何不早献城池，以图重用？”伯升回道：“你不守地方，犯我境界，丧亡就在眼前，何为反说大话？”遇春听他说这个话，便如胸膛涨破的气将起来，手起鞭落，一鞭打着伯升后心。那伯升负痛而走，遇春驱兵追杀过来。死者不计其数，降的也有万馀人。伯升星夜申奏苏州求救，因紧闭了城门，不敢出战。徐达乘势便令军士将湖州围住。不上两日，丞相李伯清接着湖州求救文书，即转奏士诚，说：“金陵的兵围困湖州甚急，望早定退兵之策。”说犹未了，只见张士信过来说：“臣愿领大兵前往，以保湖州。”李伯清说：“朱兵将勇粮多，今若与战，恐未必胜。以臣愚见，不若径往建康，说以利害，使两国休兵，庶为长策。”士诚听计，便说：“此事即宜贤卿一往。”仍遣士信为元帅，吕珍为副帅，张虬为先锋，领兵十万，前往湖州救应；一面打发伯清到金陵讲和，不题。

且说太祖见士诚遣兵调将，都去救授湖州，因对军师刘基商议说："不如趁着此时，攻取浙江一带地方，何如？"刘基道："好！"即传敕速到金华，命李文忠总水陆军兵向临安、富春一路进发，全收江北地面。军师刘基与书说："元帅此行，不数日间，即当获一伪周细作。元帅可以正理折之。"文忠接旨，取路前行，分遣指挥朱亮祖、耿天璧前攻桐庐。那守帅戴元闻知亮祖来到，摇头伸舌，对军士说："就是与陈友定交兵，运石劈死士卒的朱将军。我们何苦送死？"便率众出降。文忠在中军闻报，随着亮祖同耿天璧及指挥袁洪、孙虎进克富阳。那富阳县治，前面大江，后枕峻岭，右有鹤山插出江口，石骨磙礳、朝夕当潮水浸射。再下又有大岭头，又有扶山头，都是山高水深，易于把守。至如左边有鹿山绕住水口，再上十里，有长山衕，再三十里，有清水港，重重围绕，真个是"一夫当关，万人莫敌"的去处。朱亮祖得了将令，因对三人说："此行不是轻耍，我们须把水陆二军都屯扎在幽静所在，且先向前打探他出门入户的路径，并看我军好埋伏接应的所在，才可进攻。"便着天璧、袁洪二人，带领能事的十馀人，驾着小船，扮做长江上打鱼的渔户，往前面打探水路及沿江并对岸动静。自己便同孙虎带领壮兵二三十人，手持钢叉戈箭，穿上虎豹、麋鹿等样皮袄，扮做捕野兽的猎户，径往后面山上寻取小径，探望陆路关隘，及城中消息。再打个报子，知会文忠，水陆军马迟留慢行。且吩咐本部水陆官军，亦不许擅离部伍，如违，访出处斩。

且说耿天璧、袁洪同十数人坐着六只小船带了捕鱼罟网，依着萧山岸边捕鱼地方一带，慢慢的放过富阳扶山头来，一望渺茫，再没有一个船只往来。但见大岭头左右，战船约有二百余只，屯在江里。那六只船或前或后，乘溜头撒着渔网，船后艄敲着渔梆舡舡荡荡，竟贴拢岸边来。只见兵船上几个人在舱里伸出头来，看了一看叫道："这是什么太平时节？你们大胆在此捉鱼哩！”那渔船的人便应道：“船上长官，我们岂不知死活？就是诸暨县里大老爷，不知要办什么筵宴，发出官票来，要捕鲥鱼二十尾，俱要八斤重，一样儿大的。我们禀知：‘江上防守得严，一时没处捉得。’他便大恼，把我们各打三十大板，克限定要。”

第五十回

弄妖法虎豹豺狼

烽烟信报在钱塘，七首胡霜振碧琅。
检点榔桄傍彼岸，安排机弩隐高冈。
江上潮声增壮色，匣中剑气曜青芒。
纵君九尾妖狐孽，未许张韩相颉颃。

话说那兵船上人，看见打鱼的船儿渐渐拢来，便道："你船上捉鱼的，铁做的头，敢在此来往？"那些船上一齐应道："长官们，我们也只为官差，没奈何，在此辛辛苦苦。你们不信，臀腿打得稀烂在这里。"才说完，一个人便脱下裤子来。两腿上血淋淋的怕人。那些官军便都道："可怜，可恨！就似我们县里瘟贼一样，不通人情的。"只见一个打鱼的说，你们县官一向闻将说好，怎么你们也说这话儿？"恰有一个说："好好好！只恐干事不了。我们这个李天禄，终日克减军粮，如今却要我们当风抵浪。可惜只是朱兵不来。若来阿，我们趁伙散了，还在这里不成！"那打鱼的摇着船，也笑道："长官长官，怕众人不是你一人的心里。"那人又应道："这个到是人人的真情，怕他做甚？"鱼船上因唱个吴歌道：

峻嶒石壁倚江干，水阔鱼船卧晚烟。夕阳万树依岩岸，秋影千帆接远天。接远天，接远天，寒云落雁渡沙边。耳中听说心中语，说道无缘也有缘。

一边摇，一边唱，渐到鹤山嘴子上，又望见一队兵船，大大小小也有二百馀只，恰一般如此，懈懈的不甚提防。那六只渔船儿摆来摆去，不住在东西打听实落消息。只见一个官儿远远的骑着匹马，前面有数十对弓兵，俱执着枪棒或火器的。又有两个人背着两面水牌，牌上写许多名字，一声高、一声低喝将到来，在水兵船边坐下。这些船上官兵，都披挂了盔甲，手执器械，在船边立着，赵甲、钱乙、孙丙、李丁，逐名的点过去。一船完了，又是一船。看看点完了，只听那官口里吩咐道："守将有令，建康朱兵不日的到来，你们须要仔细把守。岸上人不许下船，船上人不许上岸，江上船只不许一个往来，恐有奸细。若是岸上有些疏失，罪坐陆兵；若是江上有些疏失，罪坐水兵。杀得朱兵一个，赏银十两；杀得十个赏银百两，官升三级。前者或有粮饷扣除，今尽行补足外，又每名加给行粮银每日二钱。尔等须要戮力同心，务在必胜。"吩咐才完，人人各奋勇十倍。

那官儿正将起身，忽指着这渔船说："那些船，决不许一个拢来。你们可吩咐火速转去。倘若不从，拿来枭首示众。"那渔船听得了，便也慌忙依他，撑过鹤山去了。渐到江心，六只船商议道："看了起初光景，甚觉容易。及至号令，便大不同。我们且把船荡去，看鹿山头边施为怎么，才好计较行事。"说说笑笑，因指一个说："你方才腿上的血，那里得来？"那军士应道说："这就是方才杀来吃饭的鸡血。"十来个拍手大笑，不觉的船到鹿山嘴上。早见那船上远远望见我们的船，便都立在船上，摇着旗，弯着弓，问道："那船做什么的？"这渔船上因他问，便流水将网撒到江里去。这些水兵看是捉鱼的，方才各各下舱去了。众人打个暗号，仍旧放开到江心里来，说："日间大都如此了，夜间再放过船去探听。”

话不絮烦。且说亮祖，同孙虎带了些人，径寻富阳后山小路而行。由程伊川的衣冠墓，上鹿山麦阪岭，又过了十来个山头，天色向晚，路头错杂。远远望见一个阪里，盖着几间茅屋，一点灯光射将出来。亮祖便领众人向前叩门，只见一个六十多岁的老儿，在门里盘问说：“是那一个？”亮祖便应说：“我们是桐庐猎户张十七，因赶个野兽儿在这近边，夜来不便做事，特到府上讨扰一宵，明日奉酬东西。万望老官做主。”那老儿摇得头落，说道：“客官别处方便。我这里一来逼窄，二来寒舍偶有小事，三来前面不上半里，就有客店，何不到那边倒稳便。”才说得完，就走进去了。亮祖因叫人去前后树林里探望，更没有一个人家可以借宿，只得再来打门。那里面任你叫，再不来睬你。惹得孙虎火性起来，跑到后边门首，有一只犬子汪汪的叫，便把朴刀一刀，说：“你家里一毫不晓事体，我们奉了上司明文，到此要虎胆合药，限定时日，不许有违。在山砍山，到水渡水。方才明明的赶个大虫，到你后园。你这人家怎么如此大胆，竟关了门，不许我们来捉。今日既不开门，只恐明日禀知了上司，叫你这老儿活不活、死不死的苦哩！”别处叫几个军汉，假意在后门树林中不住的叫喊，又扒到树上，故意截些竹木在屋上、草里乱丢下来。顷刻之间，又砍了一大堆刀茅，贴近他的房儿，把取火的石头敲了几下，那火烘烘的着将起来。里面只道延烧屋子，慌忙开了后门来救。那些众军，一个做恶，一个做好，便早把身子挨进他家里去。

那老儿见势头不好，只得张起灯来，开前门接入。亮祖等一伙人，进里面来坐。亮祖到堂前，与老儿施了个礼，便道：“老官休怪。前后没处安身，因此兄弟们行此造次的事。”那老儿道：“小哥们休要发恼。我这里地名叫做塔前，近处有个姓宋的，专会行妖术。兄弟四人，俱能剪纸为马，撒豆成兵。平常间，只在村坊上，或邻近地方，卖些符法。敬重他的，他便乘机骗些财帛，或是酒食；倘若不敬重他，他便或在人家门首边，或灶头边，或厅堂边，做下些眼降法儿，日夜家中不得安稳。待人去请求他，他便开了大口，要多少谢仪，方才替你收拾眼降回去。因此人都叫他做宋菩萨，或称为宋殿。今者我们县官为建康朱兵杀来，因此礼请这宋殿，要他在军中作法救护。他说一句话儿，官便无不奉行。我们近邻与他有口舌的，他就乘机报复。今早又叫县官行牌来，说：'朱兵既取桐庐，谅不日要来攻打，必有细作到来探听虚实，须要严行保甲，不许容留一个来历不明的人。'我在下原与他有些小隙，今见小哥们一夥人，又不是这本县居民，倘有些山高水低，必然落在他圈套里。所以方才不敢应命。"亮祖说："我们只道为着甚的，原来如此。请老人家宽心宽心。"那老儿叫道："当关好了前后门。"便告辞进去了。亮祖因吩咐从人做了晚膳，各取出被席来睡了。

次早起来，吃些早膳，仍旧猎人打扮，别了老儿上山，取小路而行。扒山过岭，约有十馀里，恰见树木参差，郁郁丛丛的都是长松翠柏，地上都是矮蓬蓬生的竹条荆棘，真个是上不见天，下不见地。亮祖把眼细细一望，正是官衙后边，所以阴养这些草木。亮祖便对孙虎说："你可记着此处。"孙虎应道："得令。"正待要走过去，只见下面摇旗呐喊，火炮连声。亮祖吃了一惊。原来县官在那里操演军士。亮祖因而立住了脚，细细的看他光景。马军步卒，共来也不上五千之数。未及半个时辰，却见一连三四个弟兄，都一般披了发，仗了剑，口中念念有词，喝声道："如律令！"只见一个药葫芦，早有许多盔甲军马，分着青、黄、赤、白、黑五方旗号，杀将出来。又一个把药葫芦一倾，却是许多虎、豹、狮、象，张牙露爪，在演武场中扑来扑去。把这些军士赶得没处安身，把那县官也没做理会。未知后事如何，且看下回分解。

第五十一回

朱亮祖连剿六叛

军中倏忽显神情，况是孙吴若再生。
江寨烟尘侵冥色，吴关鼓角动人情。
一代功名归上将，无端妖孽往相迎。
何时海静波恬也，南北欣看共月明。

恰说那四个人，起初一个从葫芦内放出许多兵马，在场中厮杀；又一个放出花花斑斑一阵的虎、豹、狮、象，径来扑人。这些人东奔西走，不住的逃避。正在没可奈何，恰又从中一个把手一伸，将头发一抖，那头发便冲出万道火光，直射将来，这些人马走兽，都在火中奔窜。谁想走过一个人来，把剑一指，陡地扬沙走石，大雨倾盆，那火也渐渐没了，人马走兽也都不见了。须臾间依然天清日朗，雨散云收，演武场上打了得胜鼓回军。

亮祖看了一番，同众人取旧路而回，径到鹿山嘴上，远望江中，恰好六只渔船也趁着月色摇上来。众人立在岸边，打个暗号，都落了船，回到本寨，便商议道："明日耿天璧可领兵四千，驾船百只，往对岸而行。待我陆兵交战时，以百子炮为号，炮声响起，便将船直杀过来。再令袁洪带领水军一千，往来江上接应。孙虎今夜更深时候，率领短刀手，带着防牌，仍到山边小路上，直至县治背后树林里埋伏，也待百子炮响，竟在山后杀出，放火烧他衙舍。”亮祖自领岸兵，到大路上攻打。水陆兵马，俱带牛、羊、狗血，装贮竹筒，倘遇妖人，便一齐喷去。一边着人火速催趱元帅李文忠大队人马到来督阵。分调已毕。

次日黎明，拔寨而进。探子报知李天禄。天禄即请宋家兄弟四人，在阵后相机作法对战，自领岸上人马一直来抵敌。两马相交，那天禄战了不上两合，便往本阵而走。亮祖督率三军奔杀过去。只见黑风过处，有许多人马，分着青、黄、赤、白、黑旗甲，并那些虎、豹、狮、象等兽，狰狞咆哮的乱杀出来。亮祖已知他是妖术，急令三军把马头掇转，团团的驻扎在一处。其余步兵，依着马军，向外而立，一个狼筅间着一个钢叉，一个滚牌间着一个鸟嘴，并一个长枪；五个一排，五个一排，周围的扎着。听他横撞直冲，只把牛、马、猪、狗等血喷去，不许乱动。众人得令，但见这些妖物，撞着血腥，便飘飘化作纸儿飞去。那宋家兄弟看大军不退，便把妖火放来攻杀。朱兵也看得破，全然不怕。亮祖便着三军叫道：“你这宋贼妖法，我们阵中都晓得，不必再来施逞。”李天禄因舍命而逃。未及半里，只听得一声百子炮响，震得：

天柱折了西北，地角陷了东南。蛟龙在海底惊得头摇，猛虎在林间忙将尾摆。

亮祖乘势紧紧的追来，将到鹤山嘴边，早有孙虎在山后，领着群刀手奋杀出来。四下里杀入官衙，把火炽炽的放着，军马杀伤大半，这些妖人幸得逃脱。天禄便舍命逃到江口，跳下船来。船上人欣欣的说：“元帅，可将身趱进舱中，免得建康军看见了来赶。”天禄把头一低，正要进舱，被这船头上人将手来反绑了，说道：“你这贼，可不认得耿将军，竟来虎头上搔痒！船上军人可把来捆了，解送营里去。”正好捉得上岸，恰有李文忠大军到来。朱亮祖、耿天璧、孙虎、袁洪等，入到帐中。文忠对亮祖说：“桐庐、富阳是杭州东南要路，将军一鼓而下，功绩匪轻。明日将军可合兵进围余杭，然后议取杭州。”当日驻扎富阳，寨中筵宴，不题。

且说伪周丞相李伯清，承命到金陵讲和，晓得湖州有兵阻隔，行路不便，乃抄杭州望钱塘而去。沿江来到富阳，当先遇着一彪哨马，伯清知是明军，急下路而走，却被哨军捉住，送到文忠帐下。原来伯清前曾通使金陵，太祖命文忠陪他酒过，因此识面，便问：“先生莫不是东吴丞相李伯清么？”伯清低头说：“不敢妄对。”便令解去绑缚，问道：“何故私行过江？”伯清说：“不敢相欺，只因徐元帅围困湖州，故奉主命，讲和以息兵争。”文忠对说：“此意虽美，但大势所在，丞相知之乎？据丞相论，今日尔主我主，品孰优劣？”伯清说：“俱是英雄。”文忠便道：“品既相同，吾恐一穴不容二虎，英雄不容并立。昔日友谅势十倍于尔主，友谅既灭，天心可知。尔主今日来顺，方不失为达变之智。奈何兵连祸结，累年战争！今吾主上告天地，有灭周之心，因令徐元帅行北路，我行南路。尔国之亡，且在旦夕。犹欲讲和，是以杯水救燎原，势必不得矣。”伯清低着头，沉吟无语。文忠因讽他说：“足下亦称浙西哲士，请审所主何如？不然，他日就擒，恐悔无及。”伯清长叹一声，说道：“背主不仁，事败不智。”却把头向石上一撞而死。文忠笑说：“这猾贼，汝待欲降，谁肯容你降？”便令左右扛去尸首，埋于荒郊之下。因思前日军师有书来说，有伪周细作来见。不知军师何以先晓得，真罕稀，真罕稀。

正与亮祖说话间，只听辕门外击了大鼓四声，大门上便接有花鼓四声，二门上也击有云板四声。文忠说：“不知何处来下文书？”因同众将到帐前，着令中军官领来究问。没多一会，那中军官领一个人，禀说：“余杭守将谢五等全城归顺，特着人来下文书。”文忠看了，犒赏来人去讫。却报诸暨谢再兴，同子谢清、谢浚、谢洧、谢洪、谢洋，领兵五万，连营阻住钱塘江口，水军不得直下。文忠大怒，骂道：“再兴曾为主公部将，今复叛降士诚，又来阻路，若不擒此贼，永不渡江。”遂折箭而誓，即刻令大军登舟东渡。只见贼军戟剑如林，我军难于直上。文忠传令：战船列为长阵，用那神枪、弓弩，间着铳炮，飞去冲击，岸兵大溃。文忠因同亮祖等，挺戈先登。他长子谢清，五子谢洋，跃马横刀砍来。亮祖也不及排列阵势，向前直杀过去，手起刀落，把谢清一劈劈做两开。那谢洪、谢浚见势不好，帮着谢洋来杀。文忠拈弓搭箭，叫声道：“倒了！”便把谢洪当心射死在马下。再兴便挺戈，同三个儿子前来报仇。我军阵上朱亮祖领兵翼着右边，耿天璧领兵翼着左边，文忠率着中军，大队奋杀。再兴恃着有力，大呼到阵中，又被文忠一枪刺入左膛，坠下马来，军中砍做肉饼。谢洋正要来救，遇着天璧，战了四十余合，自知气力不加，恰待要走，被朱军一刀，砍断马脚，翻筋斗跌下来，颈骨跌做两段。众军乱踹，骨头也不知几处。谢洧方与亮祖迎敌，谢浚也赶来夹攻，谁知谢浚一枪，这枪头恰套着亮祖刀环里，那亮祖奋力来搅，因把枪杆搅断。谢洧连忙转身，把亮祖一戟，那亮祖一手正接着戟的叉口，乘势把戟一扯，那戟早夺将过来，便大喝一声，把刀砍去。这谢浚腰断而死。谢洧把马勒转，飞走逃命。亮祖一箭，正中着后心。众兵勇气百倍，杀得伪周军士，百不留一。文忠传令收军，就于诸暨抚民一宿。次日起兵，径至杭州，向北十里安营。正集诸将商议攻打之策，只听外面有人来报。

第五十二回

潘原明献策来降

弱柳青槐拂地垂，吴山佳气遍楼台。

地襟湖海东南胜，湖带烟波日夜回。

秋草征夫烽堠赤，夕阳归鸟戍声哀。

皂林泽国频搔首，一叶梧桐一叶灰。

且说李文忠率领大兵驻扎在杭州江上，向北十里安营。正集诸将商议道：这个城池，周围四十里：

南面凤凰，东吞潮汐，西钟湖泽，北枕超山。在宋南渡，奠为京师；从古临安，称为巨美。豪华佳丽，只这湖光十里，数不尽秋月春花，荷风岭雪；纷纭杂沓，只那褚堂一带，说不了做买做卖，计寡论多。或有说，坡仙管领三万六千场，惟是歌台舞榭，谁知浚湖筑堰，这功德在万岁千秋；或有说钱王筑起三三九浙塘，射着素车白马，那解顺天而存，这恩施正家家户户。祝天自生来两乳长，真个像龙飞凤舞；隔岸越山吴地尽，却好个水绕山围。但只因满眼韶华，便做了十室九空。半升米，过一冬，又况是浮沙江涨，便没个真心实意。虚打哄，闹里钻，幸得烟火百万家，半是通文达理。纵是顽残三二日，要非元恶渠魁。

文忠因说："此城粮多将广，况是守将潘原明，向闻他是个识时势，爱士民的汉子，甚难下手，奈何，奈何？"只听得外边有伪周员外郎方彝，奉主帅潘原明来书，献城纳降。文忠便令容他进见。方彝走进辕门，但见剑戟森森，弓刀整肃。远望着里面，文忠凛然端坐；阶前如狼如虎的官将，排立两行，就如追魂夺魄的一般，甚是畏惧，缩缩的走至帐中。文忠开口说："大军未及对阵，而员外远来，得无以计缓我么？"方彝对道："大人奉命伐叛，所过地方，不犯秋毫，杭州虽是孤城，然有生齿百万，我主将实是择所托而来，安有他意？"文忠看他果是真心，便引入帐内，欢笑款接，因命他规画入城次第，明早即着回去。

那原明便封了府库，把军马钱粮的数目，一一登籍明白，且捉了苗将蒋英、刘震贼党，带出城来叩见文忠。文忠当晚便宿在城内，下令：如有军人敢离队伍，擅入民居者，斩。恰好一个才走民家借锅煮饭，文忠登时磔杀示众。城中帖然，更不知有更革事务。当日申奏金陵，太祖以原明全城归降，百姓不受锋镝，仍授浙江行省平章。随令军中悬胡大海画像，把蒋、刘党众，剜其心血致祭，且下《平伪周榜文》云：

吴王令旨：晏安失德，尝闻王者伐罪救民，往古昭然，非富天下也，为救民也。近者有元：主居深宫，臣操威福；官以贿求，罪以情免。差贫优富，举亲劾仇。添设冗官，又改钞法。役民数十万，湮塞黄河，死者枕于道途，哀声闻于天下。不幸小民，复信弥勒为真有，冀治世而复苏。聚党烧香，根蟠汝颍，蔓延河洛。焚烧城郭，杀戮士夫。元以天下之势而讨之，愈见猖獗。是以有志之士，乘势而起。或假元世为名，或托香车为号，由是天下瓦解土崩。予本濠梁之民，初列行伍，渐至提兵。见妖言必不成功，度元运莫能济事，赖天地祖宗之灵，与将相之力，一鼓而有江左，再战而定浙东。彭蠡交兵，陈氏授首，兄弟父子，面缚舆榇，既待之不死，又爵以列侯。士位于朝，民休于野。荆、襄、湖、广，尽入版图。虽化理未臻，而政令颇具。

惟兹姑苏张士诚，私贩盐货，行劫江湖，首聚凶徒，负固海岛，其罪一也；恐海隅一区，难抗天下，诈降于元，坑其监使，二也；厥后掩袭浙西，兵不满万，地无千里，僭号改元，三也；初寇我边，已擒其亲弟，再犯浙省，又捣其近郊，乃复不悛，首尾畏缩，四也；诈谋害杨左丞，五也；占据浙江，十年不贡，六也；知元纲已坠，害其丞相、大夫等，七也；诱我叛将，掠我边人，八也。凡此八罪，理宜征讨，以靖天下，以济斯民。

爰命左相国徐达，统率马步舟师，分道并进，歼其渠魁，胁从罔治。凡逋逃臣民，被陷军士，悔悟来归，咸宥其罪。有尔张氏臣僚，识势知时，或全城附顺，或弃刃投降，名爵赐赉，予所不吝；凡尔百姓，果能安业不动，即为良民，旧有田舍，仍前为主，依额纳粮，以供军储，更无科取。使汝等永保乡里，以全家室，此兴兵之故也。敢有千百相聚、抗拒王师者，即当灭绝，且徙宗族于五溪、两广，以御边戎。凡予之言，信如皎日。咨尔臣庶，毋或自疑。

这榜文一下，海宇内外，人人都生个欢喜心。

且说张士信领兵十万来救湖州，却在正东地方皂林屯扎。探马报知，徐达因对众将说："士信是伪周骁将，伯升又坚城固守，倘或他约日内外夹攻，势恐难敌。众将内敢有东迎士信的兵么？"说犹未已，只见常遇春说："我去，我去！"徐达便对他道："将军肯去，此贼必擒。但士信狡猾之徒，切须谨慎。"遂令遇春同郭英、沐英、廖永忠、俞通海、丁德兴、康茂才、赵庸等，领兵七万，离了大营前去。遇春因唤赵庸、康茂才领兵一万，抄着湖边小路，径入大全港，过皂林，约在战日，劫他老营。郭英、沐英领兵二万，到前面大路边埋伏，只看二龙取水流星为号，便奋力夹攻。廖永忠领兵二万，自去搦战，便可佯输诱他追赶。分排已定，廖永忠因领兵前去皂林，摆开阵势。

且说那伪周阵上，早有一将，身穿铠甲，坐骑乌骓，便勒兵向前，说："来者何人？可晓得丞相张士信手段，不是当耍子！"永忠就说："想吾兄永安为你士德所杀，士德虽亡，恨正切齿。吾今上为朝廷，即下图报复，何必多言！"便举刀直向士信。战才数合，忽闻喊声大起，左边张虬、右边吕珍，两翼冲击出来。永忠随回马而走。士信催兵奔杀将来。约有十里之地，只听一声炮响，常遇春领着大队人马，高叫：“张士信，何以不降，还来相敌！”士信便独战了遇春，张虬、吕珍夹攻着永忠。又战数合，恰好哨马报说：“我们老营却被朱兵劫了。”士信回头一望，果然本营里烘天焰日的大火，烧毁殆尽，急回救取。常遇春、廖永忠驱兵逼来。谁想，“速”的一声，一个流星钻在半天，遥遥的分作两条龙一般下来。早有沐英、汤和在左，郭英在右，深林中突然挡住相杀。此时士信人马杀死大半，士信也没奈何。幸得张虬、吕珍拼命的护了，却又有康茂才、赵庸两将劫寨而回，大叫道：“张士信，你的老营已是块空地，要走那里去！”挺着枪，径抢过来。士信只得单骑冲出重围而走。丁德兴、廖永忠紧紧追着，只不放宽。那士信又不见了帮手，便向壶中取了枝箭，将身扭过，正要拈弓射来，不防前边是个大坑，连人和马跌将下去。军众就把挠钩钩定，活缚到阵里来。

常遇春即日拔寨，仍回湖州。恰好徐达升帐，即与遇春相见。那些军士已将囚车解送入来，徐达看了士信，说：“你兄弟何不早降？自遭其祸。”士信回报说：“昔日原与你为唇齿之邦，今日你等来取湖州，是你等先解好成仇。皇天不佑，将我堕马，岂真汝等之力？”徐达命把士信枭首，不题。

第五十三回

连环敌徐达用计

多难相看感慨同，漫将杯酒话英雄。
无端世事干戈扰，不尽奸谋烟水中。
三吴刁斗低残照，一片愁魂乱渡风。
连珠最妙孙吴法，未许痴儿解素衷。

那张士信被军士捉住，解送到帐前来。徐达吩咐推出斩首。却说吕珍、张虬领了残兵东走，只得在旧馆驻扎，即日修了表文，令万户徐义前往苏州求救。士诚见了，放声大哭，说："吾两弟一儿，皆死于仇人之手。李伯清到金陵已久，生死又未可知。杭州潘原明又以城投降金陵，使我束手无策。奈何，奈何？"徐义便说："今事在危急，何不召募天下勇将，以当大敌，何如？"士诚叹息了几声，说："仓卒之间，缘何即有？"只见殿前都尉韩敬之向前奏道："重赏之下，必有勇夫。臣举二人，可以退敌。不知殿下用否？"士诚便道："此时正是燃眉之急，岂不用他？但不知卿所举者何人？"韩敬之说："臣闻临江有兄弟二人，一个叫金镇远，身长丈二，膀阔三尺，就是个巨无霸，一只手能举五百斤；一个叫纪世雄，身长一丈，腰大体肥，浑似个邓天王，膂力万斤。他两人一母二父，因此各姓。只为世乱，没人晓得他，所以潜居草野，以武艺教人过活。”士诚听了，便着韩敬之到临江召来二人。参见已毕，士诚见了，果是奇异，不胜之喜。就说：“今徐达围困湖州甚急，汝能与我迎敌么？”二人答道：“若论文章，臣不能强；若论相杀，臣敢当先。”士诚叫取金花御酒过来，便授二人同签先锋之职，若得胜时，世袭公侯。两人叩头拜谢。

次日，正是黄道吉辰，敕令世子张熊权朝，张彪挂元帅印，张豹副元帅，随驾亲征。率兵二十万，取路望旧馆进发。吕珍、张虬闻士诚驾到，出城迎接，备把常遇春用计埋伏之计擒了士信、不能取胜的话，说了一遍。士诚说：“今后发兵，必须审度虚实停当，才可进战。”总来在旧馆兵六万，共合二十六万，翌日起行，直抵皂林。

那徐达在帐，探子将士诚亲领兵三十万来救湖州，已至皂林的事报知了，因对众将曰：“士诚倾国而来，其计必然穷蹙。众将军须努力此战，东南混一之机，全决于此。可留汤元帅分兵七万，与耿先锋、吴将军等牢困湖州。我自己与诸将领兵十三万，东破士诚，如此方无前后腹心之虑。”众将齐声道：“此真万全之术。”

即日，徐达起兵东行，与士诚兵隔五里，扎驻大寨。士诚闻知兵至，便排阵迎敌，左右诸将簇拥着士诚出马。徐达认是士诚当先，也自己披挂了出来，说道：“衣甲在身，乞恕不恭之罪。”士诚就将鞭指说：“孤与你主，各居一天。何故屡相攻杀？”徐达说：“天命归一，群雄莫争。昔唐太宗不许窦建德三分鼎足，宋太祖不容卧榻之中他人鼾睡。今元世衰亡，英雄竞立，不及十年，吾主公馘灭殆尽，天命人心，已自可知。足下若能洞悉时务，真心纳款，谅不失为藩王之贵，何自苦乃尔！”士诚大怒，说：“天下有孤及元，岂得便成一统？汝等徒生这妄想心耳！”徐达便道：“足下不听好言，恐贻后悔。”言毕，两马俱回本阵。那士诚左哨上，恰有新先锋金镇远突阵杀来，常遇春便纵马迎敌，未分胜负。沐英见遇春不能赢他，因奋勇大呼，出来助战。金镇远就舞刀直取沐英，被沐英手起一锤，正中着镇远左臂，这把刀便拿不得，直堕下地来。遇春就把枪刺中左胁，坠马而死。敌兵大败。徐达因把大旗麾展，这些大队军士追杀过来，赶得士诚守不住皂林，只得拔寨十五里外屯扎。天晚收军，士诚闷闷不悦，对纪世雄道："今日之战，先锋金镇远败没，又折兵六万有余，将何处置？"世雄说："朱兵智巧勇力，谋出万全，恐非一战便能得胜。今日他追杀十余里，战既得胜，必军心疏略一分。我们不如同众将暗去劫营，这是乘其不备，必可生擒徐达矣。"士诚听计，便令众将整备劫营，不题。

　　且说徐达回到帐中，说："今日士诚虽败，其锋尚未尽颓，明日还宜相机度势，使他只轮不返，方才丧他的志气。"正说间，忽见帐前黑风骤起，吹得烟尘陡乱，树木摧摇。徐达看了风色，对众将说："此风不按时气，主有贼兵劫营，今夜与明日之战，非同小可，当用'八方连环斗底战'，擒拿这厮。尔等急宜造饭饱餐，到营前听令。"诸将听了吩咐，即刻来到各营，秣马饷军。没有半个时辰，早听得大帐中擂鼓一通，催趱各营军将披挂起身。又没有一顿茶时，恰恰把画角吹了七声，那些军将都齐齐摆列在辕门之下。只见云板五下，主帅徐达升了中军帐。五军提点使，已把名字逐一在二门上挨次点将进来。诸将鱼贯而行，都一一排立在阶前左右。元帅便道："东西二吴，势无并立。从古帝王之兴，全赖名世之士。今日我主上高爵厚禄，优恤我辈，全图我辈舍生拼死，受怕担惊。我辈所以血战心劳，虽是报国心坚，亦指望个砺山带河，封妻荫子。今日诸将，宜各尽心竭力，以成大功。倘若有违，吾法无赦！"诸将齐齐应声道："是！谨听令！"元帅便将令箭一枝，唤俞通海、俞通源、俞通渊三将向前，着领水兵三万，即刻抄小路到大全港口，闸住上流，待吴兵半渡，只听连珠七声炮响，将闸边四下掘开，决水冲入，溺死吴军。又将令箭一枝，唤郭英、沐英二将向前，着领马兵二万，即刻到士诚老营埋伏，且先分军一队，假装西吴探子，径到士诚营中，报说纪世雄前去劫营，被朱兵大败，现今徐达乘势追杀将来。待彼拔寨而起，便发伏追击。又将令箭八枝，唤康茂才、朱亮祖、廖永忠、赵庸、丁德兴、张兴祖、华云龙、曹良臣八将向前，着每将一员，各领兵马五千，分着方向，到旧馆要路上埋伏，但听轰天雷八声响亮，八方虎将，应声齐起，团团围杀。又将令箭一枝，唤常遇春同左哨薛显、右哨郭子兴向前，着领马步军校三万，前至白沙岛，截住士诚去路。自家带领大队人马，纷纷的拔寨，乘夜便往西北而行，待他追赶。调遣已定，众将各各领了号箭，分头自去，不题。

将近一更光景，那张士诚犹恐徐达帐中有备，因使纪世雄率兵三万为前队，张虬率兵三万为中队，吕珍率兵三万为后队。一队被害，二队救应。世雄等领命出营。约莫二更，将至徐达寨边，但听营中鸦飞鹊乱的扰攘。世雄便先令哨子去探虚实，没有半晌，那探子报说："朱兵想是因我兵来，俱向西北逃窜，更无理会。"世雄大喜，便催兵追杀。比及五更，只见大全港中，徐达带了兵，如蜂似蚁的在港中争渡。世雄在马上把眼一看，那水极深处也不满二尺，便道："不杀徐达报仇，不是大丈夫！夺得头功者，即时奏闻，加官重赏！"催动后军，过河冲击。三万军士，个个争先。此时已是黎明，军士正在半港，猛听连珠炮六七个振天炮响，徐达的军便把闸口掘开，河水骤涌起来，横冲三十里地面。世雄的兵进退无路，溺死者二万有余。纪世雄也做了膨膨气胀的水鬼。其余爬得上岸，被众军活捉的，也约八千有零。

第五十四回

俞通海削平太仓

秋来愁绪日冥冥，吴峤风光自草亭。
入寨战尘天外黑，隔车草色眼中青。
驱驰岁月真何假，肮脏江湖梦独醒。
南北乱离忧不细，汉家谁问董生经。

话说纪世雄三万军马都没于河水之内，或有识水的，挣得上岸，亦被朱军捉住。主帅徐达因收兵在河口安营。那士诚见世雄等三队人马去了半夜，不见回来，正在疑惑，恰见一队哨马，约有五十余人，径撞前来，报说："大王爷，祸事到了，还不晓得？"士诚连忙问说："祸从何来，事在那里？"那哨子就在马上指道："纪世雄三万大兵俱被河水淹死，一个也不留。现今徐达乘势赶来，径要活捉大王，大王可急急拔寨而行，还且自在哩！"便把哨马紧紧的一勒，叫喊道："快快逃命，快快逃命去了！"士诚听罢，惊得魂不附体，即令三军望苏州进发。这些军士只恐朱军追及，那里肯依行逐队，争先奔溃而走。未及一里，忽地一声炮响，左边郭英，右边沐英，两处伏兵冲击出来。幸有张彪、张豹分身迎敌。士诚在军中吩咐："且战且走，不可恋敌。”那张彪、张豹也只要脱离苦难，谁想战未数合，郭英、沐英就放条生路，拨马向前而去。半空中如雷震一般，轰天响炮不住的震了七八声，正东上康茂才、正西上朱亮祖、正南上廖永忠、正北上赵庸、东南上丁德兴、西南上张兴祖、东北上华云龙、西北上曹良臣，各带精兵五千，团团的杀将拢来，把士诚铜墙似盘绕在内。张彪、张豹拼死的杀条血路逃走。八员虎将，死命也追杀不放。约有五里地面，正是白沙岛边，常遇春又在柳阴深处杀将过来，挡住去路。大叫道："张士诚，此时不降，更待何时？”吓得士诚：

胆破心惊，手摇脚战。一张脸无有血色，浑如已朽的骷髅；两只眼没个精芒，径似调神的巫使。一个降祸祟太岁，领着八大龙神，那怕野狐精从天脱去；四对追灵魂魔王，随着阎罗天子，便是罗刹鬼何地奔逃。正是：任他走上焰摩天，脚下腾云须赶上。

那士诚终是苏州人，毕竟乖巧，便将黄袍、玉带并头上巾帻，都脱下来，扎起一个草人，将前样服色穿戴了，缚在六龙盘绕的香车锦帐之内，自己随换了小军衣服，跨上一匹蹑云捕影的乌骓，与张彪、张豹打个暗号，趁个眼慢，带领一队人马，飞也似逃走。那张彪、张豹假意儿只保着那龙舆厮杀，约莫士诚相去已远，又望见一彪人马，恰正是吕珍、张虬赶来救主，他两人便卖个破绽，一道烟也落荒，寻着士诚，一路而行。追来九个将军，那知这个缘由，只望着龙车舆围困过来。就是吕珍、张虬也不解此事，死命保着。看看天晚，恰好郭子兴、薛显又分两翼喊杀向前，把眼在车中一望，见是草人，便叫道："列位将军，只捉了吕珍、张虬也罢。这士诚多是去远了。”众人才知堕了奸计。

常遇春因对吕、张两人说："二位何不揣度时势？我主公英明仁武，统一有机，二位何执迷如此？”吕珍接应说："元帅所言亦是。但服降者降服其心。昔日吕布辕门射戟载，心服纪陵，如元帅也有射戟的手段，吾辈即当纳降。”遇春笑道：“这有何难？”便令人三百步外立一戟，连发三矢，三中其眼。吕珍、张虬大惊，下马拜说：“真天神也！吾辈敢竭驽骀之用，情愿率兵六万投纳。”遇春大喜，便令军政司计收器械、盔甲，因着俞通渊领部下兵三千，押送新降士卒，前至金陵，请太祖令旨，或令为兵，或分编各队，即日起行。遇春检点降兵去了，便登帐请张虬、吕珍进见。吕珍说：“败降之卒，愿受抗逆之罪。”遇春笑道：“何罪之有？东汉岑彭，初佐王莽，与光武大战，光武几受其厄。后知天命在于光武，因弃邪归正，名列云台。前后事体，略不相妨。但今日之势，在吕将军可留，若张将军，乃吴世子，我当择日送还姑苏。”张虬说：“元帅勿疑，自当尽力图报。”遇春回说：“假如着将军去攻姑苏，岂有子弑父之理。吾岂不爱将军雄杰，但天理人情上难以相款。”张虬听罢，对天叹息了数声，便说：“吾听常公之言，反为不忠不孝之人矣，有何面目再生人世乎！”登时自刎而死。遇春假意吃惊说：“将军为何如此，是我之罪也。”传令军中，具玉带朱冠、棺椁，葬于旧馆兰水桥下。

因留胡济美统本部兵屯扎旧馆，仍领大队回至湖州，见了徐达，具将前事说过一遍。徐达说：“元帅处分极是。至如先令六万降军散回金陵，把张虬进退无路，更是高见。”遇春便对徐达商议：“湖州久不能下，以裨将拙见，乘此长胜之势，即令吕珍往说，何如？”吕珍向前说：“自思不知顺逆，悔恨归降之晚。元帅所命，决当尽心。”徐达大喜，便着沐英、康茂才领兵一千，护送吕珍，直至湖州城下。李伯升闻得消息，急上城问说：“吕将军何因到此？”吕珍回覆：“自元帅受困，主公两次亲来救援。前者被火攻，今者又被水溺。折兵共约廿万，暂且遁回。今姑苏士卒与粮饷俱已空虚，士信与张虬皆已身死，我见常遇春射戟神手，因也拜降，特来告知元帅。想是西吴亡在旦夕，元帅可早顺天命，开门纳款，庶不失为达人哲士。”李伯升听罢，沉思半晌，狐疑未决。吕珍又道："元帅岂不闻韩信弃楚归汉，敬德弃周降唐？见机而作，方是正理。"伯升便道："是，是，是。"遂率左丞张天麟等，同吕珍到帐前纳降。徐达见了，设宴相待。次日，带领侍从十余人，人城安抚，便留华高领兵二万，镇守湖州。处置已毕，一边申奏金陵，一边令华云龙率本部取嘉兴，一边令俞通海率本部攻太仓，一边仍率兵二十余万径向苏州进发。兵过无锡，那守将莫天祐坚闭不出。常遇春即欲攻打，徐达说："若攻城，非数日不能下。况苏州离此不上百里，士诚得知，必生异谋，反为不便。不如长驱先破苏州，则此城不攻自下。"遇春依计，遂过无锡，径到苏州城外安营，不题。

且说张彪、张豹看见吕珍、张虬接应，便一道烟落荒寻小路而走，赶着士诚，一齐登路。计点人马，止约二万有零。渐到苏州，太子张龙，早有哨马报知逃窜信息，便发兵出城五十里保驾。进得城门，真个是父子重逢，君臣再会，忧喜交集。次日坐朝，士诚正聚群臣议救湖州之危，只见哨子报道："李伯升把湖州、吕珍把旧馆，俱降建康，张虬自刎而死。今徐达亲领雄兵二十万，虎将五十员，在正北十里外安营搦战。"士诚闻报，不觉两行泪下，说："四子张虬膂力超群，同五太子一般精悍，今两弟沦亡，两儿继丧，若吕珍向称万人之敌，又到彼麾下，此事怎了？"却有平章陶存议启说："今朱兵强盛，所至郡县，莫敢当锋。以臣愚计，不若献玺出降，庶免刀兵之苦，不然天时已迫，必非人力能支……"言未已，只见一人大骂道："辱国反贼，长他人志气，灭自己威风，此事断然不可。"士诚定睛来看，恰正是三王子张彪如此发怒。士诚便问："吾儿，你意何如？"

第五十五回

张豹排八门阵法

木落城头风怒号，姑苏形胜自周遭。
碧天星朗沧溟阔，诡计云开象纬高。
日断层楼书雁字，梦淹南国有鱼舠。
登临一笑成今古，弹剑酣歌愧尔曹。

却说三王子张彪听了陶存议的说话，大恼道："吾父王威镇江淮数年，岂可一旦称臣于孺子，贻笑于后世！城中尚有铁甲五十万，战船五千艘，粮积十年，民多富足。乃不思固守，却欲投降，甚非远图。况此地离太仓不远，万一不胜，还有航海远遁一着，以为后图。臣意正宜死战，是为上策。"士诚与太子张龙俱说："最是，最是！"便叫开库，取出金银宝物，置在殿中，出谕："群臣中有敢勇当先、舍身报国者，随意所取；待退敌之后，裂土封王，同享富贵。"当下就有都尉赵玠、平章白勇、万户杨清、指挥吴镇、千户黄辙、总管万平世、统制李献、佥院郑禄八人，公然上殿，分取了宝物，向前启说："臣等各愿领兵一万，为主公分忧。"士诚便敕张豹为总督都元帅，张龙为左先锋，张彪为右先锋，八个新领兵的，俱带本身职役，阵前听令。

张豹当日簪了两朵金花，饮了三杯御酒，挂了大红翦绒葡萄锦一疋，跨着雪白腾空战马，大吹大擂，径到演武场中军厅坐下。众多将官，自小至大，一一依军中施礼毕，张豹便吩咐说："今日之战，国家存亡，在此一举。惟不曾卧薪尝胆，因此须破釜沉舟。凡我三军，各宜努力。我如今排下一个'太乙混形、三垣布政、九星五转'的阵法，你们俱要按着日辰，认着方向，明着生克，击父则子应，击首则尾应，击中则父子首尾皆应。却又变化无端，便是鬼神莫测。尔等宜小心听令而行。"那张豹便着军政司，将青色令旗一面，招动千户黄辙一营军马向前，吩咐："本营驻扎正东方，俱青旗青甲，坐着青骢马，上按北斗贪狼星镇寨。如遇甲午三日，庚午三日，戊午三日，正应休门，须出兵对阵。论相生，该正北上文曲星、正南上廉真星救应。"将白色令旗一面，招动都尉赵玠一营军马向前，吩咐："本营驻扎正西方，俱白旗白甲，坐着银鬃马，上按北斗破军星镇寨。如遇癸卯三日，己卯三日，正应休门，须出兵对阵。论相生，该东北上巨门星、正北上文曲星救应。"将黑色令旗一面，招动指挥吴镇一营军马向前，吩咐："本营驻扎正北方，俱黑旗、黑甲，坐着乌色骓，上按北斗文曲星镇寨。如遇甲子三日，戊子三日，壬子三日，正应休门，须出兵对阵。论相生，该正东上贪狼星、正西上破军星救应。"将红色令旗一面，招动万户杨清一营兵马向前，吩咐："本营驻扎正南方，俱红旗、红甲，坐着火色骝，上按北斗廉真星镇寨。如遇乙酉三日，己酉三日，正应休门，须出兵对阵。论相生，该东北上巨门星、正东上贪狼星救应。"将黑间白色令旗一面，招动总管万平世一营军马向前，吩咐："本营驻扎西北方，俱白镶黑色旗、白镶黑色甲，坐着黑间白点子马，上按北斗武曲星镇寨。如遇庚子三日，丙子三日，正应休门，宜出兵对阵。论相生，该西南上禄存星、东北上巨门星救应。"将黑间青色令旗一面，招动平章白勇一营军马向前，吩咐："本营驻扎东北方，俱青镶黑色旗、青镶黑色甲，坐着青骢马，上按北斗巨门星压寨。如遇丙午三日，壬午三日，正应休门，宜出兵对阵。论相生，该西北上武曲星、正南上廉真星救应。”将青间红色令旗一面，招动佥院郑禄一营军马向前，吩咐：“本营驻扎东南方，俱红镶青色旗、红镶青色甲，坐着火色青骢马，上按北方辅弼二星镇寨。如遇癸酉三日，辛酉三日，丁酉三日，正应休门，宜出兵对敌。论相生，该正北上文曲星、正南上廉真星救应。”将白间红色令旗一面，招动统制李献一营兵马向前，吩咐：“本营驻扎西南方，俱白镶红旗、白镶红甲，坐着火色白点马，上按北斗禄存星压寨。如遇辛卯三日，乙卯三日，丁卯三日，正应休门，宜出兵对敌。论相生，该西北上武曲星、东北上巨门星救应。”将黄色令箭一枝，招动自己主帅帐前大队人马向前，吩咐：“当于本营之中，俱黄衣黄甲，坐着黄色马，上按北极紫微垣临镇中宫。按着本日的支干，移换那队的旗甲，倘有疏虞，八营齐应。”将赤色令箭一枝，招动王子张彪所部人马向前，吩咐：“当于紫微垣前，东南相向，俱红间黄的旗甲，坐着青黄杂色的龙驹，从正东方起，环列至西南方止，上按太微垣，外应正东、正南、东南、西南四营的不测。”将金色令箭一枝，招动太子张龙所部人马向前，吩咐：“当于紫微垣后，西北相向，俱黑间黄的旗甲，坐着黄黑杂色的乌骓，从正西方起，环列至东北方止，上按天市垣，外应正西、正北、西北、东北四营的不测。”这些将士看张豹分拨已定，便发了三声号炮，呐了三声喊，一直的径到十里之外，登时依令屯扎了营寨。那张豹也轩轩昂昂，在后面徐徐而行。

早有哨马报与徐达得知。徐达便叫军中搭了云梯，同常遇春、沐英、郭英、朱亮祖四人，仔细一看。但见各阵有门，各门有将，有动有静，倏合倏开。中间一片的浩浩费荡、列列森森，不知藏着几十万兵马。徐达笑了一笑，对着四位说：“不想此人也有这学问，且到明晨挑战，方知他的光景。”下得云梯，恰好俞通海取了太仓并昆山、崇明、嘉定、松江等路，华云龙取了嘉兴等县，全军而回，来见了主帅徐达。徐达见二将得胜，喜动颜色，吩咐筵宴，与二将节劳。此时却是暮冬天气，瑞雪飘飘而下，虽然酒过数巡，诸将见徐达只是踌躇不快，便问说："主帅却为什么来？"徐达对说："方才看见张豹这厮排下那阵，甚有见识。我忧此城，恐一时促急难下，故深忧耳。"正说间，辕门外传鼓数声，传说："王爷有令旨到。"徐达慌忙撤席，接入看时，原来为文武廷臣，屡表劝进大位，太祖从请，自立为吴王。议以明年为吴元年，立宗庙社稷，建宫阙。令营缮官员，将宫室图画以进。命协律郎冷谦，以宗庙雅乐音律，又钟磬等器，并乐舞之制以进。晓谕天下，故军中咸使闻知。徐达同诸将以手加额，说："只这几件事务，便见主公唐虞三代之盛心了。"当晚极欢而罢。

次日黎明，探子报道："周军骂阵。"徐达细思了一番，说："此行还用常、朱二将军走一遭。"便令常遇春、朱亮祖两将迎敌。临行之时，对二将说："二公可先往，我当另遣将接应。但此阵甚难测度，倘得胜时，切勿轻骑追赶，防他引诱。"二将得令，便率兵一万前去阵前，摆开厮杀。只听张豹阵上传令说："今日的支干，须是吴指挥出阵，黄千户、赵都尉接应。"吩咐才了，但见正北营门里放了三个震天的响炮，挨挨挤挤、轰轰烈烈的拥出一万有余军马，直杀过来。遇春、亮祖见他来的势猛，便分开两路，夹攻将去。那吴镇毫无怕惧。三将正好混杀，谁想正东营里，与那正西营里，到像约会的一般，不先不后，一声锣响，两边人马盖地而来。

第五十六回

二城隍梦告行藏

征马长嘶吴苑风，还怜平子思徒穷。
烟尘障眼三春柳，世事惊心一梦中。
云暗苏台听断角，日沉残垒见归鸿。
悬知吊古经行处，好问当年李牧功。

话说遇春、亮祖正对着吴镇厮杀，谁想一声锣响，正东营里与正西营里，两彪人马，盖地里围将拢来，把遇春军马截做两处。遇春便叫道："朱将军，你去救援后军，我当保着前军，力战那厮。"亮祖拼命的撞入后阵来。那些军士看见亮祖来救，就是如鱼得水，欢天喜地的附着喊杀。两个将军，分做前后对敌，自晨至午，互相杀伤，更不见一些胜负。只见北边一队人马，却是郭英、汤和、张兴祖、廖永忠前来接应。张阵上见遇春兵来，便将重围散开，各自寻对头相并。前后六将，合做一处，对着黄辙、赵玠、吴镇三匹马，又战了两个时辰。看看天晚，两边收了军马，明日再战，两阵上各回本营，不题。

却说遇春等领军回寨，备说了他出兵的方向，并救应的事体，徐达便取过历头来看了，说："今日是壬子支干遁甲，宜该在坎方做事，但不知何以正东、正西上出来接应。”是次以后，一连相持了半月，但见他阵中甚是变幻，一时难得通晓。恰好明日是吴元年岁次丁未的元旦，徐达在帐中为着一时难得取胜，十分烦恼。忽听帐外报道：“伪周阵上遣使来见。”徐达因升帐问来使道：“你三将军因何着你到来？”那人答道：“我主帅多拜上将军，说：明日系是元旦，彼此相持，未必便见分晓。且各休歇数宵，待好日良辰，再下战书迎敌。特此来约。”徐达因胸中也未有决胜之策，便随口应说：“这也使得。”那使者领了回音，出帐而去。

次早，徐达率众将在营中朝北拜贺毕，便与众人各各称庆。筵席间细商破敌之计，恨无长策。当晚筵罢，各散回营。徐达独坐胡床，恍惚中见一个金童来前，说：“滁州城隍同姑苏城隍，二位到帐相访。”徐达急急披衣延入，分宾而坐，便道：“草茅下士，荷蒙神圣降临，有失远迎，望乞恕罪。”滁州城隍回说：“自从元帅诞生之后，一缘幽明阻隔，二以元帅时出省邑征讨，戮力皇明，因此甚相疏阔。今主公改元，不三年间便成大统。主帅倘念及桑梓之地，乞于皇帝前赞助，褒崇赐号，以显小神护翌皇明之灵，是所望也。”徐达便应道：“某致身王家，十有余年。仰荷天地眷佑，圣主洪威，所在成功。但今受命攻吴，谁料张豹布成此阵，两月以来，不收寸功，尚未知后来是何景色。适闻神明所言，三年之间，便成一统，恐不若此之易。”只见姑苏城隍说：“此阵虽是有理，不过以北斗九星、八方生克，合着休、生、伤、杜、景、死、惊、开的遁甲。元帅只从克制的道理，兵分八队前去攻打，他自然救应不及。又里面他列为紫微、太微、天市三垣，分应八宫。元帅当以太极两仪之理制之。士诚气数，不上一年，元帅何必过虑？但恐攻城之时，有伤虎将，为可悲耳。”徐达听得有伤虎将一句，惊得木呆了半晌，便道：“某等同来将士，便各赤心图报朝廷。分有偏裨，情同骨肉。此时全望神明佑助，倘得一旅不伤，一将不损，城降之日，即当重修庙貌，申请褒封。”那城隍道：

“今日元帅至此行军，我们便在此保护。但其中也有在劫在数的，怎么十分救应得无事？元帅既如此嘱付，当曲图遮蔽，全他首领便了。”两神披衣而起，徐达方送得出营，却被巡哨的一声锣响，把徐达拿住。猛然惊醒，知是一梦。次早起来，吩咐各营，趁闲整理军器，待彼下书交战，另行调遣，不题。

且说伪周无锡守将莫天佑，从小儿便习武艺，身长丈二，面如喷血，有万夫不当之勇，人都称他为莫老虎。善使一把偃月刀，屯兵十万，在无锡城中，足为士诚救应。他见朱军驻扎姑苏，日夜攻打，终有难保之势，心思一计，修下三封书：一封着人往陈友定处投递，一封着人往方国珍处投递，一封着人往扩廓帖木儿、王保保处投递。约他趁朱兵攻苏州之时，正好乘势侵扰地方。朱兵彼此不支，必然得胜。他三处得了天佑来书，果然友定从闽、广来到界上侵扰，国珍从台州来到界上侵扰，王保保遣左丞李贰来到陵子村，在徐州界上侵扰。三处的文书，齐至金陵。太祖便令李文忠率钱塘兵八万，东敌方国珍；令胡德济、耿天璧率婺州、金华兵八万，东南上敌陈友定；令傅友德率兵五万，西北上敌李贰。一面又着人到徐达帐前，知会各家兵马俱动，都是莫天佑之故，可仔细提防。徐达得了信音，朝夕在怀。

只见张豹打下战书，说道：“上元已过，十八日交战。”徐达将姑苏城隍嘱付“生克分兵相制”的话，仔细思量了一夜。次早，升中军帐，着军政司打了几通攒集诸将的号鼓，吹了几声画角，那些将军依次聚在帐前。徐达便道：“明日交兵，诸将俱宜小心，听令而行，以济大事。倘不遵法，罪有莫逃。”诸将齐声道：“听令！”徐达恰取号箭一支，唤过俞通海，充正西队先锋，华云龙、顾时为左右翼，领精兵五千，俱用白色旗甲，攻打伪将正东营。取号箭一支，唤过耿炳文，充西北队先锋，孙兴祖、丁德兴为左右翼，领精兵五千，俱用黑白杂色旗甲，攻打伪将东南营。取号箭一支，唤过朱亮祖，充正南队先锋，张兴祖、薛显为左右翼，领精兵五千，俱用红色旗甲，攻打伪将正西营。取号箭一支，唤过吴祯，充正北队先锋，曹良臣、俞通源为左右翼，领精兵五千，俱用黑色旗甲，攻打伪将正南营。取号箭一支，唤过郭英，充西南队先锋，俞通渊、周德兴为左右翼，领精兵五千，俱用黄色旗甲，攻打伪将正北营。取号箭一支，唤过沐英，充正东队先锋，赵庸、杨璟为左右翼，领精兵五千，俱用青色旗甲，攻打伪将西南营。取号箭一支，唤过康茂才，充东南队先锋，王志、郑遇春为左右翼，领精兵五千，俱用青红杂色旗甲，攻打伪将东北营。取号箭一支，唤过廖永忠，充中军左哨先锋，唐胜宗、陆仲亨为左右翼，领精兵一万，俱用黄黑杂色旗甲，从东南营杀入，攻打伪将太微垣。取号箭一支，唤过冯胜，充中军右哨先锋，陈德、费聚为左右翼，领精兵一万，俱用黄红杂色旗甲，从东北营杀入，攻打伪将天市垣。取号箭一支，唤过汤和，充中军正先锋，郭子兴、蔡迁为左翼，韩政、黄彬为右翼，统精兵三万，俱用纯青、纯白、纯红、纯黑四色旗甲，从正北营杀入，攻打伪将紫微垣，砍倒将旗，四围放火。取号箭一支，唤过王弼、茅成、梅思祖三将，各领兵五千，出阵迎敌，待他明日那营出兵，必有两营接应，只可佯输，诱其远赶，以便我兵乘势夺寨。取号箭一支，唤过陆聚、吴复二将，各领本部人马，坚守老营，以防冲突。常遇春独领精兵五千，沿路冲杀。只留西北一营，不去攻打，以便彼兵逃窜。自率大队，从后救应。分拨已定，只等明日行事。

第五十七回

耿炳文杀贼祭父

剑色晴空映铁衣，中星夜朗彻飞翚。

天低吴寨花无色，气壮金陵草亦辉。

殿上德威寰海著，帷中神算斗星违。

国有忠良家有孝，留将青史仰巍巍。

那徐达依了苏州城隍托梦，分兵做十路攻打，调遣已定。次早正是十八日期，只见哨子来报，东北营中平章白勇领兵一万杀过来了。我军阵上早有王弼持刀迎敌，未及半个时辰，他正南上杨清、西北上万平世，各领兵前来接应。恰好茅成、梅思祖放马前来拦挡，六匹马搅做一团。只见梅思祖卖个破绽，径落荒而走，杨清便勒马来追。那白勇与万平世恐杨清得了头功，因一齐赶来。王弼、茅成也装一个救思祖的模样，将马也放来厮杀。

正杀得十分闹热，只听寨中一声炮响，十路兵马都杀出来，径往张豹阵中，分头的去攻打。他营中只说朱军与阵上军马相杀，那晓得这般神算。慌促之中，俞通海等杀入正东营内，朱亮祖等杀入正西营内，汤和率了中军，径杀入紫微垣。惊得张豹上马不及，汤和便一刀砍折了马脚，张豹只得从乱军中逃窜。郭子兴两翼兵马，就四下放起火来。中军帅旗，早被乱军砍倒，烟尘满眼，个个只是寻路而走，那一个敢来抵敌？

吴祯杀入南营，谁想杨清一营已在外边接应白勇，竟是一个空寨，便帮着耿炳文等杀入东南上。那营中正是佥院郑禄把守，他看见朱军杀入，便也率众相持。炳文大叫道："郑佥院，你记得当初带了义兵，投降吕功，致我父亲追赶，撞木栅而死，你今日便碎剐万段，也只是迟，还走那里去！"手转一枪，正中着郑禄左腿。炳文便活捉了，吩咐军校，陷在囚车内，杀得营中一个也不留。吴祯对炳文说："杨清既在阵前，我自赶去杀了杨清，才完得我的事。"炳文颠着头说："是，是。"吴祯自也去了。炳文径杀入张彪垣内，那张彪正与廖永忠三将相持。炳文大喊一声杀来，张彪见不做美，便带了残兵，只往兵少的去处逃走。

那朱亮祖杀入西营，只见些散军一路跪着迎降，更不见有赵玠。亮祖便坐在本营厅上问道："你们赵玠走在何处？"那些小军回说："赵都尉闻匆将军杀来，便登时逃走，不知去向……"说犹未了，谁想这贼躲闪在门后，把刀向背上竟砍将来。幸得恰是刀背，把亮祖肩上一下。亮祖熬着疼痛，跳转身，急抢刀在手，就在堂上两个战了数合。那赵玠看本事难当，拖着刀向外便跑。亮祖赶上一刀，分做两段。张兴祖、薛显起初看见营中投降，只道无事，把马在外边寻人相杀，听见营中喊声，方杀入来。那赵玠已结果了，营中一万人马，尽皆投降。

亮祖仍出营来，见沐英三将已杀了李献，俞通渊三将已杀了黄辙，郭英三将已杀了吴镇。四哨人马合做一处，望那张豹的中营，且是烈焰焰的烧得好，便将马从西北上放来。听得天市营内喊声大震，沐英、郭英、朱亮祖、俞通海，吩咐各哨两翼将军，俱率兵在外，不必随入相混，止四马赶入，看他光景。只见张彪、张豹领了残兵，聚集天市营内，保着张龙，与冯胜、汤和、廖永忠、耿炳文等厮杀。沐英四将乘势赶进救应，杀得伪周兵尸如山积，血似河流。张彪保着张龙，拼命的向西北路奔走，张豹一人力敌众将。

那阵上白勇、万平世、杨清正与王弼等交战，忽听得朱兵分头杀入老寨，回头一看，烟瘴冲天，三个飞也赶回。却撞着吴祯一彪军来，手起一枪，正中着万平世的心口，死于马下。白勇急上前来救，那枪稍转处一带，径将白勇一只眼珠带将出来。俞通源赶上一刀，连人和马，砍做两截。杨清便勒马腾云的相似，往别路逃走去了。

张彪保者张龙而行，只见林莽中叫道："还那里走！"睁眼看时，是常遇春挡着去路。兄弟两人道："一身气力，杀得没有些儿，又撞着对头，奈何，奈何？"正没做理会，恰好张豹带了残兵逃走回来，兄弟合做一处，也不与遇春相对，径冲阵而走。遇春飞马追赶，将到城门，那城上矢石、铳炮如雨的飞下来。遇春也不回兵，便令后军迎元帅大队人马到来，分头攻打苏州。

顷刻之间，诸将军毕集。吴祯把万平世首级，沐英把李献首级，朱亮祖把赵玠首级，郭英把吴镇首级，俞通源把白勇首级，俞通海把黄辙首级，一一到帐前，依次献了。只有康茂才一哨人马，竟无消息。徐达令哨马四下哨探消息。恰有耿炳文令军卒推过囚车上帐，说："先父因佥院郑禄投降伪周，追赶身死。今托虎威，活捉此贼到帐，乞主帅下令处置。"徐达便命军中急办牲醴，把耿君用公神像中堂悬挂，自己同诸将行了四拜礼，那炳文在旁边回了四拜，即下堂朝了元帅及诸将军拜谢了，依先上堂，换着一身缟素便服，朝父亲神像拜了哭，哭了又拜。徐元帅一边传令军校，把佥院郑禄活绑过来，就一刀剖出心肺，放在盘子里，供养君用像前。那炳文看见摆列着清清的酒卮，香香的肴味，活碌碌的肺肝，爽朗朗的香烛，仪容空对，音响无闻，眼泪不止一路的落，捶胸顿足，愈觉哀恸起来。帐前军士没一个不酸心含痛，声彻天地。惊得那张士诚在城里也不知为着甚的。

约有一个时辰，徐元帅同诸位将军齐来劝说："耿公，请自宽心，今日公能为父报仇，又为国出力，忠孝两全，便是尊公灵在九天，也必色喜。万勿过伤，且请治事。"炳文只得住了哭声，一日之间，不住欷歔的在口，杯酒片肴，毫不沾牙，真实难得。话不絮烦。

却说康茂才同着王志、郑遇春，带了人马，杀入东北营中，止有二三百个守营的羸卒，因各转身沿路去寻白勇下落。只听人说："白平章今日当先骂阵，倒不见这般凄怆！"茂才听知，便往场上杀来。恰撞着巡哨贼将徐仁、尹晖两个，带领五千精锐，从北路而行，阻住去路。茂才心中转道："这送死贼，到替了白勇的晦气了。"便摆开阵势，五匹马混杀了一个多时辰。后来徐仁望见中营火起，即要同尹晖脱身。朱军阵上，那个肯放他宽转？古人说得好：心慌意乱，自没个好光景做出来。那尹晖枪法渐乱，茂才转过一刀，结果了残生。徐仁便杀条血路而走，茂才招动人马来追。谁知杨清看吴祯杀了万平世，俞通源杀了白勇，便领残兵而逃，正撞着徐仁，合兵做一处。那徐仁见杨清既来，茂才一哨兵又没接应，仍来迎敌。且说郑遇春看见徐仁马头将近，大叫一声，说："看箭！"徐仁只道果然有箭，把头一低，遇春趁着势一刀，正把头砍将下来。茂才心知杨清又要逃走，把旗一招，朱军便密匝匝只围他在中心。茂才等三将横来直往，把他在垓中厮杀。未及半晌，被王志一枪，中着马脚，那马仆地便倒，众军向前，把杨清砍做数段。茂才方得收军转来。哨马望见了茂才一彪人马，飞也似报与元帅说："康将军往东路来了。"徐达听得，便同众将出帐外来望。恰好茂才下马进来，备说了前事，徐达大喜。

第五十八回

熊参政捷奏封章

魏征《述怀》：

中原还逐鹿，投笔事戎轩。
纵横计不就，慷慨志犹存。
策杖谒天子，驱马出关门。
请缨系南越，凭轼下东藩。
郁纡陟高岫，出没望平原。
古木鸣寒鸟，空山啼夜猿。
既伤千里目，还惊九逝魂。
岂不惮艰险，深怀国士恩。
季布无二诺，侯嬴重一言。
人生感意气，功名谁复论。

徐达大军驻扎在姑苏城下，只不见了康茂才一队人马，正在狐疑，恰有哨马报道：“康将军得胜，往东南路回来。”徐达不胜之喜，因令冯胜为首，协廖永忠、郭英、吴祯、赵庸、杨璟、张兴祖、薛显、吴复、何文晖九员虎将，领兵二万，围困葑门。汤和为首，协曹良臣、丁德兴、孙兴祖、杨国兴、康茂才、郭子兴、韩政、陆聚、仇成九员虎将，领兵二万，围困胥门。常遇春为首，协唐胜宗、陆仲亨、黄彬、梅思祖、王弼、华云龙、周德兴、顾时、陈德九员虎将，领兵二万，围困阊门。沐英为首，协俞通海、俞通源、俞通渊、费聚、王志、蔡迁、郑遇春、金朝兴、茅成九员虎将，领兵二万，围困娄门。朱亮祖领兵三万，屯扎城西北上，耿炳文领兵三万，屯扎东南上，筑设长围，架起木塔，树着敌楼，四处把火炮、喷筒、鸟嘴、火箭，及襄阳炮，日夜攻击。徐达自统大军六万，环绕诸军之后，相机救应，防御外边来救兵马。诸将得令，各自小心攻打，不题。

且说张龙、张虎、张豹，领着残兵不上万余，逃入苏城，见了父王士诚，哭诉朱兵十分利害，无可处置。士诚正是烦恼，却见探子慌忙入朝报道："朱兵四下密布，重重的把各门围了。"士诚惊得手忙脚乱，便集民兵二十万，上城立阵，炮弩、矢石，登时的发作将来，防设甚严。我兵屡被伤折，连有三个月日。太祖在金陵，闻知难于攻打，因此使人传谕，令三军勿得轻动，待其自困。徐达承旨，对使者说："我也不敢急性行事，但虑莫天祐这厮，奸谋百出。前者以书招三处贼兵，犯我边境，东南闽、广诸路，山陵阻隔，谅无他虞。所患彭城一带，更无险阻，倘或天祐约渠顺黄河而下，间道由江北抵吴淞，与姑苏结为表里，便一时难为支吾耳。"那使人对道："元帅如此说，还未知傅将军近来行事哩！"徐达便说："我正在此记念他近日如何行事，未有消息，日夜不安。你且细说与我听着。"那人道："前日主公着我来时，正在殿中给予我的路引，只见通政司一员官过来奏道：'徐州参政熊聚差人奏捷。'主公便说道：'人与表章即刻一齐进来……'说犹未了，那承差跪在殿外，备说徐州熊参政令指挥傅友德率兵三千，逆水而上，舟至吕梁，正遇元将左丞李贰出掠。友德率众便舍舟登岸，冲击元兵。李贰即遣裨将韩一盛引兵接战，友德手起枪落，把一盛刺死马下。元兵败走，友德揣度李贰必然广招部落来斗，即令人驰还城中，开了城门，着兵卒布列城外，皆坐地卧枪而待，以鼓声为号，一齐奋发。顷刻之间，那李贰果招上许多毛贼到来。友德望贼将近，鸣鼓三声，我师猛发，横冲过去，贼众大溃，争先渡水而逃，溺死者不计其数。现生擒李贰及他头目二百七十余人，获马二百余匹，乞令旨发付。主公听了大喜，令把李贰在西绞头枭首，其馀所俘人犯，羁候细审。重赏来差，即手书褒嘉友德，加升三级。我临行目睹来的。”徐达听了，说：“如此，便姑苏不足虑矣。”送使人出帐，回金陵而去。

正转身回寨，忽人报水门巡军，获得一个细作，特送到元帅帐前发付。徐达便令押至军中，问说：“汝是何人？敢来越关！若从直说来，饶汝之死。”那人说：“小人是无锡莫天祐手下总领官杨茂，惯能游水，特往姑苏上表的。”徐达因问：“这表在何处？”杨茂站起身来，把肚兜除下，摸出一个蜡丸子，说：“这表在丸子里。”徐达将丸剖开，细看了表章，就问：“你家还有谁人？还是要生要死？”杨茂回报：“有个老母，及妻与子，望元帅活蝼蚁之命。”徐达把杨茂发去俞通海处，做个水军头目。随暗地唤华云龙入帐，着领聪慧小心军校二十名，潜往无锡，去诱杨茂家小。

云龙得令，随见杨茂，备问了居住，及儿子名字，来到营中，说：“莫天祐这厮，不是戏耍！他看我军攻打苏州城的，必定仔细盘诘。我们二十人，可分作六七样打扮。闻知无锡大小人家，都结蒲鞋面贩卖，我们着五个会打绍兴乡谈的，扮作贩鞋客人。县前专做好鱼面，我们可着两个，买了大鱼数头，鳝鱼数斤，挑了鱼担儿，沿街货卖入城。再着三个扮做福建打造低假乌银纽扣的银匠，细巧锤凿，俱要随带备用。又将叉口五只，装盛糙粞、大麦，把五人扮做乡间大户人家，粜来粞麦，挑进城内糖坊里用。后边即著三个挑了糖担，一头办有摇鼓儿、泥人儿、引线儿、纸糊小盒儿、灯草发板儿，丁丁当当，跟着糖铺的人一夥儿走。都约在西门水濂街会齐。”吩咐已定，各人整备了。

次早，走到城边，那城上果然逐一查问。一夥过了，又是一夥，都被这巧计儿零星走入了城，径到水濂街。那云龙走到一个裁衣人家，便道："师父，此处总领杨茂官人在那家是？"那裁衣说："杨官人正在转弯红角子门里。"云龙问了的确，叫声起动，转过弯来，直到红角子门里撞进，连声叫道："杨名官在家么？"那杨名知有人叫他，便走出来问道："客官何来？"云龙回报道："你们父亲承着官差，一路上得病未好，今已到西门外。那病十二分，命在须臾，要见你母亲及祖母与你一面，特央我来通知。你们可急急去，倘得见你，他好永诀。"杨名走进去说了，那祖母与母亲又出来，问了详细，便同云龙径出西门。

只见四个鱼担儿，三个糖担儿，五六个贩鞋面的，及五六个空手走的，说说笑笑，看看云龙道："这客官就是前面酒店的病人央来报信的。世间有这等热心人，真个难得。"那云龙把眼一梭，这些人三脚两步都走前面去了。约至五里路程，只见路上有个小车，辘辘的往前面推着。云龙便叫声："推车的长官，我有两位内眷，到前面王家酒店里看个病人。他们鞋弓袜小，一时赶不上路，劳你带在车子上，我重重送你酒钱。"那汉子便站定道："快上来！"云龙便扶着他祖母与母亲上了车儿，自同杨名一路的说，一路的走。推车的走得快，似飞也辇将去。云龙故意叫道："长官，便慢着些儿，缓缓走也好。倘若你先到王家酒店，坐着等待，我来数钱送你买酒吃。"那推车汉子把手指一指道："日已西了，还迟到几时？"约莫有二十余里，杨名问云龙道："还有多少路？"云龙笑着说："你且跟我来。"不上里许，走到前面，那有铺店？却见黑林子里走出十六七个人，叫道："杨名，你还待怎的？我们等久了。吾奉金陵徐元帅将令，因你家父亲杨茂越关被获，已愿投降。徐元帅恐莫天祐害及你家属，特来取你归营。你若狐疑，有剑在此。"杨名同他祖母与母亲听说，三个都呆了口，也没有说，没得回报。华云龙就脱下了便服，换了盔甲，便叫杨名一同众军，跨着飞马，押了车子，紧赶着上路。将及二更时分，俱已到军前，不题。且看后来如何？

第五十九回

破姑苏士诚命殒

吴王宫阙临江起，不卷珠帘见江水。
晓气晴来双阙间，潮声夜落千门里。
勾践城中非旧春，姑苏台下起黄尘。
只今惟有西江月，曾照吴王宫里人。

——录卫万《吴宫怨》

那华云龙用了一团心机，挈取杨茂家属，将及二鼓，才到军前。辕门上把守的禀说：“元帅正在帐中相等。”云龙便进去，备数了事情一遍，且说：“他家属现在营外。”徐达即令人送至后营，因唤杨茂说：“我恐天祐害你家小，已令人挈取至营。”杨茂见了母亲妻儿，不胜之喜，便说：“殒首碎躯，莫能图报。”当晚归本帐而去。

过了数日，徐达写了一个柬帖，唤取杨茂到帐，说：“我欲你干一件事，你可去么？”杨茂说：“小人受了大恩，赴火蹈汤，甘心前往。”徐达便取柬帖递与，吩咐：“出营五里，可看了行事。”杨茂接过在手，走至前途，开封一看，大笑道：“要我去赚莫天祐，这有何难？”便放脚走入无锡城中，参见了莫天祐。天祐见杨茂回来，大喜，问道：“主公有何话说？”杨茂说：“主公吩咐：徐达军粮屯于桃花坞，明晚是八月十八，城中当举火为号，主公领兵冲阵，传令元帅可赴桃花坞，烧毁粮草，即往东攻杀围兵，内应外合，不得误事。”天祐说：“这计较极好。”因留兵五万守城，次早带领精锐五万出城，径到桃花坞密林中屯住。将及二更，遥见东门火起，天祐便唤杨茂引路，将到坞边，只听一个炮响，四下伏兵齐起。天祐大惊，说：“吾中徐达奸计了！”连叫杨茂，不知去向。因引兵冲西而走。徐达阵上俞通海拼死赶来，身上被了四箭，头角上被有一箭，血染征袍，白练尽赤，犹是奋勇冲杀，尸横遍野，殆至黎明，才知此身带着重伤，疼痛难禁。徐达只得令本部士卒，星夜送还金陵，不题。

那天祐逞着骁勇，冲阵回至无锡，惟见城上遍插的是金陵徐元帅旗号。大濠之间，撞见郭英、俞通渊杀来，叫道：“莫天祐，若早降，免得一死！”天祐纵马来敌，恰被俞通渊后心一枪，下马而死。徐达入城，抚辑了军民才去。

原来十八之夜，徐达暂令四将各提兵一万，前来攻杀。一夜之间，便取了无锡而回，仍引众将急攻姑苏。前军报来：“军师刘基来访。”徐达诉说苏州城久攻不下，全望军师指教。

次日早起，刘基、徐达二人，同在城下走来走去，熟察形势。忽见一个头陀，与一个金色道人，飘飘乘风，从胥门城脚而来。那头陀一跑跑到身边，叫道：“刘军师、徐元帅，一向好么？何为二人在此来往？”刘基一看，就是周颠。便问说：“你一向在那里？”颠子应道：“我自在这边，你自不见哩。”呵呵的只是笑。徐达因问：“这位师父是谁？”颠子说：“这是张金箔。就是与张三丰一班儿在铁冠道人门下的，你还不认得么？”军师与元帅心知也是异人，便四个交着手，走回营里来。杯酒之后，商议破城之法。张金箔说：“此城竟是龟形，盘门是头，齐门是尾。龟之性负水而出，乘风则欢。今暮秋之时，正水木相乘之会，刘军师当择水木干支的日头，借风驳击其尾，则其首必出，决当歼灭伪周矣。”元帅听了大喜，刘军师把手掌上一轮，说道："事不宜迟，明日便可动手。"急令各城大濠外四周，筑成高台十座。每台长五十步，阔二十步，与城一般而齐。上盖敌楼，以便遮蔽，整备铳炮攻打。未及三个时辰，各营俱报：高台依法齐备。

那士诚看见外面如此光景，与群臣设计抵挡。张彪奏说："不如潜夜弃城，径作航海之行为上。"士诚听了，便收拾宝玩、细软、财物，挈领家眷，深夜开城，突围而走。常遇春稔知士诚，分兵截住。那士诚军马拼死的冲杀，良久，胜负不分。此时王弼统领左军，遇春抚了王弼肩背说："军中皆称足下与朱亮祖为雄，今亮祖独屯兵于西北，不当机会，足下何不径取此贼？"王弼听了，直挥双刀，奋勇向前。敌众方得少却，遇春便率众乘之。恰好亮祖也驰兵夹入，喊杀将来。士诚兵马大败，溺死沙盆潭者，不计其数。士诚坐着飞龙追日千里马，也几乎堕入水中。遇春同亮祖并力追赶，一枪刺去，正中世子张龙，下马而死。士诚大哭入城，坚闭不出。

次早，周颠与张金箔作别要行。军师与徐元帅再三留住，他们回报说："后会有期，不必苦相留也。"便出帐自去。刘基看高台已筑，因令众帅率军校上台攻打，只留正东台听起自用。刘基按定吉时登台，披发仗剑。忽见雷霆霹雳交加，大雨如注，台上众军一齐放起火箭、神枪、火铳、硬弩，飞将过去。盘门果然先开，城上民军，争先冒雨奔走。只听大震一声，把姑苏城攻倒三十六处。徐达便传令四面军士，俱依队伍入城，不许越次乱杀。如有擒得张士诚者，予金千两；斩首来献者，予金五百两；斩渠妻子一人者，予金百两。那士诚看见城破，便率了子女及妻刘氏并家属，同登齐云楼，说道："免为他人所辱。"四下放起火来，都皆烧死。孑身走至后苑梧桐树边，大叫数声："天丧吾也！天丧吾也……"正要解下紫丝绦自经，突然走过沐英，白袍素铠，一箭射断了丝绦，把士诚仆然堕地，着军校上前捉住。徐达收了图籍，并钱粮器械，即与众将起程，回到金陵，止留数将在苏镇守。

谁想那士诚拘在军中，只是闭着这双眼睛，咬着这口牙齿。军校们劝他吃粥、吃饭，只是不看，只是不吃。将到金陵，徐达先遣人报捷，太祖便命丞相李善长远出款待。士诚也毫不为礼。善长便说：“张公，你平日据土称王，智勇自大，今日何为至此？且吾之尽礼于足下，正以王命，不欲自失其仪。足下还重己轻人乎？”顷刻已至龙江，诸将把士诚缚了，送到太祖面前。士诚也只低首闭目，朝上着地而坐。太祖叱之说：“你何不视我？”士诚大声道：“天日照你不照我，我视何为！”太祖大怒，排驾回城。士诚自思赧颜，泣下如雨，至夜分，以衣带自缢而死。太祖敕命为姑苏公，具衣冠葬于苏城之下。这些高官厚禄之臣，闻知苏州城破，或投降的，或逃走的，且有替我兵私通卖国的，没有一个死难。后来唐伯虎有《清江引》词说：

皂罗辫儿锦扎梢，头戴方檐帽。穿领阔袖衫，坐个四人轿。又是张吴王米虫儿来到了。

太祖次日早朝，即将削平伪周诸将，一一升赏有差。恰有徐达奏说：“臣等攻打苏州，曾檄俞通海提兵桃花坞，荡贼老营，身中流矢，后因毒甚，送还京师。闻主公亲幸第宅，问他死后嘱咐何事，通海已不能语。主公挥泪而出。次日身没，车驾复临恸哭，惨动三军，莫能仰视。臣等身在远方，闻此眷注，不胜感激。又阵中丁德兴被刀折其左股而亡，茅成被火箭透心而亡，俱乞殿下褒封，以表忠节。又前者正月朔日，臣夜梦姑苏城隍与滁州城隍同至帐中，恍惚言语，谓主公三年之间，混一大统，士诚不及一载，决至沦亡，但虎将不免陨丧。臣因求其保护，今皆得保领而没。全望主公敕赐褒崇，以表神爽。又今苏城天王堂东庑土地神像，俨像圣容，三军无不称赞，亦望主公裁处。”太祖便说：“随吾渡江精通水战者，无如廖永安、俞通海。又丁德兴、茅成，俱是虎臣。今功成而身死，深为可惜。”因命有司，塑像于功臣庙中致祭。永安向死于苏州，可迎葬于锺山之侧。

第六十回

哑钟鸣疯僧颠狂

无著天亲弟与兄，嵩丘兰若一峰晴。
食随鸣磬巢乌下，行踏空林落叶声。
迸水定侵香案湿，雨花应共石床平。
深洞长松何所在，俨然天竺一先生。

太祖下命，着有司将廖永安等塑像于功臣祠，岁时祭祀，一边迎永安灵柩，葬于锺山之侧。又说："滁州城隍与姑苏城隍，军中显灵，可同和州城隍俱敕封'承天监国司民灵护王'，特赐褒崇。其敕书可锦标玉轴，与各处有异。至如天王堂东庑土神，亦听其像貌，不可移易。"徐达领命，出朝自去。

却说当初唐时有个活佛出世，言语无不灵应，甚是稀罕，人都称他做宝志大和尚。后来白日升天，把这副凡胎就葬在金陵。前者诏建宫殿，那礼工二部官员，奏请卜基，恰好在宝志长老冢边。太祖着令迁去他所埋葬，以便建立。请臣得令，次日百计锄掘，坚不可动。太祖见工作难于下手，心中甚是不快。回到宫中，国母马娘娘接着，问说："闻志公的冢甚是难迁，妾想此段因果，亦是不小。殿下还宜命史官占卜妥当，才成万年不拔之基。且志公向来灵异，冥冥之中，岂不欲保全自己凡壳？殿下如卜得吉，宜择善地，与他建造寺院，设立田土，只当替他代换一般，做下文书烧化，庶几佛骨保佑，不知殿下主裁何如？”太祖应道：“这说得极是。”次早，便与刘基占卜，卜得上好。就着诸工作不得乱掘，太祖自做下交易文书，烧化在志公冢上。因命锺陵山之东，创造一个寺院，御名灵谷寺。遍植松柏，中间盖无梁殿一座，左右设钟鼓楼，楼上悬的是景阳钟。又唐时铸就铜钟一口，欲为殿上所用；铸成之日，任你敲击，只是不响。那时便都叫道“哑钟”，且有童谣说：

若要撞得哑钟鸣，除非灵谷寺中僧。
殿造无梁后有塔，志公长老耳边听。

殿成之日，寺僧因钟鼓虽设，然殿内还须有副小样钟鼓，日逐做些功课，也得便当。正在商议，忽然有个头陀上殿说：“那哑钟不是好用的，何必多般商议？”这些僧人与那诸多工作，拍手大笑道：“你既晓得哑的，用他怎么？”那头陀回报道：“而今用在这殿中，包你不哑了。”众人也随他说，更不睬他。那头陀气将起来，大叫道：“你们不信贫僧，也自由你。若我奏过朝廷，或依了我，悬挂起来，敲得旺旺的响，那时恐怕你们大众得罪不小，自悔也迟。”便把衲袄整了一整，向长安街一路的往朝里来。这些人也有的只说这头陀想是疯子，不来理他；也有的只说此钟多年古物，实是不响，这头陀枉自费心。也有的说：“我们且劝他转来，倘或触动圣怒，也在此自讨烦恼。”便一直赶来劝他。那头陀说：“既是你们劝我，想你们从中也有肯依我的了，我又何苦与你们作对？”因也转身到寺里来。那些人因他到了，都不做声，开着眼看他怎么。

那头陀便向天打了一个信心，就向这钟边走了三五转，口里念了几句真言，喝声道：“起！”这钟就地内平空立将起来。这头陀把钟上泥将帚子拂拭净了，看殿上钟架恰好端正的，便把手指道："你自飞悬架上去。"那钟平地里走入殿来，端端正正挂在架子上。看的人堆千积万，止不住喝采。头陀便从袖中取出一条杨枝，与一个净瓶来。将瓶中画了道符，那瓶内忽然的一瓶净水。便念动几句梵语，将净水向钟上周围洒了三遍，取一脉纸来，焚化在钟边，把手四下里一摸，只听得铿然有声。他便取木植一株，轻轻撞将过去，那钟声真个又洪又亮，又久又清。这千千万万人，齐声道："古怪，古怪！"合寺僧人同那善男信女，纳头拜道："有眼不识活佛，即求师父在此住持。"那头陀道："我自幼出家，法名宗泐。去无踪，来无迹，神通变化，那个所在能束缚我这幻躯？近闻大明天子将我师父志公的法身迁移到此，且十分尊礼，我因显这个小小法儿。你们不须在此缠扰。"正在这边指示大众，谁想在那边监造内使见他伎俩，飞也走报太祖。太祖便同军师刘基及丞相李善长一行人众，齐到寺来。宗泐早已知道，向前说："皇帝行驾到此，我宗泐有缘相遇。但今日也不必多言，如过年余，还当再面。"在人丛中一撞，再不见了。

太祖看殿已造完，便择日迁起志公肉身，犹然脂香肉腻，神色宛然如生。别造金棺银椁藏贮，即发大愿，说："借他一日，供养一日。"椁上建立浮图，大十围，高十一层，工费百万，再赐庄田三百六十所，日用一所之资，为志公供养。

天色将暮，太祖便同刘基等，从朝天宫转微服步行而回，车驾不必随送。忽见一个妇人，穿着麻衣，在路旁大笑。太祖看他来得怪异，便问："何故大笑？"妇人回说："吾夫为国而死，为忠臣；吾子为父而死，为孝子。夫与子，忠孝两全，吾所以大喜而笑。"太祖因问说："汝夫曾葬么？"那妇人用手指道："此去数十步，即吾夫埋玉之所。"言讫不见。次早，着令有司往视。惟见黄土一堆，草木蓊郁。掘未数尺，则冢头一碑，上镌着"晋卞壶之墓"五字。棺木已朽，而面色如生，两手指爪，绕手背六七寸。有司驰报，上念其忠孝，遂命仍旧掩覆，立庙致祀。正传诏令，恰好孝陵城西门之内，也掘出个碑来，是吴大帝孙权之墓。奏请毁掘行止，上微笑说："孙权亦是个汉子，便留着守门也好。其余坟墓，都要毁移。"

明日，正是仲冬一日。李善长、刘基、徐达，率文武百官上表，劝即皇帝宝位。太祖看了表，对众臣说："吾以布衣起兵，君臣相遇，得成大功。今虽抚有江南，然中原未平，正焦劳之日，岂可坐守一隅，竟忘远虑？"不听所奏。过了五日，李善长等早朝奏说："愿殿下早正一统之位，以慰天下之心。"太祖又对朝臣说："我思功未服，德未孚，一统之势未成，四方之途尚梗。昔笑伪汉，才得一隅，妄自尊大，卒致灭亡，贻笑于人，岂得更自蹈之？果使天命有在，又何庸汲汲乎！"善长等复以为请，说："昔汉高既诛项氏，即登大宝，以慰臣民。殿下功德协天人，命之所在，诚不可违。"太祖也不回覆，即下未央宫，宫中手谕诸臣说："始初勉从众言，已即王位。今卿等复劝即帝位，恐德薄不足以当之。姑俟再计。"掷笔，便微服带领二三校尉，出西门来访民情。迅步走到一个坍败寺院，里面没一个僧人，但壁上墨迹未干，画着一个大和尚，傍边题一偈云：

大千世界浩茫茫，收入都将一袋装。
毕竟有收还有散，放些宽了又何妨。

太祖立定了身，念了几遍，说："此诗是讥诮我的。"便命校尉从内亟索其人，毫无所得。太祖怅怅而归。走到城隍庙边，只见墙上又画一个和尚，顶着一个禅冠；一个道士，头发蓬松，顶着十个道冠；一条断桥，士民各左右分立，巴巴的望着渡船。太祖又立定了身，看了半晌，更参不透中间意思。因敕教坊司参究回报。次日奏说："僧顶一冠，有冠官无发（法）也。道士顶十冠，冠（官）多法乱也；军民立断桥望渡船，过不得也。"太祖因是稍宽法网。

第六十一回

顺天心位登大宝

两间淑气遍林扉，处处苍生愿不违。
一座云山无豹隐，百年天地有龙飞。
鸡声带月銮舆动，春色迎风天仗晖。
最是五湖饶钓叟，从今都许侍彤闱。

太祖微行，看了两处的画壁，分明晓得是隐讽的，心中忽然儆醒，因谕中书省御史台臣及刑部官，定为律令，颁行四方，不许以意出入。次日早朝，李善长等复表劝进登皇帝大位。太祖说："中原未平，军旅未息。且当初朱升来见，我问天下大计，朱升复我说：'高筑墙，广积粮，缓称王。'此三语，我时时念及，尔等何为急急如此？且此事极大，尔等须斟酌礼仪而行，不可草草。"李善长等得蒙允奏，不胜之喜，便传军令，着郭英领民兵三万，于南郊筑台受禅。礼官定仪，择来年戊申岁正月四日乙亥，即皇帝位。三日之前，南郊坛已告成，一应礼仪俱备。礼官备将行仪申奏。太祖传旨，着群臣俱斋戒沐浴，至期同赴南郊。銮舆所过，远近观看的填街塞巷。不移时，驾至南郊。怎见这坛的制度？但见：

仪遵风后，礼习轩辕。高卑上下，按着山峙川流；长短方圆，合着乾开坤辟。三才八卦，排列的整整齐齐；五行四时，摆定得端端正正。三百六十步为君坛，四百九十步为祖坛，八百一十步为将坛。一层高一层，包罗万象：上层圆象天，中层正象人，下层方象地。一级升一级，妙合支干。八方界上，立着八面盘龙宝镜，正是：春前条风，春后明风，夏前清风，夏后景风，秋前凉风，秋后阊阖风，冬前不周风，冬后广漠风。周遭台内，列着廿四面绛色黄旗，总验孟春始盈，孟秋始缩；仲夏始出，仲秋始内；季春大出，季秋大内；孟夏始缓，孟冬始急；仲夏至修，仲冬至短；季夏德毕，季冬刑毕。中有十二盘，以应十二月。下有四个坎，以分南北东西。七十二座，或大或小，上契宇宙神祇；二十八位，或近或疏，印证天边星宿。

当时公侯将相扶拥太祖高皇帝登坛，坛上列着皇天后土、日月星辰、风云雷雨、五岳四渎、名山大川之神，及伏羲三皇、少昊五帝、禹汤三代圣君之位。坛下鼓乐齐作了三通，太祖行八拜礼。太史官弘文馆学士刘基读祭文曰：

维大明洪武元年，岁次戊申正月壬申朔越四日乙亥，天下大元帅皇帝臣朱，敢昭告于皇天后土、日月星辰、风云雷雨、天地神祇、历代圣君之灵，曰：天地之威，加于四海；日月之明，照乎八方。云雷之势，万物咸生；雨露之恩，万民咸仰。伏以上天生民，俾以司牧，是以圣贤相承，继天立极，抚临亿兆。尧、舜相禅，汤武吊伐，行虽不同，爱物则一。今胡元乱世，宇宙洪荒，四海有蜂虿之忧，八方有蛇蝎之祸。群雄并起，使山河瓜分；寇盗齐生，致乾坤鼎沸。臣生于淮甸，起自濠梁。提三尺以聚英雄，统一派而救困乏。托天之德，驱一队以破肆毒之东吴；倚天之威，连千艘以诛枭雄之北汉。因苍生无主，为群臣所推，臣承天之基，即帝之位，忝为天吏，以治万民。今改元洪武，国号大明。仰仗明威，扫静中原，肃清华夏，使乾坤一统，万姓咸宁。沐浴虔诚，齐心仰告。专祈协赞，永克丕承。尚飨。

刘基读了祝文，坛下音乐交奏。太祖令群臣设三十六拜。祭告之时，但见天宇澄清，风和景霁，氤氲香雾，上凝下霭，中星露光，与连朝雨雪阴霾的气色迥异。人人说是景运休徵。礼毕下坛，李善长率文武百官及都城父老，扬尘舞蹈，山呼万岁，五拜三叩头。礼毕，太祖引世子及诸王子、文武群臣，奉四代神主回城，送入太庙。追尊：

高祖考德祖玄皇帝，高祖妣玄圣皇太后；
曾祖考懿祖桓皇帝，曾祖妣懿圣皇太后；
祖考熙祖裕皇帝，祖妣裕圣皇太后；
考仁祖淳孝皇帝，妣淳圣睿慈皇太后。

上玉玺宝册，行追荐之礼，因对群臣说："朕荷蒙先德，庆及于躬。今遵行令典，尊崇先代，对越之间，若或见之。"言讫登辇升殿，受群臣称贺。即命刘基奉册宝，立妃马氏为皇后，且曰："朕念皇后偕起布衣，同甘苦，尝从朕在军，自忍饥饿，怀糗以饲朕。朕比之豆粥饭，其困尤甚。又朕素为郭氏所疑，皇后从中百般调停，百计宽纵，得免于患。家之良妇，犹国之良相，未忍忘之。"退朝还宫，因以语皇后。后回报说："妾闻'夫妇相保易，君臣相保难'。望陛下今日正位以后，时时兢惕，以保久安长治之业，是所愿耳。"

次日设朝，文武朝贺毕，命立世子朱某为皇太子，赠李善长为银青荣禄大夫、上柱国、中书左丞相、太子太师、宣国公。赠刘基右丞相、太子太傅、安国公。刘基再四恳辞不受，说："臣赋命浅薄，若受大爵，必折寿命。"太祖见他恳切，止授弘文馆大学士、太史令。赠徐达上柱国、中书右丞相、太子太保、信国公。赠常遇春中书平章、鄂国公。其李文忠、邓愈、汤和、沐英、郭英、冯胜、廖永忠、吴祯、吴良、朱亮祖、傅友德、耿炳文、华云龙等，封爵有差。群臣叩首拜谢。命改建康金陵府为南京应天府，布告天下，改元洪武。

只见翰林学士王祎出班叩头，上一篇定天下成大业，祈天永命的表章。中间要减茶课，免军需，轻田租，蠲边郡税粮，以顺人心等语。太祖看了大喜，赐帛五疋。便宣大元帅徐达说："朕思胡元未克，中原未收，又闽、广、浙东、两广等处，尚未归附，四海黎民未安，此心殊是歉然。卿宜与常遇春、冯胜、郭英、耿炳文、吴良、傅友德、华高、曹良臣、孙兴祖、唐胜宗、陆仲亨、周德兴、华云龙、赵庸、康茂才、杨璟、胡美、汪信、张兴祖、张龙等率兵十万，北伐大元，以取中原。汤和为元帅，领吴祯、费聚、郑遇春、蔡迁、韩政、黄彬、陆聚、梅思祖等，率兵十万，伐陈友定，取闽、广之地。李文忠为元帅，领沐英、朱亮祖、廖永忠、阮德、王志、吴复、金朝兴等，率兵十万，伐方国珍，取浙东之地。邓愈为元帅，领王弼、叶升、李新、陈恒、胡深海、张赫、谢成、张温、曹兴、周武、朱寿、胡德济等，率兵五万，取东西两广未附州郡。"四将领命出朝，专候择日起兵前去。

次早，徐达等仍率众将入朝请旨。太祖命礼官将兵兴四讨、救民伐暴的情由，做了祭文，上告天地山川之神。礼华，复令众将一一向前，吩咐：决不许妄行杀害，荼毒生灵。达等拜命，陆续分兵，往各路进发。

先说李文忠，统了诸将军马，离却金陵，望浙东而行。不一日，到温州城南七里外安营。方国珍得知兵到，便与儿子方明善计较厮杀。那明善细思了半晌，对国珍说："朱兵雄勇难当，且李文忠所统将校，个个是足智多谋之士。若待围城，必难取胜。不若乘其远来疲困之时，先出兵冲杀，或可取胜。"国珍说："我意亦欲如此。"即日便领兵一万，前至太平寨摆开拒截。哨马报入营来，文忠便率众将对阵。却见方明善出马，文忠在旗门之下说："今主上混一天下，指日可成，你们父子不思纳款，而区区守一隅之地，以抗天兵，将复为陈、张二姓乎？"明善大怒，骂道："你们贪心无厌，自来寻死耳！何用多言！"便纵马杀来。恰有左哨上廖永忠抡刀向前迎敌，两下喊杀，约有四十余合，右哨朱亮祖看难取胜，因提枪从旁直向明善刺来。明善力怯而走，明兵乘势赶杀，取了太平寨，追到城边。那明善领着残兵，急急进城，坚闭城门不出。

第六十二回

方国珍遁入西洋

上方楼阁海门开，万里沉香破浪来。
空中色相三千幻，个里禅机百日材。
漫说昙花天上坠，还看拇指赤城颓。
老僧诵法金龙见，日夜潮生长翠莓。

那明善领了残兵，奔回城中，紧闭了城门不出。李文忠召诸将商议说："今日大败，贼众心胆俱寒，急宜四下攻打，决可拔城。"众将得令。朱亮祖就遣指挥张浚、汤克明攻西门，徐秀攻东门，柴虎率游兵为接应。城下喊声雷动，亮祖自统精锐，不避矢石，驾着云梯，径从西门而上，捉了员外郎刘本善及部将百余人。国珍看见城破，便带领家属，出北门冲阵，径往小路直走海口，落了大洋，遂向黄严上台州，与弟方国瑛合兵一处，再图恢复，不题。

那朱亮祖奉了元帅李文忠之命，入城抚辑，即日把军情申奏金陵。太祖看了表章，大喜，便令承差到殿前说："那国珍遁入海洋，必向台州与国瑛合兵据守。事不宜迟，即着中书省写敕，专付朱亮祖，仍带浙江行省参政职衔，率马步舟师，向台州进讨。"差官星夜火速谕知，亮祖拜命，遂进天台。那天台县尹汤槩闻知兵到，出二十里长亭迎降。亮祖在马上安慰了黎庶，着汤槩仍领旧职，抚理本县地方，自己兼程，直到台州城下。那台城将近二十里土色如赭，古来因曰“赤城”。城外有二十五里沿江岭，一人一马，单骑而行。上边逼峻的高山，下边绝深的江水。这城是唐时尉迟敬德筑成的，极为坚固。城中有个紫中山，紫气氤氲，浑如巾帻。东门一湖碧水，流通海脉。过东二十里田地，就是海边。海边有个白塔寺，这塔也是尉迟公发心盖造，砖上至今俱有敬德名字。寺中沉香大士，甚是灵显。原来说有本寺老僧，每东方日出时，诵经念佛，见海内一条金龙，听得木鱼响，便来听法。这老僧因将佛前供养饭食，日日撒泼海中，把这金龙来吃。一夜之间，忽梦观音说：“明日庵前当有金龙衔来一株沉香到岸，你可打捞上岸，供在佛前，关了庵门，不许一人来往。”约定百日，方可开门。老僧梦中领命，次早起来，果见金龙衔着一株大树，远远地漂到岸边。老僧见了金龙，依先施食。那龙儿把香放下，餐些饭食自去。老僧从海边拖起木儿，果是一株沉香。便同大众扛进庵门中，闭了庵门，看说果是何如光景。每日但见白燕飞来飞去，在窗棂内出入。

约将九十余日，忽有管门道人报说：“檀越王员外拣定某日合家来庵烧香，特着管帐的先来通信。”老僧回报说：“晓得了。”庵中不免打点些香烛果饼，点心菜蔬。至期，王檀越男男女女，果是合家来到。老僧依着梦中言语，嘱付道人：“檀越来时，俱从东边方丈内迎接，不得开大殿正门。”道人得了法旨，依令而行。谁想从中女眷，定要上殿烧香还愿。老僧十分不肯。王檀越那晓情由，竟叫从人开着殿门而入。此时恰已是九十九日，大士宝像一一都完。正开门时，只闻得一阵异样的清香，人人喷鼻，殿上毫光万道，云间仙乐齐鸣，百千个花花禽凤，拥着一个白色鹦哥，从香风中飘渺而去。人人喝采。老僧心中只因不曾满得百日之数，便不快怀。周回在大士像边细看，恰有右手一个小拇指，尚是顽香一弯，求曾雕琢。老僧因而赞叹。那王檀越方知就里，对老僧说："我家中恰好请有塑像巧手，可唤来雕完，以成胜事。"一边唤得来时，那匠人方才动刀，谁知这香指儿应刀而折。从今随你装塑，此指只不完成，真是奇异。话不絮烦。

恰说朱亮祖带了人马，径至台州城边搦战，一边把令牌一面，邀廖永忠入帐，说："如此而行。"永忠得令去讫。再令阮德、王志、吴复、金朝兴四将，领兵二千，前至白塔寺侧，埋伏左右，夜来行事，不题。

那方国珍与弟国瑛及子明善三人商议道："赤城形势最是险阻，今我们合兵一处迎敌，必然取胜。"便放了吊桥，出城对敌。未及十合，明善力不能支，转马而走。朱亮祖乘势剿杀，力气百倍。国珍父子三人，连忙驱众入城。亮祖因吩咐四下围住，只留东门，听其逃走。约莫初更，亮祖命军中斫木伐薪，缚成三丈有余的燔燎一般，立于城外，布起云梯，纵铁甲军五千，从西门而上。城中见四下火光烛天，军民不做理会，惊得国珍兄弟父子胆战心寒，开了东门，径寻小路往海边进发。此时已是三更有余，谁想家眷带了软净什物，正好奔到白塔寺边，计到海口，仅离二里。只听一声炮响，左边阮德、金朝兴，右边王志、吴复，两下伏兵尽起，追杀而来。

国珍等拚命登得海船，吩咐水手用力撑开。未及三五里之地，早有一带兵船，齐齐拦住去路。船上鸟嘴、喷筒如雨点围将拢来。星光之下，却有廖永忠绯袍金甲，高叫道："方将军，你父子兄弟何不知时势？我主上圣明神武，又是宽大仁慈，胡不归命来降，以图富贵？何苦甘为海岛之贼？况此去如将军逞有雄威，得占一城一邑，亦不能外中国而别亲，惟结之蛮夷。倘或不能如唐之虬髯，汉之天竺，则飘飘海上，将何底止？且将军纵能杀出此岛，前面汤将军鼎臣，见受王命，遵海往讨陈友定，舟师十万，把守闽洋，亦无去路，将军悔将无及矣。请自三思。”方国珍听了说话，便对国瑛、明善说：“吾巢已失。今朱兵莫当，便出投降，以保身家，亦是胜算。”因回复道：“廖将军言之有理。”即于船内奉表乞降。次早仍回城，见了朱亮祖。亮祖慰劳了一番，吩咐拔寨来会李文忠。此时浙东地面，处处平服。文忠便差官申奏金陵，一面与朱亮祖等计议道：“今汤元帅进征福建，未闻报捷。我们不如乘势长驱延平，合攻陈友定，令渠彼此受敌，那怕八闽不定！”亮祖说：“主帅所见极妙。”便发兵即日起身。

且说汤和统领吴祯、费聚等八员虎将，雄兵十万，前取闽广，直到延平地方。拒守元将正是陈友定。那元顺帝以友定败了我将胡深，便命为福建行省平章政事。自此之后，友定益肆跋扈，遂有雄据福建之心。兴兵取了诸郡，声势甚是张大。且命儿子陈海据守将药，以树掎角。元帅汤和屡次以书招谕，友定说：“我这八闽凭山负海，为八州的上游；控番引夷，为东南的岭表。进足以攻，退亦可保，你朱兵奈何我不得！”因与参政文殊海牙等，商议拒敌。汤和四次骂战，友定只是坚壁固守，以老我师。

恰好报说李文忠同沐英、朱亮祖等率陆兵七万前来接应，且有廖永忠统领水师三万，逼水列营，以分友定之势。汤和得报，喜不自胜。便令哨马传令：沐英、阮德、吴复，领所部径攻南门；朱亮祖、王志、金朝兴，统所部径攻东门；李文忠统大队为游兵，接应东南二处；原在将校郑遇春、黄彬、陆聚，统所部径攻北门；原在吴祯、费聚，协同新到廖永忠，统领水军，径攻水西门；自领蔡迁、韩政、梅思祖，率水陆游兵，接应西北二处，昼夜攻击。那友定在敌楼上看见明兵十分勇锐，不敢争锋。只见骁将萧院，慌慌张张向前禀说：“朱兵日夜攻打，精力必疲，倘驱兵奋力出战，必可得胜。何苦坐视其危！”友定沉思不语者久之。

第六十三回

征福建友定受戮

南北兵连势若何，双雕落月技应多。
此日四郊惭积垒，未几三辅羡投戈。
出塞卫青尤荷戟，从戎魏绛漫论和。
汉家会奏平胡绩，自有延年横吹歌。

自古道：“用人莫疑，疑人莫用。”又说道：“三思而行，再思可矣。”谁想这陈友定听了骁将萧院的说话，存省了半晌，反说道：“彼兵正锐，何谓疲竭？汝等那得乱惑军心？”便叫阶下群刀手，推出斩讫报来。不多时，那个萧院做了黄泉之鬼。自此之后，这些军将那个敢说一声？便有许多乘夜越城出来投降的。明营军中看他这等光景，四下里攻打益急。早有朱亮祖率着部军攻破了东门，军校争呼而入。文殊海牙看势头不好，便也开水门出降。廖永忠率水军鼓噪，直杀到官衙河畔。友定仰天叹息，退入省堂，正要服毒而死，恰被官军缚住，械送到营。

次日，汤和着令部将蔡玉镇守延平。那友定儿子陈海，闻得父亲被执，也从将药来归。汤和令军中一齐送京，听旨发落。即会同李文忠所部人马，乘势径趋闽县，奄至都城。镇守元将乃郎中行省柏帖穆尔，闻大兵来到，知城不可守，便引妻妾上楼，说：“丈夫死国，妇人死夫，从来大义如此。今此城必陷，我亦旋亡，汝等能从之乎？”妻妾相对而泣，尽皆缢死。止有一乳媪，抱幼子而立。穆尔熟视良久，叹说：“父死国，母死夫，惟汝半岁儿，于义何从？留尔存柏帖一脉可也。”便收拾金宝，嘱付乳媪说：“汝可抱儿逃匿民间，倘遇不测，当以金珠买命。”乳媪受命而去。有顷，大兵进城，穆尔从楼中放火，自焚而死。汤和闻知如此忠义，传令于灰烬中觅取骸骨，备冠带衣衾，葬于芙蓉山下。因将圣主恩德，驰谕省下郡邑，诸处俱各望风纳款。恰好胡廷瑞率兵攻取兴化，那建阳守将曹俊畴，汀州守将陈国珍，也都投顺。于是泉州、漳州、潮州等处，悉皆平定。汤和见福建安妥，仍会李文忠整旅回京。

未及一月，诸将解甲卸胄，午门外朝见。太祖面加旌奖，赏赉有差。这方国珍反覆不常，枭首示众；这陈友定赐与胡深之子胡祯，待渠脔取血肉，以祭父亲。三军为之称快。

次日早朝，百官行礼方毕，走过中书左丞王溥出班奏说：“近闻敕督采黄木建造皇殿，却于建昌蛇古岩采取，忽见岩上有一人，身着黄衣，口中歌道：

龙蟠虎踞势岧峣，赤帝重兴胜六朝。
八百年余王气复，重华从此继唐尧。

其声如雷，万众耸听，如此者三遭，歌毕忽然不见。乞付史馆，以记符瑞。”太祖听了，说：“此事终属诬罔，其视天书封禅者，有何差别？今后如此无证信的虚声，一切不可申奏。”因命工人在大内图画的四壁，俱采《豳风》《七月》之诗，及自己历来战阵艰难之事，绘图以示后世，且说：“朕家本农桑，屡世以来，皆忠厚长者，积善余庆，以及朕躬，乃荷皇天眷佑，命有如此。今日特命尔为图，凡有流离困苦之状，悉无所讳，庶几后世子孙知王业之兴，极其难苦，俾有儆惧，毋自干淫，以思守成之道。尔等做官的，亦宜照朕立法，以俟后来，方可保有富贵。虽有不贤，料亦以克勤克俭，不至堕落家声，以致为非作歹。”群臣皆呼万岁。正及退朝，却见两个内官着了新靴，在雨中走过。太祖大怒，道：“靴虽微物，然皆出自民财，且非旦夕可就，尔等何敢暴殄天物如此？朕尝闻，元世祖初年，见侍臣着有花靴，便杖责说：‘汝将完好之皮，为此费物劳神之事。’此意极美。大抵尝历艰难，便自然节俭；稍习富贵，便自然奢华。尔等急宜改换。”随发内旨：“今后百官入朝，倘遇雨雪，皆许着油衣雨服，定为世训。”

明日天晴，太祖黎明临朝，宣廖永忠、朱亮祖上殿，谕说：“两广之地，远在南方，彼此割据，民困已久。定乱安民，正在今日。朕已敕邓愈等率师征取，杳无捷音。尔平章廖永忠，可为征南将军；尔参政朱亮祖，可为副将军，率师由海道取广东。然广东要地，惟在广州。广州一下，则循海州郡，自可传檄而定，海北以次招来，务须留兵镇守。其有归款迎降的，尔可宣布威德，慎勿乱自杀掠，阻彼向化之心。仍当与平章邓愈等协心谋事。广东一定，径取广西，肃清南服，在此一举。”永忠与亮祖二人衔命出朝，择日领兵前去，不题。

且说徐达引大兵已至山东。镇守山东，却是元将扩廓帖木儿，原是蔡罕帖木儿之子。原先癸卯年元顺帝曾着尹焕章将书币通好于我，太祖因遣都事汪可答礼。汪可去至元营，细为探访军务。这扩廓帖木儿便起疑心，拘留着汪可不令还朝。后来太祖连修书二封问慰，那扩廓帖木儿倚着兵势，不以为然。才过一年，不意顺帝削了他的兵权，使他镇此山东，甲兵不满五万。是日闻徐达兵过徐州，扩廓帖木儿甚是惊恐，登时聚众商议。有平章竹贞说道：“元帅麾下虽有数万之兵，奈散在山东、河南、山西等处，一时难聚。如今徐达智勇无双，常遇春英烈盖世。还有一个叫做朱亮祖，他能鬼运神输，当年曾在鹤鸣山劈石压死陈友定许多军马，不知如今阵上他来也不来。至如郭英、耿炳文、吴良、华云龙、傅友德、康茂才等一班，俱是骁勇的虎将。元帅与他拒敌，只恐多输少胜。莫若权退山东，且往山西，再聚大兵，以图恢复。”扩廓帖木儿听了竹贞许多言语，便说：“这话儿极讲得有理。”潜夜领兵径回山西太原府而去。哨马报知徐达，徐达对众将说：“扩廓帖木儿算是元朝重臣，他今退走，则各处守臣必皆震恐无疑。料这山东河南，唾手可得；河北、燕京，亦指日可定矣。”便趋兵直至山东沂州，驻扎军马。守将王宣闻知，即率各司官吏出城迎降。峄州地方，也即投顺。大兵径到青州。

那青州守将，恰是普颜不花。这不花守御地方，甚是能得。向来抵当徐寿辉并陈友谅，前后拒战三月有余，固守城池，调遣兵马，俱有方法，暂与此城同为存亡，真个是赤心报国的忠臣。他见大军压境，便领了三千敢死之士，当先出战。又分兵七千，为后哨埋伏。我这里郭英出马，对了不花说：“守将，你可知天命么？”不花回道：“我等为臣的，只晓得忠义为心。至于天命去留，付之天数。何必多说！”便挥戈直取郭英，两人力战良久，未分胜败。忽听一声呐喊，那七千埋伏元兵，尽行并力杀来，把郭英困在垓心，如铁桶铜墙，更无出路。郭英心中忖道：“从来数这不花手段高强，今日才见他的力量。”便吩付三军：“面不带矢者斩！”三军抖擞精神，奋力的冲杀。恰好向南一彪人马，为首大将乃是常遇春，领了三万人，从外攻入，郭英又从内攻出，内外夹攻。不花见势不做美，便领着残兵急走入城，坚闭不出。徐达因令前军直至城下，四围攻打。不花退入官衙，见了母亲，说道：“此城危在旦夕，儿此身决以死报国。忠孝难以两全，如何是好？”那母亲回报道：“有儿如此，虽死何恨？况你尚有二弟，我的老身，自可终养。”正在抱头而哭，只见那边报道：“平章李保保开门投降，朱兵已入城了。”不花即至省堂，服鸩酒而死。其妾阿鲁贞抱了幼子，携了幼女，俱到后院池中，投水而亡。徐达命将不花及殉死家小，备齐整棺衾，以礼殡葬。一面安辑人民，三军不许混离队伍。于是山东济宁、莱州、登州诸郡，俱望风而归。

第六十四回

元兵败直取汴梁

烽火照西京，心中自不平。
牙璋辞凤阙，铁骑绕龙城。
雪暗凋旗画，风多杂鼓声。
宁为百夫长，胜作一书生。

——录杨炯《从军行》

元帅徐达既平定了山东诸郡，便率兵前往河南进发，不日来到大梁。真实好个形胜，但见：

中华阃奥，九州咽喉。虎踞龙蟠，从古来称为陆海；负河面洛，到今来人道天中。左孟门，右太行，沃野千里，描得上锦绣乾坤；东成皋，西渑池，平衍膏腴，赞不尽盘纡山水。中间有具茨山、白云山、黄华山、苏门山、王屋山、女儿山、桐柏山、朗陵山、云梦山，簇簇堆堆，隐隐显显，都留下仙迹神踪；又有那灵岩洞、华阳洞、水帘洞、王母洞、白鹿洞、达摩洞、空同洞、浮戈洞、灵源洞，幽幽窈窈，折折弯弯，无非是罕见奇闻。钟灵毓美，多少帝，多少王，多少豪杰；建都立国，控齐秦，跨燕赵，俯视荆吴。

唐时有韦苏州诗云：

夹水苍茫路向东，东南山豁大河通。
寒树依微远天外，夕阳明灭乱流中。
孤村几岁临伊岸，一雁初晴下朔风。
为报洛桥游宦侣，扁舟不系与心同。

徐达领兵来到汴梁，与元将平章李景昌相持了二十余日。那李景昌只是紧闭上城门，昼夜提防，不敢出战。副将军常遇春向前说：“元帅攻山东，一鼓而下。今到此日久，不能拔得一城。倘河南诸郡及元帝遣兵来援，反为不美。我思量洛阳俞胜、商嵩、虎林赤、关保这四个人，号为胡元智勇之士。可分兵五万与裨将，先取洛阳，便攻河南诸郡，则汴梁自不能守。汴梁既得，据有东西二处形胜之地，虽有大元来援，不足惧矣。”徐达大喜，说：“元帅此言极妙。”遂令傅友德、康茂才、杨璟、任亮、耿炳文等，领兵五万，随遇春向西进发。本日天晚，兵便到了洛阳，就令在洛阳之北列阵搦战。那元将脱因帖木儿，恰同都统俞胜、商嵩、虎林赤、关保四人，率兵五万，对阵迎敌。那虎林赤生得好条大汉，甚是丑恶难看。你道如何？真个好笑：

黑踢塔一张阔脸，狠粗疏两道浓眉。尖着雷公嘴，好挂油瓶；弯着鹦嘴鼻，挖人脑髓。两耳兜风，尽道卖田宗祖；络腮胡子，怕看刷扫髭须。睁开了一双鬼眼，白多黑少，竟是那讨命的无常；撒开了两只毛拳，肉少筋多，何异那催魂的鬼判。喝一声，响索索，破锣落地；走几步，披离离，毒虺轻移。

他也不打话，径对了常遇春直杀过来。常遇春心下想道：“天生出这般毛鬼，也敢在世间无礼。”叱咤一声，道：“好箭！”这箭不高不低，正望着咽喉射去，那虎林赤应弦而倒。遇春便招动三军，左有任亮、耿炳文，右有杨璟、傅友德，后军又有康茂才，一齐杀奔前来。杀得元兵大败亏输，俘获的无算。那脱因帖木儿收了败兵，径走陕西去了。遇春入城，抚安百姓。那百姓扶老携幼，道："我等陷没元尘，已经九十余年，岂意今朝复睹天日！"常遇春令三军秋毫无犯，百姓歌声动天。次日下令，着任亮往谕嵩州，那嵩州望风投款。遇春因令傅友德守洛阳，任亮守嵩州，自领兵攻取附近州郡，不题。

且说元朝知明兵攻取中原，乃招扩廓帖木儿为大元帅，经略山东等处，保守河北。李思齐为左元帅，张良弼为右元帅，会陕西八路的兵马，出潼关，恢复河南。又着丞相也速，领兵十万，捍御海口，以次恢复山东。那李思齐、张良弼，刻日速出潼关，过了阌乡、灵宝等县，径到张毛硖石山前屯扎。大兵一连布列数里地面。两个商议道："大明将士，颇善冲击。今此地最为平坦，可以依着山崖，筑立排栅，且旁现有树木，竖立营寨，把他驰突不得。然后再议迎敌为是。"哨马备将军务报与徐达。徐达对众将说："今在此围困汴梁，徒耽月日，久无利益。今洛阳、新安、渑池等处，虽见新附，然常将军攻取颍州未还，倘他们元将仍来取复，占了形胜之地，于我反为不利。况李景昌苦守汴梁，全望河北、陕西两处来救。我们不如且弃汴梁，将兵竟去破了李思齐，则汴梁不战自服。"诸将齐声赞道："此论极妙极奇，真是神算。"徐达便令三军即日解围，前向陕西进发。那李景昌在城不知何故，也不敢来追赶。

明兵不数日，已到陕西张毛硖相近。徐达传令：离州二十里安营，谨防中路元军冲突，三军且各饱饷而进。未及半路，果然元兵大至。李思齐当先出马，明阵上郭英纵马迎敌。两将交战良久，思齐料自己力量不如，转马逃回本阵而去。徐达即着冯胜扎驻大兵，亲身便同郭英领了三千人马，乘势追杀。冯胜上前说："我闻元兵二十余万，驻在硖石山边。元帅止带三千士卒，倘有不测，何以支应？"徐达不听，挥兵而行。约有六七里之地，那些元兵俱各登了石山。徐达吩咐便也追到山上，不得退步！早见山上木石如雨的打将下来，明兵不能抵挡，被他伤损的约有一百余众。徐达把眼仔细看了山寨，便令夺路而回。忽听一声喊叫，四下伏兵杀将拢来。东有张良臣，西有赵琦，南有张德钦，北有薛穆飞，统了五万兵马，截住去路。徐达传令，不可交战，只是奔走。我兵又折了千余。走得回营，冯胜接着道："元帅今日孤军深入敌营，竟受惊厄。"徐达回说："此等小事，何忧之有？"急令帐中将奔回军士重加犒赏以慰劳力，如有伤残的，速为调治。徐达到晚筵宴，谈笑自若。冯胜等见他更不着意，便问："元帅今日以轻身入虎穴，必有深思。偏裨愚才，敢闻其略。"徐达道："冲锋对敌，岂能保得士卒不伤？然用兵者，全要察其寨之虚实。吾舍不得千人，何以破李思齐二十万之众？故我冒危前去，以探敌情。今见他依树为栅，左边积粮草，右边出军卒，于兵法大是不合。若以火攻之，其破必矣！"冯胜等深是敬服。

次日，徐达着辕门外传令各营将帅会齐，早入营中听令。只见营前九紧九慢，擂了三通鼓，里面接应，击了三通云板，吹了三通画角。这些将官，芸芸簇簇，整整齐齐的，都站立在辕门之外，只等营门开了进来。徐达听见外面打了报时鼓，已知众将齐集，随将五方旗牌交与旗牌官，跟随着升了中军帐。听三声炮响，鼓乐齐鸣，辕门外东西两班的将官，鱼贯而入，排在阶下。五军提点使逐名点过，诸将应了本名，都立在东丹墀下听令。徐达传令：吴良、华高二将，统领刀斧手三千，乘夜上硖石山东寨，砍倒树栅，随带火器，进前攻打；孙兴祖率本部铁甲军五百接应。陆仲亨、张兴祖二将，统领刀斧手三千，乘夜上硖石山西寨，砍倒树栅，随带火器，进内攻打；赵庸率本部铁甲军五百策应。周德兴、华云龙二将，统领刀斧手三千，上硖石山，砍倒南寨树栅，带着火器，进内攻打；唐胜宗率本部铁甲军五百接应。薛显、曹良臣二将，统领刀斧手三千，上硖石山，砍倒北寨树栅，带着火器，进内攻打；胡美率本部铁甲军五百接应。自领中军铁骑五千，张龙为左翼，郭英为右翼，直取李思齐中营。冯胜权兵守营；汪信率本部军校为游兵，捕获逃兵，左右来往报信。分拨已定，各将出营，整备行事，只待夜间进发。

第六十五回

攻河北大梁纳款

君王行出将，书记远从征。
祖帐连河阙，军麾动洛城。
旌旗朝朔气，笳吹夜边声。
坐觉烟尘扫，秋风古北平。

——录杜审言《送崔融》诗

那李思齐见徐达追赶上山，四下里将木石打将下去。徐达急令退走，又被张良臣等四路伏兵喊杀，杀伤明兵有一千余人。这思齐不胜之喜，对了张良臣等夸着大口说："如此光景，那怕中原不复，王业不兴！"次日大开筵宴称赏，自午至夜，那些小兵卒都也熟睡，东倒西歪。也不见有摇铃击柝的，也不见有暮夜巡风的。约近二更光景，明兵衔枚疾走，各听将令分行，直至硖石山腰。四边一齐将树栅砍开，火铳、火炮处处发作，须臾之间，五七处火焰冲天，金鼓大震。元朝的兵都在睡中惊醒，刀枪器械，俱被黑烟涨满，那处去寻？只是四散奔溃，被火烧死的倒有大半。逃得下山，又被路上游兵捕捉，投降的也有七千余众。

东寨张良臣正要上马接战，撞着吴良杀到面前，一枪中着面门而死。那张德钦看见烟尘陡乱，望寨外飞跑，被薛显大喊一声，吃了一惊，竟从山坡上直跌下去，撞着周德兴，手起刀落，砍做两段。赵琦、薛穆飞二人，保着李思齐逃走山下，恰好徐达大兵迎住，左翼张龙，右翼郭英，冲杀将来。元将无心恋战，领着残兵前往葫芦滩而去。谁想冯胜在营，哨报明兵大胜，便令拔寨而行，已据葫芦滩，进取华州，直将兵径向潼关。李思齐料知无可潜身，弃关径往凤翔去了。

徐达鸣金收军，粮草、辎重、头盔、器械、金鼓，所获不计其数。众将称贺说："元帅舍小败图大功，真非诸人所及。"徐达回报道："列位将军以为李思齐雄心顿输乎？于我看来，今日虽胜，他此行必还聚三秦之士，为右胁之患，不可不防。"因令冯胜、唐胜宗、陆仲亨、曹良臣四将，统兵五万，镇守潼关，以当思齐之兵。自家引了大队，会齐常遇春兵马，收取河北之地。冯胜等四将即日领了将令自去。

且说李景昌坚守汴梁，只道李思齐及扩廓帖木儿两人驻扎太原，前来恢复河南。到如今闻得李思齐二十万人马被徐达杀了八成，又闻扩廓帖木儿驻兵太原，公然不来接应。景昌十分畏惧，径夜引兵去了汴梁，奔走河北地面。徐达正商攻城之策，恰有哨子报道："汴城黎民，扶老携幼，烧烛焚香，直到营前，迎接入城。"徐达唤纳款人民进营，问了来由，便领了十数骑官将，入城抚辑。路间凑巧常遇春也平定了汝南一带郡县，撤兵而回，与徐达相见。徐达便修了表章，差官前去到金陵奏捷。那官儿兼程而进，到得朝门，正值早朝时候。看那好光景，有古诗为证：

绛帻鸡人报晓筹，尚衣方进翠云裘。
九天阊阖开宫殿，万国衣冠拜冕旒。
日色才临仙掌动，香烟欲傍衮龙浮。

朝罢须裁五色诏，珮声归向凤池头。

又诗：

户外昭容紫袖垂，双瞻御座引朝仪。
香飘合殿春风转，花覆千宫淑景移。
昼漏稀闻高阁报，天颜有喜众臣知。
宫中每出归东省，曾送夔龙集凤池。

差官跟随着一班申奏的使臣，上了表章。太祖看了，喜动颜色，便对李善长及合朝众官说："朕今欲幸河南，肃清北土，激励将士，共徐元帅谋取燕都。卿等以为何如？"善长等回奏说："此乃陛下神明之见，有何不可？"太祖即命新回将帅汤和、李文忠等，及原在朝文臣刘基、宋濂等，整备择日起行，留李善长等辅皇太子保守京师。且分付道："邓愈、朱亮祖、廖永忠平定两广而回，可令邓愈领本部军士暂驻京师；朱亮祖、廖永忠二人，前至汴梁，候旨调用。"善长等叩首受命。

次日，太祖领兵十万，向北往汴梁进发。不数日，驾到陈州。那守将恰是元朝左君弼。当初君弼因帮着吕珍与徐达战于牛渚渡口，曾被我师追杀，奔至庐州。我师攻庐州，君弼去州而逃。徐达拘了他的母亲与妻子，来至金陵。太祖知君弼是个豪杰之士，因厚待其家属。不知君弼降于胡元，顺帝拜为陈州太守。太祖欲其来降，驾发之日，令军中携其家属而行。及至陈州，遣人致书曰：

大明皇帝书付将军左君弼：曩者朕师与足下为敌，不意足下径舍亲而之异国，是皆轻信他言，以至于是。今足下奉异国之命，御彼边疆，与朕接壤。然得失成败，亦自可量也。且朕之国，乃足下父母之国。合肥之城，乃足下丘陇桑梓之乡。宁不思乎？天下兵兴，豪杰并起，宁独乘时以就功名哉！亦欲保亲属于乱世也！足下以身为质，而求安于异国，既已失策；且使垂白之母，糟糠之妻，各天一方，朝思夕望，以日为岁。足下纵不念妻子，何忍于老亲哉！富贵可以再图，亲身不可复得。足下若能幡然而来，朕当待以故旧之礼。足下亦于天理人心，无不顺也。特付书以表朕意。

君弼得书，犹豫未决，太祖仍将他的家属给还君弼。君弼感泣，出城拜降，说：“下愚迷谬，误抗天颜。今深荷仁恩，伏乞容宥。”太祖说：“当时雍齿归刘，岑彭降汉，何尝念及旧恶？”便封君弼广西卫指挥佥事。太祖驾入陈州，抚辑百姓，仍留君弼把守，自率师回转汴梁。早有徐达率诸将出城迎接。太祖温旨慰劳。恰好陕西哨子报道：冯胜等杀了元将薛穆飞、张良弼，连取华阴、华州一带地面。太祖不胜之喜，对诸将说：“华阴等地是潼关左股，今幸有此，可稍宽西顾之忧。”便令军中将金帛百端、白金五十两、黄金二十两，赍拨二关，赏赉冯胜等将有差。

次日正直孟秋朔日，太祖行驾，驻跸汴梁，受百官朝贺。即遣徐达、常遇春、张兴祖等率兵攻取河北，并道而进，以克燕京，止留郭子兴、王志、陆聚、费聚、黄彬、韩政、蔡迁、吴美八员护驾。徐达等拜受敕旨，当日领了二十万军马出汴梁，自中滦地方渡了黄河，便令薛显、俞通源，前攻卫辉、彰德、广平等地。薛显等得令，引兵到了卫辉。守将龙二，去城而走，部将杨义卿率有兵船八十余只来降。彰德、广平、顺德及东路临清、德州、沧州、长芦，以至直沽，俱望风而附，势如破竹。明兵径到直沽海口，前面却有元丞相也速，领兵十万，水陆结寨，把住海口。徐达听了哨马口报，便拘集海船，先着顾时带领水兵一万，疏通一路坝闸，以通船只。复着常遇春领骑将张兴祖、吴良、周德兴、薛显、张龙、汪信、赵庸七员，率兵五万，由左岸而行；郭英领骑将孙兴祖、华云龙、康茂才、金朝兴、华高、郑遇春、梅思祖七员，率兵五万，由右岸而行。俞通源领水将耿炳文、俞通渊、杨璟、吴祯、吴复、阮德六员，率舟师三万，战船二千只，随着顾时进发。李文忠率兵三万，策应左岸；沐英率兵三万，策应右岸。自同汤和率舟师从水中分岸哨探，以为游兵，支应不虞。只见海口地面，丞相也速将舟师摆开阵势，专待厮杀。徐达令水陆三军一齐进战，以防贼众彼此支值。看那水帅，正是元平章俺普达朵儿，左边岸寨是知院哈喇孙，右边岸寨是省丞伯颜者达。明营军校得令，便各自统兵攻杀。这一场，真实稀罕。

第六十六回

克广西剑戟辉煌

万里河梁揽辔来，海门风色望崔嵬。
营开列戟秋虹绕，幕拥双戈赤日回。
风鹤已传淝水捷，鼓铙真越汉人才。
况看妖孽元宫见，应对微垣数举杯。

那三军水陆鏖战，彼此相持，在那直沽海口子上，真个好场厮杀。但见：

怒涛涨海，杀气迷天。岸上旌旗，倒映水中波浪，腾翻了梦里蛟龙；船中金鼓，敲开沙上烟尘，笃速着阵边騄騠。得志的横冲直撞，似陆走蛟龙，水奔悍马；失魄的东逃西窜，像龙游浅水，虎入深林。高高原上鹞儿飞，你猜我，咱忌他，认道是伏兵的号带；渺渺浪头鱼影跃，此耽惊，彼受怕，都恐是策应的艋船。初时绿水黄沙，忽遍做骨堆血海；正是青天白日，倏然间风惨云愁。

古王翰《凉州词》说得好：

葡萄美酒夜光杯，欲饮琵琶马上催。

醉卧沙场君莫笑，古来征战几人回。

又王昌龄《塞上曲》：

秦时明月汉时关，万里长征人未还。
但使龙城飞将在，不教胡马渡阴山。

这三处正杀得闹热，尚来见得输赢，谁想一声炮响，后面翻江搅海喊杀将来，恰是左翼朱亮祖、右翼廖永忠，各驾小船一百号，飞也奔杀救应。

原来朱、廖两将，前领敕去帮着邓愈等征进两广。他二人宣力进兵，取了两广梧州，恰遇着颜帖木儿、张翔募兵，与我师迎战。亮祖设奇应敌，他便率党千余人前走郁林。亮祖随勒兵追至郁林，斩了张翔，众等降服。因而浔州、贵州、容州等郡以次来附。亮祖遂由府江克平乐，又进克了横州，兵到南宁、土浪，屯田千户宋真，闻风效顺。亮祖即令宋真把守南宁。恰好元平章阿思兰驻扎象州等地，亮祖令指挥耿天璧追至宾州，势不能支，也率所部诣军门拜降。亮祖便同廖永忠等，共收银印三颗，铜印三十七颗，金牌五面，广西悉平。且闻邓愈统兵亦克随州、信阳、舞阳、鲁山、叶县等处，因此朱亮祖、廖永忠二将先回，来至汴梁，朝见拜复。太祖大喜，赏赉封爵有差。就于本日传令二将，星驰分兵策应北伐诸将。

二人兼程而进，径至直沽海口，只见杀气横空，烟尘遍野，便喊杀进来。那水师俺普达朵儿等转着船头迎敌，正撞着亮祖的小船从上风头溜来。朱亮祖趁势一跳，径跳在俺普达朵儿的船上，大喝一声，把俺普达朵儿砍做两段。那把艄的好员狠将，弯着弓径射过来。亮祖左手持刀，右手轻轻的把来箭抢住在手，叫声道："你要怎的？"飞也跑入后艄，把那员狠将紧紧抱了，道："下去！"竟丢在水中去了。水军见杀了头脑儿，齐齐拜倒在船，都愿归附。廖永忠因与亮祖议道：“我们便舍舟从陆，分兵杀上岸去，如何？”亮祖道：“极是好见！”招动水军，两边各登了岸，一直径去劫他老营，焰焰的放起火来。那元军望见营中火起，急忙各自逃回。哈喇孙恰被吴良一剑斩折了左臂，翻身落马，汪信赶上，一枪结果了残生。那伯颜者达领着败兵而逃，郭英勒马追及，百步之内，背后一箭，直透心窝，众军乱砍做十数段。丞相也速领了残兵，夺路各自逃生，径奔辽东去了。俘有将校二百六十三人，水陆散兵四万七千余众，轻重器械三百五十六车，粮二万八千六百余石，马三万九千六百余匹，船七百四十三只，牛羊之类，不计其数。徐达传令诸军，陆续俱到济宁会齐。

各营拔寨而行，未及两日，俱到中军帐参见。徐达对了亮祖、永忠道：“今日之捷，二位将军为最。此二位新平百粤而旋，未及解衣，复驰星而来，登岸接战，劳精瘁力，所到成功，功莫大焉，勤莫殷焉，真实难得。”朱亮祖与廖永忠谦让不胜。当晚筵席间，徐达因问广西形胜，朱亮祖应声而起，说道：“这个广西，上应轸翼之星，古为荆州之域。为府十一，为州有八，为长官司有二。襟五岭，控南越，襟山带江，西南都会。唐曰建陵，宋曰静江，这是那桂林府。山水清旷，居岭峤之表，汉属郁林，陈曰象郡，唐曰龙城，这是那柳州府。江山峻险，为岭南要地，在汉名交趾、日南，在唐曰粤州、龙水，这是那庆远府。山极清，水极秀，为岭表之咽喉，汉属苍梧，吴名始安，唐为昭州，周为百粤，这是那平乐府。地总百粤，山连五岭，湖湘之襟带，水陆之要冲，汉曰交州，宋曰梧镇，这是那梧州府。山水奇秀，势若游龙，梁曰桂平，唐曰浔江，这是那浔州府。内制广源，外控交趾，南濒海徼，西接溪峒，唐曰邕朗，宋曰永宁，这是那南宁府。峻岭长江，接壤交趾，汉曰丽江，唐为羁縻州，宋立五南寨，这是那太平府。石山峻立，江水潆回，唐置上石，宋置下石，这是那思明府。山雄水绕，势立形奇，是那思恩军民府。峰高岭峻，环带左右，是那镇安府。若夫山明水秀，地僻林深，汉属交趾，今曰泗城，则州之最首者也。山高水深，为利州之胜。山环水带，是为奉议州之胜。龙蟠虎踞，岭绝峰高，这是向武州。山巍江险，威生不测，这是都康州。控制南交，为极边之地，则为龙州。山川环秀，回顾有情，则为江州。诸峰簇秀，二水交流，则为思陵州。累峰据前，苍岭峙后，是那上林长官司。群峰耸峙，涧水环流，是那安隆长官司。"诸将把酒在手，尽皆称奖，说："朱平章真可为指顾山川，尽在掌上。敬服，敬服！"

徐达又问："何真将岭表地方投降，今主上何以待之？且不知当初何真何以据有此地？廖将军必悉知底里。"永忠对说："他原是广州东莞人，英伟好书史，学剑术，出仕于元。后以岭海骚动，弃官保障乡里。却有邑人王成构乱，他纠集义兵，共除乱首。谁想王成筑寨自卫，坚不可破。何真立榜于市，说："有人缚得王成者，予金十斤。"不料王成有奴，缚之而出。何真大笑，对王成说："公奈何养虎为害？此正自作之孽，天假手于奴。"且便照数以金赏他，一面使人具汤镬，驾于车轮之上，令将王成之奴于锅中烹之，使数人鸣鼓推车，号于众曰："四境之内，无如奴缚主，以受此刑也。"由是人人畏服，遂有岭南。一方之民，果蒙保障。闻我师至潮州，何真上了印章，即籍所部郡县户口、兵马、钱粮，奉表归附。主上特赐褒加，命其乘船入朝，宴赏甚厚。"说话之间，不觉军中漏下二鼓，诸军各回本营安歇。次早，徐达备将军情差官到汴梁申奏，不题。

且说元顺帝自从受了太尉哈麻女乐，宫中日夜欢娱。又有妹婿秃鲁帖木儿等撺哄，做造魔天之舞，雕龙之船，晏安失德。四方战争的事，俱不奏闻；便略有些声响，都被这些奸人遮糊过去，顺帝也不留心。忽一夜间，顺帝在宫中甚是睡不安稳，朦胧之中，见有一个大猪，徘徊都城，径入宫内，把身子直扑过来。顺帝连荒逃走，躲在一个沙尘烟障去处。惊醒来，甚是忧闷，披衣而起，待得天明。正将视朝，忽有两个狐狸，黑黢黢的毛片，披披离离，若啼若哭，从内宫内殿，直跑上金交椅边，咬了顺帝的袍服，拖扯出去的一般。顺帝如痴如醉，没个理会。两边宫娥、内监看了，急来救应，那两个狐狸望外边直走，顷刻间，更不知往那里去了。且看后来若何。

第六十七回

元宫中狐狸自献

河洲忽遇塞门秋，铁骑横舟咽不流。
树有鸣鸠知雨滞，井浮白晕识云留。
神圣精孚天作合，孽狐运退雾成仇。
至今朔漠烟尘满，空奏胡笳对月愁。

且说胡元满朝臣子，且不行君臣之礼，只去寻捉狐狸。那知这两个孽畜，一阵烟便不知那里去了。倏忽间转出一个官来，奏道："臣司天使者，前日癸酉，都城中红气布满，空中如火色照人，自寅至巳，此气方息。如此二日。昨者乙亥，又见黑气弥天，十步之内，并不见人，亦自辰至巳方消。占及天文，似主不吉。今夜又闻清梦不宁，朝来又有二狐啼哭。伏乞陛下修省，以禳天变。且又闻得大明之兵已至济宁，去此甚近。倘或不备，都城恐难于坚守。"元帝听了，惊得魂不附体，因对众将说："记得前者有个脱脱左丞相，略有四方小警，他便在孤家面前百计商量，调遣兵马征剿。近来闻得他又没了，此处更不见有一人说及战争之事的。近者朕闻大明攻取中原，已诏谕扩廓帖木儿挂元帅印，经略山西，据保河北。李思齐为左帅，张良弼为右帅，会陕西八路兵，出潼关复河南。丞相也速领十万兵，御海口，复山东。何以诸处不闻一些信耗，反又说大明兵至济宁？不知统官兵何以提防，以至于此？”闷闷排驾回宫。

且说徐达令诸军会集济宁，一面差官到汴梁申奏军情，一面与众将定取燕都之计。仍令朱亮祖同廖永忠，集水寨俞通源等八将，选战船不大不小的六百只，分为东西两路，进攻闸河。前番分岸征进的陆兵，俱合大部听遣。又拨郭英领兵二万为先锋；吴良、周德兴、薛显张兴祖率兵一万为左翼；华云龙、孙兴祖、康茂才、华高率兵一万，为右翼；常遇春、李文忠领铁甲军五千，为右策应；汤和、沐英领铁甲军五千，为左策应；徐达自己督领张龙、汪信、赵庸、金朝兴、郑遇春、梅思祖，压阵而行。分拨已定。

此时正是夏去秋来，一向苦旱无水，一应船只，胶不可动。朱亮祖行了火牌，令济宁知府方克勤，火速派动兵民一万，自己亦令舟师一万，星夜开浚。民与兵各分东西，量定丈数疏通，稍有迟延，依军法处斩。克勤看了火牌，欲待开浚，苦于劳民；欲待不开，苦于违法。正在十分烦恼，那儿子叫做方孝孺，上前对父亲说：“军令开掘，岂宜有违？然非民力之所能致。我闻圣天子行事，自有神助。父亲还宜竭诚默祷于天，早赐甘霖，以济兵行，以省民苦，庶几可得两全。”方克勤听了儿子的话，也不差派民工开浚，只在府中市镇当心，青衣缟带，率了耆老百姓，接连哀告皇天，拜了两日。亮祖的水军，依令疏通东边，开有二十馀里，更不见方知府差一个人儿浚掘。亮祖也不知克勤如此情由，一时着恼起来，说道：“这是元帅军令，约着水陆兼程而行，那方知府何故特来怠缓？即刻提他书吏，各于军前捆打三十棍，押解下来，火速拨民疏浚。”自古道“仕路上窄狭”，那亮祖为着王事，打了这书吏，方克勤便记毒在怀，后来他的儿子方孝孺得了进身，为潭王府中教授，便衬着嘴儿，把朱亮祖东征西讨，专敕剿灭国珍，独力靖安百粤这等大功，未得世封侯爵，可怜可怜。这也不必多赘。

且说天有感应，夜来大雨如注，将及黎明，水深五七尺。舟师奋力而进，遂克了河西，竟去湾头上岸。恰好郭先锋人马也抵通州。只见大雾迷天，数步之间，不识人面。郭英大喜，便对水师廖永忠、朱亮祖等十将说："天生此雾，助我皇明。公等十人，可分着东、西，各带兵五千，埋伏道侧，我自领兵前进。只听连珠炮响，公等张两腋而出。"永忠等依计而行。郭英直至城下骂阵，拒守的正是元将五十八国公，从来号为万夫不当之勇，每常间说起大明将校智勇，他只狠狠的对人说："只是不曾逢着敌头。天下那有常胜的？可恨我不曾与他们对手。"如今把守通州，他便摩拳擦掌，说道："决不许朱兵驻足三十里之内。"谁想云雾蒙蒙，我军攻城，方才知觉，就同知院卜颜帖木儿率敢死士一万开城迎敌。郭英对敌多时，一来也觉力不能支，二来原欲诈败，诱他追赶，便把马紧打一鞭，夺路而行。那五十八招动元兵，拼命的赶着。约将廿里之地，郭英把号带一招，从军便点起了连珠炮，轰天的振响，早有廖永忠、吴祯、吴复、阮德、杨璟，领着兵从左边杀来，朱亮祖、俞通源、俞通渊、耿炳文、顾时，领着兵从右边杀来，把元兵截做两处。杨璟一箭射去，那卜颜帖木儿应弦而倒。我兵横来直去，斩首七千余级。五十八不敢进城，被朱亮祖、耿炳文两将活捉过来，斩于马下。将至三更，乘势克了通州，擒了元宗室孛罗、梁王等。徐达大兵也到，遂令城外安营，次日进取燕京，不题。

且说元帝闻知兵到，因命丞相庆童守把宏文门，中丞满川守建德门，不花守安庆门，朴赛因不花守顺承门，大御署令赵宏毅守齐化门，待制王殷仕守西宁门，枢密院黑厮宦守厚成门，左丞相失烈门守振武门，右丞相张伯康守大泰门。都总管郭允中率雄兵十万，在城外十里驻扎，以御朱兵近城攻打。左丞相于敬可率游兵五万，近城五里外策应。淮王帖木儿不花领铁甲军十万，在城上为游兵，相几御敌，日夜戒严，固守都城。恰有哨子报说："大明兵已驻通州，不日即至大都。"顺帝甚是忧烦，群臣都说："陛下且请宽心，倘或近逼都城，城中粮草已有十数万之积，还可坚壁而守。川陕之间，必有勤王之师前来救应。"顺帝道："到那地位，恐已迟了。"正说间，但闻杀气动地，金鼓振天。顺帝带领群臣上城细看，只见郭英当先，左边吴良等四个翼着，右边华云龙等四个翼着，退后又有廖永忠、朱亮祖等十员，紧紧接应。未有五里，惟是茫茫荡荡，耀日的是刀枪，飘扬的是旗职，漫天盖地而来，那里算得若干军马？顺帝抚胸捶足，只是叫苦。忽听得一声炮响，两阵射圆。一边郭允中，一边郭英，两马相交，战上二十余合。一个儿手高，一个儿眼快。一箭射来，恰中郭英冠上的红缨，"铛"的一声响。郭英心中暗想道："这元将也有这般伎俩！"趁他弯弓未放，将画戟一转，正中在允中左胁之下，腾空的跌将下来，乱军踏做泥酱。便招动后兵，直砍过来。左丞相于敬可急领精兵策应，左边周德兴正好迎着，两边张翼向前，把于敬可围在垓心，更无出路，华高向前一刀砍死。这五万兵当不得个切瓜剐菜，且战且进，直抵燕都城下。顺帝惊得木呆，做不得一声。早有九门拒守将官，各将木、石、箭、炮飞也打将下来。郭英传令三军，且待后面大队人马齐到，另行攻取之计。顷间，徐达统率后军到城下安营，便着哨子在城外绕转了一遍，看城中无甚动静，因同汤和、沐英、常遇春、李文忠四人，率领铁骑一千，自自在在，往城外逐步而行。看了形势，复到营中，对着众将说："这等高城深池，若仅平平的照常攻打，他恃着积蓄，仓卒难破。我意不当此大胜之势，盛兵而前，把敌人心寒胆落，则彼将老我之师，且外边必有相救之兵，那时反难料理，不如连夜乘势行事为妙。"

第六十八回

燕京破顺帝奔忙

自堪逸气佩吴钩，坐计风烟正暮秋。
一剑辟开清淑气，九关兵拨虏酋愁。
边隅树色空军垒，东北笳声断戍楼。
应羡中原多猛士，人人相向话封侯。

却说徐达细看了城池，回到营中，对众将说："只宜乘势攻打才是。"即下令：安庆门，吴良、张龙领兵一万攻打；振武门，华云龙、赵庸领兵一万攻打；西宁门，康茂才、梅思祖领兵一万攻打；顺承门，朱亮祖、华高领兵一万攻打；大泰门，耿炳文、张兴祖领兵一万攻打；宏文门，薛显、吴复领兵一万攻打；齐化门，俞通渊、金朝兴领兵一万攻打；建德门，廖永忠、孙兴祖领兵一万攻打；厚成门，俞通源、周德兴领兵一万攻打。再令沐英带游兵一万，在西城策应；汤和带游兵一万，在南城策应；常遇春带游兵一万，在东城策应；李文忠带游兵一万，在北城策应，截断外边来救军马。吴祯、杨璟、郭英、顾时，分率铁骑四万，随处相机布设云梯，树筑高台，与城一般相似，施放火器，把元兵城上站立不得。自领大队压阵。郑遇春、阮德分为左右二哨，各带兵三千巡逻。调遣已定，诸将即刻分队行事。都令各带防牌、神枪手扳城而上。外边的，或是云梯，或是高台，不住的将喷筒、鸟嘴、火铳、火箭打将进去。

顺帝看知决然难守，便集三宫后妃，太子太孙，驾着飞辇，点勇敢拼死的军士约有二万,三更之际，潜夜开了建德门，杀条血路而走。众将死命的留，决然不听。殆及天明，淮王帖木儿不花被郭英火炮打死。中丞满川把守厚成门，正在敌楼边横枪而视，俞通源看定一箭，正中咽喉而死。丞相庆童闻知顺帝脱逃，不胜悲哀，薛显飞刀砍来，把头劈做两块。安庆城楼，被吴祯火箭射来，左角上焰焰的火着。伯颜不花急令军卒打灭，恰被吴良、张龙领锐卒逾城直上，那伯颜不花撞着张龙，一枪仆地，取了首级。耿炳文同着张兴祖攻打大泰门，那张伯康十分凶勇，我兵上前不得。耿炳文斩袍而誓，说：“不杀张伯康，队长俱各就裁。”众军冒着矢石先登，城上长枪乱槊下来，炳文乘势扭着长枪，从空一跃而上，杀倒了守垛子的锐卒十有余人，叫声道：“好了！”诸军相继登城。张伯康舍命来斗，恰被死尸绊倒，耿炳文向前，结果了性命。黑厮宦把守建德东门，谁想廖永忠等令强兵一时发掘，竟攻破了一角，三军拾级前行，黑厮宦知事不济，服鸩毒以死。王殷仕在西宁城上窥探我兵，凑巧杨璟驾着飞天炮直打过来，把头颅击做粉碎。华云龙、赵庸二将，发愤夹攻振武门，恰好顾时筑起高台，便率众登台对杀，失烈门忽中流矢，平空的跌出城外来，我军乱砍做泥。朴赛因不花领羸卒数千，把守顺承门，预知必不能守，因对赵宏毅说：“国事如此，有死而已。”忽报元帝已走，正要自尽，被朱亮祖捉住，终不肯屈，复送军前斩首。赵宏毅看四下军兵撩乱，即下城与妻解氏及儿子赵恭与孙女儿官奴共入中堂，穿了公服，北向拜罢，一家悬梁自缢。在城军将，俱开了城门；四边策应人马，一齐杀入。徐达急令军士，不许扰害良民，擅离队伍。因是，燕京人民安堵。徐达便入元宫，检有玉印二颗，承宗玉印一颗，就封了府库，锁了宫门，财帛妇女，一无所取。差官特来到汴梁奏捷，说道："洪武元年，岁次戊申，秋八月二十庚午，平定了燕京。"

太祖看了表章大喜，驰官赏赉，封爵有差。改大都为北平府。即令都督冯胜，移镇汴梁；都统孙兴祖，领燕山、骁骑、虎贲、永清、龙骧、豹韬六卫的兵，镇守居庸关，以御北平。原守潼关总管指挥使曹良臣，移镇通州，以御辽东。取李文忠回汴梁，带领锦衣旗手羽林等军，护驾南还金陵。原在常遇春、汤和、沐英、朱亮祖、郭英、吴良、廖永忠、俞通源、俞通渊、耿炳文、吴祯、吴复、杨璟、阮德、顾时、华云龙、华高、康茂才、周德兴、薛显、张兴祖、张龙、赵庸、汪信、金朝兴、梅思祖、郑遇春二十七员，又新撤回傅友德，并汴梁护驾郭子兴等八员，共三十六员，俱随大元帅徐达攻取河北诸郡。

徐达拜受明旨，即日统兵二十万前行，所过涿州、定兴、保定、定州、易州、中山、河间等郡，不战而附，直至真定府。真定守将，正是洛阳逃贼俞胜。徐达传令常遇春、朱亮祖入营，附耳说了两句话，二将得令前去。因使赵庸、王志、韩政、王彬，各率兵三千搦战。俞胜料来孤城难守，径领兵西出小北门而走。未及数里，早有常遇春在东边，朱亮祖在西边，截住去路。遇春挺枪直入阵中，活捉了俞胜到营。原来徐达谅他必走山西太原府，与扩廓帖木儿会兵，以图后举，故先着两将截路，谁知不出神机。军前把俞胜斩首，揭之竿头，一路号令去讫。次日便进攻山西。

且说驾返金陵，所过地方，备细访问民间的利病，做官的贤愚。忽见江左道中，有个孩儿充作驵卒。太祖召问："何以充此？今年几岁？"那孩儿奏道："今年七岁，为父亲虽死，名尚未除，因而代役。"太祖出对道："七岁孩儿当马驵"，孩儿应声道："万年天子坐龙廷。"龙颜不胜之喜，即令蠲恤。那孩子谢恩而去。

未及半里，远望一簇人，抬着香烛，后面把一个台盘随着。太祖因也召问，只见台盘中盛着一个杀死的小孩子，太祖惊说：“你们是何人？将此死儿何干？”那些人道：“小人们都是江伯儿的亲戚，这个江伯儿母病之时，割下自己胁肉，煎汤来救母亲，未及全好，他便恳祷于泰山神道，告许母好之日，杀子以祭。如今他的母亲病果脱体，他便杀这三岁的孩儿，为母亲还愿。小人们见他孝心感应，故也随着他到庙烧香。”太祖听了，喊骂道：“父子是天伦极重的至情，古礼原为长子服三年之服。今手刃其子，绝伦灭礼，惨毒莫此为甚！还认是孝子！”发令刑官，把伯儿重杖一百，着南海充军。这些亲戚忍心不救，各杖三十。因命礼部：今后旌表孝行，须合于情理者，不许有逆理惊骇之事。

发放伯儿等才去，只见两个使臣及一个百姓，带一个女儿到驾前，跪说：“臣江西蕲州知州差来进竹簟的。”“臣浙江金华府知府差来进香米的。”太祖笑对中书省官说：“这些进贡，古亦有之。但收了竹簟，天下必争进奇巧之物。朕又闻所贡香米，俱于民间拣择圆净的，盛着黄绢囊中，封护而进。真是以口腹劳民！自后竹簟永不许进；朕用米粒，也同秋粮一体，纳在官仓，不必另贡。”使臣领旨自去。又问这百姓，将此女子来见何故？那人奏道：“此女年未及笄，颇谙诗律，特进宫中使用。”太祖大怒说：“我取天下，岂以女色为心耶？可急选佳婿配之。你做父亲，不令练习女工，反事末务！”发刑官杖六十而去。途中许多光景，不能尽说。来至金陵，太子率百官出郊迎见。次日设朝，不题。

那元帝自领亲属，逃脱燕京，退居应昌府，乃下勤王之诏：以扩廓帖木儿为大元帅，督山东十八州及云中会宁之兵，攻取大都，恢复中原。他便集兵卅万，出雁门关，取保定路，来攻居庸。徐达进攻山西，出了滹沱河，令前军抄井陉小路，直抵泽州，便命安营搦战。

第六十九回

豁鼻马里应外合

朔风吹叶雁门秋，万里烟尘昏戍楼；
征马长思青海上，胡笳夜听陇山头。
红颜岁岁老金微，沙碛年年卧铁衣。
白草城中春不入，黄花岭上雁长飞。
朔风吹雪透刀瘢，饮马长城窟更寒。
夜半火来知有敌，一时齐保贺兰山。

大明兵到泽州搦战，那守将就是原在山东劝扩廓帖木儿奔走山西的平章竹贞，便率兵五万，出东门对阵。徐达见了竹贞，说道："这竹平章，今日之势，元室不振可知，公何不顺天而行？我主仁圣，亦不轻待。"竹贞应道："南北中分，从古自定。今与元帅讲和，我大元守陕西、山右、云中、应昌等处，大明守江、浙、闽、广、中原、河北、燕京等处，两相和好，何如？"徐达说："今日我主应天挺生，不数年间，灭汉歼吴，擒国珍，执友定，四海咸归，宁容讲和？"即令挥兵合战，元兵终不练习，未及交锋，奔溃而走，竹贞便弃去泽州。徐达进城，出了安民的榜文，便对众将定取山西之策。众将说："今扩廓帖木儿进攻居庸，深恐北平难保，我兵宜先救腹心之忧，后除手足之患。”徐达说：“不然。彼率师远出，其势实孤，孙都督总六卫之师自足捍御。我等正宜乘其不备，直抵太原，倾彼巢穴，则彼进不利战，退无所栖，此兵书所谓推穴捣虚之法。”诸将称善，遂率兵前进。太原守城的恰是都统贺宗哲，不敢出战，遣人星夜上居庸关求救。扩廓得知信息，即统元兵来迎。徐达便令傅友德、朱亮祖、郭英、薛显领兵二千，分左右探敌虚实。四将分做四路前往，见元兵队伍不整，旗号披离，因各回营报说：“元兵虽多而不严，虽锐而无备。我们步卒未至，然骑兵已集。不若乘夜劫营，贼众一乱，主将可缚也。”徐达说：“我正有此意。”只见扩廓部将豁鼻马使人求见，徐达令门上搜检了，放他进来。那人向前禀说：“左部将豁鼻马，特着小人约降，且为内应。”徐达细问了端的，因着郭英、傅友德领铁骑一千，照依元兵装扮，随着使人混入元营，夜半举火为号。即令朱亮祖带部兵一万，埋伏正南方，顾时、阮德为左右翼；康茂才率部兵一万，埋伏东北方，赵庸、汪信为左右翼；常遇春率部兵一万，埋伏西南方，张龙、陆聚为左右翼；汤和率部兵一万，埋伏正东方，胡美、蔡迁为左右翼；杨璟率部兵一万，埋伏正西方，费聚、王彬为左右翼；华云龙率部兵一万，埋伏正北方，韩政、王志为左右翼；张兴祖率部兵一万，埋伏东南方，梅思祖、常遇春为左右翼；俞通源率部兵一万，埋伏正北方，周德兴、金朝兴为左右翼；自同沐英、吴祯等八将，统领大营，在后截杀，专候营中火起为号。众将得令而行。

那郭英、傅友德领兵随了来使，潜入元营，约至三更时分，郭英吹了一声必栗，我军将火器四下里一齐举发，顷刻间营中火焰冲天，喊声动地，八面伏兵在外，也同声而起。元兵大乱。扩廓帖木儿方燃烛独坐帐中，听得众军扰乱，急急披甲而出，看见凶险势头，马也不及备鞍，脚也不及着靴，与十八个骑兵，冲阵向北而逃。元兵死者大半。豁鼻马率余众来降。计得六万六千七百余人，马亦如数，刀枪剑仗，牛羊辎重，不可胜计。

时天已大明，徐达即令前军直逼太原城下安营。城中早有王保保领师出城相拒，常遇春当先迎敌。这王保保十分了不得，我阵上华高、吴复、沐英、廖永忠、吴祯等相继接应，他也势力不怯。惟是郭英同着朱亮祖，领二十馀骑，望平原高阜之处，纵马而行。在那里立定，看了半晌，方才回营。王保保也叫道："日已将晚，各自点兵，明日再战何如？"保保领兵回营自去。我们众将俱到大营，议道："王保保这厮，名不虚传。"徐达道："我们连夜攻杀，精力还是困惫的。且到明日，再做计较。"恰有郭英、朱亮祖上前说："我二人方才登高细望，敌营终是散漫。不如乘夜劫他的寨，才是上着。"徐达说："有理，有理！"便令耿炳文、廖永忠、吴良、郭子兴四将，各带铁骑五千，近城埋伏，看见元兵追赶我军，赚开城门。吴祯、吴复、薛显、华高四将，各带本部人马潜伏十里之外，以备我军移营时元兵追赶的救应。朱亮祖、傅友德、常遇春、郭英、俞通源、康茂才、梅思祖、顾时八将，带领二万人马，分为四处，近伏元营，待他举兵追赶，径杀入他老营，四下放火，烧荡营寨。自率大队人马，乘此日光，急急退走，诱他追杀。军令才下，我兵分分逐逐，鸦飞鹊乱的移营。

恰有哨马报与王保保知道，那保保大笑说："我今日力敌十将，故知朱兵退怯，不如乘此追击。"便令铁骑二万，随着自己赶杀，其余大队，俱听大将貊高镇束，守着本营，不得乱动。吩咐才罢，便跨上了马，如云如电的杀来。我军只是倒戈而走。约及十里境界，黑林之中，两边杀出四员将军，正是薛显、华高、吴祯、吴复，带领伏兵迎敌。大队人马，因而都勒转马头，裹着元兵，厮杀不放。朱亮祖等八将，看见保保领兵追杀我军，约莫有十里之远，一声号炮，四下伏兵俱杀入老营中来。虏将貊高提刀来战，被傅友德一箭中着左臂，亮祖赶上一刀。其余将卒，杀得尸横血溅，投降的约有三万余众。日间密扎扎多少营垒，到夜来光荡荡一般白地。耿炳文、廖永忠、郭子兴、吴良，黑暗里带了人马，径到城边，叫道："快开门，快开门。"

镇守的军士，只道王保保回来，连忙放入，谁知恰是大明士卒。贺知哲坐在官衙，着人探听，我兵早已杀到衙前，便往后堂寻条小路，逃脱六盘山去了。可怜这王保保，被我兵围杀了一夜，三万铁骑，剩无十分之一。将及黎明，四下里叫道："元帅将令，着各将且暂收军，听王保保自去。"王保保冲开血路，径向旧寨而走，谁知一块做了白地。纵马放到城边，城上耀日迎风，都是大明旗帜。闷着这口气，只得往定西而逃。

徐达鸣金收军，但不见了朱亮祖、薛显两员大将。便令哨马四下探望，半日之间，更没一毫影响。因唤各寨之中原随朱、薛两部士卒，这些人也都在那里追寻。渐渐天色将晚，徐达垂着双泪，对众将说："朱平章、薛参使，勇智俱奇。若是被元兵杀死了，也须有个骸骨；若是追击元兵，也须带本部军校。如此一日杳无下落，何以为情？日后又何以回复圣主？"此时正是腊尽春初，当晚潇潇的下着一天春雪，越觉凄惨，越觉更长。猛想着武当山有个炼真的道人，修髯如戟，不论寒暑，止衣一个衲头，或处穷寂，或游市井，人问他的吉凶，无不灵应。自曰张三丰，又自名为邋遢张。人如斋供他，或升或斗，无不立尽。若没人供养，便半月一月，周年半载，也只如常。登山涉岭，其行如飞。隆冬卧倒雪中，也只鼾鼾的睡。近闻得栖于五台山上，此处去彼不远，急唤请汤和、傅友德、华高、郭英四位，领马军五千，火速请来，即问前事。此时军中漏下才是一更时分，他们一来是军令，一来念及同胞最好，便驾马冒雪而行。真好一派五台景色：

左带大河，右连恒岳。五峰高出于云汉，清凉迥异于尘寰。月色横空，疏淡的是半山松影，雪风飘漾，氤氲的是一阵梅香。初时天连山，山连雪，洒洒扬扬，还认得有雁门山、石楼山、中条山、太行山、姑射山、贺兰山，都像玉攒银砌；后来月满山，山满雪，层层密密，纵然有玉华峰、盘秀峰、砥柱峰、过雁峰、五老峰、桃花峰，更无凸凹嵚崎。征鸿嘹呖断人肠，封不定禅心枯寂；孤鹤翩跹惊客梦，抛不开佛子凄凉。向来说文殊师利在上修行，谁知那道骨仙风从中磨炼。

孟浩然题禅房诗道：

义公习禅寂，结宇依空林。
户外一峰秀，阶前众壑深。
夕阳连雨足，空翠落庭阴。
看取莲花净，方知不染心。

四将一路叹赏，不觉早间已到五台山。

第七十回

追元兵直出咸阳

太山西去五台奇，到处峰峦最可思。
碧汉迢遥惊八目，烟沙寂寞绕千重。
舍利岂随秋草役，摩尼曾捧夜珠贻。
漫讶马首冲疑网，指点龙池灰劫时。

四将乘夜冒雪而行，天色将明，已到五台山下。正要上山求见张三丰，恰有一个小道童在门外扫雪，便对了汤和说："四位将军莫不是大明徐元帅差来谒见三丰师父的么？"汤和听了这言，便道："你师父真好灵异！原何得知我们到此？我四人正是来谒三丰师父的，烦你指引。"这童子道："我们师父昨日早间在庵中与天日使者周颠、铁冠道人张景华、不坏天童张金箔三人轮流对弈饮酒，杯中忽见火光两道，直冲西北，便对他三位说：'今日大明兵以火攻取太原了。我们四人可即跨鹤下山，乘势引着朱亮祖、薛显追赶元兵，涉历了潞州、汾州、朔州、忻州、崞州、代州、岚州，把这些地面望风而降，庶几三府十八州都属大明，以成一统之业，且救了多少生灵，何如？'他三人应声道：'好！'我师父跨鹤将行，吩咐我说：'明日黎明，有四位将军，冒雪来此寻我，你可直以此言回复。我保护了朱、薛两将军，随到扬州琼花观里观花，叫他们旋师之日，到琼花观中，便知分晓。此书一封，可付与汤、郭、傅、华四公开看，又有书一纸，即烦四公带去，付常遇春将军收看。’这书都在这里。”四人听了消息，便知朱、薛二将军的事情，便带笑拆开前书来看，恰是诗一首：

琼枝玉树属仙家，未识人间有此花。
清致不沾凡雨露，高标犹带古烟霞。
历年既久何曾老，举世无双莫浪夸。
便欲载回天上去，拟从博望借灵槎。

右《咏扬州琼花观》一律，请致汤、郭、傅、华四位将军麾下。

四人看罢，不知其中意思，便将香烛礼仪等件，送在童子面前，说：“此是徐元帅的下情，今日不见师父道范，敬留此山，以表微意。”那童子对四将收了，因请上山清斋供养。四位说：“军情重大，不敢稽延。”即刻辞了童子，把马紧紧的走着。一路上雪霁天晴，风和日朗，处处是堪描堪画的人世蓬莱，种种是难说难穷的幽奇景致。未及下午，已到营中，恰有常遇春也在坐，四人备将前事说了一遍。徐达说：“既如此，朱、薛二将军必有下落了。”四人又将书一封递与遇春，说此书送与将军开封，常遇春急急开来看时，也是四句诗：

一世多英武，胸中虎豹藏。
先于和里贵，后向柳中亡。

遇春见了，惊得木呆半晌。因对众位说：“这诗是当初老母生下不才之时，方才三日，忽有一位老儿走至堂前，说道：‘宅间新生令郎，大有好处。我有小诗，是他终身谶兆，你可宝而留之。’言罢，便不见了老者。后来不才长大，老母就将此诗置在紫囊之中，付我收留。不才承命四出，也决然带之而行。今看此诗此字，与前诗字毫无两样，因此心下惊疑。”一边说，一边就在左手佩带中取出紫囊内的诗来看，果然宛肖。众人都也惊讶。

恰好营前报道：“朱、薛两将军到来。”徐达连忙出帐接道：“两位将军那里去来？我等在营中寻觅不见，十分焦躁。”朱亮祖、薛显便说：“我二人同诸将追逐王保保之时，意下也要收兵。忽然一个道人，将手指说：‘两位将军，前面骑马的不是王保保么？你二位趁此不捉了他，更待何时！’我二人便纵马去赶，那保保飞烟也似去，我们两马也飞烟的随着他。到及天晚，已过了潞安等府，只听路上人说：‘真是神兵从天而降，那个敢不顺服！’夜间也止不住马，惟见一个头陀，三个道士，驾鹤而行，便觉七八万人拥护在后边随着。因此潞州、汾州、朔州、忻州、崞州、代州、岚州，所有山西地面三府十八州，俱皆纳款。今早旋马而回，来见元帅。”徐达不胜之喜。此是洪武二年己酉春正月，平定了山西，便一面差官申奏金陵，一面设宴与朱、薛二位将军称贺。把酒之中，说起张三丰神异等事，各人神情竦然。

次日徐达便领兵下陕西，兵至潼关，与唐胜宗、陆仲亨相会，议取陕西。所有诸将俱说：“张思道之才不如李思齐，且庆阳势弱，易于临洮，不如先取庆阳，后从陇西进取临洮为是。”徐达说：“那庆阳城险而兵悍，未易猝破。彼临洮之地，西通番方，北界河湟。得其人民，足以备战斗；得其地产，足以供军储。我以大军蹙之，李思齐必束手就降。临洮既克，诸郡自下矣。”诸将悦服。遂进兵克了陇州、秦州及巩昌地方，因集马骑步卒，一齐直趋临洮府正东五里紫兰滩安营。徐达对诸将说：“我想思齐，其势已穷，得一人谕以利害，必来投顺。”只见蔡迁欲往。徐达便令轻装，直至城下，与思齐相见。蔡迁委委曲曲，劝渠纳款。思齐犹豫未决。又有养子赵琦相阻，说：“如果不胜，尚有西番可连。”惟是诸将齐声道：“还是早降，可免杀伤之厄。况今元兵百万，且不能胜，纵连吐蕃，亦无用武之地。不如降为上策。”思齐便随蔡迁奉表乞降。徐达待以国士之礼，安抚了百姓，便起兵攻庆阳。

那城池是张思道同弟张良辅把守。我军阵上郭英扣城搦战，思道即欲率兵出迎。良辅向前说："大明兵势如山，李思齐尚且降伏，兄将何为？弟心不如假意献城，图个空隙，刺了徐达，以报元主，也显得我们的忠心。不然，孤军出战，既无后援，弃城而走，又遗耻笑。兄请度之。”思道从计。遂开门出降。郭英引见了徐达，徐达留下部将镇守庆阳，令张思道等随军中向西征平凉府。在路二日，军至延陵地界。思道自恃兵精将悍，且有王保保为声援，贺宗哲为羽翼，平章姚晖为爪牙，窥见徐达前军已行，便随后杀了军卒数千人，截了我们粮草一半，径向北而走。哨子报知，徐达大惊说："真个是海枯就见底，人死不知心。不料思道兄弟如此奸毒。”即令郭英、朱亮祖、傅友德各带马兵三千，分着三路追击。

且说思道同弟良辅，杀死我兵三千有馀，抢得粮草数万，心中甚是快乐。向北而行，恰到泾州地面，当先一军，正是催粮骑将廖永忠，便勒马横枪来斗。良辅不知情由，便道："吾乃张良辅，同兄思道，近以庆阳降大明徐元帅。今奉军令，上山西、河北催粮。”廖永忠心下思量："我奉令催粮，岂又用他？况从来钱粮重事，元帅断不差托新降之将。且原何更无他人同催，径用他兄弟两个？”便大叫道："你既催粮，何不往前行，反从北走？决然是降而后叛之贼，劫我粮草的。”良辅被永忠说破，无以为应，便挥戈来敌。永忠奋力抵住他兄弟二人，战未数合，恰好郭英、朱亮祖、傅友德三人追至，两势夹攻。良辅兄弟力不能支，遂趋入泾州，士卒死者过半。徐达便遣四将抄他出入之路，俞通源略其西，傅友德略其东，朱亮祖略其南，顾时略其北。良辅着人夜半缒城，往宁夏求救，又被巡军所拿，于是音信隔绝。城中乏食，只得煮人汁和泥咽之。徐达四下着人布令说："反叛的只张良辅兄弟，其余俱是良民。如有生擒来献者，赏金千两；斩首来献者，赏金五百两；开门投降者，赏金一百两。如终抗拒，城破之日，尽行诛戮。”良辅部下万户挥使姚晖与子姚平商议，诈称西门城堞将倾，请良辅上西城审探修葺。良辅只道果然，往到西门。他父子上前，一刀砍死，乘势开门纳降。徐达统兵入城，张思道因挈妻正要投井，被我军枭首来献。徐达令将首级一路号令前去，出榜安民。于是陕西八府，悉皆平定。次日上表献捷，方差官出得门，恰报有圣旨到来。徐达即忙整排香案，迎接到堂，五拜三叩首，山呼万岁。礼毕，使臣宣着诏书道。

第七十一回

常遇春柳川弃世

崇朝边塞净胡氛，缓带春风更不群。
铜柱只今题马氏，长缨何必借终军。
元戎幕府行休战，天子明堂坐策勋。
麟阁崔嵬千古壮，功成谈笑四方闻。

使臣宣着诏书道：

敕谕大元帅徐达：朕闻卿等屡次捷音，所向必克，此朕得所托也。不期元主即今三路分兵，侵我边鄙。以丞相也速为南路元帅，领兵十万，从辽东侵蓟州；以孔兴同脱列伯为西路元帅，领兵十万，从云中攻雁门；以江文靖为中路元帅，领兵十万，攻居庸。三处最急。特令李文忠前到军中，副常遇春领兵十万，以当三路之患。卿宜统率大兵，镇守山、陕二西沿边地方，以杜王保保入寇。特此诏示，甚勿羁迟。

徐达得诏，即令常遇春为大元帅，李文忠为左元帅，郭英为右元帅，傅友德为前部先锋，朱亮祖为左翼先锋，吴祯为右翼先锋，华高、薛显、蔡迁、费聚、金朝兴、梅思祖、黄彬、赵庸、韩政、顾时、汪信、王志、周德兴、张龙十四员大将，率本部军校步兵十万，随行听遣，即日出延安府进发。兵至潼关，常遇春谓诸将曰："元兵三路南侵，乃虎护九谷之势，我军先救何处为是？"李文忠说："孔兴与脱列伯二人进侵山西，有徐帅沿边镇御，必无他患。今有江文靖来攻居庸，那居庸是北平左辅，乃蓟镇所控，东至辽阳，西至宣府，约有一千馀里。中间古北口、石门寨、喜峰口、镇边城、黄花岭、八达岭，俱极冲要，诚为紧急。兼之也速进攻辽东，以为恢复北平之计，使我兵东西受敌。元帅宜领兵径抵居庸，若擒了江文靖，则余兵自然落胆。"常遇春听计，便整肃队伍，从蒲州、河北，一路来援居庸关，不题。

且说元丞相也速，领兵过蓟州、遵化、香河、宝抵，前至通州正东十里安营。我兵总管曹良臣镇守通州，闻知元兵大至，因与部将陈亨、张旭议道："我兵止有三千，何以应敌？还宜设诡以破之。"因下令集民间驴、骡，不拘多少，身上缚草为人，穿戴衣甲，执着长枪、大弓，依着树木，插立鲜明旗号，于十里外高原之上屯扎，下用妇女三百，俱扮作男人，擂鼓鸣锣，不住的呐喊。城头之上也一般妆扮把守。陈亨可率精锐一千，于大河左边埋伏；张旭可率精锐一千，于大河右边埋伏。只看林莽中高悬红灯为号，一齐发伏追击。曹良臣自率兵二千，二十里外迎战。再选居民土丁五百，执着五色旗号，按方而立，驻在城外深池之旁，中间设立高台，上缚草人，着了衣服，虚张声势。众将得令，依法而行。

恰好也速大兵已到，曹良巨奋力来迎。自未至申，天色渐渐将晚，良臣纵着马便走，那也速乘势赶来。一路高原之上，但见军马摇旗呐喊，远望来竟如数十万之众，驻扎不动。也速正在疑心，早见绿杨之中，一盏红灯笼朗然高照，两边伏兵不知多少，横冲直撞而来，真所谓"兵在精而不在多，将在谋而不在勇"。左有陈亨，右有张旭，后有曹良臣，三千兵拼死攻击，杀得元兵四散的奔溃。也速只得领了败兵，向辽东而走。曹良臣等，只是鼓噪追来，直到蓟州而还。恰有元将江文靖，领兵来攻居庸，也速幸得合兵一处。

镇守居庸的，原是都督孙兴祖。闻元兵合来侵犯，正要出兵迎敌，只见哨子报：“有常遇春领兵十万，前来救应。”不胜之喜。次日，江文靖在锦州列阵搦战，常遇春自挺枪相持。未及五七合，把也速一枪刺死。江文靖舍命而逃，遇春一马追到，便活擒于马上。元兵踏死者不计其数，斩首一万六百七十三级。常遇春对着孙兴祖说：“都督可仍镇此关，我们当提戈北往。”即日进发，克了大宁、兴和、开定，径至开平府十里外安营。开平守将乃元骁将僧伯奴与平章王鼎。他二人便出城拒战，遇春令左翼朱亮祖，右翼吴祯，三路分兵而进。郭英把王鼎活捉过来，送至军前，枭首号令。逃脱了僧伯奴。遇春既取开平，遂进兵到柳河川安营。

当晚遇春独坐营中，忽然得疾，精神甚是恍惚。帐中军校，即时传与各营众将，都来问安。遇春说：“某与诸公数年共事，期享太平。不意今日在此地，与诸公永诀。”众将惊问原故。遇春将生时老者的诗，与前者五台山张三丰送来诗，一向的事情，重新说了一遍。因说：“先于和里贵，后向柳中亡。我于和州得遇圣主，幸而所在成功，受了显爵。今兵至柳川，其亡可知。且病体十分沉重，诸公可为我料理身后之事。”驻在营中，约莫半月，果然病笃，瞑目而逝，时年三十四岁。李文忠下令诸将，且勿举哀，将衣衾、棺木备得齐整，殡殓了，即着金朝兴领兵三千，保护灵柩而回。不一日来到龙江驿。太祖闻得信息大惊，御制祝文，亲至驿中致祭，驾诣柩前，拈香爵酒，焚楮长揖，痛哭而还。且命葬于锺山草堂之原，追封翊运推诚宣力靖远功臣，开府仪同三司，上柱国，太保，中书右丞相，开平王，谥曰忠武，配享太庙。长子常茂，袭郑国公；次子常荫，袭开国公；三子常森，袭武德侯。追赠祖考三代。

却说孔兴、脱列伯二人，闻知常遇春身故，进攻大同最急。太祖传旨：李文忠为大元帅，汤和补左元帅，其余将佐仍旧供职，入救大同。李文忠领兵回白登城，遂过云中，出雁门，至马邑地方。遇着元兵数千突至，文忠乘其不备，挥兵一鼓而败之，捉了平章刘帖木儿，及龙虎四大王。此时天大雨雪，文忠疑有伏兵，因令哨骑出入山谷，密视彼卒往来。却见哨马回报："我军前队已去敌五十里之地屯驻。"文忠与诸军商议，说："我军去敌五十里之遥，分明示之以弱。"即传令：去敌五里，阻水为营，乘晚而进。一边报与原守大同将帅汪兴祖得知，以便彼此攻杀。大兵驻扎才定，忽见黑云一片，压住营垒，宛如覆盖。文忠望了半晌，对诸将说："有此云气，必主贼兵劫营。"传令傅友德率前军三万，张龙、周德兴二将接应；朱亮祖率后军三万，王志、汪信二将接应；吴祯率左军三万，顾时，韩政二将接应；郭英率右军三万，赵庸、黄彬二将接应。俱北退五十里，于白杨门四面埋伏，只候晓星将坠，东日将升，林中放震天雷为号，便发伏围剿元兵。汤和统军五万，分作十营，如连珠相似，布列平衍地面，一路接应我军。但只护行，不必相杀。自领大队三万，秣马饷军，在寨中坚壁不动，只待元兵来劫，便向北且战且走。诸将得令而去。

将及三更，果然脱列伯领着元兵，竟从西营杀入。文忠挥兵北走，脱列伯驰兵赶来。路上早有十营军马，相继救应。比及天明，前至白杨门，文忠大队人马，都投深林中去。惟听轰天一声炮响，四下伏兵一齐杀出，密密的把元兵围住了厮杀。文忠立马于高原之上，着人高叫："元兵中擒得脱列伯来降的，从重加赏，决不食言。"须臾之间，果有本部将士缚着脱列伯来献。文忠即令军中取过白金三百两，彩缎二十疋，重赏来将。投降士卒，计有二万多人，轻重马匹，不计其数。孔兴闻知信息，也解了大同之围。绥德部将，乘机斩首，来到军门纳降。哨马星飞报与元主。元主晓得事都不济，从此之后，越发望北而行，无复南向之心矣。西北一带地方，悉皆平定。李文忠便班师，驻于汴梁，遣官奏捷。太祖看表大喜。只见太史令刘基出班奏道："臣观北兵，今日势衰，不如乘此锐兵，四路穷追剿灭，庶几后无他患。古人云：'除恶务尽，树德务滋。'伏惟陛下圣裁，以便诸将行事。"

第七十二回

高丽国进表称臣

万方云气护蓬莱，春色苍茫紫极开。
天阔高台招骏去，风生大漠射雕来。
明时喜合江湖思，佳节欣闻鼓角回。
还羡硕儒通籍幸，艰危心折请缨才。

那刘基奏称：“元兵既败，正宜乘势剿击。”却好邓愈等向承钦命，进讨广东、广西洞蛮，及唐州一带地方，也得胜而回。太祖因对刘基说：“平定中原及征南诸将，向未赏赉。朕欲给了之后，方议出师。”刘基回奏说：“陛下英明神武，所见极好。”即命库内办取赏赉银缎，次日颁出：徐达白金五百两，文币五十表里；李文忠，廖永忠各白金二百五十两，文币二十五表里；胡廷瑞、杨璟、康茂才，各白金二百五十两，文币十七表里；傅友德、薛显各白金二百两，文币十七表里；冯胜、顾时、朱亮祖、郭兴等，各白金二百两，文币十五表里。其余将士，俱各有差。诸臣顿首，拜谢领赐。当日设宴殿廷，文臣刘基等在左班，武臣徐达等在右班，一一赐坐。惟有丞相李善长，以有病不具。太祖因命刘基侍坐本席，附耳问曰：“朕向欲易”

相，不意去年九月，参政陶安卒于江西，今年冬，中丞章溢又丁忧居丧，卿谓谁人可代之？”刘基说：“国之有相，犹屋之有栋梁，若未毁坏，不宜轻去。若无大木，不可轻易。今善长系陛下勋旧，且能和辑臣民。”大祖便笑说：“渠屡屡欲害汝，汝反为之保耶？杨宪可为相么？”刘基应声道：“宪有相才，无相量。尝想为相的，宜持心若水，不得以己意衡之。今杨宪不然，恐致有败。”又问：“汪广洋、胡惟庸二人若何？”刘基摇着头说：“广洋懦不任事，且量又偏浅；胡惟庸小犊也，此人一用，必败辕破犁。”太祖听了言语，红着圣颜说：“朕之相，当无如先生。”刘基即却席叩首说：“臣福薄德凉，且多病惫，况性最刚狠，积恶太深，又才短不堪烦剧，无能当此。”言讫，赴本位而坐。当晚极欢才罢。

次日，御文华殿，却有通政使司奏说：“高丽等国，遣使嗐哩嘛哈，以明日是洪武三年正月元日，故奉表称贺。”太祖将表章看了，因宣嗐哩嘛哈，问彼国风俗。他便不烦检点，口中念出一首诗道：

国比中原国，人同上古人。
衣冠唐制度，礼乐汉君臣。
银瓮筛新酒，金刀鲙锦鳞。
年年三二月，桃李一般春。

太祖听了，对朝臣道：“无谓异地不生人才，只此一诗，亦觉可听。”传旨提督四夷宾馆官，好生陪宴，不题。

随有一个职官的内眷，满身素裳，向前行礼毕。太祖看他仪容闲整，因问：“老媪为谁？”那内眷跪着奏道：“臣妾系原任江西行中书省参政陶安之妻。”太祖惊说：“是陶先生之嫂乎？言及陶先生，使人心怀怆然。”遂问：“嫂有儿子么？”老媪对说：“妾不肖子二人，近被事伏辜论死。家丁四十人，悉补军伍。今以一丁病故，州司督妾就道补数。犬马余年，无足顾惜，惟望圣恩念先学士安一日之劳，令得保首领，以入沟壑。”太祖立召兵部官谕说：“朕渡江之初，陶先生首为辅佐，涉历诸艰，功在彝鼎。方尔形神入土，遽令子姓残落，深可悯怜。尔可尽赦四十余军，还养老嫂。”再问老媪说：“你今家业何如？”那老媪惟有血泪千行，愁肠一段，那里回报得出？太祖即令内库，将白金二千两、白布二百匹，赐与老媪。且说：“原在舍宇，所在官司可为修葺。又记得朕前赐与门联说：‘国朝谋略无双士，翰苑文章第一家。’可仍妆刻，以显褒崇至意。”那夫人辞谢出朝。

翌朝，太祖因新年万几少暇，命驾随幸多宝寺。步入大殿，见幢幡上尽写多宝如来佛号，因出对说：“寺名多宝，有许多多宝如来。”学士江怀素在侧，进对曰：“国号大明，无更大大明皇帝。”龙颜大喜，即刻擢为吏部侍郎。

寺中盘桓半晌，又步至方丈之侧。恰有彩签，上书：“维扬陈君佐寓此。”太祖因问住持说：“陈君佐非能医者乎？”僧人跪对说：“能医。”太祖曰：“吾故友也，可即唤来相见。”陈君佐早到圣前，山呼拜舞毕。太祖带着笑问说：“你当初极喜滑稽，别来虽久，谑浪如故乎？”君佐默然。太祖便问：“朕今既有天下，卿当比朕似前代何君？”君佐应声说：“臣见陛下龙潜之日，饭糗茹草，及奋飞淮泗，每与士卒同受甘苦。臣谓酷似神农，不然何以尝得百草？”太祖抚掌剧欢，联手而行，命驾下人俱各远避，止有刘三吾、陈君佐随着。便入一小店微饮，奈无下酒之物，因出课云：“小村店，三杯五盏，无有东西；”君佐立对曰：“大明国，一统万方，不分南北。”太祖谕之曰：“朕与卿一个官做，何如？”君佐固辞不受。刘三吾将钱酧还了酒家。

正要出店，只见一个监生进来。太祖问道：“先生何处人？亦过酒家饮乎？”那人对曰：“本贯四川，雅慕德化，背主远来坐监，聊寄食耳。”太祖便与生对席同坐，即属词曰：“千里为重，重水、重山、重庆府。”监生对道：“一人是大，大邦、大国、大明君。”太祖便将几上片木递与监生，说：“方才对课颇佳，先生可为我即木赋诗。”监生便吟曰：

> 片木原从斧削成，每从低处立功名。
> 他时若得台端用，还向人间治不平。

太祖私心自喜，拱手别去。回宫，即令监中查本生名字，拜受礼部郎中。次早视朝，监生朝见，方知酒肆中见的是太祖。

刘基因奏：“春气将和，乞命将四出，以犁边廷。”便调徐达为征元大将军，带领沐英、耿炳文、华云龙、郭英、周德兴、梅思祖、王志、汪信八员虎将，并所部军兵十万，自潼关出西安，以捣定西；李文忠为左副将军，领带傅友德、朱亮祖、廖永忠、赵庸、薛显、黄彬、吴复、张旭八员虎将，并所部军兵十万，由北平经万全，进野狐岭，直去一带地面北伐；汤和为右副将军，领带俞通源、俞通渊、胡廷瑞、蔡迁、郑遇春、朱寿、张赫、谢成八员虎将，并所部军兵十万，出雁门关北伐；邓愈为东路都总管，带领吴良、吴祯、康茂才、唐胜宗、陆仲亨、杨国兴、韩政、仇成八员虎将，并所部军兵十万，从辽东北伐。务在肃清，方许班师。再令中书省写敕，敕令汪兴祖、金朝兴守大同，孙兴祖守居庸，曹良臣守通州，郭子兴、张龙守潼关，张温守兰州，俱是切近边陲地方，宜小心提防，练习军将。又念伪夏据有西蜀，明升尚幼，都为奸臣戴寿所惑，特令都督杨璟持书谕以祸福，开其纳款之门。叶升、李新二将，辅翼同往。分遣已毕，诸将择日取路，分头进发。

那徐达引兵前至定西界安营，早有元将扩廓帖木儿与王保保互为犄角，各列着营栅，向前拒敌。徐达传令：沐英领兵三万，敌住扩廓帖木儿；耿炳文、周德兴，分为左右二哨接应。郭英领兵三万，敌住王保保，华云龙、梅思祖，分为左右二哨接应。自领王志、汪信压后。两边一齐进发，杀得元兵大败，所获人马、辎重无算，生擒元将严奉先，及元公主以下一百零七人，散卒六万有奇。那扩廓帖木儿与王保保，竟望西北挣命的奔走去了。

且说李文忠统了将校出居庸关，前至野狐岭。只见岭上突山一彪兵来，与我军对敌。旗号上写着：太尉蛮子佛思。未及战得五合，被傅友德一枪刺死。催动大兵，便至白海子骆驼山驻扎。这个山离应昌府七十里之程，却是应昌藩屏。元帝着太子爱猷识里达腊，与丞相沙不丁，及大将陈安礼、朵儿只八喇，率兵三十万，据守此山。文忠便令于山南安营。次日，摆开阵势，在山下搦战。

第七十三回

获细作将机就计

午坐焚香索简编，香烟缥缈悟神仙；
龙拿云雾非伤猛，蜃起楼台那解玄。
直上亭亭山寨立，到处烟尘生霹雳；
此际绝景难比邻，殊是神兵天外集。
长堤高柳带平沙，无处春来不酒家；
最苦众战疆场者，更无滴水煮新茶。
长歌短筑泪徒流，烁火销金莫自由；
忽有灵驹骤新沼，天教绝寨壮皇猷。
只今沙漠有灵泉，润色都将春草妍；
还记旧时尘土上，几多血汗洒青烟。

却说元太子知我军山下搦战，因与众将商议。丞相沙不丁上前奏说：“殿下且勿忧愁。这骆驼山，势若长城，险过华岳。臣请率兵下山迎敌，胜则乘势追杀，败则列寨固守。大明兵将若或登山，只须将炮石下击，必不能当。况粮草积有五七年之资，甲兵尚有三十万之勇，彼南人不禁水草之苦，朔漠之寒，以臣计之，当保得胜。”太子道：“丞相，虽然如此，勿视等闲。”沙不丁遂领兵一万来战。两阵方交，元兵终是气怯，奔溃而走。文忠便令薛显率铁甲五百，乘势上山攻杀。那山上矢石如飞雨的来，我军伤死者七十余人。薛显只得收军回阵。次日，李文忠会集傅友德、朱亮祖、廖永忠、薛显等八将，细议说："你们八人，可分兵四支，各带马骑三千，四下沿山远哨山中虚实，并峰峦夷险，回来做个计较。"各将分投去讫。恰好军前报说："军师刘基到来。"文忠慌忙迎入，且言骆驼山难克一事，刘基也没个理会。将半晌，四路哨军回来，都说山势甚是绵延险阻，元兵营寨密密的驻扎。军马钱粮，想都周实。况他只是坚壁不动，看来不易攻取。自此相持了二十余日。

忽一日报有巡逻的捉得细作，在帐外听元帅发落。刘基便附李文忠耳朵说："如此，如此，何如？"文忠一边同刘基升帐，一边点着头说："甚好，甚好！"只见那细作跪在面前，刘基看了，反佯问他说："你是本营小卒，前者差你去上骆驼山打听，何故而今才回？"那人见刘基认错，也便奸诈，回说："小人奉命打探元兵，他山上把守极严，未可一时攻打。"刘基说："正是如此，奈何，奈何！"那人未见发落，且跪在帐前。忽有一个官儿，口称军政司来说，军粮已尽，只可应今日支用。刘基便假意对李文忠并众将校说："粮储大事，你这官儿所掌何事？且到没了，才来报知！推出辕门，斩讫报来！"那官儿十分哀告求生，刘基便吩咐："着令辕门官捶打八十。"就令三军今夜密地拔寨而行，回到开平，待秋深再议攻取。切不可把元兵知觉，恐其乘机追赶。因复发落那人说："你可仍到元营，细探下落，我在开平驻营。倘若他们把守稍懈，即来报知。"且着军中取三两重的银牌一面赏他，以酬劳苦，待回来之日，再行奏请升职。那人领赏暗喜，径到骆驼山，见了太子，备言前事，且说："赏我银牌，如此侥幸。"太子听了大喜，便令陈安礼领兵三万为左哨，朵儿只八喇领兵三万为右哨，自同沙不丁领兵五万为中队，连夜下山追击。沙不丁说："殿下且莫轻动，待臣同朵儿只八喇各领兵三万，分左右追赶，殿下还宜同陈安礼把守老营。”太子说：“这也是算，依卿所奏。”元将整备晚来追杀，不题。

且说刘基把细作发行出营，便着哨子暗地随他打探，说：“今晚果来追袭。”因密授傅友德、朱亮祖领兵四万，分伏骆驼山左右，只听本营连珠炮响，便上山，如此而行。赵庸、黄彬各领兵一万，分左右接应。胡美、吴复各率本部兵马五千，在营中乘暗迤逦而行，向开平原路走动，诱元兵追杀。廖永忠、薛显各领兵三万，在营两边深林内埋伏，待元兵来劫老寨，以赛月明空中放起为号，便两胁夹攻而入。李文忠自同军师刘基，领着大队人马，俱饱餐带甲而睡。营中并不许张点灯烛，只待元兵到来，一声炮响，四下里齐燃庭燎杀出。分拨已定。

约莫一更时分，是夜月色朦胧，烟雾四起，果见两员大将，领着兵马，分左右赶杀出来。正到营边，不见文忠动静，沙不丁传令三军说：“趁早上前追赶……”未及说完，忽听暗暗地营中一声炮响，四下火光烛天，大队人马，东西南北，处处杀将出来。早有赛月明不住的放到半空中明亮。沙不丁大叫：“中了刘基的计了，可急取路而回！”却好廖永忠、薛显两边发动伏兵，奋力夹攻过来。那沙不丁被廖永忠一枪刺着咽喉而死，朵儿只八喇舍命而回。将到骆驼山，把眼一望，但见山上星罗的营寨，俱各火焰烘天，金鼓动地，满山都是大明的旗帜。正待沿山逃走，被接应的左哨赵庸一锤飞来，把脑盖击得粉碎。原来傅友德、朱亮祖听得老营炮响，明知元兵与我军大战，因乘机装做元兵杀输逃窜模样，把马直奔山上。那元兵黑夜中只道是自家军马回来，也不提防，竟被我兵捣入营寨。元太子慌忙上马，仅有残兵六七百骑相随，连夜走应昌去了。元将陈安礼被乱军中砍做数十断。真个杀得斗转星移，横尸如山。天已大明，李文忠把大队人马径抵应昌城外安营。此是刘军师施这调虎离窠之计，《通纪》上记着李文忠率副将傅友德、朱亮祖应昌大战，夜取骆驼山，正是这个故事。

且说元太子领了残兵不上一千，逃入应昌城中，来见元帝。元帝闻说大惊，向染痢疾，愈加沉重，四月二十八日，身入黄泉。太子便权葬在城中玄隐山下。后来太祖因他顺天而逃，谥为顺帝，这也不必多赘。李文忠知元帝已死，传令众将分攻应昌，约定三日之间，决然要下。诸将四围攻打。却有元平章不花，看这势头，破在旦夕，便对太子说：“何如弃此北去？”太子含泪吩咐部将百家奴、胡天雄、杨铁刀、花主帖木儿等，率领所有兵马三万，开了北门，杀条血路而走。谁想东西两彪人马烟尘陡乱杀来，截住去路。哨马探看，却是汤和带领俞通源等八将，统兵十万，出雁门，一路荡除未降元兵；邓愈带领吴良等八将，统兵十万，从辽东一路荡除未降元兵。恰好东、西合着混杀，元兵死者过半。百家奴等保着太子爱猷识理达腊，不上万骑，落荒舍命逃去。李文忠率师入了应昌城，抚安黎庶。获元太孙贾里八喇，并后妃宫嫔、王子里的罕、国公答失帖木儿，及宋、元所传玉玺、玉册、玉镇圭、玉斝、玉斧、玉图书等物。近臣达鲁花赤因也归顺。李文忠一概纳降。

当日三处统兵元帅，都会齐在应昌，开筵庆叙。刘基说：“元太子北走，诚为后患。汤邓两位元帅，可领所部屯扎此城，李元帅还当剿捕余党。”即日刘基、李文忠等进兵北追。在路三日，到麻歌岭地面。时天气暑热，三军一路烦渴，更无滴水可济。沙尘噎人，死者竟至数千。李文忠便令三军驻扎，自己下马拜告天神，曰：“如大明圣主有福，北征诸将不至灭亡，愿天降甘霖，地开泉脉，以济三军之渴。”众将虔诚一同祷告。恰有文忠所乘青鬃捕影的龙驹，向天长鸣，把身子周围在军前双足跑了三匝，将那前蹄跑在一个去处，爬开沙土有五尺余深，忽见甘泉涌流，涓涓不竭。军士真如得菠萝蜜一般，个个死中复生。文忠命杀乌牛白马，祭答天地。至今歌麻岭有马跑泉胜迹。又行了四日，只见哨马报说："前是红罗山，元太子在此屯兵。过此山后，但见茫茫白水，渺渺烟波，也没有桥梁，也没有舟楫，一望无际，更不知什么结局。特此报知。"刘基听了哨报，沉吟一会，叹息道："可见定数，再莫能逃。我也当付之一笑。"李文忠便问道："军师何出此言？想来必有原故，末将愿闻其详。"

第七十四回

现铜桥天赐奇祥

幕外闲听说使君，孤城海上倚斜曛。
千山见日天犹夜，一线虹空水自平。
眼底苍茫魂欲绝，对啼江岸霜初歇。
神开云气作铜桥，是是非非谁与说。
破剑壁间鸣怪事，山谷迎风傀黑气。
乌乌长啸似笙簧，凭谁显出凭谁去。
乾坤一瞬笑谈中，万事阴晴雨后虹。
小饮墙西邻竹暗，兰香梅雪白头翁。
到今烟火靖沙场，南北峰前数举觞。
愿教万岁欢无极，日丽长安别有光。

军师刘基听了红罗山三字，不胜叹息。被文忠定要问个根苗，刘基道："敝处青田也有红罗山一座，不才当年未遇圣王之时，每爱此山幽僻，常在山中行思坐想这道理。不期一日，见山岩中响亮一声，开了一条石窦。不才挨身而入，果有些异见。当日回家，夜来忽梦金甲神口吟诗句，教不才紧记在心，说'是你一生之事。'那诗曰：

南北红罗一样名，只将神变显清声。
大明明大胡边靖，妙玄玄妙匣中兴。
卯金刀头角蛟精，未头一角尔峥嵘。
须念机关无尽泄，角端见处一身清。

不才时常思量，止有首句与末句未有应验。今日复遇有红罗山，想此生结局只如此了。”文忠叹息一会，因商议攻取之计。刘基说；“必须先观山势夷阻何如，方可定策。”便着傅友德、廖永忠领兵三千，到前探望。但见林树参天，又翳翳密密，营栅甚是列得周匝，回来报知。文忠说：“既是这般，便有固守之意。然我兵远来，只宜急攻，不宜缓取。我意今夜若以火攻之，必然得胜。”刘基大笑道：“我心下亦是如此。”就遣赵庸、黄彬、吴复、胡美四将，各领铁甲五千，带着斧锯火器，四面分头，夜至红罗山下埋伏，待午夜时候，炮响为号，一齐上山，攻开树栅，便各处放火。朱亮祖、薛显领兵二万接应。傅友德领兵一万，直捣中营。廖永忠领兵四万，山下截杀逃兵。李文忠自率大兵随后。各将得令前去。

待有二更左右，只听得半空中一声炮响，四将登时上山，砍开树栅，火铳、火炮、火箭处处发作，倏忽之间，火势延天。惊得元兵在梦中醒觉，自相残杀，四散奔溃而走。百家奴被傅友德砍死，胡天雄被薛显一枪刺中当心。杨铁刀恃着凶勇，保了元太子及些残兵败卒，约有二千余众，向北而驰，被朱亮祖同廖永忠赶上，亮祖一箭射去，直中杨铁刀脑后，堕于马下。只有花主帖木儿紧随太子北行。殆及天明，李文忠大兵在红罗山埋锅造饭。恰有一个老儿，皓首苍髯，童颜鹤骨，来见李文忠，说：“某乃此地居民，有一札启上。”文忠看他言貌非常，将手接他札子来看，只见有诗四句道：

兵过红罗山，须知见角端。
倘然不相信，士卒必伤残。

文忠看得完时，抬眼来看，那老儿随风冉冉的去了。即与刘基商议，刘基道："我因前者梦中神人的诗，因查得角端乃是神兽，其类有五：一曰耸孤，色青，三角，口喷青烟，光如蓝靛，按东方甲乙木，见则国家有草木之妖，间生于极东日本、琉球、吕宋之地；二曰炎驹，色红，双鬣，项有鱼鳞，光如赤焰，按南方丙丁火，见则国家有毒火之灾，间生于极南安南、占城、暹罗之地；三曰素冥，色白，身长，毛甚尖削，光若莹玉，按西方庚辛金，见则国家主有刀兵之惨，间生于极西罗思、烈思、乃竹、果田之地；四曰角端，色黑，声清，龟甲龙足，光若鸦青，按北方壬癸水，见则国家有水潦之灾，间生于沙漠乌撒汗之地；五曰麒麟，色杂而文中多黄色，碧腹，紫肉，虎爪，龙睛，按中央戊己土，见则国家丰熟，天下太平。既有此言，元帅不可不信。况茫茫沙漠之地，纵取得来，亦无益于朝廷。"李文忠应道："军师之言有理。可即在此屯兵，末将当与傅、朱二先锋，领兵过山追袭元太子，试看此老之言果有灵验否？"刘基说："这也通得。但元帅此去，果见角端，可速回兵。"

文忠唯唯而行。遂率兵追过红罗山，将及五十里地面，遥望元兵无食可餐，俱从旷野中拔草为粮。看见我兵将到，惊慌逃避。傅友德、朱亮祖奋击向前，斩获二千余级。止有三五百兵，随着元太子前至乌龙江，渺渺茫茫，无船得渡，我兵又追赶渐渐近来。那太子血泪包着双珠，下马跪在地上，望着青天祷告说："自古以来，舜有三苗，周有猃狁，秦汉有匈奴，唐有契丹，宋有金辽。直至我世祖，奄有中国已经百年。今大明追逐我们至此，无路可逃，全望苍天不殄灭我等，曲赐周全。"三五百人，个个嚎天呼地。

忽然江中雪浪分开，狂波四裂，显出着一道长虹，横截那千寻碧水，一条铜桥，待元兵一拥而渡。我兵连连追及，将欲上桥，谁想是空中一条白浪，何从得济？文忠望了半晌，叹息数声，说道："可见皇天不欲绝彼！"惆怅之间，只听响亮一声，看见红罗山上有个东西，身高六尺，色若乌云，头上一角，碧色的一双眼睛，如笙如簧的叫响。文忠对着傅、朱二人并所领士卒说："此必是角端神兽了。"因叫说："角端，角端！尔乃天之神奇，物之灵异，必能识天地未来气数。倘元人此后更不复生，尔可藏形不叫；若是元人复生，尔可叫一声；若止南侵，不能进关，尔可叫二声；若复来犯边，尔可叫三声。"文忠吩咐才罢，那角端连叫三声而去。文忠心知天意，便引兵乘夜回红罗山。天明到得本营，将铜桥渡元兵，及山上见角端的事，一一对刘基说了一遍。刘基道："真是奇事！"即日拔寨而起，回至应昌，与邓愈、汤和等将相见了。文忠具言前事，诸将叹赏不已。因留将镇守应昌，抚慰军民，其余兵卒，俱随文忠、邓愈、汤和等回京。

恰好大将军徐达帅诸将西征土蕃，克了河州，那土蕃元帅何镇南、普花儿只等，皆纳印请降，便将兵追元豫王至西黄河，直到黑松林，杀了阿撒秃子。于是河州以西甘朵乌、思藏等部，来归者甚众。哨得极甘肃西北一带数千里，不见一兵卒，因也率兵回京。太祖闻得胜旋师，乃率群臣出劳于江上。

次日，徐达等进平沙漠表章，太祖因对廷臣说："尔等戮力王家，著有茂绩，非有世赏，何以报忠？朕已命大都督府及兵部官，录诸将功绩，吏部定勋爵，户部备礼物，礼部定礼仪，工部造铁券，翰林撰制诰。明日是仲冬上浣之吉，诸臣各宜明听朕言。"本日退朝。次日五鼓，太祖夙兴，御太和殿，皇太子及诸王文武百官朝见，礼毕，排列在丹墀左右。太祖谕："今日定行封赏，非出一己之私，皆仿古来之典。向以征讨未遑，故延至今日。如左丞相李善长，虽无汗马之劳，然供给军粮，更无缺乏；右丞相徐达，朕起兵时即从征讨，摧坚抚顺，劳勋最多。二人进列公爵，宜封大国，以示褒加。余悉据功立封。《书》曰："德懋懋官，功懋懋赏。"今日若爵不称德，赏不酬功，卿等宜廷论之，毋得退有後言。"于是封徐达为开国辅运推诚宣力武臣，特进光禄大夫、左柱国、太傅、中书右丞相，进封魏国公，参军国事，食禄五千石。赐诰命铁券。因着中书官宣券文曰：

朕闻：自古帝王创业垂统，皆赖英杰之臣，削群雄，平暴乱。然非首将智勇，何能统率而成大功？如汉、唐初兴，诸大名将是也。当时虽得中原，四夷未及宾服，以其宣谋效力之将比之，岂有过我朝大将军之功者乎？尔达起兵以来，为朕首将，十有六年，廓清江、汉、淮、楚，电拂两浙，席卷中原，威声所振，直连塞外，其间降王缚将，不可胜数。顷令班师，星驰来赴。朕念尔勤既久，立功最大，天下已定，论功行赏，无以报尔。是用加尔爵禄，使尔之子孙世世承袭。朕本疏虞，皆遵前代之典礼。兹与尔誓：除谋逆不宥，其余若犯死罪，免尔二死，子免一死，以报尔功。呜呼！高而不危，所以常守贵也；满而不溢，所以常守富也。尔当慎守斯言，谕及子孙，世世为国之良臣，岂不伟欤！

宣读已毕，那铁券制度宛如大瓦一片，面刻诰文，背镌免罪、减死、俸禄之数，字画俱把金来嵌成。一片藏在内府，一片给与功臣。两边相合，因叫做铁券。这规矩照依宋时赐钱镠王的铁券造成，太祖特着使臣到浙江台州钱王的子孙取样铸造的。且看后卷分解。

第七十五回

赐铁券功臣受爵

海水动天天欲晓，晓天日炙珊瑚老。
凤凰齐鸣百尺梧，总教飞上丹山岛。
胡马莫教一骑惊，浅草青黄水痕新。
丝牵小豸当空乳，沙卧高驺不动尘。
黄河如带山如砺，松青月朗犬无吠。
日映琉璃万瓦金，金貂绿绶英雄佩。
堪嗟西蜀迕天行，丸地偏将妖雾生。
巫云不辨山河色，峡水空流天地春。
兜鍪重整羽林时，命轻人鲊瓮头催。
鬼门关外船行近，鲁直新诗最可思。

赐券与徐达了，因封：

李善长太师、守正文臣、韩国公，食禄四千石。封常遇春子常茂郑国公；李文忠曹国公；冯胜宋国公；邓愈卫国公，并食禄三千石。封汤和信国公；耿炳文长兴侯；沐英西平侯；郭英武定侯；吴良江阴侯；廖永忠德庆侯；傅友德颍川侯；郭兴巩昌侯；朱亮祖永嘉侯；吴祯靖海侯；顾时济宁侯；赵庸南雄侯；唐胜宗延安侯；陆仲亨安吉侯；费聚平凉侯；周德兴江夏侯；陈德临江侯；华云龙淮安侯；胡芝瑞豫章侯；俞通源南安侯；俞通渊巂越侯；韩政东平侯；康茂才蕲春侯；杨璟谕蜀未还，遥封营阳侯；并食禄一千五百石。封王志六安侯；郑遇春荥阳侯；曹良臣宣宁侯；黄彬宜春侯；梅思祖汝南侯；陆聚河南侯；并食禄九百石。封华高广德侯；食禄六百石。并赐铁券子孙世袭。又封孙兴祖燕山侯；张兴祖东胜侯；薛显永城侯；胡美临川侯；金朝兴宜德侯；谢成永平侯；吴复安六侯；张赫航海侯；王弼定远侯；朱寿舳舻侯；蔡迁安远侯；叶升在蜀未回，封靖宁侯；仇成安襄侯。李新在蜀未回，封崇山侯；胡德济东用侯。

其余诸将，各照功升赏。又追封：冯国用郢国公；俞通海虢国公；丁德兴济国公。加封耿再成泗国公。

止有刘基，初封上柱国、安国公，他再四拜辞不受，说："臣命轻福薄，若今日受恩，必折寿算。伏乞陛下俯从臣请。"太祖因他力辞，改封为诚意伯，食禄二千四百石。当晚筵宴而散。

过有数日，杨璟率副李新、叶升朝见。太祖便问伪夏明升的事务，杨璟说："那明升年止一十四岁，其罪虽轻，但为丞相戴寿专权，蠹国残民，生黎极苦，况是梁王所封，是元朝馀孽。前者臣受明命，将书晓谕祸福，那戴寿公然大言，说彼西川，北有陈仓之险，东有瞿塘之固，南有汉洋之隘。大明幸而得志中原，何敢轻我西夏？将圣谕遂丢在地，甚是无理。伏望陛下大振神威，肃清巴蜀。"太祖听了大怒，便沉吟了一会，说道："但西川山水险阻，我军未知道路，不利攻进，奈何，奈何？"杨璟即从袖中取出一个手卷，说："臣前日行时，也虑及伪夏必然抗拒，因着画工随行，暗将地理夷险处，尽行细细图画于此。他日进兵道路，尽可了然在目。"太祖含笑，就将手卷展开，果然山川形势，尽可揣摩。便下令：徐达以兵镇守山、陕等处，邓愈以兵镇守广、浙等处，李文忠以兵镇守山东、河南等处；汤和、傅友德二人，可率廖永忠、曹良臣、周德兴、顾时、康茂才、郭英等十八员大将随征，分道而进。因命太史择吉，祭告行师。太史奏说："今洪武四年辛亥，三月初二日，可祭告天地；初八日，可出师西行。"至日，太祖乘銮舆，率文官群臣直至南郊，设奠行礼，读祝文曰：

> 大明洪武四年三月初二日，皇帝臣谨以牢醴致祭于旻天、后土、太岁、风云雷雨、岳镇、海渎、山川、城隍、旗纛之神曰：臣起布衣，率众渡江，平汉吴，立国业，削群雄，定四方，于今十有七年。凡水陆征行，必昭告于神祇，受命上穹。赖神荫佑，天下一统。惟西蜀戴寿，假幼主之权，恣行威福；据一隅之地，戕贼生民。声教既有彼此之殊，封疆实宜中原所统。若恣其桀傲，必损我藩篱。特拜汤和为征西大将军，率杨璟、廖永忠、周德兴、曹良臣、康茂才、汪兴祖、华云龙、叶升、赵庸，从瞿塘以攻重庆；傅友德为征西前将军，率耿炳文、顾时、陈德、薛显、郭英、李新、朱寿、吴复、仇成，从阶、文以趋成都。二路分行，咸祈神佑。

祭告礼毕，驾回奉天殿。命汤和挂征西大元帅金印，廖永忠为左副帅，周德兴为右副帅，康茂才为先锋，率京卫荆湘舟师十万，由瞿塘趋重庆；傅友德挂前军元帅金印，汪兴祖为左副帅，耿炳文为右副帅，郭英为先锋，率河南陕西步骑十万，由秦陇趋成都。因谕众将曰："方今天下，惟巴蜀未平，特命卿等率水陆之师，分道并进，首尾攻之，势当必克。但行师之际，在严纪律以率士卒，用恩信以怀降附，无肆杀掠。王全斌之事，可以为戒。卿等慎之。"诸将陛辞。上复密谕傅友德说："蜀人闻吾西伐，必悉其精锐，东守瞿塘，北拒金牛，以拒吾师，谓恃彼地险，我兵难至也。若出其不意，直捣阶、文，门户既隳，腹心自溃。兵贵神速，尔须留心。"友德复顿首听命。是月八日，大兵分南、北二路前往。

且说汤和率杨璟、廖永忠等九将，从南路进发。先令赵庸分兵五千，合攻桑植芙蓉洞，及覃垕茅冈寨，皆平之，因逼取龙伏隘。恰有佥事任文达迎敌。曹良臣奋马而前，把文达斩于马下，擒获五千余人，遂攻天门山。那山正是伪帅张应垣及小张佥事把守，周德兴、华云龙各领三千兵，分左右冲杀，他也分两支接应。小张佥事看了华云龙凶勇，早已心寒，未及战得两合，被云龙一鞭把腰脊打做肉泥。云龙乘势赶杀，看见张应垣与周德兴两马交锋，正是放泼，大叫道："周将军，伪贼的枪杆都折了，不活捉他，再待何时！"那应垣听得枪杆折，只道果然，把头回转来看，被华云龙一箭，正中左眼，翻身落马而死。我兵大胜，便直至归州城下安营。汤和对着茂才说："归州地面，去瞿塘不远，必期破敌，以震蜀人之心。"茂才回说："不必元帅劳心，末将自有方略。"即率兵三千搦战。守归州的，乃蜀中虎将龚兴，便出城对杀。茂才纵马向前，如入无人之境，力气百倍，喊杀振天，龚兴那能抵当？不敢进城，径往瞿塘关去了。茂才杀入城中，便令哨马报知汤和，抚安百姓，留参将张铨镇守。

次早起行，来到大溪，离瞿塘二十里屯驻。汤和随遣杨璟、汪兴祖、康茂才领兵五千，探取虚实。他两个竟出营西去，前至瞿塘关，关前是金沙江。当初诸葛武侯于此江中树立石桩铁柱，约有千馀，便用铁索周围链住，以拒东吴之师。后来蜀王孟昶复于柱间筑成关隘，名曰瞿塘关。此处正是丞相戴寿、元帅吴友仁、副将邹兴、枢密使莫仁寿，又有归州逃来龚兴在关把守。戴寿因着山势，南有赤甲山，北有羊角山，彼此相望，便把两山凿开石窍，用铁索子千条相连，横截关口。铁索之上，铺着大片木板，号为飞桥，以通往来。桥上备着矢石、铳炮等物，以备攻击，真所谓"一夫当关万人莫敌。"桥下水势滔天，澎湃若立。盛夏雪消，水没着滟滪顶，便封峡不敢行船。数里之间，石刳成窗，如箱子一般，因又名风箱峡。山高水深，峭壁万仞，惟是日正午时，始见日色。三将细看了形势，叹羡咨嗟。

只听一声炮响，蚤有吴友仁的虎将，一个叫做飞天张，二个叫做铁头张，两边带领雄兵，夹击而来，直取汪、康、杨三将。茂才见势头不美，挥戈迎敌。杨璟与兴祖也跃马相持，杀得伪兵大败，倒戈曳甲，拼命的走过铁索板桥。茂才同兴祖飞兵来赶，谁想桥上的矢石箭炮，横冲过来，就如飞蝗骤雨一般。可惜茂才与兴祖两个英雄，竟被飞炮所中而死。杨璟急收兵退回，亦被滚木滚来，连人和马，扑入水中。幸得未至大伤，止害了坐的乌骓，只得步行，引着残兵，收了两将尸首，来见汤和，具言失手之事。汤和与众将放声大哭，具棺椁殡葬于大溪口山坡之麓。因与廖永忠众将商议，都道："这等汹涌险峻，舟楫难施，且待秋来，方可攻打。"不题。

且说太祖以诸将伐蜀，未见捷报，因复命永嘉侯朱亮祖为征西右将军，率兵往助，大会征进。亮祖得令，星夜驰发至陕西西安府，恰好傅友德率大队暂住西安。亮祖备言上旨，云："久未见捷。"友德说："一来粮草未足，二来诸道兵马未集，所以暂住于此。"亮祖听了，便对友德附耳说道："如此，如此，何如？"

第七十六回

取西川剑阁兵降

从来巴蜀称天险，水如直立山如点。
悬崖峭壁势欲倾，惟见飞云空冉冉。
傅侯提取铁甲军，且行且止还逡巡。
宸谋恐向师中老，简命永嘉辞更殷。
永嘉承诏星驰出，拓成奇策神鬼怵。
扬言天计下金牛，暗破阶文若秋飚。
树枝画月千条弦，挂向酒楼檐外看。
青衫白马垆头醉，应念将军血满鞍。

朱亮祖对着傅友德说："今主将暂屯于此，齐集兵粮，不如乘机就机，一面声言进取金牛，入栈道，攻剑阁，一面暗地使人觇青川、果阳地面虚实，以图进取，何如？"友德道："极是妙见！"便即刻差人哨听。不数日间，哨人探听回来，说："青川、果阳守备空虚。阶、文地面，虽有兵垒，而兵资单弱。"友德听报，就拔寨直趋陈仓。先令朱亮祖领精骑五千为先锋，扳援山谷，昼夜兼行，两日夜竟抵阶州之地，离城五里安营，方才整列队伍。

守阶州的是伪夏平章丁世珍，正与虎将双刀王、众多官长宴乐，席间谈及朱兵，便道："戴丞相同吴友仁等守着瞿塘，何大亨将十万雄兵，守着剑阁。我这阶州，料他插翅也飞不来，且可安心把盏。"忽有哨子报道："那明兵不知何处过来，现在城外五里扎营搦战。"世珍对众将说："他既远来，必然劳困，即日便当点兵出城迎杀。"早有王千宝上马，领着精兵二万，挺枪杀过阵来。亮祖大怒，纵马交兵，未及二合，手起一刀，那千宝的头骨碌碌滚下地去。世珍看势头不好，急叫双刀王接应。那双刀王跑马上前，说："平章放心，待小将砍他首级，以报前仇。"亮祖见他来得奋猛，便放马头出阵。双刀王把刀儿舞得飞轮似转杀来，亮祖看得眼清，便一只手拿着刀，一只手展开浪素，从空中洒开，叫声："看套子！"将双刀王反缚的一般，紧紧拴住，活捉过马上，便拽开腰间剑，剁下头来，乘势杀入伪夏阵内。丁世珍望风逃脱，到文州去了。

友德大队人马，却好也到，遂合兵至文州。离城二十里，行到白龙江边，蜀军把吊桥拆开，以阻我师。郭英同朱亮祖督兵，乘夜将寨栅登时缚拢，布成木桥，顷刻而渡，直至五里关。丁世珍复集兵据险而战。傅友德奋力急攻，伪兵大败。世珍只带得数骑，往绵州而走。遂拔了文州，留将镇守，便统大兵来攻绵州。明军威势大振，人人震恐，都弃城外遁。不劳寸刀，又连取青、开两城。

兵到绵州，丁世珍对着守将马雄商议交锋，马雄说："此何足虑！他们长驱得志，只是未逢敌手耳。请平章回到阵前，看下官击杀来将。"原来这马雄身长三尺，力敌万人，手中舞一把五十斤重的铁杆钢叉，嗖嗖的浑如灯草。人因他身材矮小，便称他做"马怪军"。一向负着雄名，他也自夸着大口。世珍认是真正好汉，果然同出搦战。朱亮祖看了马雄，便飞也杀将出来。两边一声锣响，两马合做一处，未及二合，亮祖大叫一声，把马雄一刀砍于马下。傅友德催兵涌杀，世珍大败而走。将至城门，只见城上都是大明旗号，原来傅友德先令耿炳文、顾时、薛显、陈德四将，领着雄兵一万，装作蜀军，赚开城门。复令郭英领兵五千，在城东埋伏。世珍看见城池已破，果然从东路而走。当先一将，截住去路。世珍也举刀来挡，恰被郭英手起一枪，正中世珍的右眼，落马而死。明军驻于绵州城外。次早便起兵，往汉阳江岸安营。友德要把取胜之事报与汤和、廖永忠得知，以便彼此乘胜攻取。争奈山川悬隔，无路可通。幸得一夕，水势涨天，便令军中造成木牌数千面，上备将克取阶、文等州年月，浮于江面。那水顺流直下，这也慢题。

且说汉阳蜀兵屯在西岸，那员大将恰是何大亨。隔江对阵，彼此相看了五日。朱亮祖说："今日之势，更不可缓。元帅尊意何如？"傅友德说："兵法有云：'察事而行。'今彼雄兵十万，阻绝汉水，我师明渡，必不能胜。我正待蜀兵少懈，然后攻之。"便令军中暗地造筏三百馀扇，令郭英、李新、朱寿、吴复，率领铁甲兵二万，将筏尽载火器前进，馀兵随筏而行。待夜三鼓，顺流而下，直抵汉阳江西。探那汉阳军卒，果然熟睡无备，便令士卒将火器齐发，喊声振天。夏兵惊溃，四散奔走。傅友德、朱亮祖率领大兵相杀，斩首二万馀级，汉水为之咽流。何大亨潜夜匹马投汉州去了，纳降的军马，计三万七千之数。友德即督兵困住汉州。

那夏主明升，在重庆府设朝，闻报知大明军将明进金牛，暗渡了阶、文，三败了丁世珍，又取了青阳、绵州，今困汉州最急，便大惊讶，道："起初只听得大明攻瞿塘，因遣丞相戴寿统精兵拒敌，不料他批穴捣虚，竟从西北而来，据取剑阁、汉江之险。若再失了汉州，成都必不能保。"便差官星夜至瞿塘，报戴寿得知，着渠分兵来救汉州才是。不只一日，戴寿得了信息，即对诸将商议说："此事不可迟缓。可留莫仁寿、邹兴、龚兴、飞天张、铁头张五将，以三万兵固守关口。我与吴友仁元帅领兵七万，去迎傅友德相杀。"友仁说："吾闻傅友德昔日曾辅先王，先王不用，便从了友谅。友谅待他甚薄，后方归了大明，又文武兼全。且今又闻得大明皇帝因久征无功，复敕朱亮祖为副。此人更是智勇足备，当年曾在鹤鸣山设奇运石，压死敌兵。今已入川，犹虎之入室也。我与丞相可分兵而进，丞相从西路，末将从东路，又约何大亨从南路，三处为掎角之势，以拒友德。只待他粮完师老，必可得胜。”戴寿说：“此说亦是。但分兵则势孤，今友德领着雄兵十万来困汉州，我等止得七万兵，不如俱从西路进发才是。”次日，到汉州城下正西安营。

明兵闻他救兵已到，便撤围在南向驻扎。城中何大亨即与黄龙、梁士达，领精锐三万出城，与戴寿合兵列寨。傅友德整肃三军，下令说：“戴寿领兵远来，何大亨又一向怯弱，心中甚是慌张的。尔等各宜奋力，平蜀之功，只在今日。”便令朱亮祖统左军，陈德、薛显接应；顾时领右军，赵庸、李新接应。自与郭英等统着中军，向西南迎杀。两阵射圆，那夏阵中吴友仁、何大亨、黄龙、梁士达、胡孔章五将，一齐分兵来战；朱亮祖、郭英、顾时三路，也各寻着对头相杀。郭英一枪刺死了黄龙。顾时刀头转处，把梁士达砍在马下。胡孔章被朱亮祖一箭射倒了坐马，轮转枪来一枪，倒在尘埃。那戴寿即要走，傅友德早已料定，便纵马赶来，一刀直砍过去，把金盔劈得粉碎，幸得马快，逃得性命，便与何大亨脱逃往成都走了。吴友仁也从乱军中走脱，往古城而去。傅友德招动大兵，杀入汉州城，活捉了招讨王隆、万户梁丞等一百馀人。连夜追及古城，又捉了宣谕赵秉珪，及马骡五百馀匹。友仁复逃走保宁去了。大军径向成都。那余川、九龙山等寨，并平章俞思忠，率官属军民三千馀人，献良马十匹，到军前纳降。

且说夏王明升对廷臣数说：“这蜀中之地，号为四川：以成都为西川，潼关为东川，利州为北川，夔州为南川。中有六个大山，是：峨嵋山、青城山、锦屏山、赤甲山、白盐山、巫山，其间有金沙江、白龙江、汉阳江，极为江之险阻。又如瞿塘为第一关，斗门为第二关，阳平为第三关，葭萌为第四关，石头为第五关，百牢为第六关。从来说秦资其富，汉用其则，今如此光景，险阻去其大半，奈何，奈何？”

第七十七回

练猢狲成都大战

旗帜飘飘映日高，剑凌霜气倚天豪。
雄如虎豹离山岳，势似蛟龙出海涛。
袖里机神通紫府，胸中胆气贯青霄。
安邦多少勋劳在，尽向煌煌国史标。

且说伪夏明升对着众臣说，巴蜀的险阻，已失去了一半，无可奈何。正在忧闷，恰有哨子来报，大明兵将竟到成都府正东安营。守成都的是戴寿、何大亨两将，又有吴友仁，也从古城逃来。便商议道：“今日之事，若用人力，必难取胜。此处城东七十里，有座黑支山，极多猢狲。向来游手游食的人，都将他教成拖枪舞棒，扮演杂戏。我们不如下令，凡民家所养猢狲，尽行入官。每猢狲十头，出狱中死囚一人，率领在前厮杀，继后便以大兵相随。那猢狲随高逐低，扳援林木，逾山越岭，极是利便，朱兵料难抵当。此计何如？”众人应道：“大好。”即刻拘集猢狲，接连在城中令死囚演习了十馀日，只不开城迎敌。傅友德对众将说道：“他们何故如此迟延？若是待等救兵来到，重庆地面是个孤城，恐我分兵攻取，必不分兵来救。瞿塘地面去此甚远，且汤元帅等在彼攻打逼急，也难分兵来救。若要坐老我师，则内边兵粮，闻得积聚不多。不知何故如此，他们必有奸计，我等须要提防。”因四下令哨子暗行打探，不题。

且说太祖一日视朝，通使奏说：“外有一人，自称赤脚僧，从峨嵋山到此，求面陛下，言国祚的事。”太祖恐他出言惑众，不令相见。次日，忽然龙体不安。太医院官未敢造次进药。却又报道：“赤脚僧说，天目尊者着他转送药在午门外厢，毕竟要求一见。”太祖因念当年师过五台，汤和等去访张三丰，那道童备言天目尊者便是周颠，且今赤脚僧道从峨嵋来，大军现征巴蜀，未知下落，便令一见也可。传旨出去，那僧人见了太祖，袖中取出一件东西，说道：“这是温良石，须以金盘盛水，磨药饮下，那病便好。”太祖看他来得奇异，即令内侍照方磨服。果然胸次即刻平安，倍觉精神。那赤脚僧即大步从外而走，太祖连忙向前问道：“周颠年来未见，恰在何方？且师父说从峨嵋来，不知近来晓得征讨伪夏的消息否？”他道：“天目尊者在庐山与张金箔、谦牧、宗泐四人轮番较棋，你可着人往问。若是巴蜀事务，七月中旬可以称贺。但此时傅、朱二元帅陆路军马，大是忧疑，我此去或可同冷谦偕往，指与方略。”太祖便说：“冷谦我一向闻他善于仙术，至卜课、乐律之伎，更是精工，他如今现在此做官，师父同他至军中，不知几时得有晓报哩？”那赤脚僧道：“这也容易。成都得胜，便着冷谦来见。”太祖允奏，他便同冷谦登云而去。

按下云头，正是匡庐山上。赤脚僧与周颠等三人相见，备说把药医治了太祖，且说太祖要巴蜀近日攻讨的信息，因要冷谦同行。冷谦道：“我一向分着化身，在金陵做个太常协律郎，近来颇厌尘务。今日尘累将满，我便同你巴蜀走遭去，报与大明之主也得。”便同赤脚僧飞向成都而来。在云头一望，但见伪夏戴寿等在城中演练猢狲，教他拖枪舞棍，抢箭夺刀的把势。看了一会，竟从朱、傅二元帅营前歇下，走到辕门，叫辕门军校报知。傅友德、朱亮祖听了，便着中军官迎到寨中，分宾而坐，将伪夏闭门不战，耽延时日，忧闷无处，细说把二人得知。赤脚僧道："我们方才看城中百般演习猢狲，元帅可相机提防。"冷谦又道："细观气数，并按着支干，明日他决然出战。只是这些逆畜，其类属火，所以依山林岩石而生。今在巴西，又为金方。火、金相克。他们用此，虽是困苦无奈，其实倒也合些道理。明日行军，俱当用赤帜、赤甲、赤马、火炮、火铳、火箭等物，取以火胜火之义。朱元帅为前锋，傅元帅当后阵，其余将军分翼而前，必然取胜。"傅友德听计，便令军中旗甲鞍马，俱改做了赤色，但于号带之间及纥巾之上，暗分队伍，整备明日厮杀。待至天明，只听一声炮响，成都城中果然拥出许多猴子，并人马冲突将来。朱亮祖即令前军用标枪、狼筅间着火器，密密排列在前，施放过去。那些猢狲闻了硫黄硝焰之气，又被杀伤，都转头望本阵而走，自相冲杀。明兵乘势攻击，夏兵踏死的约有大半。吴友仁回阵要走，被郭英大喊道："你这贼惯会逃脱，今待那里去！"一枪直透前心而死。戴寿、何大亨领了残兵，连忙进城不出。这也慢说。

只是明太祖接连三日，望着赤脚僧回报，也没有响动。恰有管内帑的奏说："臣把守内库，时常检点库中银两，每有缺失，细觅踪迹，更无可得。今日进库，忽见一张路引，失在地下。臣意帑中深密，那得有人进来？今金宝失去无踪，反有凭引一纸，伏乞圣裁。"太祖便令五城兵马使，照凭上姓名，拘拿到殿鞫审。不及半刻，那人拿到。太祖细行审问。那人道："臣向与冷谦友善，渠怜臣亲老家贫，难以度日，即于臣寓所壁间，画有库门一座，白鹤一只，因对臣说：'若要银子，可将画门轻敲，其门自开。但进内看了钱两，无得多取。'臣依法行事，果然门开，可以进取。昨日之间，臣见金银满库，或多取也不妨，便恣意取之而出，不觉失下凭引。臣出无奈，实是冷谦所为。"太祖笑道："那冷谦前日方与赤脚僧前到巴蜀去了，你何得调谎弄舌？"那人道："臣岂敢欺诳，他方才现在家中。"太祖随令御前校尉收取冷谦。冷谦见校尉一到，便道："圣旨所在，不得迟延。"便随校尉行至午门前，且对校尉说："今日我死也。但是十分口渴，列位可将水一碗，略解吾渴，亦感盛情。"校尉看他哀诉，便汲水一碗把他，转得一眼，但见冷谦一个身子都在碗中，恁你拽扯，只是不起。倏然之间，连形连影一些也不看见，止有清水一瓯。校尉屈声的叫道："冷谦，冷谦，你既如此，我辈都要死了。"正要啼哭，那水碗中忽发声响说："你们都莫忧，将水进上御前，你们必然无害。且我也有话，正要奏闻。"那校尉只得收泪，把水盏进上，并他的言语，一一申奏。太祖便说："冷谦，你可显出见朕，朕必不杀你。"那碗中便应道："臣有罪，决不敢出。"龙颜大怒，将盏击碎于地，令内侍拾起，片片皆应。太祖因问巴蜀情由，他细把以火胜火的军情，备说了一番，便说："臣自此同周颠、谦牧、张金箔游于清宇之间，朝北海，暮苍梧。惟愿圣躬万寿无疆，清宁多福。臣从此辞矣。"太祖听其自匿，吩咐管库官仍旧供职。那失凭引的追出原盗金银，然孝念可原，便行笞罪，去讫。

且说汤和、廖永忠等，向因江水泛涨，驻兵大溪口。一日间巡江逻卒报说："金沙江口得木牌数百面，恰是颍川侯傅友德把由陈仓取阶、文、青阳、绵州、汉州等日期，报与汤元帅得知的牌面。"汤和便说："既是如此，伪将俱必胆寒，我们正宜趁势攻取。"廖永忠细筹了一会，道："今舟师既不得进，可密遣精锐千人，照像树叶的青绿之色，做成蓑衣，各带糗粮、水筒，以御饥渴，只拣山崖巉险、草木茂密处，鱼贯而前。且行且伏，逾山渡关，埋伏在上流。约定六月廿五日五更，在上流接应。水寨将士可将铁包裹船头，尽置火器在船备用。元帅可带曹良臣、周德兴、仇成、叶升为左右哨，领陆兵六万，去攻龚兴的陆寨，末将自带华云龙、杨璟为左右哨，领着水师，驾着小船，从黑叶渡攻邹兴的水寨。若水寨一破，便烧断了铁索，毁去桥栅，以过瞿塘，自可直驱重庆。"汤和听计，因遣精锐千人，扮成青绿的衣裳先行，只待廿五日在上流行事。

那蜀兵见我们寨中不来渡水，也便懈怠，不甚提防。比至廿五日五更，汤和领了陆兵去攻陆寨，廖永忠因令水师奋力挽水而行，把火炮、火筒一时发作。水将邹兴中着火箭而死。一边厮杀，一边将炬火烧着铁索，趁红凿断，遂焚毁了三桥。早见上流埋伏的精锐，扬旗鼓噪，迅疾进攻。蜀人上下抵挡不住，便活捉了有职官役蒋达等八十馀人，斩首二千馀级，溺死者不计其数。莫仁寿被华云龙一刀劈死。那陆兵飞天张、铁头张，同龚兴夹路相迎，廖永忠在船中望得眼清，那火箭射来，正中铁头张面门，落马身死。龚兴正要逃走，周德兴赶来，一刀两断。飞天张便脱了衣甲，混在众军中奔逃，被军中缚了，解送军前。汤和令同职官蒋达等斩首号令。水陆二路兵马，直过了瞿塘关，仍合一处。汤和因与众将说："趁此前往，可保势如破竹。廖永忠当率曹良臣、叶升、仇成，率本部兵从北路行。我当同华云龙、杨璟、周德兴，率本部兵从南路行。"即日拔寨而往，四方州郡，望风投附。

洪武四年七月初旬丙申日，大兵径抵了重庆府，离城十里正东铜锣峡安营。明升闻报大惧。右丞相刘仁劝说："且奔成都，再图后举……"未及说完，只见哨子又报道："大明傅、朱二元帅把成都围困最急，来求救兵。"那明升与刘仁面面相看，更无计较。其母彭氏吞声饮泪，对着明升道："事已至此，不如早降，以免生灵之苦。"明升从了母命，使写表着刘仁赴大明营中谒降。汤和便知会廖永忠，陈兵于重庆府朝天门外。明升带了家属，待罪军门。那成都城中戴寿、何大亨，知本主已降，也将城出献。傅、朱二元帅入城安抚已毕，于是三巴地面尽归大明。三月出兵，七月平蜀，百日之间，底定了伪夏。汤和、傅友德、朱亮祖、廖永忠，择日班师回朝。在路早行夜止，于民间秋毫无犯。所得西蜀金宝玉册，银印五十八颗，铜印六百四十颗，路府有七，元帅府有八，宣慰安抚司二十有五，州三十有七，县六十有七。所俘官吏将士，及所获牛马辎重，俱以万计。太祖临朝，等第平蜀功绩，傅友德第一，廖永忠第二，朱亮祖、汤和第三。各赐银一千两，彩缎五十疋。其馀赏赉有差。明升率领家属，门外候罪。

第七十八回

帝王庙祭祀先皇

紫云如气覆苍旻，瑞气氤氲霭御宸。
穆穆春风披宇宙，融融化日满乾坤。
时看塞北清尘将，又见川西奏凯兵。
纵有滇中兵未靖，也堪酩酊醉花荫。

那伪夏明升率了家属，在午门外待罪来降。太祖怜他年幼无知，因封为归命侯，与以居第，在南京城里，随廷臣行礼朝谒。若致君无道，暴虐烝民，俱是权臣戴寿，命将戴寿斩首，为权臣误国之戒。其馀胁从，罪有大小，咸各赦除。且亲制平蜀文，命官载入史籍，以彰诸臣忠勤王家之绩。惟有曹良臣、华高因领人马追击夏兵，马陷坑阱，被枪而死，太祖甚是痛惜，追封安国公，且说："不意西征伤我康茂才、汪兴祖、曹良臣、华高四员杰将。"因令所在有司，建祠岁祭。且与文臣宋濂等说："从古历代帝王，礼宜禋祀，卿等当访旧制，参酌奏行。"

未数日间，礼官备将行宜奏请，每年一祀。每位帝王之前，进酒一爵。时值秋享，太祖躬临祭献。序至汉高祖前，笑曰："刘君，刘君！庙中诸公，当时皆有凭藉，以得天下。惟我与公，不阶尺土，手提三尺，以登大宝，较之诸公，尤为难事，可供多饮二爵。”又到元世祖位前，只见面貌之间，忽成惨色，眼膛边若泪痕两条，直垂至腮。太祖笑说道：“世祖，你好痴也！你已坐天下几及百年，亦是一个好汉！你子孙自为不道，豪杰四起，今日我列你庙宇之中，位你末席，你之灵气，亦觉有荣，反作儿女之态耶？”太祖慰谕才罢，世祖庙貌稍有光彩。至今汉高祖进酒三爵，遂为定制。至如元世祖泪痕，宛然犹存，亦是奇迹。此话不题。

且说太祖出庙，信步行至历代功臣庙内，猛然回头，看见殿外有一泥人，便问：“此是何人？”伯温奏道：“这是三国时赵子龙，因逼国母死于非命，抱了阿斗逃生。”太祖听罢，说道：“那时正在乱军之中，事出无奈，还该进殿才是。”话未说完，只见殿外泥人大步走进殿中。太祖又向前细看，只见一泥人站立，便问：“此是何人？”伯温又道：“这是伍子胥，因鞭了平王的尸，虽系有功，实为不忠，故此只塑站像。”太祖听罢，怒道：“虽然杀父之仇当报，为臣岂可辱君，本该逐出庙外。”只见庙内泥人，霎时走至外边。随臣尽道奇异。太祖又行至一泥人而前，问曰：“此是何人？”伯温奏道：“这是张良。”太祖听毕，烈火生心，手指张良道：“朕想当日汉称三杰，你何不直谏汉王，不使韩信抱恨？那蹑足封信之时，你即有阴谋不轨。不能致君为尧、舜，又不能保救功臣，使彼死不瞑目，千载遗恨；你又弃职归山，来何意去何意也？”太祖细细数说，只见泥人连将头点，腮边掉下泪来。伯温在旁，心内踌躕：“我与张良俱是扶助社稷之人。皇上如此留心，只恐将来祸及满门。何不隐居山林，撇却繁华，与那苍松为伴，翠竹为邻，闲观麋鹿衔花，呢喃燕舞，任意遨游，以消馀年？”筹画已定，本日随驾回朝。

且说太祖在龙辇中，遥望城外诸山，皆面面朝拱金陵，真是帝王建都去处。却近望牛首山，并太平门外苑山，独无护卫之意。太祖怅然不乐，命刑部官带着刑具，将牛首山痛杖一百，仍于形像如牛首处，凿石数孔，把铁索锁转，令伊形势向内，遂着隶属宣州，不许入江宁管辖。苑山既不朝拱锺山，听太学中这些顽皮学生肆行采樵，令山上无一茅，不许翠微生色。且谕且行，不觉已进东华门殿间。正见画工周玄素承旨绘《天下江山图》于殿中甬壁之上，其规模形势，俱依御笔挥洒所成，略加润色。太祖便问道："你曾画牛首与苑山么？"玄素跪覆说："正在此临摹。"太祖便命把二山改削。玄素顿首道："陛下山河已定，岂敢动移？"太祖微笑而罢。然圣衷终以二山无情，顿有建都北平之想。

次日，太祖设朝。刘基叩首奏曰："臣刘基有辞表，冒犯天颜，允臣微鉴。"太祖览表，说道："先生苦心数载，疲劳万状，方今天下太平，君臣正好共乐富贵，何故推辞？"伯温又奏道："臣基犬马微躯，身有暗疾，乞放还旧里，以尽天年，真是微臣徼幸，伏惟圣情谕允。"太祖不从。伯温恳求再三，太祖方准其所奏，令长子刘连袭封诚意伯。刘伯温拜谢，辞出朝门，即日归回，自在逍遥，不题。

太祖便问待制王袆等官道："朕看北平地形，依山凭济，俯视中原，天下之大势，莫伟于此。况近接陕中尧、舜、周文之脉，远树控制边外之威，较之金陵，更是雄壮。朕欲奠鼎彼处，卿等以为何如？"恰有修撰鲍频奏说："元主起自沙漠，故立国在燕。及今百年，地气已尽。今南京是兴王本基，且宫殿已成，何必改图？且古云：'在德不在险'，望陛下察之。"太祖色变不语，看了王袆道："还再斟酌。"王袆道："前年鼎建宫阙，刘基原卜筑前湖为正殿基址。已曾立桩水中，彼时主上嫌其逼窄，将桩移立后边。刘基奏说：'如此亦好，但后来不免有迁都之举。'今日萌此圣念，或亦天数使然。但今日四方虽是清宁，然尚有顺帝之侄把匝剌瓦尔密封授梁王，据有云贵等地，还是元朝子侄。以臣愚见，待剪灭此种之后，再议改建之事才是。"太祖道："梁王自恃地险兵强，粮多化远，因此不来款附。朕意欲草敕一道，谕以祸福，开其自新。一向难于奉使之人，所以未曾了此一段心事。”王祎便奏：“臣当不避难险，前奉圣旨招降。”太祖大喜，即日着翰林官写敕，与王祎上道。复命参政吴云，副祎而行。两人在路上风景，不题。

不一日，前至云南，见了梁王，将敕书开读了，付与梁王尔密自家张主。梁王送祎等馆在别室，日日供有廪饩款待，过有数日，王祎复谕说：“臣奉命远来，一以为朝廷，一以念云南生灵，不欲歼于锋镝。且公独不闻元纲解纽，陈友谅据荆湖，张士诚据吴会，陈友定据闽广，明玉珍据全蜀。天兵下征，不四五年，尽膏斧钺。惟尔元君，北走而死。扩廓帖木儿辈，或除或窜。此时先服的，赏以爵禄；抗逆者，戮及子孙。公今自料勇悍强犷，比陈张孰胜？土地甲兵，比中原孰胜？度德量力，比天朝孰胜？推亡固存，天地人心孰胜？天之所废，谁能兴之？若是坚意不降，则我皇上卧榻之侧，岂肯容他人酣睡！必龙骧百万，会战于昆明。公等如鱼游釜中，不亡何待！”梁王君臣听了这些话说，都各心惊胆怯，俱有投降的念头。谁想故元太子爱猷识里达腊，仍集兵将立于沙漠，着侍郎雪雪从西番僻路而来，征收云贵粮饷，且约连兵以拒大明，恰好也来到。早有小卒把天使招降事情，说与雪雪得知。雪雪因责梁王说：“国家颠覆而不能救，反欲远附他人，是何道理？”梁王看事势瞒隐不下，便引王祎、吴云与雪雪相见。雪雪也不交话，就把腰边剑砍将过来。王祎大骂道：“你这不知进退的蛮奴！今日天亡汝元，我大明实代之。譬如爝火之馀燃，尚敢与日月争光乎？我承命远来，岂为汝屈！今日止有一死。但你一杀我，我大兵不日就到，将汝剁死万段，那时悔将不及。”梁王便也将软言苦劝，雪雪不听。王祎与吴云遂被害。此时却是洪武六年冬尽光景。梁王把匝剌瓦尔密心中暗想，惹起祸头不小，声声只是叫苦。因同丞相达里麻等商议，整备上好衣衾、棺椁，连夜送到地藏寺左侧埋葬。又恐声闻到大明地面来，把那抬送安葬的人，尽行杀除，以灭其口。因此，后来更没有晓得大明使臣的葬处。这也歇起休题。

且说太祖登基，弘开一统，自从洪武六年，直至洪武十四年，这几年间，也有时改筑天地、日月、星辰、风云、雷雨的坛宇，上答乾坤的生化；也有时创四代祖宗的太庙，并同堂异室的规模；也有时教民间栽种桑麻，开衣食的本原；也有时量天时，蠲免税粮，溥无穷的惠泽；最急的设立学校，养育千人之英，万人之杰；至紧的钦定律令，爱惜蝼蚁微命，草木残生。因北边沙漠之地，冰厚雪深，加给将士的衣袄。因倭番朝贡之使，梯山航海，曲致怀远的恩威。乐奏九章：其一曰本太初，二曰仰太明，三曰民初生，四曰品物亨，五曰御六龙，六曰泰阶平，七曰君德清，八曰圣道成，九曰乐清宁。命尚书詹同、陶凯等，革去鄙陋的淫词，雍雍和和，播出广大和平之趣。爵列九品，则有若正一品与从一品，正二品与从二品，正三品与从三品，正四品与从四品，正五品与从五品，正六品与从六品，正七品与从七品，正八品与从八品，正九品与从九品。命学士宋濂等分定尊卑的服制，冠冠冕冕，弘开声名文物之观。收罗天下贤豪，有文，有武，有贡，并用三途。怜恤战死家丁、老亲、孤子、娇妻，会居存养。美政多端，说不尽洪恩等天地；万几无暇，等闲的过隙几时光。古诗道得好：

暑往寒来春复秋，夕阳西下水东流。
将军战马今何在，野草闲花满地愁。

数年来，那些功臣，如文有刘基，虽然因病致仕在家，以前者论相，说胡惟庸是败辕之犊，惟庸怀恨于心，转倩医人下毒而死。学士宋濂，以胡惟庸谋逆事泄，语侵宋濂，太祖竟欲杀他；以太后苦劝赦死，充发茂州，惊泣而亡。邓愈在河南班师，路上得病而死。廖永忠以坐累而死。陈德从巴蜀回，多饮火酒，病疽而死。吴祯以督海运，冒风寒而死。朱亮祖征蜀有功，随因浙江金华等处多贼难治，太祖特命兼程以往，镇抚两浙。亮祖才到浙省，贼众改行自新。未及一年，太祖又以广东瑶僮作叛，专命亮祖移镇广东。番禺知县道同，恰是方孝孺门生。孝孺为前者父亲方克勤以河干不开，王师不能征进，被亮祖提他吏书责治，此耻未雪，因谕道同上疏所为不法。太祖以其功多，且所以难信，但令罢职归京。亮祖忧愤，不久病死。太祖哀悼不休，仍以侯礼赐葬。吴良偶以痰疾而死。华云龙镇守北平而死。陆仲亨也因胡惟庸事，许令致仕还家。他如徐达率李新、郭兴、周武三将，镇守山陕一带边关。薛显督理屯田北平地面。李文忠镇守山东。朱文正镇守南昌。周德兴镇抚湖南五溪。冯胜镇抚汴梁。汤和镇抚两广。唐胜宗督理陕西二十二卫马政。谢成镇抚北平，兼训练士卒。耿炳文训练陕西军士，兼理屯田。俞通源、俞通渊、朱寿、张温，督理海运粮储。杨璟训练辽东士卒。陆聚镇守徐州。胡廷瑞改名胡美，督造各王分封所在的宫殿。这也不题。

且说太祖每念：王袆前去云、贵，招谕梁王来降，何以音信杳然，更无消息？忽一日，四川地面把王袆、吴云被害的声闻申报，太祖龙颜大怒，即刻命五军都督府，及兵部官将，留京听遣的将帅，一一备开点单奏闻，以便随材任使。次日黎明，太祖驾御戟门，文武廷臣朝见，礼毕，五军提点使将花名手册呈览，以便点用。恰只有沐英、王弼、郭英、傅友德、金朝兴、仇成、张龙、吴复、费聚、陈桓、张赫、顾时、韩政、郑遇春、梅思祖、王志、黄彬、叶升一十八员大将。因命傅友德为征南大元帅，沐英为左副元帅，郭英为右副元帅，王弼为前部先锋。张龙统前军，陈桓、费聚为翼；吴复统后军，顾时、韩政为翼；仇成统左军，郑遇春、梅思祖为翼；金朝兴统右军，叶升、黄彬为翼；王志、张赫督理军储马料。九月初一黄道良辰，发兵起行。太祖饯于龙江，但见：

旌旗蔽江，干戈映日。三十万军马，浮舳舻而上，个个虎贲龙骧；五十号艨船，载精锐而前，人人忠心烈性。尾接头，头接尾，鱼贯行来，那敢挨挨挤挤；后照前，前照后，雁行列去，无非济济跄跄。明月映芦花，助我银戈挥碧汉；秋霜缀枫叶，撩人赤胆逼丹宵。刁斗风寒，漫应渔梆轻响；哔哔夜肃，凭吹鹗翅横空。白下溯浔阳，渺渺长江，盼不到楚天遥远；荆南沿滇水，茫茫图宇，数不了大地山河。

正是：

山川扰扰战争时，浑似英雄一局棋。
最好当机先一者，由他诈狠到头输。

太祖对诸将说：“云南僻在遐荒，全在观其山川形势，以视进取。朕细览舆图，咨询众人，当自永宁地方，先遣骁将分兵一支，以向乌撒，然后以大军从辰沅而入普定，分据要害，才可进兵曲靖，以扼云南之噤喉。彼必并力以拒我师。审察形势，出奇制胜，正在于此。既下了曲靖，便可分兵直向乌撒，以应永宁之师。大军直捣云南，彼此牵制，彼疲于奔命，破之必矣。云南一破，又宜分兵径走大理。军声一振，势将瓦解。其余郡落，可遣人招谕，不必苦烦也。”谕旨已毕，銮驾自回，诸军奋迅而往。

第七十九回

铁道士云中助阵

从来神仙处南海，岁岁年年春不改。
一天水月带昆明，炼得灵光飞五彩。
黔中滇水南之涯，忽地蛮兵逐象来。
首带利刀身负甲，烧尾腾空遍草莱。
西平沐侯侯最雄，挥戈迅扫海天穷。
凭神设险清南服，碧海银天星挂弓。
乾坤一片彻清时，阁笔吟诗何所思。
只看满前生意达，都是农蓑细雨儿。

傅友德领了大兵，一路由江而上，来至湖广地方。友德对众将军商议道："皇上英明天纵，睿智性成。前日临行所谕旨意，极是胜算，我等亦须依旨行师。我同郭元帅王先锋率费聚、顾时、黄彬、梅思祖统兵十五万入四川永宁路，上攻乌撒，沐元帅可统大队人马由辰沅路，攻贵州、普定、普安、曲靖，共约在白石江会齐。"各将分兵前进。

且说沐英望辰沅前至贵州，那土酋安瓒领着土兵出城逆敌。沐英当先出阵，那蛮兵终是未经汗马，一鼓成擒，土兵都四散逃窜。安瓒上前叩头，说：“元帅若饶了蝼蚁的命，愿将贵州一路，尽行投纳。”沐英看他出于真情，因饶他性命，便入贵州城，抚慰百姓，仍留安瓒守城。次日，起兵南行。三日之内，早至普安南五里安营。次早，沐英亲至城下搦战。守城的是梁王手下平章段世宏，甚是厉害，听了哨马报到，便着了虎皮袍，挂上犷猊铠，跨一匹黄骠马，抡一把合扇刀，领着铁骑五万，横刀直取沐英。沐英大怒，手持铜锤飞也打去，战有二十馀合，把世宏一锤打死于马下。蛮兵大败，沐英随杀进普安城。这些人民俱各烧香燃烛，家家归顺。沐英留部下将张铨镇守，即刻起兵，南至普定城池。罗鬼苗蛮犵狫闻知天兵来到，率众投顺。明早，正欲南行，恰见西角上一路兵马冲来，沐英疑是蛮兵来救，令众急急迎敌。谁知傅元帅同郭副帅领兵攻破了永宁，将欲进取乌撒，因此统兵前到白石江相会。沐英大喜，合兵共取云南，不题。

且说梁王把匝剌瓦尔密，闻大明兵分两路而来，心甚惊恐，遂遣大司徒达里麻为元帅，率兵十万，把住着曲靖白石江的南岸，以拒我师。大明军马离着白石江约有五十里地面，忽然一日，大雾从天而下，蔽塞四野，对面不辨形影。傅友德待要雾霁进兵，沐英沉思一会，说：“彼方谓我师疲于深入，未必十分忧虑，趁其无虞，必可欺之。况如此大雾，恰不是皇天助我机会？正宜乘雾进兵，蛮人一鼓可破矣。”傅友德应道：“极是，极是！”便直抵江岸驻扎，与蛮兵对面安营，依山附水，十分停当。恰好雾气开豁，蛮兵望见，哨与达里麻知道，惊得舌吐头摇，脚忙手乱，说：“大明兵分明是从天而降，奈何，奈何？然事势既已如此，也须迎敌厮杀。”便分兵列阵在南岸。

友德随令兵登舟，过江攻取，沐英说：“我看蛮兵俱用长枪劲弩，排立江边，若我师渡水，未必得利。元帅不如先令郭副帅英、王先锋弼，各领精兵五千，从下流分岸潜渡，绕出蛮兵之后，比及彼处，各把铜角吹动，于山谷林木之间高立旗帜，以为疑兵，再分兵呐喊摇旗，从后杀来。岸边蛮兵决然奔乱，我们舟中更将铁铳之士，并善于泅没者，长矛相向，中间再以防牌竹槢遮护前边，我师方可安然济江。若得上岸，就把矢石、铳炮一齐发作，复纵铁骑捣彼中坚，不愁蛮兵不破。”友德大笑道：“足下神算，真出万全。”因令郭、王二将依计领兵先行，陈桓、顾时各带兵三千接应，约定次日午时，彼此前进。再令沐英统率张龙、吴复、仇成、金朝兴四将，各乘船领兵先渡。傅友德自领大队，随后相继而行。吩咐已毕，各将整备前行。

翌日辰刻，达里麻在岸边望见明兵，都要从舟而渡，将杀过江，因令沿岸一带精勇，俱各长枪、劲弩与那火铳火炮间花儿列着，拒着舟师。真个是密密攒攒，我兵插翅也飞不上岸。蛮兵恰要施放火器，忽听背后山林之中一声炮响，铜角齐鸣，不知多多少少人马，都排立在山上，正是寒心。又见两彪精勇俱各摇旗呐喊，往后面杀将过来。达里麻欲待率兵转身迎敌，若多舟师，奋迅而前，俄顷之间，舟师俱上彼岸，便把火炮火铳一齐施放。那蛮兵背后受敌，前后相攻。我师声震林谷，水陆之师互为接救。那蛮兵自相残杀，尸堆如岭，血溅成河。达里麻即欲逃脱，被郭英一枪刺死。曲靖一带地方，尽行降伏。友德下令，凡在投降者，各归本业安生，前罪并不究治。夷人老老幼幼，个个顶礼拜谢，真如时雨之至，喜其来，悲其晚。友德因对沐英说：“我当率师三万去征乌撒，足下当领前兵竟定云南。”沐英得令，即领神枪、火炮精锐一万，兼程而往，不题。

且说先年翰林院有个应奉官，唤做唐肃，太祖每喜他的才华。一日侍膳，自己食罢，把两手拿着筯儿，甚是恭敬。太祖问说：“此是何礼？”对说：“臣幼习的俗礼。”上怒说：“俗礼可施之天子乎？”坐不敬，谪戍桂林。生子名叫之淳，又名亦重。今大兵征取贵州，傅友德闻之淳文学，因延至军中，草为露布上奏。太祖看露布做得好，随着使臣访于友德。友德把转延之淳草笔的事情，一一实报，太祖便令飞骑召之淳到京师。使者不将旨意明谕，之淳恐以文得罪，不能自保，悚惧特甚。到得京师，嘱托姑娘说：“圣威不测，姑娘可为我敛取尸首。”使者急催进朝，行次东华门，门已闭，守门的传旨说：“可将之淳把布包裹，从屋上递入。”守门官依旨奉行，把之淳如法从空累累递进，及至便殿，奏说：“之淳当面。”太祖命将布解开，之淳俯伏阶下，望见灯烛辉煌，龙睛阅书者久之，忽问说：“尔草露布耶？”之淳奏说：“臣昧死代草。”太祖命中官将短几一张，放在之淳面前，几上列烛二台，因说：“朕在此草封王册，尔可膝坐，稍为朕加润色。”之淳叩头奏说：“龙章凤篆，出自神明。臣万死不敢。”太祖笑道：“尔即不敢，须为旁注之。”之淳如命。改定讫，上令中侍续报，遥望烛影下龙颜微微喜色。因次第下十篇，每改奏，俱喜悦。此时夜犹未央，上命仍如法递出，且着之淳明早朝谒。之淳到得姑娘家中，深相庆幸。

次早朝见，命嗣父亲官职。因与说：“朕闻金华浦江有个郑家，他的扁额是‘天下第一人家’，卿可星夜召渠家长来问。”唐之淳得旨，不一日领郑家家长前到金殿朝见。太祖问道：“汝何等人家，名为第一？”那人对说：“本郡太守以臣合族已居八世，内外无有闲言，因额臣家，以励风俗。实非臣所敢当。”上复问：“族人有几？”渠对：“一千有馀。”太祖亦高其义。忽太后从屏后奏说：“陛下以一人举事有天下，彼既人众，倘有异图，不尤容易耶？”上深以为然。遂开问说：“汝辈处家，亦有道乎？”那人再叩头曰：“但大小事，不听妇人言。”上大笑而遣去。恰好河南进有香水梨，命赐二枚，渠双手把梨顶之趋出。太祖密令校尉尾其行事，见渠至家，召合族置水二缸于堂，将梨杵碎，投于水中，合族各饮梨水一杯，仍向北叩头拜谢。校尉还报，太祖因题为‘郑义门’，推作粮长。屡以事入觐，上必细询近来风俗，并年岁丰歉。谁想有人告渠家与权臣通相贩易，太祖将族长治罪。恰闻郑濂、郑湜兄弟二人争先就吏。太祖怜之，曰：“朕知义门必无是事，残人诬之耳。”且官郑湜为福建参议，诬告者依律惩治。

发放才罢，有一刑官奏说：“东长安街张校尉妻，被卖菜人王二杀死，邻佑捉拿究罪，蒙旨将卖菜王二抵命。及上法场，忽又有校尉出，叫：“张妻系我手杀，不得冤枉王二。甘心就刑，特请圣裁。”太祖听了，说：“此又是奇事了，快召来再审。”不多时，法官将愿死的跪在殿前，太祖一一细问。那校尉说：“臣向与张校尉妻合奸，前日五更，瞰渠亲夫出去，臣因而入门同寝，不意亲夫转身回来。臣仓皇中伏于床下，其妇问他何以复回，他说道：“天气甚寒，恐你熟睡，脚露被外，特回与你盖被而去。”臣思其夫这般恩爱，此妇竟忍负情，一时忿怒，把佩刀杀死，即放步走出门外。不意卖菜王二照常到彼卖菜，邻人因而疑送到官。今日临刑，人命关天，自作自受，臣岂敢妄累他人？”太祖叹息了数声，说：“杀一不义，生一无辜，尔亦义人也。张妻忍于背夫，罪当坐死。王二与尔，俱各赦罪。邻佑妄累平民，更无实迹，法官可各笞五十。”这也不必多说。

且说梁王把匝剌瓦尔密，闻达里麻战败身亡，茫然无措。蚤有刀斯郎、郎斯理二将上前，叩头启道：“臣等向受厚恩，且敌人虽是凶勇，臣等当矢志图报。臣看殿前现有虎贲之士五万，可用大象百只，尾上灌了焰硝、硫黄，头上、身中俱各带了利刃，驱到阵前，便把火点着。那猛兽浑身火痛难当，必然奔溃，纵是强兵，岂能抵敌？再后以虎士相继而行，料来百战百胜。”军中设法得停停当当，只待大明兵到厮杀。本日恰好沐英统兵，径到城边，只见：

林翳间西沉红日，林樾内震起清风。雉堞傍危峦，显得严城高爽；风铃应铁马，增添壮士凄凉。空朦河汉照天衢，灭灭明明，早催动城头鼓角；隐曜云霞彻清碧，层层密密，偏惊闻塞上笳声。

沐英看那城边悄然无声，便吩咐前军且莫惊动，只将部伍严整，待至天明，相机攻取。军中得令，各各驻扎。沐英独坐帐中，忽见一阵清风，辕门上报说："铁冠道人竟要进帐中相见。"沐英倒履相迎，分宾主而坐。沐英开口叙了寒温，便说："今日攻取云南，师父必有指教。"道人说："我适与张三丰、宗泐及昙云长老四人，将一苇渡在西海山中，望见云南梁王数将殄灭。但明日元帅出战，恐军士亦遭刀火之伤，特来相报。"沐英应声说："昙云法师不是先年护圣主，后来在皇觉寺中坐化的道人么？"说："此老正是。"沐英听有刀火之惨，便说："既有此厄，万望神圣周旋。"道人口中不语，把手向袖中扯出一条如纸如网的一件东西来，约有三五寸阔大，递与沐英手中，说："元帅可传令军中，连夜掘成土坑，长三百六十丈，深三丈六尺，阔四十九丈，上用竹簟盖着浮土，以备蛮兵。但见畜类横行，便将此物从空罩去，必然获胜。"沐英说："谨领教。"即令军中连夜依法行事，不题。

那梁王在城中，哨子将大明兵情火速报知。梁王便令驱象出城迎敌。将及天明，只见郎斯理领虎贲二万，驱着猛象五十只，从南门杀出来；刀斯郎领虎贲二万，驱着猛象五十只，从东门杀出来。明兵擂动战鼓，正欲交锋，且见蛮兵将象尾烧着，那象满身火起，疼痛难当，飞也冲将过来。沐英看见势头凶狠，把那一条如纸的物件从空撒去，蚤见铁冠道人在云中把剑一挥，蛮兵和象俱陷入土坑之内。

第八十回

定山河庆贺虞唐

短墙娇莺春未深，片云凝日青阴阴。
一湾流水荇增绿，几处深村人倚门。
此时景色十分嘉，风拂花稍月半斜。
税宽谁逐征科吏，刑清官舍不排衙。
我曾走笔题芳草，青发那怜壮心老。
惟有疏灯鼓角沉，醉看河汉随心扫。
扫开胸次酒流涎，呼童扫径花底眠。
梦里乾坤多浩荡，恰教趁众拾花钿。

古来说得好："神通广大，佛力无边。"沐英看见势头汹涌，把那条东西罩去，恰好铁冠道人也在云头，仗剑挥来。这件东西小小的不上半尺，谁知满坑把人畜陷定，都像缚住的一般，不能转动一步。只有刀斯郎，领得残兵二千，逃入城内。沐英下令张龙、仇成率所部军士，将坑内人畜擒获。其馀将帅，乘势追赶。刀斯郎勒转马头厮杀，沐英拽开劲弩，一箭飞去，正中咽喉而死。便要纵马入城，忽听一声炮响，城门左右并那城头上，飞砖走石，如骤雨掷将下来。沐英大叫："云南之捷，在此一举！大小三军，如有面额不带残伤者斩！"

人人勇增百倍，展起神枪，施发火炮，间着防牌短剑，一齐而入。那守东门的紧把城门坚闭。军中架起襄阳火炮，一个打去，竟开了城门。明兵蜂攒蚁聚，杀入城中。梁王知事不济，领了眷属，走到滇池岛中，先把妃子裁死，便服药跳入水中而亡。后宫嫔妃投水的，亦难计数。城中父老，填街塞巷，在金马山边焚香拜迎。沐英出榜安谕士民，秋毫无犯。封锁府库，收捡梁王金印，并一应官吏符节，及户口田地图籍，遂平定了云南。止有金朝兴被乱箭而死。此是洪武十四年十二月二十四日也。

次日升帐，正要具表申奏，恰好傅友德前者由曲靖过格孤山，合了永宁兵马，直捣乌撒。我军鼓噪而登，元右丞实卜闻、胡深等，俱各奔溃，因得了七星关。于是东川乌蒙芒部诸蛮，皆来降服。傅友德也班师还至云南省城相会。沐英不胜之喜，令军中排筵称贺。铁冠道人在筵头驾着祥云一朵，对了诸将说：“道人从此相辞。烦寄语圣君，万岁千秋，享有国祚。昙云法师自元朝丁卯十二月廿四夜，与滁州城隍在天门边看玉皇圣旨，吩咐金童玉女下世救民，到今一统山河，且喜亦是十二月廿四之日。灵爽不忒，惟圣主念之。张三丰并多致意。”嘱咐已毕，清风一阵，将祥云冉冉飞送而去。傅友德、沐英同诸将不胜慨叹说：“圣人天助，有开必先。我等须即旋军，把神道显灵的事奏闻才是。”因算自九月出师，至今十二月，未及百日，底定了滇黔两省，真是德威所播，万国咸安。择日起兵离城，望金陵进发。路途中好一派初春景色，但见：

桃李争妍，蕙兰竞馥。无数旌旗掩映，名香朵朵；多般盔甲照耀，芳芷累累。奏凯的把画鼓齐敲，一声声和着呢喃春燕；得胜处将大同递奏，响咙咙应着百啭黄鹂。和风拂面，鞍马起轻尘；霭日亲人，征裘烘弱暖。潺潺流绿水，几湾湾处漾清波；点点缀青山，高顶顶头遮翠色。真个是：依依弱柳弄春晴，惹动闺中万里情。幸得功成青鬓在，堪从宁宇乐平生。

不一日，前至南京，驻军于城外。次日，傅友德、沐英、郭英、王弼，率诸将入朝拜见，进了平定云南的表。太祖看罢，随降敕进封傅友德为颍国公，沐英为黔国公。其馀将帅郭英、王弼、张龙、费聚、吴复、顾时、韩政、郑遇春、梅思祖、叶升、黄彬、仇成、王志、张赫，俱各论功升赏有差。金朝兴，令所在有司岁时致祭。

太祖思得：南极滇中，北抵沙漠，东至闽浙，西至玉门，海隅之内，无不咸服。因改古扬州，向名金陵，吴、晋、宋、齐、梁、陈、南唐旧都之地，今复为龙飞首定之处。遂拓旧城，周广九十六里，设城门一十一处。南曰正阳，稍西曰通济，又西曰聚宝，西南曰三山，曰石城，正北曰太平，北之西曰神策，曰金川，正东曰朝阳，东之西曰清凉，西之北曰定淮。名为京师，今名为南京。直隶应天、凤阳、苏州、松江、常州、镇江、扬州、淮安、庐州、安庆、太平、宁国、池州、徽州一十四府，辖一十三州，八十八县，又直隶广德，和、滁、徐四州，辖八县。东北山东界，东南大海界，西北河南界，正西湖广界，西南江西界。上属天文斗、牛、房、心之宿分野，总为里约一万三千七百四十有奇。

改古幽蓟之地，左环沧海，右拥太行，后枕居庸，前襟河济，形势甲于天下，即金、辽、大元旧都，名为北平。今为京师，遂命为北京。拓元故城，周广四十，设立城门九处，南曰正阳，南左曰崇文，南右曰宣武，北东曰安定，西曰得胜，东北曰东直，东南曰朝阳，西北曰西直，西南曰阜城。直隶顺天、保定、河间、真定、顺德、广平、大名、永平八府，辖一十七州，一百一十五县，又直隶延庆、保安二州，辖一县，都司使一，领十一卫，两千户所，四堡。东北辽东界，东南山东界，西北山西界，西南河南界。上属天文尾、箕、室、壁、昴、毕之宿分野，总为里约三千二百有奇。

改古青州之地，即东齐、鲁兖之国为山东，设有济南、兖州、东昌、青州、登州、莱州六府，辖一十五州，八十九县，辽东都使司一，领二十二卫、两州。东北女真界，东南大海界，西北北直隶界，西南南京界。上属天文尾、箕、虚、危、奎、娄、室宿分野，总为里约六千四百有奇。

改古冀州之地即晋、赵之国为山西，设有太原、平阳、大同、潞安、汾州五府，辖一十六州，七十县，又直隶州辽、沁、泽三州，辖八县。东北宣府边界，正东北直隶界，东南河南界，西北沙漠界、正西西南俱陕西界。上属天文昴、毕、觜、参、井宿分野，总为里约四千四百四十有奇。

改古雍州之地，即秦国的分封为陕西，设有西安、凤翔、汉中、平凉、巩昌、临洮、庆阳、延安八府，辖二十一州，九十六县，六卫，一行都使司。东北、西北俱沙漠界，东山西、河南界，东南河南、湖广界，西南西土蕃界。上属天文井、鬼之宿分野，总为里约二千五百三十有奇。

改古豫州地，即周陈郑宋之国为河南，设有开封、归德、彰德、卫辉、怀庆、河南、南阳、汝宁八府，辖一十一州，九十二县，又直隶汝州，管辖四县。东北北直隶、山东界，正东南直隶界，东南北直隶界，西北山西界，正西陕西界，西南湖广界。上属天文角、亢、底、室、壁、柳、张宿分野，总为里约三千八百八十有奇。

改古扬州地，即吴越之国为浙江，设有杭州、嘉兴、湖州、宁波、绍兴、台州、金华、衢州、严州、温州、处州十一府，管辖一州七十五县。东北南直隶界，东南大海界，西北南直隶界，西南江西、福建界。上属天文斗、牛、女宿分野，总为里约三千八百九十有奇。

改古荆州、扬州地，即吴楚之交为江西，设有南昌、饶州、广信、南康、九江、建昌、抚州、临江、吉安、瑞州、袁州、赣州、南安一十三府，辖二州七十七县。东北南直隶界，东浙江界，东南福建界，西北、正西、西南俱湖广界。上属天文斗、牛分野，总为里约一千九百五十有奇。

改古荆襄地，即楚之分封为湖广，设有武昌、汉阳、襄阳、德安、黄州、荆州、岳州、长沙、宝庆、衡州、常德、辰州、永州、承天、郧阳一十五府，辖一十四州，九十九县，又直隶靖郴二州，管辖八县，又军民使司三，领州三，长官司十九，千户所一，宣抚所四，安抚司八。东抵江西界，东南广东界，西北陕西界，西抵四川界，西南贵州界。上属天文翼、轸分野，总为里约三千四百七十有奇。

改古梁州地，即蜀汉所都为四川，设有成都、保宁、顺庆、叙州、重庆、夔州、龙安、马湖八府，辖十四州八十四县，又直隶潼川、眉、雅、嘉定、邛、泸六州，辖二十四县，军民府四，宣慰司一，领长官司六，宣抚司三，领长官司二，又平茶、邑梅长官司二，招讨司一，宣抚司一，指挥使司一，领千户所一，安抚司四，设行都司一，管六卫州所五长官司，设垒溪千户所一，领长官司二。东北陕西界，正东、东南俱湖广界，西北西番界，西南贵州界。上属天文觜、参、井、鬼、轸、翼分野，总为里约一千二百五十有奇。

改古扬州即闽越之域为福建，设有福州、兴化、泉州、漳州、延平、建宁、邵武、汀州八府，辖五十五县，又直隶福宁州一州，辖二县。东北、正东、东南俱大海界，西北江西界，西南广东界。上属天文牛、女分野，总为里约三千七百一十有奇。

改古扬州南境即赵佗窃据之处为广东，设有广州、韶州、南雄、惠州、潮州、肇庆、高州、廉州、雷州、琼州十府，管七州七十三县，又直隶罗定一州，领二县。东北福建、江西界，东南、西南俱大海界，西北湖广界。上属天文牛、女、翼、轸分野，总为里约四千二百有奇。

改古荆州百粤交趾之地即东汉所都为广西，设有桂林、柳州、庆远、平乐、梧州、浔州、南宁、太平、思明九府，辖三十四州四十八县，军民府二，辖县一，直隶八州，辖三县，又设长官司二。东北湖广界，东南广东界，西北贵州界，西南安南界。上属天文牛、女、翼、轸分野，总为里约一千一百八十有奇。

近收服滇南，正古梁州，徼外西南夷居，即楚庄硚西所略而王。太祖说："向者汉武帝时，彩云见南中，因名云南。胡元时称曰中庆路，今可仍为云南。"设云南、大理、临安、楚雄、澄江、蒙化、景东、广南、广西、镇沅、永宁、顺宁十二府，辖二十州，二十五县，十五长官司，又设曲靖、姚安、鹤庆、武定、寻甸、丽江、元江、永昌八个军民府，领一十四州六县，三长官司，又直隶北胜、新化二州，又设军民指挥司二，军民宣慰司六，宣抚司三。又沿元时孟定路，并从古未服，今来遵化的，设为孟定、孟艮二府，领安抚司一，威远、浔甸、镇康、大候、泗州及者乐甸、钮元、芒市二长官司。其前十二府，系天文井、鬼分野。东北贵州界，正东广西界，东南广西界，西北土番界，正西诸夷界，西南南海界。总为里约六百二十有奇。

至于黔中，系荆、梁二州南境，本西南夷罗施鬼国地方，汉称为牂牁郡。后来元胡亦隶于湖广。太祖定为贵州，设贵阳、思州、思南、镇远、石阡、铜仁、黎平、都匀八府，辖七县，一个安抚司，六十个长官司，直隶普安、永宁、镇宁、安顺四州，领长官司六，宣慰司一，领长官司九。又设普安、新添、平越、龙里四军民指挥使，领长官司九。又立毕都等九卫，及凯里安抚司。中间一半地面，系天文参、井分野。东北四川界，正东、东南广东界，西北西番界，正西百夷界，西南大海界。总为里七千有奇。

这是因天文，随地理，定为南北两直隶一十三省的疆域。

又自东海岸起，沿边一带，西至蓟镇一千馀里，系虏酋土蛮等部落，在外住牧，设为辽东边镇。自辽镇起，西至宣府一千馀里，系老把都、青把都等部落，在外住牧，设为蓟州镇；自蓟州黄花镇起，西至大同平远堡，一千二百馀里，系黄台吉等部落，在外住牧，设为宣抚镇；自宣镇西阳和堡起，至山西丫角山，六百四十馀里，系顺义王并把汉那吉、扯力克等部落，在外住牧，设为大同镇；自大同丫角山起，西至延绥镇一千余里，系顺义王等部落，在外住牧，设为山西镇；自黄甫川西，至宁夏镇，一千五百馀里，系吉囊等部落，在外住牧，设为延绥镇；自延绥起，西至固原边界一千八百余里，系越胡地等部落，在外住牧，设为宁夏镇；自宁夏起，西至甘肃界，二百余里，系虏酋宾兔等部落，在外住牧，设为固原镇；自固原起，至嘉峪关，沿边一千五百余里，系丙兔把儿等部落，在外住牧，设为甘肃镇。定为九边。铁甲之士，逢三、六、九日，个个操演武艺。无事则屯田，有事则戒严。万万雄兵，声闻响应，防范甚是严肃。

太祖规制已定，恰好徐达、郭兴二人令裨将李新、周武署镇山陕一带边关，冯胜令裨将胡海署守汴梁，周德兴令裨将贾正署抚湖南五溪洞蛮，自进京来朝贺。薛显、谢成、杨璟三人，也令裨将盛庸、李坚、孙恪署领屯田训练之职，从辽东、北平取路，向金陵进发朝贺。路过山东，谒见李文忠。文忠说："我与圣主，分则君臣，恩原甥舅。三位在路少待。"因托都阃胡显署事，同日进京。比至徐州，恰好耿炳文、唐胜宗也将督理马政、训练士卒的职事，着张翌、濮玙代理，从陕西入京，同在徐州支应。把守徐州的陆聚说："我也同走一遭。"来至南京，在通政司报了朝见名姓。只见朱文正、汤和也从南昌、两广来到。

次日，正是洪武十六年岁次癸亥正月月旦，各功臣齐集午门。又迎着督理海运的俞通源、俞通渊、朱寿、张温，并督造各王分封宫殿的胡美，也赶着岁旦回京。都顶着朝冠，穿着朝服，履着朝靴，执着朝笏，同征取云南新回将帅傅友德、沐英等一十七员，整整齐齐在门外伺候，但见：

玉漏尚催，金钟忽响。岩廊拂雾，初年景色出朝阳；阊阖连云，元日晴和生太乙。玉坷龙影度，喜逢花事梅传；珠履雁行排，遥听晓声鸡报。弱柳依微，映着旌旗添瑞霭；流莺展转，飞将箫鼓动铿锵。鳞鳞的万国衣冠，列出文昭武穆；翌翌的千官辐辏；都成豹尾鹓行。鸿胪唱道班齐，舞蹈嵩呼，共道个千秋万岁；通政宣来奏启，马腾雀跃，都赞是圣主明君。古李憕诗说得好：别馆春还淑气催，三宫路转凤凰台。云飞北阙轻阴散，春上南山积翠来。御柳遥随天仗发，林花不待晓风开。已知圣泽深无限，更喜年芳入睿才。

太祖视朝，受百官称贺，礼毕，说道："今日喜是元辰，更见国泰民安，元勋聚集。前曾作册文，即日分封诸子。"封长子为皇太子。次秦王，都关中。晋王，都太原。成祖文皇帝，初封燕王，都北平。周王，都开封。以上皆高太后诞生。楚王，都武昌。齐王，都青州。潭王，国除。鲁王，都兖州。蜀王，都成都。湘王，都荆州。代王，都大同。肃王，都甘肃，移简州。辽王，都广宁，移荆州。庆王，都宁夏。宁王，都大宁，移南昌。岷王，都云南，移武冈。谷王，都宣州，绝。韩王，都平凉。潘王，都路州。安王，绝。唐王，都南阳。郢王，绝。伊王，都洛阳。皆诸王妃所生。诸王顿首受命，择日辞朝就国。

再命将开天起兵时御用盔甲，藏在内库，铁枪藏在五凤楼，渡采石的龙船，覆于龙沙江，护着朱阑，示后来创业艰难光景。武当建玄天宝殿，以报神庥。至如归德侯陈理，是友谅的嫡男；归义侯明升，是玉珍的嫡男，留在中华，彼还不快，用船送徙高丽，听其自乐。元太孙买的里八剌，以礼送归塞北。远来朝贺臣僚，俱赐金帛燕赏。将及半月，太祖仍敕各公侯、将帅，分镇原有地方。加敕沐英镇云南去讫。自后：

瑞气常呈，祯祥累现。谷生三穗，年年社雨饱春膏；麦秀两歧，处处村云蒸夏泽。宅畔闲栽五柳，曾无小犬吠清霜；道傍纵有遗金，羞见涂人攫白日。文明丕显于清朝，东壁映图书之灿；豪杰挺生于盛世，泰阶欣熙皞之年。是用渥沐皇休，讴歌帝德。然而开天圣人，岂徒一手足之烈；惟是从龙伟士，汇建众桢干之奇。贞淑聚于滁和，清静贻于海宇。仰瞻莫磬，用吐长歌：

当年造化辟神奇，真龙异起淮泗滨；
劈开宇宙还宁一，德威茂著天壤驰。
友谅士诚最叵测，潜借胡元为羽翼；
西川东浙与滇南，鼎沸玄黄无霁色。
诸豪振振鬼神谋，谈笑功名千百州；
城上秋云丽锦绣，湖边春色润箜篌。
从今清化满冠裳，麟在郊兮凤在冈；
太平无象谁能说，只有家家清酒香。

续英烈传

目　　录

第一回

幸城南面试皇孙　承圣谕阻止传贤

诗曰：

治世从来说至仁，至仁治世世称淳。
谁知一味仁之至，转不如他杀伐神。

又曰：

称帝称王自有真，何须礼乐与彝伦。
可怜正统唐虞主，翻作无家遁逸人。

尝闻一代帝王之兴，必受一代帝王之天命，而后膺一代帝王之历数，决无侥幸而妄得者。但天命深微，或揖让而兴，或征伐后定，或世德相承，或崛起在位。以世俗论之，或惊以为奇，或诧以为怪。不知天心之所属，实气运之所至耳。必开天之圣主，名世之贤臣，方能测其秘密，而豫为之计，若诸葛孔明未出茅庐，早定三分天下是也。远而在上者，凡二十一传，已有正史表章，野史传诵，姑置勿论。单说这明太祖，姓朱，双名元璋，号称国瑞。祖上原是江东句容朱家巷人，后父母迁居凤阳，始生太祖。这朱太祖生来即有许多征兆，果然长大了，自生出无穷的帝王雄略。又适值元顺帝倦于治国，民不聊生，天下涂炭，四方骚动，这朱太祖遂纳结英雄豪杰，崛起金陵，破陈友谅于江右，灭张士诚于姑苏，北伐中原，混一四海，遂承天命，继了大位。开基功烈，已有《英烈正传》传载，兹不复赘。惟即位之后，兴礼乐，立纲常，要开万世之基。后来生了二十四子，遂立长子标为皇太子，次子为秦王，三子为晋王，四子为燕王；其下诸子，俱各封王。这长子标既立为皇太子，正好承继大统，为天下之大主。不期受命不永，到了洪武二十五年四月，竟一病而薨。太祖心甚悼之，赐谥号为懿文太子，遂立懿文太子的长子允炆为皇太孙。这皇太孙天性纯孝，居懿文太子之父丧，年才十有余岁，昼夜哭泣，水浆具不入口，形毁骨立。太祖看见，甚是怜他爱他，因对他说道："居丧尽哀，哭泣成礼，固是汝为人子的一点孝心，然此小孝也。但我今既已立汝为皇太孙，上承大统，则汝之一身，乃宗庙社稷臣民之身，自有事我之大孝。况礼称：'毁不灭姓'，若不竞竞保守，以我为念，只管哭泣损身，便是尽得小孝，失却大孝也。"皇太孙闻言大惊，突然颜色俱变，哭拜于地道："臣孙孩提无知，非承圣训，岂识大意！今当节哀，以慰圣怀。"太祖见了大喜。因用手搀起道："如此方好。"又将手在他头上抚摩数遍，细细审视，因见他头圆如日，真乃帝王之相，甚是欢喜。忽摸到脑后，见微微扁了一片，便有些不快，因叹息道："好一个头颅，可惜是半边月儿。"自此之后，便时常踌躇。又见第四子燕王棣，生得龙姿天表，英武异常，举动行事皆有帝王器度，最是钟爱，常常说："此儿类我。"

一日，春日花发，太祖驾幸城南游赏，诸王及群臣皆随侍左右。宴饮了半日，或献诗，或献颂，君臣们甚是欢乐。忽说起皇太孙近日学问大进，太祖乘着一时酒兴，遂命侍臣，立诏皇太孙侍宴。近臣奉旨而去，太祖坐于雨花山上。不多时，远远望见许多近臣，簇拥着皇太孙骑了一匹御马，飞一般上岗而来。此时东风甚急，马又走得快，吹得那马尾，飏飏拂拂，与柳丝飘荡相似。太祖便触景生情，要借此考他。须臾，皇太孙到了面前，朝见过，太祖就赐坐座旁，命饮了三杯，便说道："诸翰臣皆称你近来学问可观，朕今不暇细考，且出一对与你对，看你对得来么？"皇太孙忙俯伏于地，奏道："皇祖圣命，臣孙允炆敢不仰遵。"太祖大喜，因命侍臣取过纸笔，御书一句道：

风吹马尾千条线；

写毕，因命赐与皇太孙。太孙领旨，不用思索，一挥而就，书毕献上。太祖见其落笔敏捷，已自欢喜，及展开一看，见其对语道：

雨洒羊毛一片毡。

太祖初看，未经细想，但见其对语精确，甚是欢喜，遂命传与诸王众臣观看。俱各称誉，以为又精工，又敏捷，虽老师宿儒，不能如此，真天授之资也。太祖大喜，命各赐酒，大家又饮了数杯。太祖也欲自思一对，一时思想不出，因问诸臣道："此对，汝诸臣细思，尚有佳者否？"诸臣未及答，只见诸王中早闪出一王，俯伏奏道："臣子不才，愿献一对，以祈圣鉴。"太祖定睛一看，不是别人，乃第四子燕王棣也，因诏起道："吾儿有对，自然可观，可速书来看。"燕王奉旨，遂写了一句献上。太祖展开细视，却是：

日照龙鳞万点金。

太祖看了，见其出语惊人，明明是帝王声口。再回想太孙之对，虽是精切，却气象休雄，全无吉兆，不觉骇然道："才虽关乎学，资必秉于天。观吾儿此对，始信天资之学，自不同于寻常，安可强也？"因命赐酒，遍示群臣。群臣俱称万岁。君臣们又欢饮了半日，方才罢宴还宫。

正是：

盛衰不无运，帝王自有真。
信口出天语，应不是凡人。

一日，太祖坐于便殿，正值新月初见，此时太孙正侍立于旁，太祖因指新月问太孙道："汝父在日，曾有诗咏此道：

昨夜严滩失钓钩，是谁移上碧云头？
虽然未得团圆相，也有清光遍九州。

此汝父诗也。今汝父亡矣，朕每忆此诗，殊觉惨然。今幸有汝，不知汝能继父之志，再咏一诗否？"太孙忙应奏道："臣孙允炆，虽不肖不才，敢不勉吟，以承皇祖之命。"遂信口长吟一绝道：

谁将玉甲指，掐破青天痕。
影落江湖里，蛟龙不敢吞。

太祖听了，虽亦喜其风雅，但觉气象近于文人，不如燕王之博大，未免微微不畅。自是之后，每欲传位燕王，又因见太孙仁孝过人，不忍舍去，况又已立为皇太孙，一时又难于改命，心下十分狐疑不决。

忽一日，众翰臣经筵侍讲，讲毕，太祖忽问道："当时尧舜传贤，夏禹传子，俱出于至正至公之心，故天下后世，服其为大圣人之举动，而不敢有异议。朕今欲于传子之中，寓传贤之意，尔等以为何如？”言未毕，只见翰林学士刘三吾，早挺身而出，俯伏于地，厉声奏道：“此事万万不可！”太祖道：“何为不可？”刘三吾道：“传贤之事虽公，而易涉于私，只有上古大圣人，偶一为之。传子传孙无党无偏，历代遵行，已为万世不易之定位矣，岂容变易？况皇太孙青宫之位已定，仁孝播于四海，实天下国家之大本也，岂可无故而动摇！”太祖听了，心甚不悦，因责之曰：“朕本无心泛论，汝何得遂指名太孙，妄肆讥议。”刘三吾又奏道：“言者，事之先机也。天子之言，动关天下之祸福，岂有无故而泛言者。陛下纶音，万世取法。今圣谕虽出于无心，而臣下狗马之愚，却不敢以无心承圣谕。故私心揣度，以为必由皇太孙与燕王而发也。陛下如无此意，则臣妄议之罪，乞陛下治之，臣九死不辞；倘宸衷有为而言，则臣言非妄，尚望陛下慎之，勿开国家骨肉之衅。”太祖含怒道：“朕尝无心，即使有心，亦为社稷灵长计，为公也，非为私也。”刘三吾哭奏道：“大统自有正位，长幼自有定序，相传自有嫡派，顺之，则公；逆之，虽公亦私也。先懿文太子，长子也，不幸早薨，而皇太孙为懿文嫡子，陛下万世之传，将从此始。如必欲舍孙立子，舍子立贤，无论皇太孙仁昭义著，难于废弃，且将置秦晋二王于何地耶？”太祖听之，默然良久道：“事未必然，汝何多言若此耶？”刘三吾又哭奏道：“陛下一有此言，便恐有人乘间播弄，开异日争夺杀伐之端，其祸非小。”太祖道：“制由朕定，谁敢争夺？”刘三吾道：“陛下能保目前，能保身后耶？”太祖愈怒道：“朕心有成算，岂迂儒所知也，勿得多言！”刘三吾再欲哭奏，而太祖已艴然还宫矣。刘三吾只得叹息出朝，道：“骨肉之祸已酿于此矣。”次日有旨，降刘三吾为博士。

正是：

只有一天位，何生两帝王？
盖缘明有运，变乃得其常。

太祖由此，心上委决不下。一日坐于便殿，命中官单召诚意伯刘基入侍。只因这一召，有分教：天意有定，人心难逆。欲知后来如何，且看下回分解。

第二回

刘基就人论兴衰　太祖顺天传大位

却说太祖单召刘基入侍。你道这刘基是谁？他是处州府青田县人，表字伯温，幼时曾得异人传授，上知天文，下知地理，前知已往，后知未来，推测如神。在周可比姜子牙，在汉不让张子房、诸葛孔明，在唐堪与李淳风、袁天罡作配。元末曾出仕，做过知县，后见元纲解纽，金陵有天子气，遂弃职从太祖创成，一统天下，受封诚意伯之爵，真足称明朝一个出类拔萃的豪杰。

这日闻太祖钦召，即随中官而入。朝见过太祖，赐坐赐茶毕，太祖因说道："今天下已大定矣，无复可虞，但朕家事尚觉有所未妥，故特召先生来商之。"刘基道："太孙已正位青宫，诸王俱分封有地，有何不妥，复烦圣虑？"太祖蹙了眉头道："先生是朕股肱，何得亦为此言！卿且论皇太孙为何如人？"刘基对道："陛下既以股肱待臣，臣敢不以腹心报陛下。皇太孙纯仁至孝，继世之令主也。"太祖道："仁孝能居天位否？"刘基道："仁则四海爱之，孝则神鬼钦之，于居天位正相宜。"太祖听了，沉吟良久，道："卿且说四子燕王为何如人？"刘基道："燕王龙行虎步，智勇兼全，英雄之主也。"太祖道："英雄亦能居天位否？"刘基道："英雄才略能服天下，于居天位又正相宜。"

太祖道："负帝王之姿，亦有不居天位者乎？"刘基道："龙必居海，虎必居山。帝王不居天位，是虚生也。从来天不生无位之帝王。"太祖道："帝王并生，岂能并立？"刘基道："并立固不可，然天既生之，自有次第。故宋陈希夷见了宋太祖与宋太宗，有一担挑两皇帝之谣，安可强也！"太祖道："废一兴一，或者可也。"刘基道："天之所兴，人岂能废？"太祖道："细听卿言，大有可思，但朕胸中尚未了然。国家或废或兴，或久或远，卿可细细为朕言之。朕当躬采成法，以教子孙。"刘基道："陛下历数万年，臣亦不能细详。"太祖道："朕亦知兴废，古今自有定理，但虑长孙不克永终，故有此问。先生慎勿讳言。"刘基见太祖属意谆谆，因左右回顾，不敢即对。太祖知其意，即命赐羊脯汤、宫饼。刘基食毕，太祖乃屏退左右近侍，道："君臣一体，出卿之口，入朕之耳，幸勿忌讳。"刘基道："承圣恩下问，愚臣焉敢隐匿？但天意深微，不敢明泄，姑将图识之要，以言其略。陛下察其大意可也。但触犯忌讳，臣该万死，望陛下赦之。"太祖道："直言悟君是功也，何罪之有？即使有罪，亦当谅其心而赦之。卿可勿虑。"刘基乃于袖中取出一册献上，道："此束明历也，乞陛下审视，自得其详。"太祖接了，展开一看，只见上写着：

戊申龙飞非寻常，日月并行天下光。
烟尘荡尽礼乐焕，圣人南面金陵方。
干戈既定四海晏，威施中夏及他邦。
无疆大历忆体恤，微臣敢向天颜扬。
谁知苍苍意不然，龙子未久遭夭折。
艮孙嗣统亦希奇，五十五月遭大缺。
燕子高飞大帝宫，水马年来分外烈。
释子女子仍有兆，倡乱画策皆因劫。
六月水渡天意微，与难之人皆是节。
青龙火裹着袈裟，此事闻之心胆裂。

太祖看罢，艴然不悦道："'五十五月'，朕祚止此乎？"刘基道："陛下圣祚绵远，此言非关圣祚，别有所指也。"太祖道："'燕子'为谁？'释子'又为谁？"刘基道："天机臣不敢泄，陛下但就字义详察，当自得之。"太祖沉思半晌，道："天机亦难细解，但观其大意，必有变更之举。朕日夜所忧者此也。先生道德通玄，有何良策，可以为朕消弭？"刘基道："杀运未除，虽天地亦不能自主，神圣亦不能挽回，况臣下愚，有何良策？惟望陛下修德行仁，顺以应之，则天心人事，将有不待计而自完全矣。若欲后事而图，非徒无益，必且有害。"太祖长叹不已，道："天道朕岂敢违，但念后人愚昧仁柔，不知变计，欲先生指迷，庶可保全。"刘基道："陛下深虑及此，子孙之永佑。"太祖道："朕思'青龙'者，青宫也；'火里'者危地也；袈裟者，僧衣也。此中明明有趋避之机，先生何惜一言，明可指示乎？"刘基忙起立道："臣蒙圣谕谆谆，敢不披沥肝胆。"反回头，左右一看，见四傍无人，因趋进一步，俯伏于圣座之前，细细密奏。语秘人皆不闻，又见太祖又加叹息。君臣密语半晌，刘基方退下就坐。太祖乃传旨，敕礼部立取度牒三张，又敕工部立取剃刀一把，僧衣鞋帽齐备。又叱退左右，君臣们秘密缄封停当。又敕一谨慎太监王钺，牢固收藏，遵旨至期献出。又赐饮数杯，刘基方谢恩退出。

正是：

天心不可测，圣贤能测之。
祖宗有深意，子孙哪得知。

太祖自此之后，便安心立皇太孙为嗣，遂次第分遣诸王，各就藩封。诸王受命，俱欣然就道，唯燕王心下不服。原来这燕王为人智勇绝伦，自幼便从太祖东征西战，多立奇功，太祖深爱之。燕王亦自负其才，以为诸王莫及，往往以唐朝小秦王李世民自比。自见皇太孙立了东宫，心甚不悦，只因太祖宠爱有加，尚望有改立之命。不料一时竟遣就藩封，心下愈加不服，然圣旨已出，焉敢有违，只得怏怏就封燕国。这燕国乃古北平之地，自来强悍，金、元皆于此而发；这燕王又是一北方豪杰；况且地灵人杰，适然凑合，自然生出许多事来，谁肯甘休老死。故燕王到了国中，便阴怀大志，暗暗招纳英豪，只候太祖一旦晏驾，便思大举。国中凡有一才一略之人，皆收养府中。但燕地终是一隅，不能得出类拔萃的异人，因遣心腹之人，分道往天下去求。只因这一求，有分教：熊飞渭水明王梦，龙卧南阳圣主求。不知访出何人，且看下回分解。

第三回

姚广孝生逢杀运　袁柳庄认出奇相

大凡天生一英武之君以取世，必生一异能之臣以辅佐之。且说南直棣长洲地方有一人，姓姚，双名广孝，生得姿容肥白，目有三角，为人资性灵警，智识过人。幼年间父母早丧，只有一个姊姊，又嫁了人。因只身无依，便剃了发，在杭城妙智庵为僧，改个法名，叫做道衍，别号斯道。他一身虽从了佛教，却自幼喜的是窥天测地，说剑谈兵。常以出身迟了，不及辅太祖取天下成诰命功臣为恨。因此出了家，各处去遨游。

一日游于嵩山佛寺，同着几个缁流，在大殿上闲谈。忽走进一个人来，无意中将道衍一看，再上下一相，忽然惊讶道："天下已定矣！为何又生出这等一个宁馨胖和尚来？大奇，大奇！"因叹息了数声，便走出殿去了。道衍初听时，不知他是何人，不甚留心，未及回答。及那人走去了，因问旁人道："此人是谁？"有认得的道："他就是有名的神相袁柳庄了，名字叫做袁珙。"道衍听知，方心下骇异，便辞了同伴，急忙出寺赶上袁柳庄，高叫道："袁先生，失敬了，请暂住台驾，还有事请教，不可当面错过。"袁柳庄回转头来，见叫他的就是他称赞的那个胖和尚，便立住脚，笑欣欣说道："和尚来的好，我正要问你一个端的。”携了手同到一个茶馆中坐下。袁柳庄先问道：“你这等一个模样，为何做了和尚？且问你是何处人，因甚到此？”道衍道：“贫僧系长洲县人，俗家姓姚，双名广孝，只因父母早亡，因此出家，法名道衍，贱号斯道。不过是个无赖的穷和尚，有甚奇异处，劳袁先生这般惊怪？”袁柳庄笑道：“和尚，你莫要自家看轻了。你容色皙白，目有三角，形如病虎，后来得志，不为宰相，则为帝王之师，盖刘秉忠之流也。但天性嗜杀，不象个佛门弟子，奈何！奈何！”道衍笑道：“天有杀运，不杀不定。杀一人而生万人，则杀人者正所以生人也，嗜杀亦未为不可。但宰相、国师，非英雄不能做，先生莫要轻易许人。”袁柳庄道：“和尚须自重，我袁柳庄许了人，定然不差。但愿异日无相忘也。”道衍道：“异日若果应先生之言，无论是人，虽草木亦当知报。”袁柳庄又道：“这样便是了。只是还有一件要与你说，你须牢记，不可忘了。”道衍道：“先生金玉，敢不铭心。”袁柳庄道：“得意之后，万万不可还俗。”道衍连连点头道：“是，是！”仍又谈了半晌，方才作别。

正是：

破衲尘埃中，分明一和尚。
不遇明眼人，安能识宰相。

道衍自闻袁柳庄之言，心下暗暗喜欢，因想道：“要为宰相、国师，必须有为宰相、国师之真才实学，方能成事。这些纸上文章，口头经济，断然无用。”遂留心寻访异人，精求实用。由此谢绝交游，隐姓埋名，独来独往。一日偶然到郊外闲步，看看日午，腹中觉饿，足力疲倦，就在一个人家门首石上坐下歇息。才坐不多时，只见门里一个白须老者，领着一个十来岁的小学生走了出来，口里说道：“日已午了，怎么还不见来？”忽抬头看见道衍坐在石上，忙定睛将道衍看了两眼，遂笑嘻嘻的拱拱手道：“姚师父来了么？我愚父子恭候久矣。”道衍听了，忽吃一惊，忙立起身来道：“老居士何人，为何认得贫僧俗家之姓？”那老者又笑笑道：“认得，认得。请里面坐了好讲。”道衍只得随着老者，入到草堂之上。分宾主相见过，道衍忍不住又问道：“贫僧与老居士素昧平生，何以认识，又何以知贫僧今日到此？莫非俗姓相同，老居士错认了？”那老者道：“老师俗讳可是广孝，法讳可是道衍么？若不是便差了。”道衍听了，愈加惊骇道：“老翁原来是个异人！我贫僧终日访求异人，不期今日有缘，在此相遇。”遂立起身来，要向老人下拜。那老者慌忙止住道：“姚老师，不可差了！我老汉那里是甚异人，因得异人指教，正有事要求老师，故薄治一斋，聊申鄙敬。”原来斋是备端正的，那老者一边说，家下人早一边拿出斋来，齐齐整整摆了一桌。道衍道：“既蒙盛意，且请教老翁高姓？”那老者道：“我知老师已饥，且请用过斋，自当相告。”道衍见老者出言如神，不敢复强，只得饱餐了一顿。斋罢，那老者方慢慢说道：“我老汉姓金，祖籍原是浙江宁波鄞县人，因避军籍，逋逃至此。”因指着那小学生道：“我老汉今年六十三岁，止生此子，名唤金忠，才一十三岁。去年九月九日，曾有一个老道士过此，他看见了小儿，说他十年后，当有一场大灾，若过得此灾，后面到有一小小前程。老汉见他说得活现，再三求他解救。他说道：‘我不能救你，你若要救时，除非明年三月三日午时，有一个胖和尚，腹饥到此，他俗名姚广孝，释名道衍，他是十年后新皇帝的国师，你可备一斋请他，求他救解。他若许你肯救，你儿子便万万无事了。’故老汉今日志诚恭候。不期老师果从天降，真小儿之恩星也，万望垂慈一诺。”道衍听了，又惊又喜，因说道：“挂衲贫僧，那能有此遭际？若果如老翁之言，令郎纵有天大之灾难，都是我贫僧担当便了。”金老听说，满心欢喜，遂领着儿子金忠，同拜了四拜。拜罢，道衍因说道：“万事俱如台命矣。但这老道姓名居住，必求老翁见教。”金老道：“那老道士姓名再三不肯说，但曾说小儿资性聪明，有一种数学要传授小儿，叫小儿过了十八岁，径到桐城灵应观，问席道士便晓得了。”道衍听了，心中暗暗惊讶道：“桐城灵应观席道士，定是席应真了。此人老矣，我时常看见，庸庸腐腐，不象有甚奇异之处，全不放他在心上，难道就是他？若说不是他，我在桐城出家，都是知道的，那里又有一个席道士？或者真人不露相，心胸中别有些奇异，也不可知。不可轻忽于人，等闲错过。”遂谢别金老爷子，径回桐城来寻访。

正是：

明师引诱处，往往示机先；
不是好卖弄，恐人心不坚。

道衍回到桐城，要以诚心感动席道士，先薰沐得干干净净，又备了一炷香，自家执着，径往灵应观来。原来这灵应观，旧时也齐整，只因遭改革，殿宇遂颓败了，徒众四方散去。此时天下才定，尚未修葺，故甚是荒凉。道衍走入观中，四下一看，全不见人。又走过了大殿，绝无动静。立了一回，忽见左边一间小殿，殿旁附着两间房屋，心中想道：“此内料有人住。”遂从廊下转将入去。到了门边，只见门儿掩着。就在门缝里往内一张，只见一个老道士，须鬓浩然，坐在一张破交椅上，向着日色，在那里摊开怀，低着头捉虱子。道衍看明白，认得正是席应真。遂将身上的衣服抖一抖，一手执香，一手轻轻将门儿推开，捱身进去。走到席道士面前，低低叫一声：“席老师，弟子道衍，诚心叩谒。”席道士方抬起头来，将道衍一看，也就立起身来，将衣服理好，问道：“师父是谁？有甚话说？”道衍道：“弟子就是妙智庵僧人，名唤道衍，久仰老师道高德重，怀窥天测地之才，抱济世安民之略。弟子不揣固陋，妄思拜在门下，求老师教诲一二，以免虚生。”席道士听了，笑起来道：“你这师父，敢是取笑我？一个六七十岁的老道士，只晓得吃饭与睡觉，知道甚么道德，甚么才略，你要来拜我？”因同进小殿来让坐。道衍双手执着香，拱一拱就放在供桌上，忙移一张交椅，放在上面，要请席道士坐了拜见。因说道：“老师韬光敛采，高隐尘凡，世人固不能知，但我弟子，瞻望紫气，已倾心久矣。今幸得与老师同时同地，若不依傍门墙，则是近日月而自处暗室也，岂不成千古之笑。”说罢，纳头便拜。席道士急忙挽住道：“慢拜，你这师父，想是认差了。”道衍道：“席老师天下能有几个，我弟子如何得差？”席道士道：“你若说不差，你这和尚，便是疯子了。我一个穷道士，房头败落，衣食尚然不足，有甚东西传你？你拜我做甚？快请回去！”道衍道：“老师不要瞒弟子了。弟子的尘缘，已蒙老师先机示现，认得真真在此，虽死亦不回去，万望老师收留。”说罢，遂恭恭敬敬拜将下去。席道士挽他不住，只得任他跪拜，转走到旁边一张椅子上坐了，说道：“你这和尚，实实是个疯子。我老人家，哪有许多力气与你推扯，只是不理你便了。你就磕破头，也与我无干。”道衍拜完四拜，因又说道：“老师真人，固不露相，弟子虽愚，然尚有眼，能识泰山。望老师垂慈收录。”席道士坐在椅子上，竟不开口，在道衍打恭叩拜时，他竟连眼也闭了，全然不理。道衍缠了一会，见席道士如此光景，因说道：“老师不即容留，想是疑弟子来意不诚；容弟子回去，再斋戒沐浴三日，复来拜求。”因又拜了一拜，方转身退出。只因这一退，有分教：诚心自然动人，秘术焉能不传。欲知后来如何，再听下回分解。

第四回

席道士传授秘术　宗和尚引见英君

道衍拜完，出了观门，走在路上，心中暗想道："我看此老年纪虽大，两眼灼灼有光，举动皆有深心，定然是个异人，万万不可当面错过。"回到庵中，志志诚诚又斋戒了三日。到第四日清晨，便照旧执香，走到小殿来。只见殿旁小门已将乱砖砌断，无路可入。立在门边往里细听，静悄悄绝无人声。道衍嗟叹不已，要问人，又无人可问，只得闷闷的走了出来。刚走出观前，忽见个小道童，坐在门槛上玩耍。道衍有心，就也来坐在门槛上，慢慢的挨近前，问道："小师父，我问你句话：里面席老爷，门都砌断，往哪里去了？"那小道童将道衍瞅了又瞅，方说道："席老爷前日被一个疯和尚缠不过，躲到乡下去了。你又来问他怎的？你莫非就是前日缠他的那位师父？"道衍笑道："是不是你莫要管，你且说席老爷躲在乡里甚么地方？"那道童道："你若是前日的师父，我就不对你说，说了恐怕你又去缠他。"道衍又笑笑道："我不是，我不是。说也不妨。"小道童道："既不是，待我说与你：

东南三十里，水尽忽山通；

一带垂杨路，斜连小秘宫。”

道衍听了，因又问道："如何'水尽'？如何'山通'？毕竟叫甚地名？"小道童道："我又不曾去过，如何晓得？但只听见席老爷常是这等说。你又不去，只管问他怎的？"说罢，遂立起身来，笑嘻嘻走了开去。道衍听了又惊又喜，暗想道："此皆席师作用。此中大有光景。席师定是异人。"

因回庵去，又斋戒沐浴了三日，起个早，出山南门，沿着一条小溪河，往东南曲曲走来。走了半日，约有二三十里，这条溪河弯弯曲曲，再走不尽。抬头一望，并不见山，心下惊疑道："他说'水尽''山通'，如今水又不尽，山又不见，这是何故，莫非走差了？我望'东南'而来，却又不差。"欲要问人，却又荒僻无人可问。只得又向前走。又想道："莫非这道童耍我？"正犹豫间，忽远远望见一个牧童，骑着只牛，在溪河边饮水。道衍慌忙走到面前，叫他道："牧童哥，借问这条溪河走到哪里才是尽头？"牧童笑道："这条溪河，小则小，两头都通大河，如何有尽头之处？"道衍又问道："这四面哪里有山？"牧童道："四面都是乡村原野，哪里有山？"道衍听得，呆了半晌，因又问道："这地方叫甚名字？"牧童道："这边一带只接着前面杨柳湾，都是干河地方。"道衍心下想道："'水尽'，想正是干河了。但不知如何是'山通'？"听得前面有杨柳湾，只得又向前走。走不上半里多路，只见路旁果有许多柳树，心下方才欢喜。又走得几步，只见柳树中又闪出一座破寺来。走到寺门前一看，这寺墙垣虽多塌倒，却喜扁额尚存，上写着"山通禅寺"四个大字。道衍看得分明，方才大喜道："席老师真异人也！颜渊说'夫子循循然善诱人'，恐正谓此等处也。"一发坚心勇往，又向前走。

走不上二三箭路，早望见一座宫观，甚是齐整。再走到面前，只见席道士坐在一株大松树下一块石上。看见道衍，便起身迎说道：

“斯道来了。我在此等你，你果然志诚，信有缘也。”道衍看见席道士，已不胜欢喜，又见席道士不似前番拒绝，更加畅快，慌忙拜伏于地道：“蒙老师不弃，又如此垂慈引诱，真是弟子三生之大幸也。”在地下拜个不停。席道士忙挽起，就叫他同坐在树下，道：“我老矣，久当隐去。但天生一新君以治也，必生一新臣以辅之，斯道正新君之辅臣也，故不得不留此以成就斯道。今日斯道果来从吾游，虽人事，实天意也。”道衍道：“老师道贯天人，自有圣神之才，详明国运。但弟子愚蒙，窃谓我太祖既能混一天下，又有刘青田名世斡旋，今日天下大定，若有未了之局，岂不能先事而图，何故隐忍又留待新君？”席道士道：“天下有时势，势之所重，必积渐而后能平。天地有气运，运之所极，必次第而后能回。戎衣一着，可有天下；而胜残去杀，必待百年。太祖虽圣，青田虽贤，也只好完他前半工夫；后人之事，须待后人为之，安能一时弥缝千古？”道衍听了，因又离席再拜道：“老师妙论，令弟子心花俱开，谨谢教矣。但还有请。”席道士道：“你坐了好讲。”道衍坐下，又问道：“定天下非杀伐不能，若今天下已定，自当舍杀伐而尚仁义。”席道士道：“仁义为圣贤所称，名非不美，但用之自有时耳。大凡开创一朝，必有一朝之初、中、盛、晚，初起若促，则中、盛必无久长之理。譬如定天下，初用杀伐，杀伐三十年，平复三十年，温养三十年，而后仁义施，方有一二百年之全盛，又数十年而后就衰。此开国久远之大规模也。若杀伐初定，而即继以仁柔，名虽美，吾恐其不克终也。”道衍听了大喜道：“老师发千古所未发，弟子方知治世英雄之才识，与经生腐儒相去不啻天渊。”席道士见道衍善参能悟，也甚欢喜，就留在观中住下，日夕计论，又将天文地理、兵书战策，一一传授。道衍又坚心习学，一连五年，无不精妙。

正是：

名世虽天生，学不离人事。
人事合天心，有为应得志。

一日，席道士对道衍说：“汝术已精，可以用世矣。今年丙子天下机括将动，汝可潜游四方，以观机会。他日功成，再得相会。”道衍道：“弟子闻隆中有聘、莘野有征贤者之事，弟子虽不肖，岂宜往就？”席道士道：“彼一时，此一时。况征聘也不一道，有千金之聘，不如一顾之重者。存其意可也，不可胶柱而鼓瑟。”道衍道：“老师吩咐，敢不佩服。即此行矣。”

又过了数日，道衍果别了席道士，又向四方遨游。但这番的道衍，与前番的道衍大不相同。

正是：

当日才华俱孟浪，而今学已贯天人。
从来人物难皮相，明眼方能认得真。

道衍胸中有了许多才略，便觉眼空一世，每每游到一处，看的世人都不上眼，难与正言，遂常作疯癫之状。一日游到帝阙之下，见许多开国老臣，俱已凋谢，而后来文武，皆白面书生，不知事变。天下所畏者，太祖一人耳。太祖若一旦不测，而诸王分到太侈，岂能常保无虞？遂逆流而上，游三山二水。又乘流而下，遂于金焦北固。历览那些山川形胜，因浩然长叹道：“金陵虽说是龙蟠虎踞，然南方柔弱，终不能制天下之强。”一日坐在金山寺中亭子上，偶赋览古诗一首，遂书于壁上道：

谯橹年来战血干，烟花犹自半凋残。
五州山近朝云乱，万岁楼空夜月寒。
江水无潮通铁瓮，野田有路到金坛。

萧梁事业今何在，北固青青眼倦看。

道衍题罢，甚是得意，不提防亭子背后，走出一个人来，将道衍劈胸扭住道："好和尚，你在此鄙薄南朝，讥诮时政，将欲谋反耶？"道衍听了，吃了一惊，吓得面如土色。忙忙回头一看，原来不是别人，却是一个老和尚，法名宗泐，是太祖敬重的国师。看他道容可掬，不像是个坏人，心下方才放了一半，因说道："弟子无心题咏，有何不到之处，老师便以谋反二字相加，莫非戏乎？"宗泐道："你这和尚，还要嘴强！我说明了，使你心服。你首二句，战血干、花凋残，说杀伐虽定，而民困未解，是也不是？第三句山近云乱，明明讥刺江南浅薄，而王法无序。第四句夜月寒，明明讥诮时政，而王纲不振。第五句至末句，明明是慕北平形势，胜江南浅薄，无乃有意于北乎？你不要瞒我，我心亦与你相同，何不与我共商之。"道衍道："实不瞒老师说，关中气竭，伊洛四冲，当今形势，实在北平。但不识燕王何如王耳？"宗泐道："燕王龙行虎步，大类当今皇上。你若不放心，我打听得他只在这些时该来朝。我同你候他一见，便知道了。"道衍道："如此甚好。"

二人商量定了，遂同到金陵。恰好燕王来朝见过，就要回国，有敕大小群臣，护送出城。这日，燕王起驾，群臣俱纷纷送出龙江关外。宗泐与道衍见迟不得，只得也就混在众臣中，只说是奉旨护送。众臣都知道宗泐是太祖敬重的国师，皆让他先见。燕王素亦深知，便先宣他进去。宗泐见宣，就领道衍一同入去。宗泐先进朝见，燕王道："寡人还国，维蒙圣恩，敕诸臣护送，怎好劳重国师。"宗泐道："贫衲一来奉旨护送，二来有一道友，愿见殿下，故领来一朝。"说罢，就叫道衍也过来朝见。道衍一面朝见，一面就将燕王细视。见燕王龙形凤姿，瞻视非常，自是帝王气象，满心欢喜，便疯疯癫癫拜了四拜。燕王看见道衍形状奇古，不明和尚的举动，分明是个异人，便留心问道：“你这和尚，一向作何事体，今日要来朝见寡人？”道衍戏着脸答道：“贫僧朝见殿下，也没甚事，只要送一顶白帽子与殿下戴。”此时百官俱在门外察听，左右近侍又多，燕王心知道衍话中有因，欲要再问，恐怕他又说出甚么不逊之言，被人察听不便，只得转作含怒道：“原来是个疯和尚！看国师面上，既朝见过，去了罢！”道衍道：“去，去，去！”遂下阶走出。只因这一去，有分教：驱将猛虎归去，引得神龙出来。不知燕王再说何话，且看下回分解。

第五回

姚道衍借卜访主　黄子澄画策劝君

当时燕王见道衍去了，然后宣宗泐上殿，赐坐赐茶，又宣近前，密语道：“国师，这位道友哪里人氏？是何法号？甚不寻常。但此间属目之地，寡人不便领教，敢烦国师，为寡人道意，得能辱临敝国，则厚幸矣。”宗泐道：“此人俗家姓姚，名广孝，法名道衍，长洲县人。实抱经济之才，可备顾问。既蒙殿下令旨，当图机会，送至贵国。”燕王喜道：“如此则国师之赐也。是必留意，不可忘了。”宗泐领了令旨，起身辞出。燕王也就发驾去了。

宗泐回来，就将燕王旨意细细与道衍说了。道衍欢喜，因又叹息道：“老师在上，不是弟子好为倡乱，因看燕王天生一个王者，如何教他不有天下！”宗泐也叹息道：“天心气运如此，你我只好应运而行，岂可强勉？此事当图一个机会为之。”

过了数日，恰好太祖夙病初起，坐在便殿，有旨召宗泐入侍。宗泐奉旨入朝，赐坐殿上，讲谈许多佛法。太祖大喜，因说道：“治天下，固有圣人之道，然佛法微妙，亦不可不闻。朕诸子俱分封在外，虽贤愚不等，未有不教而善者。卿秉教沙门，如有高僧能助教者，可荐数人来，待朕分遣诸王，使他们闻些佛法也好。”宗泐领旨退出，过了数日，就将几个高僧，分荐各地，因将道衍荐作北平庆寿寺住持，入侍燕王。

不数日，奉了圣旨，道衍拜谢宗泐，扬扬得意，竟往燕地而来。到了燕国，便报名来朝见燕王。燕王闻知大喜，但因想："这和尚疯疯癫癫，有些自恃，如今若厚意待他，恐他一发狂妄。且挫他一挫，看他如何。"遂宣他进见，并不加礼。道衍也不放在心上。虽然做了住持，全不料理佛事，只疯疯癫癫，到处游戏。

却说燕府有一个心腹指挥，姓张名玉，是河南祥符人。在元时曾做过枢密知院。后元君北遁，归顺太祖。生得虎头燕颔，智勇兼备。太祖爱之，因燕王分封北平，与胡相近，边防要紧，故赐与燕王，练兵防守。燕王知其为人，遂待以心腹。一日，有酒在庆寿寺请客。客散了，张玉问道："我在这寺里半日，住持是谁，何不来见我？"管事僧答道："住持法名道衍，有些疯癫，每日只是游行，寺中应酬之事，全不管账。因他是皇帝差来的，无人敢说他。"张玉道："就是皇帝差来，不过是一个和尚，如何这等大？可叫他来见我。"管事僧道："如今不知往哪里去了。"说完，只见道衍偏袒一领破衣，歪戴一顶僧帽，高视阔步，走进寺来。管事僧看见，忙迎着说道："燕府张爷在此，老爷礼当接见。"道衍道："燕府张爷，想是张玉了。他是个豪杰，我正要见他。"遂走进殿来，对着张玉拱手道："张老先请了。"张玉此时听见叫他名字，又说他是豪杰，心下已有几分耸动，因假怒道："你大则大不过是一个和尚，文不能安邦，武不能定国，如何这等放肆？"道衍笑道："你这老先儿，也算是一个人物，怎么不达世务？我虽是一个和尚，若无隆中抱负，渭水才能，也不到这里来做住持了。"张玉听了，忙离席施礼道："老师大才，倾慕久矣。此特戏耳。"说罢，二人促膝坐谈。道衍文谈孔孟，武说孙吴，讲得津津有味，把一个张玉说得心花都开，连连点头道："我张玉阅人多矣，从未曾见如老师这等学问。明日当与千岁说知，自有优待。"

张玉别了道衍，到次日来见燕王，说道："殿下日日去天下求访异人，如今有一个异人在目前，怎不刮目？"燕王道："谁是异人？"张玉道："庆寿寺住持道衍。臣昨日会见，谈天说地，真异人也。"燕王道："此僧寡人向亦知他，故招他到此。但他疯疯癫癫，恐他口嘴不稳，惹出事来，故暂时疏他。"张玉道："此人外虽疯癫，内有权术，非一味疯癫者，决不至败事。殿下不可久疏，恐冷贤者之心。"燕王点头道："是。"

燕王因命人召道衍入内殿相见。燕王问道："张玉说你有文武异才，一时也难验校。寡人闻古之圣贤，皆明易理。你今既擅才艺，未知能卜乎？"道衍道："能卜。臣已知殿下要臣卜问，现带有卜问之具在此。"随即于袖中取出三个太平铜钱，递与燕王道："请殿下自家祷祝。"燕王接了铜钱，暗暗祷祝了，又递与道衍。道衍就案上连掷了数次，排成一卦，因说道："此卦大奇！初利建侯，后变飞龙在天。殿下将无要由王位而做皇帝么？"燕王听了，忽然变色，因叱道："你这疯和尚，不要胡说！"道衍又疯癫癫答道："正是胡说。"也不辞王，竟要出去。燕王道："且住！寡人再问你，除卜之外，尚有何能？"道衍笑道："三教九流诸子百家，无所不知，任殿下赐问。"此时天色寒甚，丹墀中积雪成冰，燕王因问道："你这和尚专说大话，寡人且不问你那高远之事，只出一个对，看你对得来否？"道衍又疯疯癫癫的道："对得来，对得来。"燕王就在玉案上亲书两句道：

天寒地冻，水无一点不成冰；

书毕，赐与道衍。道衍看见，笑了笑道："包含着水字加一点方成冰字，这是小学生对句，有何难哉！"因索笔即对两句，呈与燕王道：

国乱民愁，王不出头谁是主？

燕王看见，王字上加一点，是个主字，又含着劝进之意，心内甚喜。但要防闲耳目，不敢招揽，假怒道："这和尚一发胡说，快出去罢。"道衍笑道："去，去，去！"遂摇摇摆摆走出去。

张玉暗暗奏道："殿下心事，已被这和尚参透。若只管隐讳，不以实告，岂倾心求贤之道？"燕王道："参事已至此，料也隐瞒不得。"遂于深夜，悄悄召道衍入内殿，对他实说道："寡人随皇上东征西战，立了多少功劳。若使懿文太子在世，他是嫡长子，让他传位，心也还甘。今不幸薨了，自当于诸子中择贤继立，如何却立允炆一小子为皇太孙，寡人心实不平。皇上若不悔，寡人决不能株守臣子之位。贤卿前在京，初见时即说以白帽相赠，寡人细思，今已为王，王上加白，是一皇字。昨又卜做皇帝，未知贤卿是戏言，还是实意？"道衍因正色道："国家改革，实阴阳升降一大关，必经几番战戮，而后大定。唯我朝一驱中原，而即归命，于理察之，似有一番杀戮在后，方能泄阴阳不尽之败气。今观外患，似无可虞，故皇上不立殿下，而立太孙，正天心留此以完气运也。故臣敢屡屡进言。若以臣为戏，试思取天下何等事，殿下何如主，臣何如人，焉敢戏乎！"燕王听了，大喜道："贤卿所论，深合寡人之心。但恐寡人无天子之福，不能上居天位耳。"道衍道："以臣观殿下，明明是天子无疑。殿下若不信，臣荐一相士，殿下试召他来一相，便可决疑矣。"燕王道："相士是谁？"道衍道："相士姓袁名珙，号柳庄，风鉴如神。"燕王道："寡人亦久闻其名，但不知游于何地，召之未必肯来。"道衍道："这不难，目下国中逃军最多，只消命长史出一道勾军文书，差几个能事人役，将文书中串入袁珙名字，一勾即来，谁敢阻挡！"

燕王大喜，遂命长史行文，差人往南方一带去勾摄。原来袁柳庄名重天下，人人皆知，差人容易访问。去不多时，即将袁柳庄勾到燕国。燕王想道："道衍既荐袁柳庄，自是一路人，我若召他相见，他自然称赞，如何辨得真假。莫若我私行，去试他一试，看他如何？"

遂先命一个心腹侍臣，引袁柳庄在酒肆中饮酒。又在宿卫军士中，选了九个体格魁梧的。自家也取军士的衣服穿了，与九人打扮做一样，共凑成十人，一同步行到酒肆，就坐在袁柳庄对面吃酒。袁柳庄忽然抬头看见，吃了一惊，忙起身看着燕王道："此相，帝王也。如何在此？莫非是燕王么？"因拜伏于地道："殿下他日贵不可言，不宜如此轻行。"燕王假惊道："你这人胡说，我十人皆宿卫长官，甚么殿下！"袁柳庄又抬头一看道："殿下不要瞒我。"燕王笑一笑，就起身去了。不多时，即召袁柳庄入见，因问道："寡人之相，果是如何？汝当实言，不可妄赞。"袁柳庄道："殿下龙形凤姿，天高地阔，额加圜璧，伏犀贯顶，日丽中天，五岳附地，重瞳龙髯，五事分明，二肘若玉，异日太平天子也。"燕王道："汝之称许，虽不尽妄，但天子之言，则未足深信。"袁柳庄道："殿下若果应天子之相，请自看脚底有两黑痣，文尽龟形，方知臣言不妄。"燕王喜道："寡人足底实有两黑痣，从无人知。卿论及此，真神相也。但寡人如今守王位，何时能脱？"袁柳庄道："必待年交四十，须过于脐，方登大宝。"燕王大喜道："若果如卿言，定当厚封。"赏赐千金命出不题。

且说燕王原有大志，时时被道衍耸动，又经袁柳庄相得如神，便满心欢喜，决意图谋。因命心腹臣张玉、朱能，暗暗招军买马，聚草屯粮，只候太祖晏驾，便行好事。时时差人入京察听。

此时天下太平，太祖虽则虑皇太孙不能常有天下，却见他仁孝异常，十分爱他，竟为他图谋万全。一日视朝，因问各边将官名姓。兵部对答不来。太祖又问道："诸臣中也有知道的么？"只见礼部主事齐泰出班，将各边名姓，一一奏明，不遗一个，又且随并方略陈之。太祖大喜，就升齐泰为兵部尚书。因顾谓皇太孙道："朕事事都为你处置停当，你只消安享太平，但要修身齐家，敬承天命。"

皇太孙叩头谢恩退出。因思皇祖之言，不觉忧形于色。就坐在东角门踌躇，适遇太常卿黄子澄走过。这黄子澄，曾为皇太孙侍读过。

看见了，遂问道：“殿下为何在此，有不悦之色？”皇太孙道：“适才皇祖圣谕，说事事为孤处置停当，遗孤安享，真天高地厚之恩。但孤思之，尚有一事未妥，孤又不便启奏。”黄子澄道：“何事？”皇太孙道：“方今内外，俱安无事，独诸王分封太侈，又拥重兵，加以叔父之尊，倘不肯逊服，何以制之？”黄子澄道：“昔汉文帝分封七国，亦过于太侈，太傅贾谊痛哭流涕上书，言尾大不能掉，后来必至起衅。文帝不听，至景帝朝，吴王濞果警跸出入，谋为不道。赖晁错画策，渐渐消夺浸弱。后虽举兵，便易制也。此前事也，异日若有所图，当以此为法。此时安可言也！”皇太孙听了，方欢喜道：“先生之言甚善，孤当佩之于心。”说罢，各各回去。只因这一语，有分教：君亲无仁义之心，骨肉起嫌疑之衅。不知后事如何，且看下回分解。

第六回

建文帝仁义治世　程教谕术数谈兵

话说太祖在位三十一年，享年七十一岁，忽一日寝疾不愈。皇太孙日夜侍奉，衣不解带，饮食汤药，俱亲手自进。太祖病了两月，到闰五月一日，鼎湖上升。皇太孙躃踊哭泣，哀毁骨立。群臣百姓，望见其毁瘠之容，深墨之色，与哭泣之哀，莫不举手加额，喁喁有至德之思。到十六日，始遵遗诏，登了大宝。改元建文，大赦天下，并颁孝诏于天下。诏颁去后，忽闻诸王皆来会葬。建文帝因诏百官商议道："诸王各拥重兵，借会葬之名，一时齐集京师，恐有不测，奈何？"太常卿黄子澄出班奏道："诸王齐集，诚为可忧，陛下虑之良是。但陛下颁诏止之，诸王必不肯服，且示疑畏。须早草遗诏一道，称地方为重，诏诸王唯在本国泣临，毋得奔丧。则会葬之举自然止矣。"建文帝道："卿言有理，然既称遗诏，何不更于诏尾添一条，令王国所在吏民，悉听朝廷节制。"黄子澄道："圣谕允合机宜，宜速为之。"建文帝因命翰林草诏，即刻颁行。

诏到各国，诸王开读了，皆大怒道："父王殡天，何等大事！即庶民父子，也须抚棺一恸，况诸子备居王位，哪有不奔丧会葬之理，这还说地方为重！如何叫王国吏民，悉听朝廷节制！殊与丧礼之遗诏无关，这明明是怕我们会葬生事，故假遗诏以弹压耳。”诸王虽怒，却也没奈何，只得于本国泣临罢了。

唯燕王有心窥伺，一闻太祖驾崩，即走马奔丧。及遗诏下时，早已到了淮安。燕王接了遗诏，不肯开读，道：“诏书原敕孤到本国开读，孤已先出境，今虽路遇，却不敢违旨路开。烦钦使先至本国，容孤走马到京会葬过，然后回国开读，便情礼两尽了。”赍诏官听了，哪里敢强他开；又知诏书是止他会葬，若放他到京，岂不获罪？只得奏道：“殿下大孝所感，既已匆匆出境，又匆匆而回，自非殿下之心；但适与遗诏相遇，若弃而竟行，亦似不可。乞殿下少缓数日，容臣遣人星夜请旨定夺，方两不相碍。”燕王不得已，只得在淮安住下。不数日，只见朝廷差了行人，赍了敕书，勒令燕王还国。燕王见敕，起怒道：“望梓宫咫尺不容孤一展哭泣之诚，是断人天伦也。既无父子，何有君臣！”遂恨恨而归。还到本国，即与道衍商议道：“父皇新逝，孤欲亲到京中，看他君臣行事如何。无奈一诏两诏，勒令还国，殊可痛恨。”道衍道：“遗诏但止殿下一时不会葬，未尝止殿下终身不入朝。请待葬期已过，殿下悄悄去入朝，看他们行事，未为不可。他难道又好降诏拦阻？”燕王听了大喜道：“汝言有理！”

到了建文元年二月，竟暗暗发驾入京。到了关外，报单入城，朝中君臣，方才知道。果然不好拦阻，只得宣诏入朝。燕王原是个英雄心肠，横视一世。此时建文帝是他侄子，素称仁柔，谅不能制他，又看得两班文武，如土木偶人，全不放在心上。故进了朝门，径驰丹陛，步步龙行虎跃，走将上去。到了殿前，又不山呼万岁，行君臣之礼，竟自当殿而立，候旨宣诏。忽左班中闪出一人，执简当胸，俯伏奏道：“天子至尊，亲不敌贵，古之制也。今燕王擅驰御道，又当陛下不拜，请敕法司拿下究罪。”燕王听了大惊，忙跪奏道：“臣棣既已来朝，焉敢不拜。但于路伤足，不能成礼，故鹄立候旨。”建文帝传旨道：“皇叔至亲，可勿问说罢了。”又见右班中闪出一人，俯伏奏道："天子伯叔，何代无之！自古虎拜朝天，殿上叙君臣之礼；龙枝拂地，宫中叙叔侄之情。今燕王骄蹇不法，法当究治。"建文帝又传旨道："皇叔至亲，朕为屈法，可勿问也。皇叔暂退，容召入宫相见。"燕王奉旨趋出。早有户部侍郎卓敬，俯伏奏道："燕王智虑绝人，酷类先帝，况都北平，乃强干之地，金元所兴也，不如乘其有罪，早除之以绝后患。若陛下念亲亲之谊，不忍加诛，当徙封南昌，以绝祸本。"建文帝大惊道："燕王至亲，卿何论至此！"卓敬道："杨广、隋文，非父子耶？"建文帝听了，默然良久道："卿且退，容朕细思。"卓敬退出不题。

却说燕王趋出，忙问左右道："此二臣为谁？"左右道："右班乃御史曾凤韶，左班乃侍中许观。"燕王叹道："莫谓朝中无人！"候宫中朝见过，恐怕有变，忙忙还国去了。

再说齐泰、黄子澄密奏于帝道："燕王名虽入朝，实是窥伺动静。又当陛下不拜，藐视朝廷。既经御史、侍中弹劾，就该敕法司拿下，以绝祸根，不宜纵虎还山，以贻后患。"建文帝道："燕王为先帝爱子，今山陵骨肉未寒，即以小礼治之，不独失亲戚之义，而亦非孝治天下之道，朕不忍为也。"齐泰又奏道："陛下以仁义待人，真尧舜之心也，但恐人不以尧舜之心待陛下。今闻燕王以张玉、朱能为心腹，招军买马，聚草屯粮，又遣人招天下异人，以图不轨。今不剪除，必有后患。"建文帝道："燕王既所为不法，当徐图之，决不可因其来朝，辄加谋害，以生诸王之心。"因顾黄子澄道："先生尚记东角门之言乎？"黄子澄道："臣安敢忘！但事须渐次图之，不可骤也。"建文帝道："渐次当从何国为先？"黄子澄道："燕王预备已久，一旦削之，彼或不反，是促其反也。今闻周王与燕王，相与甚密，结为唇齿。若是先削周王，使燕知警；燕不知警，再加削夺，则势孤而可取矣。"建文帝道："容朕熟思而行。"

到了次日，建文帝览表，竟然见四川岳池教谕程济一本，奏道：

“臣夜观乾象，见荧惑守心，此兵象也。臣以术数占之，明年七月，北方有大火起，侵犯京师，为害不小。乞陛下先事扑灭，无贻后悔。”建文帝见了，甚是忧惧，因下其章，命群臣合议。群臣奉旨会议，奏道：“程济以一教谕，无故出位妄言祸福。且事关藩主，大逆不道，罪当斩首。”建文帝见奏，暗想道：“北平燕王，谋为不轨，已有形迹。这程济一小官，而敢于出位进言，必有所见。今其言妄与不妄，尚未可知，而无端先斩其首，岂不冤哉！”次日设朝，召程济入朝，而叱之道：“你多大官儿，有何才能，辄敢妄言祸福！可细细奏明。”程济道：“臣子官阶，虽有大小，而忠君爱国之心，则无大小也！出位言事，固有大罪，然知而不言，则其罪不更甚于出位乎！臣济幼年，曾遇异人传授，善天文术数之学。今观荧惑守心，久而不退，且王气见于朔方，不但明年北方兵起，而弑夺之祸，有不忍言者。陛下躬尧舜之仁，以至诚治世，文武群臣，又皆白面书生，但知守常，而不知驭变，恐一旦噬脐，悔之晚矣。臣明知其故，岂敢惜一死，而不为陛下陈之。”一面奏，一面痛哭失声。建文帝听了，殊觉动情，尚不忍加罪，当不得左右朝臣，一齐跪下，奏道：“今治国有道，臣子论事有体。今天下太平，国家全盛，而程济借术数荒唐之说，敢痛哭流涕，而妄言祸福，以耸动人主，当与妖言惑众同罪。陛下若不明正典刑，则谶纬之学进，而仁义道德之政微，何以治世？何以示后？”建文帝闻奏，心虽知程济之忠，但屈于群臣交论，无可奈何。正要传旨拿人，忽视程济又叩头奏道：“臣罪至大，固不敢求赦。但求陛下缓臣之死，将臣系狱，候至明年七月，北平若无兵起，臣到那时，虽被斩首亦甘愿矣。”建文帝道：“此时斩汝，殊觉无名，到明年斩汝未迟。”因传旨将程济下狱，候至期定夺。武士领旨，就将程济押入狱中监禁。只因这一事，有分教：今日触怒皇上之日，异日可显忠臣之日。毕竟后来如何应验，欲知端的，请看下回分解。

第七回

葛诚还燕复王命　齐黄共谋削诸藩

诗曰：

帝王立国最难论，治到亲亲更失伦。
大赦无加谁见德，严纶才及便伤恩。
仁柔寡断终非圣，惨刻由人亦是昏。
览史不须三叹息，枝柯虽异实同根。

话说建文帝将程济下了狱，群臣退出，遂驾至便殿，遣人密召齐泰、黄子澄入殿，说道："程济之言，虽未足深信，然燕王之心，路人知之，亦不可不备。"齐泰奏道："燕王久蓄异谋，但未发动，若以春秋无将之义诛之，亦未为不可。但陛下存心仁义亲亲，又不欲以隐罪加兵。若不预备，恐一旦有警，猝难图也。"建文帝道："备固不可少，但何以备之？"齐泰道："臣已思之熟矣。目今北平缺布政，臣举工部侍郎张昺。此人忠直，有心计。改他为北平左布政使。圣上直谕其事，使他时时察访燕王举动。倘有异谋，即可扑灭。"黄子澄道："张昺文臣，恐不济事，莫若再升谢贵为都指挥使，同守北平，则万无一失。”建文帝听了大喜，遂传旨吏兵二部，着升张昺为北平左布政使，谢贵为都指挥使。二臣临行，建文帝诏入便殿，面谕同察燕王之事。

二臣领旨趋出，即时上任。报到北平，燕王忙召道衍商量道：“朝廷差张昺、谢贵来，明明是疑我，预作防御之计，但不知是谁人起的衅端？又闻有一人奏称明年北平兵起，现今监候，不知此是何人，有此先见？寡人欲差一人前去打探。你道何如？”道衍道：“打听固好，但得心腹机密之人方妙。”燕王道：“长史葛诚，寡人素待之厚，况其人谨慎可用。”因召葛诚入内，面谕道：“寡人本高皇帝嫡亲第四子，先懿文皇兄既已早薨，秦晋二王，又相继而逝，承大统者，舍寡人而谁？今允炆小子，侥侥得国，不思笃亲亲之义，尊礼诸叔，乃当太祖晏驾之初，就假传遗诏，不许诸王会葬，断人父子之恩。今又铨选官吏，监察人国，全无叔侄之情。推其设心置虑，不尽灭诸王不已也。此虽允炆小子不知世故所为，当必有奸臣为他图谋，故至此也。今遣汝入朝，只说奏报边情，并防御之功，实欲汝细细访明：朝中当国者何人？用事者何人？朝廷意欲何为？寡人好为防备。汝若能打听详明，归来报命，寡人异日得志，定有重赏。”葛诚道：“臣既蒙殿下委用，敢不尽心图报。”燕王大喜，赐宴遣行。

葛诚领了王命，赴京而来。一路想道：“孔子尊周，尊天子也。我虽燕臣，然燕、王也，建文，天子也，即我之臣燕，实受天子之命，以臣燕也。若受燕王之命，而图建文，是尽小忠而失大忠也。岂孔子尊周之意哉。”主意定了，及到京师，报名朝见。建文帝正要问燕国消息，随即召入。葛诚朝见过，一一将燕王要他奏报边情并防御之事，数陈明白。建文帝道：“燕王为朕坐镇北平，使边疆无虞，非不劳苦功高。但君臣有分，各宜安之。朕既承先帝传位，年虽冲，君也；燕王职列藩位，分虽叔，臣也。前入朝时，擅驰御道，当陛不拜，藐视朕躬，廷臣交论。朕念亲亲，置之不问，自宜洗心涤虑，安守臣节。奈何北来之人，尽道燕王屯集军马，招致亡命，以图不轨。廷臣皆劝朕先事扑灭，朕思欲以仁孝治天下，先于骨肉摧残，岂齐家治国之道。故中外有言，朕俱不信。汝真诚之士，燕王所为，果系何如，可细细奏知。”葛诚因俯伏奏道：“臣蒙陛下圣恩，拔为燕府长史，则燕王，主也，臣，臣也，以臣言主之过，罪固当死。然陛下又天下主也，臣若讳而不言，则是以臣下之臣，而欺天下之主，罪尤当万死。故臣宁甘受负燕王之罪，而不敢当负天子之罪，故不得不实言。燕王近日所为，实如陛下所闻。即臣今日之朝，亦欲臣打探消息，非真为奏报边情也。”建文帝听了，叹息道：“汝一小臣，能斟酌大义，不欺朕躬，真忠义臣也。朕当留汝大用。但燕王既如此设谋，将来必有不测，朕若欲更遣人打探，未必忠义如卿，莫若暂屈卿，仍委身燕国，就以燕王之耳目，作朕之腹心。虽曰小就，实为朕之大用也。异日事定，当有重报。”葛诚道：“陛下既诚心委用，臣敢不竭其犬马？臣还国之后，凡有闻见，即报陛下。”建文帝大喜。又细细问燕王举动，葛诚俱一一奏知。建文帝长叹道：“燕王与朕同本同枝，何不相忘如此！”留葛诚数日，恐燕王动疑，即赐宴遣还。

葛诚回到燕国复命，燕王问道：“曾召见否？”葛诚道：“臣到之日，即蒙召见。臣将边情叵测，并殿下防御之功，细细陈说。皇上大喜，甚称殿下劳苦功高。”燕王又问道：“曾问寡人有异志否？”葛诚道：“竟不问及。”燕王又问：“你访得前日张昺、谢贵，是谁之意遣来？”葛诚道：“是兵部尚书齐泰，太常寺黄子澄二人之意。”燕王又问：“前日有人奏北平兵起者是谁？”葛诚道：“是教谕程济。皇上不听其言，今已监禁狱中，只待过期斩首。”燕王又问：“有人议论欲加兵于寡人否？”葛诚道。“时时有人，皇上都不深信，决不允行。”燕王道：“据你说来，他竟相忘于寡人矣。”葛诚道：“纵不相忘，亦实无苛求之意。殿下不必疑之。”燕王道：“既如此，寡人可无忧矣。”遂命出。因召道衍商量道：“吾观葛诚言语支离，似怀二心，以后有谋，不可使知。”道衍道：“葛诚腐儒，但知小忠，而不知开国承家之大计，宜有如殿下所虑者。但未可说破，留彼讹以传讹可也。”燕王点头称是，按下不题。

却说建文帝自闻葛诚之言，方信燕王阴谋不轨是实，日夜忧心。到了元年四月，忽有人告周王橚与燕、湘、代、岷四府通谋，建文帝因召齐泰、黄子澄商议道：“二卿前言削周使燕知警，朕非不即举行，因念无实迹可据，而辄加废削，非亲亲之道。今既有人告周王与四国通谋，则废之削之，不为无辞矣。朕意欲降诏，削周王爵为庶人，迁之他方，使他彼此不相顾，庶可无忧。”齐泰道：“陛下念及此，社稷之福也。若明明降诏削爵，则周王必不奉诏，即连合四国，而兵起矣。莫若密遣一武臣，提兵暗至其地，执之到京，然后削之迁之，方无他变。”黄子澄赞赏道：“齐泰之言甚善。”建文帝道：“二卿如此尽心谋国，何忧天下不治。但此举谁人可遣？”黄子澄道：“曹国公李景隆，实有文武全才，陛下遣之，当不辱命。”建文帝依奏，即传旨，令李景隆暗领兵马，擒捉周王并家属到京回话。

李景隆领了密旨，悄悄带了一千甲士，潜至河南，将周王府围住，一一捉出周王并世子阖宅眷属，不曾走了一个，尽解至京师复命。朝廷发下旨意，说周王大藩，不思卫关，乃交结诸王，谋为不道，本当加法，笃念亲亲，姑削王爵，废为庶人，改迁云南，涤心易虑，以保厥终。周王奉旨，有屈无伸，只得领了世子眷属，迁往云南而去。

正是：

> 九重龙种高皇子，一旦迁为滇庶人。
> 王法无情乃如此，算来何贵又何亲。

周王迁废之后，各国亲王闻知，俱大惊疑，各不自安。山东齐王，恐怕朝廷议己，因轻身入朝，留住京师数月。看见朝廷举动，一味仁柔，全无重兵防御，心下想道："京师重地，疏虞至此，若有精兵一支，可袭而得也。"因悄悄差一心腹归国，密令护卫柴真，训练兵马，以图袭取。不料差的心腹，一时不密，为青州中护卫军曾深所知，竟入京告柴真练兵从王谋反。有旨拿柴真赴京师典刑，废齐王榑为庶人还国。

过不多时，又有人告湘王伪造宝钞，及残虐杀人等事。廷臣议欲加罪。建文帝念其事小，但降诏切责，令其修省。原来湘王名柏，是太祖第十一子，生得丰姿秀骨，具文武全才，好结交名人贤士。自分封到荆州，造一景贤阁，以延揽四方俊彦，一国士民皆称为贤王。今忽被诏书切责，心甚不平，因口出怨言，谢恩表又词多不逊。朝廷大怒，发兵至荆州围其城，又围其宫，欲执之京师，削夺迁徙。湘王愤恨，便欲自尽。左右劝解道："殿下无罪，到京自有辩处，何苦乃尔。"湘王道："寡人非不自知无大罪。但思寡人是太祖之子，今上之叔，南面为王，尊荣极矣。如今为小人离间，遣兵相逮。若至京师，自当听一班白面书生、刀笔奴吏妄肆讥议，心实不堪。况太祖不豫，寡人不及视疾；太祖殡天，寡人又不能会葬，使寡人抱恨且痛，何乐为人！而犹欲向奴吏之手，苟求生活，寡人不愿也！"因痛哭，呼"太祖父皇"不已，洒泪满地，泪尽继之以血。左右见者，皆唏嘘不胜。湘王又道："寡人王者，仓卒效庶民自裁，殊失大体。"因命宫中纵火，聚妃妾于大殿，自具衣冠，向北拜辞宗庙。拜毕说道："寡人文武才也，苟为乱，孰能当之！"遂乘马执弓，跃入火中而死。阖宫妃妾，尽皆赴火焚死。使者细细回奏，建文帝听了，惨然不乐。

过不多时，又有人告岷王凶悖，有旨削其护卫。过不多时，又有人告代王贪虐，将为不轨。廷臣议要发兵讨之，侍读方孝孺奏道："治民者当以德化，不当以威武，况诸王至亲乎？诸王有过，若尽用兵，则存者无几，枝叶尽而根本孤，岂立国亲亲之道哉？"建文帝道：

“朕亦知威武不如德化，但诸王骄肆异常，非德化所能入。朕之用兵，不得已也。”方孝孺道：“人生有贤有不肖，贤者，不肖之师也。臣闻蜀王好善乐道，四海钦其贤哲。今代王不肖，与其发兵执之，莫若下认，迁之于蜀，使与蜀王相亲，则不肖者，将渐积而为贤矣。”建文帝闻奏大喜：“卿言是也，惜朕不早闻此佳谋，令骨肉多惭。”因诏迁代王于蜀。只因这废削五个亲王，有分教：衅起朝廷，祸生藩国。不知后来如何，且看下回分解。

第八回

徐辉祖请留三子　袁忠彻密相五臣

话说周王、齐王、湘王、岷王、代王，不上一年，尽皆废削。报到燕国，燕王大怒道："允炆小子，如此听信奸臣，杀戮诸王如同草芥。今我若不发兵制人，后将渐次及我矣！"遂欲举兵。道衍忙止住道："举兵自有时，此时若动，徒费刀兵，未能成事。"燕王道："若不举兵，目今太祖小祥，例当入祭。寡人不往，朝廷必疑；寡人若往，朝廷奸臣甚多，又恐不测，却将奈何？"道衍道："殿下不可往，宜遣世子代之。"燕王道："遣世子代往固妙，倘拘留世子为质，又将奈何？"道衍道："臣已算定，彼君臣不知大计。我以礼往，彼留之。畏我有辞，必不敢留。"燕王道："既不敢留，单遣世子高炽一人，莫若并遣次子高煦、三子高燧同往之，更为有礼，愈也使朝廷不疑。"道衍道："殿下之言是也。"燕王遂遣三子，备了祭礼同往。

到了京师，朝见过，齐泰密奏道："燕王不自来，却遣三子来，当拘留他。拘留三子，亦与拘留燕王无异。乞陛下降诏拘留之，以系燕王之心。"黄子澄道："不可，不可！前日废削五王，皆五王自作之孽，非朝廷无故加罪。今燕王遣三子来行祭礼，是尊朝廷，无罪也；无罪而拘留之，则燕王之举兵有辞矣。莫若遣还，以示无知。"建文帝道："拘留非礼，子澄之言是也。"

原来燕王之妃，即魏国公徐辉祖、都督徐增寿之妹，燕王三子，即辉祖之甥。三子到京，就住在母舅徐辉祖府中。辉祖见次甥高煦，勇悍无赖，因暗暗入朝密奏道："燕王久蓄异志，今遣三子来，实天夺其魂。陛下留而剪除之，一武士力耳；若纵归回，必贻后患。"建文帝道："留之固可除患，但恐无名。"徐辉祖又奏道："臣观三子中，次子高煦，骑射绝伦，勇而且悍，异日不独叛君，抑且叛父。陛下拘留无名，乞且遣世子并高燧还国，单留高煦，亦可剪燕王之一臂。"建文帝踌躇不决，命辉祖退出。召徐增寿问之，不期增寿与燕王相好，力保其无他。建文遂不听辉祖之言。俟太祖小祥，行毕祭礼，竟有旨着三子还国。辉祖闻旨，忙忙入朝，犹欲劝帝拘留。不期又被增寿得知消息，忙通知高煦。高煦大惊，此时旨意已下，遂不顾世子与高燧，悄悄走入厩中，窃辉祖一匹良马，假说入朝，竟驰马出城而去。辉祖候了一会，见建文帝无意拘留，因暗算道："朝廷虽不拘留，我即以母舅之尊，留他些时，亦未为不可。"忙归府中。早有人报知高煦窃马逃去之事，辉祖大惊，忙差人追赶，去远追不及了，心下想道："高煦既遁，留此二甥何益？"遂奉明旨送二甥归国。

正是：

忠臣虽有心，奸雄不无智；
岂忠不如奸，此中有天意。

却说世子高炽并高燧，赶上高煦，一同归见燕王，将前情一一说了。燕王大喜道："吾父子相聚，虽彼君臣所谋不臧，实天赞我也，何忧大事不成！"因问道："近日朝廷有何举动？"世子道："亦无甚举动，但闻要册立皇子文奎为皇太子。"燕王笑道："先皇兄既号懿文，他又自名允炆，改年号又曰建文，今太子又命名文奎，何重复如此！使臣民呼年与呼名相同，无乃不祥乎？且文奎二字，乃臣下儒生之常称，岂有一毫帝王气象？小子吾见其败也。”

过不多时，忽闻有旨，以都督耿掌北平都司事，以左佥都御史景清署北平布政司参议，又遣都督宋忠，调缘边各卫马步军三万，屯开平备边，燕府精壮，悉选调隶于宋忠麾下。燕王闻报大怒，因与道衍说道：“前遣张昺、谢贵二人来，明明为我，今又遣耿瓛、景清、宋忠三人来，亦为我也。朝廷如此备我，我其危矣。”道衍笑道：“殿下勿忧。臣视此辈正如行尸耳。莫说这五人，即倾国而来，有何用处？”燕王道：“寡人闻人说，景清、宋忠，皆一时表表人物，汝亦不可轻视。”道衍道：“非臣轻视，彼自不足重耳。殿下若不信臣言，有神相袁柳庄之子，名唤袁忠彻，相亦称神。待三司官来谒见，例当赐宴。赐宴时，可令袁忠彻扮作股役之人，叫他细相五人，便可释大王之疑矣。”燕王道：“如此甚妙。”

不数日，景清等俱到，朝见过，燕王择了一日，令一同赐宴三司官。这日景清、宋忠、耿瓛，并张昺、谢贵，一齐都到，照官职次第坐定饮宴。燕王叫袁忠彻假作斟酒人役，杂于众人中，执着一把酒壶，将五个大臣细细相了。不多时，宴毕散去。燕王问袁忠彻道：“五人之相何如？”袁忠彻道：“宋忠面方头阔，可称五大，官至都督至矣，然身短气昏，两眼如睡，非大福令终之人。张昺身材短小，行步如蛇；谢贵臃肿伤肥，而神气短促；此二人不成大事，目下俱有杀身之祸。景清身矮声雄，形容古怪，可称奇相，为人必多深谋奇计，殿下当防之，然亦必遭奇祸。耿瓛颧骨踵鬓，色如飞火，相亦犯凶。以臣相之，此五臣皆不足虑也。”燕王闻言，大喜道：“若果如此，寡人无忧矣。”只因这一相，有分教：今日评论术士之口，异日血溅忠臣之颈。欲知后事如何，请看下回便知。

第九回

避诏书假装病体　凑天时暗接龙须

话说五臣在燕府宴毕散去，到了次日，宋忠即奏诏旨，要调选燕府精壮兵马，隶守开平。燕王因问道衍道：“如此奈何？”道衍道：“任他调去不妨。”燕王道：“府中精壮，能有几何，若被他调去，明日谁人为用？”道衍笑道：“调是凭他调去，用是终为我用，殿下勿忧。”燕王犹不深信，然无可奈何，只得开了册籍，听宋忠选调。不期这护卫中有两个官旗，一个叫做于谅，一个叫做周铎，俱是精壮，大有勇力，恰恰宋忠选调中有他二人名字。他二人商量道：“我二人皆燕王心腹，异日燕王举义，我二人在阵上一刀一枪，博得个封妻荫子，也不枉一身本事。今若调去守边，混杂行伍中，何日能出头？”遂用银子，在管事人手中，买脱名字，又另签两个。那两人不服，访知于谅、周铎密议之言，就告在百户倪谅处。倪谅闻知，见事有关系，就星夜奔到京师关下告变。建文帝即传旨，将于谅、周铎二人，拿至京师，付法司审问。法司严刑拷打，审出真情，遂将二人斩首。因二人口称“异日燕王举义”等语，遂降诏切责燕王，诏曰：

天下一家，国无两大。朕系高皇帝嫡孙，既承大统，王虽尊，属臣也。前入朝不拜，擅驰御道。朕念亲亲，屈法赦王。王宜改过，作藩王室。奈何蓄谋叵测，致及士卒有异日举义之词。其为大逆不道甚矣。姑念暧昧不究，诏书到日，宜尽削护卫，以尊朝廷。特诏。

诏书将到之日，燕王先已探知，忙与道衍商量道：“朝廷有诏来，迫我甚矣。此时若不举事，尚待何时？”道衍道：“此时尚早，王须耐之。”燕王道：“非寡人不耐，诏书一到，何以对之。”道衍道：“这也不难，殿下只托疾，不开读便了。”燕王点头解意，遂假装中恶之病，忽然佯狂起来，也不带人，也不冠履，竟跑出宫来，满街乱走。宫门近侍，谁敢拦阻，只得紧紧跟随。燕王走入市中，看见各店饮食，便取来乱吃。哭一回，笑一回，口中胡言乱语。走得倦了，看见街上土堆，便睡在上面，全不怕汗秽。近侍慌了，只得抬入宫去，遍召医生下药。或说中痰，或说中风，俱不知其故。

过了数日，诏书到了，因王病狂，不省人事，只得将诏书供在殿中，候王病好开读，写表申朝廷。布政张昺，都司谢贵，每日入宫问疾。此时夏月，天气炎热，见燕王拥着烘炉而坐，犹寒战不已。张昺退出，与谢贵说道：“燕王何等英雄，今一旦狼狈如此，真朝廷之福也。我欲飞表，将燕王实病消息，报知朝廷。”谢贵道：“你我外臣，纵然体察，不过得其大概，内中发病详细，必须会同葛长史，共同出本详报，方见你我做事的确。”张昺道：“有理。”遂密遣心腹吏李友直，请葛长史来议事。葛诚被请至，问道：“二位大人，有何见谕？”张昺因叱退左右，邀入密室，说道：“我等奉命，来守兹土，实为监制燕王。若有差池，我等罪也。今幸燕王大病，昨见他这等炎天，尚拥炉称寒，料不能痊矣。就使好了，也难图大事。你我责任，也可以少些。”葛诚道：“二位大人若如此轻视燕王，我等不久皆为燕王戮矣。”张、谢大惊道：“何以至此！”葛诚道：“燕王之疾，诈也。就其诈而急图之，使彼不暇转圜，庶可扑灭。若信以为真，防守一懈，彼突然而起，则堕其术中矣。”张昺道：“贵司何以知其诈，莫非有所闻见乎？”葛诚道：“非有闻见，以理察之。盖因让责诏书将到，不便开读，故作此病态，固不可知。然夏月非拥炉之时，而故拥炉，拥炉非有寒可言，而特特言寒，非诈而何？”张、谢二人听了，连连点头道：“若非贤长史才智深微，几乎被他瞒过。但此事如何区处？”葛诚道：“如今可乘其诈病，人心解体之时，急急请旨，夺其护卫，拿其官属，然后系之逮之，一夫之力耳。”张昺大喜道：“承教，承教！即当行之。”葛诚、谢贵辞出，张昺就在后堂，叱退书吏，写下表章稿儿，报说燕王之病是诈，乞速敕有司削夺护卫，并拿有名官属等事。做完本稿，又亲自写成表章，密密封印停当。犹恐怕内中有甚差讹，拿着本稿，只管思察。不料一时腹痛，要上东厕。本稿不敢放下，就带到东厕上，重复审视。看了半晌，觉无差错，便将本稿搓成一团，塞在厕中一堵破墙缝内，料无人知。上完厕，走了出来，将封印好的本章，差人星夜往京师去了。

不料这事被那心腹吏李友直看在眼里。原来这李友直，最有机智，久知燕王是个帝王人物，思量要做个从龙功臣，时常将张昺的行事，报知燕王，以为入见之礼。燕王甚是欢喜，吩咐管门人说：“这人来，即时引入见我，不可迟缓。”这日，恰恰李友直看见张昺叱退书吏，自坐后堂，写下表章。知与燕府有些干碍，便留心伏在阁子边，悄悄窥看。看见张昺写完表章，封印停当，又看见他将本稿带到厕上，去了半晌，及出来，却是空手，步到堂上，发过本，自回私衙去了。李友直放心不下，走到后堂，细细搜寻。不见有甚踪迹，又走到厕上来寻。也是合当有事，那厕边破墙缺中，露出一些纸角来。他信手扯出来，理清一看，恰正是参燕王的本稿，谢贵、葛诚，俱列名在内。遂满心欢喜，以为此本稿，又是一个进身好机会，忙忙拿了，即去报知燕王。走到燕府，管门人认得李友直，是燕王吩咐的人，即时引他入见燕王。李友直将张昺之事，说了一遍，就将本稿呈上。燕王看了，大怒道：“这等奸臣，怎敢如此害我，我必要先杀他！”就对李友直说道：“你为寡人如此留心打探，异日事成，寡人自然重重赏你。”李友直叩谢，退出去了。

燕王就召道衍，将本稿与他看，又说道：“寡人诸事已备，如今时势又急，正宜发动，不可迟缓。”道衍道：“大王独不记袁柳庄神相之言乎？他许大王年交四十，髯过于脐，方登大宝。今大王年虽才交四十，似乎可矣，但臣窃观大王，髯尚未过于脐，则犹未可也。”燕王听了，不悦道：“年可坐待，而髯之长短，却无定期，如何可待？若必待髯长过于脐，方登大宝，寡人恐大宝之登，又成虚望了。”道衍道：“大福将至，鬼神自然效灵，非可寻常测度。愿大王安俟之，髯生不过旦暮事耳。”燕王似信不信，无可奈何，只得退入内宫，时时览镜，自顾其髯，或拈弄而咨嗟，或抚视而叹息。

徐王妃见了，问知其故，暗想道：“髯乃气血所生，必积渐而后长，怎能顷刻便过于脐。王情急切，何以得安，必须如此如此，方可稍慰王怀。”算计定了，因治酒，苦劝王饮。燕王被诳，多饮几杯，不觉大醉，就倒在榻上睡下。徐妃乘王睡熟，因将自己头发，检选了数百根，摘下来，悄悄用手将一根根都打一个结儿，结在燕王龙须之上。接完了，再用手细细拂拭，竟宛然如生成一样。及燕王酒醒，坐起身来，徐妃贺道：“恭喜大王，美髯得时乘运，已长过于脐矣。”燕王听了，低头一看，用手一捋，果然黑沉沉一缕香髯，直垂过脐，不觉又惊又喜。因看着徐妃笑说道：“我只睡得片时，为何须忽长如此？虽鬼神栽培，亦所不及。贤妃忙忙贺我，定知其故。”徐妃笑而不言，燕王再三盘问，徐妃方奏道：“此妾之发也，因见王情不悦，妾心正忧，故将妾发，戏接王须，以博大王之一笑。不期天假妾手，竟若生成，实大王之洪福也。”燕王听了，大喜道：“此乃凤毛接龙须也。”因挽徐妃同坐道：“贤妃有如此灵心，又有如此巧手，异日同享富贵，是贤妃自得，非寡人所及也。”二人甚喜。只因这一事，有分教：天心有定，人事凑合。欲知后事，请看下文。

第十回

北平城燕王起义　夺九门守将降燕

再说张昺疏到了京师，朝廷果差一个内官赍诏来，坐名捉拿护卫官属。又敕张昺、谢贵协同捉拿，不许走漏一人。张昺、谢贵得旨，便将北平城中护卫兵马，并屯田军士，俱调来布列城中，暗暗围着王府。又恐怕王城中有兵突出，复于端礼等门，尽将木栅塞断，甚是严谨。但未奉诏擒王，不敢逼入王宫，只日夜提防。而燕府中，只称王病，不开读诏书，内臣不敢拿人。挨了数日，见燕府只是如此，内臣急了，只得与张昺、谢贵商量道："诏书原敕王自拿官属付我，而王只托病，不开读诏书，我辈岂敢妄动。"三人只得又共同飞疏，奏报朝廷。

朝廷又降下密敕与卫官张信，敕他乘入卫之便，手执燕王。张信接了密敕，大惊道："朝廷殊无分晓，燕王何人，我一卫官，怎能手执？"又系密敕，不敢与人商量，只得告知母亲。其母甚是贤智，因说道："此事断不可行。汝父在日，常说天下的王气，在于燕分。故今燕王所为所行，豁达大度，有王者气象。妾闻王者不死，岂汝所能手执？若从密敕，轻举妄动，徒自取灭亡耳。"张信道："若不执王，何以缴此密敕？朝廷问罪，祸亦不免。"其母道："不如转祸为福，密告于王。王无祸，则汝亦无祸矣。"张信细细忖度，知母言为是。遂暗怀密敕，走到燕府，要见燕王。府中人辞以王病，不敢通报。张信道：“我之要见王，非我私自要见，乃奉朝廷密敕要见。就病在床，也须一面。”府中人只得通报，就引他入去。燕王见张信奉敕来见，不知何意，愈加装出许多病态。张信见了，拜伏于地道：“微臣犬马之诚，实在殿下。殿下不必瞒臣，有事当与臣商之。王若必以臣为不诚，过加疑忌，则臣奉有密敕，在此执王，王须就执。”一面说，一面怀中就取出密敕，呈与燕王。燕王看了，真是密敕，忙忙起来，用手搀扶张信道：“贤卿救我一家性命，何以报德？”张信道：“君臣何言报也。但事急矣，愿大王早为之计，迟则恐有变。”燕王肯首道：“卿言是也。可暂退，即当举义，决不使朝廷累你。”张信因退出去。

燕王召道衍入宫，将密敕与他看了，遂问：“今用何计？”道衍道：“今大王不必问矣，年至四十，髯已过脐，将士聚集，兵马训练，钱粮充足，七月交秋，天时已至，朝廷一诏二诏，人事又迫，此时不举义，更待何时！”燕王大喜，遂召张玉、朱能入宫，谕以举义当从何起。朱能道：“侍卫兵马，虽布满城中，不过虚张声势而已。大王起义之日，只消臣带护卫一二百人，先擒张昺、谢贵来，斩首祭旗，则其余自惊散矣。”道衍道：“将军以兵擒之，不如以计捉之。”朱能道：“国师有何计策？”道衍道：“只须依诏书将所逮官属收下，命谢贵、张昺入宫付之。彼一入宫，须如此如此擒之。”燕王大喜，遂传出命旨，称说病愈，约壬申日亲御东殿，将所逮护卫官属，照坐名拿下，召谢贵、张昺入宫，查明交付内官，以复明诏。正传旨间，忽殿之前檐，堕下一片瓦来，跌得粉碎。燕王见了，不悦道：“莫非此举不祥？”道衍道：“此大吉之兆，非不祥也。”燕王道：“何以言之？”道衍道：“旧瓦碎，欲殿下易黄瓦耳。”燕王方才大喜。

到了壬申这日，燕王清晨出来，坐于东殿，暗暗埋伏精兵于殿旁之两庑，然后大集王府官僚，传出令言，召布政张昺、都指挥谢贵入宫，交付朝廷所逮官属。张昺、谢贵以为兵马围绕王府甚众，燕王计穷，诈病不能了局，故不得已而交付所逮官属，遂信为实情，昂然而入。走到殿前，望见殿上燕王，虽然病愈，却尚倚杖而坐，只得朝见。朝见过，因奏道："前奉朝廷明诏，坐名逮护卫并官属人等，今又奉殿下令旨，捉拿交付臣等，故臣等特来朝见领去。"燕王道："你要拿人么？这个容易。"将头一举，近侍就大呼道："护卫何在，有旨拿人。"殿上只传得一声，两庑下早涌出二百精兵来。有许多跑到殿前，将张昺、谢贵绑缚起来。又有许多走到殿上，将长史葛诚拿将下去。三人被擒，忙大叫道："此系朝廷明诏所为，与臣等何干？今殿下加罪臣等，莫非殿下之病尚未痊愈？"燕王大怒，因将所倚之杖，投于地上，大骂道："我有何病，不过为你一班奸臣所逼耳！"张昺道："殿下今日倚着伏兵，诱杀臣等，但恐朝廷闻知殿下擅杀钦命大臣，怎肯干休！那时大兵临门，恐大王悔之晚矣。"谢贵道："一时之怒，终身之祸，大王须三思而行。莫若姑留臣等，尚可挽回。"燕王道："寡人大兵，就要南下，朝廷救死不暇，焉敢加予。今先斩汝三奸人之首，悬之藁街，晓谕满城奸人，使他知警。留之何用！"因叱校尉，把三人推出斩首。

就要发兵去夺北平城九门，忽官僚中闪出一人，俯伏殿前，大声痛哭道："大王斩此三人，祸不久矣。"燕王视之，乃伴读余逢辰也。因骂道："迂儒！寡人今日起义，乃大吉之期，为何哭泣，说此不祥之语！"余逢辰道："臣见大王所为非礼，又有三大不可，故一时激切言之。至于吉不吉，祥不祥，不暇计也。"燕王道："有甚么'三大不可'？"余逢辰道：'朝廷，君也；大王，臣也。以臣杀君之臣，名分必有伤，此一大不可也。朝廷所有，天下也；大王所据，不过一隅。以一隅而欲抗衡天下，势力不敌，此二大不可也。朝廷不加兵，而以诏敕劝戒，仁义也；大王不谢过，而擅杀命臣，暴虐也。以暴虐而欲加仁义，人心必不服，此三大不可也。有此三大不可，故臣但见为取祸，不见为举义，乞大王加察。"燕王听了，又骂道："腐儒！只知死泥虚名，不知深思实义。寡人乃高皇帝嫡亲第四子，以上三皇兄皆薨，则高皇帝之天下，原寡人之天下，孰当为君，孰当为臣。天下虽大，而一小子与两班书生，岂能用之？寡人一隅纵小，明日兵出，不异汉之席卷三秦，势力又安在哉？若其不一年而废削五皇叔，今又兵围寡人，仁义乎？暴虐乎？寡人遵祖训，今日先诛此三奸，明日再举兵向关，尽除君侧之奸，使朝堂肃清，迹虽似乎暴虐，实大圣人之真仁义也。汝腐儒拘谨固执，安能知之！此等腐儒，留在世间，误天下苍生不少。”因命校尉，亦推出斩首。

随即令张玉、朱能，领兵擒捉围绕王城将士，并分夺省城九门。二将奉旨领兵突出，正要擒捉围城将士，不料围城将士，听见燕王杀了张昺、谢贵，大家心慌胆碎，一齐散去。及二将领兵突出王城，已不见一人。正欲分夺九门，忽见一将，领着千余人，竟奔府城而来。原来来的这将叫做彭二，也是一个都指挥，与谢贵同一营。听得谢贵被燕王诱去要杀，不胜愤怒，忙传号令，招呼兵将，要攻入王城去救。不料将士不齐心，一时招呼不来，招得半晌，只招得千余人，遂领了竟奔王城而来。恰遇着张、朱二将领兵而来，彭二一马当先，大叫道：“燕王藩臣，敢于擅杀天子命吏，已犯大逆之罪。汝臣下之臣，复助纣为虐，其罪更当何如？”朱能大怒道：“燕王举义靖难，汝等一辈为难奸臣，不杀何为！”因举枪劈面刺来，彭二忙侧身躲过，亦举枪还刺。朱能初出王城，正要卖弄英雄，斗了数合，就乘空大喝一声“着”，将彭二刺死于马下。众兵见彭二刺死，早纷纷逃散。及张、朱分夺九门，九门将士，早有八门自知力不能敌，皆拱手而降。唯西直门守将坚持不下，有人报知燕王。燕王复遣指挥唐云，传谕守将：“汝毋自苦，朝廷已听燕王自制一方矣，汝为谁守？”守将信之，遂亦降燕。燕王一举义，诛了五臣，夺了九门，满心欢喜，遂与道衍商量后事。只因这一商量，有分教：征诛得计，仁义抱惭。不知后事如何，且看下回分解。

第十一回

攻王城马俞败走　夺居庸二将成功

却说燕王既遣张玉、朱能、唐云，夺了省城九门，便要捉拿三司众官。道衍因说道：“凡举义必须有名。今大王举义，若不倡一举之美名，则人必以为是夺建文之天下，则有或符或违，非为全算。”燕王道：“然则将何为名？”道衍道：“臣读祖训，见内有清君侧之恶训。今齐泰、黄子澄，是君侧之恶。朝廷之难，乃彼而作。大王何不以靖难为名，请诛二人，使天下知大王非私天下，则举义之名正言顺矣。”燕王听了大喜，遂命内臣为文，以誓师道：

> 予太祖高皇帝之子也，今为奸臣谋害。祖训有云：“朝无正臣，内有奸恶，必训兵诛之，以清君侧之恶。”况今祸迫于躬，义与奸邪，不共戴天。故率尔将士讨之。罪人既得，则当法周公以辅成王。尔将士其体予心，毋违命！

文末止书二年七月，竟削去建文年号。

燕王誓师毕，又出榜于通衢道：“三司奸臣张昺、谢贵、彭二，及长史葛诚，伴读余逢辰，同恶相济，今已擒诛。其兵从正者，速赴府报名，照旧供职。”不一日，布政司秦政、郭资、按察司副使墨麟、都指挥同知李濬、陈恭，并府县各官，俱次第到王府报名入册。惟都指挥使马宣、俞瑱二将不服，竟统领麾下兵将，来攻王城。朱能、张玉闻知，便率兵抵敌。大家在城中，或大街，或短巷，东边赶到西边，南头杀到北头，竟混战了一日。马宣、俞瑱毕竟众寡不敌，被张玉、朱能杀败了。马宣逃走，往蓟州去；俞瑱逃走，往居庸关去，按下不题。

却说朱能、张玉，见马俞二人败走他方，也不追赶，忙收拾兵马，查点捉获兵卒。直乱三日，然后城中大定，百姓安靖如故。此时燕王雄踞北平，以为根本，竟自署官属，遂以邱福、张玉、朱能为指挥佥事，统领合城兵马。又擢布政司吏李友直，为本司右参议，掌管府郡政事。凡有关系军务，不论大小，皆奏请燕王亲自裁夺。

城中既定，众将报功毕，遂将当阵擒获从乱士卒册籍呈上，候旨枭首。不期燕王未出，适值道衍入见，偶将册籍一看，见内中有金忠名字，打动他十年前的心事。因叫长随去查问：“这金忠系何处人，为何在此从马宣、俞瑱作乱？”长随问了，来回覆道：“这金忠说是浙江宁波鄞县人，为因有罪，遣戍到马宣卫所。马宣作乱，不得不从。”道衍问明，候燕王出殿，即奏道：“臣有一故人，叫做金忠，今犯从乱之罪，乞大王赦之。”燕王问故，道衍遂将十年前席道士指点之事，细细说了。燕王听了，喜道：“原来尘埃中，原有异人。”因传令旨，将从乱尽行枭首，单赦金忠，召入殿来。金忠承召，叩首谢恩，燕王因问道：“姚国师说，你受了席道士一种数学，可为寡人细细一卜，看靖难师出，胜负何如，几时能成大事？”金忠领旨卜完，因奏道：“此卦乃潜龙升天，大吉大利。靖难师出，攻无不克，战无不胜。但遇大木穿日，小不利耳。若问成事，只候水拥马来，便登大宝矣。”燕王问道：“何谓‘大木穿日’？何谓‘水拥马来’？”金忠道：“此系天机，臣不敢泄，时至自知。”燕王大喜，遂令金忠为府中纪善，随侍帷幄。

金忠谢恩退出。燕王问道衍道：“北平自城，既已定矣，靖难之师，亦已起矣，为今之举，当取何地？”道衍道：“南征为缓，北伐为急。若不先清北地，必有内顾之忧。今宋忠拥兵居庸，意在图燕；既闻昺、贵受诛，其谋愈急；又兼俞瑱败走，与他合党，宜急攻之。”燕王深以为然，遂召集诸将，说道：“居庸关路隘而险，乃北平之咽喉。我师必得此，方可无北顾之忧。今为宋忠、俞瑱所据，非我之利。又闻宋忠退保怀来，单留俞瑱守关，须乘其初至，众心未定，急往攻之，则易取也。若稍稍迟缓，彼部署一定，必增兵坚守，再欲取之，则未免费力。”诸将皆应道：“是！”燕王就令指挥徐安为将，千户徐祥为先锋，率兵先行，自帅大兵在后压阵。徐安兵到关下，徐祥看见关前，并无准备。因领一队兵马，大呼杀入。俞瑱见了，慌忙招呼将士迎敌。仓促中怎挡得燕兵奋勇而来，左冲右突，杀得马倒人翻。俞瑱支持不住，只得弃关，领了残兵，逃往怀来，报知宋忠而去。

燕王兵到，见得了居庸要地，满心欢喜，就要发兵袭取怀来。诸将道：“宋忠调集沿边的兵马甚众，今尽在怀来，我师若往袭取，不过数千，恐彼众我寡，难与争锋。况居庸一关，乃彼必争之地，俟彼来争，则破之易耳。”燕王道：“凡用兵当以智胜，难以力论，宋忠拥兵虽众，然无才胆小，又轻躁寡谋，闻我诛了张昺、谢贵，今又夺了居庸，彼心已碎，焉敢出兵。今乘其无措，潜师而往，破之必矣。”遂亲帅八千兵马，倍道而进。只因这一进，有分教：兵称有制非关众，将贵先机亦在谋。欲知后来胜败，看下回分解。

第十二回

设奇计先散士卒　逞英雄杀入怀来

却说宋忠奉旨来调集沿边兵马，又选燕府精壮，隶于麾下，一时兵多将广，可以压住燕王的邪谋。若使宋忠果有忠君之志，定乱之才，一闻燕王起义，杀了张昺、谢贵，便当率沿边将士，杀入燕府，可一时扑灭。不期宋忠果然无才胆小，忽闻燕王起义，恐祸及身，早退保居庸。及俞瑱败走居庸，他见势头不好，又退保怀来，单留俞瑱坐守居庸。不料燕王又夺了居庸，俞瑱逃到怀来，二人正慌张无措，忽又报燕王亲帅大兵，来取怀来。宋忠闻报，这一惊不小。因心生一计，聚集调选燕府的精壮，说道："燕王反叛朝廷，谋为不轨，汝等知道否？"众兵道："已知道了。"宋忠道："前日朝廷旨意，选调你们到我麾下，是爱你们精壮，可以边上立功名。故着你们家小，原住北平，异日立了功名，封妻荫子。不期燕王反了，道你们归顺朝廷，不助他为恶，一时恼怒，遂将你们家小都杀了。你们知道么？"众兵听了，尽吃一惊道："这事小的们全不知道，只怕信还不确。"宋忠道："我已见报，怎么不确！"众兵见是确信，皆放声大哭道："朝廷调选我们，我们原不情愿，因被燕王送出册子，故无奈何，抛弃父母妻子而来，为何转说我们归顺朝廷，杀我们家眷。这冤屈何处去伸？"宋忠见人心已动，因说道："你们父母妻子，已被他杀了，哭也无用。莫若抖擞精神，与我去擒燕王，与你们去报仇。"众兵厉声答道："莫不致死！"宋忠大喜，遂命指挥彭聚、孙泰，率领众精壮为前部，先渡河迎敌。自领众兵在城，为阵以待。

早有细作探知其事，报与燕王。燕王因命军中查出选去精勇的子侄来，叫他张用旧时旗号。又叫众精壮的亲戚、朋友、乡邻，同聚一队，向前厮杀。又立起一面招降旗，招呼精壮归降。不多时，两军相遇，各各射住阵旗。众精壮远远望见燕阵中的旗帜，倒有一半是他们旧时名号。有眼快的说道："那个少年拿枪的，不是我儿么？"又有看见的，指说道："那个中年骑马的，不是我叔么？"这个认出家人，那个认出朋友；这边呼名，那边答应；那边招手，这边点头。大家看得明白，尽欢喜道："原来是主将骗我们！我们家眷俱各无恙。"又看见燕营竖着招降旗号，早纷纷过去了一半。彭聚、孙泰哪里禁压得住。

忽见燕阵上张玉提刀跃马，冲过阵来。彭聚忙提枪迎敌，两将并不答话，即时交战。战了数合，彭聚当不得张玉力大，渐渐要败。孙泰见了，只得把马冲出，提刀来攻，两下混战，张玉全无惧怯，愈觉精神。燕阵上朱能见两将夹攻，遂提枪跃马冲出，大喝道："我来也！"那马冲到彭聚面前，照左肋下一枪刺来。彭聚措手不及，早被枪尖刺着，挑下马来。那孙泰正与张玉苦战，忽见彭聚被朱能刺死落马，惊得魂魄全无，策马退后便走。张玉放马赶上，把刀砍来，孙泰躲闪不及，早已被砍为两段。合营将士看见两个主将阵亡，精勇又招去一半，谁敢守阵，只得抛旗弃鼓而走。

燕王看得分明，将鞭鞘一举，指挥将士渡河追赶。赶到城下，见宋忠将数万人马，摆成阵势，列于城外。他见自家的败兵涌至，早已冲动阵脚，又听说燕兵勇不可当，虽奉军令不许擅动，心下实是慌张。及燕师赶到，诸将还打算与他对垒。燕王忙召张玉、朱能并诸将，激之道："兵不在多而在精。我观宋营无头无尾，无正无变，阵不成阵；孰偏孰里，将不成将；东西散乱，兵不成兵。人马虽众，不过蜂蚁耳。众将军若奋勇直冲，自不战而鸦鹊乱矣。不乘此时擒捉宋忠、俞瑱，更待何时！"张玉、朱能与众将听了，齐应道："燕王详审兵势，有如观火，已明示臣等功名之路。臣等敢不效力！"燕王见众将齐心，大喜，因各赐酒三杯，命军中擂鼓发炮。众将一齐上马，带领精兵，乘着震天鼓炮，竟如一阵猛虎，直往宋营杀来。宋忠看见，急合众将迎敌。众将虽有百余员，却你推我，我推你，无一将敢奋勇当前。宋忠见了大怒，遂挥剑临阵，要一一斩首。众将慌了，遂一齐拥出阵前。恰值燕将冲到，只得倚着人众，一齐上前混战。怎奈人虽多，却非惯战之将。战不多时，张玉早刀砍了两个，朱能早枪挑了三个，邱福早鞭打了一个，唐云早枪刺了两个，直杀得众将胆战心慌，这个东边闪开，那个西边遁去，一霎时杀得一个将官也不见了。众燕将看见宋营，果然将不成将，兵不成兵，阵不成阵，遂一齐呐喊，杀入阵中，横冲直撞，如入无人之境。宋忠看见势头不好，只得从后营飞马遁入城中去了。合营军士虽有数万，但见主帅已逃，哪个还立得住脚，遂一哄都往城里乱窜。

此时俞瑱正守城门，见宋忠逃走入城，恐燕兵乘势赶入，急令关闭城门。怎奈数万败兵一涌入城，几乎连城门都要挤破，怎容得你来关闭。败兵入城尚未一半，后边燕兵乘胜赶来，杀开一条血路，已冲入城中矣。俞瑱在城上看见燕兵入城，知守不住，慌忙下城，奔到宋府，要约宋忠同逃往宣府去。遍寻宋忠不见，乃要自逃，而燕兵已围住宋府，不能得出。燕兵拥入宋府，看见俞瑱，先捉了。遍搜宋忠，只是不见。直寻到东厕中，方才将宋忠捉出。就乘势夺了怀来城池。

此时燕王也飞马入城，出榜文，招降兵马，安抚百姓。不多时，宋忠沿边调来的三万兵马，都随着燕府选去的精壮来投降。燕王大喜，因谓张朱二将道："前日宋忠调选精壮时，姚国师就说，'调是凭他调去，用是终为我用'，今果然矣。”遂命张朱二将，将三万兵马，分隶各部。不多时，众将把宋忠、俞瑱解来，燕王因笑问道：“二位将军，为国防制寡人，可谓劳苦矣。然不知天命，劳而无功，却将奈何！”宋忠、俞瑱一言莫对。燕王又说道：“留汝不如杀汝，以成汝名。”因命军士推出斩之。正是：尽忠自恨无才，甘死方知臣节。未知燕王又取何方，再看下回分解。

第十三回

燕王定计取两城　炳文战败回真定

燕王既得了怀来，斩了宋忠、俞瑱，又传檄山后诸州，而开平、龙门、上谷、云中诸守将，皆来归附，一时兵威大震。探马报到朝廷，朝廷闻知北平兵起，因命廷臣计议之。廷臣皆荐长兴侯耿炳文老将知兵。建文帝因降诏，命耿炳文佩征北大将军印，帅兵三十万北伐。耿炳文奉诏，忙下教场，点齐三十万人马，选都指挥杨松为先锋，都督潘忠、徐凯为左右翼，择吉出师，星夜往北进发。一日兵到真定，耿炳文探知燕兵已到涿州，相去不远，因命驻师，待燕王兵至好接战。又想兵聚一地，不足张威。就合先锋杨松，领兵九千，进据雄县，以为前部；又遣都督徐凯，领兵驻河间；又遣都督潘忠，领兵驻莫州，三路以为声援。自以为分拨有方，连络合法。

早有细作打探明白，报知燕王。此时正是八月十五，燕王因命众将，潜师屯于娄义。候至日晡，乃谓诸将道："用兵有机，机不可失。今夕中秋，南将贪饮为乐，必不设备，此破之一机也，愿众将军努力。"众将道："大王神机妙算，自无遗策，敢不效命！"燕王大喜，遂命秣马会食，乘着黄昏时候，带领三千甲士，渡过白沟河，行到半夜方抵雄县。果然静悄悄，竟无准备。遂一声炮响，众将引军竟破城而入。此时杨松已醉，听见炮响连天，吓得胆战心摇，急披挂上马，招呼麾下迎敌。众军皆在醉中，而燕兵已涌入营来，刀枪齐下，竟如砍瓜切菜，不独自身战死，而九军俱不能生还。

燕王遂取了雄县，诸将皆称大王用兵之妙，孙吴不及也。燕王笑道：“不独此也，诸将军若不惜劳苦，寡人还有一计，可乘此生擒潘忠。”众将惊讶道：“潘忠在莫州，去此百里有余，大王何计可以生擒？末将不解也。”燕王道：“寡人今夜破雄县，潘忠未必知，可遣一人装做杨使，乘夜到莫州报与潘忠，只说燕兵围城，求他来救。耿炳文分他在莫州，原为声援，他闻报自然速来。来时伏兵断其归路，两处夹攻，未有不成擒者。”众将听了，皆称奇计。燕王就差人装做杨使，去报潘忠。又命谭渊领兵一千，伏于月漾桥水中，候潘兵过后，听号炮一响，即起据桥，以断归路。分拨已定，然后自率众将，在雄县以待。果然潘忠闻报雄县被围，即时领兵飞奔而来，以为救援。过了月漾桥，将到雄县，前哨探马来报道：“杨松被杀，雄县已失。”潘忠听了大惊，方悔来差了，急急传命回兵。忽见城上金鼓齐鸣，炮声震地，燕将一齐拥出城来，喊杀连天。潘忠见退不及，只得指挥众将，上前迎敌。众将既传令要退，又指挥迎敌，便觉人心不一，虽勉强交锋，毕竟疲怠，怎当得住？燕王以为得计，更加猛勇。潘兵战不多时，阵脚立不住，只管挫将下来。潘忠看见势头是个败局，遂令后营改作前营，速速退过月漾桥，以为接应。不期后营退到月漾桥，又被谭渊领水中的伏兵，排列于月漾桥之两岸，伏弩齐发，炮声震地。稍若近前，矢石如雨。潘兵见了，忙去报与潘忠道：“不好了，归路已被燕兵阻断。”潘忠大惊，因传令道：“前有劲敌，后无归路，为今之计，唯有舍命力战而已。”令虽传下，怎奈军心已乱，哪里禁约得定。前营战败，逃到后营；后营无路，又奔前去。前后一齐乱窜，燕兵四面围袭，只叫要拿活的，不许走了潘忠。潘忠主张不定，只得弃了众兵，策马往小路而逃。不期小路中又有埋伏，把挠钩套索将潘忠捉住绑缚，解去见燕王了。潘兵进退无路，又听见主将被捉，只得四散逃生。逃不去的，不是被杀，就是投降，还有许多淹死在月漾桥水中。燕王料莫州城空虚，乘胜进兵，取了莫州。众将皆进贺道：“大王妙算，真有鬼神不测之机。如此取天下，不啻摧枯拉朽矣！”燕王道：“此小敌耳，何足言奇。耿炳文虽称老将，实不知兵。今大队在真定，闻杨松之死，潘忠之擒，必不敢妄动。众将军不趁此时破之，更待何时？”众将道：“大王胜算，自合兵机，末将敢不效力！”燕王遂点起精兵三万，命张玉、朱能领了前部，先去与耿炳文对垒，自率大兵在后压阵。

再说耿炳文兵马驻扎真定，指望杨松前进一步，然后自进。不期驻扎不久，早已报杨松战败而死。心内犹想尚有徐凯兵在河间，潘忠兵在莫州，相为掎角，燕兵或未敢深入。不期隔了一日，又报潘忠领兵救援雄县，已被生擒。心内十分惊惧，暗想道：“久闻燕王善于用兵，我还不信，今我尚未与他接战，他竟袭破二军，取了两城，真可谓迅雷不及掩耳。但恐他乘胜突至真定，我须要严阵以待，使他知我有备，方不敢轻觑。”因命左副将李坚，右副将宁忠，与左都督顾成，列营于滹沱河，准备炮石，埋伏弓弩。知燕兵必由西北而来，遂将西北一带，守得铁桶相似。

燕王领兵乘胜而来，离真定还有二十里，不知耿兵屯于何处，因叫前哨，去捉了几个城中出来采樵的百姓，问他耿兵屯于何处，百姓道：“耿元帅大兵，俱在真定城中。今闻得大王兵从西北来，遂命李、宁、顾三将军，列阵在滹沱河北岸，以待大王。雄兵战将，密密排布，七八停都聚于此。”燕王又问道：“东南也有营阵么？”百姓道：“营阵虽有，但守卫单薄，料大王不从此来也。”燕王问得明白，厚赏百姓遣去。就命张玉、朱能，领众兵鸣锣击鼓，从西北向直奔耿营作正兵，与之交战。自带邱福，暗暗领三千精骑，绕过城西，直逼东南的营阵作奇兵。

正是：

兵有奇正，所以能胜。
单奇不正，全无把柄；
单正不奇，只好听命。
奇正不知，如坐陷阱。
奇正之用，虽有万端，
奇正之理，则唯一定。

却说张玉、朱能，奉燕王令旨，领了大兵向真定，来到了耿炳文阵前。耿炳文打探燕兵将到，恐三将有失，亲自出城，临阵督战。张玉、朱能恐燕王的奇兵未曾绕到，不敢逼近耿营。见他矢石坚守，便也扎住营盘，休息兵力。到了次早，方同众将，跃马出阵前。南阵上耿炳文也领众将，立马门旗之上，请燕王答话。张玉厉声道："燕王乃高皇帝嫡子，今皇上之叔。汝何人，敢请答话！"耿炳文道："叛逆何尊之有？吾奉命讨燕，非不能战，而请燕王答话者，盖有善言奉劝，欲保全燕王也。"张玉大怒道："燕王举义是遵祖训，以靖难诛奸，何为叛逆？汝既奉命为将，而用兵之大义，尚且未知，更有何善之可言！"耿炳文道："皇上以仁义治天下，而天下安如磐石，有何难可靖！朝廷文武，尽皆忠良，有何奸可诛！若要靖难，除非自靖；若要诛奸，除非自诛。"张玉道："周、齐、湘、岷诸王，皆高皇帝之子，有何罪过？而听齐泰、黄子澄之谋，削之、夺之，迁之、死之，非难而何？非奸而何？今又屡诏，削夺燕王之护卫。燕王何如主，而肯受奸人之播弄！故举兵诛之。若罪人斯得，自效周公之辅成王，非有他也。汝不达大义，摇唇鼓舌，以惑三军，真奸人之尤也。我若不先把你这老奸诛之，谁肯知警。今日汝来，是送死也。"因举刀纵马，直冲过阵来，要擒炳文。炳文因命李坚出战，李坚忙挺枪冲出阵前，大叫道："反贼慢来，认得我李将军么？"张玉道："我认得你是替耿炳文搪刀！”一面说，一面就举刀照头砍来。李坚忙用枪拨开，劈面相还。这一场好杀，但见战鼓齐鸣，阵面上征云滚滚，枪刀并举；沙场里杀气腾腾，一往一来，一上一下。两人直战了三十余合，不分胜败。耿炳文恐怕有失，忙令宁忠助战。宁忠马才到阵前，燕阵上朱能早飞马接住厮杀。耿炳文又令顾成助战，燕阵上谭渊又接着厮杀。六个将军作三对，正杀到龙争虎斗之时，耿炳文只顾立在阵前，催军督战，不提防燕王暗暗的从小路绕过城西，将东南二营袭破，转从东南直杀到耿炳文西北的营后而来。忽有东南的败卒报知耿炳文，炳文吃了一惊，急急分兵救应。而燕王与邱福的三千精骑，已从营后突入，横冲直撞，如一群猛虎。耿炳文营中兵将虽多，今突然受敌，出其不意，便心下惊慌，把持不定。及听得燕兵喊声震地，杀将近来，部伍东西乱窜，自料是个败局。又闻燕兵个个大叫，要活捉耿炳文。炳文听见，十分慌张，哪里能顾得众将，竟带了一队亲兵，从右营突出，逃回真定城中去了。只因这一逃，有分教：尸横遍野，血流成河。不知后来如何抵敌，且看下回分解。

第十四回

李元帅奉诏北征　康御史上疏直言

诗曰：

为将虽然拥节旄，威名却不在弓刀。
奇功早定风云略，胜算先成虎豹韬。
六国势分亏借箸，八千人散赖吹箫。
若无张玉轻来去，虽保头颅不被枭。

却说刘坚、宁忠、顾成三将，奉耿炳文之令，苦战张玉、朱能、谭渊等将，已讨不得半点便宜。忽听得东南二营破了，燕兵又从后营杀入，主帅已逃回城中去了，心下十分慌张，哪里有心恋战，要退入营中。见营中兵将，已鸦飞鹊乱，料难镇定，只得望斜刺里各自逃生。李坚虚晃一枪，奔往西山，要逃入城去。不期转过山嘴，忽山凹里冲出一将，手持铁棒，劈头打来。李坚急用枪招架，那铁棒却不落下来，早掣回着地一扫，将马脚打断。马倒了，将李坚掀下马来。这将却是薛禄。忙用铁棒按定，叫跟随用绳索缚了解回。这边李坚被擒，不料那边宁忠、顾成要逃走过河，亦被燕将捉住。其余兵将莫不受伤。这一阵斩首三万余级，获马二万余匹，尸横满地，溺死于滹沱河中者无算，逃入城中者不及十停之二三。此时耿炳文逃在真定城中，收拾残兵，紧守四门，不敢再战。燕王挥兵围城，攻打两日不下，道衍因对燕王道："燕之得天下，不在此城。请还师北平，以休养兵力。"燕王以为然，遂收兵舍之而去，按下不题。

且说耿炳文兵败之信报到朝廷，建文帝听知大惊。因问群臣道："耿炳文宿将，领兵三十万，征进北平，不过一隅，为何一败至此？"黄子澄道："胜败兵家之常，偶然失利，陛下不必深忧。若再调兵五十万，以天下之力，巢制一方，众寡不敌，燕王自成擒也。"建文帝道："耿炳文既败，不可复任。不识谁堪为将？"黄子澄道："曹国公李景隆，文武全才，可当此任。陛下前日若用李景隆去，必无今日之败矣。"建文帝深信之，遂召李景隆陛见，赐他斧钺，使得专征伐。师行之日，亲饯之江干。自北平起兵之时，已赦教谕程济出狱。以其言验，升为翰林院编修。今遣景隆为将，遂诏充军师，护诸将北征。程济辞道："臣之术数，不过前知祸福，实非有经济之才。恐滥处师中，无济于用。乞陛下另选贤能，以当大任。"建文帝道："祸福既能前知，则胜败自在掌握之中。卿幸勉为之，勿辞。"程济只得受命而去。又传诏镇守北边诸将，各发兵征北平。

有人告大宁宁王，潜与燕王合谋，有事成中分天下之约，因降诏削宁王护卫。监察御史康郁因上疏奏道："臣闻亲其亲，然后可以及于疏。此语陛下讲之有素，奈何辅佐无人，遂令亲疏莫辨。今夫诸王，以言其亲，则太祖高皇帝之遗体也；以言其贵，则懿文太子之手足也；以言其尊，则陛下之叔父也。彼虽有罪可废，而太祖之遗体可残乎？不可残乎？懿文之手足，可缺乎？不可缺乎？叔父之恩，可亏乎？不可亏乎？况太祖身为天子，而一旦在天，遂不能保其诸子，使迂儒苛求，以致受祸，则其心宁不怨恫乎？臣每念及此，未尝不为之流涕。此岂陛下不笃亲亲哉？皆残酷竖儒，持惨刻之偏见，昧一本之大义，病藩王之太重，谋削夺之，所以至此也。吾其进言，不过曰六国反叛，汉帝未尝不削；二叔流言，周公未尝不诛。一言耸动，遂使周王流离播迁，有甚于周公之诛管蔡。况周王既窜，湘王自焚，代王被迁，而齐王又废为庶人，为燕计者，必曰兵不举，则祸必加。则是燕之举兵，皆朝廷激变之也。及燕举兵，至今两月，前后调兵，不下数十万，乃日闻丧师，并无一夫之获。何谋削夺则有人，谋残骨肉则有人，及谋应敌除患则无人？谋国如此，谓之有谋臣可乎？当今之时，将不效谋，士不效力，徒使中原无辜赤子，困于道路，迫于转输，民不聊生，日甚一日。而帷幄大臣，反扬扬得意，竟以削夺藩王为得计者，果何心哉？陛下此时若再不悟削夺之非，异日必有噬脐之悔矣。俗语云：'亲者割之而不断，疏者续之而不坚。'伏愿少垂洞察，兴灭继绝，释齐王之困，封湘王之墓，还周王于京师，迎代王于蜀郡，使其各命世子，持书劝燕，以罢干戈，以敦亲戚，则天下安，而国家靖矣。"建文帝览表，虽则感动，然行之恐燕王未必便退，故置之不问。

次日，都督府断事高巍亦上表奏道："昔贾谊有言：'欲天下治安，莫若众建诸侯而少其力。力少则易使，国少则无邪心。'此真制众侯之良策也。为今之计，莫若师其意，勿行削夺之谋，而行推恩之令。命秦、晋、燕、蜀四府子弟，分王于楚、湘、齐、兖；楚、湘、齐、兖四府子弟，分王于秦、晋、燕、蜀。其余比类皆然，则籓王之权，不削而自弱矣。"建文帝见奏，以为奇，因降诏命高巍参督李景隆军务。

却说燕王自还北平，日与道衍商量南征之计。道衍道："朝廷不以北平为意者，以天下之兵众也。今欲以一方之寡，而往敌天下之众，是寡劳而众逸，非为胜算。莫若声言靖难，而且自展疆域。则彼必劳师而远来，师劳，则彼自就于弱；我展疆域，则地必广，地广，则我日就于强。然后一举而渡淮涉江，孰能当之？则大事成矣！"燕王大喜道："此论甚妙！但广地而大宁最要，不可不取，然取之无计。"忽闻朝廷有诏，削宁王护卫，因又大喜道："此天赞我也！"忽又闻朝廷拜李景隆为元帅，领兵五十万北伐，师已至德州。燕王因大笑道："李九江膏粱竖子耳，寡谋而骄矜，色厉而中馁，忮刻而自用，况又未尝习兵，见战阵而辄怯。今朝廷以五十万兵付之，是自丧之也。"忽又报朝廷诏各镇守诸将，发兵征燕，故辽东守将江阴侯吴高，已发兵围永平。燕王听了，谓诸将道："我欲取大宁以自广，但无故出师，而大宁将刘贞、卜万等，必惊而设备。今吴高来侵永平，吾欲借救永平之名，而便道暗袭大宁。不知诸将以为何如？"诸将道："吴高之围永平，势非危也，而李景隆大兵，闻已至德州，其势必压北平。大王兵出而李师猝至，却将奈何？"燕王道："李景隆虽奉诏而来，然中心实怯，闻吾在此，必不敢至。彼不至而吾往攻之，必不能覆其全师。莫若借援永平之名，吾率师自出，彼闻我出，必悉众来攻北平。俟其深入，吾回师击之。彼时坚城在前，大兵在后，彼虽欲走而无路，必成擒矣。"诸将道："大王妙算，固深得其情，但恐北平兵少，不足当景隆之众。"燕王道："城中之众，以战则不足，以守则有余。且世子能推诚任人，足以御敌，不必忧也。"诸将道："北平纵无忧，而芦沟桥乃北平之要地，亦须命将守之。"燕王道："今吾之出，欲诱景隆之深入，若守芦沟桥，则景隆何由顿兵于城下而受困哉！诸君勿忧，吾筹之熟矣。"遂吩咐世子守城方略，而已竟帅大兵出援永平矣。只因这一援，有分教：进得雄疆，退擒大敌。不知后事如何，且看下回分解。

第十五回

燕王智袭大宁城　刘贞误坠反间计

却说江阴侯吴高镇守辽东，今奉诏征燕，只以为李景隆大兵将到北平，燕王必无暇他援，故引兵来到永平。不期围不多时，忽闻燕王亲自率兵来援，自知不敌，遂引兵逃归山海。燕王探知，忙遣张玉率兵追之，斩首数十而还。

燕王既解永平之围，遂召诸将议取大宁。诸将道："欲取大宁，必由松亭关而过。今松亭关有刘士亨率大兵守之，必破关然后得入。况此关险隘难破，倘迟留于此，而李景隆师至北平，北平兵少，恐城中惊恐，奈何？莫若且回师先破景隆，然后来取大宁，此万全之计也。"燕王道："不然也。袭取之兵，妙乎神速，归遏之师，利其老顾。今由刘家口径取大宁，不数日便可至。况大宁城中精勇，俱调守松亭，守城者不过老弱军耳，兵到即可破。城破之日，因而抚绥守松亭将士家属，则松亭之众，若不逃，必自降也。大宁既得，则大宁之精勇，皆我之精勇。率兵而归击景隆，直摧枯拉朽。毋虑北平，北平深沟高垒，守备完固，纵有百万之众，未易敢窥。其师顿一日，老一日，诸君勿忧。"遂进兵往袭大宁。

却说大宁守将有四人。两个都督，一个叫做刘贞，一个叫做陈亨。两个都指挥，一个叫做卜万，一个叫做朱鉴。刘贞为人柔懦不断，易于欺瞒。陈亨小有才干，却怀二心，往往与燕府通谋。朱鉴一味朴实，却不知变。唯卜万智勇超群，一心护卫朝廷。此时燕王正虑卜万骁勇，欲思有以制之，未有计策。忽前军获大宁探卒十数人，解上帐来。燕王心思一计，因召一卒到面前，问道：“你叫甚么名字？”其卒道：“小人叫做王才。”燕王道：“吾有一封紧要书，要寄与卜将军，你能替我悄悄送去，不但饶你之罪，且有厚赏。”王才道：“千岁爷告饶了小人之死，莫说送书小事，便蹈汤赴火，亦不敢辞。”燕王大喜，命赏他酒饭，吃得烂醉。遂写了一封书，叫人替他缝在衣襟之内，再三吩咐他，小心送去，不可遗失。又赏他十两银子，遣他去了。然后吩咐将众卒系了，叫人看守。内中一卒，他叫做李代，为人甚奸，因问守者道：“这王才，为何千岁爷不系，又赏他酒饭银子？”守者道：“千岁爷要他送书与卜将军，故此赏他。”李代道：“千岁爷差错人了。这王才好酒，不小心，最要误事。若差他下书，定要弄出事来。你须禀知千岁爷，改差我去，方才谨慎细密。我又不要赏赐。”守者道：“你若果有好心，待我与你禀千岁爷。”因走去半晌复来，说道：“我已禀明千岁爷，千岁爷说：‘王才既已遣出，不便又改。他既不要赏，又肯出力，就遣他同去，候事成一总赏罢。”李代听了大喜，遂辞守者，赶上王才，同回大宁。

李代要与王才分赏，王才不肯，道：“这是燕王赏我的，为甚我分与你？”李代怀恨，遂悄悄报知刘贞、陈亨道：“王才因探事被获，私受燕王之赏，替燕王传书与卜将军。”刘贞道：“如今书在何处？”李代道：“现在王才穿的衣内。”刘贞忙叫人将王才捉来，也不问长短，竟将他衣服剥下来。内中一搜，果然有书，密密的缝在衣内。拆出来打开一看，只见书中一半是褒奖卜万，并谢他通好的言语，一半是诋毁刘贞，叫他周旋之意。遂大怒道：“原来卜万与燕王相通，怪道他屡屡要取大宁。”因与陈亨商量道：“外有强敌，内有接应，此城危如累卵矣。这事若待奏闻，你我性命必不能保。”陈亨道：“兵法云：‘先发制人，后发制于人。’况将在外，君命有所不受。今事在危急，先发后闻可也。”刘贞以为然，遂伏兵两廊，着人请卜万议事。卜万不知，竟只身而来。刘贞因喝伏兵拿下。卜万惊问道：“为何拿我？”刘贞道：“不必问我，你自做的事，岂有不知！”因取燕王之书与他看。卜万看了，急辩道：“此燕王之反间计也，将军为何误信之，以自伤羽翼！”刘贞道：“是真是反间，一时也难辨，但城池为重，既有通书，岂敢复以地土托将军！将军且请狱中坐一坐，候皇上裁酌可也。”因叫人押至狱中。卜万苦苦分辩，刘贞终是不听，竟置于狱，又将卜万的家私抄了，就写疏飞奏朝廷。又把王才监候，做个证见，不题。

却说燕王打听得卜万拿了，满心欢喜，遂发兵从刘家口暗袭大宁。大宁虽然设备，然精勇俱调往松亭守关。大宁不过老弱，闻知燕兵到了，慌做一团。报与刘贞，刘贞虽是都督，但武艺平常，临不得大敌。只有卜万善战，却又下在狱中，不便复委。陈亨又东西推脱。只差朱鉴一人出城迎敌。朱鉴虽奋不顾身，直杀向前，怎当得燕兵个个猛勇。战了半日，后无接济，竟被张玉斩了。朱鉴既死，众兵支持不住，竟败走入城。燕兵遂乘胜夺了城池。刘贞闻知大惊，只得自负敕印，单人独马，走出东门，逃往辽东，浮海以归京师去了。

燕王入城，忙着人到狱中去请卜万。不期卜万在狱中，已被众兵杀了。燕王闻知，不胜叹息。一面出榜安民，一面在都督府取出册籍，查点调往松亭守关将士之家，皆开仓厚加存恤。初时报到松亭，众将士闻知大宁被燕王夺了，皆以为家属未免受伤，尽惶惶不宁，思量要图报复。不料过了两日，纷纷信来，皆传说燕王厚恤之事。众将皆感激道：“燕王既厚恤吾家，则吾等皆受燕王之惠矣，如今何不降燕！”于是守关都督陈友，都指挥房宽，指挥徐理、陈文、景福，皆相率骁勇来降。燕王大喜，俱优礼厚赏，待以心腹。原来这大宁城居辽东宣府之中，在喜峰口外，俯视北平，实一雄镇。太祖不轻托人，故分封宁王于此，作东北一大藩。不意朝廷疑宁王与燕王合谋，因诏削他护卫，故宁王无权，一任燕王袭取。

燕王虽得大宁，恐留宁王于此，终非己有，因将大营扎在城外，亲自单骑入城，到宁府来见宁王。宁王闻知，忙出来相见。行礼毕，燕王就执宁王手而大恸道："吾与王皆高皇帝之子，纵不能传位为天子，封列藩王，亦礼之自然。奈何建文小子，听信奸臣，苦苦见逼。周、齐、代、湘、岷五王，既已相继受祸，今又命李景隆以大兵五十万，直加于我。使我进不能陈情，退不能守位，万不得已而用兵以救命。其穷蹙为何如，王弟得不怜我乎？"宁王道："建文一味仁柔，但凭齐、黄作恶。前日有诏，说我与王兄通谋，将弟护卫削去，殊可痛恨。今王兄既穷蹙如此，弟应上表，细诉此情，自然有个处分。"燕王致谢道："得王弟用情，感激不尽。"彼此欢喜，留居数日，情好甚笃。燕王出入无忌，因得结交思归之士，并招致守边精勇，同归北平。临行之日，宁王不知燕王有谋，亲送之郊外。燕王已暗命众将，拥归北平。宁王大惊，问故众将，故众将道："大宁将士，皆四方遣戍之人，边地寒苦，实不愿居。今蒙燕王招归北平，尽乐从命。将士皆去，大宁城为之一空，大王独留于此，外临边地，岂不危乎？燕王有所不安，故命众将，启请大王，同至北平，共享富贵。"宁王道："燕王既有此意，何不早言？"众将道："燕王原欲早言，恐大王狐疑不决，故临行上请也。"宁王暗想事已至此，料难退去，只得说道："既蒙燕王美意，但寡人无孤行之理。"道传令旨，着王府官吏奉世子妃妾，将府中所有资财，悉装载明白，随向北平去。只因这一去，有分教：疆域广而兵威盛，精勇多而攻战克。不知后事如何，再看下回分解。

第十六回

李元帅屯师北地　瞿都督保帅南奔

却说李景隆大兵驻扎德州，闻燕王在北平，不敢进逼。后打听得燕王率众去救永平，就要进兵，袭取北平，心下犹恐燕王有诈。过了数日，又打听吴高逃归山海，永平之围解了，燕王就乘便去袭大宁，心下想道：“燕王只贪袭人，不顾自家，非为妙算。此时北平只一空城，若不引兵去取，更待何时？”遂率全师，竟往北平而来。

到了芦沟桥，料必有人把守，不期兵到桥边，竟无一人。景隆喜道：“燕兵不守此桥，则城中将帅，吾知其无能为矣。”遂令兵马直奔城下，高筑营垒，将九门紧围。又遣一将去攻通州，又恐燕兵从大宁一时突至，因结九营于郑坝村以待之。时时亲督兵将攻城，见九门紧闭，不能得破，遂令兵将放火焚烧城门。燕府李让，及燕将梁铭等，奉令守城，见李兵放火烧门，随令军士汲水扑灭。景隆又命用炮打城，又命架云梯攻城，又命穴地道入城。外面百般攻打，内里百般拒守，并不能入。燕世子选募勇士，乘夜坠下城来，鸣锣击鼓，惊搅各营将士，睡不能安。景隆无奈，只得将营退下来。

忽一日，张仪门偶然守得单薄，被都督瞿能父子，借云梯之力，奋勇登城。守城军士敌他不住，遂被他砍开城门，领千余人，要杀入城。又恐城中宽大，千余人攻不入王府，又恐城外无兵接济，转被燕兵围住，不得脱身，因立在城门，招呼后兵接济。众兵看见，忙报景隆道：“瞿将军父子，已夺了张仪门，立在城门，招呼后兵。元帅须速速发兵接应，便立刻破此城矣。”景隆听了，暗想道：“我统五十万兵攻城，怎破城之功，到被瞿能夺去？况此城已在垂危，既瞿能今日可登，则他将明日亦必可登。”因发令箭一枝，叫人飞马传与瞿能，叫他千余孤军，万万不可轻易入城，恐被人暗算。俟明日率领大队，一齐杀入，未为迟也。瞿能得了令箭，不敢违他，只得退出。

正是：

小人别自具心胸，不望成功只忌功。
朝不识人用为将，江山那得不成空。

瞿能既退，燕世子吃了一惊，亲自临城审视。见城土干硬可登，忙督士卒汲水灌湿。时正天寒，一夜西北风起，早已水冻成冰，滑如油矣。景隆次日带领兵将，亲到张仪门，再要登城。见城上之冰，已冻成一片，哪里有容足之处。瞿能看了，深叹失了机会。李景隆全不追悔，竟想这城，破在旦夕。

不多时，忽探马来报道：“燕王将大宁得胜之兵，已回至会州。”景隆听了，心下着急，急忙令都督陈晖，领兵一营，渡过白河迎敌，又令郑坝村九营兵，紧守要害，不许放燕兵过来。自却列成一大阵，命将士昼夜防守。时正苦寒，将士昼夜立在大雪中，不得休息，冻死者甚多。燕王兵到会州，探知其事，因对众将道：“景隆违天时，自毙其众，我等可不劳而胜矣。”因检阅将士，分立五军，命张玉将中军，朱能将左军，李彬将右军，徐忠将前军，房宽将后军。五军又各置副将，把大宁归附强兵，分隶其中，连环而进。兵马正行，忽报南将陈晖，领兵在前面拦住归路。五军即欲并进，燕王道：“此小敌也，何必动众。”因自率精骑薛禄等击之。薛禄早一骑马冲至阵前，陈晖挺枪迎敌。战未三合，燕王早挥精骑，一齐冲突过来。陈晖只一营兵马，如何抵挡得住，早马倒人翻，尽被践踏。陈晖看见一营兵马尽覆，怎敢恋战，忙在败军中逃出，只剩一个身子，飞马报与景隆道：“燕兵一大半是边关勇壮，锐不可当。小将一营兵将，被他铁骑冲突尽了。元帅须急准备。”景隆道：“你一军或者抵他不住，吾于郑坝村，已结连九营，用重兵把守。燕兵纵勇，恐一时也难飞过。”陈晖道：“燕兵势大，恐九营兵也拦他不住。”说尚未了，忽见探马来报道：“郑坝村九营兵已被燕兵破了七营，那二营也怕难保，元帅须发兵急救。”景隆听了，着惊道：“燕兵有限，为何如此厉害？”探马道：“燕兵也不知有多少，但是人强马壮，杀到面前，就似猛虎一般，谁敢与他对敌！”景隆还踌躇裁划，忽又探马来报道：“燕兵分做五军，连络而进，郑坝村九营兵俱被他破了，只在时刻，就逼近大营了。”景隆听了，十分着急，只得聚集众将，齐列辕门外，准备厮杀。但南兵虽众，俱是照策点来，未经选练。今忽闻燕王兵还，不一日之间，早杀了陈晖一军，又连破了郑坝村九营，今又逼近老营，先声赫赫，早使人惕怯，只思退避。唯瞿能父子猛勇，又因景隆忌功，不敢向前。

不多时，金鼓连天，炮声动地，燕王率领精兵，直压李营。张玉在阵前高叫道：“李景隆，纨袴匹夫，膏粱竖子，怎敢妄领大兵，擅自围城，暗袭王府！早早出来授首，使齐泰、黄子澄知警。”李景隆出阵应道：“吾奉诏讨叛逆，不知其他！”张玉大怒道：“谁是叛逆？你要讨谁？今且拿你来与千岁爷自问。”遂提刀跃马，冲过阵来，要捉景隆。景隆忙挥众将迎敌。众将看见张玉，俨若天神，俱皆退缩，不敢上前。还是瞿能看不过，就纵马出阵，喝道：“叛贼不要侥幸得了小利，便眼底无人。你认得我瞿将军么？”张玉道：“且待我割下你头来，细细看，自然认得。”二人刀对刀，一搭上手，真是一双蛟龙，两只猛虎，直杀得天惨惨，日昏昏，云霭霭，雾腾腾。两人斗到四十余合，不分胜败。燕阵上朱能看见，大叫道："五十万兵，如此俄延，杀到几时？我且先杀了李景隆这奸贼！"遂挺枪跃马，飞过阵来。邱福看见，也挺枪跃马，飞过阵来，大叫道："偏你会杀李景隆，难道我不会杀李景隆？"景隆在阵前，看见二将冲来，忙挥一班二十员将，一齐出阵迎敌。二十员将见主帅催战甚急，只得一齐拥出来，迎着二将厮杀。战不上三四回合，朱能早左一枪，右一枪，挑了两将下马。邱福也一枪，刺死了一将。瞿能正战张玉，看见朱能、邱福，连刺三将下马，恐主帅有失，因丢了张玉，来与二人交战。张玉看见瞿能去战朱能、邱福，便乘空飞马，直奔李景隆。景隆远远望见，只倚人多，忙又挥一班众将来迎敌。谁知众将虽多，皆非惯战之人，看见阵上杀得山摇地动，早已慌张，及令他出战，未免胆怯。当不得军令催促，只得一齐出来，接着张玉厮杀。燕王在阵前，看见燕将只三人，南将倒有四五十。虽如虎入羊群，时时斩将落马，犹恐寡不能夺众之气，遂鞭鞘一举，挥喝五军并进。这五军人强马壮，一时并进，就似山岳一般压来。李景隆看见，恐怕冲入营来，忙吩咐排列炮石、弓弩，紧守阵脚。吩咐未完，忽后营兵马，纷纷来报说："城中九门大开，无数兵马，杀了出来，势甚猛勇。元帅快分兵去迎敌。"李景隆又吃一惊，主张不定。张、朱、邱三将，在阵上看见本营中五军齐出，一发有势，枪刀到处，只见马倒人翻，直杀得南军人人害怕，个个胆寒，只管退缩下来。

李景隆看见内外夹攻，势头不好，思量要逃走，却又见燕兵四围合来，无个去路，只在营前立马观望。瞿能苦战多时，见众将渐败，主帅又无变通，料想独力难支，遂将枪一摆，回马对李景隆说道："兵势已如破竹，元帅此时不走，更待何时？"景隆道："非不欲走，奈无去路！"瞿能遂叫儿子，领了数百家将，保护李景隆在后，自却一马当先，杀开一条血路，向南而奔，回德州去了。燕将见瞿能父子英勇，便也不敢拦阻。南营将士，闻知元帅已逃，哪里有心坚守，便逃的逃，躲的躲，被杀的被杀，投降的投降，一时鼎沸。只因这一败，有分教：主帅掩饰托言，廷臣隐讳不奏。毕竟后事如何，再看下回分解。

第十七回

掩败迹齐黄征将　争战功南北交兵

燕王既破景隆之师，又解北平之围，又得大宁的雄镇雄兵，兵威一发大震。这日得胜回城，众将俱来称贺道："臣等前日见景隆兵到德州，皆请大王先破景隆，而后攻大宁。大王不从，要远袭大宁，而诱景隆深入，然后以归师遏之。臣等初以为危，然自今观之，一一皆如圣算，真睿计神谋，高出孙吴万万。"燕王道："寡人想景隆柔懦无谋，又想大宁有可乘之机，偶为之，赖诸君之力，得以成功。然诸君前言，自是万全之策。不可以此为常，后有所商，不妨直言。"诸将逊谢，按下不题。

再说李景隆败回德州，收拾残兵，不肯明明认败，见人只说天气严寒，进战恐苦士卒，故退回德州休养，以待来春大举。然败走之信，纷纷传到京师。黄子澄与齐泰，打听的确，皆吃一惊。欲要奏闻，又奈是黄子澄自家力荐的，只得隐忍住了。此时齐黄二人，得君宠任，二人不言，也无人奏闻。当不得外人传说的多，早有中官传到建文耳朵里。建文因召黄子澄问道："闻得外边传说李景隆兵战不利，不知果然否？"黄子澄奏道："此信不确。但闻得与燕兵相持一月，不分胜败，近因冬残，北地寒冷，恐士卒不堪，只得暂回德州休息，俟来春更图大举。外面闻知退回德州，故有此乱传。”建文帝道：“既北地严寒，将士劳苦，李景隆督师于外，深为可怜，朕当遣使赐赉，使将士知感。”就遣中使赍貂裘文锦，以及美酒赐之。其余将士，俱各颁赏。李景隆得了此赐，知北平之败，弥缝过了，心方放下。又招集人马，以图掩饰。

燕王打探得知，因与诸将议道：“李景隆虽然败去，然士卒实无大伤，使之安坐德州，以养锐气，殊非算也。”众将道：“唯有发兵攻之，彼方不安。”燕王道：“发兵去攻他，则我劳而彼逸，亦非算也。”道衍道：“大王莫若领兵三千，去攻大同。大同必告急于景隆，景隆此时要整饰封疆，不得不往救。俟其往救，大王然后退师。大同苦寒之地，南军脆弱，疲于奔命，则冻馁逃散者必多。兵法所谓‘逸而劳之，安而动之，不战而屈人之兵’也。”燕王听了称善，遂亲领兵三千，出居庸关，围蔚州。蔚州守将王忠、李远自知不敌，遂以城降。燕王得了蔚州，就进取大同。大同守将紧守关隘，飞骑告急于李景隆。景隆道：“大同雄镇，安可失守！”欲遣诸将往救，诸将皆以天寒推托。景隆大怒，遂亲自帅师，往救大同，众将士谁敢不从。大同连报燕兵围攻甚急。景隆急急率众出紫荆关，昼夜兼行，到了大同，而燕兵已由居庸关退还北平矣。当此隆冬天气，紫荆关又道路崎岖，景隆驱众将士，星夜奔来，今燕兵已退，又要星夜奔回，南军柔脆，比不得北军生长北地，耐得岁寒。奔来奔去，早冻死了许多，饿死了许多，奔走了许多，驼负不起，铠甲与衣粮，委弃于道旁者，不可胜算。及回到德州，景隆就夸耀于人道：“往援大同，击走燕兵。今奏凯而旋，劳赏称贺。”而不知损了朝廷多少资财，丧了朝廷多少士卒。

景隆外面虽然夸张，而心中却甚惧怯，又不敢明告于人，只得暗暗恳求黄子澄道：“燕王兵马虽寡，却有张玉、朱能、邱福、薛禄一班战将，与次子高煦，皆能征惯战，力敌万人。朝廷将帅照册点名，虽有数百余员，及至临阵，却无一人能挺身力战。唯瞿能父子，方算得好汉，又独力难支，所以往往失利。明春大举，必须举选几员名将，搴旗斩将，方可成功。”黄子澄深以为然，因与齐泰商量，又荐武安侯郭英，安陆侯吴杰，越隽侯俞通渊，都督平安、胡观，请旨俱着会兵真定，以征燕。又请旨赐李景隆斧钺旌旄，加阶进级，使得一意专征，节制诸将。朝廷俱准了，例下旨来，各各奉行。中官领了敕书、斧钺旌旄，往赐景隆。不期渡到江中，忽然风雨大作，浪颠舟覆，将所赐之物，尽没于水。人人见了，皆知为不祥之兆，只得另备诸物，遣别官往赐。景隆见进阶太子太师，又受斧钺旌旄，得专生杀，一发骄恣起来。及过了新春，又交四月，不得住在德州观望，只得发兵。前至河间，遍传檄文，会郭英、吴杰等众将，期于白沟河，合势征燕。

燕王探知，因率兵将，进驻固安。道衍奏道："燕虽连胜，却是宋忠、耿炳文、李景隆一辈无谋之人，故所向无前。今朝廷会集名将，合势同进，却非前比。大王须命众将，鼓勇励志，方能克敌。若轻觑之，必有小失。"燕王道："国师之言是也。然据寡人看来，李景隆志大无谋，又喜自专，固是无用之物。郭英虽系名将，然今老迈，定退缩而不敢前。平安虽英勇善战，却刚愎自用，无人帮助，不足畏也。至于胡观，骄纵不治。吴杰、俞通渊，懦而无断，皆匹夫耳，无能为也。所以敢来者，恃其兵众耳。然兵众岂可恃战？不知兵众则易乱，击前则后不知，击左则右不应。既不相救，又不相闻，徒多何益！欲如古人之'多多益善'者，能有几人。况彼将帅不专，而政令不一，纪律纵弛，而分数不明，皆致败之由也。甲兵虽多，何足畏哉！诸君但秣马厉兵，听吾指挥，吾取之如拾芥耳。"众将皆踊跃道："大王料敌如神，臣等敢不效命。"燕王大喜，遂进兵苏家桥，列营以待。

李景隆一向惧怕燕王，今见朝廷敕命郭英等诸将相助，合兵进讨，不觉一时又胆大起来，竟领诸军，进次于白沟河。因命郭英、吴杰、俞通渊，各自分营，相为掎角。瞿能、平安、陆凉、滕聚众将，俱齐集麾下。朝廷又虑景隆轻敌，复令魏国公徐辉祖，率军三万，以为景隆之殿。一时聚会白沟河，合兵共六十万，连营数十里，旌旗耀日，金鼓震天。视彼燕军，直如泰山压卵。

不知燕王龙观虎视，全不放在眼里，竟列两营，一营列于河南，一营列于河北，亲自往来指挥众将出战。李景隆见燕王临阵，也建大将旗号，立马营前，发令道："燕王背负朝廷，系是反叛，谁能擒来，便算头功。"令还未曾传完，瞿能早飞马出阵应道："待末将擒来，献与元帅。"就冲过阵来。燕阵上邱福看见，忙接住厮杀。二人战了三十余合，不分胜败。瞿能之子，看见父亲不胜，便一马冲出夹攻。燕阵李彬，早接住厮杀。平安看见杀得热闹，因大叫道："无名小子，怎容他久战，我来也！"燕阵上陈忠看见，便纵马而出，接着厮杀。燕营将士见瞿能父子与平安勇不可当，邱福三将敌他不过，一时心惊，忙着人去报知燕王。

时燕王正在河北，与郭英等交战。郭英自恃老将英勇，阵上往来驰骋。忽燕阵上一个内官，小名叫狗儿，看见甚愤，因跃马挺枪，直刺郭英，道："你自夸是老将，我偏要杀你。"千户华聚亦跃马冲出道："老将不用汝杀，留与我杀罢。"两员将，两条枪，裹住郭英。郭英虽然英勇，果非少年，杀来杀去，只杀得个平手。燕王见了，率精兵从左右夹击，遂杀了数千人，生擒了都指挥何清。南阵上亏得吴杰、俞通渊两支兵护侍，郭英终是老将，久战不败，故不致大失。

燕王忽闻报河南失利，燕兵被杀甚众，忙忙率兵来救。奈天色已晚，日渐黄昏，分辨不出对手，只取巧便砍，乘空便杀，箭射来，撞着的受伤，炮打去，遇着的被害，你不肯休，我不肯罢，直杀到入夜，彼此俱看不见，方各鸣金收军回营。检点兵马，互相杀伤，两下相当，也算不得输赢。燕王因问道衍道："今日杀伤相当，算不得胜负。南兵势大，明日一战，如何得成功，令他丧胆？”道衍道：“南兵不独势大，而瞿能父子与平安，皆系战将，欲一战而令他丧胆，也不容易。”燕王道：“若如此说，却将奈何？”道衍道：“吾闻朝气锐，暮气衰，兵家之常也。大王若能鼓舞将士，朝气暮气，始终不衰，则明日一战成功矣。”燕王听了，遂激励诸将道：“剑不利不能斩蛟，箭不力不能穿杨。明日与南军血战一日，若不大破南军，誓不还营。”诸将皆应道：“愿效大王之命。”

燕王遂劳赏将士，秣马待旦。到了天明，令张玉将中军，朱能将左军，陈亨将右军，房宽为先锋，邱福为后继，共率马步十余万，尽渡过白沟河，直压南营。又令高煦率精骑左右策应。自却总兵督阵。南阵上瞿能见燕兵渡过河来，大怒道：“你是甚么英雄，敢逼近我营？不要走，叫你认得我瞿将军。”遂提刀杀去。房宽正遇着，忙接住厮杀。两将战了二十余合，房宽正难招架，忽平安与瞿能之子分做两翼，又夹攻将来。房宽还抖擞精神，要极力抵挡；当不得众将士，见南军势大，渐渐披靡下来，故房宽独力难支，遂败下来。瞿能父子与平安，乘势追杀了数百余人。张玉将中军兵正进，忽见房宽败阵，忙报知燕王。燕王即麾亲随精锐数千，直欲突入南军。张玉中军，并朱能左军，陈亨右军，见燕王先驰，忙督兵齐进。燕王突至阵前，见瞿能与平安、俞通渊、陆凉列阵甚坚，未易冲突，遂先率精勇七骑，驰击以试之。瞿能见燕王轻身而出，恐有奇计，不敢出应，但以炮石御之。燕王以七骑驰击，见无动静，麾众前突，乃突至前，见炮石交下，又复退回。退回无恙，仍又挥众前突。且进且退，如此者数十次，两下杀伤甚众。南军飞矢如雨，燕王全不惧避，故飞矢每每射中燕王之马。战不半日，燕王换过了三次马。燕王被射中了三次，而回箭射之，已不知射倒了许多南军。再欲射时，而所带三服箭皆已射完，只得提剑剁击。此时燕阵众将，见燕王如此血战，谁敢不努力向前？故南阵战将，皆有对头厮杀。只杀得阵云滚滚，杀气腾腾。

瞿能看见燕王马经屡换，箭已射尽，所挥之剑，剑锋又已击缺，渐渐往后退出，因叫道：“燕王倦矣，不趁此时擒之，更待何时！”遂提刀纵马赶来，道：“背负朝廷的逆贼，哪里走？我瞿将军来也！”燕王看见，急呼众将，而众将皆在阵上酣战；欲要自战，而剑锋又缺，吃了一惊，只得策马绕着一带长堤而走。不期跑到堤尽头，那堤高有五尺，战马又乏，一时跳不上去，后面瞿能又紧紧追来，十分紧急。只因这一追，有分教：八面威风，不及百灵相助。欲知明白，再听下回分解。

第十八回

燕王乘风破诸将　景隆星夜奔济南

话说燕王被瞿能追到堤尽头，奈堤高马乏，跳不上去。瞿能渐渐赶上，燕王事急，大叫道："甚么小将，敢逼我至此！要天地鬼神何用？"叫声未绝，坐下的马，忽惊嘶一声，平地里一蹿，早蹿起五尺高，竟跳上堤去。瞿能赶到堤边，把马缰一提，也跳上高堤，随后赶去。忽见燕王次子高煦，领一队精勇来接应。看见瞿能追赶，因大骂道："该死的贼，有甚本事，敢追逼我父王！"瞿能也不答话，就轮刀来战。高煦笑道："你的威风，只好在别处去逞，怎敢在我面前施展？"因举铁槊，劈面相还。二人在这边酣战不止。

那边阵上，平安正与陈亨对战，忽见瞿能追燕王下去，因大怒道："他倒擒王去了！我怎一将也不能诛？"遂奋力一枪刺去。此时陈亨战久刀乏，躲闪不及，竟被平安刺死。朱能看见陈亨被刺，忙丢了别将，来与平安接战，道："你能杀人，我岂不能杀你！"平安道："来的好！叫你来一个，死一个。"二人苦力相持。陈忠乱战时，忽被刀伤了两指，已将断了。陈忠恨一声道："身犹不惜，何况两指！"因自割断，裂衣包好，复向前大战。当不得南阵上将广兵多，俞通渊、胡观、陆凉、滕聚，见阵上瞿能与平安战得兴头，亦引兵围上来。瞿能见有兵接应，因挥众进前，大呼道："今日誓死，必要灭燕！"

此时日已过午，燕王已战的精疲力倦，又见南兵众盛，诸将血战，不能成功，因大怒，向天道："鲁阳尚能挥戈返日，光武尚且坚冰渡河，我独不能乎？"说未了，忽旋风大作，一霎时沙土漫天，从北直卷入南营。战场上的将士，俱开眼不得。燕王见烟云里，隐隐有一位尊神，披发仗剑，乘着风势向前杀去。因大喜道："此天赞我也！不乘此破敌，更待何时？"因传令众将努力，自引铁骑数千，乘着风沙迷目，人不留心，竟绕出南阵之后。又暗算道："直突不如横冲。"遂从旁突入，喊声动地。南兵突然被冲，尽惊得乱窜。燕王冲来冲去，竟冲到瞿能之营。瞿能望见燕王冲破其营，心下甚慌，急欲回救，而高煦的铁槊，紧紧缠住。欲与高煦苦战，而燕兵又在脑后冲来。再看各阵，俱被风沙卷得乱纷纷，竟不知谁胜谁败。正在着急，忽又听得燕兵乱喊道："大王有令，不许放走了瞿能。"瞿能听了，不敢恋战，只得回马就走。不期燕兵裹紧，无路可走，只得往前。正要冲开夺路，早被高煦赶上，一槊打落马下。瞿能之子，见父亲被打死，惊得魂飞魄散，那里还能交战，亦被燕兵杀了。平安力战朱能，正讨不得便宜，忽风沙北起，卷到面前，迷目难开。朱能乘着顺风，只管杀来。平安见势头不好，回马便走。南营众将，见瞿能父子被杀，平安败走，又见一班燕将，如龙似虎，哪个还有斗志，尽皆奔溃。俞通渊与滕聚奔不及，皆被北兵杀死。燕王见南兵虽败，营垒尚固，一时冲突不动，遂命众兵，乘着上风，放起火来，将营垒烧得烈焰腾空。此时郭英尚据住西营，李景隆尚守住老营，欲收拾败兵，待风定再战。不意燕兵乘风纵火，风狂火猛，霎时烧到营前。心下大惊，只得也随众而奔。此时两不相顾，郭英遂奔而西，李景隆遂奔而南，遗弃的器械辎重，有如山积。被燕兵杀死者，不下十余万。燕兵乘势追至月漾桥，一时杀溺蹂躏死者，又不下数万，尸横百余里。李景隆见事急，只得单骑走入德州。惟有徐辉祖领京军三万，在后为殿。见诸将纷纷败走，欲上前救援，因风势甚猛，知救援不得，唯密排炮石，紧守营寨。燕兵不敢犯，故得全军而还。燕王打探李景隆败走德州，因谕众将道："追奔逐北，贵乎神速，不可令其停留长志。"遂检点兵将，来攻德州。

当时李景隆军中，有一个山东参政，姓铁名铉，朝廷命他督饷从征。他见景隆毫无才略，举动皆合败辙，心甚忿忿不平，每与参督军高巍谈论。今见景隆败走德州，自恨无兵权在手，不能出力支撑，只得随他奔到德州。又闻燕王追来，事势紧急。此时正值端午，铁铉置酒邀高巍同饮，饮到半酣，因慷慨涕泣道："事有常变，不能守经，便当用权。我与你既为朝廷臣子，则朝廷之事，亦你我之事，岂可坐观成败？今燕兵乘胜追来，李元帅又半筹莫展，唯有败走。败走一城，遂失一城，败走一邑，又失一邑，自北而南，多少城邑，可尽供其败走哉！"高巍道："明公所论最是。但兵权在他掌握，岂容明公作主？"铁铉道："德州已为彼据，不必论矣。但我乃山东参政，济南乃山东地界，我当为朝廷死守也。"高巍大喜道："此论是也！"因沥酒誓死同盟协力共守济南，以待后援。遂不告景隆，趋还济南，一面招集义勇兵将，一面收集溃亡士卒，坚守济南，以待燕兵。

再说李景隆逃入德州，喘息未定，忽又报燕兵追至，惊慌无措，只得写一封书，叫人上与燕王，求他息兵讲和。燕王得书，看了笑道："乃已至此，兵可息乎？和可讲乎？"道衍道："虽然不可，宜缓之以懈其心，不可说破。"燕王点头道："是。"回书道："要息兵讲和，必得齐泰、黄子澄二奸人方可。"景隆得书，只得将书上与朝廷。朝廷见了，遂暂罢齐泰、黄子澄之职，以谢燕。不意燕王竟不肯息兵，而追来愈急。李景隆欲要又逃，却不知逃往何处去好，忽有人说道："闻铁铉招集兵将，保守济南，可往依之。"景隆大喜。欲明明遁去，又恐燕兵追赶，只捱至夜间，方率兵逃往济南。只因这一逃，有分教：逃身有路，再战无功。欲知后事，且看下回分解。

第十九回

铁铉尽力守孤城　盛庸恢复诸郡县

却说李景隆率兵逃到济南，铁铉接了入城。李景隆就要归并其权，铁铉不肯，道：“元帅奉旨讨燕，屡屡失利，驻扎无定。至于守济南之城，乃铁铉地方之责。若元帅并去，倘一旦有失，则罪将谁归？”景隆道：“既如此说，你须坚守。”铁铉一力应承不题。

且说燕王到德州，见李景隆已走，城中空虚，遂入城，出榜安民。一时官吏尽皆归顺，唯教谕王贵，闻知燕王破了城，因升明伦堂，召诸生齐集，大哭道：“此堂名明伦，今日君臣之伦安在？倘欲苟活立于此，岂不愧死！”遂以头触柱而死。诸生哀而厚葬之。

燕王既下了德州，闻景隆逃往济南，遂又引兵追至济南。此时景隆虽然屡败，尚有兵十余万。打探来追的燕兵，只三千人。一时胆又大，欲列阵城外，候燕兵初至，人马困乏以击之。铁铉劝道：“燕兵精勇，不在疲劳；我师柔靡，实难取胜。莫若协同坚守，我主彼客，久之不利，自然退去。”景隆道：“三千人不能击走，倘后兵齐到，却将奈何？你不要阻我。”遂将十余万人马，都调出城，要列成阵势以待燕兵。不期阵尚未曾列定，而燕王早已追至。燕兵虽只三千人，却不与你将对将厮杀。但闻得金鼓连天，炮声动地，忽一队从东杀入，忽一队从西杀入，忽又一队从中突至。东边入的，忽杀到西边；西边来的，直杀往东去；中间突至的，又两头分杀，将南阵冲突得七零八落。景隆又没才干调度，一任兵将乱战，战不多时，当不得燕兵猛勇，逃的逃，躲的躲，早又败将下来。又听得燕王传令，要活捉李景隆。景隆慌了，早乘空单骑走入城去。铁铉知道景隆必败，单放了景隆入去，遂督兵排列炮石，紧紧守城。城外的胜败，他俱不管。南阵中没了主将，谁肯力战，都想要逃入城，又见城门紧闭，只得四散逃去。燕王也不追杀，但令兵将将济南的四门围了，按下慢题。

且说李景隆自白沟河大败，逃至德州，德州再败，又逃入济南，今济南大败，亏铁铉死守城池。先后俱有飞报，报到朝廷。建文帝闻知大惊，忙问齐黄二人。二人隐瞒不得，黄子澄方伏谢误荐李景隆之罪，请召回诛之。齐泰因荐左都督盛庸，才勇过人，堪代其任，右都督陈晖大可副之。建文帝准奏，因降旨：诏李景隆回命，盛庸为征北大将军，以专其兵，陈晖副之，铁铉保守济南，升为山东布政使。命下，盛庸与陈晖星夜赶去督师。不日李景隆诏回，入朝请罪。黄子澄奏道：“李景隆辱国丧师，罪应万死，乞陛下正法。”建文帝道：“李景隆罪固当诛，但念系开国功臣之后，姑屈法赦之。”黄子澄道：“法者，祖宗之法，行法者以激励将士也。今景隆奉皇命讨逆，乃怀二心，观望不前，以致丧师，虽万死不足以尽其辜，陛下奈何赦之？”建文帝道：“论法本不当赦，但彼原无才，误用在朕，诛之有伤朕心，故不如赦之。”因命释出。景隆蒙赦，忙谢恩欲退，忽有副都御史练子宁，忙出班来，手执景隆，哭奏道：“败陛下大事者，此贼臣也，断不可赦！”建文帝道：“为何不可赦？”练子宁又哭奏道：“受陛下隆恩，而拥节旄，专征伐者，此贼臣也，乃毫无才略，一败于北平，再败于白沟河，三败于德州，四败于济南，自南而北，疆界已失一半。今济南若无铁铉死守，不又引燕兵进犯淮上乎？臣备员执法，若法不行于此屡败之贼臣，则臣先受不能执法之罪，虽万死不辞。”建文帝道：“卿执法固是，但朕既已赦出，不容反汗。”因命退出。在廷诸臣，无可奈何，唯有浩叹而已。

正是：

> 仁乃君之美，然而不可柔；
> 一柔姑息矣，国事付东流。

且说燕兵见燕王先引精锐围了济南，遂一时云集，将济南围得水泄不通。铁铉在城中，督率将士，分班昼夜坚守，亲自领数百精骑，四门驰视，若一门有警，便飞骑救之，故燕兵虽勇，不能近城。燕兵架云梯，铁铉即放火炮，烧其云梯。燕兵穴地道，铁铉即用槌杵，坍其穴道。燕兵百计攻城，铁铉即百计御之。燕王无奈，道衍因说道：“河高城低，何不决水以灌城？”燕王大喜，就令将士决河。铁铉探知，因与高巍商量，如此如此。就教几个能言的百姓，悄悄出城来，见燕王诈降道：“济南孤城，苦苦坚守者，乃铁布政不知天命，非百姓之意。千岁爷若决水灌城，铁布政不过一逃，则满城百姓，皆为鱼鳖矣。百姓皆千岁爷赤子，闻决水之令，甚是惊慌，故私自出城来见千岁爷，情愿瞒铁布政，开西门投降。请千岁爷切不可灌城，伤残百姓。”燕王大喜道：“汝百姓既知天命，开城迎降，我又决水灌城何为？但不知约在几时开城。”众百姓道：“铁布政守城甚严，今又闻朝廷差都督盛庸并陈晖领兵来帮手，只在早晚便到，若到了一发难下手。事急矣，只在今夜五鼓，便聚百姓开城。须求千岁爷亲自领兵入城接济，若是来迟，百姓便要受铁布政之屠戮矣。”燕王道：“汝等既输诚迎降，我自亲身入城，拿擒铁铉。但汝等切不可误事。”众百姓领命去了，燕王遂收回决水之令。张玉因说道：“小将闻铁铉足智多谋，今百姓来降，莫非是铁铉之计？”燕王道：

"孤城被围了三月，百姓岂不困苦？今又闻决水灌城，自然慌张出降，多是实情。纵是铁铉之计，不过伏兵城门。若吾兵得入，纵有伏兵，何足畏哉！"因检点兵将，伺候五更入城。到了五更，果听得西门城上，喊声动地，又见灯火乱明。燕王知是百姓有变，恐去迟失了众百姓之望，遂不候齐将士，竟先带数十亲随精勇，飞马而去。到得城边，是众百姓皆伏于地，齐呼千岁，欲拥燕王入城。燕王因往城中一看，见城中点得灯火就如白昼，静悄悄，并不见有一兵一将。一时忘情，遂随众百姓跃马入城。不期到了月城边，众百姓呐一声喊，忽城楼上一声锣鸣，早豁喇一声响，城门中忽放下一块千斤闸板来。燕王吃了一惊，忙拽马往后退时，仅仅躲过身子，那马早已被千斤闸板闸做两半。燕王跌下马来，喜得亲随精勇，俱跳下马，扶起燕王，另上一马，奔出城外。而铁铉在城上，把炮石弩箭，如雨放下。燕王身中数箭，幸有护身铠甲，不致透入。后兵接着归到营中，不胜大怒。遂命将士，绕城四面，架起无敌大将军铁炮来打城。那铁炮打到城上，轰轰喇喇，就象雷响一般，东边打倒了几处垛子，西边又震坍了一带垣基。铁铉看见城崩只在旦夕，因心生一计，叫人将白木为牌，上写"高皇帝神位"五个大字，用绳子遍悬挂于城上崩颓处。燕兵看见，不敢放炮，忙禀知燕王。燕王听了，也无法处，只得缓攻。铁铉乘其缓攻，叫人连夜修城，心内想道："如此示弱，燕兵如何肯退？"因选募壮士，乘燕兵不意，突出击之。击了一处，忽又一处，燕兵虽不至大伤，也被他扰得不静。忽闻都督盛庸与陈晖的救兵皆到了，道衍因劝燕王道："凡用兵见可而进，知难而退。今围济南三月，顿师坚城之下，可谓老矣，纵胜亦不能长驱，莫若暂还，再乘机出。"燕王大悟道："卿言是也。"因下令撤围，竟班师还北平去了。

铁铉就开城迎盛庸、陈晖入城，商量道："燕兵虽退，非败也。还须紧守，不宜轻视。"盛庸道："燕兵虽然屡胜，皆是李景隆毫不知兵之所致也。今遇明公才略超群，善于守御，仅一孤城，便不能破。今撤围而去，虽其知机，然用兵之妙，亦可见矣。何不乘其惰归，恢复了德州诸郡县，也见得朝廷专天下之威命，虽暂败必复，非一隅之比。”铁铉以为然，遂与盛庸进兵北向。不月余，竟将李景隆所失的德州诸郡县，俱收复了。忙遣人报知朝廷。只因这一报，有分教：事动君心，谋生藩府。不知后事如何，且看下回分解。

第二十回

燕王托言征辽东　张玉暗袭沧州城

却说建文帝闻报铁铉与盛庸，恢复了德州诸郡县，龙颜大喜，遂升铁铉为兵部尚书，主理大将军兵事；都督盛庸进封为历城侯，仍掌大将军事，总平燕诸军北伐；又命副将吴杰屯兵定州，都督徐凯屯兵沧州，相为犄角，一时兵威又复大盛。

再说燕王既归北平，因问道衍道：“前番屡战屡胜，皆因是耿炳文、李景隆不知兵之将耳。今盛庸、铁铉等颇有才略，寡人欲再出破之，不知还能得意否？”道衍道：“大王之兴，上合天心，安有不得意之理。盛庸纵有才略，不过多费两日耳，他何足虑！”燕王大喜，因打听得盛庸北据德州，吴杰屯定州，徐凯屯沧州，遂佯为不知，竟自下令，要率将士往征辽东。将士听了，尽皆不悦，多有闲言。燕王闻知大怒，遂立即出师，违令者斩。众将士无奈，只得奉命启行。行到通州，张玉与朱能也自狐疑，因乘间问燕王道：“今敌兵已将压境，急思破敌为上，奈何远道征辽？况辽东严寒，士卒未免不堪。不知大王何故，定为此举？”燕王大笑道：“寡人之征辽，正思破敌，诸君有所不知耳。”张玉道：“臣等愚蠢，实不知征辽之为破敌，乞大王明示。”燕王道：“寡人下令征辽者，是因目今盛庸、铁铉屯德州，吴杰、平安屯定州，徐凯、陶铭屯沧州，相为掎角，皆吾敌也。既已压境，岂不思破之？但思欲破德州，而德州城壁坚牢，又为敌众所聚，破之不易。欲破定州，而定州修筑已完，城守悉备，欲破之亦殊费力。唯沧州乃土城，况倾圮日久，徐凯兵至，虽欲修葺，而天寒地冻，兼之雨雪泥淖，谅亦未能成功。我乘其不备，出其不意，急趋而攻之，必有土崩之势。若明往攻之，彼必提防矣，故今扬言往征辽东，示无南伐之意，以怠其心耳。况往日李景隆兵至，吾下令征大宁，后实征大宁。今率师征辽，彼必信之。乘其信不为备，因偃旗息鼓，由间道直捣沧州，则破之必矣。沧州破，而德州、定州，自不能守而移营矣。岂非征辽即破敌乎？但机事贵密，故不敢令众知耳。”张玉与朱能听了大喜，因叩头称赞道：“大王妙算，真鬼神莫测也。”因明言征辽，而暗袭沧州。

正是：

兵机妙处无端倪，明击于东暗击西。
笑杀父书徒读者，但能口说实心迷。

却说徐凯分守沧州，初到时，见城郭不完，也紧紧防燕。后来因探知燕王往征辽东，遂大喜，不为防备，竟遣军四出，伐木运土，昼夜修城，以为万万无虞。不期燕兵行到直沽地方，燕王因对诸将说道：“徐凯闻我征辽，必不防备，即能防备，亦不过但备青县与长卢二处，至于砖垛儿与灶儿坡数处，一路无水，必不知备。若从此急进，便可径至沧州城下，一鼓破之。”诸将以为然，遂率领士兵，于夜半起程，一昼一夜就行了三百里路。若撞着沧州的哨骑，皆尽杀之，故无人报信。第二日早饭时，燕兵已掩至城下，而徐凯不知，尚督军士运土筑城。及听得马嘶人喊，方知兵到，吃了一惊不小。急急再点兵，闭了城门，分守城堞。众军士皆仓皇股栗，人不及甲，马不及鞍，且一时分拨不定，唯有东西乱蹿。燕兵见南兵惊慌，愈加鼓炮震天，四面紧攻。张玉见城东北一带坍城，尚未修好，遂带了一队勇士，将盔甲卸去，肉袒了，扒将过去。南兵看见，喊一声道："不好了，燕兵已入城了！"遂乱纷纷尽都跑散。张玉既到了城里，遂率众砍开了城门，放燕兵入去。燕王见城破了，知徐凯要走，先命兵将埋伏于归路之旁。候徐凯马到，一齐拥出捉住，解往北平。朱能等入城乱战，将士见主帅被擒，尽皆投降。燕王急传令止杀。而众将报功，已斩首万余级矣。只因这一事，有分教：胜在兼程，败于两日。欲知后来之事，请看下回分解。

第二十一回

假示弱燕王欺敌　恃英勇张玉阵亡

词曰：

兴亡既已曰天数，杀代征诛，又是何缘故？若言战胜方遭遇，所卜天心无乃误。谁知一定者吾素，扰攘纷纭，无非乱其度。不然胜败顷刻中，何以先知早回护。

却说燕王既袭破了沧州，生擒了徐凯，报到德州，盛庸怒恨道：“朝廷用无能之将，不如无将！”因与铁铉商量道：“燕王出奇兵，暗袭沧州，必乘胜而骄，若与之战，恐难大破。莫若声言乏粮，移营东昌以示弱，诱其深入，然后伏兵合击之，未有不成功者。”铁铉道：“移营东昌，伏兵合击，固是妙算。但燕王善战，麾下将士，俱皆勇猛。伏兵必须多伏精锐，合击必须遍合英雄，方能挫其狂锋。若突起不多，合围单薄，擒捉不住，令其冲驰而去，岂不反为所轻？”盛庸道：“公言是也。”遂一面移营东昌，一面会合众兵，一面聚集大兵，分列四境，只候燕兵入境交战之时，号炮一响，即四面围来，合击燕兵，生擒燕王，若有一路放走燕王者斩。分拨已定，因宰牛犒将士，誓师励众。然后又率精兵，凭城而阵，以待燕兵。

却说燕王袭取沧州者，原为要震动德州，今打探得盛庸移营东昌，因大喜，谓诸将道："盛庸亦易取耳。"诸将问道："大王何以知其易取？"燕王道："今盛庸无故而移营，必乏粮草。彼既乏粮而就东昌，岂知东昌素无积蓄，其何所恃乎？吾乘胜掩攻，破之必矣。"众将军拜服，燕王遂挥众而进。燕兵恃其屡胜，不复提防，望见庸军，竟鼓噪而进。不期将近营垒，忽一声炮响，火器与矢石齐发，犹如雨打来。燕兵一时不曾准备，尽皆受伤。燕王看见，吃了一惊，忙令急退。而四面的伏兵，已一层一层紧紧围来，平安与吴杰的兵又到，与盛庸兵合做一处，就围了数重。燕王与张玉、邱福等一班战将，还认做是李景隆之师，一冲突便破。不期盛庸的令严法重，将士有进无退，任燕将左冲右突，战了半晌，竟冲突不开。燕王方才着急，因挥剑力战道："不努力破贼，不许生还！"张玉应道："今日正英雄效命之时，谁敢不努力！"因跃马提刀，东西驰击。盛庸看见燕将被围，犹敢战不惧，恐怕战久走脱，复又督兵紧围急战。

张玉见南兵苦战，皆是盛庸督战，暗想道："要脱此围，除非斩了盛庸，方才能够。"因大喝道："盛庸奸贼，勿要逞雄，且吃我一刀！"遂舞刀直杀过来。不期盛庸贴身，皆有精勇弓弩护持，看见张玉突来，一齐放箭。张玉躲闪不及，左臂上早中了两箭。再欲回马，而盛庸挥众齐上，竟将张玉斩于马下。原来燕兵壮气，全倚张玉，忽见张玉被斩，尽皆惊慌。又见南兵喊声动地，炮矢如雨，受伤者众，欲要逃走，却又围在垓心，无路可逃。事急了，要保性命，只得解甲而降。

燕王战到此时，四围冲突不出，未免力疲。喜得朱能、周长兵在后队，未曾被围。闻知燕王困在围中，因率一队兵，从东北角上，奋击救援。东北围兵被击的凶猛，渐渐有分开之势，盛庸看见，因撤西南围兵，往救东北。邱福看见，忙对燕王道："东北上兵马纷纭，想有外兵冲突，大王何不乘此时，率众往东北，内外夹攻，则此围可脱。”燕王道：“东北被击，盛庸既调西南兵往救，则东北正其属意之地，虽夹攻之，亦未易破。莫若转从西南，乘其不意，突然冲击，自可出也。”邱福点头道：“是。”燕王遂挥众兵，发一声喊，直攻西南。西南兵将早被撤去，围得单薄，竟被燕王率兵将冲开而去。盛庸听知，甚是懊恼，急急遣将来追。只杀了无数燕兵，而燕王已追之不及。盛庸心不肯甘，犹络绎不绝的遣将来追。燕王此时人困马乏，不复交战，唯向北奔。

盛庸追兵将及，忽燕王次子高煦，领兵前来策应。看见追兵追赶燕王，迎着说道：“父王请先行，待儿擒斩追将。”因横槊纵马当先。追兵不知，竟拥上来，早被高煦挺槊打死了数将，又生擒了指挥常荣而去。追兵方知高煦之勇，渐渐退回。燕王勒马看见大喜，深加赞奖道：“此儿肖我！”遂引残兵回北平去。只因这一去，有分教：虎离陷阱依然猛，龙脱深渊照旧飞。不知后来如何，且看下回分解。

第二十二回

闻捷报满朝称贺　重起义北平誓师

当时盛庸既战败燕王，遂与铁铉飞表奏捷。此时正是建文三年正月元旦，正在设朝，而东昌捷至，建文帝亲览捷文，龙颜大悦，群臣称贺，遂降诏褒赏将士，一面入太庙告东昌大捷，一面诏回齐泰、黄子澄，仍预军国之事。又闻得燕王被围，几乎不免，因降诏谕众将道：“燕王虽然叛逆，然是朕叔父也，只可生擒，不可暗伤，使朕有杀叔父之名。”诏书下去不题。

且说燕王败回北平，因召道衍问道：“我前日去兵，你言无不得意，为何今日败还？”道衍道：“臣前已言之矣，特大王不察耳。”燕王道：“卿何曾言东昌之败？”道衍道：“臣言‘多费两日’，‘两日’非昌字而何？非但臣言之，昔年金忠为大王卜数，他说‘靖难师出，攻无不克，战无不胜，但逢大木穿日，小不利耳’。‘大木穿日’，非東字而何？胜败皆已前定。大王再统众出师，万万勿疑。”燕王听了，回想前言，方大悟道：“原来东昌一败，也有定数。卿能知祸福，不啻蓍龟矣，敢不敬从。”复下令检阅将士，以备南下。

临行之日，亲祭东昌阵亡将士张玉等。一面奠酒焚帛，一面大恸道：“胜败兵家常事，不足深计，所恨者艰难之际，丧吾一良辅，令吾至今寝不贴席，食不下咽。”说罢，涕零如雨，又自褫所服衣袍，命左右焚之，以衣亡者。诸将看见，尽皆感激，情愿效力。燕王祭毕，又烹宰牛羊，以享将士。因谕诸将道：“凡为将惧死者必死，捐生者必生。前白沟河之战，南军怯懦，见敌即走，吾兵故得而杀之，所谓惧死必死也。尔等不畏刀枪，不顾首领，故能出百死而全一生，所谓捐生必生也。今贼势鸱张，渐渐见逼，与其坐而受制，莫若先击之。诸君若体予言，自能一战而成功。”诸将皆顿首道：“谨遵令旨。”

燕王遂出师，行至保定，打探得盛庸已离德州，而进兵于夹河；平安之兵，驻于单家桥。因命兵将，由陈家渡过河，与盛庸之军相逆。盛庸探知，也列阵以待。到了次日，两阵对圆。燕王闻知朝廷因东昌之捷，有“只须破敌，无使朕有杀叔父之名”之诏，心胆愈大。因先帅三骑，掠阵而过，以观南营之虚实。盛庸恐其有诈，又受帝戒，不敢轻动。燕王掠阵归营，遂挥兵攻其左腋。看见南军拥盾自蔽，矢刀皆不能入，因制下铁钻，长六七尺，钻上皆横贯铁钉，钉末又有利钩，令勇士奋勇掷于盾上。若被钉钩钩住，遂牵连难动，不可轻举以为蔽。再以矢石攻之，南军无以蔽，遂弃盾而走。燕兵乘其走，驰骑蹂躏之，南军遂哄然奔溃。燕将谭渊看见南军败走，遂率部下指挥董中峰等，从旁转出而迎击之。不知南军奔溃，只因拥盾为铁钻钩牢，一时矢石骤至，无以为蔽，实非战败。今忽见谭渊阻其归路，南将庄得遂率众上前死战。南兵人人要归，则人人死战。谭渊虽勇，如何抵敌得住，遂同董中峰，皆被南军杀死。燕兵欲去救援，因天色近晚，遂各鸣金收兵。

到了次早，燕王谓诸将道：“为将事敌，贵乎审机识变。昨南军虽少挫，然其锋尚锐，谭渊竟去逆击，欲绝其生路，彼安得不死战耶？皆致丧身！今日若败走，须顺势击之，自大破之。”众皆从计，因麾众进战。盛庸亦遣将来迎。先还是将对将，杀了半晌，不见胜负。这边添将，那边加兵。渐渐两家兵将，一齐拥出。遂战作一团，杀做一块。但见旌旗蔽日，金鼓震天，枪刀乱舞，人马纷驰，箭下如雨，炮响若雷。阵面上，杀气腾腾，不分南北；沙场中，征云冉冉，莫辨东西。虽不分胜败，早血流满地；尚未定高低，已尸积如山。自辰时战起，直到未时。真是棋逢对手，犹龙争虎斗不已。此时盛庸军在西南，燕王军在东北。燕王战急了，因又挥剑，仰天大叫："鬼神助我！"叫声未绝，忽东北风大起，卷得尘埃障天，沙砾满面。吹得南军眼目昏迷，咫尺看不见人。燕兵知是天助，乘风大呼纵击。南兵乱慌慌，只觉风声皆兵，哪里还敢恋战，遂兵不由将，将不顾兵，各各奔溃。燕兵乘胜从后追杀，斩首数万，溺死滹沱河及被追骑蹂躏死者，不可胜计。盛庸无奈，只得单骑逃归德州。

却说吴杰与平安，闻燕兵攻盛庸，遂引兵欲与盛庸会合，同破燕兵。未至夹河八十里，忽有人报燕兵已大破盛庸，盛庸已败去德州矣。吴杰、平安听了大惊，欲要上前，又恐燕兵乘胜，难与争锋，只得退还真定。燕王既击走盛庸，因谓诸将道："盛庸虽败去，尚有吴杰、平安据守真定，未经一创。欲移兵击之，但思野战易，攻城难，莫若设计以诱其来，则破之易也。"邱福道："闻吴杰、平安，昨日来会盛庸，因探知盛庸兵败，遂引兵回，焉肯复来？"燕王道："当计诱之。"因散军四出，声言各境取粮。又密令校尉扮做百姓，怀抱婴儿作避兵之状，奔入真定城内，布散流言道："燕王在夹河乘风之利，胜了一阵，却因胜而骄，凡精勇兵将，皆遣去四境取粮，军中竟不设备。盛元帅是奉旨征燕的，今虽失利，焉肯就往。倘若再来，燕兵定败。小民等住居，不幸与燕营相近，故各自逃生，以避其难。"吴杰与平安听了，信为实然，立刻出师，欲掩其不备。不半日，即至滹沱河，距燕营七十里。

探马报知燕王，燕王大喜，忙下令起兵渡河。诸将道："日将暮矣，夜战不便，请俟明早，未为晚也。"燕王道："彼坚城不守，忽尔自至，此时也机也。乘时与机，当急击之，不可失。若缓至明辰，彼探知吾兵有备，退守真定，城坚粮足，再攻之，难为力矣。”都指挥陆荣道：“时机虽不可失，但今乃十恶之日，为兵家所忌，不宜进兵，奈何犯之？”燕王笑道：“拘小忌者误大谋，吾焉肯自误。”遂拔剑挥众道：“敢有不进者斩！”将士不敢少停，遂拔营急进，与南军遇于藁城。吴杰见燕王迎战，知其有备，虽悔其误来，然而不可退矣，因列方阵于西南以待。燕王看见，谓诸将道：“方阵四面受敌，岂能取胜？我但以精兵攻其一隅，一隅败，则其余自溃。”因令兵将盛陈旗鼓，以虚麾其三面，另命朱能、邱福率精勇击其北隅。朱能、邱福领命，引兵正与南军酣战。燕王就领骁骑数百，沿滹沱河绕出其阵后，大呼突入，奋勇驰击。南军一时无将可敌，唯强弓硬弩，紧紧守护。一时矢下如雨，燕王贴身所建的宝纛旗，箭集于上，就如猬毛，燕师多被射伤。燕王正无奈何，忽东北大风又起，一时风沙走石，废屋折树，乱扑向南军。燕兵看见，以为天助，急乘势杀来，南军遂溃。燕王率众紧追，直追至真定城下，俘斩六万余人，生擒都指挥邓戬、陈鹏等。吴杰与平安，仅保入城。南兵被擒与投降者，燕王俱不杀，悉释之南还。南军甚是感激，自是南军征燕之气，愈不振而解体矣。

正是：

三次大风起，三番成大功；
始知圣天子，消息与天通。

只因这一胜，有分教：强者愈强，弱者愈弱。欲知后事，再看下回分解。

第二十三回

明降诏暗调兵马　设毒谋纵火焚粮

燕王既战胜还营，看宝纛旗上之箭，甚是寒心，因说道：“寡人虽感上天庇保，身不被伤，然征战之危，亦可见矣。”即叫人将旗送回北平，谕世子可善藏之，使后世无忘今日创业之艰难也。遂发兵进徇河北诸郡县。诸郡县探知南兵败，多降于燕。燕兵遂进次于大名，一面休养人马，一面上书朝廷，请诛齐、黄，即罢兵息民，以懈朝廷之心。

朝廷先闻了盛庸兵败，后又报吴杰、平安亦败，甚是惊慌，急诏廷臣商议。廷臣并无别策，唯有请降之名，实征兵调将而已。今见燕王上书，请诛齐、黄，方肯罢兵。只得传旨逐齐泰、黄子澄于外，令有司籍其家，以谢燕人，希图燕王罢兵。但齐、黄虽然逐了，而帝心殊觉怏怏。方孝孺与侍中黄观同奏道：“陛下令逐齐泰、黄子澄，虽因燕王要挟，然此一举，却实与兵机相合。”建文帝道：“如何相合？”二人道：“目今盛庸兵败，一时征调未集，正欲缓之，而燕王忽有此请。陛下既逐齐、黄以谢之，何不更遣一使臣，降诏以赦其罪，而令其罢兵还燕。况燕军久驻大名，暑雨为沴，已将困矣。若降诏赦之，彼定依从。彼若依从，自然弛备。而我调兵马渐集，自强弱分矣。再调遣东军，以攻永平，扰燕根本。彼自然往救，俟其往救，然后集将调兵，追蹑其后，则破之必矣。”建文帝闻奏大喜，遂命黄观草诏，赦燕王之罪，使归本国，仍复王爵，永为藩屏，以卫帝室。诏成，遣大理寺少卿薛岩赍往燕营，以谕燕王。又命黄观作宣谕一道刊印数千纸，付岩带去，密散燕营将士，使归心朝廷。

薛岩受命而往，既至燕营，使人报知，燕王命入。薛岩捧诏直入，欲燕王拜受。燕王不肯，道："不知诏中何语，语果真诚，再拜不迟。"因索诏书读之。读完，燕王大怒道："此诈我也！既要我罢兵，为何自不罢兵，又遣吴杰、平安、盛庸，暗暗出兵，扼我饷道？此不过借此缓我进攻，少待其征兵调将耳。你今敢入虎穴，而捋虎须，可谓目无寡人矣！"叫勇士把薛岩推出斩首。众勇士得令，竟将薛岩拖翻，要跣剥了去斩。薛岩大惊失色，忙大叫道："朝廷诚伪，朝廷之事，小臣不过奉命而来，焉能与知？大王斩臣，实系无辜！"燕王听了，方命放了。又说道："懿文皇兄既薨，齐晋二王又逝，当嗣大统者，非寡人而谁？即使太祖误立建文，然寡人皇叔也，齿属俱长，正当尊礼。奈何听信奸人齐泰、黄子澄之言，乃迁张昺、谢贵等，至北平监制寡人；又明诏内臣，削夺护卫；又暗敕张信，手擒寡人，意何惨刻！寡人不得已而举兵诛君侧之奸，使朝廷明亲疏之分。送齐、黄于寡人，则寡人自还燕而守臣节。乃转付托齐、黄以大权，而调天下兵以压制寡人，试思寡人从太祖征战以取天下，遇过了多少英雄，寡人俱视如土苴。今日用这几个朽木之兵，粪土之将，来与寡人抗衡，何其愚也。彼其意，不过恃天下之兵多耳。何不思耿炳文以三十万败于真定，李景隆以五十万败于北平，吴杰、郭英等以六十万败于白沟河。由此观之，兵多岂足恃乎？岂不闻'兵不在多而在精'，一旅精兵，可破顽师十万，彼庸碌臣，乌足以知之。汝今既来我营中，我营兵将威武，也该看个明白，回去报知他君臣，方不虚此一行。"因传令着各营将士，分队扬兵较射。又着一将，领薛岩各营观看。薛岩死里得生，哪里敢违拗分毫，只得随着一将，一营看过，又是一营，戈甲相连，旗鼓相接，一路看来，约有百余里。各营兵将，莫不驰马试剑，演武较射，真是人人豪杰，个个英雄。薛岩细细看了，不觉胆寒，回见燕王，唯有称赞，以为天兵而已。燕王见薛岩称赞，因笑道："兵强何足道，妙在更有用兵之方略耳。吾欲直捣长驱，有何难哉！"因留薛岩住了数日，方才遣还。临行又说道："朝廷既诏求罢兵，寡人非不欲罢，但怪朝廷心不相应耳。汝且先归报知，寡人亦遣使来问明白。"薛岩即归，遂将燕王之言奏知，建文帝听了不悦。

过了数日，燕王果然遣指挥武胜来上书。书内称："朝廷既欲罢兵，昨获得总兵官四月二十日驲书，又有会合军马之旨，此何意也？由此观之，则罢兵之言，为诚乎？为伪乎？不待智者面后知也。不过欲张机阱，以陷人耳。人虽至庸，岂能信此！"建文帝看了，知燕王不肯罢兵，遂大怒，命系燕使武胜于狱。早有跟随武胜的人，忙报知燕王。燕王大怒道："敌国虽隙，从无斩使臣之理！彼敢如此者，未遭吾毒手也。吾必要涂毒他一番！"众将道："涂毒无过杀戮，但彼兵散处北地，纵能杀戮，亦算不得涂毒。"燕王道："彼兵聚集北地，所资之粮，必由徐沛而来。吾今遣轻骑数千，邀截而烧绝之。则彼兵缺粮，兵虽多，势必瓦解矣。"众将道："若能烧绝其粮，则此番涂毒，可谓真涂毒矣。"燕王见众将皆以为然，遂命指挥李远领兵六千，由徐沛一带扰其粮道。又令邱福、薛禄合兵，潜攻济州，以焚沙河、沛县之粮。三将受命，各各分路而去。

且说李远领兵六千，暗带火器，突至济宁。此时燕王大兵驻扎大名，去济宁甚远，故济宁守备不严。忽被李远等突至，忙聚众防守。李远等却不侵搅地方，待奔至，忽而将仓廒放火烧将起来。守兵知是焚粮，急来救应，可是火猛风狂，早已将所积之粮，俱已烧得罄尽矣。

再说邱福、薛禄，合兵一处，往攻济州。原来济州地非险要，城廓不坚。邱福、薛禄兵到了，也不攻打，竟命军士架起云梯，一拥登陴。城虽破了，却不据城。探知南来粮船，正在河下，遂潜师竟至沙河沛县，先分兵据在两头，再细细看来，果有数万号粮船，塞满于中。邱福、薛禄遂命军士，将带来的火药，分数十处放起火来。及火烧着了，南军方才知道，慌忙要救，而火势猛烈，扑灭不得。船多拥塞，撑放不开，只得任他延烧。一霎时，数百万粮米，悉被烧毁，直烧得河水有如沸汤，鱼鳖尽皆浮死。漕运军士，一哄逃去。邱福、薛禄与李远三人，见粮尽烧完，大功已成，归报燕王。燕王大喜，命各记功。原来朝廷虽然屡败，然天下终大，兵损又增，粮饷不缺，气尚未馁，今被此一烧，德州之粮饷，遂觉流难，将士之气，未免索然。一时报到京师，朝廷臣民，尽皆大震。无可奈何，只得又命户部行文，各处催解粮饷接济。只因这一事，有分教：南军不振，北军愈壮。不知后来如何攻战，再看下回分解。

第二十四回

间计不行于父子　埋伏竟困彼将士

却说燕王既烧了南粮，知南军不振，遂遣兵攻取彰德。彰德守将乃都督赵清，闻燕兵来攻，紧紧守护。燕兵攻之不克，遂绝其樵采，而伏兵诱之。赵清不知是计，又因城中乏薪，因遣兵追击，而欲护民樵采。忽城旁山麓，伏兵齐出，遂被杀伤千有余人。赵清忙闭城门，不敢复出，令民拆屋为炊，以救目前。燕王屡攻不下，因遣使入城招之道："天下大势，已八九归燕，彰德孤城，何能坚守！莫若早早请降，可以转祸为福。"赵清应道："天命在燕，臣非不识。时势归燕，臣非不知。但臣受朝廷之命，而守此城，今天命尚未改，时势尚未定，而一旦以城降人，恐燕王殿下亦不乐有此不忠之臣也。殿下若朝至京城，夕下二指之帖以召臣，臣不敢不至。今为朝廷守此城，死则死此城，尚不敢贪富贵，而贻羞于古也。"使者以其言回报燕王，燕王听了，甚喜道："此不随不抗，识时守正之臣也，姑缓之。"遂命撤兵，罢其攻。

忽燕世子星夜遣人赍文书来告急，称南将平安，自真定率兵来攻北平。兵雄将猛，攻打甚急，乞速发兵救援，以固根本。燕王看完，大怒道："平安怎敢大胆乘势袭我！"因问诸将："谁敢往救北平？"

忽见都指挥刘江，挺身出道："臣不才，愿往救之。"燕王问道："往救之兵，不过满万，而欲破平安围城之众甚难，不知计将安出？"刘江道："末将闻'兵不厌诈'，实击之，不如虚声惊走之为妙。末将此去，若明言救援，直与对垒，则众寡见矣，难保必胜。臣有一计，将兵分为二，以炮声为号。臣先率一半，不与之战。竟放一炮，突然决其围。若放第二炮，则臣已决围而入矣。若放第三炮，则臣已决围而入城矣。若不闻第三炮，则臣战死矣。臣若入城，声言救至，守城军士，自勇气倍增，而愿战矣，后兵一半，预令每人各带十炮，俟臣三次炮响后，远远近近，放炮不绝，使彼闻之，必谓有大兵来救援。臣再往城中杀出，平安虽勇，而将士人各一心，亦必震惊而走矣，何患北平之围不解哉？"燕王听了大喜，称为妙计，因呼酒，壮其行。刘江率兵至北平，如其言而行之。果大败平安，擒斩数千人。

平安遁还真定，报马报到京师。建文帝愈加不悦，因诏群臣廷议。众臣皆无一言，唯方孝孺奏道："日今河北师老无功，德州饷道又被烧绝，事势艰危，大有可忧。向以罢兵之说诱之，既不能行，则当别用一策以图之，安可坐视以待祸？"建文帝道："卿有何策，可试言之。"方孝孺道："臣闻燕王平素最爱次子高煦，及三子高燧。世子高炽，为人朴实，尝为二弟所谗。今世子居守北平，而高煦、高燧，随征在外，正嫌疑之际，何不因其嫌疑，而用计离间之？使燕王信谗，则必疑其子，而趋归北平矣。俟彼趋归北平，然后徐图其后，不又易为力乎？"建文帝听之大喜，即命孝孺草诏赐燕世子，令其背父归朝，许以燕王之位。遣锦衣卫千户张安，赍赐燕世子。又令张安至北地，故露消息，与人知觉。

张安受命而行，既至燕国，遂悄悄进见世子，将朝廷诏书赐与，令其拜受开读。燕世子正色说道："在朝廷则大君为重，在家庭则严父为尊。寻常细事，尚且父在子不得自专，何况朝廷诏命，为子者焉敢私开？”张安忙说道：“此天子密诏，单赐小殿下，不可使燕大王知之。”燕世子道：“为君可以疏臣，为子焉敢背父！”因命得当将官，将诏书并张安，送赴军前。张安百般劝诱，世子只是不听。张安此时不过一人，如何拗得世子过，只得听其送来。

且说燕王有一个宦臣，叫做黄俨，素与三子高燧相好，忽闻得朝廷赐书与世子之信，遂乘此而献谗言于燕王道：“世子近来与朝廷甚亲，往往有密谋相通。今又闻朝廷有秘诏至燕赐与世子，千岁爷不可不察。”燕王不信道：“世子为人纯谨，焉肯背父，而与朝廷交通？”高煦亦谮说道：“黄俨之言非虚，父王若不信，可遣人回国，访问朝中可曾差人来往，便明白了。”燕王踌躇不决，忽报世子遣官送诏并赍诏人张安至。燕王接诏书看了，因叹息道：“吾父子至亲，犹思离间，何况君臣乎？奸臣乘机播弄，安可免也。且建文小子，动以仁义为名，如此诏书，教子不孝，诱臣为奸，是仁乎？是义乎？殊可笑也。”因对张安道：“汝何等狗官，也敢来摇唇弄舌，离间吾父子！本当斩首，姑念非首谋。若竟纵汝还，朝廷亦不知辱。”因命系之于狱。又想朝廷用计离间我父子，不胜愤怒，遂命邱福、朱能、房宽、张信、李远、陈文一班将士，各率靖难师，分路南伐。

众将领命，一时齐发，声势之盛，远近震惊。不多时，报靖难兵攻破河东及东平，擒获指挥詹璟，其余官吏俱遁去。唯吏目郑华，知势不支，先托妻子于友人，自率民兵守城，城破而死。不多时，又报靖难兵攻破汶上，擒获指挥薛鹏。又报靖难兵攻沛县，未及战而指挥王显早以城降；知县颜伯玮，衣冠升堂，向南再拜恸哭道：“臣文臣，无能报国！”遂自缢死；主簿唐子清，典史黄谦，皆被擒获，不屈而死。

此时南兵屡败，各郡县守将，皆惊惧无策，但愿燕兵不至为幸。唯徐州乃南北必经之道，守将畏怯，只要坚守，不敢议战。却亏了翰林程济，正奉命监军于此，因对守将道：“诸君奉命守城，但务守城，未尝不是，但须知战守，原合一者也，未有不善战而能善守者。今燕兵乘胜而来，若容其围城，则必心高气扬，极力攻打矣。莫若伏兵要地，乘其远来疲劳，突出而迎击之，彼纵不大伤，亦必为吾一挫。挫后再来围城，亦为易守矣。”众守将听了，皆喜道：“参谋之论是也，末将等自当努力，但不知燕兵从何路来，当伏兵于何地，并乞参谋教之。”程济道：“燕兵自从北来，众将军可分兵作三队，俱出北门外，十里一队，十五里一队，二十里一队，俱捡由深树密处埋伏。燕兵初来，不可轻出。俟燕兵过尽围城，城中兵放炮出战之时，然后十里埋伏的人马，速放炮震天，从燕兵之后杀来。燕兵自着惊，不敢恋战而败走矣。燕兵败走之时，切不可苦苦邀截，若苦苦邀截，彼必死战矣。可纵其败走，却合兵逐之。至十五里，伏兵起而击之；至二十里，伏兵再起而击之，彼自心寒胆丧而远走矣。”众守将听了，更加欢喜，就要分兵去埋伏，程济止住道：“燕王三日后方到，埋伏太早，未免将士劳苦。后夜发兵，未为晚也。”众将皆依计而行。

果然三日之后，燕兵突然涌至。此时燕将张武、火真，因屡屡战胜，绝不提防徐州有埋伏，竟长驱而来。直到城下，正欲围城攻打，不意城上炮响如雷，鼓声动地。不多时城门大开，拥出两将，统兵出来大叫道：“从叛逆贼，不要逞强！今汝身入重地，料想不能生还，莫若速速投降归正，还保一条性命。若不悔悟，只怕顷刻之间，立为齑粉矣！”张武与火真大怒道：“一路来经过了多少城池，望见靖难旌旗，便远远迎降，稍若不知天命，即立见摧残。今汝这几个残兵败将，怎敢说此大话！”就挺枪直冲过来，与二将对敌。两下里战了十余合，忽听得燕兵阵后，炮响连天，鼓声震地。燕兵纷纷来报道：“南还埋伏精兵，转从阵后杀来，甚是凶勇，须速分兵迎敌！”张武、火真听了，着慌道：“不曾提防，误中他计了！”遂不敢向前苦战，忙撤回兵马，往阵后来救应。到了阵后，恐被南兵拦住，前后夹攻，遂拼死杀开一条血路而走。喜得南兵只是杀人，却不阻截归路，让燕兵败回，却合伏兵随后赶杀。燕兵既脱出了险地，犹自夸道："南兵终是胆怯，若围紧了不放，岂不尽受伤残。"正说未了，忽又听得鼓炮震天，突出一支伏兵来邀杀。二将大惊失色，只得挥兵苦战了一番，被杀了许多，方才脱去。走不得四五里，忽又听得鼓炮震天，突出一支伏兵来邀杀。二将惊得魂魄全无，被伏兵杀得七损八伤，方才脱去，报知燕王。只因这一报，有分教：小小孤城，不当大敌。欲知后事，请看下回分解。

第二十五回

梅驸马淮上传言　何将军小河大捷

却说燕王见张武、火真来报徐州战败缘故，不觉大怒，复发兵来攻徐州。当时徐州众守将，见杀败燕兵，皆以为从来未有之功，便出檄文，申文书，各处报捷。又请文人铺叙战功，立一石碑，竖在北门外。程济再三劝止道："不可，不可，此招灾惹祸之端也！"众守将正兴兴头头，哪里肯听。程济无法，只得捱到夜深，悄悄叫人备了祭礼，自往碑下祭之。众守将闻知，皆笑他作怪。不期过了些时，燕王亲率大兵，破了徐州。看见立碑在此，勃然大怒，命左右锥碎。左右领命，方锥得一锤，燕王又止住道："且录下碑文来看了再锥。"及录下碑文来看时，而程济的名字，已被先一锥锤下去矣。后来燕王照碑上名字诛人，而独不及于程济，故程济得安然从建文帝之亡，人方知程济道术之妙，此是后话。

且说燕王攻破徐州，守将皆逃，就乘胜一路抢州夺县，而来势甚强旺，早有朱能、邱福，并一班将士，共上一表道："大王功高德盛，宜早即皇帝位，以慰天下臣民之望。"燕王不允，道："寡人举兵者，为靖难除奸也，非私天下也。此事岂可轻议？但诸将士，劳苦有功，不可不少为升擢。"就升邱福、朱能、张信、刘才、郑亨、李远、张武、火真、陈珪、李彬、房宽等，为五军都督佥事；纪善、李忠，升为右长史；其余将士，俱进秩有差。一面发兵来攻淮安。

朝廷闻知，见声息日近，举朝张惶失措，无一人可用，因思驸马梅殷。他尚太祖宁国公主，大有才智，太祖最为眷注。临崩时，梅殷侍侧，太祖因嘱之道："汝老成忠信，可托幼主。"复出遗诏授之道："敢有违天者，汝讨之。"建文帝因事急，遂将各地召募的民兵，合在军营上，共四十万，命梅殷统领，驻扎淮上，以扼燕师。梅殷受命统兵，谨守要害，以防燕师侵犯。报到燕王，燕王因思梅殷系太祖驸马，亲爱相关，难于攻逼。因写书一封，遣使送与梅殷，内言："往南者，欲进香金陵，以展孝思，非有他也。敢烦假道。"梅殷看了，回书道："进香乃王之孝，但皇考有禁，不许进香。遵禁者为孝，不遵禁即为不孝。况奉命守淮，岂敢假道？"燕王看了回书，因大怒，又致书道："进香有禁，是矣，寡人遵祖训；而兴兵以诛君侧之奸，难道亦有禁乎？况寡人乃太祖嫡子，伦叙当承，今又为天命所归，岂汝人力所能阻也！"梅殷览书亦大怒，因叫人将来使的耳鼻割去，道："来书词语狂悖，我也难回答，只好留汝口，报与燕王说：'当今天下，乃太祖之天下。当今天子，乃太祖所立。王既系嫡子，太祖何不立王？太祖既不立王，则王臣也，宜安守臣位，不可作此叛逆之想，以成千古不忠不孝之罪人。'"使者归报燕王。燕王知梅殷忠直，难于煽动，遂舍淮安，竟望徐、宿而来。

不期平安自围北平被刘江炮声惊走后，访知燕王大兵进至淮徐，遂暗算道："燕王只知乘胜而前，却不防后，我今领兵从后追之，前后夹攻，自成擒矣。"因选精兵四万，随后赶来。燕探马报知燕王，燕王道："平安暗暗袭人，以为得计，必不防我有备。"因遣都督李彬等，领两队人马潜伏于淝河左右以待之。平安一时贪功，果不防备，打听燕王的营寨，离此不远，遂进兵。不期到了淝河，忽一声炮响，左右突出两队伏兵，截住厮杀。平安吃了一惊，虽急急交战，终觉被算，人心慌张。而李彬又系勇将，战不多时，平安料不能胜，只得领兵退走。燕王见了，也不命将追赶，竟乘势分兵打破了宿州。一时齐鲁诸营堡将士，闻知燕王势盛，皆相率来降。

那平安虽遇伏兵截杀，一时退兵，但兵精将猛，不曾大损。闻知总兵官何福，领兵屯于小河，遂引兵前来，与之相合。何福正虑燕兵势大，己军单薄，见平安引兵来合，不胜欢喜，因商量道："燕兵一路来犯，乘胜至此。今既至此，离神京不远，若不努力，大杀他一两阵，使他心寒远遁，则朝廷事危矣。我虽拥兵于此，却恨寡难敌众。今幸将军天降，誓当同心，以报朝廷。但不知燕王之众，何以破之？"平安道："燕王自幼从太祖东征西战，久称知兵，凡诸巧计，俱算他不倒。唯有鼓励将士，奋勇血战，倘或朝廷福大，伤残得他，方能平此祸难。"何福道："将军之言是也。"因激励将士，打点鏖战。

却说燕兵到了小河，要渡过南来，见无桥梁，大将陈文令众军伐木为桥，先将步卒并辎重渡了过去，随后又渡骑兵，就分兵守桥。何福见了，因对平安道："此时不战，更待何时！"平安道："将军请先率步兵，沿河而东，争其所守之桥，诱其兵出，然后待末将驰骑兵奋击之，自无不胜。"何福以为然，遂领了许多步兵，分做两翼，沿河而来，欲夺燕兵所守之桥。燕王看见，先命大将王真，领兵过河追击，自却随后接应。王真过得河来，看见何福的步兵散漫，犹未急击。不料平安领一队精骑，忽然冲至面前，大叫道："燕王逆贼，怎不自出，却叫你来替死！"就挺枪劈面刺来。王真暗吃一惊，急急躲过，再举刀相还，争奈一时神气不振，又当不得平安勇猛，斗不上三合，早被平安刺死落马。陈文看见，吃了一惊，忙要上前接应，不期何福率步兵从桥后突到，四围逼紧，脱身不得，也被何福杀了。南兵见杀了两员燕将，不觉勇气百倍，遂乘势渡过桥来。燕将张武正在林中放马，忽见王真、陈文被斩，忙忙提刀上马，从林中突出，大叫道："甚么人敢大胆杀人！"此时燕王看见，也带着指挥韩贵，赶来接应。遂合兵一处，向前攻击。南阵上早有丁良、朱彬二将，接着厮杀。

平安看见燕王立在阵前，暗想道："射人先射马，擒贼必擒王。杀这些散贼何用？"遂乘众人酣战，竟悄悄纵马挺枪，飞奔燕王。燕王看见大惊，欲挥将与战，而众将皆有敌手，只得回马就走，平安紧紧追来。燕王见平安追得紧，欲待回身接战，却奈剑系短兵，当不得大战。又知平安雄勇，敌他不过。事急了，大叫道："甚么贼将，敢追寡人！"平安道："我是平将军，奉献大王一枪！"一面说，一面将枪尖指着燕王的头，相去不远了，果是圣天子百灵相助，平安的战马，忽一个前蹶，跪倒在地，早将平安跌下马来。平安急急爬起来，再翻身上马，欲往前追，而燕王已驰去远矣。平安方知燕王有些奇异，不复来追。再到桥边，早见丁良、朱彬战败，为燕兵捉去，而燕将韩贵，也被南兵杀死，因又助着何福，大杀一阵。燕兵见燕王被追而去，不敢恋战，俱渐渐退过桥去。何福见了欢喜，遂申文奏报小河之捷，又请增兵破敌。只因这一请，有分教：勋臣统兵，勇将阵亡。不知后来如何，且看下回分解。

第二十六回

魏国公奉旨助战　李都督恃勇身亡

却说建文帝见何福上表报捷，龙颜大悦，因降诏褒奖，又敕魏国公徐辉祖，率京军五万助战。徐辉祖奉旨，领军连夜赶至小河。

此时燕兵屯在齐眉山下，与何福、平安，日日对垒，不能取胜，正自忧疑。忽又听得报徐辉祖率京军来助战，军心愈觉徬徨。燕王毫不在意，但激励众将，奋勇与战。临对阵时，何福、平安乘着屡胜，其气已壮，今又增了徐辉祖领五万京军来助战，一发添上威风。何福又请徐辉祖掌了中军，却自与平安两骑马飞出阵前，往来索战。北阵朱能，光与平安对战。战不多时，又是薛禄与何福对战。北阵上又有一将出，南阵上就有一将与之交锋。南阵上又有一将冲来，北阵上就有一将与之抵敌。从午时杀到酉时，直杀得征云滚滚，战气腾腾，并不见有输有赢。

忽北阵上又突出一员大将，乃是都督李彬，十分骁勇，此时见两家苦战，并无胜负，因大叫道："厮杀不能斩将，直管杀些甚么？待我斩一个大将，与你们看看。"遂一骑马飞过阵来，直奔徐辉祖。不期徐辉祖"忙家不会，会家不忙"，看见有将冲来，知他要乘空袭取，因将刀按在身边，只做不知。待他马冲到面前，枪刺近身边，方提起刀来，将枪隔去，还趁势劈一刀来，大骂道："你要枪刺人，独不怕刀砍你么？"李彬被徐辉祖伏刀将枪隔去，又随手还刀，知是惯家，方吃了一惊，急急勒马倒退以避刀。不料那马跑急了，陡然勒回，未免要往后一挫。谁知这一挫里一个后蹶，竟将李彬闪了下来。徐辉祖麾盖下一班将士，见李彬闪下马来，遂一齐上前捉人。李彬自知不免，遂弃长枪，拔出短剑，大叫道："今日之死，误也！但我也不肯独死！"独挥剑斩了数人，方被南兵乱刀杀死。

北阵将士，尽知李彬骁勇，今见他被杀，未免心寒，又见天已薄暮，遂个个皆退去。南阵平安、何福并诸将见斩了李彬，诸将又皆败去，一发有兴，喊叫连天道："今日定要打破燕营，生擒叛贼！"如狼如虎，一齐逼近燕营。亏得燕王见势头不好，忙将强弓硬弩，射住阵脚。南兵攻打不入，方才退去。

燕营将士，想起前日一路而来，俱是乘胜，意气扬扬，不期今日连输了两阵，又兼勇将李彬被杀，便觉兴致索然。诸将中就有进言的道："北兵虽强，不过一方；南兵纵弱，天下皆是，只管征调得来，况朝廷名分尚在。恐一时成功不易，莫若且还北平，养成精锐，俟有衅隙，以图再举。若不揣势力，强争苦斗，恐怕有失，非算也。"又有的说道："见可而进，知难而退，兵法也。大王深知兵法，岂可强为？"燕王听了，知人心摇动，不便以威势压之，因默然不语。喜得朱能挺身而出道："诸将为何出此言也？昔汉高祖与项羽争天下，汉高祖连败七十二阵，志气不衰，遂一战而胜，终有天下。今大王自起兵以来，所取非一地，所败非一人，自北而南，一路攻城交战，克捷多矣，今奈何偶然一挫，便辄议还师？且请问诸君，还师北平，还是自立乎？还是北面事人乎？凡为此言者，非不智则不忠也，乞大王速斩以警众。"燕王听了大喜，道："诸将亦非不忠，各人智略不同耳。然究竟思之，终以朱将军之言为是。为今之计，唯有急思破敌，再言还师者斩。"众将方不敢言。然虽不敢言，而请燕王北还之议，早纷纷传到何福耳朵里。何福满心欢喜，以为燕兵一还，则我执燕之功成矣，遂按捺不定，竟将燕王北归消息，报知朝廷。朝廷闻知又按捺不定，遂君臣商量道："燕王既北还，则徐辉祖率京军五万，无战可助矣。驻兵于外，未免要运粮接济，不如召还，以实京师。"建文帝以为然，遂降诏召还。只因这一召，有分教：南军失势，北将成功。欲知后事，再看下回分解。

第二十七回

燕大王料敌如神　何将军单骑逃脱

再说燕王自两败之后，因与众将商量道：“平安、何福，皆久战之将，今又加徐辉祖相助，实难摧挫。若苦苦与之争锋，徒劳杀伤。莫若且坚壁勿战，只作北还，以懈其心。况彼驻扎之地，非城非廓，粮草皆须搬运，我但暗暗遣兵，或断其饷粮，或绝其樵采，彼自不能安而搅乱矣。”众将皆以为然。燕王算计已定，故平安、何福屡屡来挑战，俱坚壁不出。平安、何福无可奈何，忽又有旨召徐辉祖还京，锐气未免减少了一半，也就不敢十分来挑战。

燕王打探得徐辉祖召还，知何福失势，遂遣朱荣、刘江，暗暗率兵，四处断其饷道，又遣游骑，四处捉其樵采。何福闻知，急急差兵救护。东边才保全了回来，西边又报劫夺，日日惊扰，不得安宁，乃愤怒要与他大战。燕兵又坚壁不出，每日空来空往，把一团锐气，又消磨了几分。因与平安商量道：“我兵驻扎此地，要搬运粮草，利于速战，而燕王又不明战，只暗暗侵扰，未免我劳彼逸，殊非算也。莫若移营灵壁以就粮，既可免其惊扰，又可坚持以待战，不知将军以为何如？”平安道：“此言是也。”遂令军士移营于灵壁。

此时燕王虽坚壁不出战，然而两垒相对，恐有意外之变，日夜提防，将士不解甲者月余，未免劳苦而生怨，诸将因请燕王道："目今盛夏，淮南一带，地土卑湿，又兼暑雨连作，军中常恐瘟疫。今南兵已移营灵壁，大王何不且渡过河去，择一善地，休息士马，相机再进，何如？"燕王道："诸君只知过河为安，却不知过河有大不安也。既两敌相持，进则人心奋，退则人心馁。今将士虽劳苦，然心中必惕厉而思破敌。若一渡河，乐于便安，则人心懈矣。人心一懈，则敌人乘势来击，未免被其戮辱。安乎？不安乎？今何福图安，移营灵壁，即诸君之劝我渡河也，吾见其锐气索然，不出数日，吾自有计击走之。"诸将道："大王妙算过人，臣等不及也。但击走何福，更有何计，请大王明示。"燕王道："兵贵乘隙。寡人闻得南军运粮五万将到，平安帅兵六万，前往护还，此隙也。我往击之，我自猛而彼自怯也。兵又贵击惰，我亲领兵与战，彼自尽力相持，俟彼此战疲，我败走以诱之，彼见我败走，力虽疲亦必追逐；疲而追逐，其情可知。我再伏精锐，出而击之，彼纵英勇，亦未有不惰而败走者。"诸将听了，大喜道："大王神算，真无遗策。但他运粮已近，宜速为之。"燕王因命次子高煦，领精兵一队，伏于林间，再三诫之道："纵我战败，亦不许轻出，必要窥伺敌兵疲倦之极，方可出而击真惰归，不患不成功矣。"高煦领命而去。燕王就分遣壮士万人，四路掩击护粮之军。自引兵分作两翼，进攻灵壁。何福见燕王久不出战，今忽来攻，必然有谋也，坚壁不出。

且说平安率兵护粮，也防抢夺，将六万兵分列于外，叫负粮者居中而行。忽见燕兵来抢夺，就引兵纵击，杀伤燕王甚众。燕王乃回师，命众将与平安交战。战了许多，不见输赢。燕王临阵细观，见其兵将前后连络，更班出战，因亲麾一队，转出其旁，横冲其阵。南军不曾提防，被燕王冲做两段，首尾不能相顾，兵心遂乱。燕将乘其乱，一发奋勇力攻，平安渐渐退下。何福在壁上，远远望见平安有败阵之势，忙引大兵，开了壁门，冲将下来，大叫道："平将军勿慌，我来也，誓必破贼！”平安见何福兵出，胆又壮了，遂复抖精神，向前力战。一班燕将虽不畏怯，但战已久，忽又何福的大兵齐出，一时只好抵敌，哪里又能斩将搴旗，何福、平安转攻，致使时有杀伤。此时高煦伏在林间窥看，早有副将说道：“燕师受伤矣，可出击之。”高煦道：“燕师虽小有杀伤，却大势不败。南兵何福初出，正在奋勇之时，此时我若出击，纵能击败，他亦未至寒心。非父王命我伏兵意也，须再俟之。”又窥了多时，见两军血战既久，俱有疲倦之色，燕王引众渐渐退去，高煦方挥众道：“此其时也。力战成功，在此一举！”遂放起号炮，一齐冲出林来，邀击南兵之后。南兵苦战了一日，虽侥幸战胜，却已精疲力竭，忽见有伏兵邀击，怎不心慌。又见邀击之将，乃是高煦，素知其勇，一发手忙脚乱，不敢恋战，唯有夺路而走。平安、何福虽亦吃惊，然欺高煦兵少，尚拼命相持。当不得燕王大兵听见炮响，知高煦伏兵已出，又复杀回。何福、平安不能支持，只得弃了粮，率领败残士卒，奔回灵壁，坚闭不出。高煦东西驰击，斩首万余，获马数千,五万南粮，俱为北兵得了。

何福败还，与平安商议道：“兵败犹可再胜，军中正尔乏食，五万粮饷，又尽失去，何以支给？”平安道：“将士乏食，守此何益？为今之计，唯有率众，乘燕王不备，突围而出，就食于淮，再作他图。”何福道：“将军之言是也。”因传令将士道：“粮饷被劫，军中乏食，须就食于淮，以待后运。但燕兵围营，必须突出，方能前往。尔众将士，俟明日号炮三声，即齐心奋勇而出。违误者斩！”众将士苦战了一日，又见有明旦突围之令，尽去安歇，以待炮声早起，好去突围。不期燕王用兵神速，见何福败还灵壁，坚守不出，锐气正衰，恐其停留长志，又有救援，遂不待天明，即躬率将士，悄悄攻其壁垒。诸将见燕王先登，谁敢不前，一时尽蚁附而上。燕王命放炮三声，众将齐攻壁门。燕王这边放炮，南军在睡梦中听见，认是本营将军放炮，催众突围，往淮就食，忙忙爬起来收拾了，奔到壁门。你见我来，我见你至，都认以为真，竟将壁门开了。走到门外一看，见外面燕兵摆满，方知误了。及再要重闭壁门，而燕将早已喊声如雷，有如潮水一般，一涌杀入矣。南兵不曾提防，突被杀入营中，一时鼎沸。诸将也有卧而未起的，也有起而未及披挂的，或被杀，或被擒，无一人得免。燕王忙传令禁止杀人，但早已杀得人马濠平堑满矣。诸将报功，生擒武臣陈晖、平安、马溥、徐真、孙成、王贵等三十七员，文臣陈性善、彭与明、刘伯完等一百五十人，降者无数，唯何福一人逃脱。只因这一败，有分教：满朝失色，再谋无功。欲知后事，且看下回分解。

第二十八回

燕王耀兵大江上　建文计穷思出亡

却说灵璧之败，报到朝廷，君臣闻之，皆无人色。廷臣只得又议各处召兵，建文帝又遣礼部侍郎黄观往安庆，翰林修撰王叔英往广德，都御史练子宁往杭州，三处召募义勇民兵，入援京师。三人受诏出朝，因诣黄子澄而问计。黄子澄大恸道："大势去矣，吾辈万死不足赎误国之罪！诸公此行，恐亦无济。不过臣子之心而已，他难论矣。"三人闻言，遂号泣而往。然所到之处，已知金陵不能守，并无一人应矣。

再说燕王既破了何福，遂引兵要渡过淮来。此时盛庸自夹河败后，不敢南还，因走至淮上，收拾了马步兵数万人，战船数千只，镇守淮河南岸。燕王兵到北岸，诸将说道："彼南岸有船，我北岸无船，何以能渡？"燕王笑道："同一淮河，彼南岸之船，即我北岸之船，又何分焉？"诸将不悟，无言可对。燕王因命众军，伐木造筏，又命扬旗击鼓，声张其势。若将待筏成，早晚即渡者。南军在南岸望见，虽知其造筏艰难，一时未必能渡，却见他猛勇之势，未免惧怕。盛庸因吩咐排列炮石，紧紧护守。不期燕王却遣朱能、邱福等将，率数千骁勇，悄悄西行二十里，于无人之处，用小舟潜渡过南岸。南军只虑北兵筏成要渡，哪里有防潜袭。忽炮声大作，邱福、朱能等将，率兵冲入其营，大叫道：“燕王大兵已尽在此矣。有令不许走了盛庸！”南兵突然被攻，又见喊声动地，金鼓震天，心胆俱破，皆无斗心，四散而走。盛庸要逃，不及上马，只得登一小舟，潜逃却去。朱能、邱福见南兵逃走，忙挥南舰往渡北兵。燕王笑笑道：“诸君试看，这些战舰，属南乎属北乎？”众将皆拜服道：“大王胜算，真如观火，非诸将所能及也。”

燕王既渡，又与众将商议道：“此去京师，东西皆路，不知当从何路为直截？”诸将中有说当先取凤阳为直截，有说当先取淮安无后患，燕王道：“皆不然也。若先取凤阳，我想凤阳楼橹坚定，非攻不下。若攻，则未免震惊皇陵，试思皇陵岂可震惊乎？若先取淮安，我想淮安积储饶裕，人马众多，攻之岂易破乎？若攻不破，势必旷日持久，那时援兵再集，岂我之利乎？莫若乘胜直趋扬州、仪真，况两城兵弱，不须苦战，可招而下。既得真、扬，耀兵江上，则京师震骇，必有内变矣。京师既定，凤阳、淮安又何虑焉？”诸将皆喜道：“大王之言是也。”燕王因遣指挥吴玉，前往扬州招降，然后发大兵随之。

此时扬州守备，乃指挥崇刚与御史王彬，二人皆忠义之臣。燕兵未至，有一个指挥叫做王礼，颇有才勇，闻知燕势日强，因说崇刚与王彬降燕以明知机，而图富贵。崇刚、王彬大怒不从，遂将王礼下狱，欲论其罪。及吴玉来招降，崇刚、王彬又拒绝道：“奉命守土，但知杀贼，焉肯从贼！”吴玉见二人固执不降，遂密写了飞书，散入城中招降道：“有人能擒守将献城者，加官重赏。”早有一个千户叫做徐政，原与王礼同谋，因王礼下狱，不敢复言。今得吴玉飞书，暗暗通知王礼，又会同一班党羽，候燕兵一到城下，即拥众鼓噪，打开狱门，放出王礼，同拥至守备衙，捉住崇刚与王彬，大开城门，献于燕王。燕王大喜，遂升二人为都指挥。又欲崇刚、王彬归降，二人不屈，遂命斩之。扬州既下，仪真孤城，不劳力而亦破矣。

仪真既破，北军登舟往来江上，旌旗蔽天。南军望见，知势难遏，尽皆解体。建文帝闻报，慌张无措。方孝孺奏道："事急矣，宜以计缓之。"建文帝道："何计可缓？"方孝孺道："如今事急，唯有遣人，许以割地讲和，或者可延数日。倘东南招募一集，况有长江之险，彼北军又不惯舟楫，再与决战江上，则成败未可知也。"建文帝不得已从之。又思外臣讲和，恐其不信，因假太后之命，遣庆成郡主往燕营讲和。郡主既至燕营，道达太后之命，以割地分南北为请。燕王笑道："此非太后意也，特欲假此缓我师耳。军中非叙亲情之地，郡主请回，无多言也。"郡主无奈，只得还朝覆命。

燕王在江上，独往独来，并无一人与之相抗。唯盛庸又领许多海舰，至浦子口迎战，连战至于高资港。朝廷闻知，忙遣都督佥事陈瑄，帅舟师助之。陈瑄既至，知势不可为，遂叛而降燕。陈瑄既降，而盛庸败绩矣。燕师至龙潭，朝廷又遣李景隆并尚书茹瑺往龙潭，仍以割地讲和为请。燕王终是不肯，竟遣李景隆等回朝。建文帝见割地讲和不听，因急召齐泰、黄子澄入朝议事。近侍奏道："齐泰已奔往广德，黄子澄已奔往苏州，口说征兵，实不知所为何事。"建文帝道："起事皆出汝辈，而今事败，皆弃朕去了！"因长叹不已。忽报燕兵已进屯金川门，左都督徐增寿守左顺门，竟对众宣反，谋开门迎降。御史魏冕听了大怒，因手击之，又奏闻于帝。帝大怒，命左右擒徐增寿至廷，责以不忠，亲自下殿手诛之。

既诛徐增寿毕，有茹瑺等众臣劝帝幸湖湘以避之，又有王韦等众臣劝帝幸浙海以避之。方孝孺独奏道："国君与社稷同死生，避之非是，臣请效死勿去。"建文帝道："方卿之言是也。朕意已决，卿等且退。"众臣退出，忽又一臣跪下奏道："事已定矣，时已至矣，陛下宜早为之，不容缓矣。"建文帝视之，乃是向日奏北平兵起的程济。知他是个异人，因问道："大位已不可保，汝云事已定，时已至，莫非欲朕死社稷乎？”程济道：“陛下大位虽不保，而太祖的社稷却未曾失，何必死殉。”建文帝道：“社稷既不必死，臣下有劝应幸湖湘的，也有劝朕幸浙海的，莫非此中尚有义可赴乎？”程济道：“陛下以天下之大，尚不保此位，岂湖湘、浙海之死灰，得能复燃耶？”建文帝道：“一方之死灰，既不能燃，则燕王北平一方，为何而猖獗至此乎？”程济道：“此中盖有天命也。天命所在，不当以大小论也。”建文帝道：“既天命在燕，太祖何不立燕王，而竟立朕，毋乃不知天命乎？”程济道：“太祖，圣主也，又有贤臣刘青田辅佐之，岂有不知天命。然太祖不立燕王，而立陛下者，正知陛下亦有天命。且知天命之气运有后先，不可强，故委曲而为之也。”建文帝沉吟道：“殉社稷既不必，图兴复又不能，然则朕一身将何所寄？”程济道：“唯有出亡而已。”建文帝道：“出亡固是一策，但行之于列国则可，行之于当今则不可。列国时诸侯割据，晋亡则于秦，楚亡则于吴，故出境则免。今天下一家，何地不入于版图，一稽查而即得。况燕王既不念君臣大义，又何有于叔侄之亲。万一后日求而得之以被害，莫若今日死社稷之为得体也。”程济道：“兴亡既有天命，死生独无大命乎？陛下之大位固止于此，而陛下之生却正未艾，陛下又何虑乎？”建文帝道：“天命既然一定，而人事亦当先谋。朕帝王也，一旦出亡，不知税驾何所？为士为农，为工为商，亦当先定其名，方不露相。”程济道：“士农工商，皆非帝王之事，唯有祝发，庶可游方之外。”正说未完，忽一老太监哭奏道：“万岁爷，今日遇难，奴婢有事，不敢不奏。”只因这一奏，有分教：龙体披缁，帝头削发。欲知后事，请看下文。

第二十九回

欲灭迹纵火焚宫　遵遗命祝发遁去

词曰：

弱者败来强者胜，尽忠虎斗龙争。谁知胜败是天生。得昌方得位，无福自无成。暗测潜窥虽莫定，其中原有高明。似聋似哑似惺惺，已将善后计，指点作前程。

却说建文帝正与程济商量出亡之事，忽一个老太监，叫做王钺，跪下哭奏道："万岁爷，今日事急矣，奴婢有事，不敢不奏。"建文帝道："你有何事奏朕，快快说来。"王钺道："昔年太祖爷未升遐之先，知奴婢小心谨慎，亲同诚意伯刘基，封了一个大箧子，付与奴婢，叫奴婢谨谨收藏在奉先殿内，不许泄漏，只候壬午年，万岁爷有大难临身之日，方许奏知。今年已是壬午，奴婢又见燕兵围城，万岁爷进退无计，想是大难临身了，故不敢不奏知。"奏罢涕泪如雨。建文帝听了，忙命取来。王钺因往奉先殿，叫两个小近侍抬到御前。建文帝一看，却是一个朱红箧子，四面牢固封好，箧口用两柄大铁锁锁好，锁门俱灌了铁汁，使人轻易偷开不得。建文帝见了，大恸道："前人怎为后人如此用心？"因命程济打去了铁锁，将箧子开了。一看却无别物，只得为僧的度牒三张，袈裟三套，僧帽三顶，僧鞋三双，并祝发的剃刀亦在内。度牒一张是应文名字，一张是应贤名字，一张是应能名字。又朱书于箧旁："应文从鬼门出，其余从御沟水关而行，薄暮会于神乐观西房。"建文帝细看明白，再三叹息。向程济道："你方才议及祝发，朕犹诧以为奇异，不知太祖数年前，早已安排及此，惟智者所见相同，然亦数也！"因对箧子再拜受命，就要叫人祝发。程济忙止道："且少缓，此秘举也，不可令人知，宜应酬外事，掩饰耳目。"建文帝会意，乃传旨，着众亲王并勋卫大臣，分守城门。

到了次早，乃六月十三日，燕王正围城攻打，谷王橞与李景隆分守金川门，知大势已去，就开城门迎燕王。燕王大喜，遂率兵将一涌入城，先使人在前宣言道："逆命者死，投诚者荣！"早迎降者，纷纷逃走者不绝，唯刑科给事中叶福井、工部郎中韩节，也不降，也不逃，尚立于城门死守，早被燕兵杀了。又有一个门卒，叫做龚翊，年十七岁，众门卒见城破了，叫他同报名去降，他不听，竟大哭一场，逃遁而去，隐于昆山，终身不出。当日燕王兵到，城中迎接者，皆称功颂德，甚是快畅。忽御史连楹，冲着马头而来，燕兵只认他是迎降，遂让他走至马前，不期他对着燕王大声说道："燕殿下乃太祖嫡子，既奉太祖之命，分列燕藩，便当尽孝，以遵太祖之成命，而羽翼王朝，为何乘朝廷之柔弱，遂为此叛逆之事？殿下纵恃兵强，篡了大位，而不忠不孝，如何能服天下？"燕王道："此天命也，汝迂儒不知，但当顺受。"连楹道："天命篡君，既可顺受，倘天命杀父，亦当顺受耶？"燕王听了，大怒，尚未开言，而左右将士，竟用乱兵杀了。连楹身虽被杀，而尸犹僵立不仆。

燕王既杀了连楹，又见徐辉祖引一队兵来，与之巷战，故不敢便逼近阙下，建文帝因得在宫中打点。此时一班具位之臣，已各有所图，皆不入朝矣。唯有数十忠义之臣，或感恩深，或思义重，或激于君臣名分之难逃，竟不顾身家生死，入朝来相傍。程济因说建文帝道："时至矣，不容缓矣！陛下虽不死殉，却当以死传。"建文帝道："死何以传？"程济道："纵火焚宫，而以烬余之衮冕为证，则不死而死矣。然后祝发遁去，便踪迹不露，可安然长往矣。"建文帝点头道"是"，遂命内侍聚珠衣宝帐，并内帑珍异于兰香殿，纵火焚烧。一时宫中火起，皇后马娘娘知事不免，因领众亲幸嫔妃，皆赴火焚死。宫内外一时鼎沸，皆乱传上崩矣。程济同诸臣，请建文帝至一秘殿，就宣左善世僧溥洽，与帝将发剃去。剃完，帝脱去龙衣，换上袈裟并僧帽、僧鞋，竟为和尚。

正是：

可怜王者身，忽为佛弟子。
细想不须惊，太祖曾如此。
太祖未及终，建文全其始。

程济就取出应文这张度牒，付与建文帝道："此牒名与陛下相同，陛下应须领受。"建文帝受了。程济复取那一张度牒，问诸君道："有师必有徒相从，不知谁愿为徒？"忽有二臣应声而出，一个是御史叶希贤，一个是吴王教授杨应能，俱说道："臣二人名应度牒，已是前定之数，又何辞焉？"建文帝大悦。程济因又使溥洽替二人将发剃了，换上僧服，付与度牒，使其与帝相随。其余众臣看见，俱伏地哭道："臣等受陛下深恩，纵不剃发，也须从亡，少效涓埃。何忍频年食禄，而一旦危亡，便戛然弃去！"建文帝道："相从固好，但恐人多，惹出是非，反为不美。"程济道："事急矣，非留连之时。"建文帝因举手挥诸臣退出。诸臣无奈，因大恸，拜别而去。程济遵太祖遗命，先令御史叶希贤，按察使王良，参政察运，教授杨应能、王资、刘伸，中书舍人梁良玉、梁中节、宋和、郭节，刑部司务冯，待诏郑洽，钦天监正王之臣等十三人，从御沟水关而出，约于神乐观相会。然后程济与兵部侍郎廖平，刑部侍郎金焦，侍读史仲彬，编修赵天泰，检讨程亨，刑部郎中梁田玉，镇抚牛景先，太监周恕等九人，请建文帝至鬼门。

这鬼门内门在于禁中，外门直在太平门外，乃太祖暗设下一条私路，以备不虞，紧紧封锁，无人敢走，不知内中是何径路，尽皆惶惶。此时燕兵满城，不敢从宫门直出，只得同走到鬼门。见鬼门的砖门坚厚，砖门外又有栅门紧护，建文帝心惊道："似此牢固，如何可启？"牛景先道："陛下勿忧，待臣启之。"遂在近侍手中，取了一条铁棒，要将栅门抉开。只道年久还要费力，不期铁棒只一拨，那一扇栅门，早已拨在半边，露出砖门。再将铁棒去捣砖门，谁知铁棒才到门上，还不曾用力，那两扇砖门早呼啦一声响，又双双开了。见一条路，有物塞紧，众皆吃惊，程济忙上前，将塞路之物，扯了些出来看，原来是灯草，因奏道："太祖为陛下心机用尽矣。"建文帝道："何以知之？"程济道："只留此路，已见亲爱之心。又恐空洞中蛇虫成穴，一时难行，故将灯草填满其中，便蛇虫不能容身，又无人窥视。今事急，陛下要行，只消一次，便肃清其路矣。非亲爱之至，谁肯如此设策？"建文帝听了，不胜感激，又望太庙拜了四拜，方命近侍，点起许多火把，一路烧去。果然灯草见火，只一点着，便顷刻成灰。只消半个时辰，早已将内鬼门直至外鬼门一路灯草，烧得干干净净，竟成了一条草灰之路，且温暖而无阴气。君臣们平平稳稳走了出来。程济恐人踪迹，被看出破绽，又吩咐近侍，将内外鬼门，照旧关好，然后九人随建文帝走到后湖边。只因这一走，有分教：大位不保，年寿尚长。不知后来如何，且看下回分解。

第三十回

梦先帝驾船伺候　即君位杀戮朝臣

当时程济等九人，随建文帝到后湖边，正欲寻船渡去，忽见一个道士，驾着一只船在那里观望；看见建文帝众人走近，忙叫人将船撑到岸边，自立在船头上迎请建文、众人上船。到了船中，建文坐下，就问道士道："汝是何人？怎知我到此，却舣舟相待？"道士跪下奏道："臣乃神乐观道士，前蒙太祖圣恩，赐名王昇。昨夜三更，梦见太祖万岁爷，身穿大红龙衣，坐在奉天门上，叫两个校尉，将臣缚至御前，诘问道：'汝为提点，职居六品，皆皇恩也，何不图报？'臣应道：'臣虽犬马，岂不感恩！但愧身为道士，欲报无门。'万岁爷道：'汝既思报，明日午时，今上皇帝要亲幸你观中，你可舣一舟，至后湖鬼门外伺候。迎请到观，便可算汝之报。汝能殷勤周旋，不致漏泄，则后福可迎；倘不奉吾言，定遭阴殛。今且赦汝。'因命校尉解缚，臣始惊醒。是以知陛下驾临，故操舟伺候也。"建文听了，感泣不尽。不多时，船到太平堤边，一同上岸。道士王昇在前引路，君臣们散步随行。走到观中，时已薄暮。坐不多时，杨应能、叶希贤等十三人也来了，查一查，共是二十二人。建文道："今日沧桑已变，君臣二字，只合藏之于心，不可宣之于口。我既为僧，自有僧家的名分。向后但以弟子称师，师便尊矣，其余礼节，一概勿拘，方便于往来。”程济道：“师言是也。”众人皆含泣受命。程济又道：“从亡，因众人恋主之心；倘相从而惹是非，不如不相从之为安也。众人既要相从，须斟酌定相从之行藏踪迹，方不致人之疑。”建文道：“此言有理。”因酌定杨应能、叶希贤两个和尚，与程济扮做道人。此三人随师同行同止，顷刻不离，以防祸患。冯、郭节、宋和、赵天泰、王之臣、牛景先六人，各更名改号，往来道路，给运衣食。其余则遥为应援，不必拘也。议定同宿观中。按下不题。

且说燕王战败了徐辉祖，正打点入宫，忽见宫中火起，遂忙率众入宫救火。救灭了火，便问：“建文何在？”皆称赴火死矣。燕王不信，亲于火中检看。一时不见尸骨，再三查问，内官因捡出皇后的尸骨，指着道：“这不是？”燕王方才信之，因哭道：“小子无知，何至此乎？”

燕王正清宫未了，早有谷王橞，安王楹，及文武大臣，上表请正大位。燕王初也逊谢，后见劝进者多，遂于六月十七日，亲御奉天殿，登了皇帝的大位，改元永乐，复周王橚、齐王榑的爵土，命翰林侍读王景，议葬建文之礼。王景议了，奏道：“建文虽为奸臣所惑，不为亲亲，然实系太祖高皇帝所立，已临莅天下四载，天下咸称其仁，乞仍葬以天子之礼为宜。”永乐君从之，遂降旨敕有司，以天子之礼葬之。又揭齐泰、黄子澄等奸臣，榜于朝，以完其诛奸之案。因众奸逃去，又悬赏格于朝，有能擒获奸臣者，重赏加官。自赏格一悬，而用事于建文的一班臣子，皆纷纷擒至。尚书齐泰被执到京，永乐君问道：“汝今尚能遣张昺、谢贵来监朕么？”齐泰无语，因命族诛之，妻发教坊司为娼。太常卿黄子澄逃至苏州，欲航海借兵，被太仓百户汤华擒至。永乐君痛恨之，问道：“谋削夺诸王是汝么？”亦命族诛之，子侄共六十五人，妻妹皆发教坊司为娼。右副都御史练子宁，被临海卫指挥刘杰擒至，永乐君问道：“当日入觐，朕当陛不拜，敕法司拿者是汝么？”练子宁道：“可惜先皇不听臣言！若听臣言，岂有今日？”永乐君大怒，命牵出碎磔之，族诛其宗一百五十人。兵部尚书铁铉，亦被擒至，永乐君道："为君自有天命，天命在朕，人岂能违？当日济南铁闸，不过成汝今日之死，于朕何伤？"铁铉道："人谁不死？死于忠，快心事也，胜于篡逆而生多矣！"因昂然反背立庭中。永乐令其转面反顾，铁铉不肯，道："无面目对篡逆也！"永乐大怒，令人去其耳鼻。铉亦不顾，永乐愈怒，复令人碎分其体。铉至死骂不绝口。礼部尚书陈迪，邢部尚书恭昭，皆被擒至，俱谩骂不屈，同受惨刑而死。

燕兵初破金川时，宫中火起，尽道上崩。方孝孺闻知，即缞麻日夜号哭。及永乐君悬了赏格，镇抚伍云将方孝孺系了，献至关下。永乐君见其缞绖，因问道："汝儒者也，宜知礼。朕初登大宝，你服此缞麻，何礼也？"孝孺道："孝孺先皇臣也，先皇遭变崩逝，孝孺既食其禄，敢不哭临！至于殿下登大宝，孝孺不知也。"永乐默然，命系于狱。左右侍臣问道："方孝孺奏对不逊，陛下何不杀之？"永乐君道："朕在北平发兵南下时，姚国师再三奏道：'方孝孺好学笃行人也，金陵城下，文武归命之时，彼必不降而犯上，恳求勿杀之。若杀之，则好学之种子绝了。'朕已应允，故今舍容之，姑命系狱，以观其后。"过了几日，朝廷要颁即位诏于天下，命议草诏之人。在延臣子，皆说道："此系大制作，必得方孝孺之笔为妙。"永乐因命侍臣持节，于狱中召出孝孺。仍是缞麻而陛见，悲恸之声彻于殿陛。永乐见了，亲自降榻而慰道："朕为此举，初意本欲效周公辅成王耳。奈何成王今不在矣，故不得已，而受文武之请，以自立。"孝孺道："成王既不在，何不立成王之子而辅之？"永乐道："朕闻国利长君，孺子恐误天下。"孝孺道："何不立成王之弟？"永乐道："立弟，支也。既支可立，则朕登大位，岂不宜乎？且此乃朕之家事，先生无过。若今朕既即位，欲诏告天下，使众咸知。此岂小故，非先生之笔不可也，可勉为草之。"因命左右授以笔札。孝孺大恸，举笔投于地下道："天命可以强行，武功可以虚耀，只怕名教中一个篡字，殿下虽千载之下，也逃不去！我方孝孺，读圣贤书，操春秋笔，死即死耳，诏不可草！”永乐大怒道：“杀汝一身何足惜，独不顾九族乎？”孝孺道：“义之所在，莫说九族，便十族何妨！”哭骂竟不绝口。永乐怒气直冲，遂命碎磔于市，复诏收其九族，坐死者八百七十三人。昔有人题诗，痛之道：

一个忠臣九族殃，全身远害亦天常。
夷齐死后君臣薄，力为君臣固首阳。

永乐既杀了方孝孺九族，忽见钦天监密奏道：“臣夜观天象，见文曲星犯帝座甚急，陛下当防之。”永乐闻奏，暗想：“降服之臣，何人可疑？”忽想起昔年袁忠彻细相景清之相，曾说他身矮声雄，形容古怪，为人必多深谋奇计，叫我当防之。莫非是此人欲犯我？到明早视朝之时，群臣皆在，独景清一人著绯衣。永乐愈疑之，遂命左右擒之，抄其身，暗藏短剑一口，欲以刺帝。永乐大怒，命擒出剥皮，实以草，系于城楼上。一日，永乐驾过之，忽索断，景清之皮，坠于驾前，行三步为犯驾状。其神遂入殿庭为厉，永乐愈怒，命族诛之，并籍其乡。

当时忠臣被杀之外，还有侍郎黄观。领朝命征兵上江，后闻得燕王已渡江正位，自恨大事已去，乃朝服东向再拜，拜毕投江而死。妻翁氏，在京师闻朝廷有旨，将给配为奴，翁氏遂携一女，亦投水死。翰林王叔英，征兵广德，听得燕兵已入京城，暗想征兵亦无用矣，乃沐浴正衣冠，望阙再拜，拜毕又书一联道：“生既久矣，深有愧于当时；死亦徒然，庶无惭于地下。”书毕，自缢而死。妻亦缢死，女投井死。他如各省官员，并御史曾凤韶，及临海樵夫，尽节而死者，一笔如何能写得尽？只因永乐这一除异己之臣，有分教：柯枝既剪，渐及根株。不知后事如何，且看下回分解。

第三十一回

一时失国东入吴　万里无家西至楚

话说永乐既得了天下，又杀戮了一班异己之臣，遂封赏姚广孝等一班佐命之臣，各个进爵，以酬其从前怂恿扶助之功。姚广孝等，既遭富贵，又各衣锦还乡，报答有恩，以酬其尘埃拔识之力。后来姚广孝终不蓄发娶妻。一日奉命赈济苏湖，往见其姊。姊拒之曰："贵人何用至贫家为？"不肯接纳。广孝乃易僧服往，姊坚不出，家人劝之，不得已出立中堂，广孝即连下拜，姊曰："我安用你许多拜？曾见做和尚不了，底是个好人？"遂还户内，不复见。广孝赈济事毕，入朝覆命，未几而卒。此是后话，不题。

却说建文一个仁主，同着二十二个忠臣，寄宿在神乐观中，有如失林之鸟，漏网之鱼，好不凄凄惶惶。到了次日，打听得燕王夺了大位，改元永乐，悬赏格追求效忠于建文之臣，杀戮了无数，建文与众人甚是心慌。建文道："此地与帝城咫尺，岂容久往？可往云南，依西平侯沐晟，暂寄此身。或者地远，无人踪迹。"史仲彬道："沐西平侯驻扎地方虽远，然受命分符，声息与朝廷相通，岂敢匿旧君而欺新王？况大家声势，耳目众多，非隐藏地也。"建文道："汝所虑亦是，但沐晟既不可依，则此身将何所寄？"程济道："师毋过虑，既已为僧，则东西南北，皆吾家也。只合往来名胜，以作方外之缘。倘弟子中，有家素饶，而足供一夕者，即暂驻锡一夕，亦无不可。”建文道：“汝言有理，吾心殊觉一宽。但居此郊坛之地，甚不隐僻，必速去方妙。”程济道：“是，明日即当他往。”

到了次早，牛景先与史仲彬商量道：“师患足痛，岂能步行，必得一船，载之东去方妙。”遂同步至中和桥边寻船。原来这中和桥，在通济门外，是往丹阳的旱路，往来车马颇多，河下船只甚少。二人立了半晌，忽见一船远远而来。二人忙走到岸边，牛景先不等那船摇到面前，便大声叫道：“船上驾长可摇船来装载？”船上人回说道：“我侬船自有事，弗装载个。”史仲彬听见是同乡声音，忙打着乡语道：“我是同乡，可看乡情面上，来装一装，重重谢你。”叫还未完，只见那船早摇近岸边，跳上两个人来道：“哪里不找寻老爷？却在这里！”仲彬再看时，方认得是自家的家人。因家中闻知京中有变，不知消息，差来打探的。仲彬与景先见船来的凑巧，不胜之喜，因吩咐船在桥边，忙回观报知，就请师下船，且往仲彬家暂住。师与众弟子皆大喜。但恨二十二人不能同往，又未免恻恻。船中原议定叶杨两和尚，并程济一道人与师四人，仲彬船主，自应随侍，其余俱使散走，总期于月终至吴江再晤。众人听了，各分路而去。

史仲彬暗暗载师与弟子转出大江，行了八日，方到吴江之黄溪。仲彬因请师入至大厅，尽率家人出拜。恐正居不静，遂奉师住于所旌之西边一座清远轩内。此轩一带九间，前临一池，后背一圃，树木扶疏，花竹掩映，甚是清幽。师徒四人同居于中，颇觉快畅。过了三四日，相约诸弟子俱陆续到了，大家相聚甚欢。牛景先道：“弟前日过丹阳时，曾撞着一个老僧，见我匆匆而走，因笑道：‘前程甚远，何用急走，徐行则吉。’弟想其言，深有意味，今欲弃去前名，改为徐行，以应僧言，不识可乎，求师点示。”师点头道：“改名甚好，可以渐消形迹。”由此冯潅改称塞马先生，宋和改称云门生。赵天泰此时穿着葛衣，因说道："我即以衣为名，叫做葛衣翁罢。"大家相聚一堂，虽伤流落，却也欢喜。建文道："此地幽雅可居，又得众弟子相从，吾即投老于此，何如？"仲彬道："师若不弃布衣菜饭，弟子犹可上供。"程济叹道："世事岂能由人料定，且住两月再作区处。"建文听了，也不留意。

不期永乐即位之后，名列奸臣者既已杀尽，乃查各处在任诸臣。暗暗逃去者共有四百六十三人，欲要拿来处分，却又无大罪。到了八月，方降旨着礼部行文各府州县，将逃去诸臣尽行削籍，不容复仕。有浩敕者，俱着追缴。史仲彬是翰林侍读，受有诰命，该当追缴。早有人报知仲彬，仲彬一时不知详细，只道是走漏消息，心甚慌张，忙通知建文。建文也自着忙，因问程济道："你前日说'世事岂能由人'，今果然矣。莫非朝廷不能忘情于我，知我在此，故先追夺仲彬的诰命，以观动静，恐还有祸及我。"程济道："祸害必无，师请放心。但既为僧，即如孤立野鹤，原不宜久住人间。况此地离宫阙不过千里，纵使朝廷忘情，亦不安也。"建文听了道："是。"即欲远行。仲彬苦留道："追夺仲彬诰命，未必为师。请暂宽一日，容再打听。"建文只得住下。到了次日，只见吴江县丞，姓巩名德，奉府里文书，着他至仲彬家追夺诰命。仲彬相见，问知来意，只得捧出诰命缴上。巩德收了，又道："有人传说建文君在于君处，不知果有此事否？"仲彬听了，假作吃惊道："久闻建文君已火崩矣，如何得能在此？"巩德便不再言，微笑而去。仲彬送巩德去后，忙走来对建文痛哭，将巩德之言说了，又道："本欲留师久住，少尽犬马之私，不意风声树影，渐渐追求到此，倘有不测，祸及于师，却将奈何？"建文道："事已至此，我明日即当远行。但师弟相聚未久，又要分散，未免于心恻恻耳。"众弟子听了，俱各泪下。仲彬因命置酒，师弟作别，饮了半夜，说到伤心，郑洽不禁叹息道："临天下，当以仁义称至治，今天下谁不称仁慕义，乃不能保其位。此何意也？"梁良玉流涕答道："曹瞒篡汉，司马懿篡魏，反俨然承统，此又何意？总之天难问理难穷耳。"程济道："得失乃天数，而篡自篡，仁义自仁义，千古原自分明，诸君何不察也？"郭节道："这总难言，只合听之。且请问：师此行当往何地？不知何时方得再晤？"程济道："目今福星在滇中，弟子欲奉师至云南。但云南道远，众弟子难至。襄阳中，当可以再晤，来春三月，当约会于廖平家。不知师意何如？"建文道："所议甚善，即如此可也。"大家议定，方各就寝。

到了次日，建文与两个和尚，一个道人，竟往京中而去。其余众弟子，各各分散。建文师弟四人，行藏不甚怪异，在路中虽无人物色，但心中终有些惧怯。及到了京中，不敢从金陵城外过去，恐有人认得，惹是招非。四人算计，竟买舟渡过了大江，望六合而来。到得六合，天色晚了，要往大寺去住，又恐有人认得，只得就借一个草店里歇宿。此时师弟四人，寂寂寥寥，在一间破屋内，吃了粗粝晚食，卧了稻草床铺，也说不得。到次早起来，离了草店，因想往楚，沿江西行。在路晓行夜宿，受过了许多风霜劳苦，方才到得襄阳。你道建文为何要到襄阳，来见廖平？原来燕兵入城时，建文意欲身殉社稷，却念太子文奎年小，无处着落，偶值廖平入朝，知他忠义，遂悄悄将太子托付与他。廖平慨然受命，藏太子而出，差的当家人送回襄阳，故建文要来看看太子。及到襄阳，访问廖平，不期廖平住在府前，正是众人瞩目之地。这日，忽然三个和尚，一个道人，突至其家，廖平出迎，似惊似讶，默然不语，竟邀入后堂去了。早有人看在眼里。此时京中有人传说建文帝不曾死，已削发为僧，逃亡在外，朝廷遣人各处追求，一发动人之疑，故就有人来问廖府家人说："前日那三个和尚，是何人？"家人报知廖平，廖平着惊，因暗暗与建文商议。建文道："我此来只为要看看文奎，今已见他平安，我心已放下。既此地有人踪迹，我即去矣。"廖平道："师间刚到此，坐席尚不曾温，怎忍就去？城中西北有一座西山，甚是幽僻，无人往来，我曾造个草庵在上，养两个村僧照管，今屈师暂住于中，再打探消息。”建文见廖平情意殷殷，只得应允，乘夜移到西山去住。

早有两个府役，将前日见三个和尚，一个道人，到廖侍郎家，廖侍郎邀入后堂，不见出来，踪迹可疑，恐是建文帝等情，悄悄报知知府。知府听了着惊，遂打轿来见廖平，问道：“朝廷疑建文未死，出亡在外，部中行文书到各府州县搜查，此事干系甚大。本府昨闻得府上有三个和尚一个道人来相投，不知是老先生甚么亲眷？故本府特来请教。”廖平听了变色道：“老公祖此问甚奇！治生忝居司马，岂不知法度，有甚和尚道人敢来投我？”知府道：“本府亦知无此事，因有人来报，不得不来请问。”廖平道：“既有人报知此事，糊涂不得，倒要屈老公祖暂住，可叫些人来，入去一搜，看个有无，方见明白。”知府见廖平说话朗烈，料想搜也无用，只得打一恭道：“既没有，转是知府有罪了。”忙忙退回，又唤府役来问道：“这和尚道人你曾亲眼看见么？”府役道：“小人实实亲眼看见。他侍郎人家，深房大屋，就搜也没用。这和尚道人，料不曾出城，只求老爷吩咐四门，添人防守，出入细查，他便插翅也飞不去。”知府大喜，即唤守门人来，吩咐严紧盘诘。只因这一盘诘，有分教：锤碎玉笼，劈开金锁。欲知后事，待下回分解。

第三十二回

士卒奉命严盘诘　君臣熟视竟相忘

却说廖平见知府去了，又打听得知府吩咐四门盘诘，心中还是一忧，只得乘夜到西山报知建文。建文大惊，因问程济道："雀投罗，鱼在网，却怎生能脱去？"程济道："师自天而坠渊，亦非小事，安能不被一惊？若要保全，还要经历几难。此第一难也。"建文道："后难且莫问，但不知今此一难，汝有何计，可以脱我否？"程济道："若无妙计，也不敢请师出亡，也不敢从师远遁了。"建文见程济说话有担当，颜色方才定了。廖平因问程济道："知府有心四门严紧盘诘，俗人还可改装逃去，三个僧人，到眼即见，怎么隐藏，不知有何妙计？"程济道："他严紧盘诘，我自有设法，使他不严紧盘诘。"建文道："既有设法，就可速行。"程济道："今日甲午，明日乙未，门奇俱不利。只到后日丙申，门是生方，又正值丁奇到门，又遇天德，贵人在西矣，保无事。"算计定了，等到丙申前一夜，先吩咐备一只小柴船，将三师藏伏其中，悄悄撑到西水城边伺候。只候岸上报捉住建文了，众水军跑去看时，就乘空而去。又吩咐草庵中一个僧人，叫他如此如此。又叫几个家人，吩咐他如此如此。众人俱领命去。

等到丙申清早，自扮做一个乡人，亲到西城门边来察听。只见城门一开，早有一个和尚，夹在人丛里，慌慌张张，往外乱闯。众门军是奉知府之命，留心要捉建文的，看见有和尚要闯出城，遂一齐上前拦阻盘问。那和尚见有人拦阻，忙转身要跑。众门军看见有些诧异，忙捉住问道："你是哪寺里的僧人，莫非就是建文帝么？"那和尚惊呆了，口也不开，只是要跑。早有旁边看的人说道："这是建文无疑了。"这个人只说得一声，又有三四个一齐吆喝道："好了，捉住建文，你们大造化，都要到府里去领赏了！"众门军认了真，都来围着和尚，连守水城门的军也跑来，围着要分赏，哪里还盘诘那只小柴船。那小柴船早已不知不觉撑出水门去了。

建文脱了此难，方知永乐不能忘情，遂一意竟往云南。在路上因问程济道："你既有道术，又有才智，我命你充军师护李景隆兵北伐时，你为何半筹不展，坐看他们兵败？"程济道："胜败，天也。当其时，燕王应胜，景隆应败，皆天意也。弟子小小智术，安敢逆天？使逆天而强为之，纵好亦不过为项羽之老亚夫，死久矣，安得留此身于今日，以少效区区。即今日之效区区，亦师之难原不至伤身，故侥幸亿中耳。"建文听了，不胜叹息。

一日，行到夔州地方，见前面树林里，走出一个人来，建文道："前面来的，莫非是冯漼么？"程济举头一看，说道："正是。"遂上前叫道："冯兄，我们师弟都在此。"冯漼忽然看见，又惊又喜。路上不便说话，就邀四人同往馆中。到了馆中，却是一带疏篱，三间草屋。厅上坐着十数个村童，因有客至，俱放了回去。大家坐定，冯漼方说："自史家别后，回到黄岩，府县见我是削籍之人，为朝廷所忌，凡事只管苛求。我竟弃家来此，以章句训童子为衣食计。只愁道路多歧，无处访问消息，不期天幸，恰逢于此。"建文亦诉说在襄阳廖平家之难，"我今要往云南去，不知他曾被我连累否？我甚放心不下。"冯漼道："师在，则廖平有罪，师既无踪，则廖平自然无恙，又何虑焉？"因沽村酒献师，大家同酌，草草为欢。住了三日，师弟四人方才起身往云南去。在路耽耽搁搁，直到永乐元年正月，方到云南。

果然云南离京万里，别是一天。人看见，只知是三个和尚，一个道人，并没别样的猜疑。故师弟四人，放下心肠，要寻一个丛林为驻栖之地。访知永加是个大寺，遂往投之。那寺中当家的老和尚，叫做普利，看见建文形容异众，又见两僧一道，皆非凡品。又想起昨夜伽蓝托梦，说明日午时，有个文和尚，乃是天降的大贵人，领三个徒弟，要借这寺中栖身，你可殷勤留他，若怠慢不留，定遭神诵。恰好今日午时，果然有师弟四人来投，说要借寓。即时就满口应允，备斋款待。建文师弟四人，也安心在永加寺寄迹，按下不题。

且说廖平自师脱去，门军捉住他草庵和尚，解与知府。廖平虽叫人与知府辩明放了，却纷纷传说廖侍郎家窝藏建文帝。他着了忙，恐在家有祸，遂弃家只身走出，要往云南寻师。又恐不僧不俗，难以追随，只得向东而走。不期走到会稽，盘缠用尽，资身无策，竟自负柴薪上街货卖，以给衣食。这事且不表。

再说史仲彬与师分别之时，曾约明年三月于襄阳廖平家相会，时刻在心。一到正月尽，即起身往襄阳而来，至三月初三日，方到廖平家里。细细访问，方知廖平为前番之事，已将家眷移住于汉中，自家遁去，不知何方，止留下仆人看屋，以待众人来会。再问仆人：“曾有谁先在此？”仆人道：“只得牛爷在内。”仲彬忙入去相见，各诉别来之情：“不知师曾到云南也不曾？又不知今日之约，能践也不能践？”

过了六日，忽见冯漼走来，相见时，细问行藏，冯漼说自家行遁在夔州教书，并说了路中逢师，要往云南，留住三日之事。二人又问：“师到云南，不知可有居停之地？又不知今日之约，复能来践么？”冯漼道：“自师行后，我不放心，正月中，即到云南去访看。喜得师已安居于永加寺中。说起今日之约，不敢来践，恐旧事复发，故命我来，一者通知众弟子，二者访廖君消息，三者就约诸弟子，明年八月会于吴江，即便作天台之游。”仲彬、景先听了，放开心肠。又过了数日，众弟子俱陆续来到，唯梁良玉不至。再细细访问，方知已物故了，大家感伤了一番。说了师相约之话，方各各回去。唯牛景先留住在西山不去，冯潅仍回云南，报知诸事。

建文见廖平家中无恙，心中放下，但不知他行遁何处，未免有怀。及听到梁良玉物故，不胜悲涕。自此无事，潜踪匿影在永加寺，过着日子。到了永乐二年正月，建文想起吴江之约，便打点起身。此时冯潅已先告回，约于天台相会矣，只与两和尚一道人相伴而行。知牛景先住在西山，要会他同往，故就往襄阳。访知前知府已去，旧事无人提起，遂大着胆，竟到西山来见景先。景先忽见师到，欢喜不胜。建文竟先遣景先，到吴江报信，然后僧道们慢慢而来。将近四安，程济道：“明日辰时，我师又有一难。我四人可拆做四处孤行，方不犯他之忌。若聚在一处同走，未免动人耳目。”建文听了吃惊，忙问道：“此难得免么？”程济道：“不但今日可免，由此终身亦可免矣。但凡大难临身，必身亲历方才算得，若枉道避之，则违天命矣。本可不言，但恐临事师惊，故先说破耳。”到了次日，程济取出两件褴褛旧僧衣，替建文穿在身上，又取一个瓦钵盂，叫他托了，装做沿路乞食之状。又嘱咐道：“若有所遇，切不可惊张退避。”建文点头。四人遂分四路而走，约于前途相会三人不题。

单说建文听了程济的话，遂大胆从四安而来。走到市中，撞着一乘大官轿抬到面前，轿大街窄，走不得，只得立在旁边，让官过去。那官轿中的官人，早看见了建文，遂白瞪着眼，将建文熟视。建文因受程济之戒，便不退避，也瞪着眼看那官人。又恰值抬轿的立着换肩，彼此对看了半晌，方才过来。你道此官是谁？原来是都给事胡濙，为人忠厚老成。永乐君因察知建文未死，出亡在外，欲待相忘，又恐他潜谋起义；欲要行文书各处搜求，又念他无家可归；又感他屡诏不许杀叔，倘搜求着了，未免要受杀侄之名。故明敕他访求异人张邋遢，却暗暗命他察访建文踪迹，若有异谋，急召地方扑灭；倘安于行遁，便可相忘。故胡濙今日遇着建文，见他孤身褴褛，恻恻于心，故一字不问，让他过去。又恐一时被他瞒过，故复往来湖湘十余年，知其万万无他，直至永乐十七年，方才覆命道："建文死灰矣，万不足虑。"永乐信之，故后来禁网渐开，建文得以保身归国。此是后话。

且说建文见那官看得紧，未免心中突突。只等那官过去，急赶到前边，寻见两和尚，与程济说知撞见官府醉心看他之事。程济忙以手加额道："吾师又一难过了。"建文道："这员官，我有些认得他，却一时想不起他的名字。"程济道："师尚认得此官，此官岂有不识师之理。识而不问，亦忠臣也。"建文点头。恐人心不测，遂急急入吴而来。

至八月初九日，船到黄溪，天色将暝，师上岸先行，两僧一道收拾了衣钵，就随在后。师到了仲彬家，因前住久路熟，竟突入前堂。原来仲彬自得了牛景先之信，便朝夕在堂等候。忽见师至，大喜，即款至后堂。不多时，两僧一道也到。仲彬家酒是备端正的，随即献上。师大喜，遂欣然而饮。饮至半酣，忽向杨、叶、程三弟子道："可痛饮此宵，我明辰当即去矣。"仲彬大惊道："师何出此言？弟子望师，不啻饥渴，今幸师至，快不可言，即留数月，亦不满愿，奈何限于明辰？岂弟子事师之念，有不诚乎？"建文道："非也。众弟子之心，可表天日，可泣鬼神，何况于我。我欲速去者，因新主尚苛求于我也。我前日到四安，遇一冠盖显臣，见我注目细看，定然认得。彼虽一时碍于名分，不便作恶，归必暗暗奏知朝廷。若明知我在，必然追求我。无处追求，必波及逋臣之家。东南逋臣，第一要数汝，有祸自然先及汝。我之速去者，为汝计也。"仲彬道："师若忧祸及弟子，弟子自甘之，请师勿虑。"建文道："留我者，愿我安也。我心惶惶，强留何益？"仲彬默然半晌道："师即急行，亦须十日。"程济道：“行止随缘，何必谆谆断定。”

建文见仲彬留意殷勤，住了三日，至十三日，始决意往浙。仲彬亦请随行，遂分两路，师与两僧一道四人一路，景先、仲彬一路。既至杭州，恐有人识认，遂悄悄住在净慈寺内，暗暗与两和尚一道人，以及景先、仲彬，流览那两峰六桥之胜，甚觉快畅。留连了二十三日，方渡过江去，要游天台。不期牛景先忽然患病，不能从行，留在寺中养病，又不期师行后，竟一病不起，奄然而逝。只因这一逝，有分教：往来渐独，道路愈孤。不知后事如何，且看下回分解。

第三十三回

耶水难留再至蜀　西平多故遁入山

话说建文渡过钱塘江，乃是九日。到了重九这日，方登天台游赏。忽见冯漼约会了金华、蔡运、刘伸，同走到面前谒师。大家相见甚喜，遂相携在雁宕、石梁各处，游赏了三十九日，方才议别。蔡运不愿复归，也就祝发，自号云门僧，留住在会稽云门寺。冯漼、刘伸、仲彬各各别去，建文依旧同两僧一道，从旧路而回。

一日行到耶溪，因爱溪水澄清，就坐在溪边石上歇脚。建文忽远远望见隔溪沙地上，坐着一个樵夫，用手在浅沙上划来划去，就像写字一般，因指与他三人道："你们看，隔溪这个樵子的模样，好似廖平。"三人看了，说道："正是他。"程济因用手远招道："司马老樵，文大师在此。"那樵子听见，慌忙从溪傍小桥上，转了过来。看见大师，便哭拜道："弟子只道今生不能见师，不料今日这里相逢！"建文扶他起来，亦大恸道："我前日避难逃去，常恐遗祸于你。后冯漼来报知汝家无恙，我心才放下。但不知你为何逃遁至此？"廖平道："知府捉师不着，明知是我放走，无奈不得，却暗暗申文，叫抚按起我做官，便好追求。我闻知此信，所以走了。"建文道："我前过襄阳，打听得知府已去任。汝今回去，或亦不妨。"廖平道："弟子行后，家人已报府县死于外矣，今归岂非诓君？”建文道：“汝若不归，则流离之苦，皆我累你。”廖平道：“弟子之苦，弟子所甘，师不足念。但师东流西离，弟子念及，未免伤心耳。欲留师归宿，而茅屋毫无供给，奈何，奈何！”建文听了，愈觉惨然，遂相携而行，直送三十里，方痛哭分别而去。建文师弟四人，向蜀中而来。

到了永乐三年，要回云南，行至重庆府，觉身子有些不爽，要寻个庵院，暂住几日，养养精神，方好再行。因四下访问，有人指点道：“此处并无大寺院，唯有向西二里，有一村坊，叫做善庆里。里中有个隐士，姓杜名景贤，最肯在佛面上做工夫。曾盖了一个庵儿，请一位雪庵师父，在内居住。你们去投他，定然相留。建文师弟听了，就寻善庆里庵里来。走到庵中，叫声雪庵，雪庵听见，因走出来，彼此相见，各各又惊又喜。你道为何？原来这雪庵和尚，是建文帝的朝臣，叫做吴成学，自遭建文之难，便弃官削发为僧，自称雪庵。恐近处有人知觉，遂遁至四川重庆府住下，访知善庆里杜景贤为人甚有道气，因往投之。杜景贤一见，知非常人，因下榻相留，朝夕谈论，十分相契，遂造一间静室，与雪庵居住。当日出来，与建文相见，各各认得，惊喜交集。建文道：“原来雪庵就是你。”雪庵道：“弟子哪里不访师？并无消息，谁知今日这里相逢！”因以弟子礼拜见了，又与三人见礼。就请师到房中，各诉变后行藏，悲一回，感一回，又叹息一回。建文住了几日，因见庵门无匾额，又见案有观音经，因写了“观音庵”三个大字，悬于庵前。杜景贤闻知庵中又到了高僧，便时时来致殷勤。建文因住得安妥，便住了一年。直到永乐四年三月，方才别了雪庵，又往云南。

到了云南，建文问程济道：“我今欲投西平侯沐晟家去住，你以为何如？”程济听了，默然半晌，方说道：“该去，该去，此天意也。”建文着惊道：“汝作此状，莫非又是难么？”程济道：“难虽是难，却一痕无伤，请师勿虑。”建文道：“事既如此，虑亦无用。但他一个侯门，我一个游僧，如何入去与他相见？”程济道：“若要照常通名请谒，假名自然拒绝，真名岂不漏泄，断乎不可。我看这四月十五日巳时，开门在南，太阴亦在南，待弟子用些小术，借太阴一掩，吾师径入可也。”你道建文为何要见沐晟？只因这沐晟，乃西平侯沐春之弟，建文即位时，沐春卒，沐晟来袭爵，建文爱他青年英俊，时时召见，赐宴赐物，大加恩礼，有此一段情缘，故建文想见。这日听见程济说得神奇，不敢不听。等到十五日巳时，果然见沐晟开门升堂，遂不管好歹，竟闯进门来。真也奇怪，就像没人看见的一般，让他摇摇摆摆，直走上堂，将手一举道：“将军请了，别来物是人非，还认得贫僧么？”沐晟见那僧来的异样，不觉心动。再定睛细看，认的是建文帝，惊得直立起来。一时人众，不敢多言，只说一声：“老师几时到此？”就吩咐掩门，叫人散去。将建文请入后厅，伏地再拜道：“小臣不知圣驾到此，罪该万死！”建文忙扶他起来，道：“此何时也，怎还如此称呼？此虽将军忠不忘君之雅意，然祸害相关，却非爱我，切宜戒之。”沐晟受命，亦作师弟称呼，就留师在府中住下。

不期此时安南国王胡整不靖，永乐差严震直作使臣，到云南诏沐晟发兵往征。宣过了诏书，到第二日，要回朝覆命，来辞沐晟，忽看见一个和尚走进去。沐晟便吩咐掩门，不容相见。此时建文做和尚，出亡在外的消息，已有人传说在严震直耳朵里，今日又亲眼看见，怎不猜疑到此？遂趋近沐晟，低低说道：“犬马之心，正苦莫申，今幸旧君咫尺，敢望老总戎曲赐一见。”沐晟听了，假惊道：“旧君二字，关祸害不小，天使何轻出此言？”严震直道：“老总戎休要忌我，我已亲眼看见。同是旧臣，自同此忠义，断无他念。”沐晟暗想：“他看见是真，若苦苦推辞，恐不近人情，转要触怒。”只得低低说道：“天使既念旧君在此，自同此肝胆，同此死生，但须谨慎。”遂入内与建文说知，随引震直入见。震直入到内厅，看见建文一个九重天子，今为万里孤僧，不胜痛楚，因哭拜道：“为臣事君不终，万死，万死！”建文亦泣道：“变迁改革，此系天命，举国尽然，非一人之罪。今还恋恋，便足断迹夷齐。但须慎言，使得保全余生，则庶几无负。”震直听了，哽咽不能出声，唯说道：“臣愧其无辞，但请以死明心而已。”遂再拜辞出，归到旅舍。忽忽如有所失，竟吞金而死。

地方官见使臣死了，自然备棺衾收殓，申交上司。上司自然奏闻天子。沐晟听知，暗暗与建文商议道：“震直一死，固是灭己明心之念。但死得太急，地方官奏报朝廷，朝廷未免动疑，又要苛求。虽昨日之见，无人得知，但府中耳目众多，不可不防。况晟今又奉诏南征，师居此地，恐不稳便。”建文道：“汝言是也。”因问程济，程济道：“居此者，正师之一难也。今虽已过，自宜远隐，以避是非。”师方大悟，遂别沐晟出来。又问程济道：“出便出来了，却于何处去隐？”程济道：“隐不厌山深。弟子闻永昌白龙山，僻在西围，甚是幽邃，可到那里，自创一店，方可常住。”建文道：“此言有理。”大家遂同至永昌白龙山，选择了一块秘密之地。此时因有沐晟所赠，贤能二和尚，遂伐木结茆，造成一座小庵，请师居住。

到永乐五年七月间，住了一年有余，虽喜平安，却不抄不化，早已无布无食，渐近饥寒。程济无奈，只得出来四下行乞。一日行乞到市中，忽遇见史仲彬，两人皆大喜，仲彬忙问道：“如今师在哪里？”程济道：“师如今在白龙山上，结茆为庵，草草栖身。你为何独身到此？”仲彬道：“我非独身。我因放师不下，遂约了何洲、郭节、程亨同来访师。料师必在云南，故相伴而来。因路上闻得朝廷遣都给事胡濙，往来湘湖云贵，秘密访师。故我四人不敢作伙昭彰，夜虽约了同宿，当日里则各自分行。这两日，因我寻不着，正苦莫可言。今幸相遇，方不辜负我心。”说罢，就引程济到寄宿之处，候何洲、郭节、程亨。三人齐归了，与程济相见过，算计夜行。此时是七月十八夜，月上皎洁，彼此相携出门。上下山坡，坐坐行行，直行了二十余里，方到庵前，天已亮了，程济叩庵。应能和尚开门，看见仲彬四人，忙入报师。仲彬四人，亦随入而拜于榻前，建文喜而起坐榻上。众人问候了一番，各各泪下。随即取出礼物献上，建文一一收了。自此情兴颇畅，因率仲彬等四人，日日在白龙山游赏以为乐。住了月余，四人要辞去，建文不舍。许何洲、郭节、程亨三人先行，又留仲彬住到永乐六年三月，方许其行。到临行日，建文亲送，痛哭失声，再三嘱咐道："今后慎勿再来，道路修阻，一难也。关津盘诘，二难也。况我安居，不必虑也。"仲彬受命而去。建文在庵中，住过了两年，乃是永乐八年。这两年中，众弟子常常来问候建文，不至寂寞。一日说道："想我终身，只合投老于此处。"程济笑道："且住过了一年，再算计也不迟。"建文惊问道："为何住过一年，又要算计，莫非又有难么？"程济笑而不言。不期到永乐九年，地方报知府县说："白龙山庵中，常有不僧不俗之人，往来栖止，或歌或哭，踪迹可疑。恐害地方，求老爷作主。"府县听了，竟行牌地方，叫将白龙山庵拆毁。只因这一拆毁，有分教：困龙方伏地，惊雀又移巢。不知后来如何，再看下回分解。

第三十四回

忠心从亡惜身亡 立志逊国终归国

话说地方看了牌文，立即将白龙山庵拆毁。建文大惊，急问程济道：“你旧年曾说‘且住过一年再看’，今果住了一年，就被有司拆毁。你真是个神人！莫非还有大难么？”程济道：“即此就是一难。已过了，师可勿忧。”建文道：“难虽过了，而此身何处居住？”程济道：“吾闻大理浪穹，山水比白龙更美，何不前往一游。倘若可居，再造一庵可也。”建文大喜。师弟四人收拾了，竟往浪穹。到了浪穹，登山一览，果然山苍苍，林郁郁，比白龙更胜。两僧一道见师意乐此，遂分头募化，草草盖造一庵。不消一月，早已庵成。建文安心住在庵中。不期到永乐十年二月，而应能和尚竟卒矣。到了四月，而应贤和尚亦亡矣。建文见贤、能两弟子一时俱死，大恸数日，不忍从僧家火化，遂命程济并葬于庵东。过了月余，无人相傍，只得纳一个弟子，取名应慧。到十一年九月，因应慧多病，又纳个弟子，取名应智。到十二年十月，应慧死了，又纳个弟子，取名辨空。到十三年四月，同程济出游衡由，闻知金焦、程亨、冯潅、宋和、刘伸、郑洽、黄直、梁良玉皆死了，不胜悲伤，无意游览，遂回庵中。到十五年二月，又别筑一个静室于鹤庆山中，时常往来。忽雪庵和尚的徒弟了空，来报知前一月其师雪庵和尚死了，建文大哭一场。自此之后，想起从亡诸臣，渐渐凋谢，常怫怫不乐。直到十七年四月，在庵既久，忽想出游。又同程济先游于蜀，次游于粤，后游于海南，然后回来。到十九年十二月，不喜为僧，蓄起发来，改为道士。到二十年正月，命徒弟应智、辨空，为鹤庆静室之主，自与程济别居于渌泉。到二十一年，建文又动了游兴，遂与程济往游于楚。此时二人俱是道装，随路游赏，就在大别留住了半年有余。到二十二年二月，因想起史仲彬，一向并无音信，就随路东游，按下不题。

却说史仲彬自戊子年谒师东还之后，日日还思复往。忽被仇家将奸党告他，虽幸辩脱，却不敢远行。到今甲辰年，相间十七年，不知师音来，心愈急切；又闻新主北狩，已晏驾了，革除之禁，渐渐宽了，遂决意南游访师，竟往云南而来。一日行到湖广界上，因天色晚了，住一旅店投宿。主人道：“客人来迟，客房皆满，唯有一房甚宽，内中只两个道者，客官可进去同住罢。”仲彬入房，看见两个道人，酣睡床上，忙上前看时，恰一个是师，一个是程济。欢喜不胜，因自通名道：“史仲彬在此！”建文与程济梦中听了，惊而跃起，看见仲彬，满心欢喜。建文问道：“汝为何到此来？”仲彬道：“违师十七年，心中不安，故欲来问候。不知师将何往，又为何改了黄冠？”建文道：“我东游正为思汝，改黄冠亦无他意，不过逃禅，久而思入道耳。”仲彬又问：“贤能二师兄，何不同来？”建文道：“他二人死已十余年了。”仲彬听了，不胜感伤。又说道：“师可知新主北狩回銮，已晏驾于榆林川了？”建文闻言，喜动颜色道：“此信可真么？”仲彬道：“怎么不真，弟子从金陵过，闻人传说太子即位，已改元洪熙矣。”建文听说是真，因爽然道：“吾一身释矣。”到了次日，即相率从陆路东游。因偕行有伴，一路看山玩水，直至十一月，方到吴江，重登仲彬之堂。仲彬忙置酒堂上，程济东列，仲彬西列，相陪共饮。忽仲彬有个叔祖，叫做史弘，住在嘉兴县，偶有事来见仲彬，在堂下窥见，忙使人招出仲彬，问道："此建文帝也，我要一见。"仲彬还打算瞒他，说道："不是。"史弘道："你不须瞒我，帝在东宫时，我即认得了。后来我家当抄没，若非天恩赦了，我死无所矣。不独君臣义在；建文，恩主也。今幸瞻天，安敢不拜？"仲彬不得已，报知建文，史弘进拜堂下。拜毕，即命坐于仲彬之上，就说："所曰感恩之事，建文不胜感激。"四人饮至夜深而止。

住了数日，建文欲起身往游海上，史弘道："弟子才得面师，不忍即别，愿随行一程，以表挛挛。"仲彬亦要随行，建文不欲拂其意，只得允了，遂行到了杭州，方辞史弘、仲彬回去，只同程济渡过钱塘江，直到南海，礼过大士，方才从福建、两广，回到渌泉。此时已是洪熙元年六月。洪熙又晏驾，又是太子即位，改元宣德。建文闻知，说道："吾心可放下矣。"

到了宣德二年，建文又将发剃去，复移居鹤庆静室中。忽闻赵天泰、梁田玉、王资、王良皆死了，不胜悲恸。到宣德三年正月，又闻知史仲彬，为仇家讼其从亡之事，竟以此累死，又恸哭不已。到了十月，游行汉中，遇见廖平之弟廖年，报知廖平已于元年死于会稽山中。未死之前，曾寄书家中，叫将他妹子配与太子文奎为室。今已成亲三年矣。建文听了，又大恸不已。想起从亡诸臣，死去八九，竟神情恍惚，中心无主，又蓄发出游。自此以后，东西游行，了无定迹。直到宣德八年，朝廷因奸僧李皋反，就下令："凡是关津，但遇削发之人，即着押送原籍治罪。"建文闻知，又还渌泉。到宣德十年，闻知何洲、蔡运、梁中节、郭节、王之臣、周恕又俱死了，心下更惊惕不安，因谓程济道："诸从亡皆东西死矣，我不知埋骨何所？"程济道："叶落还是归根。"建文道："可归么？"程济道："事往矣，人老矣，朝代已换矣，恩怨全消矣，天下久定矣，何不可归？"建文自此遂萌归念。到正统二年，又削发行游。

到正统五年庚申，建文年已六十四，遂决意东归，命程济卜其吉凶。程济卜完道：“无吉无凶，正合东归。”建文遂投五华山寺，登梵宫正殿，呼众僧齐集，大声说道：“我建文皇帝也，一向行遁于此，今欲东归，可报知有司。”众僧听了皆惊，忙报知府县，不敢怠慢，因请至藩司堂上。建文竟南面而坐，自称原姓名，追述往事：“前都给事胡濙，名虽访张邋遢，实为我也。”府县不敢隐，报知抚按，飞章奏闻。不多时，有旨着乘驿道至京师。既到京师，众争看之，则一老僧也，诏寓大兴隆寺。此时正统皇帝，不知建文是真是伪，因知老太监吴亮，曾经侍过建文，遂命他去辨视真假。吴亮走到面前，建文即叫道：“汝吴亮也，还在耶？”吴亮假说道：“我不是吴亮。”建文笑道：“你怎不是？我御便殿食子鹅，曾掷片肉于地，命汝舔吃，你难道忘了？”吴亮听说是真，遂伏地痛哭，不能仰视。建文道：“汝不必悲，可为我好好覆命，说我乃太祖高皇帝嫡孙。今朱家天下正盛，岂可轻抛骸骨于外？今归无他，不过欲葬故乡耳。”吴亮覆命后，恐不能取信，遂缢死以自明。正统感悟，命迎入大内，造庵以居，厚加供奉。不便称呼，但称老佛。后以寿终，敕葬于北京西城外黑龙潭北一邱，一碑碑题曰“天下大师之墓”。因礼非天子，故相传言之西山不封不树。此时从亡二十二臣俱死，唯程济从师至京，送入大内，方还南去，不知所终。程济当革除时，与魏冕言志，魏冕道：“愿为忠臣。”程济道：“愿为智士。”今从亡几五十年，屡脱主于难，后竟致主归骨，自称智士，真无愧矣。后人览靖难逊国遗编，不胜感愤，因题诗叹息道：

风辰日午雨黄昏，时势休教一概论。
神武御天英烈著，仁柔逊国隐忠存。
各行各是何尝悖，孤性孤成亦自尊。
反复遗编深怅望，残灯挑尽断人魂。